반항하는 인간

반항하는 인간

김화영 옮김

Albert Camus

책세상

장 그르니에에게

그리고 나는 엄숙하고 고통하는 대지에
숨김없이 내 마음을 바쳤고, 하여,
몇 번이나, 성스러운 어둠 속에서, 대지가 진
저 무거운 숙명의 짐과 더불어, 죽는 날까지,
두려움 없이, 대지를 변함 없이 사랑할 것과,
그의 어떤 풀 수 없는 수수께끼도 소홀히 하지
않을 것을 대지에 맹세하였노라. 그리하여 나는
대지와 죽음의 끈으로 맺어졌도다.

-횔덜린,《엠페도클레스의 죽음》

차례

서론	11
반항하는 인간	27
형이상학적 반항	49
카인의 후예	57
절대적 부정	76
문학인	77
댄디들의 반항	97
구원의 거부	111
절대적 긍정	124
유일자	125
니체와 허무주의	130
반항적 시	158
로트레아몽과 범속함	160
초현실주의와 혁명	171
허무주의와 역사	193
역사적 반항	201
왕의 시역자들	214
새로운 복음	219
왕의 처형	225
덕의 종교	232
테러(공포 정치)	238
신의 시역자들	254
개인적 테러리즘	283
미덕의 포기	286
악령에 홀린 세 사람	292

* 이 책은 《반항하는 인간》(2003)의 개정번역판이다. 번역은 Albert Camus, *OEuvres complètes*, Bibliothèque de la Pléiade, Tome 3 (Éditions Gallimard, 2008)을 대본으로 삼았다.

양심적 살인자들	314
시갈료프 사상	332
국가 테러리즘과 비합리적 테러	338
국가 테러리즘과 합리적 테러	356
부르주아적 예언	358
혁명적 예언	374
예언의 실패	396
목적들의 왕국	426
전체성과 심판	438
반항과 혁명	460
반항과 예술	473
소설과 반항	485
반항과 스타일	503
창조와 혁명	512
정오의 사상	521
반항과 살인	523
허무주의적 살인	529
역사적 살인	535
절도와 과도	549
정오의 사상	555
허무주의를 넘어서	565
해설: 알베르 카뮈와 반항과 테러에 대한 성찰	575
작가 연보	622
옮긴이의 말	638

서론

 범죄에는 감정적 범죄와 논리적 범죄가 있다. 형법은 사전 음모의 유무에 따라 아주 편리하게 그 두 가지를 구분한다. 우리는 지금 사전 음모와 완전 범죄의 시대에 살고 있다. 우리 시대의 범죄자들은 더 이상 자비로운 선처를 빌던 저 속수무책의 어린애들이 아니다. 반대로 그들은 성인들이며 그들이 내세우는 알리바이는 논박의 여지가 없을 정도여서, 그것은 심지어 살인자를 심판관으로 바꿔놓을 수도 있는 만능의 철학이 되고 있다.

 《폭풍의 언덕》에서 주인공 히스클리프는 캐시를 소유할 수만 있다면 이 세상 사람들을 다 죽여도 좋다고 생각했겠지만, 그래도 그는 그 살인이 합리적이라거나 어떤 체계에 의해 정당화될 수 있는 것이라고 주장할 생각은 못 했을 것이다. 그는 살인을 저지를 수 있다는 것, 그의 모든 믿음은 여기까지다.

그것은 사랑의 힘을, 그리고 성격의 힘을 전제로 한다. 사랑의 힘은 흔한 것이 아니기에 살인은 예외적인 것이 되고 또 그렇기에 위반의 모습을 갖게 된다. 그러나 성격의 힘이 결여되면 그 순간부터 교리로 스스로를 무장하려 하고, 범죄가 자신의 논리를 내세우려 드는 순간 그것은 이성 그 자체인 양 증식되면서 삼단 논법의 온갖 모습들을 갖춘다. 과거에는 범죄가 절규처럼 고독했다. 그런데 이제는 그 범죄가 과학처럼 보편적으로 되었다. 어제까지만 해도 심판을 받던 범죄가 오늘은 법이 되어 지배한다.

그러나 우리는 여기서 그 점에 대해 분개하려는 것이 아니다. 이 시론試論의 의도는 논리적 범죄라는 시대의 현실을 다시 한번 인정하고, 그것을 정당화하는 갖가지 양상들을 면밀히 검토해보자는 데 있다. 이것은 나의 시대를 이해하기 위한 하나의 노력이다. 사람들은 아마도, 50년 동안에 7000만 명에 달하는 인간들을 제 땅에서 몰아내어 노예로 만들거나 살해하는 한 시대는 오로지, 우선, 심판받아 마땅하다고 생각하리라. 그렇다 하더라도 그에 앞서, 그 시대가 유죄라는 것을 이해하는 것이 순서일 터다. 폭군이 자신의 위대한 영광을 위해 여러 도시를 폐허로 만들고, 노예가 정복자의 전차에 사슬로 결박된 채 축제로 들뜬 시가지 곳곳으로 끌려다니고, 사로잡힌 적敵이 운집한 군중의 면전에서 맹수에게 내던져지던 어리석은 시대에는, 그토록 순진한 범죄 행위 앞에서 양심은 흔들림 없이 당당하고 판단은 확실할 수 있었다. 그러나 자유의 기치 아래 조성한 노예 수용소, 인간에 대한 사랑, 혹은 초인 지향을 내세우며 정당화하는 대량 학살은 어떤 의미에 있어서 판단력을 마비시키기에 족하다. 우리 시대 특유의 기이한 전도顚倒 현상으로 인해 범죄가 무죄의 가면을 쓰고 나타나니 이런 날에는 무죄한 쪽이 도리어 스스로의 정당성을 증명하도록 강요받는다. 이 시론이 감히 의도하는 바는 이 기이한 도전을 받아들여 그것을 검토해보자는 데 있다. 문제는, 죄 없는 자가 행동에 돌입할 경우, 그는 과연 살인하지 않을 수 없는 것인지 알아보는 일이다. 우리는 오직 우리의 것인 이 순간 속에서만, 그리고 우리를 둘러싸고 있는 사람들 가운데서만 행동할 수 있다. 우리 눈앞에 있는 저 타자를 살해할 권리, 혹은 저 타자가 살해당하는 것에 동의할 권리가 우리에게 있는지 없는지를 알지 못하는 한, 우리는 아무것도 알지 못하는 것이나 마찬가지다. 오늘날 모든 행동은 직접적이든 간접적이든 살인으로 귀결되므로 우리는 과연 살인해야 하는지, 또 그렇다면 왜 그래야 하는지를 알기 전에는 행동할 수 없다. 그러므로 중요한 것은 사물의 근본에까지 거슬러 올라가 천착하는 일이 아니라, 그보다는 눈앞의 세계가 곧 현실이기에, 먼저 이 세계 속에서 어떻게 처신해야 하는가를 아는 일이다. 부정否定의 시대에는 자살의 문제에 대해 곰곰이 생각해보는 일이 유용할 수 있었다. 그러나 이데올로기의 시대에는 살인의 문제에 대해 해결을 봐야 한다. 만약 살인이 타당한 근거를 가지고 있다면, 우리 시대와 우리 자신들은 모두 그 살인의 귀결 속에서 살고 있는 셈이다. 만약 살인이 타당한 근거를 가지고 있지 않다면, 우리는 광기 속에서 살고 있는 셈이니, 따라서 어떤 결론을 찾아내든지 아니면 외면하든지 양자택일하는 것 외에 다른 출구는 없다. 어쨌든 금세기의 피와 아우성 속에서 우리에게 제기된 문제에 분명한 해답을 제시하는 것은 우리의 몫이다. 우리는 이 문제에 당면해 있으니 말이다. 삼십 년 전만 해도 사람들은 살인을 결심하기 전에 너무나도 부정한 나머지 자살로써 스스로를 부정할 정도였다. 신神이 속임수를 쓴다. 신과 더불어 모든 사람이 다 속임수를 쓴다. 그리고 나 자신마저 속임수를 쓴다. 그러므로 나는 죽는다. 즉 자살이 곧 문제였던 것이다. 그러나 오늘날 이데올로기는 타자들만을 부정한다. 오직 타자들만이 속임수를 쓰는 자들이니까. 그래서 살인한다. 새벽마다 요란하게 치장한 살인자들이 슬그머니 감방 안으로 발을 들여놓는다. 즉 살인이 곧 문제인 것이다.

이 두 가지 추론은 서로 맞붙어 있다. 아니, 그 추론들이 우리를 붙잡고 놓아주지 않는다. 하도 꽉 붙잡고 있어서 도대체 우리가 더 이상 우리의 문제들을 선택할 수 없을 정도다. 오히려 그 문제들이 차례로 우리를 선택한다. 선택되는 입장을 받아들이기로 하자. 이 시론에서 우리는, 앞서 자살과 부조리의 개념을 중심으로 시작했던 하나의 성찰[1]을, 살인과 반항의 문제를 앞에 놓고, 이어가 보고자 하는 것이다.

그러나 그 성찰은, 지금으로서는, 오직 하나의 개념, 즉 부조리의 개념만을 우리에게 제공해줄 뿐이다. 또 부조리의 개념은 그것대로 살인의 문제와 관련해서는 하나의 모순 말고는 아무것도 우리에게 가져다주는 것이 없다. 부조리의 감정은, 우리가 그것으로부터 우선 어떤 행동 규칙을 끌어내려 할 때, 살인을 적어도 해도 그만 안 해도 그만인 것으로, 그러니까 결국은 가능한 것으로 만들어버린다. 만약 우리가 아무것도 믿지 않는다면, 만약 세상에 의미 있는 것이 아무것도 없다면, 만약 우리가 그 어떤 가치도 긍정할 수 없다면 무엇이든 다 가능해지고 그 어떤 것도 중요하지 않게 된다. 찬성할 것도 반대할 것도 없으며, 살인자는 그르지도 옳지도 않다. 우리는 화장장의 불을 들쑤셔 활활 타오르게 할 수도 있고, 나병 환자를 헌신적으로 간호할 수도 있다. 악덕과 미덕은 단지 우연이나 변덕에 지나지 않게 된다.

이렇게 되면 사람들은 행동하지 않기로 결심하게 될 터이니, 이는 적어도 타인의 살인을 용인하는 것이나 마찬가지다.

---

1 《시지프 신화》를 말한다.

그러고 나서는 듣기 좋으라고, 인간의 불완전함을 개탄할지는 모르지만. 또 행동을 비극적인 딜레탕티슴으로 대치할 생각을 할 수도 있을 터인즉, 이렇게 되면 인간의 목숨이란 한낱 도박판의 판돈에 불과하게 된다. 그리하여 마침내 사람들은 무용하지 않은 어떤 행동을 해보겠다고 나설 수도 있을 터다. 이럴 경우, 행동의 지침이 될 그보다 상위의 가치가 부재하므로 사람들은 즉각적인 효과를 거둘 수 있는 방향으로만 나아가게 될 것이다. 옳은 것도 그른 것도 없고 선도 악도 없으므로 자신이 가장 유능하다고, 즉 가장 힘세다고 과시하는 것이 곧 룰이 될 것이다. 이렇게 되면 세상은 이제 정의의 사람들과 불의의 사람들로 갈라지는 것이 아니라 주인과 노예로 갈라지게 될 것이다. 그리하여 어느 쪽을 둘러보아도 부정과 허무주의의 한복판에서 살인이 그 특권적 지위를 차지하게 된다.

그러므로 만약 우리가 부조리의 태도를 견지할 작정이라면, 우리는 살인할 마음의 각오를 갖춰야 하고, 그리하여 허망해 보일 뿐인 양심의 가책보다는 논리를 우선시해야 마땅할 것이다. 물론 여기에는 몇 가지 조처가 필요하리라. 그러나 경험에 비추어보건대, 필요한 조처들이란 생각보다 많지 않다. 더군다나 통상 그렇듯 직접 살인하지 않고 남을 시켜서 살인하는 것은 언제나 가능하다. 그러므로 논리가 거기서 진정으로 만족을 얻을 수만 있다면, 모든 것은 논리의 이름으로 처리될 것이다.

그러나 살인이 가능하다고 했다가 다음에는 불가능하다고 하는 태도로는 논리에 보탬이 될 수 없다. 적어도 살인을 해 그만 안 해도 그만인 것으로 만들어놓고 나서, 부조리의 분석이 그 가장 중요한 결론에 가서는 결국 그것을 나쁜 것으로 단죄하는 셈이 될 테니 말이다. 부조리의 추론의 최종 결론은 사실 자살의 거부인 동시에 인간이 던지는 질문과 그 질문에 대한 세계의 침묵 사이의 절망에 찬 대결 상태의 유지다.[2] 자살은 이 대결의 종식을 의미하는 것이라 할 수 있고, 따라서 만약 부조리의 추론이 자살에 동의한다면 그것은 곧 그 추론의 전제들 자체를 부정하는 것밖에 되지 않는다. 자살이라는 결론은, 부조리의 추론에 의하면, 도피나 혹은 부담으로부터의 해방이라고 할 수 있다. 그러나 명백한 것은 이 추론이, 바로 그 점에서 볼 때, 삶을 유일무이한 필요선善으로 인정한다는 사실이다. 왜냐하면 다름 아닌 삶 자체가 그 대결을 가능하게 하기 때문이며, 삶이 없다면 부조리한 내기를 걸 마당도 없어질 것이기 때문이다. 삶이 부조리하다고 말할 수 있으려면 의식이 살아 있는 것일 필요가 있다. 그리고 안일함에 대한 욕구 때문에 웬만큼 눈이 멀지 않고서야 어떻게 그 같은 추론의 전적인 혜택을 독차지할 수 있겠는가? 이 선은 선으로 인정되는 순간부터

---

[2] 《시지프 신화》 참조.

만인의 것이다. 자살에 정합성을 부여하기를 거부한다면 살인에도 정합성을 부여할 수 없다. 아마도 부조리 사상에 깊이 젖은 사람이 어쩔 수 없는 숙명적인 살인을 인정할 수는 있겠지만 논리에 의해 계산된 살인을 받아들일 수는 없을 것이다. 저 양자 대결을 놓고 생각해볼 때 살인과 자살은 똑같은 것으로, 그 둘을 다 인정하거나 다 거부하거나 양자택일해야 할 대상이다.

그래서 자살의 정당화를 인정하는 절대적 허무주의는 더 쉽게 논리적 살인으로 치닫는다. 우리의 시대는 살인에 나름대로 정당성이 있다고 쉽게 인정해버리는데, 그것은 허무주의의 특징인 삶에 대한 이 무관심 때문이다. 하기야 삶에의 열정이 너무나 강렬하다 못해 그 과도함으로 인하여 온갖 범죄들이 폭발하던 시대가 분명 있었다. 그러나 이러한 과도함은 마치 무서운 향락의 불에 덴 화상과도 같은 것이었다. 그것은 모든 것이 다 피장파장이라고 보는 식의 변변찮은 논리에 의해 성립된 그런 천편일률적 차원이 아니었다. 그런데 이 변변찮은 논리는 우리 시대의 자양분이던 자살의 가치들을 살인의 정당화라는 극단적 귀결로까지 밀고 갔다. 그와 동시에 이 논리는 집단 자살에서 절정에 이른다. 그 가장 명백한 증거는 1945년 히틀러가 자행한 묵시록적 대참사를 통해 제시되었다. 땅굴들 속에서 신격화된 죽음을 준비하고 있던 미치광이들에게 스스로를 파괴하는 것쯤은 아무것도 아니었다. 핵심은 자기 혼자만을 파괴하는 것이 아니라 자신과 함께 온 세상 사람들을 다 죽음 속으로 끌어들이는 것이었다. 어떤 의미에서 보면 고독하게 혼자서 자살하는 사람은 여전히 어떤 가치를 그대로 인정하며 보존하는 셈이다. 왜냐하면 그는 분명 자기에게 타인들의 생명을 좌우할 권리가 있다고는 생각하지 않는 것 같기 때문이다. 그는 자살의 결심과 더불어 얻게 된 무서운 힘과 자유를 결코 타인을 지배하는 데 사용하지 않는다는 사실이 그 증거다. 모든 고독한 자살은, 그것이 원한으로 인한 것이 아닐 경우, 어딘가 고결하거나 도도한 데가 있는 법이다. 사람이 도도할 때는 그가 믿는 가치의 이름으로 도도한 것이다. 자살하는 사람이 세상이야 어찌 되건 전혀 알 바 아니라고 느끼는 것은, 그로서 관심이 없지 않은, 혹은 관심이 없을 수 없는 그 무엇인가에 대해 그가 어떤 생각을 가지고 있기 때문이다. 자살하는 사람은 모든 것을 파괴하고 자기가 모든 것을 다 안고 간다고 생각하지만, 사실은 그 죽음 자체로부터 하나의 가치가 태어난다. 어쩌면 살아볼 만한 것이었을지도 모를 그 어떤 가치가 말이다. 그러므로 절대적 부정은 자살로써 바닥을 보는 것이 아니다. 자신과 타인들의 절대적 파괴에 의해서만 바닥을 볼 수 있다. 적어도 그 절묘한 극단을 지향함으로써만 비로소 절대적 부정을 살아낼 수 있다. 이때 자살과 살인은 동일한 질서의 두 얼굴이다. 그 질서란 바로 한정된 인간 조건의 고통보다는 차라리 땅과 하늘이 한꺼번에 다 소멸하는 암흑의 열광을 택하는 불행한 지성의 질서다.

마찬가지로 우리가 만약 자살에 그 타당성을 인정하지 않는다면 살인에 타당성을 부여하는 것 또한 불가능하다. 사람이 반쯤만 허무주의자가 될 수는 없다. 부조리 추론이, 그걸 말하는 사람의 생명은 계속 유지시키면서 동시에 다른 사람들은 희생시키는 것에 동의할 수는 없는 것이다. 절대적 부정의 불가능성을 인정한 순간부터—어떤 방식으로든 살아간다는 것은 그 불가능성을 인정하는 것이다—절대로 부정할 수 없는 첫째가는 것이 바로 타인의 생명이다. 그리하여 우리로 하여금 살인이 해도 그만 안 해도 그만인 대상이라고 여기게 만들었던 바로 그 개념이 나중에는 살인의 정당성을 제거해버리는 것이다. 우리는 우리가 빠져나오려고 애썼던 바의 그 성립 불가능한 조건 속으로 되돌아온다. 실제로 이러한 추론은 우리에게 사람은 살인을 할 수 있다는 것과 사람은 살인을 할 수 없다는 것을 동시에 확인해준다. 이 추론은 우리를 모순 속에 버려둔다. 살인을 막을 도리도, 살인을 정당화할 도리도 전혀 없이, 허무주의에 도취한 시대 전체가 이끄는 대로, 그러면서도 고독하게, 손에는 무기를 들고 있지만 동시에 목이 조인 채인 우리를.

*

한 토막의 체험적 삶, 하나의 출발점, 그리고 실존에 있어서 데카르트의 방법적 회의에 해당되는 것, 이런 것이 부조리의 진정한 성격인데 이 점을 간과한 채 우리가 부조리 속에 버티고 있으려고 애쓰는 순간부터 이 근본적인 모순은 다른 수많은 모순들과 함께 모습을 드러낼 수밖에 없다. 부조리란 그 자체가 모순이다.

부조리는 그 내용에 있어서 모순이다. 왜냐하면 산다는 것은 자체가 하나의 가치 판단인데 부조리는 삶을 유지하기를 원하면서도 가치 판단을 배제하기 때문이다. 살아 숨 쉰다는 것, 그것은 판단을 내린다는 것이다. 삶이란 끊임없는 선택이라는 것은 확실히 틀린 말이다. 그러나 선택이 배제된 삶이란 상상할 수 없다는 것 또한 사실이다. 이러한 단순한 관점에서 볼 때, 부조리의 입장이란 행동의 차원에서는 상상할 수 없는 것이다. 그리고 그것은 그 표현의 차원에서도 상상할 수 없는 것이다. 모름지기 의미 부정의 철학은 그 철학이 표현된다는 사실 자체로만 보아도 모순 속에 놓여 있다. 그런 점에서 그 철학은 조리가 없는 것에 최소한의 조리를 부여하고, 그것의 주장에 따른다면 당연히 일관성이 없는 곳에 귀결을 끌어들인다. 말한다는 것은 수정·보완한다는 것이다. 의미 부정에 근거한 유일하게 조리에 맞는 태도는 아마도 침묵일 것이다. 침묵이 아무것도 의미하지 않는 것이라면 말이다. 완전한 부조리는 침묵하려고 애쓴다. 만약 부조리가 말을 한다면, 그것은 부조리가 스스로에 만족하고 있거나 혹은, 나중에 살펴보겠지만, 스스로를 잠정적인 것으로 간주하고 있기 때문이다. 이러한 자족과 이러한 자기 판단은 부조리한 입장의 뿌리 깊은 애매성을 잘 드러낸다. 어떻게 보면, 인간의 고독한 모습을 표현한다고 자처하는 부조리는 인간을 거울 앞에서 살도록 한다. 생살을 찢는 것 같은 원초적 고통은 그리하여 안락한 것이 될 수도 있다. 상처를 조심해서 살짝살짝 긁으면 드디어 쾌감이 생기게 되는 것이다.

위대한 부조리의 모험가들은 적지 않았다. 그러나 결국 그들의 위대함은 그들이 부조리에 안주하기를 거부하고 오직 그것이 요구하는 까다로운 조건들을 간과하지 않고 유의했다는 것에서 드러난다. 그들은 최하가 아니라 최상을 얻기 위해 파괴한다. 니체는, "뒤엎으려고만 할 뿐 스스로를 창조하지 않는 자들이야말로 나의 적이다"라고 말했다. 그는 뒤엎는다. 그러나 그것은 창조하기 위해서다. 그는 '돼지 낯짝'의 저속한 향락자들을 경계하고 청렴·성실을 찬양한다. 자기만족을 피하기 위해, 부조리의 추론은 그리하여 금욕을 발견한다. 부조리의 추론은 흩어져 없어지기를 거부하고 자의적恣意的인 헐벗음으로, 침묵의 결심으로, 반항이라는 기이한 고행으로 나아간다. 랭보는 "거리의 진흙탕 속에서 빽빽거리는 알량한 범죄"를 노래하며 하라르³로 달려가서는 기껏 그곳에서 가족도 없이 산다고 투덜댄다. 그에게 삶이란 "만인이 연출하는 하나의 익살극"이었다. 그러나 임종의 자리에서 그는 누이를 향해 이렇게 외친다. "나는 땅속에 묻힐 터이니 너는 햇빛 환한 세상을 걸어 다니거라!"

삶의 법칙으로 간주되는 부조리는 그러므로 모순적인 것이다. 부조리가 우리에게 살인의 정당성을 결정지어줄 만한 가치들을 제공하지 않는다고 해서 놀랄 것이 뭐가 있겠는가? 게다가 특별히 선택된 어떤 감정을 토대로 하나의 태도를 설정한다는 것은 가능한 일이 아니다. 부조리의 감정이란 다른 많은 감정들 중 하나일 뿐이다. 그것이 양차 대전 간의 그토록 많은 사상, 행동 들에 색조를 부여했다는 사실은 단지 그것의 영향력과 그 정당성을 증명할 따름이다. 하나의 감정이 강력하다고 해서 그것이 반드시 보편적이게 되는 것은 아니다. 한 시대 전체의 오류는 하나의 절망적인 감정—감정으로서 그것이 나아가는 방향은 스스로를 극복하는 것이건만—을 바탕으로 보편적 행동 규칙들을 제시하거나 혹은 제시되었다고 상정한다는 데에 있었다. 큰 고통들은 큰 행복들이 그렇듯 어떤 추론의 발단이 될 수 있다. 그것은 매개체다. 그러나 추론이 진행

---

3 에티오피아 동부의 도시로 유명한 이슬람 성지.

되는 동안 줄곧 그 매개체들을 반복해 마주치거나 유지할 수는 없는 것이다. 그러므로 부조리의 감수성을 고려하고, 자신과 타인들에게서 발견되는 어떤 병을 진단하는 것이 정당한 행위라 할지라도, 이 감수성 속에서, 그리고 이 감수성이 전제로 하는 허무주의 속에서 하나의 출발점, 체험한 하나의 위기, 혹은 실존적 차원에서의 방법적 회의 이외의 다른 어떤 것을 찾는다는 것은 있을 수 없는 일이다. 그다음 단계에서는, 고정된 거울의 유희는 깨뜨려버리고 거역할 수 없는 운동 속으로 접어들어 그 운동을 통해서 부조리 자체를 극복해야 할 것이다.

거울이 깨지고 나면 이 세기의 질문들에 대답하는 데 도움이 될 수 있는 것은 아무것도 남지 않게 된다. 방법적 회의로서의 부조리는 모든 것을 백지 상태로 환원시켰다. 이제 그것은 우리를 막다른 궁지에 남겨놓았다. 그러나 회의로서의 부조리는 스스로를 돌아봄으로써 하나의 새로운 탐구 방향을 제시할 수 있다. 이렇게 되면 추론은 앞서와 똑같은 방식으로 계속된다. 나는 아무것도 믿지 않으며 모든 것은 부조리하다고 외친다. 그러나 나는 내 외침만은 의심할 수 없고 적어도 나 스스로의 항변만은 믿지 않을 수 없다. 부조리의 경험의 테두리 내에서 이처럼 내게 주어진 최초이자 유일하게 자명한 것은 다름 아닌 반항이다. 모든 앎을 상실한 채 살인을 하거나 혹은 살인에 동의하게끔 내몰린 처지의 내가 의지할 것이라곤 오직 이 자명한 것뿐이다. 이 자명한 것은 내가 처한 고통스러운 상황으로 인해 한층 강화된다. 반항은 부당하고 이해할 수 없는 조건 앞에서 이 어이없는 광경으로부터 생겨난다. 그러나 반항의 맹목적 충동은 혼돈 가운데서 질서를 요구하고 흩어져 사라져가는 것 가운데서 통일을 요구한다. 추문은 끝나야 한다고, 지금까지 끊임없이 바닷물 위에 쓴 글씨들처럼 저 변화무쌍한 것들이 이제는 마침내 불변의 것으로 고정되어야 한다고 반항은 외치고 주장하고 바란다. 반항이 고심하는 바는 변형시키는 것이다. 그러나 변형시킨다는 것은 행동하는 것인데, 행동한다는 것은 장차 살인으로 변할 것이다. 살인이 정당한 것인지 어떤지 알지도 못하는데 말이다. 반항은 다름 아닌 여러 행동들을 낳는데 그 행동들에 정당성을 부여하는 소임은 바로 반항의 몫이다. 그러므로 반항은 그것 자체로부터 그 근거들을 도출해내야 한다. 왜냐하면 그 외의 다른 어떤 것으로부터도 그 근거를 도출할 수 없기 때문이다. 반항은 행동 방식을 터득하기 위해 자기 점검에 동의해야 한다.

형이상학적인 것이든 역사적인 것이든 두 세기에 걸친 반항이 바로 우리의 성찰 대상이다. 오직 역사가만이 그동안 차례로 등장한 여러 교리들과 운동들을 상세하게 설명할 수 있을 것이다. 적어도, 거기서 전체를 꿰는 하나의 흐름을 찾아내는 것은 가능할 것이다. 이 시론에서 우리는 단지 몇몇 역사적 지표와 해독을 위한 하나의 가설을 제시하려 할 따름이다. 또 이 가설이 있을 수 있는 유일한 것은 아니며 게다가 이 가설로 모든 것을 다 밝혀낸다는 것은 어림도 없는 일이다. 그러나 이 가설은 부분적으로나마 우리 시대의 진행 방향을, 그리고 거의 전체적으로 우리 시대 특유의 기상천외함을 설명해준다. 여기서 언급되고 있는 놀라운 역사는 유럽의 오만의 역사다.

어쨌든 반항은 그것의 태도, 주장, 성과에 대한 검토가 마무리되고 난 뒤에야 비로소 우리에게 그 타당성을 제시해줄 수 있었다. 아마도 반항이 얻어낸 결실 가운데는, 우리가 부조리로부터 얻어낼 수 없었던 행동 규범, 적어도 살인할 권리 혹은 의무에 대한 하나의 지침, 그리고 끝으로 창조에의 희망이 담겨 있다. 인간은 생긴 그대로이기를 거부하는 유일한 피조물이다. 문제는, 이 거부가 과연 인간을 오로지 자신과 타인 들의 파괴로만 몰고 가는가, 반항은 반드시 전 지구적인 살인의 정당화로 끝나야 하는가, 아니면 그와 반대로, 가당치 않은 무죄의 주장까지는 아니라 하더라도, 그 대신 납득 가능한 어떤 유죄의 원리를 찾아낼 수는 있는가 하는 점을 알아보는 데 있다.

반항하는 인간

반항하는 인간이란 무엇인가? '농non'¹이라고 말하는 사람이다. 그러나 그는 거부는 해도 포기는 하지 않는다. 그는 또한 반항의 첫 충동을 느끼는 순간부터 '위oui'라고 말하는 사람이기도 하다. 일생 동안 주인의 명령을 받기만 했던 노예가 돌연 새로운 명령은 더 이상 받아들일 수 없다고 판단한다. 이 '농'의 내용은 어떤 것인가?

그것은 이를테면, '언제까지건 이러고 있을 수는 없다', '여기까지는 따랐지만 이제 더는 안 된다', '해도 해도 너무한다'라는 뜻이며 나아가서는 '넘어서면 안 되는 선이 있다'는 의미다. 요컨대 이 '농'은 어떤 경계선이 존재한다는 것을 분명히 한다. 상

---

1 '아니요'. '네oui'의 반대, '부정'.

대편이 경계를 넘어서까지 자신의 권리를 확장해 그것과 정면으로 맞서 있는 다른 사람의 권리를 제한하게 될 때, '이건 너무 심하다'라고 느끼는 반항인의 그런 감정 속에서 우리는 그와 똑같은 한계의 개념을 찾아볼 수 있다. 이처럼 반항의 충동은, 용납할 수 없다고 여겨지는 어떤 침해의 단호한 거부와 동시에 당연한 권리라는 막연한 확신, 더 정확하게 말해서 '이건 내 권리잖아'라고 하는 반항인의 느낌에 근거한다. 반항은 내가 어떤 식으로든 어딘가 옳다는 감정 없이는 성립될 수 없다. 바로 그런 점에서 반항하는 노예는 '농'과 동시에 '위'라고 말하는 사람인 것이다. 그는 경계선을 시인함과 동시에, 그가 경계선의 이쪽 편에 있다고 짐작하고 경계선의 이쪽 안에 간직하고자 하는 모든 것을 긍정한다. 그는 자기 속에 '그렇게 할 가치가 있는' 어떤 것, 사람들이 유의할 필요가 있는 그 무엇인가가 존재한다는 사실을 고집스럽게 증명하려 든다. 어떤 의미에 있어서, 그는 그를 억압하는 명령에 맞서서 그가 인정할 수 있는 한도 이상으로 억압받지 않을 일종의 권리를 대립시킨다.

모든 반항에는 침해자에 대한 반감과 동시에 인간 자신의 어떤 부분에 대한 즉각적이고도 전적인 긍정이 담겨 있다. 반항하는 인간은 그러므로 암암리에 모종의 가치 판단을 개입시키고, 어떤 대가를 치르더라도 위험의 한가운데서 그것을 지킨다. 그때까지 반항하는 인간은 적어도 침묵한다. 설령 부당하다고 판단된다 할지라도 조건을 받아들여야 하는 그 절망 상태에 몸을 내맡기고 있는 것이다. 침묵한다는 것은 사람들로 하여금 자신이 아무것도 판단하지도 욕망하지도 않는다고 믿도록 버려두는 것이며 어떤 경우에는 실제로 아무것도 욕망하지 않는 것이다. 절망이란, 부조리와 마찬가지로, 일반적으로는 모든 것을 판단하고 원하지만 개별적으로는 아무것도 판단하지도 원하지도 않는다. 침묵이 그 점을 잘 말해준다. 그러나 반항하는 인간이 입을 열어 말하는 순간부터, 그 말이 '농'일 때도 그는 원하고 판단한다. 반항하는 인간이란, 어원적으로 갑자기 뒤로 돌아서며 돌변하는 자다. 그는 주인의 채찍질에 못 이겨 걸어가고 있었다. 그런데 그가 돌연 몸을 획 돌려 주인과 맞선 것이다. 그는 바람직하지 못한 것에 바람직한 것을 대립시킨다. 모든 가치가 다 반항을 불러오는 것은 아니다. 그러나 모든 반항의 운동은 암암리에 하나의 가치를 내세운다. 그런데 그것이 적어도 어떤 가치이기는 한 것일까?

아무리 막연한 것일지라도, 의식의 각성은 반항적 운동으로부터 태어난다. 돌연 인간의 내면에, 비록 일시적일망정, 인간이 스스로와 동일화할 수 있는 무엇인가가 있다는 자각이 번쩍하며 찾아드는 것이다. 이러한 동일화는 실제로 이제까지 느껴보지 못한 것이었다. 반역의 충동이 일어나기 전에 노예는 그 모든 시달림을 그저 당하고만 있었다. 심지어 그의 거부를 유발한 명령보다 더 참기 어려운 명령들조차 거역하지 않고 받아들인 적도 자주 있었다. 그는 인내심을 발휘하여 꾹 참았다. 마음속으로는 아마도 그 명령들을 거부했겠지만 아직 자신의 권리를 의식하기보다는 눈앞의 이해관계에 더욱 신경이 쓰여 침묵하고 있었기 때문이다. 더 이상 견딜 수 없어서 인내심을 잃게 되자 이번에는 반대로, 전에는 감수해온 모든 것에까지 번져갈 수 있는 어떤 운동이 시작된다. 이러한 충동은 거의 언제나 과거로 소급하게 마련이다. 노예는 주인의 치욕적 명령을 거부하는 순간, 그와 동시에 노예라는 신분 그 자체를 거부하게 된다. 반항적 운동은 노예로 하여금 단순한 거부를 넘어서 더 멀리 나아가게 한다. 그는 적에게 용인하고 있었던 한계마저 넘어서서 이제는 동등하게 대우받기를 요구한다. 처음에는 인간의 물러설 수 없는 저항이었던 것이 이제는 저항과 동일화되고 저항으로 요약되는 인간 전체가 된다. 단순히 존중받게 하고 싶었던 자기 속의 그 부분을 그는 이제부터 그 밖의 어떤 것보다 더 위에 놓고, 그 어떤 것보다, 심지어 생명보다 더 소중한 것으로 선언하게 된다. 그 부분이 그에게는 최고선最高善이 된다. 이전에는 타협 속에 안주하던 노예가 단번에("일이 이렇게 된 바에야…") '전체' 아니면 '무無'라는 극한 속으로 몸을 던진다. 의식이 반항과 함께 태어나는 것이다.

   그러나 이 의식은, 아직은 아주 막연한 어떤 전체에 대한 의식인 동시에 인간을 그 전체에 희생시킬 가능성을 예고하는 어떤 '무'에 대한 의식임을 우리는 알고 있다. 반항하는 인간은 전체가 되고자 한다. 그는 자신이 갑자기 의식하게 된 선善, 또 자신의 인격 속에서 인정받고 존중받기를 바라는 그 선과 전적으로 동일화되거나 그러지 못하면 차라리 무가 되기를, 다시 말해 그를 지배하고 있는 힘에 의해 결정적으로 실추되기를 원한다. 극단적으로 말해서 그는, 그가 이를테면 자유라고 부르게 될 그 배타적이고 궁극적인 인정을 받지 못할 바에는 죽음이라는 최후의 실추를 받아들인다. 무릎을 꿇고 살기보다는 차라리 서서 죽겠다는 것이다.

가치란, 탁월한 저작들에 따르면, "대개 사실에서 권리로, 바라는 것에서 바람직한 것으로 (보통은, 누구나 다 같이 바라는 것의 중개에 의해) 옮아감을 의미한다."[2] 우리가 이미 살펴본 바와 같이 반항에 있어 권리로의 이행은 분명한 사실이다. '그렇게 되어야 할 텐데'로부터 '나는 그렇게 되기를 바란다'로의 이행도 마찬가지다. 그러나 아마도 한층 더 분명한 것은 개인적인 것이 이제는 개인적 차원을 넘어 공동의 것인 선善이 된다는 생각일 것이다. 흔히들 생각하는 것과는 달리, 그리고 인간의 가장 엄밀하게 개인적인 일면 속에서 생겨나는 것이 반항이긴 하지만, '전체' 아니면 '무'의 출현으로 인해, 반항이 오히려 개인이라는 관념 그 자체를 다시 생각해보게 만든다는 사

---

2 랄랑드, 《철학용어사전》. (원주)

실이 드러난다. 과연 개인이 그의 반항적 운동 과정에서 기꺼이 죽음을 무릅쓰고 또 실제로 죽게 된다면, 그는 그걸 통해서 하나의 선, 즉 자기 개인의 운명을 초월하는 어떤 선을 위해 스스로를 희생한다는 것을 보여주는 셈이다. 자기가 수호하는 그 권리를 부정하느니 차라리 죽음의 기회를 더 중요시한다면, 그것은 그가 그 권리를 자기 자신보다 더 상위에 두기 때문이다. 그러니까 그는, 아직 막연하긴 하지만, 적어도 자신이 만인과 공유하고 있다고 여기는 어떤 가치의 이름으로 행동하는 것이다. 모름지기 반항적 행위에 전제되어 있는 긍정은, 그것이 개인을 그가 빠져 있을 것으로 짐작되는 고독으로부터 끌어내어 그에게 행동할 이유를 제공한다는 점에서, 개인을 초월하는 그 무엇에까지 확대된다는 사실을 우리는 알 수 있다. 그러나 일체의 행동에 선행하는 이 가치는 순전히 역사적일 뿐인 철학들—그 철학에서는 가치란 행동의 끝에 가서야 비로소 쟁취할 수 있다(과연 그 가치를 쟁취할 수나 있을지 모르겠지만)고 믿는다—과 반대된다는 사실에 주목할 필요가 있다. 반항을 분석하다 보면, 희랍인들이 생각했던 바와 같이, 그리고 우리 동시대 사상의 가정들과는 반대로, 적어도 인간에게는 인간 본성이라는 것이 있다는 심증에 이르게 된다. 인간의 내부에 지켜 간직해야 할 항구적인 것이 전혀 없다면, 무엇 때문에 반항을 한단 말인가? 노예가 명령을 거역하고 분연히 일어서는 것은 동시에 모든 인간 존재들을 위한 것이기도 하다. 그가 어떤 명령으로 인해 자기 내면의 그 무엇인가가 부정된다고 판단할 경우, 그때의 그 무엇은 개인에게만 속하는 것이 아니라 모든 인간, 심지어 그를 모욕하고 억압하는 자까지도 포함하는 모든 인간들이 준비된 공동체에 속하게 되는 어떤 일반적 논거인 것이다.[3]

다음 두 가지의 지적은 그 추론을 뒷받침해줄 것이다. 우선, 반항적 운동은 그 본질에 있어서 이기적인 운동이 아니라는 사실에 주목할 필요가 있다. 물론 반항적 운동도 이기적인 동기들에 의한 것일 수 있다. 그러나 인간은 억압에 대해서와 마찬가지로 거짓에 대해서도 반항할 것이다. 게다가 그 같은 이기적인 동기에서 출발했지만 자신의 마음 가장 깊은 곳에서 일어나는 충동에 따라 반항하는 인간은 모든 것을 다 내기에 걸기 때문에 아무것도 자신의 것으로 남겨 지니지 않는다. 물론 그는 자신을 존중해줄 것을 요구하지만, 그 존중은 타고난 인간 공동체와 자신을 동일시한다는 점에서의 존중이다. 다음으로 반항은 오직, 그리고 반드시, 억압당하는 자에게서만 생겨나는 것이 아니라, 타인이 억압의 피해자가 되는 광경을 목격할 때에도 생겨날 수 있다는 사실을 주목할 필요가 있다. 그

---

[3] 피해자들의 공동체는 피해자와 가해자를 하나로 묶어놓는 공동체와 동일한 것이다. 그러나 가해자는 자신이 피해자와 하나로 묶여 있다는 것을 알지 못한다. (원주)

러므로 이 경우에는 타인과의 동일화가 이루어진다. 그런데 이때의 동일화란, 개인이 상상을 통해서 박해가 자기 자신에게 가해지는 것이라고 느끼는 따위의 속임수, 즉 심리적 동일화가 아니라는 사실을 분명히 해둘 필요가 있다. 그와는 달리, 우리 자신은 반항도 못 한 채 당해왔던 박해가 타인에게 가해지는 것을 보면 오히려 견딜 수가 없어지는 경우가 있다. 러시아 테러리스트들 중 일부가 감옥에서 동지들이 혹독한 매질을 당하는 것을 보고서 항의의 표시로 자살한 사건들은 이 위대한 반항적 운동을 잘 설명해준다. 그렇다고 이것을 단순한 이익 공동체적 감정에서 오는 것이라고 할 수도 없다. 사실 우리는 우리가 적으로 간주하는 사람들에게 부당한 일이 가해지는 것을 보고서도 반항을 느낄 수 있다. 여기에는 오직 운명의 동일시, 그래서 한편이라는 느낌이 있을 뿐이다. 그러므로 개인은, 그 자체만으로 그가 수호하려 하는 그 가치인 것은 아니다. 그 가치를 구성하기 위해서는 적어도 만인이 필요한 것이다. 인간은 반항함으로써 스스로를 넘어 타인 속으로 들어가게 되며, 이런 관점에서 볼 때 인간의 연대성이란 형이상학적인 것이다. 다만 지금 당장 우리의 관심사는 쇠사슬에 한데 묶인 가운데 태어나는 그런 유의 연대성이다.

우리는 또한 셸러[4]가 정의한 원한의 개념[5]과 같은 지극히 부정적인 개념과 비교함으로써, 반항적 행동이 한결같이 추구하는 가치의 긍정적인 면모를 분명히 해둘 수도 있다. 사실 반항 운동은 그 낱말의 가장 강력한 의미에서 권리 요구 행위 이상의 것이다. 원한이란 셸러가 적절하게 정의했듯이 자기 중독이요, 밀폐된 병 속에서 무력감이 계속됨으로써 생겨난 불건전한 분비물이다. 그와 반대로 반항은 존재를 터뜨리고 부숴 존재가 밖으로 넘쳐나도록 돕는다. 반항은 물길을 터놓아 고여 있던 물이 노한 격류로 변하게 만든다. 셸러 자신은 원한의 수동적인 면을 강조하면서 욕망과 소유에 몰두하는 여성들의 심리학에 있어서 원한이 중요한 자리를 차지한다는 사실을 지적한다. 이와 반대로 반항의 근저에는 넘치는 적극성과 에너지의 원리가 깔려 있다. 원한은 시기심으로 짙게 윤색된 감정이라는 셸러의 지적 또한 옳다. 그러나 사람은 자기가 갖지 못한 것에 시기심을 느끼는 데 비해 반항하는 인간은 현재 있는 그대로의 자신을 지키려고 한다. 반항하는 인간은 단지 자신이 갖지 못했거나 남이 빼앗아간 재산을 요구하는 것이 아니

---

4 막스 셸러 Max Scheler(1874~1928). 유태계 철학자로 현상학파의 중진이다. 칸트의 형식주의를 비판하며 실질적 가치 윤리학을 수립하고자 했으며, 만년에 철학적인 인간학을 제창했다.
5 《원한의 인간 L'Homme du ressentiment》(NRF). (원주)

다. 그가 목표하는 바는 자신이 가지고 있는 그 어떤 것을 남들로 하여금 인정하도록 하는 데 있는데 그 어떤 것이란 대부분의 경우 그에게는 어떤 다른 탐낼 만한 것보다 더 중요한 것으로 이미 인정되어온 것이다. 반항은 현실주의적인 것이 아니다. 셸러에 따르면 또 원한은 그것이 강자의 마음속에서 자라나는가 아니면 약자의 마음속에서 자라나는가에 따라 출세욕이 되기도 하고 독살스러움이 되기도 한다. 그러나 두 가지 중 어느 경우든 사람들은 현재의 자기가 아닌 다른 것이 되고자 한다. 원한은 항상 자기 자신을 향한 원한이다. 반항하는 인간은 이와 반대로, 그 최초의 충동에 있어서, 남이 있는 그대로의 자기를 건드리는 것을 거부한다. 그는 자기 존재의 한 부분의 온전함을 지키기 위해 투쟁한다. 그는 우선 남을 정복하려 들기보다는 자기를 주장하려고 애쓴다.

결국 원한은 그 원한의 상대가 느꼈으면 하고 바라는 어떤 고통을 생각하며 미리 즐거워하는 것처럼 보인다. 니체와 셸러는 테르툴리아누스[6]의 글 한 대목이 이러한 감정의 좋은 예라고 보았다. 그 대목에서 작자는, 천상의 복자福者들이 맛보는 지극한 기쁨의 원천은 아마도 로마 황제들이 지옥에서 불

---

[6] 퀸투스 셉티미우스 플로렌스 테르툴리아누스Quintus Septimius Florens Tertullianus(160?~220?). 격렬한 문체와 가르침의 엄격함으로 유명한 기독교 작가.

에 타는 광경을 구경하는 일일 것이라고 독자들에게 말하고 있다. 이런 기쁨은 또한 사형 집행을 구경하러 가는 보통 사람들의 그것이기도 하다. 반항은, 이와 반대로, 그 원리에 있어서 자신의 굴욕을 거부하는 것에 그칠 뿐 타인의 굴욕을 요구하지는 않는다. 반항은 심지어 자신의 온전함이 지켜지기만 한다면 고통 그 자체를 위한 고통까지도 받아들인다.

우리는 그러므로 왜 셀러가 반항적 정신을 원한과 절대적으로 동일시하는지 이해할 수가 없다. 인도주의(그는 인도주의를 인간애의 비기독교적 형태라고 본다)에 내재하는 원한에 대한 셀러의 비판은 어쩌면 인도주의적 이상주의의 몇몇 막연한 형태들이나 공포 정치의 몇 가지 테크닉에나 적용될 수 있을지 모른다. 그러나 자신의 조건에 대한 인간의 반항, 모든 인간들에게 공통된 존엄성을 수호하기 위해 일어서는 개인의 충동에 관한 한 그것은 부적절한 것이 되고 만다. 셀러는 인도주의에는 세계에 대한 증오가 수반되고 있다는 점을 증명하고자 한다. 개별적 존재들을 일일이 사랑할 필요가 없도록 인류 전체를 사랑한다는 것이다. 몇몇 경우에 있어서는 옳은 말이다. 또 셀러의 눈에는 인도주의가 벤담[7]이나 루소에 의해 대표된다

---

[7] 제러미 벤담Jeremy Bentham(1748~1832). 영국의 철학자. 공리주의의 대표자.

는 점에서 우리는 그의 생각을 더 잘 이해하게 된다. 그러나 인간에 대한 인간의 뜨거운 열정은 이해관계의 산술적 계산, 혹은 인간 본성에 대한, 그것도 이론적인 믿음이 아닌 다른 것에서 생겨날 수 있는 법이다. 공리주의자들과 에밀의 스승의 대척점에, 예컨대 도스토옙스키가 이반 카라마조프를 통해서 구체적으로 보여주는 논리, 즉 반항적 충동에서 형이상학적 저항으로 이어지는 논리가 있다. 그것을 알고 있는 셸러는 그 개념을 이렇게 요약한다. "이 세상에 인간 존재가 아닌 다른 존재에다 낭비해도 좋을 만큼의 충분한 사랑은 없다." 비록 이 명제가 옳은 것이라 할지라도, 그것이 전제로 하는 현기증 나는 절망을 그냥 경멸해버리고 말 수는 없는 일이다. 실상 이 명제는 카라마조프의 반항의 가슴을 찢는 듯한 고통의 특징을 간과하고 있다. 이반의 드라마는 그와 반대로, 대상 없는 사랑이 넘친다는 데 있다. 신을 부정하고 나니 그 사랑을 쏟을 곳이 없어져 사람들은 너그러운 공모 관계의 이름으로 인간 존재에 그 사랑을 쏟기로 마음먹는 것이다. 요컨대 우리가 지금까지 살펴본 바의 반항적 운동에서는, 마음의 빈곤으로 인해, 그리고 부질없는 요구를 목적으로 추상적 이상을 택하는 것이 아니다. 반항적 운동은 인간 내면에 있는, 관념으로 환원될 수 없는 그 무엇, 존재하는 일 이외의 다른 어떤 것에도 봉사할 수 없는 그 뜨거운 부분이 존중될 것을 요구한다. 이 말은 곧 그 어떤 반항에도 원한의 감정은 조금도 실려 있지 않다는 것을 의미하는 것일까? 아니다, 원한의 시대를 살고 있기에 우리는 그렇지 않다는 것을 잘 알고 있다. 그러나 우리는 그 개념을 가장 폭넓은 의미로 이해해야만 한다. 그러지 않고는 그 개념의 의미를 배반할 위험이 있다. 그 점에 있어서 반항은 모든 면에서 원한을 넘어서는 것이다. 《폭풍의 언덕》에서 히스클리프가 신이 아니라 자신의 사랑을 택하고, 사랑하는 여인과 결합하기 위해서라면 지옥이라도 좋다고 말할 때, 그것은 짓밟힌 그의 젊음뿐만 아니라 전 생애를 통한 뜨거운 체험에서 터져 나오는 발언이기도 하다. 그와 마찬가지의 충동으로, 놀라운 이단의 열정을 이기지 못한 에크하르트[8] 선생은 예수 없는 천국보다 예수 있는 지옥이 차라리 낫다고 외친다. 그것은 사랑의 충동 그 자체다. 그러므로 셸러와는 반대로, 반항적 운동을 관통하는, 그리고 원한과 뚜렷이 구별되는 그 정열적인 긍정은 아무리 강조해도 지나침이 없을 것이다. 아무것도 창조하는 것이 없으므로 일견 부정적으로 보이겠지만, 반항은 인간 내면에 존재하는 영구히 수호해야 할 그 무엇을 드러내 보인다는 점에서 지극히 긍정적인 것이다.

---

[8] 마이스터 요한네스 에크하르트 Meister Johannes Eckhart(1260?~1327?). 독일의 신비주의 신학자. 신플라톤주의에 물든 그의 교리는 사후에 교황 요한 22세에 의해 이단으로 몰렸다.

그러나 결국 이러한 반항과 그것에 수반되는 가치는 상대적인 것이 아닌가? 사실 시대와 문명에 따라 반항하는 이유는 변하는 것 같다. 분명 힌두교의 최하층 천민, 잉카 제국의 전사戰士, 중앙아프리카의 원시인, 또는 초기 기독교 교단의 구성원이 모두 반항에 대해 똑같은 생각을 가지고 있었던 것은 아니다. 심지어 바로 이들의 경우에 있어서 반항의 개념은 아예 아무런 의미가 없다고 말해도 별문제가 없을 것이다. 그렇지만 희랍의 노예, 농노, 르네상스 시대의 용병대장, 섭정 시대의 파리 부르주아, 1900년대의 러시아 지식인, 그리고 우리 시대의 노동자 등은 비록 각기 반항의 이유는 다를 수 있겠지만 반항의 정당성에 대해서만큼은 틀림없이 같은 생각일 것이다. 다시 말해서 반항이라는 문제는 오직 서구 사상 안에서만 정확한 의미를 지니게 되는 것처럼 보인다. 셸러의 말대로, 불평등이 대단히 큰 사회(가령 카스트 제도하의 인도)나 혹은 그 반대로 평등이 절대적인 사회(가령 몇몇 원시 사회)에서는 반항적 정신이 표현되기 어렵다는 사실을 주목한다면, 이러한 점은 한층 분명해질 수 있으리라. 한 사회에 있어서, 반항 정신은 이론적 평등이 사실상 심대한 불평등을 은폐하는 집단에서만 가능하다. 반항의 문제는 그러므로 우리 서구 사회의 내부에서만 의미를 지니는 것이다. 이렇게 되면, 반항의 문제는 개인주의의 발전과 상관있는 것이라고 단언하고 싶은 유혹을 느낀다. 다만 앞서 지적한 사항들에 비추어볼 때 그와 같은 결론을 쉽게 내릴 수 없다는 데 문제가 있다.

명백한 사실의 차원에서 볼 때, 셸러의 지적으로부터 이끌어낼 수 있는 것은 기껏 정치적 자유의 이론에 의해 우리 사회 내에는 인간에 대한 관념이 인간 내부에서 자라나게 되었으며 아울러 바로 이 자유를 실천하면 할수록 거기에 따르는 불만이 싹튼다는 사실이다. 현실적 자유는 인간이 자유에 대하여 가지는 의식에 비례해 증대되지는 못했다. 이러한 고찰에서 연역해낼 수 있는 것은 오직 다음과 같은 사실뿐이다. 즉 반항이란 자기 권리에 대한 의식을 가진 명석한 인간의 행위라는 점 말이다. 그러나 이것이 단지 개인의 권리에 관한 문제일 뿐이라고 말할 수 있는 근거는 어디에도 없다. 그와는 반대로, 이것은 이미 지적한 바 있는 연대성과 관련해볼 때, 인류가 자신의 모험을 통해 스스로에 대해 갖게 되는 점점 확장된 의식의 문제인 것 같다. 사실 잉카 제국의 신민이나 인도의 최하층 천민은 스스로에게 반항의 문제를 제기하지 않는다. 왜냐하면 그 해답은 신성함이므로 그들이 문제를 제기하기도 전에 그 문제는 전통 속에서 이미 해결되어 있었기 때문이다. 신성불가침의 세계에서 반항의 문제를 찾아볼 수 없는 것은, 모든 해답이 한꺼번에 주어져 있기에 사실상 현실적인 문젯거리라고는 전혀 찾아볼 수 없기 때문이다. 형이상학이 신화로 대체된 것이다. 더 이상의 물음은 없고, 오직 영원한 해답과 주석만 있을 뿐인데, 그제야 그 해답과 주석은 형이상학적인 것이 될 수 있다. 그러나 인간이 신성한 것 속으로 들어가기 이전에, 그리고 그 속으로 들어가기 위해서, 혹은 인간이 신성한 것에서 밖으로 나오자마자, 그리고 거기서 밖으로 나오기 위해서 물음과 반항이 있는 것이다. 반항적 인간은 신성한 것 이전이나 이후에 위치하는 인간이며, 인간적인 질서를 요구하는 데 골몰하는 사람이다. 그 질서 속에서 모든 해답들은 인간적인 것, 즉 합리적으로 표현된 것이다. 이 순간부터, 모든 물음과 모든 말은 반항이다. 반면 신성한 것의 세계에서는 모든 말이 은총의 작용이다. 이렇게 하여, 인간 정신의 견지에서 보면 가능한 세계는 오직 두 가지뿐이라고 말할 수 있을 것 같다. 즉 신성한 것의 세계(기독교적 표현을 빌리면 은총의 세계)[9]와 반항의 세계가 그것이다. 그러므로 한쪽 세계의 사라짐은 다른 한쪽 세계의 나타남—이 나타남이 당혹스런 형태로 이루어질 수도 있지만—과 일치한다. 여기서 다시 한번 우리는 '전체'냐 '무無'냐의 문제와 마주친다. 반항 문제가 관심사로 떠오르는 것은 오늘날 사회 전체가 신성함에 거리를 두려 한 사실에 기인한다. 우리는 신성이 사라진 역사 속에서 살고 있다. 물론 인간을 반항으로만 요약할 수는 없다. 그러나 오늘날의 역사 속에서 일어

---

[9] 물론 기독교 초기 사상에는 형이상학적 반항이 있다. 그러나 그리스도의 부활, 재림의 예고, 그리고 영생의 약속으로 해석되는 신의 왕국 등은 그 반항을 무용한 것으로 만드는 해답이다. (원주)

나고 있는 그 수많은 분쟁들로 미루어볼 때 우리는 반항이야 말로 인간의 본질적 차원들 중 하나라고 말하지 않을 수 없다. 반항은 우리 시대의 역사적 현실이다. 현실로부터 도피하지 않는 한 우리는 반항 속에서 우리의 가치를 찾아야 한다. 신성한 것과 그 절대적 가치들로부터 멀리 떨어져 나온 인간이 과연 행동의 규칙을 찾아낼 수 있을 것인가? 반항에 의해 제기되는 문제는 바로 이것이다.

우리는 앞에서 이미 반항이 위치하는 그 한계선에서 태어나는 막연한 가치를 주목해볼 수 있었다. 이제는 우리 시대가 보여주는 반항적 사상과 행동의 형태들 속에서 그 가치가 발견되는지 물어봐야 하겠고, 만약 거기서 그 가치가 발견된다면 이 가치의 내용이 어떤 것인가를 분명히 밝혀야 하겠다. 그러나 그 이전에, 그 가치의 바탕은 바로 반항 자체라는 사실을 주목할 필요가 있다. 인간들의 연대성은 반항적 운동에 근거를 두고 있고, 또 그 운동은 그것대로 이 상호 결속 관계 속에서만 정당성을 발견한다. 우리는 그러므로 그 연대성을 부정하고 파괴하는 모든 반항은 그와 동시에 반항의 이름을 상실하고, 사실상 살인적 동의와 다름없어진다고 말할 수 있다. 마찬가지로 신성함의 밖에 자리 잡은 연대성은 오직 반항의 차원에서만 생명을 가진다. 여기서 반항적 사상의 진정한 드라마가 예고된다. 인간은 존재하기 위해 반항해야 한다. 그러나 그의 반항은 그 자체 내에서 발견하게 되는 한계—인간들은 그 한계 내에서 서로 결속함으로써 존재하기 시작한다—를 지켜야 한다. 반항적 사상에는 그러므로 기억이 필수다. 그것은 항구적인 긴장 상태인 것이다. 반항적 사상이 이룬 과업과 행동들을 추적함으로써 우리는 매번, 그 사상이 그 고귀한 초심初心에 충실하고 있는지, 혹시나 권태와 광기로 인해 압제나 굴종의 도취 속에서 오히려 그 초심을 망각하지는 않았는지 말해야 할 것이다. 그에 앞서 우선, 세계의 부조리와 명백한 불모성을 무엇보다 먼저 뼈저리게 느꼈던 하나의 성찰이 반항적 정신에 의해 이룩하게 되는 최초의 일보 전진을 주목하자. 부조리의 경험에 있어서 고통은 개인적인 것이다. 반항적 운동을 기점으로 그 고통은 그것이 집단적인 것임을 의식한다. 그 고통은 인간 모두의 모험이다. 이상함의 느낌에 사로잡힌 인간이 최초로 내딛는 진일보는 그러므로 이 이상함을 다른 모든 사람들과 함께 나누어 느낀다는 사실, 그리고 인간의 현실은 그 전체에 있어서 자아로부터의, 그리고 세계로부터의 그 거리감이라는 고통을 겪고 있다는 사실을 인식한다는 것이다. 오직 한 사람만 앓고 있던 병이 집단적 페스트로 변한 것이다. 우리가 겪는 일상적 시련 속에서 반항은 사유의 차원에서의

'코기토cogito'[10]와 같은 역할을 한다. 즉 반항은 원초적 자명함 그 자체인 것이다. 그러나 이 자명함은 개인을 그의 고독으로부터 끌어낸다. 반항은 모든 인간들 위에 최초의 가치를 정립시키는 공통적 토대다. 나는 반항한다, 그러므로 우리는 존재한다.

---

10 "나는 생각한다."라는 뜻의 라틴어. 데카르트의 명제 "나는 생각한다, 고로 나는 존재한다."에서 전제가 되는 항, 즉 "의식"(생각하다)을 가리킨다.

형이상학적 반항

형이상학적 반항이란 인간이 인간 조건과 창조 전체에 항거하며 일어서는 운동이다. 그것은 인간과 창조의 목적에 대해 이의를 제기하는 까닭에 형이상학적이다. 노예는 자신의 신분에 주어진 조건에 대해 항의한다. 형이상학적 반항인은 인간으로서 자신에게 주어진 조건에 대해 항의한다. 반항하는 노예는 주인이 자기를 취급하는 방식을 용납하지 않는 그 무언가가 자신의 내면에 존재한다는 사실을 분명히 한다. 형이상학적 반항인은 창조가 불만스럽다고 선언한다. 그 둘 중 어느 경우든, 단지 순수하고 단순한 부정否定의 문제가 아니다. 과연 그 두 경우 모두에서 우리는 하나의 가치 판단을 발견하게 되는데, 반항하는 인간은 그 가치 판단에 따라서 자신에게 주어진 조건을 받아들이길 거부하는 것이다.

주인에게 항거하는 노예는 인간 존재로서의 그 주인을 부정하려 드는 것이 아니라는 사실을 우리는 주목할 필요가 있다. 노예는 주인으로서의 그를 부정하는 것이다. 노예는 주인이 당연한 요구로서 그, 즉 노예를 부정할 권리를 가진다는 것을 부정하는 것이다. 주인은 요구를 무시하고 그 요구에 응하지 않는 한 실격이다. 만약 누구에게나 다 존재한다고 만인이 인정하는 터인 어떤 공통의 가치를 표준으로 삼을 수 없다면, 그때 인간은 인간에게 불가해한 존재가 된다. 반항아는 자기 자신 안에서 이 가치가 분명하게 인정받기를 요구한다. 왜냐하면 이러한 원칙이 없이는 무질서와 범죄가 세계를 지배하리라는 사실을 짐작하고 있거나 알고 있기 때문이다. 반항적 운동은 그의 경우, 명백함과 통일성의 요구라는 모습으로 나타난다. 가장 초보적인 반역이 역설적이게도 어떤 질서에의 열망을 표현한다.

이 묘사는 한 줄 한 줄 모두가 형이상학적 반항인에게도 적용된다. 형이상학적 반항인은 산산조각 난 세계 위에서 떨쳐 일어나 통일성을 요구한다. 그는 세계 속에서 자행되는 불의不義의 원칙에 자기 속에 있는 정의의 원칙을 대립시킨다. 그러므로 당초부터 그는 이 모순을 해소하는 것, 즉 할 수만 있다면 정의의 일원적 지배를 확립하든가, 궁지에 몰려 어쩔 수 없는 경우에는 불의의 일원적 지배를 확립하든가 하는 것 외에 아무것도 원치 않는다. 그때까지 그는 그 모순을 고발한다. 죽음으로 인하여 불완전하고 악으로 인하여 분산된 모습의 인간조건에 대해서 항의하는 형이상학적 반항은 삶과 죽음의 고통에 대한 반대요 행복한 통일의 이유 있는 요구다. 만일 보편화되어 있는 죽음의 고통이 인간 조건을 규정하는 것이라면 반항은 어떤 의미에 있어 그것과 동시에 일어나는 것이다. 반항하는 인간은 자신에게 주어진 필멸必滅의 조건을 거부함과 동시에, 그로 하여금 그런 조건 속에 살도록 만드는 그 권능도 인정하기를 거부한다. 형이상학적 반항인은 그러므로 흔히 사람들이 생각하듯 명백한 무신론자는 아니지만 어쩔 수 없이 신성 모독자다. 다만 그는 죽음의 아버지요 최대의 추문으로서의 신을 고발함으로써 우선 질서의 이름으로 신성 모독을 감행한다.

이 점을 분명히 밝히기 위해 반항하는 노예의 이야기로 돌아가 보자. 반항하는 노예는 자신의 항의를 통해 반항의 대상인 주인의 존재를 설정했다. 그러나 동시에 그는 주인의 권력이 자신과 의존 관계에 있음을 증명해 보였고, 또 그 자신의 힘, 즉 지금까지 그를 지배해온 주인의 우위를 계속 문제 삼을 수 있는 자신의 힘을 분명히 밝혔다. 이런 점에서 볼 때, 주인과 노예는 진정 같은 문제 속에 얽혀 있으니, 한쪽의 일시적 패권은 다른 쪽의 복종만큼이나 상대적인 것이다. 이 두 가지 힘은, 반항의 순간, 번갈아 가면서 자기주장을 내세우다 결국 상대를 소멸시키기 위해 대결함으로써 어느 한쪽이 잠정적으로 사라지게 된다.

마찬가지 방식으로, 형이상학적 반항인이 어떤 권력에 대항해 떨쳐 일어서는 순간 그는 그와 동시에 그 권력의 존재를 긍정하는 것이라면, 그는 오직 그 존재에 이의를 제기하는 그 순간에만 그의 존재를 인정하는 것이다. 그리하여 그는 이 우월적 존재를, 그 존재의 덧없는 권능도 우리의 덧없는 인간 조건과 동등한 것이므로, 인간과 똑같은 굴욕적 모험 속으로 끌어넣는다. 그는 이 우월적 존재를 우리의 거부하는 힘에 회부하고, 이번에는 도리어 그를 인간의 고개 숙이려 하지 않는 부분 앞에서 고개 숙이게 만들고, 우리와의 관계에 있어 부조리한 것인 삶에 강제로 그를 합류시킴으로써, 결국은 시간을 초월한 은둔처에서 그를 끌어내어, 모든 인간이 만장일치로 동의하지 않고서는 얻어 가질 수 없을 영원한 안정 상태와는 아주 거리가 먼 역사에 그를 참여시킨다. 이렇게 반항에 의해 확실히 밝혀지는 것은 바로 이런 차원에서 볼 때 모든 우월적 존재는 적어도 모순 명제라는 사실이다.

형이상학적 반항의 역사는 그러므로 무신론의 역사와 혼동될 수 없다. 어떤 각도에서 보면, 그것은 심지어 종교적 감정의 우리 시대 역사와 겹쳐진다. 반항하는 인간은 부정하기보다는 도전한다. 적어도 원초적으로는, 반항하는 인간은 신을 없애 버리는 것이 아니라 다만 대등한 자격으로 신에게 말할 뿐이다. 그러나 문제의 대화는 정중한 대화가 아니다. 이것은 납득시키려는 욕망에 불타는 하나의 논쟁인 것이다. 노예는 정의의 요구로 시작해서, 끝내는 패권을 원하기에 이른다. 이번에는 자기가 지배해야겠다는 것이다. 인간 조건을 거역하며 일어선 봉기는 하늘과 맞서는 엄청난 원정으로 발전하며, 거기서 왕을 붙잡아다 투옥시킨 후 우선 왕권을 박탈하고 다음에는 사형에 처한다. 인간의 반역은 형이상학적 혁명으로 끝난다. 그 반역은 겉으로 보이기에서 실제 행동으로 나아가고, 댄디에서 혁명가로 발전한다. 신의 옥좌가 전복되고 나자 반역자는 자신의 인간 조건 속에서 헛되이 찾아 헤매었던 그 정의, 그 질서, 그 통일을 이제는 자기 손으로 창조하고 그렇게 함으로써 신의 실권失權을 정당화해야 한다는 사실을 깨닫게 될 것이다. 그리하여, 필요하다면 범죄를 저질러서라도, 인간의 제국을 건설하기 위한 절망적인 노력이 시작될 것이다. 그리고 그 일에는 무서운 결과들이 따르지 않을 수 없을 것이다. 우리는 아직 그 결과들 중 몇 가지밖에 알지 못한다. 그러나 이 결과들은 결코 반항 그 자체에 기인하는 것은 아니다. 이런 결과들은 오직 반항하는 인간이 반항의 초심을 망각하고, '긍정'과 '부정' 사이의 팽팽한 긴장을 견디지 못해 지쳐버린 나머지 마침내 모든 것을 다 부정하거나 전적인 맹종에 빠져들 때 그 모습을 드러내는 것이다. 형이상학적 반역은 그 최초의 충동에 있어서 노예의 항거와 똑같은 긍정적인 내용을 보여준다. 우리의 과업은 이러한 반항의 내용이 그것을 표방하며 이룩한 여러 성과들 속에서 어떻게 변하여 나타나는지 살펴보고 반항의 기원과 초심에 대한 반항인의 불충실함, 혹은 충실함이 어떤 결과에 이르게 되는지를 살펴보는 일이다.

카인의 후예

　엄밀한 의미의 형이상학적 반항은 18세기 말에야 비로소 일관된 모습으로 사상사思想史에 등장했다. 그리고 성벽이 무너져 내리는 요란한 소리를 내면서 현대가 막을 연다. 그러나 그때부터 그 영향이 끊임없이 퍼져나간 결과, 바로 그것이 우리 시대의 역사를 형성했다고 해도 전혀 지나친 말은 아니다. 그렇다면 형이상학적 반항이 그 이전에는 아무런 의미를 갖지 못했다는 말인가? 그 모델들은 아주 먼 옛날로 거슬러 올라간다. 우리 시대는 즐겨 프로메테우스의 시대라고 자처하고 있으니 말이다. 하지만 우리 시대를 일컬어 진정으로 프로메테우스적이라고 할 수 있을까?

　초기의 신통계보기神統系譜記는 영원히 용서받지 못할 구원久遠의 순교자가 된 프로메테우스가 이 세상 끝에 있는 돌기둥에 쇠사슬로 묶이고서도 용서를 빌기 거부하는 모습을 보여준다. 아이스킬로스[1]는 그의 위상을 한층 높여 그를 더욱 명철한 모습으로 창조하고("그 어떤 불행도 내가 미리 예견하지 못한 것이라면 내게 닥치지 못하리라.") 그가 모든 신들에 대한 자신의 증오를 소리 높여 외쳐대다가 "비운의 절망으로 요동치는 바다"에 던져진 끝에 결국은 번개와 벼락의 제물이 되게 만든다. "아아! 내가 견뎌내야 하는 이 부당한 고통을 보라!"

그러므로 고대인들이 형이상학적 반항을 전혀 모르고 있었다고는 말할 수 없다. 그들은 사탄보다도 훨씬 먼저 반역자의 고통스럽고도 고귀한 이미지를 그려 보여줬고, 또 우리에게 반항적 지성의 가장 위대한 신화를 남겨줬다. 무궁한 천재성을 갖춘 그리스는 찬양과 겸양에 대한 신화들을 많이 창조하면서도 한편으로는 반역에 대한 본보기 또한 제공할 줄 알았던 것이다. 분명 프로메테우스적 성격을 지닌 몇 가지 신화들은 현재 우리가 겪고 있는 반항의 역사 속에 다시 살아나고 있다. 가령 죽음과의 투쟁("나는 인간들을 죽음의 강박으로부터 해방시켰다."), 메시아사상("나는 인간들 마음속에 맹목적 희망을 심어놓았다."), 박애주의("너무도 인간들을 사랑했기에 제우스의 적이 되어…….") 같은 것이 그런 경우다.

---

[1] Aeschylos(기원전 525~기원전 456). 고대 그리스 이타카의 대표적인 비극 시인. 《사슬에 묶인 프로메테우스》, 《페르시아인》 등 비극 작품 7편이 전해지고 있다.

그러나 아이스킬로스 삼부작의 마지막 부분인 《불을 가져온 프로메테우스》에서는 용서받은 반항인이 지배하는 시대가 예고되어 있다는 사실을 잊어서는 안 된다. 그리스인들은 그 어느 것도 극단까지 밀고 가지 않는다. 그들은 가장 극단적인 대담성을 드러낸 경우에도, 자신들이 신성시하는 그 한계에 충실했다. 그들의 반역은 창조 전체에 대해서가 아니라 다만 제신諸神 중 하나에 지나지 않는 제우스, 그 또한 수명이 제한되어 있는 제우스에 맞서 일으킨 것이다. 프로메테우스 자신도 절반만 신인 존재다. 여기서의 문제는 어떤 특별한 결판 내기, 즉 선에 대한 이의 제기일 뿐 선과 악 사이의 보편적인 투쟁이 아니다.

왜냐하면 고대인들은 비록 운명을 믿었지만 그보다 먼저 그들 자신이 그 일부를 이루고 있는 자연을 믿었다. 자연에 대해 반항한다는 것은 곧 자기 자신에 대해 반항하는 것이 된다. 그것은 벽에 제 머리를 부딪는 짓이다. 그러므로 단 하나 조리에 맞는 반항은 자살이다. 그리스적 운명은 그 자체가, 마치 우리가 자연의 힘을 감내하듯 참아내야 하는 하나의 힘이다. 그리스인들에게 있어 과도함의 절정은 채찍으로 바다를 때리는 것과 같은 야만적 광기에 지나지 않는다. 물론 과도함이 엄연히 존재하는 이상 그리스인들도 과도함을 그려 보인다. 그러나 그들은 그 과도함에 맞는 자리를 정해놓음으로써 그것에 어떤 한계를 부여한다. 파트로클로스가 죽자 아킬레우스가 나서서 도전하고 비극적 영웅들이 그들의 운명을 저주하지만 그렇다고 그것이 총체적인 단죄에까지 이르지는 않는다. 오이디푸스는 자신이 무죄의 존재가 아니라는 것을 알고 있다. 그는 자기도 모르고 죄를 지었기에 그 역시 운명의 일부를 이룬다. 그는 탄식하지만, 돌이킬 수 없는 말을 내뱉지는 않는다. 안티고네 역시 반항하지만 그것은 전통에 따른 반항, 오빠들이 무덤 속에서 안식을 찾게 하고 또 의례를 지키려는 반항이다. 어떤 의미에 있어, 그녀의 경우는 반동적 반항이라고 할 수 있다. 그리스적 사유, 두 가지 얼굴을 지닌 이 사상에서는 거의 예외 없이, 그 가장 절망적인 멜로디들의 배면에, 비참하게 장님이 되어서까지도 '모든 것이 다 좋다'라고 긍정하는 오이디푸스의 영원한 결론이 대위 선율처럼 흐르고 있다. '긍정(위)'이 '부정(농)'과 균형을 이루는 것이다. 심지어 플라톤이 칼리클레스를 통해서 니체적 인간의 비속한 유형을 앞질러 예시해보일 때에도, 심지어 칼리클레스가 "꼭 필요한 자연스러움을 지닌 인간이 나타나야겠다 (…) 그는 속박에서 벗어나, 우리의 인습, 우리의 마법, 우리의 주술, 그리고 어느 것 하나 예외 없이 자연과 반대되는 것뿐인 이 법들을 짓밟아버린다. 우리의 노예는 박차고 일어나 스스로 주인임을 보여준다"라고 외칠 때에도, 그는 법을 거부하면서도 자연이라는 말을 입 밖에 냈다.

  형이상학적 반항은 어떤 단순화된 창조관을 전제로 하는 것이다. 그런데 그리스인들은 그런 창조관을 가질 수 없었다.

그리스인들의 생각으로는, 한편에 신이 있고 다른 한편에 인간이 있는 것이 아니라, 인간으로부터 신에게로 이르는 여러 단계들이 있었다. 유죄와 무죄를 대립시켜 생각하는 관념이나 온통 선과 악만으로 요약되는 식의 역사관은 그들에게 낯선 것이었다. 그들의 세계에서는 범죄보다는 과오가 더 많았다. 도를 넘는 행위야말로 유일하고 결정적인 범죄였으니 말이다. 그런데 이제 우리의 것이 되려고 별러대는 이 전적으로 역사적인 세계에 있어서는, 그와 반대로 과오는 없고 오직 범죄만 있을 뿐인데, 그 범죄 중 첫째가는 것이 바로 절도節度라는 것이다. 이리하여 우리는 희랍 신화 속에서 감지되는 잔혹함과 관대함의 저 기이한 혼합을 이해하게 된다. 희랍인들은 사상을 절대로 외부와 담을 쌓은 진지 같은 것으로 삼지 않았다. 이 점이 바로 우리 현대인이 그들보다 타락했다는 증거다. 반항이란 결국 누군가와 맞서 대립할 때 비로소 상상이 가능해진다. 만물의 창조자인, 따라서 그 만물에 대한 책임이 있는, 인격신人格神의 개념만이 인간의 항의에 그 의미를 부여할 수 있다. 반항의 역사는 그러므로 서구 세계에 있어서 기독교의 역사와 불가분의 관계에 있다고 말해도 하등의 역설이 아니다. 사실 반항은 고대 사상의 마지막 시기까지 기다려야 비로소 과도기의 사상가들에게서 그 표현 양식을 찾아내게 된다. 특히 에피쿠로스[2]와 루크레티우스[3]에게서 그 누구보다 더 심오하게 그 표현 양식을 얻는다. 에피쿠로스의 참혹한 비애는 벌써부터 새로운 음조를 드러낸다. 그 비애는 아마도 희랍 정신에도 낯설지 않은 죽음의 고뇌에서 태어난다. 그러나 이 고뇌가 지니는 비장한 색조는 시사하는 바가 크다. "우리는 어떤 종류의 것들에 대해서든 우리의 안전을 확보할 수 있다. 그러나 죽음에 관한 한, 우리는 모두가 다 붕괴된 요새에 거주하는 주민들이나 마찬가지다." 루크레티우스는 더 분명히 말한다. "이 광막한 세계의 실체는 죽음과 파멸에 이르도록 예정되어 있다." 그러할진대 무엇 때문에 향락을 훗날로 미룬단 말인가? 에피쿠로스는 말한다. "기다림과 기다림을 거듭하며 삶을 소진시키다 결국 우리는 모두 고통스레 죽어간다." 그러므로 즐겨야 한다. 그러나 이 무슨 기이한 쾌락이란 말인가! 그 쾌락은 성벽에 뚫린 구멍이란 구멍은 모두 다 틀어막고 침묵뿐인 어둠 속에서 빵과 물을 확보하는 것을 말한다. 죽음이 우리를 위협하고 있기에 죽음이 아무것도 아니라는 것을 증명해

---

[2] Epicouros(기원전 341~기원전 270). 고대 그리스의 철학자. 쾌락이 인간의 지고한 신인데 그 쾌락을 감각적인 것에서 찾아서는 안 되며 정신을 함양하고 덕을 실천하는 데서 찾아야 한다고 주장했다.

[3] Lucretius(기원전 94?~기원전 55?). 로마 에피쿠로스학파의 시인이며 철학자로 장편시 《사물의 본성에 대해》의 저자다.

야 한다. 에픽테토스[4]와 마르쿠스 아우렐리우스[5]처럼, 에피쿠로스는 존재로부터 죽음을 추방해버린다. "우리에게 있어 죽음이란 아무것도 아니다. 왜냐하면 해체되어버린 것은 감각할 수 없고, 감각할 수 없는 것은 우리에게 아무것도 아니기 때문이다." 그렇다면 그것은 무無란 말인가? 아니다. 왜냐하면 이 세상의 모든 것은 물질인 바, 죽는다는 것은 원소로 되돌아감을 의미하기 때문이다. 존재란 바로 돌이다. 에피쿠로스가 말하는 그 기이한 쾌락은 무엇보다도 고통의 부재에 있다. 그것은 곧 돌의 행복이다. 운명에서 해방되기 위해 에피쿠로스는 훗날 프랑스의 위대한 고전 작가들에게서 다시 찾아볼 수 있게 될 놀라운 행동을 하는데, 그것은 다름이 아니라 감성의 말살이다. 우선 감성의 첫 번째 절규인 희망을 말살한다. 이 그리스 철학자가 제신에 대해 언급하는 바도 다른 의미가 아니다. 인간의 모든 불행은 희망이라는 것에서 생긴다. 희망은 인간을 성채의 침묵으로부터 끄집어내어 성채 저 위로 던져 올려서는 구원을 기다리게 만든다. 사리에 어긋나는 이런 행동들은 조심스럽게 붕대를 감아놓은 상처를 다시 벌려놓는 결과

---

[4] Epiktētos(55?~135?). 프리기아 태생의 노예로 네로에 의해 해방되었다. 스토아학파. 주로 극기의 덕의 실천을 강조했다. 주저로 《어록》이 있다.
[5] Marcus Aurelius Antoninus(121~180). 로마 황제. 5현제의 한 사람. 스토아학파의 철학자로 열세 권의 《명상록》을 남겼으며 《후한서》에는 대진왕大秦王 안돈安敦으로 기록되어 있다.

를 가져올 뿐이다. 그런 까닭에 에피쿠로스는 신들을 부정하지 않고 멀리할 뿐이다. 그러나 현기증 날 정도로 너무 멀리 밀어낸 나머지 영혼은 또다시 요새 안에 갇혀 지내는 수밖에 다른 도리가 없게 된다. "더할 수 없이 복된 불멸의 존재는 그 누구와도 아무 관계가 없고 아무 문젯거리도 만들지 않는다." 루크레티우스는 한술 더 떠 이렇게 말한다. "신들은, 바로 그 신이라는 본성으로 인해 가장 깊은 평화 속에서 불멸을 누리고 있다. 우리 인간사와는 아무 관계 없이 멀리 떨어져 있는 존재들인 것이다." 그러므로 신들을 잊고 절대로 생각지 말자. 그러면 "낮 동안의 생각들도, 밤 동안의 꿈들도 그대에게 아무런 불안 요소가 되지 않으리라."

그보다 한참 뒤에, 그러나 중요한 뉘앙스상의 차이와 함께, 사람들은 반항이라는 이 영원한 주제와 다시 만나게 될 것이다. 보상도 징벌도 내리지 않는 신, 귀머거리의 신이야말로 반항하는 인간들이 유일하게 상상할 수 있는 종교적 존재다. 장차 비니[6]가 신의 침묵을 저주하게 되는 것과는 달리 에피쿠로스는, 죽어야 하는 것이 인간이고 보면 인간의 침묵이야말로 신의 말씀보다 운명에 대한 더 나은 대비책이 될 수 있다고 판

---

6 알프레드 빅토르 드 비니Alfred Victor de Vigny(1797~1863). 프랑스 초기 낭만파 시대의 시인. 세인들의 무관심 속에서 천재가 느끼는 고독, 이에 대한 스토아적 체념과 반항을 작품의 주제로 삼았다.

단한다. 이 기이한 철학자는 길고 긴 노력을 통해 인간의 주위에 성벽을 높이 쌓고 성채를 공고히 하여 희망을 찾는 인간의 그 억누를 길 없는 절규를 무참하게 질식시키려고만 한다. 그리하여 이 전략적 후퇴가 완료되면 그제야 비로소 에피쿠로스는 마치 인간들 한가운데 서 있는 신처럼 승리를 노래할 것이다. 이 노래는 그의 반항의 방어적 특성을 잘 드러낸다. "나는 그대의 계략을 좌절시켰노라. 오, 운명이여, 나는 그대가 내게 이를 수 있는 모든 길을 막아버렸노라. 우리는 그대에게도 또 어떤 사악한 힘에도 정복당하지 않으리라. 그리고 피치 못할 출발의 종이 울릴 때, 헛되이 생에 매달리는 자들을 향한 우리의 경멸이 그 아름다운 노래 속에서 터져 나오리니, 아! 우리는 얼마나 의연하게 살아왔던가!" 루크레티우스는 그의 시대에 홀로 이러한 논리를 훨씬 더 멀리까지 밀고 나가 현대적인 요청으로까지 이어지게 했다. 실상 근본에 있어서 그가 에피쿠로스에게 덧보탠 것은 아무것도 없다. 그 역시 감각을 통하지 않는 그 어떤 설명의 원리도 거부한다. 원자는 그 최초의 원소들로 환원된 존재가 일종의 눈멀고 귀먹은 상태의 불멸을, 일종의 불멸의 죽음을 추구하는 최후의 피신처일 뿐이다. 에피쿠로스에게나 루크레티우스에게나 그것은 오직 하나의 가능한 행복의 모습이다. 그렇지만 그는 원자들이 스스로 응집되지 않는다는 사실을 인정하지 않을 수 없다. 그래서 그는 어떤 상위의 법칙에, 요컨대 그가 부정하려 하는 운명에 동의하기

보다 차라리 원자들이 서로 만나 결합하게 되는 어떤 우연적 운동, 즉 편향을 인정한다. 주목해야 할 것은 여기서 현대의 중요한 문제가 대두된다는 사실이다. 즉 지성은 거기서, 인간을 운명의 틀에서 벗어나게 만들면 그것은 곧 그를 우연에 맡겨 버리는 결과가 된다는 사실을 깨닫는 것이다. 지성이 인간에게 또다시 어떤 운명을, 이번에는 역사적인 운명을 들씌워놓으려고 애쓰는 까닭이 여기에 있다. 루크레티우스는 아직 여기까지 이르지는 못했다. 운명과 죽음에 대한 그의 증오는 그저 술 취한 것 같은 이 지상의 세계로 만족한다. 원자들이 어쩌다 보니 서로 만나서 존재를 형성하는 이 지상, 또 존재가 우연히 원자로 분해되는 이 지상의 세계 말이다. 그러나 그가 동원하는 어휘는 어떤 새로운 감수성을 드러낸다. 구멍을 틀어막아놓았던 성채가 이제는 진지로 변한다. '모에니아 문디Moenia mundi,' 즉 '세계의 성벽'이라는 어휘는 루크레티우스 수사학의 비밀을 푸는 열쇠와 같은 표현들 중 하나다. 물론 이 방어 진지에서 중요한 일은 희망을 침묵하게 하는 일이다. 그러나 에피쿠로스의 방법적 체념은 전율하는 고뇌로 변하고 그 고뇌는 더러 저주로 끝나기도 한다. 경건함이란, 루크레티우스의 경우, "그 무엇에도 동요하지 않는 정신으로 모든 것을 바라볼 수 있는 능력"이다. 그러나 이 정신도 인간에게 가해지는 불의를 보고는 전율하지 않을 수 없다. 노여움을 이기지 못한 나머지, 범죄니 무죄니 유죄니 징벌이니 하는 새로운 개념들이 사물의 본성에 관한 웅대한 시를 관통하여 흐른다. 그는 이 시에서 "종교가 저지른 최초의 범죄," 즉 이피게네이아와 그녀의 처참하게 유린당한 무죄함을 말하고, "흔히 죄 있는 자들의 편에 서서 부당한 벌을 내려 죄 없는 자들의 목숨을 빼앗는" 신의 행위를 들먹인다. 루크레티우스가 내세의 징벌에 대한 두려움을 비웃는 것은 에피쿠로스와 같이 방어적 반항 때문이 아니라 공격적 추론의 결과인 것이다. 바로 이 순간에도 선이 보상받지 못하는 것을 수없이 볼 수 있으니 하물며 악이 어떻게 응징될 수 있겠는가?

에피쿠로스 자신은 루크레티우스의 서사시에서 멋진 반역자의 모습으로 그려지게 되지만 실제로는 그렇지 않았다. "만인의 눈에 인류는 지상에서 비루하기 짝이 없는 삶을 영위하고 있었다. 하늘나라 저 높은 곳에서 얼굴을 내밀고 그 무서운 표정으로 필멸의 인간들을 위협하는 종교의 무게에 짓눌려 있었기 때문이다. 그런 가운데 최초로 한 인간, 즉 어떤 그리스인이 종교에 맞서 감히 인간의 눈을 쳐들고 항거했으니 (…) 그리하여 이번에는 종교가 뒤집어지고 인간의 발길에 짓밟혔다. 그리고 승리가 우리를, 바로 이 우리를 천상으로 들어 올리는 것이다." 우리는 여기서 이 새로운 독신瀆神과 고대의 저주 사이에 있을 수 있는 차이점을 느낄 수 있다. 그리스의 영웅들이 신이 되기를 바랄 수는 있었지만 그러나 그것은 기존의 신들을 그대로 둔 채 서로 공존하려는 것이었다. 말하자면 그 경우는 지위 격상 정도의 문제였다. 그와 반대로 루크레티우스적 인간은 모종의 혁명을 수행하려는 것이다. 그는 자격 없고 죄 많은 신들을 부정한다. 인간 자신이 신들의 자리를 차지한다. 그는 진지에서 걸어 나와 인간의 고통의 이름으로 신에 대한 최초의 공격을 개시한다. 고대 세계에서 살인이란 속죄할 수도 설명할 수도 없는 것이다. 그러나 루크레티우스에게 있어서는 인간의 살인이란 이미 신의 살인에 대한 응답에 불과하다. 루크레티우스의 시詩가, 신을 고발하는 듯 페스트로 죽은 시신들이 널려 있는 신전의 기막힌 광경으로 끝나는 것은 우연한 일이 아니다.

이 새로운 언어는 에피쿠로스와 루크레티우스의 동시대인들의 감수성 가운데 서서히 싹트기 시작한 인격신의 개념 없이는 이해될 수 없다. 반항이 개인으로서 책임을 물을 때 그 상대는 바로 인격신이다. 인격신의 지배가 시작되는 즉시 반항은 그 가장 사나운 결의로 떨쳐 일어나 결정적인 '농'(거부)을 선언한다. 카인과 함께 최초의 반항은 최초의 범죄와 때를 같이한다. 우리가 오늘날 경험하고 있는 반항의 역사는 프로메테우스의 후예들의 역사라기보다는 오히려 카인의 후예의 역사다. 이런 의미에서 볼 때, 반항적 에너지를 동원하게 될 주체는 무엇보다도 구약의 신이다. 반대로 파스칼처럼 반항적 지성의 과정을 다 밟고 나면 오히려 아브라함과 이삭과 야곱의 신에게 복종할 수밖에 없다. 가장 크게 회의하는 영혼은 가장 철저한 장세니슴[7]을 열망한다.

이런 관점에서 볼 때, 신약은 신의 모습을 부드럽게 하고 신과 인간 사이에 중개자를 둠으로써 세상의 모든 카인들에게 미리 대답을 주려는 하나의 기도로 간주될 수 있다. 그리스도는 두 가지의 주된 문제, 즉 악과 죽음의 문제를 해결하기 위해 이 세상에 왔는데, 두 문제는 곧 반항하는 인간들의 문제인 것이다. 그의 해결책은 우선 악과 죽음을 스스로 떠맡는 것이었다. 인간신인 그 역시 인내하며 고통을 겪는다. 그가 찢기고 죽임을 당한 이상 이제 악도 죽음도 절대적으로 그의 탓으로만 돌릴 수는 없게 되었다. 골고다의 밤이 인간의 역사에서 그토록 큰 중요성을 가지는 것은 오로지 그 암흑 속에서 신이 보란 듯이 자신의 전통적 특권을 버리고 절망까지 포함한 죽음의 고뇌를 끝까지 살아냈기 때문이다. "주여, 왜 나를 버리시나이까Lama Sabactani"와 죽음의 고통에 임한 그리스도의 그 무서운 회의는 이렇게 설명된다. 죽음의 고통도 영원한 희망의 뒷

---

[7] 17세기 네덜란드의 신학자 얀선C. Jansen이 창시한 교리를 말한다. 성 아우구스티누스의 설을 받들어, 철저한 숙명론이 기저가 된 신의 은총에만 큰 비중을 두어 신에 대한 철저한 믿음을 요구하는 한편, 인간의 자유 의지를 제한했다. 1713년 교황청에 의하여 이단시되어 소멸했다. 프랑스 이교파의 중심지였던 포르루아얄 수도원과 파스칼은 장세니슴과 깊은 관계를 맺고 있었다.

받침을 받는다면 한결 가벼워질 것이다. 신이 인간이 되기 위해서는 그도 반드시 절망을 맛봐야 한다. 그리스 사상과 기독교 사상이 합작하여 낳은 결실인 그노시스파[8]는 유대 사상에 대한 반동으로 두 세기 동안 이 운동에 역점을 두려고 애썼다. 가령 우리는 발렌티누스[9]가 상상해낸 여러 다양한 중개자들을 알고 있다. 그러나 이 형이상학적 축제의 아이온[10]들은 헬레니즘에 있어서의 중개적 진리와 동일한 역할을 한다. 아이온들은 비참한 인간과 가차 없이 잔혹한 신이 서로 대면함으로써 생기는 부조리를 줄여보고자 한다. 이것은 특히 마르키온[11]의 잔인하며 호전적인 제2의 신이 맡는 역할이다. 이 창조의 신은 유한한 세계와 죽음을 창조했다. 우리는 이 신을 증오해야 하고, 동시에 고행으로써 그의 창조를 부정해야 하며, 궁극적으로는 성적인 금욕으로써 그의 창조를 파괴해버려야 한다. 그러므로 오만하고 반항적인 고행이 중요한 것이다. 간단히 말해서 마르키온은 상위의 신을 더욱 찬미하기 위해 하위의 신

---

[8] 1세기 후반부터 2세기에 일어난 기독교의 이단적 일파로, 지적 신비주의적 운동으로 교회에 위협을 주었다. 율법의 준수를 배척하고 그리스도의 역사성을 부정하면서 신의 특질과 자연에 대한 완전하고도 선험적인 지식을 얻을 수 있다고 주장했다.
[9] Valentinus. 2세기경 이집트에서 태어난 그노시스파 일파의 시조.
[10] 그노시스파가 주장한 영구불변의 힘. 영원지永遠智에서 나온다고 믿어지는 정령, 반신半神.
[11] Marcion. 2세기경의 이단 철학자.

쪽으로 반항을 유도했을 뿐이다. 그노시스파는 그 그리스적 기원으로 인해 타협적이며, 기독교 내의 유대적 유산을 파괴하려는 경향을 가진다. 그노시스파는 또한 성 아우구스티누스의 사상이 모든 반항에 근거를 제공한다는 점에서 진작부터 그 사상을 피하려 했다. 가령 바실레이데스[12]에게 순교자들이란 죄지은 자들이며, 이 점에 있어 그리스도도 마찬가지다. 왜냐하면 그들은 고통을 당하니까. 좀 기이한 생각이지만 이는 그러나 고통을 정당화하려는 생각이기도 하다. 그노시스파는 전능하고 독단적인 은총을 오의전수奧義傳受라는 그리스적 개념으로 대체하려고 했을 뿐이다. 그 개념이 인간에게 모든 가능성의 기회를 열어주기 때문이다. 그노시스파 제2세대의 수많은 분파들은, 기독교적 세계를 보다 접근 가능한 것으로 만들고, 헬레니즘이 가장 나쁜 죄악으로 간주했던 반항에서 그 정당성을 없애버리기 위해 그리스 사상이 바쳤던 그토록 다양하고도 집요한 노력을 그대로 보여주고 있었다. 그러나 교회는 이러한 노력을 단죄했고, 이러한 노력을 단죄함으로써 반항하는 인간들의 수를 증가시켜놓았다.

수 세기의 세월이 흘러가는 동안 카인의 족속들이 점점 더 승리를 거두게 되자 구약의 신은 예기치 않았던 덕을 보게 되

---

[12] Basileides. 2세기경의 이집트인. 그노시스 교도.

었다고 할 수 있다. 역설적이게도 독신자瀆神者들은 기독교가 역사의 무대로부터 축출하려 했던 그 시샘 많은 신을 다시 살려놓은 것이다. 독신자들이 보여준 가장 의미심장한 대담성 중 하나는 그리스도의 역사를 십자가의 꼭대기에, 그리고 임종의 고통 직전에 내뱉은 저 처절한 고통의 절규에 고정시켜 놓음으로써 그리스도를 자기들 편으로 끌어들인 데 있다. 이렇게 반항하는 인간들이 상정했던 바대로의 창조에 더 잘 맞는 증오의 신의 무자비한 모습이 그대로 존속될 수 있었다. 도스토옙스키와 니체가 등장할 때까지 반항은, 납득할 만한 이유도 없이 카인의 제물보다 아벨의 제물을 더 선호함으로써 최초의 살인을 촉발시킨 신, 즉 잔인하고 변덕스러운 신만을 향한 반항이다. 도스토옙스키는 상상을 통해서, 니체는 실제적으로, 반항 사상의 장을 엄청나게 확장시켜서 드디어 사랑의 신에게까지도 책임을 묻게 될 것이다. 니체는 동시대인들의 영혼 속에서 신을 죽은 것으로 간주한다. 그는 그리하여 그의 선배인 슈티르너[13]와 마찬가지로 도덕이라는 허울 아래 당대의 정신 속에 사라지지 않은 채 지체하고 있는 신의 환상을 공격하게 될 것이다. 그러나 그들에 이르기까지는, 예컨대 리

---

[13] 막스 슈티르너Max Stirner(1806~1856). 독일의 철학자. 명저 《유일자와 그의 소유》를 남겼고 철저한 자기주의의 철학을 수립하여 포이어바흐 등과 논쟁했다.

베르탱 사상[14]은 그리스도의 역사(사드[15]가 "그 싱거운 소설"이라고 불렀던)를 부정하고 그 부정 자체를 통해서 그 무시무시한 신의 전통을 그대로 유지하는 것에 그쳤다.

반면에 서구가 기독교적이었던 시기에 복음서는 천국과 지상 사이의 중개자 역할을 계속했다. 반항의 고독한 절규가 솟아오를 때마다 더할 나위 없는 고통의 영상이 눈앞에 제시되는 것이었다. 그리스도가 고통을, 그것도 스스로 원해서 받은 이상 이제 그 어떤 고통도 부당한 것이 아니며 고통은 매번 필연적인 성격을 지닌다는 것이다. 어떤 의미에서 인간 심성에 관한 기독교의 신랄한 직관과 당연한 페시미즘은 바로 일반화된 불의가 전반적인 정의 못지않게 인간에게는 만족스러운 것이라고 보는 생각, 바로 그것이다. 오직 죄 없는 신의 희생만이 인간의 무죄가 겪고 있는 장구하고도 보편적인 질곡을 정당화할 수 있었다는 것이다. 오직 신의 고통, 그것도 가장 비참한 고통만이 인간의 죽음의 고통을 덜어줄 수 있었다. 만약 하늘

---

14 믿음에 있어서나 행동에 있어서 종교의 율법을 따르지 않고 관능적 쾌락을 무제한으로, 그러나 매우 섬세하게 즐기려는 사람들의 태도와 생각을 가리키는데 특히 17, 18세기에 그 흐름이 강하게 표출되었다. 사드 후작이 그 대표적 인물이다.

15 도나시앵 알퐁스 프랑수아 드 사드Donatien Alphonse François de Sade (1740~1814). 프랑스의 작가. 변태적인 성행위로 인하여 여러 번 투옥되었고 그가 소설 《쥐스틴》, 《쥘리에트》에 묘사한 성도착증은 '사디즘'이라는 용어를 낳았다.

에서 땅에 이르기까지 모든 것이 고통받게 된다면 그때 비로소 어떤 기이한 행복이 가능해지는 것이다. 그러나 기독교가 승승장구하던 시기로부터 벗어나 이성의 비판에 맡겨지는 그 순간부터, 그리스도의 신성神性이 부정되는 만큼, 고통은 다시 인간의 몫이 되었다. 이제 예수가 신성을 상실함으로써 무죄한 인간이 하나 더 늘어난 것뿐이다. 그는 아브라함의 신의 대표자들이 사람들에게 구경시켜주며 처형했던 그 무죄한 한 인간에 지나지 않는다. 주인과 노예들 사이를 갈라놓는 심연은 다시 벌어지고 반항은 시샘하는 신의 무표정한 얼굴 앞에서 여전히 절규한다. 리베르탱 사상가와 예술가들이 늘 그랬듯 신중하게 그리스도의 도덕과 신성을 공격함으로써 이 새로운 간극을 준비해놓은 것이었다. 칼로[16]의 세계는 환각을 불러일으킬 듯한 부랑아, 거지들의 분위기를 아주 잘 나타내고 있는데, 그들의 냉소는 우선 푹 눌러쓴 모자 밑에 잘 숨겨져 있다가 마침내 몰리에르의 동 쥐앙과 더불어 하늘까지 치솟아오를 것이다. 18세기 말에 폭발하게 될 그 혁명적인 동시에 신성 모독적인 격동을 준비하는 두 세기 동안, 리베르탱 사상가들은 그리스도를 한 무죄한 인간 혹은 어리석은 바보로 만드는 데 모

---

[16] 자크 칼로Jacques Callot(1592~1635). 프랑스의 판화가. 당돌하고 기괴한 화풍으로 후세에 많은 영향을 주었다.

든 노력을 경주했다. 그리하여 그리스도를 인간의 세계 속으로, 인간이 지닌 고귀하거나 아니면 보잘것없는 그 무엇 속으로 끌어넣으려고 했던 것이다. 이렇게 하여, 하늘나라라는 적을 무찌르기 위한 대공세의 장애물 제거 작업이 마무리된 것이다.

절대적 부정

역사적으로 볼 때, 최초의 논리 정연한 공격은 사드의 공격으로, 사드는 멜리에 신부와 볼테르에 이르는 리베르탱 사상의 논거들을 한데 모아 단 하나의 거대한 공격 무기로 탈바꿈시켜놓는다. 그의 부정否定 역시 가장 극단적인 것임은 말할 나위도 없다. 사드는 반항으로부터 오직 절대적인 '농'만을 이끌어낼 뿐이다. 사실 27년간의 옥중 생활도 그의 지성을 타협적인 것으로 바꿔놓지는 못했다. 그처럼 오래 감옥 생활을 하면 사람이 하인 아니면 살인마로 변하게 마련이다. 그리고 가끔은, 한 인간 속에 그 두 가지가 합쳐지기도 한다. 감옥 안에서 복종의 윤리 아닌 어떤 하나의 윤리를 구축할 수 있을 만큼 강력한 영혼이라면, 그 윤리는 대개 지배의 윤리가 될 것이다. 모든 고독의 윤리는 권력을 전제로 한다. 사회로부터 가혹한 처우를 받게 되면 거기에 대해 이쪽에서도 지독한 방식으로 대응하는 법인데 이 점에서 사드는 대표적인 예다. 작가로서의 사드는, 우리 시대 사람들로부터 다소의 환호와 무분별한 칭찬도 받고 있지만 그래도 이류를 면치 못한다. 그는 오늘날 문학과는 전혀 관계없는 이유로 어지간히도 순진 소박한 찬양을 받고 있다.

사람들은 그를 옥중 철학자로서 그리고 절대적 반항의 최초 이론가로서 찬양한다. 그는 과연 그런 사람일 수 있었다. 감옥의 저 밑바닥에 유폐되어 있다 보면 꿈은 한량없고 현실은 아무것도 구속하지 않는다. 사슬에 묶여 있으면 지성은 명철함을 잃고 그것을 잃는 만큼 광란은 더해지는 것이다. 사드는 오직 하나의 논리, 즉 감정의 논리밖에는 알지 못했다. 그는 하나의 철학을 확립한 것이 아니라, 학대받은 자의 기괴한 꿈을 따라다녔다. 다만 그 꿈이 예언적이었을 뿐이다. 자유에 대한 과격한 요구가 사드를 노예의 왕국으로 몰고 갔다. 이제는 접근할 길 없어진 삶에 대한 사드의 걷잡을 수 없는 갈증은 광란에서 광란으로 옮겨 가며 전반적인 파괴의 꿈속에서 만족을 얻었다. 적어도 이 점에 있어서 사드는 우리의 동시대인이다. 그의 연속되는 부정의 행로를 뒤쫓아보기로 하자.

문학인

사드는 무신론자인가? 투옥되기 이전 〈어느 사제司祭와 어느 죽어가는 사람의 대화〉에서 그가 자기는 무신론자라고 말하고 있다고 사람들은 믿는다. 그러나 그 뒤 그의 광적인 독신을 목격한 우리는 그같이 단정하기를 망설이지 않을 수 없다. 그의 가장 잔인한 인물들 중 하나인 생퐁은 결코 신을 부정하지 않는다. 생퐁은 사악한 창조신에 대한 그노시스파 이론을 발전시켜 그것으로부터 적당한 결론을 이끌어내는 데 그치고 있다. 생퐁이 곧 사드라고 할 수는 없다고 사람들은 말할 것이다. 물론이다. 결코 한 작중 인물이 그를 창조한 소설가일 수는 없다. 그렇지만 소설가가 동시에 그의 작중 인물 모두일 가능성은 충분히 있다. 그런데 사드의 모든 무신론적 인물들은 신이 존재하지 않는다는 것을 원칙으로 내세운다. 신이 존재한다면 그것은 무관심과 악독함과 잔인함의 속성을 전제로 할 것이라는 명백한 이유 때문이다. 사드의 가장 위대한 작품은 신의 어리석음과 증오를 증명하는 것으로 끝난다. 죄 없는 쥐스틴이 쏟아지는 빗속으로 달려갈 때, 죄 있는 누아르쇠유는 만약 쥐스틴이 하늘의 벼락을 모면한다면 자신은 개종하겠노라고 맹세한다. 쥐스틴에게 벼락이 떨어지고 누아르쇠유가 승리를 거두니 인간은 계속 신의 범죄에 범죄로 응답하게 될 것이다. 이리하여 파스칼적 내기[1]에 응수하듯 리베르탱의 내기

---

1 파스칼적 내기 Le pari pascalien. 파스칼이 무신론자를 신앙으로 이끌기 위

가 등장한다.

적어도 사드가 신에 대해 품고 있는 개념은 그러므로 인간을 짓밟고 부정하는 범죄적 신의 개념이다. 사드의 말에 의하면, 살인이 신의 속성이라는 사실은 종교의 역사에서 충분히 드러난다. 그렇다면 무엇 때문에 인간이 도덕적이어야 한다는 말인가? 이 수인囚人이 최초로 한 행동은 극단적인 귀결로의 비약, 바로 그것이었다. 신이 인간을 죽이고 부정한다면 아무것도 인간이 인간을 죽이고 부정하는 것을 막지 못할 것이다. 이런 신경질적인 도전은 1782년의 〈어느 사제와 어느 죽어가는 사람의 대화〉에서 보이던 그 조용한 부정과는 전혀 닮은 데가 없다. "아무것도 나의 것이 아니며, 아무것도 내게서 시작된 것이 아니다"라고 외치며 "아니다, 아니다, 미덕과 악덕, 그 모두가 관棺 속에 들어가면 마찬가지가 되고 만다"라고 결론짓는 자가 조용하고 행복할 리 없다. 사드에 따르면, 신의 개념이야말로 "그가 인간에게 용서할 수 없는" 유일한 것이다. 용서라는 낱말 자체가 이미 고문을 가르치는 교사인 이 철인에게 있어서 기이한 것이다. 사드는 자신의 절망적 세계관과 수인이라는 조건이 절대적으로 거부하는 터인 이 개념을 정작 자

해 사용한 개념이다. 수학적 확률론으로서, 신의 존재냐 신의 부재냐 하는 내기에 봉착했을 때, 존재를 선택하면 영생을 얻을 가능성이 있지만 부재를 선택하면 지상의 쾌락, 즉 무無밖에 얻을 수 없다는 논법이다.

신이 받아들이는 것을 용서할 수 없는 것이다. 이제부터 사드의 추론을 이끄는 것은 이중의 반항이다. 즉 세계의 질서에 대한 반항과 자기 자신에 대한 반항이 그것이다. 이 두 반항은 학대받는 자의 소용돌이치는 심성 속에서가 아니면 어디에서든 서로 모순을 일으키는 것이므로, 그의 추론은 우리가 그것을 논리의 빛 속에서 살펴보느냐 아니면 연민의 감정을 가지려고 노력하면서 살펴보느냐에 따라 끊임없이 애매한 것이 되기도 하고 정당한 것이 되기도 한다.

사드는 그러므로 인간과 인간의 도덕을 부정하게 된다. 왜냐하면 신이 그 둘을 부정하기 때문이다. 그러나 그는 동시에 지금까지 그의 보증인이 되어왔고 공범자 노릇을 해주던 신마저 부정하려 한다. 무엇의 이름으로? 인간들의 증오로 인해 감옥의 벽 속에 갇혀 살 수밖에 없는 사람에게 있어서 가장 강한 본능, 즉 성적 본능의 이름으로. 그 본능이란 어떤 것인가? 그것은, 한편으로는 본성의 부르짖음 그 자체이며[2] 다른 한편으로는 여러 다른 존재들을 완전히 소유하기를—그 존재들의 파괴라는 대가를 치르고서라도—요구하는 맹목적 충동이다. 사드는 본성의 이름으로 신을 부정하고—당대의 이데올로기적

---

[2] 사드가 묘사한 대죄인들은 그들로서는 불가항력인 엄청난 성욕을 지니고 있다는 사실에 근거해 자신들이 저지른 범죄를 변명한다. (원주)

장치는 그것을 기계론적 담론으로 제시했 다—본성을 파괴적 위력으로 탈바꿈시켜놓게 된다. 그에게 본성이란 곧 섹스다. 그의 논리는 오직 욕정의 무절제한 에너지만이 지배하게 될 무법의 세계로 그를 인도한다. 바로 거기가 열에 들뜬 그의 왕국이니 그는 그 왕국에서 그의 가장 아름다운 부르짖음을 발견한다. "우리의 욕정들 중 단 한 가지와 견주어보건대 지상의 피조물 전부 다인들 대체 무슨 의미가 있단 말인가!" 본성은 범죄를 필요로 하고, 창조를 위해서는 파괴가 필요하며, 따라서 인간 스스로가 자신을 파괴하는 순간 인간은 본성의 창조 행위를 돕는 셈이라는 것을 증명하는 사드의 주인공들의 장황한 추론들은, 너무나 부당하게 억압당한 나머지 모든 것을 다 날려버릴 폭발을 바랄 수밖에 없었던 수인 사드의 절대적 자유를 확립하는 데 목적이 있다. 이 점에 있어서 그는 자신의 시대와 대립한다. 즉 그가 요구하는 자유란 원칙들의 자유가 아니라 여러 본능들의 자유인 것이다.

사드는 아마도 어떤 범세계적 공화국을 꿈꿨던 것 같다. 그는 현명한 개혁자인 작중 인물 자메를 통해 그 공화국에 대한 구상을 우리에게 소개한다. 이렇게 그는, 반항의 운동이 가속화하고 점점 더 한계를 벗어나게 됨에 따라 반항의 한 방향이 세계 전체의 해방 쪽으로 나아가게 된다는 사실을 우리에게 보여준다. 그러나 그의 내면에 있는 모든 것은 이 경건한 꿈과는 딴판이다. 그는 인류의 친구가 아니다. 그는 박애주의자들을 증오한다. 그가 가끔 언급하는 평등이란 것도 수학적인 개념이다. 그것은 곧 인간이라는 사물들 사이의 대등함이자 다같이 희생자들이라는 데서 오는 저급한 동등함이다. 자신의 욕정의 궁극에까지 가는 사람은 모든 것을 지배해야 한다. 그의 진정한 성취는 증오에 있다. 사드의 공화국은 자유가 아니라 방종libertinage을 원리로 삼는 것이다. 이 기이한 민주주의자는 이렇게 기술하고 있다. "정의란 실제로 존재하는 것이 아니다. 그것은 모든 정념들의 신이다."

이 점에 관한 한 《규방의 철학》에서 돌망세라는 인물이 읽는 〈프랑스 사람들이여, 공화국 시민이 되려거든 한층 더 노력을〉이라는 기이한 제목의 그 유명한 풍자문보다 더 시사적인 것은 없다. 피에르 클로소프스키[3]가 적절하게 지적했듯이 이 풍자문이 혁명가들에게 증명해 보이는 바는, 그들의 공화국이 신의 권능을 지닌 왕의 시해에 근거해 수립되었으며, 1793년 1월 21일[4] 신을 단두대로 보냄으로써 그들이 범죄의 추방과 사악한 본능의 단속을 영원히 불가능하게 만들었다는 사실이다. 군주제는 군주제 자체와 더불어 그 법적 근거가 되는 신의 관념을 지탱하고 있었다. 반면에 공화국은 저 스스로

---

[3] Pierre Klossowski, 《나의 이웃 사드 Sade, mon prochain》(Editions de Seuil). (원주)
[4] 이날 루이 16세가 단두대에서 처형되었다.

를 지탱하며 성립되는 것이어서 거기서 도덕관념은 신의 계명과 관계없이 존재해야 한다. 그러나 클로소프스키가 주장하듯 사드가 마음속 깊이 독신의 감정을 품고 있었다든가 그의 거의 종교적이라고 할 수 있는 공포심이 그를 자신이 진술하는 귀결들에 이르도록 만들었다고는 단정하기 어렵다. 그보다는 오히려 먼저 결론을 내린 다음에 그가 당시의 정부에 요구하려 했던, 여러 풍속상의 절대적 인가를 정당화하는 데 알맞은 논거를 찾아냈을 성싶다. 정념의 논리는 추론의 전통적 순서를 뒤집어서 전제에 앞서 결론을 먼저 갖다놓는다. 이 점을 이해하기 위해서는 그가 늘어놓는 기막힌 궤변들을 음미해보면 충분하다. 그 궤변들을 통해 사드는 중상中傷, 도둑질 및 살인을 정당화하고 또 그러한 것들이 이 새로운 사회에서는 마땅히 허용되어야 한다고 주장하는 것이다.

그러나 그의 사상이 가장 심오해지는 대목은 다음과 같다. 그는 그의 시대에서는 보기 드문 통찰력으로 자유와 미덕의 주제 넘은 결합을 거부한다. 자유란, 특히 그것이 수인의 꿈일 때는 한계를 모르는 법이다. 자유란 범죄다. 그렇지 않다면 그 자유는 이미 자유가 아니다. 이 본질적인 점에 관한 한 사드는 결코 변함이 없었다. 오직 모순만을 설교했던 이 인물이 사형의 문제에 관련해서만은 어떤 일관성을, 그것도 가장 완벽한 일관성을 발견해낸다. 세련된 처형의 애호가요 성범죄의 이론가인 그도 법에 의한 범죄만큼은 결코 참을 수 없었다. "국법에 따라 내가 단두대를 눈앞에 둔 곳에 감금되어 있다는 것은 상상할 수 있는 모든 바스티유 감옥이 내게 준 것보다 백 배나 더 큰 고통을 주었다." 그는 공포 정치 동안 공개적으로 온건해질 수 있는 용기와 그를 감옥으로 보낸 장본인인 장모를 위해 너그러운 증언을 할 용기를 이러한 공포로부터 길어냈던 것이다. 몇 년 후 노디에[5]는 사드가 집요하게 옹호했던 그 입장을—아마 자신도 모르게—분명하게 요약해 이렇게 말한다. "치밀어 오르는 극도의 감정을 억제하지 못해 사람을 죽이는 것, 그것은 이해가 된다. 그러나 진지한 숙고를 거쳐 침착하게, 명예로운 임무 수행이라는 구실로 남을 시켜 살인하는 것은 이해가 안 된다." 우리는 여기서 사드에 의해 한층 발전된 사상의 실마리를 발견한다. 즉 살인을 하는 자는 자신의 몸으로 대가를 치러야 한다는 것이다. 보다시피 사드는 우리 시대 사람들보다 더 도덕적이다.

그러나 사형에 대한 그의 증오는 우선 자기 스스로 죄인들인데도 자기들의 도덕성 내지 자기들의 명분의 도덕성을 너무나도 굳게 믿은 나머지 감히 남을, 그것도 돌이킬 수 없는 방식으로 징벌하는 사람들에 대한 증오였다. 자기 스스로 죄를 지

---

[5] 샤를 노디에Charles Nodier(1780~1844). 프랑스의 소설가. 매력적인 환상으로 가득 찬 단편 소설들로 잘 알려져 있다.

으면서 동시에 타인들을 벌할 수는 없는 것이다. 감옥의 문을 열어주든지, 불가능하겠지만 자신의 도덕성을 증명하든지 해야 한다. 단 한 번이라도 일단 살인을 인정하게 되면 그 순간부터는 살인을 전면적으로 인정해야 한다. 자연(본성)에 따라 행동하는 범죄자는 독직을 범하지 않는 한 법의 편이 될 수 없다. "공화국 시민이 되려거든 한층 더 노력을"이라는 말은, '유일하게 합리적인 것인 범죄의 자유를 인정하라, 그리고 은총에 들어가듯 영원히 반역에 들어가라'는 의미다. 악에 대한 전적인 복종은 그리하여 광명과 타고난 선량함으로 가득한 공화국을 경악하게 할 무시무시한 고행으로 이어진다. 의미심장한 일치지만, 공화국 최초의 폭동으로 인해 《소돔의 120일》[6]의 원고가 불타 버렸는데 과연 그 공화국은 당연하게도 이 이단적인 자유를 고발하고, 이 위험천만의 동지를 또다시 감옥 속에 처넣어버렸다. 그러나 공화국은 그렇게 함으로써 그 동지가 그의 반항 논리를 한층 더 멀리까지 밀고 나갈 수 있는 무서운 기회를 제공한 셈이었다.

범세계적 공화국은 사드에게 하나의 꿈일 수 있었으나, 결코 유혹일 수는 없었다. 그의 진정한 정치적 입장은 시니시즘

---

6 《*Les Cent vingt journées de Sodome*》. 사드의 대표작의 하나로 온갖 변태 성욕을 묘사하고 분석하는 소설이다.

이다. 그의 《범죄 동호회》라는 작품을 보면 인물들은 공공연하게 정부와 그 법률에 찬동을 표하지만 실제로는 그것을 유린할 준비가 되어 있다. 그래서 회원들은 보수파 의원에게 투표한다. 사드가 구상하고 있는 제도는 당국의 호의적 중립을 내용으로 한다. 범죄 공화국은, 당분간은 적어도 세계적인 것이 될 수 없다. 범죄 공화국은 법률에 복종하는 척해야 한다. 그렇지만 살인의 법칙 이외에 어떤 법칙도 없는 세계에서, 범죄의 하늘 아래 범죄적 본성의 이름으로 사드는 사실상 욕망이라는 지칠 줄 모르는 법에만 복종할 뿐이다. 그러나 무제한으로 욕망한다는 것은 무제한으로 욕망의 대상이 됨을 인정하는 것으로 귀착한다. 파괴할 수 있는 자유는 자기도 파괴당할 수 있음을 전제로 한다. 그러므로 투쟁하고 지배해야 한다. 이 세계의 법은 힘의 법 이외에 아무것도 아니다. 그것의 원동력은 권력 의지다.

범죄 동호인은 실제로 두 가지 종류의 권력만을 존중하는데, 하나는 출생의 우연에 근거한 것으로 그가 사회 속에서 발견하는 권력이고, 다른 하나는, 악랄한 짓을 거듭한 끝에, 사드가 흔히 묘사하는 주인공들 같은 대★리베르탱 귀족들과 맞먹는 지위에 이른 피압박자가 간신히 얻게 되는 권력이다. 이 소규모 권력 집단, 이 입문자들은 자기들이 모든 권리를 갖고 있음을 알고 있다. 단 한순간이라도 이 가공할 특권을 의심하는 자는 즉시 이 집단으로부터 추방당해 또다시 희생자가 된다.

그들은 그리하여 일종의 도덕적 극렬 보수주의에 이르게 되는데, 거기서는 일단의 남녀들이 기이한 지식을 지니고 있다는 이유로 단호하게 노예 계급 위에 군림하게 된다. 그들의 유일한 문제는 무시무시하게 확장된 욕망의 영토를 거느린 권리들을 충분히 행사하기 위한 조직을 구성하는 일이다.

세상 전체가 범죄의 법을 받아들이지 않는 한 그들이 세상 전체에 자신들의 뜻을 내세우는 것은 바라기 어렵다. 사드는 자신의 국가가 '공화국'이 되기 위해 거기에 필요한 추가적 노력을 기울이리라고는 전혀 생각지 않았다. 그러나 범죄와 성적 욕망이 세계 전체의 법이 되지 못한다면, 아니 적어도 한정된 영역에서라도 그것이 지배력을 행사하지 못한다면 그것은 더 이상 통일의 원리가 아니라 분쟁의 씨앗인 것이다. 그것은 더 이상 법이 아니고, 따라서 인간은 분산과 우연으로 되돌아간다. 그러므로 새로운 법에 딱 들어맞는 하나의 세계를 통째로 창조해내야 한다. 신의 천지 창조가 만족시켜주지 못한 통일에의 요구가 이 소우주에서 최대한 충족된다. 권력의 법은 절대로 세계 제국에 이를 만한 인내력을 가지지 못한다. 그러므로 주위에 철조망을 치고 전망 초소를 세워서라도 그 법을 행사할 수 있는 영역의 경계를 지체 없이 정해놔야 한다.

사드의 세계에서, 그 권력의 법은 밀폐된 장소들을, 일곱 겹 성벽으로 둘러싸인 성城들을 창조해낸다. 아무도 빠져나올 수 없는 그곳에서는 욕망과 범죄의 사회가 아무런 장애도 없이 무자비한 규칙에 따라 영위된다. 무제한으로 고삐가 풀린 반항, 자유에 대한 전적인 요구는 다수의 노예화로 귀결된다. 사드에게 인간의 해방은 이러한 방탕의 지하굴로 마감된다. 그 안에서는 일종의 악덕의 정치국政治局이 지옥 속으로 영구히 끌려 들어온 남녀들의 생사를 좌우한다. 사드의 작품은 이러한 특권적인 장소들의 묘사로 가득 차 있다. 그 속에서는 매번 봉건적 탕아들이 희생자들을 모아놓고 그들의 무력함과 절대적 굴종을 증명하면서 《소돔의 120일》의 블랑지 공작이 인민들에게 했던 말을 그대로 되풀이한다. "그대들은 이 세상에서 이미 죽은 사람들이다."

마찬가지로 사드도 '자유'의 탑 속에서 살았다. 그러나 그것은 바스티유 감옥이었다. 절대적 반항은 그와 더불어 압박자도 피압박자도 한번 들어가면 빠져나올 수 없는 불결한 성채 속에 매몰되어버린다. 그는 자유를 확립하기 위해 절대적 필연을 구축해야 한다. 욕망의 무제한적인 자유는 타자의 부정을, 그리고 연민의 말살을 의미한다. 감정, 즉 '정신의 약점'을 죽여 없애야 한다. 밀폐된 영역과 규율이 그 일을 준비할 것이다. 사드의 그 기괴한 성안에서 지극히 중요한 역할을 하는 그 규율은 하나의 불신의 세계를 구축해놓는다. 그것은 예기치 않았던 애정이나 연민의 정이 즐거운 쾌락의 계획을 방해하는 일이 없도록 미리 모든 것에 대비하는 데 도움을 준다. 명령을 받아 이루어지는 쾌락이니 어쩌면 기이한 쾌락인지 모른다. "매일 아침 10시에 일어날 것…!" 그러나 쾌락이 애착으로 변질되는 것을 막아야 한다. 괄호 속에 집어넣어 단단하게 굳혀야 한다. 또한 쾌락의 대상이 결코 사람으로 보여서는 안 된다. 만약 인간이 "지극히 물질적인 식물의 일종"이라면 그는 하나의 대상으로, 실험의 대상으로 취급될 수밖에 없다. 철조망을 둘러친 사드의 공화국에는 오직 기계와 기술자들밖에 없다. 기계의 사용법인 규율은 만사에 관여한다. 이 욕된 수도원들은 의미심장하게도 종교 단체들의 규율을 모방한 자체의 규율을 가지고 있다. 그리하여 탕아는 공개적인 고해를 실시한다. 그러나 고행의 지침이 달라졌다. "품행이 방정한 자는 지탄받을지어다."

그의 시대의 관례가 그랬듯이 사드는 이런 식으로 이상 사회를 건설한다. 그러나 그의 시대와는 거꾸로 그는 인간의 타고난 사악함을 코드화한다. 그는 선구자의 자격으로 권력과 증오의 도시를 세심하게 구축하여 마침내 자신이 쟁취한 자유를 숫자로 표시하기에 이른다. 그리하여 그는 자신의 철학을 범죄의 싸늘한 계산 장부에 요약한다. "3월 1일 이전 피살자: 10. 3월 1일 이후: 20. 돌아간 자: 16. 합계: 46." 선구자임에는 틀림없으나 보다시피 아직은 온건하다.

만일 모든 일이 여기서 그친다면 사드는 별로 인정받지 못한 선구자 정도로밖에 주목받지 못하리라. 그러나 일단 도개교를 들어올리고 나면 성안에서 살 수밖에 없다. 규율을 아무리 세밀하게 정해놓았다 해도 만사를 다 미리 예비할 수는 없다. 그것은 파괴할 수 있을 뿐 창조하지는 못한다. 이 고통의 수도원을 거느리는 주인들은 거기서 그들이 갈망하는 만족을 찾지 못한다. 사드는 곧잘 "범죄의 감미로운 습관"을 말한다. 그렇지만 여기에 감미로움과 닮은 것이라고는 아무것도 없다. 오히려 사슬에 묶인 인간의 광란이 있을 뿐이다. 과연 문제는 쾌락을 즐기는 일인데 최대의 쾌락은 최대한의 파괴와 일치한다. 대상을 죽여서 소유하고 고통과 짝짓기를 하는 것, 이것이야말로 이 성의 모든 조직이 지향하는 완전한 자유의 순간이다. 그러나 성적 범죄가 관능적 쾌락의 대상을 말살하는 순간, 그것은 바로 그 말살의 순간에만 존재하는 성적 쾌락마저 말살하는 것이 된다. 그러므로 다른 하나의 대상을 굴복시켜 또다시 그것을 말살해야 하고, 그다음에 또 다른 하나의 대상을, 그다음에는 가능한 모든 대상을 무한히 죽여야 하는 것이다. 이렇게 하여 범죄적이고 에로틱한 장면들이 음산하게 축적되는데 사드의 소설에서 요지부동으로 굳어진 모습으로 나타나는 그 양상은 역설적이게도 독자의 머릿속에 어떤 끔찍한 순결의 추억을 남겨놓는다.

이런 세계에서 서로 좋아 공범자가 된 육체들이 꽃피우는 저 위대한 희열과 그 쾌락이 무슨 소용이겠는가? 절망에서 도망치기 위해 불가능한 탐구에 몰두하지만 결국 절망으로 끝나는 것이 고작이고 예속에서 예속으로, 감옥에서 감옥으로 전

전할 뿐이다. 오직 자연만이 참된 것이라면, 자연 속에서는 오직 욕망과 파괴만이 정당한 것이라면, 파괴와 파괴를 거듭하는 동안 인간이 지배하는 세상만으로는 피의 갈증을 다스릴 수 없으므로 전 우주의 절멸로까지 치닫지 않으면 안 된다. 사드의 표현을 빌리건대 이제 스스로 자연의 사형집행인이 되어야 한다. 그러나 그것조차 그리 쉽게 이루어지는 것이 아니다. 살인의 장부 정리가 끝나고 모든 희생자가 살육당한 후, 그 사형집행인들은 서로 얼굴과 얼굴을 마주한 채 고독한 성안에 남게 된다. 그들에게는 아직도 무엇인가 모자라는 것이 있다. 고문당한 육체들은 원소 상태로 환원되어 자연으로 되돌아가고 그 자연에서 새로운 생명이 다시 태어날 것이다. 살인 그 자체도 완결된 것이 아니다. "살인은 우리가 공격하는 개인에게서 첫 생명밖에 제거하지 못한다. 그에게서 제2의 생명을 또 빼앗을 수 있어야 하리라…." 사드는 창조에 대한 테러를 구상한다. "나는 자연을 혐오한다. (…) 나는 자연의 계획을 방해하고, 자연의 운행을 저지하고, 별들의 회전을 멈추게 하고, 우주 공간에 떠도는 천체들을 뒤엎고, 자연에 봉사하는 것들을 파괴하며, 자연에 해를 끼치는 것들을 보호하고 싶다. 한마디로 나는 자연의 과업을 모독하고 싶다, 그런데 나는 이 일에서 성공할 수가 없다." 사드는 우주를 깨부수어 날려버릴 수 있는 기술자를 상상해보지만 소용없는 일이다. 그는 천체들의 가루 속에서도 생명이 계속되리라는 것을 알고 있다. 천지 창조에 대한 테러는 불가능하다. 모든 것을 다 파괴할 수는 없다. 언제나 무엇인가가 남는 것이다. "나는 이 일에서 성공할 수가 없으니…." 이때 이 비정하고 얼어붙은 우주가 문득 풀리면서 비통한 우수에 젖는다. 자신은 원하지 않았음에도 사드는 이 우수로 인해 우리의 가슴을 흔든다. "우리는 아마도 태양을 공격할 수 있으리라, 우주로부터 태양을 빼앗아버리든가 아니면 태양으로 세계를 불태워버릴 수도 있으리라, 어쩌면 그거야말로 진짜 범죄일 테지, 그거야말로…." 그렇다, 그것은 진짜 범죄일 것이다. 그러나 그것도 결정적 범죄는 못 된다. 계속 나아가야 한다. 사형집행인들이 눈〔目〕싸움으로 서로 겨룬다.

이제 남은 것은 그들뿐이다. 오직 한 가지 법만이 그들을 지배한다. 힘의 법 말이다. 그들이 주인이면서 그 법을 받아들였으므로 이번에는 그 법이 그들 자신에게 적용된다 해도 거부할 도리가 없다. 권력이란 어느 것이나 다 유일하고 고독한 것이 되려는 경향이 있다. 아직도 더 죽여야 한다. 즉 이번에는 그들의 차례다. 주인들이 서로 짓찧을 것이다. 사드는 이러한 결과를 보고도 물러서지 않는다. 악덕의 기이한 금욕주의가 이 반항의 구렁텅이를 조금 밝혀준다. 사드는 애정과 타협의 세계로 되돌아오려고 하지 않는다. 도개교는 내려지지 않을 것이고, 그는 자기 일신의 절멸을 받아들일 것이다. 광란하는 거부의 힘이 궁극에 이르자 무조건의 받아들임과 하나가 된다. 위대한 바가 없지 않은 받아들임이다. 이번에는 주인이 자기가 노예가 되는 것을 받아들인다. 어쩌면 심지어 노예가 되기를 갈망하는 것인지도 모른다. "단두대 또한 내게는 쾌락의 옥좌이리라."

가장 큰 파괴는 그리하여 가장 큰 긍정과 일치한다. 주인들은 서로서로 덤벼들어 싸우니, 방탕을 찬양하고자 세운 이 작품은 "그들의 천재가 도달한 절정에서 타살된 탕아들의 시체들로 뒤덮인"[7] 것이다. 최후까지 살아남을 가장 강한 자는 고독자, 유일자이니, 사드는 그를 찬미하려 했거니와, 그는 결국 그 자신이었다. 그는 마침내 지배하니 주인이요 신이다. 그러나 가장 높은 승리의 순간, 꿈은 사라진다. '유일자'는 그 엄청난 상상력이 탄생시킨 수인으로 되돌아온다. 그는 죄수와 하나가 된다. 아직 진정되지 않은 쾌락, 그러나 이제부터는 대상이 없는 쾌락을 위해 세운, 피로 얼룩진 바스티유 감옥 속에서 과연 그는 혼자다. 그는 오직 꿈속에서만 승리했을 뿐이다. 잔혹함과 철학적 사색으로 가득 찬 그 10여 권의 저술은 불행한 고행을, 전적인 '농'으로부터 절대적인 '위'로의 환각에 사로잡힌 이행을, 그리고 마침내 죽음에의 동의—모든 것과 만인의 살해를 집단 자살로 탈바꿈시키는—를 요약한다.

---

7 모리스 블랑쇼Maurice Blanchot의 《로트레아몽과 사드*Lautréamont et Sade*》 (Éditiond de Minuit) 참조. (원주)

사람들은 초상肖像으로 그린 사드를 처형했다. 그는 상상 속에서 살인을 했을 뿐이다. 프로메테우스는 오난[8]으로 끝난다. 사드는 여전히 수인으로서, 그러나 이번에는 정신병원에서, 환각에 사로잡힌 자들과 더불어 즉흥적으로 꾸민 무대에서 연극을 하면서 일생을 마치게 된다. 이 세상의 질서가 그에게 주지 못했던 만족을 꿈과 창작이 제공할 수 있었지만 그것은 보잘것없는 대용물에 불과했다. 작가란 물론 그 어떤 것도 사양하지 않는다. 적어도 작가의 경우에 있어서 한계는 무너지고 욕망은 갈 데까지 갈 수 있다. 이 점에서 사드는 완전한 문학인이다. 그는 스스로 존재한다는 환상을 얻기 위해 허구를 만들었다. 그는 "글을 통해서 도달할 수 있는 도덕적 범죄"를 그 어떤 것보다 상위에 놓았다. 논란의 여지가 없는 그의 공로는, 반항 논리가 적어도 그 출발점에서의 진실을 망각할 경우 야기되는 극단적 결과가 어떠한 것인가를 쌓이고 쌓인 광기에 대한 불행한 통찰을 통해 단번에 드러내 보여줬다는 데에 있다. 이 결과란 곧 폐쇄적 전체성이며, 범세계적 범죄이며, 시니시즘의 귀족주의, 그리고 묵시록적 의지다. 그것들은 그

---

[8] 오난은 구약성서에 나오는 인물로, 야곱의 손자이자 유다의 아들이다. 형이 죽은 후 형수를 아내로 삼아 후손을 이으라는 명을 받고 결혼했으나 아내의 임신을 꺼려 정액을 땅에 흘렸고 이 때문에 신의 벌을 받아 죽었다. 이로부터 '오나니슴(수음)'이란 말이 생겼다고 한다.

의 사후 오랜 세월이 흐른 뒤에 다시 나타나게 될 것이다. 그러나 이미 그것들을 맛보았던 그는 결국 궁지에 몰려 숨이 막혀 있었고 오직 문학을 통해서만 해방감을 느꼈던 것 같다. 기이하게도 반항을 예술의 길로 끌어들인 것은 바로 사드인데 후에 낭만주의는 반항을 이 길로 한 걸음 더 나아가게 만든다. 그는 말했다. "퇴폐란 너무나도 위험하고 활동적인 것인지라, 그 작가들이 그 무서운 사상 체계를 책으로 찍어내는 목적은 오직 그들의 범죄 전부를 사후에까지 연장시키려는 데 있다. 그들은 이제 더 이상 범죄를 저지를 수 없지만 그들의 저주스러운 글들이 범죄를 저지르게 만들 것이다. 그리고 그들이 무덤까지 가지고 갈 이 달콤한 생각은 현세의 이 모든 것들을 두고 죽을 수밖에 없다는 운명에 위로가 된다." 그런데 사드는 자신이 말한 바로 그런 작가들 중 한 사람이 될 것이다. 이처럼 사드의 반항적인 작품은 죽지 않고 살아남고 싶은 갈망을 증언한다. 그가 갈망하는 불멸이 카인의 그것이라 할지라도 그는 적어도 그것을 갈구하고 있으며 그리하여 자신도 모르게 가장 참된 형이상학적 반항을 증언해 보인다.

게다가 그의 후예들을 보더라도 그에게 경의를 표하지 않을 수 없다. 그의 상속자들이 모두가 작가는 아니다. 확실히 고통을 받으며 죽은 그는 문학 카페를 출입하는 지식인들의 상상력을 뜨겁게 달궈주기에 충분하다. 그러나 그것이 전부는 아니다. 우리 시대에서 사드의 성공은 우리 시대의 감수성과 공유하는 어떤 꿈에 의해 설명된다. 그것은 바로 완전한 자유의 요구와 지성이 냉정하게 실천에 옮긴 비인간화의 꿈이다. 인간을 실험 대상으로 축소시키고 권력의 의지와 그 대상으로서 인간과의 관계를 규칙으로 정하고 밀폐된 공간에서 그 무시무시한 실험을 실시하는 등의 그 모든 것들은 장차 권력의 이론가들이 노예의 시대를 조직하게 되는 날 마침내 다시 발견하게 될 교훈들이다.

이미 두 세기를 앞당겨 사드는, 실제로 반항이 요구하는 바가 아닌 광란하는 자유의 이름 아래, 소규모로 축소된 차원의 전체주의 사회를 부르짖었다. 사실상 그와 더불어 우리 시대의 역사와 비극은 시작된다. 그는 다만 범죄의 자유에 기초한 사회는 풍속의 자유와 병행되어야 한다고 생각했을 뿐이다. 마치 예속에는 그 나름의 한계가 있기라도 하다는 듯이. 우리의 시대는 범세계적 공화국이라는 그의 꿈과 타락의 기술을 기이한 방식으로 혼합해놨을 뿐이다. 그가 가장 증오했던 것, 즉 법률에 의한 살인이 그가 본능에 의한 살인에 활용하려고 했던 발견들을 그 필요에 따라 가로채 간 것이다. 사드로서는 고삐 풀린 악덕의 예외적이고 감미로운 결실이 될 것을 원했던 범죄가, 오늘날에는 경찰 쪽에서 발휘하는 위력의 음울한 습관에 불과해지고 말았다. 이런 것이 바로 문학의 예기치 않은 변괴들이다.

댄디들의 반항

그러나 사드 이후에도 여전히 문학인들의 시간이다. 낭만주의가 그 악마적인 반항을 통해 사실상 힘을 보탠 것은 오직 상상력의 모험 쪽이다. 사드와 마찬가지로, 낭만주의는 악과 개인에 더 큰 관심을 기울이면서 고대의 반항과는 거리를 유지할 것이다. 도전하고 거부하는 힘에 역점을 두다 보니 반항은 이 단계에서 그것이 지닌 긍정적 내용을 망각한다. 신이 인간 내면의 선을 요구하므로 그 선을 조롱하고 악을 선택해야 한다는 것이다. 그러므로 죽음과 불의에 대한 증오는, 악과 살인의 실천까지는 아니더라도 적어도 악과 살인의 옹호로 이어지게 된다.

낭만주의자들이 선호하는 《실낙원》에서 사탄과 죽음의 싸움은 이러한 드라마를 상징하고 있는데 죽음은 (원죄와 함께) 사탄의 자식이므로 그 상징성은 더욱 의미심장하다. 반항하는 인간은 스스로가 무죄하다고 판단하기 때문에 악을 물리치기 위해 선을 포기하고, 새로이 악을 낳는다. 낭만주의적 영웅은 우선 선과 악의 심각한 혼동, 이를테면 종교적 혼동[9]을 야기한다. 이 영웅은 '숙명적'인 인물이다. 왜냐하면 숙명은 선과 악을 서로 분간할 수 없도록 뒤섞어놓는데 인간은 그 숙명으

---

[9] 예컨대 윌리엄 블레이크에게서 볼 수 있는 중심적 테마가 그렇다. (원주)

로부터 스스로를 방어하지 못하니까 말이다. 숙명은 가치 판단을 배제한다. 숙명은 가치 판단을 내리는 대신 '이렇게 되었다'라고 말한다. 이 한마디로 모든 것이 다 책임을 면제받는다. 다만 어처구니없는 이 사태의 유일한 책임자인 조물주만이 예외다. 낭만주의적 영웅은, 그의 힘과 천재가 중대함에 따라 동시에 악의 힘도 그의 내부에서 커지기 때문에 또한 '숙명적'이다. 권력도 과도함도 모두 다 한결같이 '이렇게 되었다'라는 말로 덮어놓기만 하면 그만이다. 예술가, 특히 시인은 신들린 사람이라는 매우 오래된 생각이 낭만주의자들 가운데서는 자극적인 공식으로 변한다. 심지어 이 시대에는 모든 것을, 정통적인 성격의 천재들까지도 다 제 편으로 끌어들이려는 악마의 제국주의가 지배했다. 블레이크는 이렇게 말한다. "밀턴은 천사와 신에 대해서는 거북해하며 글을 썼고, 악마와 지옥에 대해서는 대담하게 글을 썼는데 그것은 그가 진정한 시인이었고 자신도 모르게 악마의 편이었기 때문이다." 이리하여 시인, 천재, 지고한 이미지에 있어서 인간 그 자체인 그는 사탄과 동시에 이렇게 외친다. "잘 가라, 희망이여, 그리고 희망과 함께 두려움도 안녕히, 회한도 안녕히…. 악이여, 네가 이제 나의 선이 되어다오." 이것은 유린당한 무죄의 절규다.

낭만주의적 영웅은 그러므로 자신이 어떤 불가능한 선에 대한 향수로 인해 악을 저지를 수밖에 없는 존재라고 생각한다. 사탄은 그의 창조주기 힘으로 그를 무력화하려고 했기 때문에 창조주에게 거역해 일어선다. "이성 면에서는 대등한데, 신은 힘으로 자신의 맞수들을 짓밟고 올라섰다"라고 밀턴의 사탄은 말한다. 이처럼 신의 폭력은 공공연하게 비난받는다. 반항하는 인간은, "신에게서 가장 멀리 떨어져 있는 것이 최선"이기에, 그 공격적인 몹쓸 신[10]을 멀리하며 신의 질서에 적대적인 모든 힘을 지배할 것이다. 악의 왕자가 자기의 길을 택한 것은 오로지 신이 부당한 목적으로 개념을 정의하여 사용하는 것이 선이기 때문이다. 무죄라는 것 자체가 속아 넘어간 자의 맹목을 전제로 하는 것이기에 이 '반란자'에게는 거슬린다. 이 "무죄를 거슬리게 느끼는 악의 검은 정신"은 이리하여 신의 불의와 궤를 같이하는 인간의 불의를 불러일으키게 된다. 천지 창조의 근저에 폭력이 개재되어 있으니, 이쪽도 단호한 폭력으로 그것에 대응하겠다는 것이다. 과도한 절망은 절망의 원인을 증폭시켜 반항은 마침내 불의의 시련이 오래 계속되면 나타나는 증오에 찬 무기력 상태로 이어진다. 그 상태 속에서는 선과 악의 구별이 결정적으로 사라져버린다. 비니[11]의 사탄은

---

[10] "밀턴의 사탄은 도덕적으로 밀턴의 신보다 훨씬 낫다. 역경과 행운에도 불구하고 견디며 인내하는 자가 틀림없이 승리한다는 차가운 확신 속에서 적들에게 가장 끔찍하게 보복하는 자보다 낫듯이."(허먼 멜빌)(원주)

[11] Alfred de vigny(1797~1863). 프랑스 낭만주의의 대표적 시인

…… 이제 더 이상 악도 자비도 느낄 수가 없네.
저 스스로 불행을 저질러놓고 기쁜 줄도 모르네.

 이것이 허무주의의 정의定義이고 이것이 살인을 허용한다. 과연 이제 살인이 매력적으로 보일 것이다. 낭만주의자들의 사탄과 중세 판화가들이 묘사한 악마를 서로 비교해보면 이 점을 충분히 이해할 수 있다. "젊고 쓸쓸하고 매력적인" 젊은 이(비니)가 뿔 달린 짐승을 대신하게 된다. "땅 위의 세상사 아무것도 모르는 아름다움을 지닌 미남"(레르몬토프[12])에 고독하고도 강하며, 비통하면서도 경멸에 찬 그는 억압할 때도 무심히 억압한다. 그러나 그가 내세우는 구실은 고뇌다. "가장 높은 자리에서 끝없는 고통의 가장 격렬한 몫을 떠안도록 선고받은 자를 그 누가 부러워하랴"라고 밀턴의 사탄은 말한다. 그토록 숱한 불의를 당하고 그토록 오랫동안 고통을 받았으니 그 어떤 과도한 행동을 해도 괜찮은 것이다. 반항하는 인간은 이리하여 몇 가지 특권을 얻는다. 살인은 물론 그 자체로서 권장할 것은 아니다. 그러나 살인은 낭만주의자들에게 최고의 가치, 즉 광란의 가치 안에 포함되어 있다. 광란은 권태의 이

---

12 미하일 레르몬토프Mikhail Lermontov(1814~1841). 러시아의 시징 시인.

면이다. 즉 로렌자치오[13]는 아이슬란드의 한[14]을 꿈꾸는 것이다. 섬세한 감수성이 그 야수의 원초적 광란을 부른다. 사랑을 할 수 없는, 혹은 불가능한 사랑밖에 하지 못하는 바이런적 영웅은 우울의 고통에 시달린다. 그는 고독 속에서 무기력함을 이기지 못한다. 그의 조건이 그를 기진하게 하는 것이다. 그가 스스로 살아 있음을 느끼고 싶다면, 그것은 오직 짧고도 격렬한 행동의 무시무시한 열광 속에서만 가능할 것이다. 결코 두 번 다시 보지 못할 것을 사랑한다는 것, 그것은 불꽃과 외침 속에서 사랑한다는 것이며 그다음에는 심연 속으로 떨어진다는 것이다. 이제는 오직

… 폭풍우를 만난 고뇌하는 가슴의
이 짧지만 생생한 결합 (레르몬토프)

을 위해 오직 이 순간 속에, 이 순간만을 살 뿐이다. 우리의 인간 조건 위에 떠도는 죽음의 위협은 모든 것을 고갈시킨다. 오직 외침만이 살아 있게 만든다. 열광만이 진리의 역할을 한다. 이 단계에 이르면 묵시록은 하나의 가치가 된다. 그 속에서는

---

[13] 낭만주의의 대표 시인 중 한 사람인 뮈세의 동명 희곡의 주인공.
[14] "아이슬란드의 한"은 빅토르 위고의 동명 소설의 주인공으로 무서운 괴물이다.

사랑과 죽음, 양심과 죄의식이 한데 섞여 서로 분간되지 않는다. 궤도를 이탈한 우주 속에서는 이제 심연의 삶 외에 다른 삶이 있을 수 없다. 알프레드 르 푸아트뱅의 말처럼 "노여움에 떨면서 자신들의 범죄를 애지중지 껴안고 있는" 인간들이 몸을 뒹굴면서 조물주를 저주하는 그런 삶 말이다. 광란하는 도취가, 그리고 그것이 극에 달하면 아름다운 범죄가 일순간에 삶의 모든 의미를 고갈시켜버린다. 낭만주의는, 엄밀히 말해서 범죄를 사주한다고 말할 수는 없지만, 무법자, 멋진 도형수徒刑囚, 마음씨 좋은 악당 등 판에 박힌 이미지를 통해 요구를 관철하고자 하는 내심의 충동을 집요하게 드러내 보인다. 피투성이의 멜로드라마와 악당 소설이 판을 친다. 사람들은 픽세레쿠르[15]를 읽거나, 혹은 그보다 더 값싼 노력으로 그 역겨운 영혼의 욕구를 해소한다. 훗날 또 다른 사람들은 대량 학살의 강제수용소에서 이 욕구를 만족시킬 것이다. 이러한 작품들은 분명 당대 사회에 던져진 하나의 도전이기도 하다. 그러나 그 생생한 원천에 있어서 낭만주의는 무엇보다 먼저 도덕적이고 신적인 법에 도전한다. 처음에 낭만주의의 가장 개성적인 이미지는 혁명가가 아니라 논리적으로 당연히 댄디였던 이유가

---

[15] Pixérécourt(1773~1844). 본명은 르네 샤를 길베르. 프랑스 극작가로 오랫동안 《빅토르, 혹은 숲의 아이》, 《쾰리나 혹은 신비의 아이》 등 수많은 멜로드라마를 발표해 널리 이름을 알렸다.

바로 여기에 있다.

왜 논리적으로 당연한가? 왜냐하면 이러한 악마주의에의 집착은 끊임없이 불의를 긍정함으로써만, 그리고 어느 면에서 그 불의를 공고히 함으로써만 정당화될 수 있기 때문이다. 이 단계에서 고통은 그것을 낫게 할 약이 없다는 조건에서만 받아들일 만한 것이 되는 것 같다. 반항하는 인간은 저주의 문학 속에 표현되고 있는 최악의 형이상학을 택한다. 우리는 아직도 그 저주의 문학에서 완전히 빠져나오지 못한 상태다. "나는 나의 힘을 느꼈다. 그러자 쇠사슬이 느껴졌다."(페트루스 보렐[16]) 그러나 그것은 소중한 쇠사슬이다. 만약 쇠사슬이 없다면 힘이 있다는 것을 실제로 증명하거나 힘을 행사해야 할 것이다. 따지고 보면 자신이 지니고 있다고 확신할 수가 없는 그 힘을 말이다. 결국 보렐은 식민지 알제리의 관리가 된다. 바로 그 보렐과 더불어 프로메테우스는 카바레들을 폐쇄하여 식민植民들의 풍속을 개혁하려 한다. 하지만 모름지기 시인이란, 시인으로 받아들여지기 위해서는, 저주받아야 한다.[17] 샤를 라

---

16 Petrus Borel(1809~1859). 프랑스 시인. 블랙 유머의 대가로 그의 시와 단편 소설에는 반사회적 경향의 죽음에 대한 강박이 엽기와 혼합되어 짙게 나타난다.

17 프랑스 문학은 아직도 그 저주의 매력을 잊지 못한다. "이젠 더 이상 저주받은 시인은 없다"라고 앙드레 말로는 말한다. 그 수는 줄었다. 그러나 저주받지 못한 시인은 어딘가 마음이 편치 못하다. (원주)

사이—《로베스피에르와 예수 그리스도》라는 철학적 소설을 구상했던 바로 그 사람—는 잠자리에 들기 전이면 언제나 마음을 가누기 위해 요란한 신성 모독의 말들을 퍼부어대곤 했다. 반항은 상복喪服으로 분장하고 무대 위로 나아가 박수를 받는다. 낭만주의는 개인 숭배의 시작보다는 작중 인물 숭배의 신호탄이다. 낭만주의는 바로 이 대목에서 논리적이다. 이제 더 이상 신의 규율이나 통일성을 기대하지 않고, 운명이라는 적과 맞서서 집요하게 뭉치며, 죽음을 피할 길 없는 세계에서 지탱할 수 있는 것이라면 무엇이든 한사코 지탱하려 드는 낭만주의적 반항은 태도 속에서 해결책을 모색한다. 태도야말로 신의 폭력에 짓밟힌 채 우연의 손에 맡겨진 인간을 하나의 미학적 통일 속에 뭉치게 한다. 반드시 죽어야 하는 운명의 존재는 적어도 사라지기 전에 광채를 발한다. 이 광채가 그를 정당화해준다. 그것은 하나의 고정된 점이기에 이제는 돌처럼 굳어진 증오의 신과 얼굴을 맞대고 버틸 수 있는 유일한 것이다. 요지부동의 반항하는 인간이 굴하지 않고 신의 시선을 견뎌낸다. "아무것도 이 부동의 정신, 상처받은 양심으로부터 태어난 이 고고한 경멸을 흔들지는 못하리라"라고 밀턴은 말한다. 모든 것이 다 흔들리고 허무로 치달을 때도 치욕을 겪은 자는 끝끝내 고집하며 적어도 자존심을 지킨다. 레몽 크노가 발견한 한 바로크적 낭만주의자는 모든 지적 생활의 목적은 신이 되는 데 있다고 주장한다. 이 낭만주의자는 사실 그의 시대를 좀 앞서가고 있다. 그때의 목적은 그리하여 오로지 신과 대등해지는 것, 그리하여 신과 같은 수준을 유지하는 것이었다. 신을 파괴하지는 않지만 부단한 노력으로 일체의 복종을 거부한다. 댄디즘은 금욕주의의 타락한 한 형태다.

댄디는 미학적 수단에 의해 자기 고유의 통일을 창조해낸다. 그러나 그것은 특이성과 부정否定의 미학이다. "거울 앞에서 살다가 죽는 것", 보들레르에 의하면 이것이 댄디의 신조다. 그 신조는 과연 일관된 것이다. 댄디의 기능은 본래 반대자가 되는 데 있다. 그는 오직 도전을 통해서만 지탱된다. 지금까지 피조물로서의 인간은 자신의 논리성을 창조자로부터 부여받고 있었다. 그러나 창조신과의 단절을 선언하는 그 순간부터 인간은 순간순간에, 흘러 지나가는 나날에, 분열된 감수성에 맡겨진다. 그러므로 인간은 스스로를 제 손안에 단단히 거머쥐고 있어야 한다. 댄디는 바로 그 거부의 힘 자체에 의해 스스로 집중하고 통일성을 구축한다. 법칙을 빼앗긴 존재로서는 분열되어 있을지라도 댄디는 극중 인물로서는 일관성을 갖추고 있다. 그러나 극중 인물은 관객을 전제로 한다. 즉 댄디는 타자와 마주 봄으로써만 스스로를 정립할 수 있다. 그는 타자들의 얼굴 속에서 자신의 존재를 읽음으로써만 자신의 존재에 대해 확신할 수 있다. 타자들은 거울이다. 사실 거울은 쉽사리 흐려지게 되어 있다. 왜냐하면 인간의 주의력에는 한계가 있기 때문이다. 그 주의력을 자극하여 끊임없이 일깨워야 한다.

댄디는 그러므로 언제나 타인들을 놀라게 하지 않을 수 없다. 그는 늘 특이해짐으로써 소명을 다하게 되고 한술 더 뜸으로써 완벽해질 수 있다. 언제나 단절되어 있고 주변적 상태 속에 머무는 그는 타인들로 하여금 자신들의 가치를 부정함으로써 그를 창조하도록 강요한다. 그는 자신의 삶을 살아낼 수 없기 때문에 자신의 삶을 연기演技한다. 혼자 있거나 거울이 없는 순간을 제외하고 그는 죽을 때까지 자신의 삶을 연기한다. 댄디에게 홀로 있다는 것은 그가 아무것도 아니라는 것이나 마찬가지다. 낭만주의자들이 고독에 대해 그토록 훌륭하게 말할 수 있었던 것은 오로지 그 고독이 그들의 현실적인 고통이며 참을 수 없는 고통이었기 때문이다. 그들의 반항은 뿌리가 깊지만, 아베 프레보의 《클리블랜드》에서부터 1830년의 광란자들, 보들레르, 그리고 1880년의 데카당을 거쳐 다다이스트들에 이르기까지, 한 세기가 넘는 세월에 걸친 반항은 파격적인 '괴상함'에서 스스로의 만족을 얻었다. 모든 사람이 고통에 대해 말할 줄 알았던 것은, 부질없는 패러디를 통해서밖에는 달리 고통을 극복할 수 없음에 절망한 나머지 고통이야말로 그들의 유일한 구실이며 그들의 참된 품격임을 본능적으로 느꼈기 때문이다.

이런 까닭으로 낭만주의의 유산은 프랑스 귀족원 의원이었던 위고에 의해서가 아니라 범죄의 시인들인 보들레르와 라스

네르[18]에 의해 상속된다. 보들레르는 "이 세상의 모든 것이 범죄를 분비하고 있다. 신문도, 담벼락도, 인간의 얼굴도"라고 말한다. 적어도 이 세상의 율법인 범죄만큼은 품위 있는 모습을 지녀야 할 것이라는 바람에 실제로 부응한 최초의 범죄적 신사는 라스네르다. 보들레르는 철저함에는 모자람이 있지만 천재성이 돋보인다. 그가 창조하는 악의 화원에서 범죄는 단지 다른 품종들보다 좀 더 희귀한 품종의 꽃에 지나지 않는다. 공포 그 자체는 정교한 감각을 불러일으키는 희귀종이 될 것이다. "나는 희생자가 되어도 행복할 터이지만, 아울러 두 가지 방식의 혁명을 '느낄' 수 있을 것이기에 사형집행인이 되는 것도 싫지 않을 듯하다." 보들레르의 경우에는 그의 순응주의마저 범죄의 냄새를 풍긴다. 그가 메스트르[19]를 사상의 스승으로 삼은 것은 그 보수주의자가 자기 사상의 일관성을 지켰고 죽음과 사형집행인에 자기 사상의 중심을 두고 있었기 때문이다. 보들레르는 과장된 말을 서슴지 않는다. "진정한 성인聖人이란 민중의 행복을 위해서 민중을 채찍질하고 죽이는 자다." 그의 소원은 달성된다. 진정한 성인의 족속들이 이 지상에 널

---

18 피에르 프랑수아 라스네르Pierre François Lacenaire(1800~1836). 여러 차례 살인을 범한 방랑자로《회고록》을 남겼다.
19 조제프 마리 드 메스트르Joseph Marie de Maistre(1753~1821). 프랑스의 작가, 철학자. 프랑스 혁명을 비난하고 교황과 왕의 권위를 지지했다.

리 퍼져서 이 기이한 반항의 결론을 실천에 옮기기 시작하는 것이다. 그러나 보들레르는 그의 악마적 병기창, 사드적 취미, 신성 모독의 언행 등에도 불구하고 진정한 반항인이 되기에는 너무도 신학적이었다. 그를 당대의 가장 위대한 시인이 되도록 만들었던 진정한 드라마는 다른 데 있었다. 보들레르를 이 자리에서 언급하는 것은 오로지 그가 댄디즘의 가장 심오한 이론가였으며 그리하여 그가 낭만주의적 반항의 여러 결론들 중 하나에 결정적 표현 양식을 부여했기 때문이다.

낭만주의는 실제로 반항이 댄디즘과 관련된 일면을 지니고 있음을 보여준다. 즉 그 댄디즘의 한 방향은 바로 겉치레 paraitre라는 측면이다. 댄디즘은 그 전통적인 형태에서 도덕에의 향수를 드러낸다. 명예라는 점에 있어서 댄디즘은 단지 타락한 명예에 지나지 않는다. 그러나 그것은 동시에 아직도 우리 시대를 지배하는 어떤 미학의 단초라고 할 수 있다. 자신들이 타도하려 나선 신의 집요한 경쟁자, 즉 고독한 창조자의 미학은 바로 그들로부터 시작되는 것이다. 낭만주의를 시발로 하여 예술가의 과업은 이제 다만 하나의 세계를 창조하고 미 그 자체만을 위한 미를 찬양하는 것만이 아니라 하나의 태도를 분명히 규정하는 것이기도 하다. 예술가는 이리하여 모델이 되고 본보기로서 제시된다. 즉 예술은 곧 그것 자체의 도덕인 것이다. 예술가와 더불어 정신적 길잡이들의 시대가 개막된다. 댄디들은 자살하거나 미쳐버리지 않는 한 경력을 쌓아

후세의 본보기로서 포즈를 취한다. 심지어 비니처럼 침묵을 부르짖을 때조차 그들의 침묵은 떠들썩하다.

그러나 낭만주의의 한복판에서, 괴상한 자들(혹은 어처구니없는 자들)과 우리 시대의 혁명적 모험가들 사이의 과도기적 유형을 보여 주는 몇몇 반항인들에게서는 이러한 태도의 빈곤이 노출된다. 라모의 조카[20]와 20세기의 '정복자들' 사이에서, 이미 바이런과 셸리는 비록 남들의 눈을 의식한 것이긴 하지만, 자유를 위해 몸부림치기 시작하는 것이다. 그들 역시 노출증을 숨기지 못하지만 방법이 다르다. 반항은 점차 겉치레의 세계를 떠나 실제 행동의 세계로 접어든다. 반항은 이제 전적인 참여의 방향으로 나아가게 될 것이다. 1830년의 프랑스 학생들과 러시아 12월 혁명의 혁명가들은 그리하여 이 새로운 반항—처음에는 고립을 면치 못했지만 뒤이어 수많은 희생을 치르면서 단합의 길을 찾는—의 가장 순수한 모범으로 등장할 것이다. 그러나 그와 반대로 우리 시대의 혁명가들에게서는 묵시록과 광란하는 삶을 지향하는 취미가 다시 나타나게 된다. 오늘날 여봐란듯이 진행되는 일련의 재판 광경, 예심 판사와 피고 간의 그 무서운 연극, 심문 과정의 연출, 이런 것들에

---

[20] 라모의 조카는 18세기 프랑스의 계몽 철학자 디드로의 동명 소설 주인공이다.

서는 때때로 낡은 술책도 마다하지 않는 저 비극적 작태가 엿보인다. 그 술책에 의존해 낭만적 반항인은 자신의 실제 모습을 거부하면서 잠정적으로 겉모습으로만 일관하다 보면 나중에 보다 심오한 실재를 획득할 수 있으리라는 불행한 희망을 품고 있었던 것이다.

구원의 거부

 낭만주의적 반항인은 개인과 악을 찬양한다. 그러므로 그는 인간들의 편을 드는 것이 아니라 오직 그 자신만의 입장을 옹호하는 것이다. 댄디즘은 어떤 댄디즘이건 간에 항상 신과 관련한 태도로서의 댄디즘이다. 개인은 피조물로서 오직 창조주에 대해서만 대립적이다. 그는 신이 필요하다. 신이 있어야 그 신에게 어떤 음산한 추파를 계속 던질 수 있는 것이다. 아르망 오그[1]가 적절히 지적했듯이 군소 낭만주의자들의 작품들에는, 그 니체적 분위기에도 불구하고, 신이 여전히 죽지 않고 살아 있다. 신을 단죄해야 한다고 소리소리 외쳐대는 것은 신에게 걸어보는 장난에 불과하다. 도스토옙스키에 이르면 그와

---

1 《군소 낭만주의자들 *Les Petits Romantiques*》(Cahiers du Sud) 참조. (원주)

반대로 반항의 묘사는 한 걸음 더 나아간다. 이반 카라마조프는 인간들의 편을 들고 인간들의 무죄에 강조점을 둔다. 그는 인간들을 무겁게 짓누르는 죽음의 형벌은 부당하다고 잘라 말한다. 적어도 그 첫 충동에 있어서 그는 악을 변호하기는커녕 신성보다 더 위에 있다고 여기는 타인 정의를 옹호한다. 따라서 그는 절대적으로 신의 존재를 부정하는 것이 아니다. 그는 도덕적 가치의 이름으로 신을 공박한다. 낭만주의적 반항인의 야심은 신과 동등한 자격으로 말하는 것이었다. 그리하여 악이 악에 응답하고 오만이 잔혹함에 응답한다. 예를 들어, 비니의 이상은 침묵으로써 침묵에 응답하는 것이다. 그러고 보면 이것은 자신을 신의 차원으로 승격시키는 문제이므로 그것만으로도 벌써 신성 모독이기는 하다. 그렇다고 신의 권능과 지위에 이의를 제기하려 드는 것은 아니다. 이 신성 모독에는 오히려 공경의 뜻이 담겨 있다. 왜냐하면 모름지기 독신이란 궁극적으로는 신성한 것에의 참여이기 때문이다.

　이와 반대로 이반과 더불어 어조가 바뀐다. 이번에는 신이 심판을 받는다. 그것도 머리 위에서 내려다보는 자로부터. 만약 악이 신의 창조에 필요한 것이라면 그 창조 자체를 받아들일 수 없다는 것이다. 이반은 이제 더 이상 그 신비로운 신에게 자신을 맡기지 않고 정의라는 보다 높은 하나의 원리에 의지한다. 그에 의해 은총의 왕국을 정의의 왕국으로 대체하려는 반항의 본질적인 기도企圖가 최초로 시작된다. 동시에 그는 기독교에 대한 공격을 시작한다. 낭만주의적 반항인들은 증오의 원리로서의 신과 결별하자는 것이었다. 이반은 명백히 신비를 거부한다. 따라서 사랑의 원리로서의 신을 거부한다. 오직 그 사랑만이 우리로 하여금 마르타[2]와 10시간씩 혹사당하는 노동자들이 받는 부당한 고통을 승인케 하며 나아가 어린애들의 죽음이라는 도저히 정당화될 수 없는 불의를 승인케 하는 것이다. 이반은 이렇게 말한다. "진리를 얻는 데 필요한 고통의 몫을 다 채우기 위해서 어린애들의 고통까지 필요한 것이라면, 나는 여기서 분명히 말하거니와, 이 진리는 그만한 대가를 치를 가치가 없는 것이다." 이반은 기독교가 고통과 진리 사이에 만들어놓은 그 깊은 상보 관계를 거부한다. 이반의 가장 내심 깊은 절규, 즉 반항의 발 밑에 가장 무서운 심연을 파놓는 절규는 '설령 그렇다 할지라도même si'라는 것이다. "설령 내가 틀렸다 할지라도 내 분노는 사라지지 않으리라." 이 말은, 설령 신이 존재한다 할지라도, 설령 신비가 진리를 품고 있다 할지라도, 설령 조시마 장로가 옳다 할지라도, 죄 없는 이들에게 가해지는 악과 고통과 죽음이 그 진리의 대가로 치러지는 상황을 이반은 받아들일 수 없다는 것을 의미한다. 이반은 구

---

[2] 마르타는 신약성서에 나오는 인물로 고초를 많이 겪은 여자다. 예수는 그녀의 믿음에 감복해 그녀의 죽은 남동생 나사로를 소생시켜준다. 〈요한복음〉 11장 참조.

원의 거부를 몸으로 구현한다. 신앙은 영생으로 가는 길이다. 그러나 신앙은 신비와 악을 받아들이고 불의를 감수하는 것을 전제로 한다. 어린애들의 고통 때문에 신앙에 이르지 못한다는 자는 그러므로 영생을 얻지 못할 것이다. 이와 같은 조건에서는 설령 영생이 존재한다 할지라도 이반은 그것을 거부하리라. 그는 이런 거래를 거부한다. 그는 오직 조건 없는 은총만을 받아들일 것이다. 이렇게 그는 스스로 자신의 조건을 제시하는 셈이다. 반항은 전체 아니면 무無, 그 둘 중 하나를 원한다. "이 세상의 모든 지식도 어린애들의 눈물만 한 가치는 없다." 이반은 진리가 존재하지 않는다고 말하는 것이 아니다. 그는 설혹 진리가 존재한다 해도 그 진리는 받아들일 수 없는 것이라고 말한다. 왜? 왜냐하면 그 진리란 부당한 것이기 때문이다. 진리에 대한 정의의 투쟁은 바로 여기서 처음으로 시작된다. 이 투쟁은 이제 끝이 없을 것이다. 고독한, 그러므로 모럴리스트인 이반은 일종의 형이상학적 돈키호테가 되는 것으로 만족할 것이다. 그러나 수십 년이 지나면 어떤 엄청난 정치적 음모가 이번에는 정의를 진리로 만들려고 획책하는 때가 올 것이다.

게다가 이반은 자기 혼자만 구원받는 것에 대한 거부를 몸으로 실천한다. 그는 저주받은 자들과 연대 책임을 지려하며 그들 때문에 천국을 거부한다. 만약 그가 신앙을 가진다면 그는 구원받겠지만 다른 사람들은 지옥으로 떨어질 것이다. 그리고 고통은 여전히 계속되리라. 참된 연민의 정으로 괴로워하는 자에게 가능한 구원이란 없다. 불의와 특권을 거부하듯이 이중으로 신앙을 거부함으로써 이반은 계속해서 신의 옳지 못함을 역설할 것이다. 한 걸음만 더 나아가면 우리는 '전체냐 무냐Tout ou rien'에서 '만인이냐 아무도 아니냐Tous ou personne'로 옮아가게 된다.

낭만주의자들이라면 이러한 극단적인 결의와 그것이 전제로 하는 태도만으로도 족하다고 생각했으리라. 그러나 이반[3]은 그 역시 댄디즘을 완전히 극복하지는 못했지만 '위'와 '농' 사이에서 갈등하면서 자기의 문제들을 살아나간다. 그 순간부터 그는 결론으로 접어든다. 영생을 거부한다면 그에게 남는 것은 무엇일까? 가장 원초적인 삶, 그것뿐이다. 삶의 의미가 없어져도 여전히 삶은 남는다. "논리는 그렇다 해도 나는 여전히 살고 있다"라고 이반은 말한다. 그는 또 이렇게 말한다. "더 이상 삶에 대한 믿음이 없다 하더라도, 사랑하는 여인과 우주의 질서에 대해 의심한다 하더라도, 그래서 모든 것이 저주받은 지옥의 혼돈에 불과하다고 굳게 믿는다 하더라도—그래도 나는 살고 싶다." 이반은 그러므로 계속해서 살 것이고 또 "이유

---

3 어떤 의미에 있어서 이반은 곧 도스토옙스키 자신이라는 것, 그리고 도스토옙스키는 알료샤보다 이반에게서 더 마음 편해 한다는 것을 굳이 환기할 필요가 있을까? (원주)

를 모르는 채" 사랑하기도 할 것이다. 그러나 산다는 것, 그것은 또한 행동한다는 것이다. 그 무엇의 이름으로? 영생이 없다면 상도 벌도 없고 선도 악도 없다. "나는 영생이 없다면 덕이라는 것도 없다고 생각한다." 그리고 또한 그는 말한다. "나는 다만 고통이 존재한다는 것, 죄인이란 없다는 것, 모든 것이 서로 맞물린 채 덧없이 흘러가고 서로 균등하다는 것을 알고 있을 뿐이다." 그러나 덕이 없다면 법도 없다. "무엇이나 다 허용된다."

"무엇이나 다 허용된다"라는 것에서부터 우리 시대의 허무주의의 역사가 시작된다. 낭만주의적 반항은 여기까지 이르지는 못했었다. 낭만주의적 반항은 무엇이나 다 허용되어 있지는 않지만 방자하게도 자신은 금지된 짓을 감행하겠다고 말하는 정도로 그쳤었다. 이와는 반대로 카라마조프의 형제들과 더불어 분노의 논리는 반항을 반항 그 자체와 맞서게 해 절망적 모순 속으로 내몰게 될 것이다. 본질적인 차이는, 낭만주의자들이 자기만족을 마다하지 않았던 것에 반하여 이반은 논리적 일관성 때문에 어쩔 수 없이 악을 행하게 된다는 점에 있다. 이반은 스스로에게 선해지는 것을 허락하지 않는다. 허무주의란 절망과 부정만이 아니라 무엇보다 절망하고 부정하려는 의지인 것이다. 그토록 맹렬하게 무죄의 편을 들었고 어린애의 고통을 보고 몸을 떨었으며, 사슴이 사자 곁에서 잠자고 희생자가 살인자를 껴안는 것을 '자기 눈으로' 직접 보고 싶어 했던 바로 그 사람이, 신의 논리적 일관성을 부정하고 자기 고유의 법칙을 찾아내려고 시도하는 순간부터 살인의 정당성을 인정하는 것이다. 이반은 살인자로서의 신에 대해 반항하지만 그러나 그가 반항의 논리를 따져보는 바로 그 순간 거기서 살인의 법칙을 이끌어낸다. 무엇이나 다 허용된다면 그는 아버지를 죽일 수도 있고, 적어도 아버지가 살해되는 고통을 당할 수도 있다. 사형 선고를 받은 자라는 우리의 인간 조건에 대한 기나긴 반성이 다만 범죄의 정당화라는 결론에 이른 것이다. 이반은 사형을 증오하면서(사형 집행 광경을 이야기할 때 그의 말투는 사납다. "신의 은총의 이름으로 그의 머리가 잘려 떨어졌지.") 동시에 원칙적으로 범죄를 받아들인다. 살인자에게는 온갖 관용을 베풀면서 사형집행인에게는 그 어떤 관용도 없다. 이 모순에도 불구하고 사드는 마음 편하게 살았지만 반대로 이 모순이 이반 카라마조프의 목을 조른다. 과연 그는 마치 영생이란 존재하지 않는다는 듯이 추론하는 체한다. 그러나 그는 비록 영생이 존재한다 할지라도 그 영생을 거부하겠노라고 말했을 뿐이다. 악과 죽음에 항의하기 위해, 그러므로 고의적으로 그는 미덕도 영생과 마찬가지로 존재하지 않는다고 말하는 길을 택하고 자기 아버지가 죽임을 당하도록 방관하는 길을 택한다. 그는 자신의 딜레마를 피하지 않고 의식적으로 받아들인다. 그의 딜레마는 미덕을 갖추면서 비논리적이게 되거나 아니면 논리적이게 되면서 범죄자가 되거나 해야 한다는 데 있다. 그의 분신인 악마가 그에게 속삭인다. 말은 맞는 말이다. "너는 덕행을 실천하려고 한다. 그러면서도 미덕이라는 것을 믿지 않는구나. 네가 속상해하고 괴로워하는 것은 바로 이 점이지." 이반이 마침내 마음속으로 제기하는 질문, 즉 도스토옙스키가 이 반항인으로 하여금 이룩하게 만드는 참된 진보의 핵심인 질문, 그것이야말로 여기서 우리가 관심을 가지는 유일한 것이다. 즉 인간은 반항 속에서 살아갈 수 있는가, 또 반항 속에서 계속 버틸 수 있는가?

이반은 이에 대한 대답을 이렇게 내비친다. 즉 인간은 오로지 반항을 궁극까지 밀고 나감으로써만 반항 속에서 살 수 있다는 것이다. 형이상학적 반항의 극단은 무엇인가? 형이상학적 혁명이다. 이 세계의 주인은 그의 정당성에 대한 이의가 제기된 이상, 타도되어야 마땅하다. 인간이 그 자리를 차지해야 한다. "신도 영생도 존재하지 않으므로 새로운 인간이 신이 될 수 있게 되었다." 그러나 신이 된다는 것은 무엇인가? 바로 모든 것이 다 허용되어 있음을 인식하는 것, 자기 자신의 법 이외의 모든 법을 거부하는 것이다. 그러니 구구한 타협적 추론을 늘어놓을 것도 없이 신이 된다는 것은 곧 범죄 행위를 허용한다는 것임을 알 수 있다(이 또한 도스토옙스키의 지식인들이 즐겨 하는 생각이기도 하다). 이반의 개인적인 문제는 그러므로 과연 앞으로 자신의 논리에 충실할 것인지, 그리고 죄 없이 당하는 고통에 대한 격분과 항의에서 출발한 자신이 과연 인간-신

같이 무심한 태도로 아버지의 살해를 보고도 그냥 받아들일 것인지 생각해보는 데 있다. 우리는 그의 답이 어떤 것인지 안다. 이반은 아버지가 살해당하도록 그냥 버려둘 것이다. 겉보기 정도로 그치기에는 너무 심오하고 행동에 나서기에는 너무 예민한 인물인지라 그는 사태를 방치하는 것으로 만족할 것이다. 그러나 그는 미쳐버리고 만다. 자신의 가까운 이웃을 어떻게 사랑해야 하는지 알지 못했던 그 사람은 이제 그 이웃을 어떻게 죽일 수 있는지 또한 알지 못한다. 정당화할 수 없는 덕과 용납할 수 없는 범죄 사이에 끼인 채, 연민의 정에 사무치지만 그렇다고 사랑할 능력도 없고, 자신을 구원해줄 시니시즘조차 갖지 못한 이 고독한 인간, 이 최고의 지성은 모순으로 인해 죽음에 이를 것이다. "나의 정신은 지상적地上的인 것이다. 이 세상의 것이 아닌 것을 이해하고자 해본들 무슨 소용이 있으랴?"라고 그는 말하곤 했다. 그러나 그는 이 세상의 것이 아닌 것만을 위해 살았다. 그래서 바로 그 같은 절대적 자부심이 그로서는 사랑할 것이 아무것도 없는 이 지상으로부터 그를 앗아간 것이다.

이 완전한 실패에도 불구하고 문제가 제기된 이상 그에 대한 결과가 뒤따를 수밖에 없다. 이리하여 반항은 이제부터 행동을 향해 나아간다. 이와 같은 움직임은 이미 도스토옙스키에 의해 '대심문관'[4] 전설 속에 예언적 강도로 지적되어 있다. 이반은 결국 피조물의 세계를 그 창조주와 따로 떼어서 생각하지 않는다. 그는 "내가 거부하는 것은 하느님이 아니라, 바로 그가 창조한 세계다"라고 말한다. 바꿔 말하자면, 그가 거부하는 것은 피조물과 불가분의 관계에 있는 하느님 아버지다.[5] 그러므로 이반의 찬탈 계획은 극히 정신적인 것이다. 그는 창조 내에서 어떤 것도 개혁하기를 원치 않는다. 그러나 창조란 것이 이 모양이기에 그는 스스로, 그리고 타인들도 함께, 이 창조된 세계에서 정신적으로 해방될 권리를 이끌어낸다. 이와 반대로, 반항 정신이, '모든 것이 허용되어 있다'와 '전체' 아니면 '무'라는 명제를 받아들이면서 창조된 세계를 개조하여 인간의 왕권과 신성神聖을 확보하려고 목표하는 한, 그리고 형이상학적 혁명이 정신적 차원에서 정치적 차원으로 확대되는 한, 그 규모를 헤아리기 어려운 어떤 새로운 기도企圖가 개시될 것인바, 주목해야 할 것은 이 기도 역시 출처가 예의 그 허무주의라는 사실이다. 이 새로운 종교의 예언자인 도스토옙스키는 그러한 사실을 예견했기에 이렇게 예고했다. "만약 알료샤가 신

---

4 《카라마조프가의 형제들》중 한 장.
5 정확하게 말해서, 이반은 아버지의 살해를 방치한다. 그는 자연과 생식에 대한 침해 행위를 택하는 것이다. 게다가 이 아버지라는 인물은 파렴치한이다. 이반과 알료샤의 신 사이에 아버지 카라마조프의 혐오스런 얼굴이 끊임없이 끼어든다. (원주)

도 영생도 없다고 결론을 내렸더라면 그는 곧장 무신론자가 되고 사회주의자가 되었으리라. 왜냐하면 사회주의란 단지 노동자의 문제만이 아니라 무엇보다도 무신론의 문제, 무신론의 현대적 구현의 문제, 그리고 지상으로부터 천국에 이르기 위해서가 아니라 천국을 지상에까지 끌어 내리기 위해 신 없이 건설되는 바벨탑의 문제이기 때문이다."[6]

이렇게 되자, 알료샤는 과연 이반을 '진짜 풋내기'로 취급하며 봐준다는 마음으로 대하게 될 것이다. 이반은 오직 극기하려 노력했지만 성공하지 못하고 말았다. 이제 보다 진지한 다른 유형類型들이 등장하게 될 것인데 이들은 똑같은 절망적 부정에서 출발했지만 세계 제국을 요구할 것이다. 이들은 그리스도를 투옥하는 '대심문관'들로, 그리스도에게 그의 방법은 좋지 못하다는 것, 보편적 행복이란 선과 악 중 택일하는 즉각적 자유에 의해서가 아니라 세계의 지배와 통일에 의해서 얻어질 수 있다고 말한다. 우선 지배하고 정복해야 한다. 천상의 왕국이 실제로 지상에 도래할 것이다. 그러나 인간들이 그 왕국을 지배할 것이다. 처음에는 가장 먼저 깨달은 자들, 정복자 카이사르들인 몇몇 사람들이, 그리고 시간이 흘러가면서 모든

---

6 "이 문제들(신과 영생)은 사회주의의 문제들과 같은 것이다. 그러나 다른 각도에서 고려해본 같은 문제들이다."《《카라마조프가의 형제들》》 (원주)

인간들이 다 같이 지배하게 될 것이다. 창조된 세계의 통일성은 모든 수단과 방법을 통해서 이루어질 것이다. 왜냐하면 모든 것이 허용되어 있기 때문이다. '대심문관'은 그가 지닌 지식이 쓰디쓴 것이어서 늙고 지쳐 있다. 그는 인간들이 비겁하기보다는 게으르며 선과 악을 판별하는 자유보다는 평화와 죽음을 더 좋아한다는 사실을 알고 있다. 그는 끊임없이 역사에 속아 실망하는 이 침묵하는 수인에 대해 연민을, 차가운 연민을 느낀다. 그는 이 침묵하는 죄수가 말을 하도록, 자신의 오류를 인정하고 어떤 의미에 있어 '대심문관들'과 카이사르들의 기도를 정당화하도록 압박한다. 그러나 수인은 말이 없다. 그러므로 그 기도는 그 수인을 배제한 채 계속될 것이다. 사람들은 그 수인을 죽일 것이다. 그 정당성은 인간들의 왕국이 확보되는 역사의 종말에 이르면 획득될 것이다. "일은 이제 시작일 뿐이다. 일이 끝나자면 아직 멀었으니 이 땅 위의 세상은 앞으로도 많은 고통을 받을 것이다. 그러나 우리는 우리의 목적을 이룰 것이고, 우리는 카이사르가 될 것이니 그때 우리는 비로소 보편적 행복을 꿈꾸리라."

그 후 수인은 처형되었다. "심오한 정신, 파괴와 죽음의 정신"에 귀 기울이는 '대심문관'들만이 군림하고 있다. '대심문관'들은 거만하게도 천상의 빵과 자유를 거부하면서 자유 없는 지상의 빵을 제공한다. "십자가에서 내려오라, 그러면 우리는 그대를 믿겠노라"라고 이미 골고다 언덕 위에서 그들의 형리들이 외치고 있었다. 그러나 그는 내려오지 않았고 심지어 가장 극심한 단말마의 고통을 겪는 순간, 왜 자기를 저버리시느냐고 신을 원망했다. 이제 더 이상 증거는 없다. 반항하는 인간들은 거부하고 '대심문관'들은 야유하는 터인 신앙과 신비만이 있다. 모든 것이 다 허용되고 범죄의 세기世紀들이 이 대재난의 순간을 맞을 준비를 갖추었다. 바울로부터 스탈린에 이르기까지 카이사르를 선택했던 교황들이 이제 오직 저 자신들만을 황제로 임명하는 카이사르들에게 길을 터주었다. 신과 더불어 이룩하지 못했던 세계의 통일을 이제부터는 신과 맞서면서 이룩하도록 힘을 쓰게 될 것이다.

그러나 우리는 아직 그런 단계에까지 이르지는 못했다. 현재로서 이반은 다만 자신의 결백에 대한 집념과 살인에의 의지 사이에서 갈등하면서 심연에 빠진 채 행동할 수 없는 반항인의 일그러진 얼굴만을 우리에게 보여주고 있을 따름이다. 그는 사형을 증오한다. 왜냐하면 사형은 인간 조건의 이미지이기 때문이다. 그러면서도 동시에 그는 범죄를 향해 나아간다. 인간의 편에 섰던 까닭에 그는 고독을 제 몫으로 받는다. 이반과 더불어 이성의 반항은 결국 광기로 변하고 만다.

절대적 긍정

　인간이 신을 도덕적으로 심판하는 순간부터 인간은 자신의 내부에서 신을 죽이는 것이다. 그러나 그때 그 도덕의 근거는 무엇인가? 정의의 이름으로 신을 부정하지만 신의 관념 없이 정의의 관념이 이해될 수 있을까? 이렇게 되면 우리는 부조리 속으로 빠지는 것이 아닐까? 이것이 바로 니체가 정면으로 접근하는 부조리다. 그는 이 부조리를 보다 잘 극복하기 위해 그것을 궁극까지 밀고 나간다. 즉 도덕이란 파괴해야 할 신의 마지막 얼굴인즉 이것을 파괴한 다음에 재건해야 한다는 것이다. 이리하여 신은 더 이상 존재하지 않으며 더 이상 우리의 존재를 보증해주지 못한다. 인간은, 존재하기 위해 스스로 행동하기로 마음먹어야 한다.

유일자

슈티르너는 이미 신 다음으로 신에 대한 모든 관념 자체를 인간의 내부에서 모조리 무너뜨리려 했었다. 그러나 니체와는 달리 그의 허무주의는 만족할 줄 안다. 니체는 담벼락에 달려들어 부딪치지만 슈티르너는 궁지에 몰려서도 웃는다. 《유일자와 그의 소유》가 출간된 1845년부터 슈티르너는 불필요한 것을 깨끗이 청소하기 시작한다. 청년 헤겔 좌파(마르크스도 그 일원이다)와 함께 '자유민단'에 출입했던 이 사내는 신과만 청산할 것이 있었던 게 아니라, 포이어바흐의 '인간'과도, 헤겔의 '정신'과 그 '정신'의 역사적 구현인 '국가'와도 청산할 것이 있었다. 그가 볼 때, 이 모든 우상들은 똑같은 하나의 '몽고증 mongolisme,' 즉 영원 사상에 대한 믿음에서 태어난 것이다. 그는 그러므로 이렇게 썼다. "나의 주의·주장은 어떤 것에도 근거를 두고 있지 않다." 원죄는 확실히 하나의 '몽고적 재앙'이지만 법 역시 하나의 재앙이다. 우리는 바로 그 법의 죄수인 것이다. 신은 적이다. 슈티르너는 최대한의 독신으로 나아간다("신의 성체를 삼켜 소화해버려라, 그러면 신과의 청산이 끝날 것이다."). 그러나 신이란 자아의 소외, 혹은 보다 정확히 말해서 있는 그대로의 나의 소외의 한 가지 형태에 지나지 않는다. 소크라테스, 예수, 데카르트, 헤겔 등 모든 예언자들과 모든 철학자들은 다만 있는 그대로의 나를 소외시키는 새로운 방식들을 고안해냈을 뿐인데, 이 있는 그대로의 나란 곧 슈티르너가 보다 개별적이고 더욱 포착하기 힘든 것으로 환원시킴으로써 피히테의 "절대적 자아"와 구별하고자 고심하는 그 자아다. "그 어떤 이름으로도 지칭할 수 없는" 그것은 '유일자L'Unique'다.

슈티르너가 볼 때 예수에 이르기까지의 세계사는 현실을 이상화하기 위한 하나의 긴긴 노력에 지나지 않는다. 이러한 노력은 고대인 특유의 정화 사상과 정화 의식 속에 구체화되어 있다. 예수에 이르러 그러한 목적이 달성되자 이때부터 다른 하나의 노력이 시작되었으니 그것은 이전과는 반대로 이상을 현실화하려는 노력이다. 정화에 뒤이어 강생降生에 대한 열망이 솟구쳐 일어난 것이다. 그리하여 이 열망은 그리스도의 상속자인 사회주의가 지배력을 확장해나감에 따라 점점 더 세계를 휩쓸게 된 것이다. 그러나 세계사는 여전히 '나는 존재한다'라는 유일한 원리에 대한 장구한 공격일 따름이다. 그 원리란 생생하게 살아 있고 구체적인 원리이자 사람들이 신, 국가, 사회, 인류 등 계속적으로 나타난 추상적 관념의 굴레 속에 옭아매고자 했던 승리의 원리다. 슈티르너가 볼 때 박애란 하나의 속임수다. 그리고 국가 숭배와 인간 숭배에 이르러 절정에 달한 무신론적 철학들은 그 자체가 "신학적 반란"에 지나지 않는다. "우리 시대의 무신론자들이란 실상 경건한 사람들이다"라고 슈티르너는 말한다. 역사를 통틀어 단 하나의 숭배가 있었을 뿐인데, 그것은 영원에 대한 숭배다. 그 숭배야말로 거짓이다. 참된 것은 오직 유일자뿐이다. 그것은 영원한 것의 적이며 사실상 그 영원한 것의 지배욕에 봉사하지 않는 모든 것의 적이다.

슈티르너와 더불어, 반항을 이끄는 부정의 운동은 불가피하게 모든 긍정들을 다 삼켜버린다. 그 운동은 또한 도덕적 의식을 가득 채우고 있는 신의 대용물들을 깨끗이 쓸어내버린다. "외적 피안을 쓸어버렸더니 내적 피안이 새로운 천국이 되었다"라고 그는 말한다. 심지어 혁명조차, 아니 특히 혁명이 이 반항하는 인간에게는 혐오의 대상이다. 혁명가가 되기 위해서는 여전히 무엇인가를 믿어야 하는 것이다. 믿을 것이 아무것도 없는 곳에서 말이다. "(프랑스) 대혁명은 하나의 반동으로 귀착하고 말았다. 그것은 대혁명의 실상이 어떤 것이었는지를 말해준다." 인류애의 노예가 되는 것이 신의 노예가 되는 것보다 나을 바 없다. 게다가 동지애란 것도 단지 "공산주의자들의 일요일의 관점"에 불과하다. 주중에는 동지들이 노예로 변한다. 그러므로 슈티르너에게는 오직 한 가지 자유, "나의 힘"이 있을 뿐이고, 오직 한 가지 진리, "저마다 빛나는 별들의 이기주의"가 있을 뿐이다.

이 사막 속에서 모든 것이 새로이 꽃핀다. "사상이 배제된 기쁨의 외침의 놀라운 의미는 사상과 신앙이라는 긴긴 어둠이 지속되는 한 이해될 수 없었다." 마침내 그 밤이 끝나고 새벽이 밝아오려고 한다. 그것은 혁명의 새벽이 아니라 반란의 새벽이다. 이 반란은 그 자체가 하나의 고행이어서 일체의 안락을 거부한다. 반란자는 타인들의 이기주의가 그의 이기주의와 일치하는 한도 내에서, 그리고 그렇게 일치하는 동안에만 타인들과 화합할 것이다. 그의 진정한 삶은 고독 속에 있고 그 고독 속에서 그는 그의 유일한 존재 이유인 존재하고자 하는 열망을 마음껏 충족시킬 것이다.

개인주의는 이와 같이하여 절정에 이른다. 그것은 개인을 부정하는 모든 것의 부정이고, 개인을 떠받들고 섬기는 모든 것의 찬양이다. 슈티르너에게 선이란 무엇인가? 그것은 "내가 사용할 수 있는 것"이다. 내게 정당하게 허용된 것은 무엇인가? "내가 할 수 있는 모든 것"이다. 반항은 또다시 범죄의 정당화로 귀결된다. 슈티르너는 이러한 정당화를 기도했을 뿐만 아니라(이러한 관점에서 보면, 그의 직계 후예는 무정부주의 테러리스트들 가운데서 찾아볼 수 있다) 자신이 이처럼 열어놓은 전망에 명백히 도취되어 있었다. "신성한 것과 손을 끊는 것, 아니 나아가서 신성한 것을 파괴하는 것은 일반화될 수 있다. 지금 다가오고 있는 것은 혁명이 아니다. 어떤 강력하고 오만하며, 존경심도 수치심도 의식도 없는 어떤 범죄가 저 지평선에서 우레와 함께 커지고 있지 않는가? 그리고 예감으로 가득 차 무거워진 하늘이 어두워지며 침묵하는 모습이 그대에게는 보이지 않는가?" 여기서 우리는 골방에서 묵시록을 태어나게 하는 자들의 음울한 희열을 느낄 수 있다. 이제 아무것도 더 이상 이 쓰디쓰고 강압적인 논리에 제동을 걸지 못한다. 이 논리는 모든 추상화를 반대하며 일어났지만, 유폐되어 뿌리가 잘리고 보니 그 자체가 뭐라고 이름 붙여야 할지 알 수 없고 추상적이 된 자아일 뿐이다. 이제 더 이상 범죄도 과오도 없고, 따라서 이제 더 이상 죄인도 없다. 우리는 모두가 다 완전하다. 모든 개개의 자아는 그 자체가 국가와 인민에 대해 근본적인 죄이 므로, 산다는 것 자체가 곧 위반이라는 것을 인정하자. 죽는 것을 받아들이지 않는 한, 유일자가 되기 위해서는 죽이는 것을 받아들여야 한다. "추호도 독신하지 않는 그대, 그대는 한 사람의 죄인만도 못하다." 여전히 소심한 슈티르너는 이렇게 못 박는다. "그들을 죽일 것, 그들을 순교자로 만들지 말 것."

그러나 살인의 정당성을 선언하는 것은 곧 '유일자'들을 동원해 선전 포고를 하는 것이다. 살인은 이렇게 해서 일종의 집단 자살과 일치하게 된다. 슈티르너는 이 점을 실토하지도, 인식하지도 못하지만 그래도 그 어떠한 파괴 앞에서도 물러서지 않을 것이다. 반항 정신은 마침내 혼돈 속에서 그 가장 쓰디쓴 만족 중 하나를 찾아낸다. "세상이 너(독일 국가)를 땅속으로 끌고 가리라. 이어 너의 자매들인 국가들도 너의 뒤를 따를 것이다. 모든 국가들이 너의 뒤를 따라가고 나면 그때 인류 전체가 다 매장될 것이다. 그러면 그 인류의 무덤 위에서, 나의 유일한 주인인 나의 자아, 인류의 상속자인 내 자아가 소리내어 웃으리라." 이리하여 세계의 폐허 위에서 개인-왕의 비통한 웃음이 반항 정신의 최후의 승리를 똑똑히 보여준다. 그러나 이 궁극의 지점에서는 죽음 아니면 부활이 있을 뿐 다른 어떤 것도 가능하지 않다. 슈티르너, 그리고 그와 더불어 모든 허무주의적 반항아들은 파괴에 취한 채 극한의 끝으로 달려간다. 달려간 끝에 사막이 나타나면 그 사막 속에서 살아가는 법을 배워야 한다. 여기서 니체의 사력을 다한 탐구가 시작된다.

니체와 허무주의

"우리는 신을 부정한다. 우리는 신의 책임을 부정한다. 오직 그렇게 함으로써만 우리는 세계를 해방시킬 수 있을 것이다." 니체와 더불어 허무주의는 예언적이게 되는 것 같다. 그러나 그의 작품 속에서 예언자에 훨씬 앞서 임상의臨牀醫를 전면에 내세우지 않고서는 우리는 그가 전력을 다해 증오했던 저열하고도 보잘것없는 잔인성 외에는 아무것도 이끌어낼 수 없다. 그의 사상의 임의적이고도 방법적인 성격, 한마디로 말해서 전략적인 성격은 의심의 여지가 없다. 니체에 이르러 허무주의는 처음으로 의식적인 것이 된다. 외과 의사와 예언자는 그들이 미래에 대비하여 사고하고 수술한다는 점에서 공통점을 지닌다. 니체는 언제나 미래의 묵시록과 관련 지으면서 사고했다. 그는 그 묵시록이 끝내 드러내고야 말 추하고도 타산적인 모습을 알아차리고 있었기에, 그 묵시록을 찬양하기 위해서가 아니라 피하기 위해서, 그것을 부활로 탈바꿈시키기 위해서 그렇게 한 것이었다. 그는 허무주의를 인정했고 하나의 임상적 사실로서 검토했다. 그는 유럽 최초의 완성된 허무주의자를 자처했다. 취향이 그쪽이어서가 아니라 상태가 그러했고, 또 자기 시대의 유산을 거부하기에는 그가 너무나 위대했기 때문에 그렇게 자처했다. 그는 자신 속에서, 그리고 다른 사람들 속에서 신앙의 불가능성과 모든 신앙의 원초적 근거의 소멸, 즉 삶에 대한 믿음의 소멸을 진단했다. "사람은 반항인으로 살 수 있는가?"라는 의문은 그에게 와서 "사람은 아무것도 믿지 않고 살 수 있는가?"라는 의문으로 변했다. 그의 대답은 '그렇다'이다. 그렇다. 만약 사람이 신앙의 부재를 하나의 방법으로 삼는다면, 허무주의를 그 궁극적인 귀결에까지 밀고 나간다면, 그리하여 사막에 가 닿을 때 장차 올 것에 대한 믿음을 버리지 않고, 고통과 환희를 똑같은 원초적 충동으로 동시에 느끼게 된다면 말이다.

방법적 회의 대신에 그는 방법적 부정을 실천했다. 즉 여전히 그 자신에게 허무주의를 은폐하는 모든 것, 신의 죽음을 숨기는 우상들을 치밀하게 파괴했다. "새로운 성전을 세우기 위해서는, 기존의 성전을 무너뜨려야 한다. 그것이 법칙이다." 그에 따르면 선과 악 속에서 창조자가 되려 하는 자는 우선 파괴자가 되어야 하며 기존의 가치들을 분쇄해야 한다. "이리하여 최고악은 최고선의 일부가 된다. 그러나 최고선은 창조적인 것이다." 니체는 자기 나름대로 그의 시대의 《방법서설》을 썼다. 그러나 그가 그토록 찬탄해 마지않았던 프랑스 17세기 특유의 자유와 정확성을 가지고 쓴 것이 아니라 그의 말에 따르면 천재의 세기라는 20세기의 특징인 그 광적일 정도의 통찰력을 가지고 썼다. 이 반항의 이러한 방법을 검토하는 일이 지금 우리의 몫이다.[1]

니체의 첫 접근 과제는 자신이 알고 있는 것에 동의하는 것이다. 그에게는 당연한 진실인 무신론은 "건설적이며 근원적인 것"이다. 그의 말대로라면 니체의 우선적 사명은 무신론의 문제 내에 일종의 위기와 결정적 기능 정지를 촉발하는 일이다. 세계는 모험 속으로 나아가고 있을 뿐 궁극적 목적성은 없다. 신이란 그러므로 무용한 것이다. 왜냐하면 신은 아무것도 원하지 않기 때문이다. 만약 신이 무엇인가를 원한다면—우리는 여기서 악의 문제에 대한 전통적 표현을 주목하게 되는 터이지만—신은 아마도 "변화 생성의 가치를 전적으로 저하시키는 엄청난 고통과 모순"을 떠맡아야 하리라. 우리는 다음과 같은 말을 한 스탕달을 니체가 공공연하게 부러워했다는 사실을 알고 있다. "신의 유일한 핑계는 신이 존재하지 않는다는 것이다." 신의 의지가 없어진 세계는 통일성과 목적성 또한

---

[1] 여기서 우리가 관심을 기울이고자 하는 바는 1880년부터 사망할 때까지의 니체의 마지막 철학이다. 이 장은 《힘에의 의지 Der Wille zur Macht》에 대한 주석으로 간주될 수 있다. (원주)

없다. 그렇기 때문에 세계는 심판의 대상이 될 수 없다. 세계에 대해 내리는 일체의 가치 판단은 결국 삶의 비방으로 귀결된다. 그렇게 되면 사람들은 천상의 왕국, 영원 사상, 혹은 도덕적 규범 등 마땅히 있어야 할 것에 비추어, 실제로 있는 것을 심판하게 된다. 그러나 마땅히 있어야 할 것은 실제로 존재하지 않는다. 이 세계가 아무것도 아닌 무無의 이름으로 심판될 수는 없다. "이 시대의 이점은, 참된 것은 아무것도 없으며 모든 것이 다 허용되어 있다는 것이다." 다른 무수한 사람들의 마음속에 메아리치는 이 엄청난, 혹은 역설적인 공식은 어쨌든 니체가 허무주의와 반항의 짐을 온통 다 감당한다는 것을 증명하기에 충분하다. '길들이기와 도태'에 관한 그의 고찰들— 사실 좀 유치한 —가운데서 그는 심지어 허무주의적 추론의 극단적인 논리를 다음과 같이 표명하기까지 했다. "문제: 어떻게 하면 순전히 과학적인 의식을 가지고 의도적인 죽음을 설파하고 실천할 만한 전파력 강하고 위대한 허무주의의 엄격한 형식을 얻어낼 수 있을까?"

그러나 니체는 전통적으로 허무주의에 대한 제동 장치라고 간주되어온 가치들을 허무주의에 동원한다. 우선 도덕이 그런 경우다. 소크라테스가 설명한 바와 같은, 혹은 기독교가 가르친 바와 같은 도덕적 행동은 그 자체가 퇴폐의 한 징후다. 그것은 육체를 가진 인간을 그림자의 인간으로 대체시키고자 한다. 그것은 순전히 상상의 산물에 불과한 조화로운 세계의 이름으로 정념과 절규의 세계를 매도한다. 허무주의가 믿음의 불가능을 의미하는 것이라면 가장 심각한 징후는 무신론 속에 있는 것이 아니라, 있는 그대로의 것을 믿지 못하고 실제로 이루어지고 있는 그대로의 것을 보지 못하고 주어진 것을 그대로 살지 못하는 그 무능력 속에 있다고 할 수 있다. 이러한 능력 부재는 모든 이상주의의 밑바탕에 존재한다. 도덕에는 이 세계에 대한 믿음이 없다. 니체가 볼 때 참된 도덕이란 통찰력과 분리될 수 없다. 니체는 "이 세계를 중상하는 자들"에 대해 준엄하다. 왜냐하면 그는 이런 중상 속에서, 수치스러운 도피 취미를 간파하기 때문이다. 그에게 있어 전통적 도덕이란 부도덕의 한 특별한 경우에 지나지 않는다. "그것은 정당화를 필요로 하는 선善이다"라고 그는 말한다. 그는 또 이렇게 말한다. "바로 도덕적 이유 때문에 앞으로 언젠가 사람들은 선을 행하기를 중단하게 될 것이다."

    니체의 철학은 분명 반항의 문제 주위를 맴돌고 있다. 정확히 말해서 그의 철학은 시작부터 하나의 반항이다. 그러나 우리는 니체가 가져온 어떤 변화를 느낄 수 있다. 니체와 더불어 반항은 "신은 죽었다"라는 명제에서 출발한다. 반항은 그 명제를 하나의 기정사실로 간주한다. 반항은 그리하여 사라져버린 신을 당치 않게 대신하려 드는 모든 것, 비록 정해진 방향은 없어도 여전히 제신들의 유일한 도가니인 한 세계를 욕되게 하는 모든 것에 대항하여 맞선다. 그에 대한 몇몇 기독교측 비판자들의 생각과는 반대로 니체는 신을 죽이려는 계획을 세운 바 없다. 그는 자기 시대의 영혼 속에서 이미 죽어 있는 신을 발견한 것이다. 사태의 엄청난 심각성을 깨달은 그는 이러한 인간의 반항은 올바르게 방향을 잡지 않으면 어떤 부활에 이를 수 없다고 판단했다. 반항에 대한 여타의 모든 태도는 그것이 유감의 표시든 만족의 표시든 간에 묵시록의 시대를 가져올 뿐이다. 그러므로 니체는 하나의 반항 철학을 부르짖은 것이 아니라 반항이라는 기초 위에 하나의 철학을 구축했던 것이다.

그는 특별히 기독교를 공격하는데 그것은 단지 도덕으로서의 기독교다. 그는 한편으로 예수라는 인격체와 다른 한편으로 교회의 파렴치한 일면은 전혀 건드리지 않고 그대로 둔다. 우리는 그가 해당 분야에 정통한 전문가로서 예수회를 높이 평가하고 있다는 것을 안다. "사실상 도덕적 신만이 논박의 대상"이라고 그는 말하고 있다.[2] 그리스도는 톨스토이에게서와 마찬가지로 니체에게도 반항아가 아니다. 그의 교리의 핵심은 전적인 동의, 악에의 무저항으로 요약된다. 비록 살인을 막으

---

2 "그대는 그것이 신의 자연적 붕괴라고 말하고 있지만, 그것은 단지 하나의 허물벗기에 지나지 않는다. 신이 자신의 도덕적 껍질을 벗는 것이다. 그리하여 그대는 신이 선과 악을 넘어선 저 피안에 다시 나타나는 것을 보게 될 것이다." (원주)

려는 목적에서라 할지라도 살인은 하면 안 된다. 있는 그대로의 세계를 받아들여야 하며 세계의 불행에 또 다른 불행을 보태지 말아야 한다. 세계에 내포되어 있는 악의 고통을 개인적으로 묵묵히 감당해야 한다. 천상의 왕국은 바로 우리의 손 닿는 곳에 있다. 그것은 우리의 내면적 태도에 불과하다. 그 태도가 우리의 행위들을 이러한 원칙들과 부합하도록 이어주고 우리에게 즉각적인 행복을 가져다줄 수 있는 것이다. 신앙이 아니라 종교적 행동들인 것이다. 이런 것이 바로 니체가 해석하는 그리스도의 메시지다. 여기서부터 기독교의 역사는 이 메시지의 장구한 세월에 걸친 배반의 과정에 지나지 않는다. 신약은 이미 부패했다. 바울로부터 공의회에 이르기까지 신앙의 예배 의식이 정작 행동들을 망각하게 만든 것이다.

 기독교가 그 주인의 메시지에 덧보탠 심각한 부패란 어떤 것인가? 그것은 바로 그리스도의 가르침과는 무관한 심판이라는 생각, 그리고 그와 관련된 징벌과 보상이라는 개념이다. 이 순간부터 자연이 역사, 그것도 의미 있는 역사로 변했고 인류의 전체성이라는 관념이 생겨났다. 복음의 첫 소식에서 최후의 심판에 이르기까지 인류는 미리 써둔 각본의 명백히 도덕적인 목적에 맞춰나가는 일만을 책무로 삼게 되었다. 단 한 가지 차이점은 등장인물들이 이야기의 결말에 가서 선인과 악인으로 나눠진다는 사실이다. 그리스도의 오직 한 가지 심판은 자연의 죄가 중요하지 않다는 판단인 반면 역사적 기독교는 자연 전체를 죄의 원천으로 만들어버린다. "그리스도는 무엇을 부정하는가? 현재 기독교라는 이름으로 된 모든 것을 부정한다." 기독교는 세계에 어떤 방향을 제시하기 때문에 허무주의와 맞서서 투쟁하고 있다고 믿는다. 그러나 사실 기독교는 삶에 있지도 않은 가공의 의미를 부여함으로써 삶의 진정한 의미를 발견하는 것을 방해하고 있다는 점에서 그것 자체가 허무주의적인데도 말이다. "교회는 어느 것이나 다 인간-신, 즉 그리스도의 무덤 위에 굴러떨어진 돌이다. 교회는 그리스도가 부활하는 것을 힘으로 막으려고 애쓴다." 니체의 역설적이지만 의미심장한 결론은, 신이 기독교 때문에 죽었다는 것이다. 기독교가 신성함을 세속화했다는 점에서 그렇다는 것이다. 여기서 우리는 역사적 기독교와 "그것의 뿌리 깊고 경멸스러운 표리부동"을 이해할 필요가 있다. 같은 추론에 따라 니체는 사회주의와 모든 형태의 인도주의에 대해 동일한 태도를 취한다. 사회주의는 변질된 기독교일 뿐이다. 실제로 사회주의는 역사의 궁극적 목적성을 굳게 믿는다. 이 믿음은 삶과 자연을 배반하는 것으로 현실적 목적에 이상적 목적을 대치시키고 그리하여 온갖 의지와 상상력을 무력화하는 데 한몫 거든다. 사회주의는 이후 니체가 그 낱말에 부여하는 바로 그 정확한 의미에서 허무주의적이다. 허무주의자란 아무것도 믿지 않는 사람이 아니라 있는 그대로의 것을 믿지 않는 사람이다. 이런 의미에서, 모든 형태의 사회주의는 기독교적 퇴폐의 한층 타락한 표현들이다. 기독교에 있어서 보상과 징벌은 어떤 역사를 전제로 하는 것이었다. 그리하여 피할 수 없는 논리적 귀결로서, 역사가 송두리째 다 보상과 징벌을 의미하는 것이 되고 말았다. 즉 이때부터 집단적 메시아사상이 태어난 것이다. 또한 신 앞에서의 인간들의 평등은 신이 죽은 이상, 그냥 평등이 되고 말았다. 여기서도 다시 한번 니체는 도덕적 교리로서의 사회주의적 교리를 배격한다. 허무주의는, 그것이 종교에서 표명되든 사회주의적 선전에서 표명되든 간에 우리네의 이른바 우선적 가치들의 논리적 귀결이다. 자유정신은 그 가치들의 토대를 이루고 있는 온갖 환상들, 그것들이 전제로 하는 갖가지 흥정들, 그리고 통찰력 있는 지성이 소극적 허무주의를 적극적 허무주의로 탈바꿈시켜야 할 스스로의 사명을 다하지 못하도록 막음으로써 그 가치들이 범하는 범죄를 고발하여 그 가치들을 파괴해버릴 것이다.

신과 도덕적 우상들을 제거하고 난 이 세계에서 인간은 이제 주인 없는 고독한 존재다. 누구보다도 니체는 이러한 자유가 손쉬운 것일 수 있다고는 믿을 수 없는 입장이었다. 바로 이 점으로 해서 니체는 낭만주의자들과 구별된다. 이러한 전인미답의 해방으로 인해 니체는, 새로운 비탄과 새로운 행복을 고통스럽게 맛보게 되리라고 그가 말했던 그 사람들의 대열에 서게 된다. 그러나 처음에는 오직 비탄의 절규만 들릴 뿐이다.

"맙소사, 차라리 나를 미치게 하라. (…) 법을 초월할 수 있다면 모르거니와 나는 세상의 버림받은 자들 중에서도 가장 버림받은 자다." 법을 초월하는 곳에 있을 수 없는 자라면, 그는 과연 다른 법을 찾아내든지 아니면 미쳐버리든지 해야 한다. 더 이상 신을 믿지 않고 영생을 믿지 않는 그 순간부터 인간은 "생명을 가지고 살아가는 모든 것, 고통에서 태어나 삶의 고통에 내던져진 모든 것에 대한 책임"을 지게 된다. 질서와 법을 찾아내는 일은 인간의 몫, 오직 인간만의 몫이다. 그리하여 신으로부터 버림받은 자들의 시대가, 사력을 다한 정당화의 모색이, 대상 없는 향수가, 그리고 "가장 고통스럽고 가장 가슴을 찢는 물음, 즉 내 집처럼 마음 편한 곳은 어디에 있는 것일까 하고 자문하는 절실한 물음"이 시작된다.

니체는 자유정신이었으므로 정신의 자유가 안락함이 아니라 인간이 원하는 위대함, 힘겨운 투쟁을 통해서 점차 획득하게 되는 위대함이라는 것을 알고 있었다. 법을 초월하는 곳에 버티고 있기를 원할 때는 그 법 아래로 내려가게 될 위험성이 크다는 것을 그는 알고 있었다. 그렇기 때문에 정신은 오직 새로운 의무들을 받아들임으로써만 진정한 해방을 얻는다는 사실을 그는 깨달았다. 그가 발견한 것의 핵심은, 영원한 법이 자유가 아니라면 법의 부재는 더더욱 자유가 될 수 없다는 사실이다. 아무것도 참되지 않다면, 세계에 규칙이 없다면 그 어떤 금지도 있을 수 없다. 어떤 행위를 금지하자면 사실 어떤 가치,

어떤 목적이 있어야 한다. 그러나 동시에 그 어떤 허용도 있을 수 없다. 어떤 다른 행위를 택하기 위해서도 역시 가치와 목적이 필요하다. 법의 절대적 지배는 자유가 아니지만, 절대적 방임 또한 자유가 아니다. 모든 가능성들의 합이 곧 자유가 되는 것은 아니지만 불가능은 예속이다. 혼돈 역시 하나의 예속 상태다. 자유란 가능한 것과 가능하지 않은 것이 동시에 규정되는 세계에서만 존재한다. 법이 없이는 자유도 없다. 만약 운명의 방향이 어떤 보다 높은 가치에 의해 유도되지 못한다면, 그리하여 만약 우연만이 지배한다면 그것은 바야흐로 암흑 속의 걸음이요, 장님의 끔찍한 자유일 뿐이리라. 가장 큰 해방의 끝에 이르러 니체는 그러므로 가장 큰 예속을 택한다. "만약 우리가 신의 죽음을 하나의 커다란 포기로, 그리고 우리 자신에 대한 항구적 승리로 만들지 못한다면 우리는 이 상실에 대해 비싼 대가를 지불해야 하리라." 바꾸어 말해서, 니체와 더불어 반항은 금욕 고행에 이른다. 하나의 심오한 논리에 따라 "아무것도 참되지 않다면 모든 것이 다 허용된다"라는 카라마조프의 명제는 "아무것도 참되지 않다면 아무것도 허용되지 않는다"라는 명제로 변한다. 이 세계에서 단 한 가지라도 금지되는 것을 거부하는 것은 결국 허용되는 것까지도 포기하는 결과에 이른다. 어느 것이 검고 어느 것이 흰지를 말할 수 없는 곳에서는 빛은 사라지고 자유는 자발적 감옥이 된다.

    니체가 그의 허무주의를 조직적으로 밀고 나간 끝에 이른

이 같은 궁지, 그는 거기로 일종의 참혹한 희열을 느끼며 달려 들어갔다고 할 수 있다. 그가 고백한 바의 목적은 자기 시대의 인간에게 견딜 수 없는 상황을 제시하는 것이다. 그에게 단 하나의 희망이 있다면 그것은 모순의 극단에 이르는 것인 듯하다. 이때 만일 인간이 자신을 질식시킬 듯 옥죄는 매듭 속에서 파멸하기를 원치 않는다면 단칼에 그 매듭을 끊어버리고 스스로의 가치를 창조해야 할 것이다. 신의 죽음은 그 무엇의 완성도 되지 못하므로 그것은 부활을 준비한다는 조건에서만 진정한 체험이 될 수 있다. "신에게서 위대함을 발견하지 못한다면, 우리는 그 어느 곳에서도 위대함을 발견하지 못한다. 그렇다면 우리는 위대함을 부정하든지 아니면 위대함을 창조하든지 해야 한다"라고 니체는 말한다. 위대함을 부정하는 것이 그를 둘러싸는 세계가 하는 일이었다. 그는 그 세계가 자멸로 치닫는 것을 보고 있었다. 위대함을 창조하는 일은 초인적인 과제였지만 니체는 그것을 위해 죽기를 원했다. 과연 그는 창조가 오직 고독의 궁극에서만 가능하다는 것을 알고 있었고, 또 정신의 가장 극한적인 비참 속에서 그 행위를 수락하든가 아니면 죽든가 하지 않고서는 인간은 그 현기중 나는 노력의 결단을 내리지 못하리라는 것을 알고 있었다. 니체는 그러므로 대지야말로 인간의 유일한 진리이므로 인간은 그 대지에 충실해야 하고, 대지 위에서 살아야 하며, 대지 위에서 스스로의 구원을 만들어가야 한다고 외친다. 그는 동시에 산다는 것은 법을 전제로 하는 것이기에 법 없이 대지 위에서 산다는 것은 불가능하다는 것을 인간에게 가르친다. 어떻게 법 없이, 자유롭게 살 것인가? 이 수수께끼에, 인간은 죽음의 대가를 무릅쓰고 대답해야 한다.

 니체는 적어도 이 수수께끼를 회피하지는 않는다. 그는 대답한다. 그의 대답에는 위험 부담이 있다. 다모클레스[3]는 칼날 아래 있을 때 춤을 가장 잘 추지 않았던가. 받아들일 수 없는 것을 받아들여야 하고 버틸 수 없는 것을 버텨내야 한다. 이 세계가 아무런 목적도 추구하지 않는다는 사실을 사람들이 인정하는 순간부터 니체는 세계의 무죄를 시인하기를, 우리는 그 어떤 의도로도 이 세계를 심판할 수 없으므로 세계는 심판의 대상이 아니라는 것을 인정하기를, 따라서 모든 가치 판단들을 유일한 '위oui', 즉 이 세계에 대한 전적이고도 열광적인 애착으로 대체시키기를 제안한다. 이리하여 절대적 절망으로부터 무한한 환희가, 맹목적 예속으로부터 무자비한 자유가 솟아오른다. 자유롭다는 것, 그것은 바로 목적을 없애버리는 것

---

3 Damocles(기원전 405?~기원전 367?). 시칠리아섬 시라쿠사 왕국의 폭군 디오니시우스의 신하. 회의론자 디오니시우스가 자신을 부러워하는 다모클레스에게 왕의 권위의 덧없음을 가르치기 위해 어느 날 연회를 베풀어 그에게 자신의 역할을 대신하게 해줬다. 감격해하던 다모클레스가 왕좌에 앉아 문득 머리를 쳐들었을 때 머리 위에서 무거운 칼이 한 가닥 말총에 매달린 채 금방이라도 떨어질 듯 자신을 겨누고 있는 것을 보았다. 다모클레스는 이리하여 왕의 권세의 덧없음을 통감했다고 한다.

이다. 생성 변화의 무죄성은, 사람들이 그것을 인정하는 순간부터 최대 자유의 모습을 가진다. 자유정신은 필연적인 것을 사랑한다. 여러 현상의 필연성이란, 만약 그것이 절대적이고 빈틈없는 것이라면 어떠한 종류의 구속도 내포하지 않는다고 하는 데에 니체의 심오한 사상이 있다. 전적인 필연성에의 전적인 동의, 이것이 바로 자유에 대한 그의 역설적 정의라고 하겠다. "무엇으로부터의 자유인가?"라는 물음은 그리하여 "무엇을 위한 자유인가?"라는 물음으로 대치된다. 자유는 영웅주의와 일치하는 것이다. 자유란 위대한 인간의 금욕주의요 "가장 팽팽하게 당겨진 활"이다.

풍성함과 충만함에서 생겨나는 이러한 우선적 동의는 과오 그 자체와 고통, 악과 살인, 그리고 실존이 지닌 문제적이며 기이한 모든 것의 제한 없는 긍정이다. 그것은 있는 그대로의 세계에서 있는 그대로의 인간이 되고자 하는 결연한 의지로부터 태어난다. "자기 스스로를 하나의 숙명으로 간주할 것, 있는 그대로의 자아와 달라지려고 하지 말 것…." 문제의 말이 발음되었다. 니체의 고행은 숙명의 인식으로부터 출발해 숙명의 신격화에 이른다. 운명은 준엄하기 때문에 그만큼 더 찬양할 만한 것이 된다. 도덕적 신, 연민, 사랑 등은 그것들이 보상해 주려고 하기 때문에 그만큼 더 숙명의 적이다. 니체는 보속을 원치 않는다. 생성 변화의 희열은 곧 소멸의 희열이다. 오직 개인만이 파괴된다. 반항 운동—그 운동을 통해서 인간은 자기 고유의 존재를 요구했다—은 생성 변화에 대한 개인의 절대적 복종 속으로 사라져버린다. '운명애amor fati'가 그 이전의 '운명의 증오odium fati'를 대신한다. "우리가 알든 모르든 간에, 우리가 원하든 원치 않든 간에, 개개인은 전 우주적 존재에 협력한다." 개인은 이처럼 종족의 운명과 세계의 영원한 운동 속으로 빨려든다. "존재했던 모든 것은 영원하며 바다는 그것을 해변으로 다시 밀어 올린다."

니체는 그리하여 사상의 기원으로, 즉 전기 소크라테스학파로 거슬러 올라간다. 이 철학자들은 목적인目的因을 없애버림으로써 그들이 상상하고 있던 원리의 영원성을 손상 없이 남겨둘 수 있었다. 오직 목적 없는 힘만이, 이를테면 헤라클레이토스[4]의 '유희'만이 영원하다. 니체의 모든 노력은 생성 변화 가운데 법칙이 존재하고 필연성 가운데 유희가 존재한다는 것을 증명하는 데 있다. "어린아이는 무죄이자 망각이며, 하나의 새 출발, 유희, 스스로 굴러가는 바퀴, 최초의 움직임, 그리고 '위'라고 말하는 성스러운 긍정의 재능이다." 세계는 이유나 동기가 없는 무상의 것이기 때문에 신성한 것이다. 바로 그렇기 때문에 오직 예술만이—그것 역시 이유나 동기가 없는 무상의 것이므로—세계를 파악할 수 있다. 어떠한 판단으로도 세계

---

4 Heracleitos(기원전 540?~기원전 480?). 그리스 이오니아학파의 철학자.

를 파악할 수 없다. 그러나 영겁 회귀에 의해 세계가 스스로를 되풀이하듯 예술은 세계를 되풀이하는 법을 우리에게 가르쳐 줄 수 있다. 언제나 똑같은 모래톱에서 원초의 바다는 지칠 줄 모르고 똑같은 말들을 되풀이하고, 살아 있음에 놀라는 그 똑같은 존재들을 자꾸만 되밀어 올린다. 적어도 자기 스스로 회귀하는 것에 동의하고, 또 모든 것이 회귀하는 것에 동의하고, 그리하여 스스로 메아리가, 열광적인 메아리가 되는 사람, 적어도 그는 세계의 신성神聖에 참여한다.

과연 이런 경로로 인간의 신성함이 마침내 나타나게 된다. 처음에는 신을 부정하는 반항인이 나중에는 신을 대신하려 든다. 그러나 니체의 메시지는, 반항하는 인간이 모든 반항을, 심지어 이 세계를 개조하기 위해 신들을 만들어내는 반항까지도 포기함으로써만 신이 될 수 있다는 것이다. "만약 신이 있다면, 어떻게 신이 아니 되고 참는단 말인가?" 사실 신이 하나 존재하기는 하는데 그것은 다름 아닌 세계다. 세계의 신성에 참여하기 위해서는 '위'라고 긍정하기만 하면 된다. "이제는 더 이상 기도하지 말고 축복할 것," 그러면 대지는 인간-신들로 뒤덮일 것이다. 세계에 '위'라고 말하고 그 긍정을 되풀이하는 것, 그것은 곧 세계와 동시에 자아를 재창조하는 것이며 위대한 예술가, 창조자가 되는 것이다. 니체의 메시지는 창조라는 말—그 말이 갖게 된 애매한 뜻과 더불어—속에 요약되어 있다. 니체는 정녕 창조자의 고유한 이기주의와 엄격성 이외에는 결코 아무것도 찬양하지 않았다. 가치의 전환은 단지 심판자의 가치가 창조자의 가치, 즉 존재하는 것에 대한 존중과 열정으로 대치된 것에 불과하다. 불멸성과 무관한 신성이 창조자의 자유를 규정한다. 대지의 신인 디오니소스는 사지가 찢어지는 형벌을 받으면서 영원히 울부짖고 있다. 그러나 동시에 그는 그 자체가 고통인 충격의 미를 형상화한다. 니체는 대지와 디오니소스를 긍정하는 것은 곧 자기 자신의 고통을 긍정하는 것이라고 생각했다. 모든 것을 받아들이는 것, 그리고 최고의 모순을 받아들이는 것, 그리고 동시에 고통을 받아들이는 것, 그것은 곧 모든 것을 지배하는 것이었다. 니체는 이 왕국을 위해 대가를 치를 결심을 했다. 오직 "엄숙하고 괴로워하는" 이 대지만이 참되다. 오직 대지만이 신이다. 진리를 찾고자 진리가 있는 곳, 즉 대지의 배로 들어가기 위해 에트나산의 분화구 속으로 몸을 던진 그 엠페도클레스[5]와 마찬가지로, 니체는 인간이 우주 속으로 잠겨 들어가서 자신의 영원한 신성을 되찾고 스스로 디오니소스가 될 것을 권했다. 《권력의지》는 이처럼 그 책이 그토록 자주 연상시키는 파스칼의 《팡세》처럼 하나의 '내기'로 끝나고 있다. 인간은 아직 확신은 얻

---

[5] Empedocles(기원전 490?~기원전 430?). 기원전 5세기경 그리스 철학자. 신고 있던 신발 한 짝을 벗어 둔 채 시칠리아섬의 에트나산 분화구에 몸을 던져 자살했다고 전해진다.

지 못하고 있지만 확신에의 의지는 얻었다. 물론 그 둘은 같은 것이 아니지만. 니체 역시 이 극단에 이르러 동요했다. "바로 이것이 그대의 용서받지 못할 점이다. 너는 권력을 가지고 있으면서도 서명하기를 거부하고 있다." 그렇지만 그는 장차 서명을 하게 된다. 그러나 디오니소스의 이름으로 불멸의 자리에 오른 것은 겨우 아리아드네에게 보내는 편지들뿐이다. 그가 광란의 상태에서 쓴 편지들 말이다.

어떤 의미에서 니체의 반항 역시 여전히 악의 찬양으로 귀착되고 있다고 할 수 있다. 차이가 있다면 니체의 경우에는 악이 이제 더 이상 복수復讐가 아니라는 점이다. 악은 선의 있을 수 있는 여러 양상들 중 하나로서, 보다 정확히 말해서 하나의 숙명으로서 받아들여지고 있다. 따라서 그것은 초극된 것으로, 이를테면 하나의 치료제로 간주된다. 니체의 정신 속에서 중요한 것은 오직 불가피한 것 앞에서 영혼이 보이는 그 의연한 동의뿐이었다. 그렇지만 우리는 그의 후예가 어떤 자들이었는지 알고 있으며, 반反정치적인 마지막 독일인임을 자처했던 이 인물을 그 후 어떤 정치가 그들의 방패로 끌어들였는지 알고 있다. 그는 예술가인 폭군을 상상했었다. 그러나 어리석은 무리에게는 예술보다는 전제專制가 더 자연스럽게 느껴지는 법. "파르지팔[6]보다는 차라리 체사레 보르자[7]를!" 하고 그는 외쳤다. 그는 체사레도 보르자도 다 가지게 되었지만 그 체사레와 보르자는 그가 르네상스 시대의 위대한 개인들이 지니고 있었으리라 믿었던 고귀한 심성을 갖추지 못하고 있었다. 니체는 개인이 종種의 영원성에 굴복하고 시간의 대윤회 속에 잠겨 들어가기를 요구했는데 그들은 민족이라는 것을 종의 한 특수한 경우로 삼아 개인을 그 비열한 신 앞에 무릎 꿇게 만들었다. 그가 두려움에 몸을 떨며 말했던 그 생명이란 것도 어떤 국내용國內用 생물학으로 전락해버리고 말았다. 무지막지한 상전들의 패거리들이 권력 의지라는 말을 들먹이더니 결국은 그가 경멸해 마지않았던 "반유대적 추태"를 그의 이름으로 채택했다.

그는 지성과 결합된 용기를 믿었다. 그것이 바로 그가 힘이라고 불렀던 것이다. 그런데 사람들은 그의 이름으로, 용기를 지성에 반反하는 것으로 변질시켜놓았다. 그리고 진정 그의 것이었던 이 미덕은 그렇게 하여 그것의 반대, 즉 맹목적인 폭력으로 변모하고 말았다. 그는 당당한 정신의 법에 따라 자유와

---

6 신의 뜻을 받드는 영웅의 한 유형.
7 Cesare Borgia(1475~1507). 미래의 교황 알렉산드르 6세의 아들로 열여섯 살에 추기경으로 임명되었다가 종교 생활을 떠나 파란만장한 정치 생활을 했던 잔인하고 방탕한 인물.

고독은 서로 다른 것이 아니라고 믿었다. 그런데 그의 "정오와 심야의 심오한 고독"은 기계화된 군중 속으로 함몰되어 그 군중이 유럽 전체를 휩쓸어 덮고 말았다. 니체는 고전적 취향, 아이러니, 검소한 엉뚱함의 옹호자였고, 귀족주의란 이유를 묻지 않고 미덕을 실천하는 데 있으며 정직하기 위해 구태여 이유가 필요한 자는 의심받아 마땅하다고 말할 수 있었던 귀족이었으며, 올바름("본능이자 정열이 되어버린 그 올바름")에 미친 사람이었고, 서 "광신을 가장 치명적인 적으로 생각하는 최고 지성의 최고 공명정대함"을 섬기는 철저한 봉사자였다. 그런데 그가 죽은 지 33년 뒤에 그의 조국은 그를 거짓과 폭력의 교사로 삼았고 그가 희생을 통해 찬탄할 만한 것으로 만들어 놓았던 개념들과 미덕들을 가증스러운 것으로 변질시켜버렸다. 지성의 역사에서 마르크스를 제외하면 니체의 모험에 비견될 만한 것은 찾아볼 수 없다. 우리는 그에게 가해진 부당함을 결코 만회하지 못하고 말 것이다. 물론 역사에서 수많은 철학들이 곡해되고 배반당한 경우들을 우리는 알고 있다. 그러나 니체와 국가 사회주의에 이르기까지, 어떤 한 예외적인 영혼의 고결함과 고뇌의 빛을 받아 이루어진 한 사상이 전 세계인의 눈앞에서 거짓들의 퍼레이드와 수용소에 산적된 끔찍한 시체들에 의해 구체적으로 실현된 경우는 한 번도 없었다. 초인의 가르침이 하등 인간들의 방법적 제조로 귀결되어버린 이 사실이야말로 기필코 고발되어야 하며 또한 설명되고 해석되어야 마땅할 것이다. 만일 19세기와 20세기의 위대한 반항 운동의 마지막 귀결이 이러한 무자비한 굴종이어야 한다면, 그렇다면 우리는 반항에 등을 돌리고 니체가 그의 시대를 향해 외쳤던 다음과 같은 절망적 외침을 다시 한번 토해내야 하지 않을까? "나의 양심과 그대들의 양심은 이제 더 이상 같은 양심이 아니란 말인가?"

우선 우리는 니체와 로젠베르크[8]를 혼동할 수 없다는 사실을 인정하자. 우리는 니체의 변호인이 되어야 한다. 그는 자신의 불순한 후예들을 이미 앞질러 고발했던 것이다. 그는 스스로 "자기의 정신을 해방시킨 자는 또한 자기를 정화해야 한다"라고 말함으로써 그 점을 지적한 바 있다. 그러나 중요한 것은 적어도 그가 생각하고 있었던 정신의 해방이 정화를 배제하고 있지 않은지를 질문해봐야 한다는 점이다. 니체에게까지 이어져오고 있고 니체를 움직이는 그 반항 운동 자체에 내재하는 법칙과 논리는 어쩌면 사람들이 그의 철학에 뒤집어씌웠던 그 피비린내 나는 범죄적 왜곡을 설명해줄 수 있을지도 모른다.

---

[8] 알프레트 로젠베르크Alfred Rosenberg(1893~1946). 나치의 정치 이론가로 《20세기의 신화》의 저자. 니체의 철학을 왜곡 변조하여 나치 이데올로기를 성립한 장본인 중 한 사람. 1919년부터 국가 사회주의를 지지하며 그 이념적·철학적·문화적 바탕을 제공하고자 노력했고 인종 차별주의의 신화를 발전시켜 그 중심적 이론가가 되었다. 국회의원, 나치의 외무장관, 동구 점령 지역 장관 등을 역임했으며 1946년 뉘른베르크 재판에서 사형 선고를 받고 처형당했다.

과연 니체의 저술 가운데 결정적 살인의 의미로 이용될 법한 내용이 전혀 없다고 할 수 있을까? 만약 살인자들이 글의 정신을 도외시한 채 오직 문자 그대로의 글 자체에만 주목하고 심지어 글 속에 여전히 살아남아 있는 정신적인 것마저 부정할 경우, 그들은 니체에게서 그들의 구실을 발견할 수 있지 않았을까? 그건 그렇다고 대답할 수밖에 없다. 니체 사상의 방법적 측면(하기야 그 자신도 이 측면을 항상 유의하고 있었는지는 의심스럽지만)을 간과한다면 바로 그 순간부터 그의 반항 논리는 한계를 모르게 되는 것이다.

또한 우리는 살인이 정당성을 발견하는 것은 우상에 대한 니체의 거부 속에서가 아니라 그의 저작의 핵심인 그 열광적 동의 속에서라는 사실을 주목해야 할 것이다. 일체에 대해 '위'라고 말하며 긍정하는 것은 살인도 '위'라고 말하며 긍정하는 것이 된다. 사실 살인에 동의하는 방식에는 두 가지가 있다. 만약 노예가 모든 것을 긍정한다면 그는 주인의 존재와 그 자신의 고통도 긍정하는 것이 된다. 예수는 무저항을 가르친다. 반면 주인이 모든 것을 긍정한다면 그는 노예의 예속 상태와 타인의 고통을 긍정하는 것이다. 바로 여기에서 폭군이 나타나고 살인의 찬미가 나타나는 것이다. "항구적인 거짓과 항구적인 살인이 특징인 삶을 살아가면서 거짓말하지 말라, 살인하지 말라는 신성하고도 범할 수 없는 율법을 믿어야 한다는 것은 가소롭지 않은가?" 과연 형이상학적 반항의 시작은 다만 삶의 거짓과 범죄에 대한 항의였다. 이 원초적 '농(부정)'을 망각한 니체의 '위'는 있는 그대로의 세계를 거부하는 도덕의 부정인 동시에 반항 그 자체의 부정인 것이다. 니체는 그리스도의 영혼을 지닌 로마의 카이사르 같은 존재를 간절히 원했다. 그것은 그의 정신 속에서 노예와 주인에게 동시에 '위'라고 말하며 긍정하는 것이었다. 그러나 결국 양자를 다 긍정하는 것은 둘 중에서 더 강한 자, 즉 주인을 신성화하는 것으로 귀결된다. 예의 그 카이사르는 숙명적으로 영혼의 지배를 포기하고 사실의 지배를 택하게 되어 있었다. 자신의 방법에 충실한 훌륭한 교수로서 니체는 "어떻게 범죄를 이용할 것인가?"라고 자문했다. 카이사르의 답은 "범죄를 증식시킴으로"였다. "목적이 위대한 것일 때는 인류는 어떤 다른 척도를 사용하며, 가장 무시무시한 수단을 사용하면서도 범죄를 범죄로 여기지 않게 된다"라고 한 니체의 말은 그의 불행이 되었다. 그는 이러한 주장이 이제 막 치명적인 것이 될 참이던 세기의 가장자리에서, 즉 1900년에 죽었다. 그는 정신이 온전하던 때에 다음과 같이 외쳤지만 소용없는 일이었다. "온갖 부도덕한 행위들을 말로 하기는 쉽다. 그러나 사람들에게 그러한 행위들을 견딜 힘이 있을까? 가령 나는 내가 약속한 것을 지키지 않는다든가 살인을 한다든가 하는 일은 견딜 수 없으리라. 나는 많게든 적게든 그걸 괴로워하겠지만 결국 그것 때문에 죽고 말 것이다. 그게 내 운명이리라." 그러나 인간 경험 전체에 동의가 주어지는 순간

다른 자들이 나타날 수 있었던 것이다. 그들은 괴로워하기는 커녕 거짓과 살인 속에서 더욱 강해지기만 했다. 니체의 책임은, 방법상의 고차원적 이유로 사상의 정오에서, 비록 일순간일지언정, 이 치욕에의 권리를 정당화했다는 데 있다. 도스토엡스키는 인간들에게 그 치욕에 대한 권리를 주면 인간들은 언제나 이 권리에 정신없이 달려들 것이 분명하다고 이미 말한 바 있다. 그러나 니체의 본의 아닌 책임은 거기서 그치지 않는다.

스스로도 인정했듯이 니체는 분명 허무주의의 가장 첨예한 의식 그 자체다. 그가 반항 정신으로 하여금 이룩하게 한 결정적인 진일보는 이상理想의 부정으로부터 이상의 세속화로 건너뛰게 했다는 것이다. 인간의 구원이 신 속에서 실현되지 못한다면 그것은 지상에서 실현되어야 한다. 세계가 나아가야 할 방향이 따로 없으므로 그 사실을 인정하는 순간부터 인간이 세계에 하나의 방향을 부여해야 하는데 그것은 바로 초인超人에 이르는 방향이다. 니체는 인류의 미래가 나아갈 방향을 요구했다. 그는 말했다. "대지를 다스리는 과제가 우리에게 부여될 것이다." 그리고 또 이렇게 말했다. "대지를 지배하기 위해 투쟁해야 할 때가 가까워온다. 이 투쟁은 철학적 원리의 이름하에 전개될 것이다." 그는 이렇게 20세기를 예고하고 있었다. 그러나 그가 그렇게 예고한 것은 허무주의의 내적 논리가 경고하는 바를 깨닫고 있었기 때문이며 동시에 그 논리의 귀결들 중 하나가 제국이라는 것을 알고 있었기 때문이다. 바로 그렇게 함으로써 그는 이 제국을 준비하고 있었던 셈이다.

니체가 상상한 바의 신 없는 인간, 즉 고독한 인간에게는 자유가 있다. 세계의 바퀴가 멈추고 인간이 있는 그대로의 세계에 '위'라고 말하며 긍정하는 정오에는 자유가 있다. 그러나 있는 그대로의 것은 생성 변화한다. 생성 변화에 대해서도 '위'라고 말해야 한다. 빛은 결국 지나가버리고 대낮의 축이 기운다. 그때 역사가 다시 시작되니 역사 속에서 자유를 찾아야 한다. 역사에도 '위'라고 말해야 한다. 개인적 권력 의지의 이론인 니체 사상은 어떤 전체적 권력 의지 속에 등재되지 않을 수 없는 것이었다. 그것은 세계 제국이 없이는 아무것도 아닌 것이었다. 니체는 아마 자유사상가들과 인도주의자들을 증오했을 것이다. 그는 '정신의 자유'라는 낱말을 가장 극단적 의미로, 즉 개인적 정신의 신성神聖이라는 의미로 사용했다. 그러나 그는 자유사상가들 역시 그와 마찬가지로 신의 죽음이라는 동일한 역사적 사실로부터 출발했고 그 결과 역시 동일하다는 사실을 부인할 수 없었다. 니체는 인도주의란 초월적 정당화를 보증받지 못한 기독교, 그리하여 제1원인은 부인하면서도 목적인은 여전히 보존하고 있는 기독교에 불과하다는 사실을 잘 알고 있었다. 그러나 그는 사회주의의 해방 이론이 허무주의의 피할 수 없는 논리에 의해 그 자신이 꿈꾸었던 바의 초인성超人性을 떠안게 되리라는 사실을 알아차리지 못했다.

철학은 이상을 세속화한다. 그러나 폭군들이 나타나면서 그들은 자신들에게 권리를 부여하는 철학들을 즉시 세속화해버린다. 니체는 헤겔의 경우에서 이러한 식민지화 현상을 이미 간파했었다. 니체가 볼 때 헤겔의 독창성은 하나의 범신론, 악과 과오와 고통이 더 이상 신에 대항하는 논거로 사용될 수 없게 되는 하나의 범신론을 창안해냈다는 것이었다. "그러나 국가와 기성 권력들이 즉각 이 위대한 창안을 이용했다." 니체 자신도 하나의 이론 체계를 상상한 바 있다. 그 이론 체계에 따르면 범죄는 더 이상 어떤 것에 대항하는 논거로 사용되지 않으며, 오직 하나의 가치가 있다면 그것은 인간의 신성 가운데 존재한다. 이 위대한 창안 역시 누군가가 이용해주기를 요구하고 있었다. 이러한 견지에서 본다면 국가 사회주의란 허무주의의 일시적인 상속자, 허무주의의 치열하고도 요란한 귀결에 불과하다. 유별나게 논리적이고 야심만만한 자들은 바로 마르크스로 니체를 수정함으로써 창조 전체에 대해서가 아니라 오직 역사에 대해서만 '위'라고 긍정하기를 선택할 자들일 터다. 니체가 전 우주 앞에 무릎 꿇게 했던 반역자는 그때부터 역사 앞에 무릎을 꿇게 될 것이다. 그것이 무슨 놀랄 일이겠는가? 적어도 초인의 이론에 있어서의 니체, 그리고 그에 앞서 계급 없는 사회를 부르짖었던 마르크스, 이 둘은 다 같이 초월적 세계를 '훗날'의 약속으로 대치시켜놓는다. 이 점에서 니체는 고대 그리스인들과 예수의 가르침을 배반했다. 니체의 해석에

의하면, 그리스인들과 예수는 초월적 세계를 "지금 당장"의 세계로 대치시켰다니 말이다. 마르크스는 니체와 마찬가지로 전략적으로 사고했고 또 니체와 마찬가지로 형식적 미덕을 매우 싫어했다. 다 같이 현실의 어떤 국면에 대한 동의로 마감된 그 두 사람의 반항은 머지않아 마르크스레닌주의 속으로 녹아들어가버리고, 이미 니체 자신이 장차 "성직자와 교육자와 의사의 역할을 대신하게" 될 것이라고 말한 바 있는 그 계급 속에 구현될 것이다. 차이점이 있다면—중요한 차이점이지만—그것은 니체가 초인을 기다리는 동안에는 존재하는 그대로의 것을 긍정하자고 제안하는 데 반하여 마르크스는 생성 변화하는 것을 긍정하자고 제안한다는 점이다. 마르크스에게 자연이란 인간이 정복하여 역사에 복종시키는 대상인 데 비해 니체에게 자연이란 역사를 정복하기 위해 인간이 복종하는 대상이다. 이 차이는 기독교인과 그리스인의 차이와 같다. 니체는 적어도 미구未久에 벌어질 사태를 예견하고 있었다. 즉 "현대의 사회주의는 일종의 세속적 예수회를 창조하려 하고 모든 사람들을 도구로 삼으려 하는 경향이 있다"라고 본 것이다. 그리고 또 "그들이 바라는 것은 안락이니 (…) 그리하여 사람들은 전대미문의 정신적 노예 상태로 나아가고 있다. (…) 지적 독재 정치 체제가 상인들과 철학자들이 활동하는 저 머리 위에 떠돌고 있다"라고 본 것이다. 니체 철학의 도가니를 통과하고 나자 반항은 그 자유의 광란 속에서 생물학적 혹은 역사적 전제 정치로 귀착한다. 절대적 부정으로 인해 슈티르너는 개인의 신격화와 동시에 범죄의 신격화에 이르렀었다. 그러나 절대적 긍정은 인간 자신의 보편화와 동시에 살인의 보편화에 이른다. 마르크스레닌주의는 실제로 니체의 의지를 받아들였지만 그것은 니체적인 몇몇 미덕들에 대한 무지의 소치였다. 이리하여 위대한 반역자가 제 손으로 필연성의 가차 없는 지배 체제를 창조하고 자기가 그 속에 유폐되어버린 것이다. 신의 감옥을 탈출한 그 반역자의 첫 번째 관심은 역사와 이성의 감옥을 건설하는 일이 되었고, 그렇게 함으로써 니체가 극복하고자 했던 그 허무주의를 위장하고 신성화하는 일을 완수하기에 이른 것이다.

반항적 시

　형이상학적 반항이 '위(긍정)'를 거부하고 절대적으로 부정하는 것에 그친다면 그 반항은 겉치레로 끝날 수밖에 없다. 그리고 형이상학적 반항이 현실의 일부에 이의를 제기하는 것을 포기하고 있는 그대로의 것을 찬양하는 일에 달려든다면 그 반항은 조만간 행동에 나서지 않을 수 없게 된다. 이 두 가지 경우 사이에서 이반 카라마조프는 고통스러운 의미에서이긴 하지만 될 대로 되라는 식의 방관적 태도를 보인다. 19세기 말과 20세기 초에 반항적 시는 이 두 극단 사이를 끊임없이 오가며 진동했었다. 즉 문학과 권력 의지 사이, 비합리와 합리 사이, 절망적인 꿈과 무자비한 행동 사이를 왕래했던 것이다. 그 진동의 마지막에 이르러 이 시인들, 특히 초현실주의자들은 겉치레에서 행동에 이르는 길의 놀라운 축도縮圖를 우리에게 훤히 밝혀준다.

호손은 멜빌에 대해 쓴 글에서 그가 믿음을 갖지 못하는 무신앙 속에서 마음이 편하지 않았다고 말한 바 있다. 이와 마찬가지로 몸을 던져 천상의 세계를 공격했던 이 시인들 역시 모든 것을 다 뒤집어엎어버리려 함으로써 동시에 질서에 대한 그들의 절망적인 향수를 드러내 보였다고 말할 수 있다. 그 무슨 극단적 모순의 발현인지 모르나 그들은 비합리로부터 합리를 이끌어내려 했고 비합리를 하나의 방법으로 삼고자 했다. 낭만주의의 이 위대한 상속자들은 시를 모범적인 것으로 만들어 시가 지닌 가장 비통한 것 속에서 참된 삶을 찾겠다고 나섰다. 그들은 독신을 신성한 것으로 만들었고 시를 경험으로, 행동의 수단으로 탈바꿈시켰다. 그들 이전에는 사실 사건과 인간에 영향력을 행사하겠노라고 나섰던 자들은 적어도 서구의 경우, 합리적 법칙의 이름하에 그렇게 했었다. 초현실주의는 그와 반대로 랭보 이후, 광란과 파괴 속에서 건설의 법칙을 찾아내려 했다. 랭보는 그의 작품을 통해서, 오직 그의 작품만을 통해서 그러한 길을 보여준 바 있다. 그러나 그것은 번개가 번쩍하면서 길의 언저리를 비추듯 명멸하는 순간적 섬광 같은 것이었다. 초현실주의는 그 방향으로 깊이 파고들어갔고 그리하여 그 길의 이정표를 공식화했다. 때로는 과격하게 전진하고 때로는 후퇴하면서, 초현실주의는 또 다른 한쪽에서 반항적 사고가 절대적 이성의 숭배를 위한 토대를 마련하고 있던 바로 그때에, 비합리적 반항의 실천적 이론에 그 결정적이고도 화려한 표현을 부여했던 것이다. 초현실주의에 계시의 불빛을 던진 로트레아몽과 랭보는 어쨌든 우리에게 겉모습을 위한 비합리의 욕망이 어떤 과정을 거쳐 반항하는 인간을 행동의 가장 자유 말살적인 형태들 쪽으로 인도하는가를 가르쳐준다.

로트레아몽과 범속함

로트레아몽의 경우는 반항하는 인간에게 있어서 외양에의 욕망이 범속함의 의지 뒤로 숨기도 한다는 사실을 보여준다. 반항하는 인간은 있는 그대로의 진정한 존재로서 인정받기 위해 떨쳐 일어났으면서도, 자신을 키워 높이거나 자신을 줄여 낮추거나 간에 실제의 자기와 다르게 인정받기를 원하는 것이다. 로트레아몽의 독신과 순응주의는 다 같이 이처럼 불행한 모순을 잘 말해주고 있는 바, 이 모순은 그에게 있어서 아무것도 되지 않겠다는 의지로 낙착된다. 거대한 원초적 밤으로 초대하는 말도로르[1]의 부름과 《시집》의 고심하여 이룩한 듯한 범속함은 흔히들 생각하듯 서로 개영시改詠詩[2]의 관계를 맺고

---

[1] 로트레아몽의 산문시집 《말도로르의 노래》의 주인공.
[2] 개영시palno는 그 앞의 시에서 했던 말을 취소하는 시를 뜻한다.

있기는커녕 두 작품의 밑바닥에는 똑같은 절멸에의 광적인 욕망이 깔려 있음을 알 수 있다.

우리는 로트레아몽에게서 반항이 소년기에 머물러 있음을 알 수 있다. 우리의 위대한 폭탄과 시의 테러리스트들은 이제 겨우 유년기를 벗어난 것이다. 《말도로르의 노래》는 천재에 가까운 중학생이 쓴 책으로 그 비장미는 바로 피조물의 세계, 그리고 자기 자신에게 반항해 떨쳐 일어난 어린 가슴속의 모순들로부터 태어난다. 《일뤼미나시옹》의 랭보와 마찬가지로 세계의 한계선에 던져진 이 시인은 그가 살아갈 세계 속에 그를 지금의 모습으로 만들어놓는 당치 않은 법칙을 받아들이기보다 우선 묵시록과 파괴를 택한다.

"나는 인간을 옹호하기 위해 여기 있다."라고 로트레아몽은 말한다. 만만치 않은 말이다. 그렇다면 말도로르는 연민의 천사인가? 스스로에 대해 연민을 품고 있는 그는 어떤 면에서 그렇다고 할 수 있다. 어째서 그럴까? 그 점은 장차 밝혀야 할 문제다. 그러나 기만당하고 짓밟힌 연민, 고백할 수도 없고 고백하지도 못한 그 연민이 그를 기이한 극단으로 몰고 갈 것이다. 그 자신의 말에 의하면 말도로르는 삶을 하나의 상처로서 받았고, 자살을 통해서 그 상처를 치료하고자 하지 않았다. 랭보처럼, 그는 고통을 받고 반항하는 존재다. 그러나 그는 이상하게도 뒤로 물러나면서, 있는 그대로의 자기에 대해 반항하는 것이라고 말한다. 그는 반항하는 인간의 영원한 알리바이인 인간에의 사랑을 전면에 내세운다.

다만 인간을 옹호하기 위해 존재한다는 그가 동시에 이렇게 쓰고 있는 것이다. "선량한 인간이 있거든 어디 한번 내게 보여달라." 이 항구적인 운동은 허무주의적 반항의 운동이다. 그는 자기 자신과 인간에게 가해진 불의에 반항한다. 그러나 그가 이 반항의 정당성과 자신의 무력함을 동시에 깨닫는 그 통찰의 순간, 격렬해진 부정의 의지는 바로 그가 옹호하고자 했던 대상에까지 뻗친다. 정의를 확립함으로써 불의를 수정할 수 없는 것이라면 그는 적어도 그 불의를 보다 더 전반적인 불의—종국에는 절멸과 다름없어지고 마는—속에 빠뜨려버리는 것이 낫다고 본다. "그대가 내게 저지른 악이 너무나 크고, 내가 그대에게 저지른 악 또한 너무나 커서 그 악이 자의에 따른 것이라 할 수 없을 정도다." 자신을 증오하지 않기 위해서는 자신이 무죄임을 선언해야 할 터인데 그것은 언제나 인간 혼자서는 불가능한 대담한 일이다. 그가 하지 못하는 것은 바로 자신을 아는 일이다. 그러나 인간은 적어도 만인이 다 무죄임을 선언할 수는 있다. 비록 모두가 다 죄인으로 취급받고 있기는 하지만. 그렇게 되면 신이 죄인이 된다.

그러니까 낭만주의자들로부터 로트레아몽에 이르기까지, 어조에 있어서라면 몰라도, 실제적인 진보는 없다. 로트레아몽은 아브라함의 신의 얼굴과 악마적 반역자의 이미지를 좀 더 완성된 모습으로 다시 한번 부활시켰을 뿐이다. 그는 신을

"인분과 황금으로 된 왕좌에" 올려놓는다. 그 왕좌에는 "자칭 창조자라고 하는 자가 빨지도 않은 천으로 만든 수의壽衣를 걸친 채 어리석은 오만을 떨면서" 자리 잡고 있다. "독사의 형상을 한 무시무시한 신", "늙은이들과 어린애들을 불태워 죽이는 불길에 부채질을 해대는" 것을 볼 수 있는 "교활한 악당"이 술에 취해 개울 속을 굴러다니거나 갈보 집에서 천박한 쾌락을 탐한다. 신은 죽은 게 아니라 굴러떨어진 것이다. 실추한 신성의 맞은편에 말도로르가 검은 망토를 걸친 전통적 기사騎士로 그려져 있다. 그는 "저주받은 자"다. "지고한 존재가 강렬한 증오의 미소를 지으며 내게 덮어씌워놓은 이 추한 모습을 남의 눈에 보이게 해서는 안 된다." 그는 "오로지 자기만을 생각하기 위해 어머니, 아버지, 신의 섭리, 사랑, 이상," 그 모든 것을 부정했다. 오만으로 뒤틀린 이 주인공은 형이상학적 댄디의 온갖 매력을 두루 지니고 있다. 그는 "우주처럼 슬프고 자살처럼 아름다운, 인간이라기보다는 형상"인 것이다. 또한 낭만주의적 반항인과 마찬가지로 신의 정의에 절망한 나머지 말도로르는 악의 편을 들 것이다. 고통을 주고, 또 그럼으로써 자신도 고통스러워하는 것, 이것이 그의 프로그램이다. 《말도로르의 노래》는 그야말로 악의 장광설이다.

이 전환점에서는 더 이상 피조물의 옹호는 찾아볼 수 없다. 그 반대로 "모든 수단을 다해 인간을, 이 야수를, 그리고 창조자를 공격할 것……." 이것이 《말도로르의 노래》가 표방하는 목표다. 신을 적으로 삼았다는 생각에 흥분의 극에 달한 말도로르는 위대한 죄인들의 벅찬 고독에 도취되어("혼자서 인류와 맞서는 나") 창조된 세계와 그 창조자에게 맞서 몸을 던진다. 《말도로르의 노래》는 "범죄의 신성함"을 찬양하고 "영광스러운 범죄"가 계속 증가할 것을 예고한다. 그리고 두 번째 노래 20절은 그야말로 범죄와 폭력의 교육학을 개시한다.

이토록 대단한 열정이 이 시대에는 흔하고 상투적인 것이다. 그것은 전혀 힘든 것이 아니다. 로트레아몽의 진정한 독창성은 다른 데 있다.[3] 낭만주의자들은 인간의 고독과 신의 무관심의 숙명적인 대립을 신중하게 유지했다. 이 고독의 문학적 표현이 바로 고립된 성城과 댄디로 나타났던 것이다. 그러나 로트레아몽의 작품은 보다 심오한 드라마를 표현하고 있다. 이 고독은 그에게 참을 수 없는 것이었고, 그리하여 창조에 반항하며 일어난 그는 창조의 한계를 파괴해버리려 했던 것 같다. 그는 높은 성벽을 쌓아 인간의 영역을 공고히 하려고 노력한 것이 아니라 모든 영역을 뒤섞어버리려 했던 것이다. 그에 의해 창조는 원초의 바다로 되돌아갔다. 그 원초의 바다에서는 도덕, 그리고 그가 무서운 문제라고 생각하는 영혼의 불

---

[3] 따로 출판된 바이런풍의 제1가歌와 기괴한 수사가 난무하는 그다음의 노래들 사이의 차이점은 바로 이 독창성에 있다. 이 단절의 중요성을 통찰한 사람은 모리스 블랑쇼였다. (원주)

멸을 포함한 모든 문제들이 의미를 잃는다. 창조된 세계 앞에서 그는 반역자 혹은 댄디의 떠들썩한 이미지를 내세우려 하는 것이 아니라 세계와 인간을 같은 절멸 속에 뒤섞어버리려 했다. 그는 인간과 세계를 가르는 바로 그 경계선을 공격했다. 전적인 자유, 특히 범죄의 자유는 인간들 사이의 경계선 파괴를 전제로 한다. 모든 인간들과 자기 자신을 증오의 대상으로 삼는 것만으로는 충분치 않다. 한 걸음 더 나아가 인간의 지배를 본능의 지배 차원으로 몰고 가야 한다. 우리가 로트레아몽에게서 발견하는 것은 그 같은 합리적 의식의 거부, 원초적인 것으로의 그 같은 회귀 현상인데, 이것은 스스로에 반항하는 문명들의 한 징후다. 중요한 것은 의식의 집요한 노력을 통해 겉모습을 표현하는 것이 아니라 더 이상 의식으로서 존재하지 않는 것이다.

《말도로르의 노래》의 모든 피조물들은 양서류다. 왜냐하면 말도로르는 대지를, 그리고 그 대지의 한계들을 거부하기 때문이다. 식물상植物相은 해초와 수초로 구성되어 있다. 말도로르의 성城은 물 위에 있다. 그의 조국은 오래된 대양大洋이다. 이중적인 상징인 대양은 절멸의 장소인 동시에 화해의 장소다. 대양은 자아와 타인들에 대한 멸시에 골몰한 영혼들의 격심한 갈증, 즉 더 이상 존재하지 않고 싶은 갈증을 그 나름의 방식으로 달래준다. 《말도로르의 노래》는 그리하여 우리 시대의 《변신 이야기》와도 같은 작품이라고 할 수 있다. 《변신 이야기》에서는 고대의 미소가 면도칼에 찢긴 입으로 웃는 웃음, 즉 광포하고 이를 가는 듯한 유머의 이미지로 대치되어 있다. 이 우화집에서 우리는 원하기만 하면 무슨 의미든 다 찾아낼 수 있을 것이다. 그러나 적어도 한 가지 분명한 것은 그것이 반항의 가장 어두운 심장부에 근원을 두고 있는 절멸의 의지를 드러내고 있다는 사실이다. "바보가 되라"라는 파스칼의 말은 그와 더불어 문자 그대로의 의미를 갖게 된다. 로트레아몽은 살아가려면 오래 참아야 할 차갑고 엄혹한 광명을 견뎌낼 수 없었던 것 같다. "나의 주관성과 하나의 창조자, 그것은 하나뿐인 두뇌에는 과한 것이다." 그리하여 그는 삶을, 그리고 그의 작품을, 먹물을 뿜어대며 번개같이 헤엄쳐가는 오징어의 유영 같은 것으로 환원시켜버린 것이다. 말도로르가 먼바다에서 상어 암컷과 "오랫동안 순결하면서도 흉측스러운 교미"를 하는 광경을 그린 아름다운 대목과 특히 문어로 변신한 말도로르가 창조주를 공격하는 의미심장한 이야기 등은 존재의 경계선 밖으로의 탈출과 자연의 법칙에 대한 발작적 공격의 명백한 표현이다.

정의와 격정이 마침내 균형을 이루는 조화로운 조국으로부터 내쫓긴 자들로서는 그래도 고독보다는, 말이 더 이상 의미가 없고 맹목적인 피조물들의 힘과 본능이 지배하는 가혹한 왕국이 더 낫다. 이 도전은 동시에 고행이기도 하다. 제2가의 천사와의 싸움은 천사의 패배와 부패로 끝나고 있다. 그때 하늘과 땅은 원초적 생명의 액체 상태의 심연으로 되돌아가 혼돈으로 변한다. 이와 같이 《말도로르의 노래》의 인간-상어는 "팔 끝과 다리 끝에 새로운 변화가 생기는데 그것은 어떤 알 수 없는 범죄에 대한 속죄의 벌이었을 뿐이다." 과연 로트레아몽의 잘 알려지지 않은 생애에는 어떤 범죄, 혹은 범죄의 환영(그것은 동성애일까?)이 잠재해 있다. 《말도로르의 노래》를 읽는 사람이라면 누구나 이 책에는 이를테면 '스타브로긴의 고백'[4] 같은 것이 결여되어 있다는 생각을 지우지 못할 것이다.

고백은 하고 있지 않지만 우리는 이 《시집》에서 그 신비스러운 속죄의 의지가 배가되고 있다고 봐야 한다. 이제 곧 알게 되겠지만, 비합리적 모험이 끝나갈 때 이성을 회복하고, 무질서를 거듭한 끝에 마침내 질서를 되찾고, 애초에 벗어나려 했던 쇠사슬보다 훨씬 더 무거운 사슬에 고의적으로 묶이고자 하는 등 반항의 몇몇 형태들 특유의 운동이 작품 속에 너무나도 뚜렷한 단순화의 의지와 파렴치를 드러내며 그려져 있어서 이 회심에 가까운 변화에는 어떤 의미가 있다고 볼 수밖에 없다. 절대적 부정을 찬양하던 《말도로르의 노래》에 절대적 긍정의 이론이 뒤를 잇고 무자비한 반항에 맹목적 순응주의가 뒤따른다. 그것도 또렷한 제정신으로 그렇게 한다. 실상

---

[4] 도스토옙스키 《악령》의 한 장.

《말도로르의 노래》에 대한 가장 훌륭한 해설을 《시집》이 제공하고 있다. "작심한 듯 이런 환상들을 먹고 자라는 절망이 문학인을 태연하게 신적·사회적 제 법칙의 폐기와 이론적·실천적 사악함으로 인도한다." 《시집》은 또한 "허무의 비탈로 굴러떨어지면서 환호성을 질러대며 스스로를 경멸하는 작가의 범죄성"을 고발하기도 한다. 그러나 이러한 악에 대해 이 시집은 형이상학적 순응주의 외에 어떠한 처방도 제시하지 못하고 있다. 이렇게 "회의의 시가 이 정도로 음울한 절망과 이론적 사악함에 이른 것을 보면 그 시가 근본적으로 허위의 시라는 것을 알 수 있다. 원칙에 대해 왈가왈부한다는 바로 그 이유 때문에, 그리고 원칙은 왈가왈부해서는 안 되는 것이라는 바로 그 이유 때문에 허위의 시인 것이다."(다라세[5]에게 보내는 편지) 이런 그럴듯한 이유들은 요컨대 복사服事[6]나 군사 훈련 교과서의 도덕을 요약하고 있을 따름이다. 그러나 순응주의도 광포해질 수 있고, 또 그럼으로써 엉뚱한 것이 될 수도 있다. 한때는 희망의 용龍에 대한 사악한 독수리의 승리를 찬양했으면서 이제는 희망만을 노래하고 있노라고 고집스레 되풀이하여 말할 수도 있는 법이다. 그리고 "찬란한 희망이여, 대낮의 엄숙한 목소

---

[5] 다라스(Darasse, 카뮈는 Darassé로 표기하고 있는데 이는 잘못이다)는 로트레아몽의 아버지가 거래하던 은행주 이름.
[6] 천주교회에서 미사를 드릴 때 신부의 곁에서 돕는 어린이.

리로 내 그대를 황량한 나의 집에 불러들이나니"라고 쓸 수도 있는 법이다. 그리고 또 설득시켜야 한다. 인류를 위로하고 형제로 대하며, 공자, 부처, 소크라테스, 예수 그리스도와 같은, "굶어 죽어가면서도 이 마을 저 마을로 돌아다니던 모럴리스트들"(역사적으로 볼 때 잘못된 말이지만)에게로 되돌아가는 것, 이 역시 절망으로부터 나온 계획이다. 이처럼 악덕의 한복판에서 미덕은, 착실한 삶은 어떤 향수鄕愁의 냄새를 풍긴다. 왜냐하면 로트레아몽은 기도를 거부하고, 그에게 있어 그리스도는 일개 도덕가에 지나지 않기 때문이다. 그가 제안하는 것, 아니 그가 스스로에게 제안하는 것은 불가지론과 의무의 완수다. 이토록 그럴듯한 강령은 그러나 불행히도 포기와 아늑한 저녁과 원한을 모르는 마음, 그리고 느긋한 성찰 등을 전제로 한다. 로트레아몽은 문득 "나는 내가 세상에 태어났다는 은총 외에 다른 은총을 알지 못한다"라고 쓸 때 감동적이다. 그러나 "공명정대한 정신이라면 그 은총이 완전한 것임을 알 것이다."라고 덧붙일 때는 그의 악다문 이가 보이는 것만 같다. 삶과 죽음 앞에서 공명정대한 정신이란 없는 법이다. 로트레아몽과 더불어 반항하는 인간은 사막으로 도피한다. 이 순응주의의 사막은 그러나 랭보의 하라르만큼이나 암울한 곳이다. 절대에 대한 취미와 절멸을 위한 광란이 그 사막을 더욱 불모지로 만든다. 말도로르가 전적인 반항을 원했듯이 로트레아몽은 똑같은 이유로 절대적 범속을 선언한다. 그가 원초적인 대양 속에서 질식시키려고 했고 야수의 울부짖음과 혼동하고 싶어 했던, 그리고 또 한때는 수학의 찬미 속에서 잊어버리고자 했던 양심의 부르짖음을 이번에는 음울한 순응주의의 실천 속에서 질식시키려고 하는 것이다. 반항하는 인간은 그리하여 자신의 반항의 근저에 깃들어 있는 어떤 존재를 향한 부름의 외침에 귀를 막으려 하는 것이다. 그 어떤 것도 되지 않겠다고 거부하든 그 무엇이 되어도 좋다고 수락하든, 어쨌든 더 이상 존재하지 않겠다는 것이다.[7] 그 둘 중 어느 경우든 그것은 순전히 몽상적인 관습이다. 범속 역시 하나의 태도인 것이다.

순응주의는 우리 지성사知性史에서 큰 부분을 지배하는 반항의 여러 허무주의적 유혹들 중 하나다. 어쨌든 그 허무주의적 유혹은 반항하는 인간이 행동에 나설 때 반항의 뿌리를 망각하게 되면 얼마나 엄청난 순응주의의 유혹을 받게 되는가를 보여준다. 따라서 그것은 20세기를 설명해주는 것이다. 통상 순수한 반항의 시인으로 찬양받는 로트레아몽은 반대로 우리 시대의 세계에서 꽃피고 있는 지성의 굴종에의 취향을 예고한다. 《시집》은 '미래의 책'에 부치는 서문에 불과하다. 그러니 모두가 다 문학적 반항의 이상적 귀결이 될 이 미래의 책을 꿈

---

[7] 마찬가지로 판타지오(알프레드 드 뮈세의 동명 희극의 주인공—역주)는 그런 덧없는 부르주아가 되기를 원한다. (원주)

꿀 법하다. 그러나 이 책은 오늘날, 로트레아몽의 의도와는 달리 관료적인 명령에 따라 수백만 권씩 쓰이고 있다. 천재란 분명 범속과 떼어서 생각할 수 없는 것이다. 그러나 중요한 것은 타인들의 범속함이 아니다. 사람들이 공연히 추종하려 하는 범속함, 필요하다면 경찰력을 동원해서라도 스스로 창조자와 결탁하는 범속함은 아닌 것이다. 창조자에게는 그 자신의 범속함, 즉 송두리째 창조해내야 할 범속함이 중요하다. 모든 천재는 기이하면서 동시에 범속한 법이다. 그 둘 중 어느 하나만 가졌다면 그는 아무것도 아니다. 반항과 관련하여 우리는 그 점을 명심해야 할 것이다. 반항에는 그 나름의 댄디들과 추종자들이 있게 마련이다. 그러나 반항은 그들을 적자嫡子로 인정하지 않는다.

초현실주의와 혁명

이 자리에서 랭보에 관해 언급할 기회는 별로 없을 것이다. 그에 관한 논의는 이미 충분히 이루어졌다. 불행히도 지나칠 정도였다. 그렇지만 랭보는 오직 그의 작품 속에서만 반항의 시인이었다는 사실을 분명히 해두고자 한다. 그 점을 명시하는 것이 우리의 주제와 관련이 있기 때문이다. 랭보의 생애로 말하자면, 우리는 거기서 그의 삶을 에워싼 온갖 신화의 실증을 발견하기는커녕 오직 그가 있을 수 있는 최악의 허무주의에 동조했다는 사실만 분명히 알게 될 뿐이다. 그가 하라르에서 보낸 편지들을 객관적 시각에서 읽어보기만 해도 이 점은 충분히 알 수 있다. 랭보는 그가 지닌 천재를 포기했다는 이유 때문에 신처럼 떠받들어져왔다. 마치 그러한 포기가 어떤 초인적인 미덕을 전제로 하기나 하는 것처럼 말이다. 이렇게 말하면 우리 시대 사람들의 알리바이를 무시하는 결과가 될지 모르지만, 어디까지나 천재가 미덕이지 천재의 포기가 미덕일 수는 없다는 사실을 지적해두지 않을 수 없다. 랭보의 위대함은 고향 샤를빌에서 토해낸 초년기의 절규에 있는 것도 아니고 하라르에서 벌인 수상한 상거래에 있는 것도 아니다. 그의 위대함은 유례가 없을 만큼 가장 절묘한 방식으로 반항에 적절한 표현을 부여하는 바로 그 순간에 폭발한다. 그리하여 자신의 승리와 동시에 자신의 고뇌를, 이 세계에는 존재하지 않는 삶과 동시에 피치 못할 이 세계를, 불가능한 것을 향한 외침과 동시에 꼭 부둥켜안아야 할 거친 현실을, 그리고 도덕의 거부와 동시에 의무에의 억누를 길 없는 향수를 말하는 그 순간에 폭발한다. 자신의 내면에 계시와 같은 빛과 지옥을 함께 지닌 채 미美를 모욕하는 동시에 경배하면서 그가 어쩔 수 없는 모순을 서로 교차하는 이중의 노래로 만들어내는 그 순간, 그는 반항의 시인, 그것도 가장 위대한 반항의 시인이 되는 것이다. 그가 두 시집 중 어느 것을 먼저 구상했는가 하는 점은 중요하지 않다. 어쨌든 두 작품을 구상한 시기 사이의 간극은 별로 큰 것이 아니다. 예술가라면 누구나 경험에서 얻게 되는 절대적 확신과 함께, 랭보가 《지옥에서 보낸 한철》과 《일뤼미나시옹》을 동시에 마음속에 품고 있었다는 것을 안다. 그가 두 작품을 하나씩 차례로 썼다고 해도 그는 그 둘을 동시에 고민한 것이다. 그를 죽도록 괴롭힌 이 모순이야말로 그의 참된 천재였다.

그러나 모순을 끝까지 고민해보지도 않고 그 모순에서 관심을 돌려버림으로써 자신의 천재를 배반하는 자의 그 어디에서 미덕을 발견할 것인가? 랭보의 침묵은 그에게 있어서 자신에게 반항하는 어떤 새로운 방법이 아니다. 적어도 하라르에서 보낸 편지들이 간행된 이후 우리는 더 이상 그렇게 볼 수는 없게 되었다. 그의 변신은 확실히 기이한 수수께끼다. 그러나 총명하던 처녀들이 결혼을 하고 나서는 돈 계산이나 뜨개질을 하는 기계로 변해버리는 그 범속성에도 기이한 수수께끼 같은 면이 있는 법이다. 랭보의 주위에 형성되어 있는 신화는 《지옥에서 보낸 한철》 이후에는 더 이상 아무것도 되는 것이 없었다는 사실을 전제로 하고 또 그 점을 분명히 말해주고 있다. 재능을 가득 타고난 시인에게, 무궁무진한 능력의 창조자에게 불가능한 것이 도대체 무엇이란 말인가? 《백경》, 《심판》, 《차라투스트라는 이렇게 말했다》, 《악령》을 쓰고 난 뒤에 또 무엇을 상상한단 말인가? 하지만 이러한 작품들 이후에도 인간을 가르치고 수정하고 인간의 내면에 있는 가장 자랑스러운 점을 보여주는 위대한 작품들, 창조자가 죽을 때에야 비로소 완성되는 위대한 작품들은 여전히 태어난다. 《지옥에서 보낸 한 철》보다 더 위대한 그런 작품이 태어나기를 그 누군들 고대하지 않겠는가? 그런데 사명을 저버림으로써 우리는 그 작품을 손에 잡아보지 못한 것이다.

적어도 아비시니아는 수도원 같은 곳이 아닐까? 랭보의 입을 막아버린 것은 그리스도일까? 만약에 그렇다면 그는 아마도 오늘날 은행 창구에 버티고 있는 그리스도일 것이다. 이 저주받은 시인이 온통 "잘 투자해서", "정기적으로 이자가 나오는" 것이기를 바라는 돈 이야기만 늘어놓고 있는 편지들로 미루어보건대 그렇다는 말이다.[8] 고통 속에서 노래하고 신과 미를 저주했으며 정의와 희망에 맞서 싸우고 범죄의 바람에 찬연히 몸을 말리던 그 사람이 겨우 "장래성 있는" 누군가와 결혼하기만을 원하는 것이다. 현자요 견자見者요 항상 굳게 잠긴 감옥에 갇혀 있는 다루기 힘든 도형수요 신 없는 대지 위의 인간 왕이었던 그가 몸을 조이는 전대 속에 항상 8킬로그램이나 되는 금덩이를 차고 다니면서 그 때문에 이질이 걸렸다고

---

[8] 이 편지들의 어조는 수취인이 누구냐에 따라 다르게 해석될 수 있다는 점은 주목할 필요가 있다. 그러나 이 편지들에서 억지로 거짓말을 하고 있다는 느낌은 없다. 옛날의 랭보가 드러나 보이는 말은 찾아볼 수 없다. (원주)

투덜거리는 것이다. 바로 이 사람이 그 신화적인 영웅, 세계를 향해 침 뱉을 생각까지는 못 하더라도 그런 금덩어리 전대라면 생각만 해도 죽도록 부끄러워할 숱한 젊은이들에게 모범으로 내세워지는 그 신화적 영웅이란 말인가? 신화를 유지하려면 이 결정적 편지들은 모르고 있어야 한다. 과연 그동안 이 편지들에 대한 언급이 별로 없었던 것이 이해가 된다. 때때로 진실이 그러하듯 이 편지들은 신성 모독이다. 위대하고 찬양할 만한 시인, 당대의 가장 위대한 시인, 번개 같은 예지의 신탁자信託者, 이런 인물이 바로 랭보였다. 그러나 그는 흔히 우리에게 소개되던 신인神人, 치열한 모범, 시의 수도승이 아니다. 그 사람은 오직 고통스러운 마지막 순간 병원 침대 위에서야 비로소 자신의 위대함을 되찾았다. 마음의 범속한 것까지도 감동적이게 되는 그 순간에 말이다. "난 얼마나 불행한가, 얼마나 불행한가…. 수중에 돈을 지녔어도 그걸 지킬 수조차 없다니!" 비참한 시간에 터져 나오는 이 쓰라린 외침은 다행히도 랭보를 본의 아니게 위대함과 일치되는 공통된 척도의 영역으로 되돌려놓는다. "안 돼, 안 돼. 난 지금 죽음에 반항하고 있어!" 젊은 랭보가 심연을 앞에 두고 부활한다. 그리고 그와 함께 삶을 향해 퍼붓는 저주가 다름 아닌 죽음의 절망이었던 그 시절의 반항도 부활한다. 바로 그 순간에야 그 부르주아 상인은 우리가 그토록 소중히 사랑했던 가슴을 찢는 듯한 소년 시인 랭보와 하나가 된다. 말하자면 그는 행복에 경배할 줄 몰랐던 사람들이 종국적으로 서로 만나게 되는 곳, 즉 두려움과 쓰라린 고통 속에서 젊은 날의 자신과 하나가 되는 것이다. 바로 여기서 비로소 그의 열정과 진실이 시작된다.

더군다나 하라르는 실제로 작품 속에서, 비록 마지막 포기의 형식이지만, 이미 예고되어 있었다. "가장 좋은 것, 모래톱에서 만취한 잠." 반항하는 인간 특유의 미칠 것 같은 절멸에의 욕구는 이때 가장 평범한 형태를 취한다. 지칠 줄 모른 채 자기 신하들을 죽이는 군주의 모습을 통해서 랭보가 보여준 바와 같은 범죄의 묵시록과 기나긴 무절제는 후일 초현실주의자들이 다시 다루게 될 반항적 주제들이다. 그러나 결국 허무주의적 낙망이 그보다 더 지배적이게 되었다. 투쟁, 범죄 그 자체는 기진맥진한 영혼에게는 감당이 되지 않는다. 감히 말해본다면, 망각하지 않기 위해 술을 마셨던 건자가 결국 술 취함 속에서 우리 시대 사람들이 잘 아는 바의 그 깊은 잠을 찾게 된다. 모래톱 위에서, 혹은 아덴에서 잠이 든다. 그리고 능동적으로가 아니라 수동적으로 세계의 질서에—설령 그 질서가 타락의 질서일지라도—따른다. 랭보의 침묵 역시 투쟁을 제외한 모든 것을 체념하고 감수하는 영혼들 위에 떠도는 제국의 침묵을 준비한다. 갑자기 돈에 굴복하는 이 위대한 정신은 다른 요구 조건들을 내거는데, 이 요구 조건들은 처음에는 도가 지나친 것이었고 나중에는 경찰에 이용되고 말 것들이었다. 아무것도 되지 말 것, 이것이야말로 자기 스스로의 반항에 지친 정신의 외침이다. 그렇게 되면 이것은 일종의 정신적 자살이라 하겠는데, 이 자살은 따지고 보면 초현실주의자들의 그것에 비해 그리 존경할 만한 것이 못 되지만 그것이 몰고올 파장은 더 큰 것이다. 사실 그 위대한 반항 운동의 끝에 이르러 초현실주의가 의미 있는 것은 오직 그것이 랭보의 사랑받을 가치가 있는 일면만을 계승하려고 노력했기 때문이다. 견자의 편지와 그 편지가 전제로 하는 방법으로부터 반항적 고행의 규칙을 이끌어낸 초현실주의는 존재의 의지와 소멸에의 욕망 사이의 투쟁, '위'와 '농' 사이의 투쟁을, 우리가 반항의 모든 단계들에서 다시 만났던 투쟁을 구체적으로 보여준다. 이 모든 이유들로 보아, 랭보 작품에 대해 끊임없이 이어지고 있는 주석들을 다시 반복하기보다는 차라리 그의 상속자들에게서 그를 재발견하고 그의 족적을 추적해보는 편이 더 나을 것 같다.

절대적 반항이요, 전적인 불복종이며, 합법적 사보타주요, 유머이자 부조리 예찬인 초현실주의는 그 최초의 의도로 본다면 모든 것에 대한 소송, 그것도 늘 다시 시작해야 할 소송이라고 정의될 수 있다. 일체의 결정決定에 대한 거부는 뚜렷하고 딱 부러진 것이며 도전적이다. "우리는 반항의 전문가들이다." 아라공에 따르면 정신을 전복시키는 기계인 초현실주의는 우선 그 낭만주의적 기원이 주목되는 '다다' 운동과 빈혈증에 걸린 댄디즘 속에서 형성되었다.[9] 그리하여 무의미와 모순을 바로 그 자체로서 떠받든다. "진정한 다다는 다다 그 자체에 대해서도 반대다. 모든 사람이 다 다다의 지도자들이다" 또는 "무엇이 선하단 말인가? 무엇이 추하단 말인가? 무엇이 위대하고, 무엇이 강하고, 무엇이 약하단 말인가…. 모를 일! 모를 일!" 이 살롱의 허무주의자들은 물론 스스로 하인이 되어서 가장 엄격한 정통 사상을 제공하도록 위협당하고 있었다. 그러나 초현실주의에는 겉으로 드러낸 그 반反순응주의 이상의 무엇인가가 있는데, 그것이 바로 랭보의 유산이다. 브르통은 그것을 이렇게 요약한다. "우리는 정녕 여기서 모든 희망을 버려야 하는가?"

부재하는 삶을 향한 이 거창한 호소는 눈앞에 실재하는 세계의 전적인 거부로 무장하고 있다. 브르통은 이 점을 다음과 같이 훌륭하게 표현한다. "내게 주어진 운명의 편에 설 수 없고 또 그 정의로운 도전으로 인해 내 지고한 양심에 손상을 입은 나는 현세의 하찮은 삶의 조건들에다 내 삶을 적응시키는 것을 경계한다." 브르통에 따르면 정신이란 현세에도 내세에도 딱히 고착될 수 없는 것이다. 초현실주의는 이러한 안식 없

---

[9] 다다이즘의 스승들 중 한 사람인 자리A. Jarry는 형이상학적 댄디의, 천재적이라기보다는 특이한 최후의 구현이라고 하겠다. (원주)

는 불안에 응답하고자 한다. 그것은 "자기 자신에 대항하며 사력을 다해 이 구속들을 결단코 때려 부수고자 하는 정신의 외침"이다. 그것은 죽음과 덧없는 인간 조건의 "하찮은 시간"과 맞서서 외친다. 초현실주의는 그러므로 초조감의 명령에 따른다. 그것은 어떤 상처 입은 격분의 상태 속에 살고 있다. 따라서 어떤 도덕을 전제로 하는 엄격함과 오만한 비타협 속에 살고 있다. 무질서의 복음인 초현실주의는 그 기원에서부터 어떤 질서를 창조해야 하는 의무에 처해 있었다. 그러나 처음 저주의 면에서는 시를 통해서, 그다음 물질적인 면에서는 망치로, 일단 파괴하는 것만을 생각했다. 현실 세계에 대한 소송은 그 논리적 귀결에 따라 당연히 창조의 소송이 되었다. 초현실주의의 반신론反神論은 이론적이며 조직적이다. 그것은 인간의 절대적 비非유죄성이라는 관념 위에서 확고해졌다. "그전에 신이라는 낱말에 부여할 수 있었던 모든 권능"을 이제는 마땅히 인간에게 되돌려주어야 한다는 것이다. 반항의 모든 역사가 다 그렇지만, 절대적 절망으로부터 솟아오른 절대적 비유죄성이라는 이 관념은 차츰차츰 처벌의 광란으로 탈바꿈했다. 초현실주의자들은 인간의 무죄함을 찬양하는 동시에 살인과 자살을 찬양할 수 있다고 믿었다. 그들은 마치 하나의 해결책인 양 자살에 대해 말했으며, 이 해결책이 "아마도 가장 정당하고 결정적"¹⁰이라고 생각했던 크르벨은 리고와 바셰처럼 자살하고 말았다. 나중에 아라공은 자살을 떠벌리는 수다쟁이들을 비난하게 된다. 그렇긴 하지만, 역시 절멸을 찬미하면서도 타인들과 함께 절멸로 내닫지는 않는 것은 그 누구에게도 명예로운 일이 될 수 없는 것이다. 이런 점에서 볼 때 초현실주의는 스스로 질색하던 '문학'에서 최악의 편익을 취했고, 그 결과 다음과 같은 리고의 충격적인 절규가 틀리지 않았음을 보여줬다. "그대들은 모두 시인들이다. 그러나 나는 죽음의 편이다."

초현실주의는 여기서 그치지 않았다. 초현실주의는 비올레트 노지에르¹¹나 무명의 보통법 위반 범죄자를 영웅으로 삼았고, 그리하여 범죄 그 자체 앞에서도 인간의 무죄함을 천명했다. 더군다나 그들은 감히 가장 간단한 초현실주의적 행위란 손에 권총을 들고 거리로 내려가 군중을 향해 닥치는 대로 방아쇠를 당기는 것이라고—하기야 1933년 이후 앙드레 브르통은 이 말을 후회하게 되지만—말하기까지 했다. 개인의 열정과 개인의 욕망의 결정 이외의 다른 결정은 일절 인정하지

---

10 자살에 대한 초현실주의 설문에 대한 르네 크르벨의 대답에서 발췌.(《초현실주의 혁명》 제2호, 1925년 1월 15일) 자크 리고는 1929년에, 자크 바셰는 1919년에 자살했다.
11 비올레트 노지에르Violette Nozière는 아버지와 어머니를 살해한 혐의로 1934년에 사형당했다. 1933년 초현실주의 공동 작품 〈비올레트 노지에르〉가 발표되었다.

않으며 무의식 이외에는 어떤 것에 대해서도 우월성을 거부하는 자는 과연 사회와 동시에 이성에 대해서 반항하게 되는 법이다. 무상의 행위의 이론은 절대적 자유에 대한 요구의 완전한 정당화가 된다. 이러한 자유는 결국 자리Jarry가 다음과 같이 정의하는 바와 같은 고독 속에 요약된다고 한들 무엇이 이상하겠는가. "내가 모든 재정財政[12]을 장악하게 되는 날에는 나는 모든 사람을 죽이고 사라져버리리라." 가장 중요한 것은 속박이 부정되고 비합리가 승리해야 한다는 것이다. 이러한 살인의 옹호가 기실 의미도 없고 명예도 없는 세계에서 어떤 형태의 것이건 오직 존재하고자 하는 욕망만이 정당하다는 사실 이외에 과연 무엇을 의미하겠는가? 삶에의 충동, 무의식의 추진력, 그리고 비합리의 외침, 오직 이것만이 권장해야 할 순수한 진리들이다. 그러므로 욕망을 방해하는 모든 것, 특히 사회는 가차 없이 파괴되어야 한다. 이리하여 우리는 사드에 대한 앙드레 브르통의 지적을 이해하게 된다. "물론, 여기서 인간은 오로지 범죄 속에서만 자연과 하나가 됨을 받아들인다. 그렇다면 이제 남은 것은 범죄가 가장 광적이며 가장 이론의 여지가 없는 사랑의 방법이 아닌지를 알아보는 일이다." 우리는 여

---

[12] Phynance. 자신의 작품 속에 등장하는 인물 위뷔 영감의 재정Finance에 대한 탐욕을 부각 고발하기 위해 알프레드 자리가 만들어 낸 신조어. (원주)

기서 말하는 사랑이 고통에 찢긴 영혼들의 사랑, 즉 대상 없는 사랑임을 느낄 수 있다. 그러나 이 공허하고 탐욕적인 사랑, 이 소유에의 광적인 욕망은 분명히 사회가 불가피하게 금하는 것들이다. 바로 이런 까닭으로, 브르통—그는 아직도 이 선언에 대해 꺼림칙하게 생각하고 있지만—은 배신을 찬양하고, 초현실주의자들이 증명하려고 애썼던 바와 같이 폭력이야말로 유일하게 적절한 표현 양식이라고 선언했던 것이다.

그러나 사회란 개인들로만 이루어져 있는 것이 아니다. 그것은 또한 제도이기도 하다. 모든 사람을 죽여버리기에는 너무도 태생이 훌륭한 초현실주의자들은 그들이 취하는 입장의 논리 그 자체에 따라 마침내 욕망을 해방시키기 위해서는 우선 사회를 전복해야 한다고 생각하게 되었다. 그들은 당대의 혁명에 봉사하는 쪽을 선택했던 것이다. 이 책의 주제를 이루는 일관성의 논리에 의해 그들은 월폴[13]과 사드로부터 엘베시우스[14]와 마르크스로 옮겨갔다. 그러나 그들을 혁명으로 이끌고 간 것이 마르크스주의에 대한 공부가 아니었음은 분명히

---

13 호러스 월폴Horace Walpole(1717~1797). 18세기 영국의 작가. 신비와 공포의 소설 《오트란토성》으로 널리 알려져 있다.

14 클로드 아드리앵 엘베시우스(Claude Adrien Helvétius, 1715~1771). 백과전서파에 속하는 프랑스 철학자. 개인의 인격 형성에 있어서 사회적 교육의 중요성을 (루소의 《에밀》에 반대해) 주창하는 무신론적 관능주의의 철학서 《정신에 대해》, 《인간과 그 지적 자질과 교육에 대해》를 남겼다.

느낄 수 있다.[15] 그와 반대로 초현실주의는 스스로를 혁명으로 이끌었던 여러 요구들을 마르크스주의에 결부시키려고 노력하게 될 것이다. 초현실주의자들은 오늘날 그들이 마르크스주의에서 가장 혐오하는 것, 바로 그것 때문에 마르크스주의로 넘어갔다고 해도 역설은 아닐 것이다. 앙드레 브르통이 주장하는 바의 본질과 그 고결성을 알고 있고 그와 똑같은 고민을 나눠 가졌던 우리로서는 그의 운동이 한때 "무자비한 권위"와 독재의 확립, 정치적 광신, 자유로운 토론의 거부, 그리고 사형의 필연성 등을 원리로 내세우고 있었음을 그에게 상기시키는 데 망설이게 된다. 우리는 또 '사보타주', '밀고자' 등과 같은 당시의 기이한 용어들 앞에서 아연해진다. 그것은 경찰국가에서나 사용하는 용어들인 것이다. 그러나 이 열광한 사람들은 자신들이 어쩔 수 없이 몸담고 살아가고 있었던 장사꾼들의 세계와 타협의 세계에서 빠져나갈 수만 있다면 '어떠한 혁명이라도' 원하고 있었다. 최선을 얻을 수 없었기에 그들은 또 한 번 최악을 택하게 되었던 것이다. 이 점에 있어 그들은 허무주의자들이었다. 그들은 자기들 중에서 향후 마르크스주의에 충실히 남아 있을 자들은 동시에 그들의 초기 허무주의에도 충실

---

15 마르크스주의를 공부함으로써 혁명에 이르게 된 공산주의자들은 손꼽을 정도의 수밖에 되지 않는다. 사람은 우선 개종부터 하고 그다음에 경전과 성자전을 읽는 법이다. (원주)

히 남으리라는 사실을 모르고 있었다. 초현실주의가 그토록 집요하게 갈망했던 언어의 참된 파괴란 전후가 어긋나는 언어 사용이나 자동 기술記述과 같은 것에 있는 게 아니다. 그것은 그들의 슬로건에만 존재한다. 아라공은 우선 "불명예스러운 실용주의적 태도"를 규탄하는 것부터 시작했지만 아무 소용 없는 일이었다. 왜냐하면 그가 마침내 도덕으로부터의 전적인 해방을 찾은 것은 다름 아닌 그 실용주의적 태도 속에서였기 때문이다. 하기야 이 해방이란 것은 또 다른 하나의 예속과 다름없는 것이지만. 그 당시 이 문제에 대해서 가장 깊이 성찰했던 초현실주의자의 한 사람인 피에르 나빌[16]은, 혁명적 행동과 초현실주의적 행동 사이의 공통분모를 찾아본 결과 그것이 페시미즘, 다시 말하면 "인간이 파멸할 때까지 인간과 함께 가고 그 파멸이 쓸모 있는 것이 될 수 있도록 그 어느 것 하나도 소홀히 하지 않으려는 의도" 가운데 깊이 뿌리박고 있다고 말했다. 아우구스티누스 사상과 마키아벨리즘을 섞어놓은 이 내용은 과연 20세기의 혁명이 무엇인가를 규정하고 있다. 당대의 허무주의에 대해 이보다 더 대담한 표현은 찾아볼 수 없는 것이다. 초현실주의의 배반자들도 그 대부분 원리상의 허

---

[16] Pierre Naville(1904~1994). 트로츠키파의 초현실주의자. 1924년의 《초현실주의 혁명》의 공동 편집장.

무주의에는 충실했었다. 어떤 의미에서 그들은 죽기를 원하고 있었다. 앙드레 브르통과 몇몇 사람들이 종국적으로 마르크스주의와 결별한 것은 그들 내부에 허무주의 이상의 그 무엇, 즉 반항의 초심初心 속에 존재하는 보다 순수한 것에 대한 또 하나의 변치 않는 마음이 있었기 때문이다. 그들은 죽기를 원하지 않았던 것이다. 물론 초현실주의자들은 유물론을 주장하고 싶었다. "전함 포툠킨호의 반항[17]의 근저에 그 무서운 한 조각의 고깃덩어리가 있었다는 사실을 인정하는 것은 우리에게 유쾌한 일이다." 그러나 그들의 경우에는, 마르크스주의자들의 경우처럼, 그 고깃덩어리를 위한 결속, 심지어 정신적인 결속조차 없다. 그 썩은 고기는 현실 세계의 상징이다. 그러나 그 현실 세계는 실제로 반항을 태어나게 하지만 반항은 그 세계를 부정하는 반항이다. 썩은 고기는 모든 것을 정당화할지 모르지만 여전히 아무런 설명도 되지 못한다. 초현실주의자들에게 혁명이란 행동 속에서 나날이 실현해나가는 하나의 목적이 아니라 마음을 위로해주는 하나의 절대적인 신화였다. 혁명은 엘뤼아르가 말했던 바의 "사랑과도 같은 진정한 삶"이었는데

---

[17] 1905년 제1차 러시아 혁명 때의 가장 중요한 사건의 하나로, 흑해 함대 소속의 전함 포툠킨호의 수병들이 식량 문제로 일으킨 반란이다. 반란은 실패로 끝났으나 군대가 일으킨 최종의 대중적 행동으로서 제정에 일대 충격을 가했다.

그때 그는 친구 칼란드라[18]가 바로 그 삶 때문에 죽게 되리라고는 상상하지 못했었다. 그들은 "천재의 공산주의"를 원했던 것이지 다른 공산주의를 원했던 것이 아니다. 이 기이한 마르크스주의자들은 역사에 대한 반란을 선언했고 영웅적인 개인을 추앙했다. "역사란 개인들의 비겁함이 규정한 법률에 의해 지배되는 것이다." 앙드레 브르통은 혁명과 사랑을 동시에 원했다. 그 두 가지는 서로 양립할 수 없는 것이었다. 혁명은 아직 존재하지 않는 사람을 사랑하는 일이다. 그러나 살아 있는 한 존재를 사랑하는 자는, 그가 진실로 그 존재를 사랑한다면, 그 존재를 위해서만 죽기를 받아들일 수 있는 것이다. 앙드레 브르통에게 혁명은 반항의 한 특수한 경우였던 반면 마르크스주의자들에게, 그리고 일반적으로 모든 정치사상에서는 오직 그 반대만이 참된 것이다. 브르통은 역사의 대미를 장식하게 될 복된 세상을 행동으로 실현시키려 한 것이 아니었다. 초현실주의의 기본적 주장 중 하나는 사실상 구원이란 없다는 것이

---

[18] 자비스 칼란드라Záviš Kalandra(1902~1950). 체코 출신의 초현실주의 멤버. 스탈린 체제에 비판적인 트로츠키스트로 프라하에서 날조된 재판을 거쳐 아인슈타인, 브르통, 카뮈 등의 항의와 탄원에도 불구하고 사형 선고를 받고 처형되었다. 프랑스 공산당 당원인 엘뤼아르는 칼란드라를 옹호하기 위해 개입해달라는 브르통의 요청을 받자 《악시옹》(1950년 6월 19일)에 이렇게 답했다. "나는 자신들의 무죄를 부르짖는 죄 없는 사람들 일로 너무나 바빠서 자신의 유죄를 부르짖는 사람들을 돌볼 사이가 없습니다." 1990년 하벨 대통령에 의해 완전 복권되고 대십자훈장이 추서되었다.

다. 혁명의 이점은 인간들에게 행복을, 저 "가증스러운 지상의 안락"을 주는 것이 아니었다. 브르통의 정신 속에서 혁명이란 반대로 인간들의 비극적 조건을 정화하고 밝혀주는 것이어야 했다. 세계적 혁명과 그것이 상정하는 무서운 희생으로 얻을 수 있는 이득은 오직 한 가지뿐이다. 그것은 바로 "사회적 조건의 온통 인위적인 덧없음이 인간 조건의 실질적인 덧없음을 덮어서 가리지 못하도록 막아준다는 점"이었다. 다만 브르통에게 이러한 진보는 과도한 것이었다. 다시 말해 혁명이란 개개의 인간이 현실을 경이로, "인간 상상력의 눈부신 설욕"인 경이로 탈바꿈시킬 수 있는 내적 고행을 위해 이용되어야 한다는 것이었다. 앙드레 브르통에게 경이란 헤겔에게 합리가 차지하는 것과 같은 위치를 차지했다. 그러므로 마르크스주의의 정치 철학과 반대되는 것으로 이보다 더 완전한 것은 상상할 수 없다. 아르토가 혁명의 아미엘[19]이라고 불렀던 자들의 그 오랜 망설임은 이제 설명하기 어렵지 않게 되었다. 초현실주의자들과 마르크스의 차이는 예를 들어 조제프 드 메스트르와 같은 보수 반동주의자들과 마르크스의 차이보다 더 큰 것이었다. 보수 반동주의자들은 혁명을 거부하기 위해, 즉 현재의 역

---

19 헨리 프레데리크 아미엘Henri Frédéric Amiel(1821~1881). 프랑스어를 사용했던 스위스 문인. 주저 《일기》는 불안한 영혼에 대한 탁월한 심리 묘사로 유명하다.

사적 상황을 유지하기 위해 생존의 비극을 이용한다. 마르크스주의자들은 혁명을 정당화하기 위해, 즉 현재와 다른 역사적 상황을 만들어내기 위해 생존의 비극을 이용한다. 두 진영이 다 저마다의 실용적 목적을 위해 인간 비극을 이용하고 있는 것이다. 그런데 브르통은 오히려 비극을 완성하기 위해 혁명을 이용하며, 그리고 사실 그의 잡지 제목 (《초현실주의 혁명》)에도 불구하고 혁명을 초현실주의의 모험에 봉사시켰다.

마르크스주의가 비합리의 극복을 요구한 데 반해 초현실주의자들은 죽음을 무릅쓰고라도 비합리를 수호하기 위해 일어섰다는 사실을 생각해보면 결정적인 단절은 비로소 설명이 가능해진다. 마르크스주의는 전체성을 얻는 것을 지향했고 초현실주의는 모든 정신적 실험이 그러했듯이 통일성을 지향했다. 합리성만으로도 세계 제국을 손에 넣기에 충분하겠지만 전체성은 비합리의 극복을 요구할 수 있다. 그러나 통일성에의 욕망이 요구하는 것은 더 까다롭다. 모든 것이 합리적이라는 것으로 만족하지 않는 것이다. 그것은 특히 합리와 비합리가 동일한 수준으로 조화를 이루기를 원한다. 절단과 훼손을 전제로 하는 통일이란 있을 수 없다.

앙드레 브르통에게 전체성이란 통일성에 이르는 도상의, 아마도 필요하기는 하지만 결코 충분한 것일 수는 없는 하나의 발전 단계에 불과하다. 우리는 여기서 '전체냐 무냐'의 주제를 다시 만난다. 초현실주의는 보편을 지향한다. 브르통이 마르크스에게 가한 기이한, 그러나 의미심장한 비난은 바로 마르크스가 보편적이지 못하다는 점에 대한 것이다. 초현실주의자들은 마르크스의 '세계를 변화시킨다'와 랭보의 '삶을 변화시킨다'를 조화시키고자 했다. 그러나 전자는 세계의 전체성을 획득하려는 쪽으로 귀결되고 후자는 삶의 통일성을 획득하려는 쪽으로 귀결된다. 역설적이게도 모든 전체성은 제약을 가한다. 결국 위의 두 슬로건은 초현실주의 집단을 분열시켜버리고 말았다. 브르통은 랭보를 택함으로써 초현실주의가 행동이 아니라 고행이요, 정신적 실험이라는 사실을 보여줬다. 그는 자기가 일으킨 운동의 철저하게 독창적인 요소를 전면에 내세웠다. 그 독창적인 요소로 인해 그는 반항, 신성한 것의 부활, 그리고 통일성의 획득 등에 대한 성찰에 있어 귀중한 것이다. 그가 이 독창성을 보다 심화시킬수록 그는 정치적 동지들과 점점 더 돌이킬 수 없을 정도로 갈라지게 되었고 동시에 그가 초기에 내놓은 주장들 중 몇 가지와도 멀어지게 되었다.

사실 앙드레 브르통은 꿈과 현실의 융합이자 현실과 이상 사이의 오랜 모순의 승화인 초현실을 요구함에 있어서는 시종일관, 결코 태도를 달리해본 적이 없었다. 우리는 초현실주의적 해결이 어떤 것인지 알고 있다. 그것은 구체적인 비합리성이며 객관적인 우연성이다. 시는 "지고한 지점"의 정복, 유일하게 가능한 정복이다. 다시 말해 "삶과 죽음, 현실과 상상, 과거와 미래… 등이 더 이상 모순적인 것으로 느껴지지 않는 정신의 어떤 지점"의 정복인 것이다. "헤겔 체계의 엄청난 유산 *流産*"의 표시가 될 이 지고한 지점이란 도대체 어떤 것일까? 그것은 신비주의자들에게는 친숙한 것인 정점-심연이다. 사실상 이것은, 반항하는 인간의 절대에의 갈구를 만족시켜주고 빛내줄 신 없는 신비주의인 것이다. 초현실주의의 본질적인 적은 합리주의다. 브르통의 사상은 게다가 일치와 모순의 원리가 제외되고 유추의 원리가 끊임없이 우대받는 한 서구 사상의 기이한 양상을 보여주고 있다. 초현실주의자들은 바로 모순을 욕망과 사랑의 불에 녹여버리고 죽음의 벽을 무너뜨리려는 것이다. 마술, 원시적 혹은 소박한 문명, 연금술, 불의 꽃과 백야의 수사학 등은 통일과 화금석[20]을 향해가는 도상의 경이로운 단계들이다. 초현실주의는 비록 세계를 변화시키지는 못했을지라도 몇몇 기이한 신화를 세계에 제공했는데 그 신화들은 그리스인들의 복귀를 예고했던 니체의 말을 부분적으로나마 정당화시키는 것이다. 여기서 말하는 것은 어둠의 그리스, 검은 신비와 검은 신의 그리스이기 때문에 오직 부분적으로만 그렇다고 할 수 있다. 결국 니체의 실험이 정오를 받아들이는 가운데서 완성되었듯, 초현실주의의 실험은 심야의 찬양과 집요하고도 고뇌에 찬 폭풍우의 예찬에서 그 절정에 이른다. 브

---

[20] 연금술사들이 말하는 바, 어느 금속을 금으로 변하게 한다는 것.

르통은 그 자신의 말에 따르건대 어쨌든 삶이란 주어져 있는 것이라는 사실을 이해했다. 그러나 그의 삶에의 동의는 우리가 필요로 하는 충만한 빛에의 동의일 수 없었다. 그는 이렇게 말했다. "내가 전적인 동의의 인간이 되기에는 내 속에 북방적 요소가 너무 많다."

그렇지만 그는 때로 자기 뜻에 반하여 흔히 부정의 몫을 줄이고 반항의 긍정적인 요구를 겉으로 드러냈다. 그는 침묵보다는 차라리 엄격함을 택했고, 바타유에 따르면 초기 현실주의의 활력소였던 "도덕적 요청," 즉 "우리의 모든 악의 근원인 현재의 도덕을 새로운 도덕으로 대치시킬 것"만을 주안점으로 삼았다. 그는 분명 새로운 도덕을 구축하려는 시도에 성공하지 못했고, 오늘날 이에 성공한 사람은 아무도 없다. 그러나 그는 그 일을 성취시킬 수 있다는 희망을 결코 버린 적이 없었다. 그 자신이 찬양하고자 했던 인간이, 바로 초현실주의가 채택한 몇몇 원리의 이름하에 날로 타락해가고 있는 끔찍한 시대를 바라보면서 브르통은 잠정적으로나마 전통 도덕으로의 복귀를 제의하지 않을 수 없다고 느꼈다. 그것은 아마도 한동안의 휴식 같은 것이었으리라. 그러나 그것은 바로 허무주의의 휴식이며 반항의 진정한 발전인 것이다. 결국 자신이 필요성을 명백하게 느꼈던 도덕과 가치들을 얻을 수 없게 되자 브르통은 사랑을 택하고 말았다는 사실을 우리는 잘 알 수 있다. 그 시대의 비열함 가운데서 그 홀로 사랑에 대해 심오하게 말했다는 사실을 결코 잊어서는 안 된다. 사랑은 이 추방당한 사람에게 조국의 역할을 해준 신들린 도덕이다. 물론 여기서는 아직 절도節度가 모자란다. 정치도 종교도 아닌 초현실주의는 아마도 하나의 불가능한 예지에 불과한 것이리라. 그러나 그것은 바로 마음 편한 예지란 없다는 증거이기도 하다. 과연 "우리는 오늘의 피안을 원하며 또한 가지게 되리라"라고 브르통은 찬연히 외쳤다. 이성이 행동을 개시하여 전 세계로 그 군대가 밀려드는 동안, 그가 흐뭇해하면서 맞는 찬란한 밤은 과연 여명과, 그리고 우리 시대의 르네상스 시인 르네 샤르의 아침 일찍 일어나는 사람들[21]을 예고하고 있다.

---

21 르네 샤르René Char(1907~1988)가 1950년에 발표한 시집 《아침 일찍 일어나는 사람들 *Les Matinaux*》을 두고 하는 말.

허무주의와 역사

 형이상학적 반항과 허무주의의 150년 동안, 하나같이 초췌한 얼굴, 즉 인간적 항의의 얼굴이 서로 다른 가면을 쓰고 집요하게 반복해서 나타나곤 했다. 인간 조건과 그 조건을 창조한 이에 항거하여 일어난 모든 사람들은 인간의 고독과 도덕의 허망함을 확인했다. 그러나 그들 모두는 동시에 자신들이 선택한 법칙이 지배하게 될 순수하게 지상적인 왕국을 건설하고자 노력했다. 조물주인 신과 경쟁하겠다는 그들은 그러하기에 당연히 자기들의 뜻에 맞춰 창조를 다시 하겠다는 결심에 이르렀다. 자신들이 이제 막 창조한 세계에 대해서는 욕망과 권력의 법칙 이외의 그 어떤 법칙도 거부했던 이들은 자살 혹은 광란으로 치달았고 묵시록을 부르짖었다. 한편 스스로의 힘으로 자신의 법칙을 창조하려 했던 또 다른 이들은 부질없는 과시나 겉치레, 혹은 범속함을 택했다. 그게 아니면 살인과 파괴를 택했다. 그러나 사드와 낭만주의자들, 카라마조프나 니체는 오로지 참된 삶만을 원했기 때문에 죽음의 세계로 들어갔다. 그 결과 이번에는 역으로, 그 광란의 세계에서 메아리치는 것은 다름 아닌 법칙과 질서와 도덕을 부르짖는 고통스런 호소다. 그들이 도달한 결론들이 해롭거나 자유의 말살로 변한 것은 오로지 그들이 반항의 짐을 벗어던지고 반항에 전제된 긴장을 회피하면서 폭압과 굴종의 안이함을 택했던 순간부터였다.

고귀하고 비극적인 모습의 인간적 반항은 오직 죽음을 거부하는 오랜 항의, 보편화된 사형 제도에 지배되는 이 인간 조건에 격노한 규탄일 뿐이다. 우리가 목격한 모든 경우에 있어서 항의는 언제나 창조된 세계에 존재하는 부조화, 불투명, 불연속인 모든 것에 대해 제기된 것이었다. 그러므로 그것은 근본적으로 통일성을 요구하는 끊임없는 움직임이었다. 죽음을 거부하고 지속과 투명함을 욕망하는 것이야말로 숭고하면서도 유치한 이 모든 광란의 원동력이었다. 이것은 단지 죽음을 거부하는 개인적이고 비겁한 행동에 불과한 것일까? 그렇지 않다. 왜냐하면 대다수의 반역자들은 그들의 요구에 합당한 대가를 치렀기 때문이다. 반항하는 인간은 삶을 요구하는 것이 아니라 삶의 타당한 이유를 요구한다. 그는 죽음이 가져오는 결과를 거부하는 것이다. 만일 아무것도 지속되지 않고 아무것도 정당화되지 않는다면 사멸하는 존재는 의미를 잃는다.

죽음에 반대하며 투쟁한다는 것은 결국 삶의 의미를 요구하는 것이고 규칙과 통일성을 위해 투쟁하는 것이다.

형이상학적 반항의 핵심을 이루는 악에 대한 항의는 이러한 점에서 의미심장한 것이다. 그 자체로서 참을 수 없는 것은 어린아이의 고통이 아니라 그 고통이 부당하다는 사실이다. 따지고 보면 고통, 추방, 감금은 가끔 의학이나 양식의 측면에서 설득력이 있을 때는 받아들여지기도 한다. 반항인이 볼 때 이 세계에서 행복한 순간들과 마찬가지로 세계의 고통에 결여된 것은 바로 그 행복이나 고통을 설명해주는 원리다. 악과 고통에 대한 반항이 결국 통일성에 대한 요구라는 사실에는 변함이 없다. 사형수들의 세계에 대해, 인간 조건의 치명적인 불투명성에 대해 반항인은 줄기차게 궁극적인 삶, 궁극적인 투명성을 요구하는 자신의 뜻을 대립시킨다. 그는 자신도 모르게 어떤 도덕, 혹은 성스러움을 모색하는 것이다. 반항은 비록 맹목적인 것일망정 하나의 고행이다. 반항하는 인간이 그때 독신을 저지르는 것은 새로운 신에 대한 희망을 품고 있기 때문이다. 그는 종교적 충동들 중에서도 최초이며 가장 깊은 충격을 받고 동요한다. 그러나 그것은 일종의 실망을 맛본 자의 종교적 충동이다. 고귀한 것은 반항 그 자체가 아니라 반항이 요구하는 대상이다. 비록 반항으로 얻어내는 것이 아직 형편없는 것이긴 하지만.

반항을 통해서 얻는 형편없는 것을 적어도 인정할 수는 있어야 한다. 있는 그대로의 것에 대한 전적인 거부, 즉 절대적 '농'을 신격화할 때마다 반항은 살인을 한다. 있는 그대로의 것을 맹목적으로 받아들일 때, 즉 절대적 '위'를 외칠 때마다 반항은 살인을 한다. 창조자에 대한 증오는 창조된 세계에 대한 증오로 변할 수도 있고 혹은 있는 그대로의 것에 대한 배타적이고도 도발적인 사랑으로 변할 수도 있다. 어쨌든 그 어느 경우에 있어서든 반항은 살인에 이르게 되어 반항이라 불릴 권리를 잃고 만다. 인간이 허무주의자가 될 수 있는 방법은 두 가지인데 어느 경우든 절대적 무절제가 원인이다. 겉으로 보기에는 죽기를 원하는 반항인들이 있고 죽이기를 원하는 반항인들이 있다. 그러나 그들은, 참된 삶에 대한 욕망에 불타지만 존재에 실망하자 훼손된 정의보다는 차라리 보편화된 불의를 택했다는 점에서 똑같은 자들이다. 분노가 이 정도에 이르면 이성은 광란으로 변한다. 인간의 마음속 본능적 반항이 수 세기에 걸쳐 점차 그 가장 뚜렷한 의식 쪽으로 나아가고 있는 것이 사실이지만, 반면 우리가 살펴본 바와 같이 그 반항은 자라나서 보편화된 살인에 형이상학적 살인으로 대응하겠다고 나설 정도의 과격한 순간에 이르기까지 맹목적 대담성을 보인다.

우리가 앞에서 형이상학적 반항의 결정적 순간의 표시라고 인정한 바 있는, 그 '설령 그렇다 할지라도'가 어쨌든 간에 절대적 파괴 속에서 수행된다. 오늘날 이 세계를 비추며 빛을 발하고 있는 것은 반항도 반항의 고귀성도 아니고 허무주의다.

우리가 반항의 초심에 자리한 진리를 잊지 않은 채 되새겨봐야 할 것은 바로 반항의 결과들이다. 설령 신이 존재한다 할지라도 이반은 인간에게 가해진 불의를 보면서 신에게 굴복하지는 않을 것이다. 그러나 이 불의를 오래 반추하는 동안 가슴속에 타오른 더욱 쓰라린 불꽃은 '설령 당신이 존재한다 할지라도'를 '당신은 존재할 가치가 없다'로, 그리고 마침내 '당신은 존재하지 않는다'로 바꿔버렸다. 피해자들은 마지막 범죄의 힘과 이유를, 스스로에게서 알아본 무죄함 속에서 구했다. 불멸의 존재가 될 가망이 없음에 절망하고, 자신들이 선고받은 존재임을 확실히 알게 되자 그들은 신을 살해하기로 결심했다. 이때부터 현대인의 비극이 시작되었다 한다면 거짓이 되겠지만 이때부터 현대인의 비극이 끝났다고 말하는 것 또한 옳지 않다. 반대로 이 테러는 고대 세계가 끝나면서 시작되어 아직 그 마지막 대사가 터져 나오지 않고 있는 어떤 드라마의 최절정의 순간을 의미한다. 이 순간부터 인간은 신의 은총에서 배제된 채 순전히 자기 능력에만 의존하여 살기로 결심한다. 사드에서부터 우리 시대에 이르기까지 진보는 곧, 신 없는 인간이 스스로의 법칙에 따라 악전고투로 군림하는 밀폐 공간의 넓이를 점차로 확장해온 과정이었다. 인간은 신에 맞서 구축한 방어 진지의 경계선을 점점 더 앞으로 밀고 나가서 마침내 세상 전체를 실추되어 쫓겨난 신을 맞상대하는 요새로 만들었다. 인간은 반항 끝에 스스로를 감금시켜버렸다. 사드의 저 비극적인 성채로부터 오늘의 집단 포로수용소에 이르기까지, 인간의 위대한 자유란 것이 기껏 그의 범죄들을 가두는 감옥을 구축하는 것이었다. 그러나 계엄령은 차츰차츰 보편화되고 자유의 요구는 모든 사람들에게 확대되어간다. 그러니까 신의 은총의 왕국과 맞서는 유일한 왕국, 즉 정의의 왕국을 건설하고, 마침내 신성의 공동체가 무너진 잔해 위에 인간의 공동체를 구축해야 한다. 신을 죽이고 하나의 교회를 건설하는 것, 이것이 바로 모순되면서도 변함없는 반항의 운동이다. 절대적 자유는 마침내 절대적 의무들의 감옥, 집단적 고행, 그리고 결국은 하나의 역사가 된다. 반항의 세기인 19세기는 그리하여 저마다 자신의 가슴을 치는 정의의 세기, 도덕의 세기, 즉 20세기로 이어진다. 반항의 모럴리스트인 샹포르[1]는 이미 이에 대해 정곡을 찔러 이렇게 정리한 바 있다. "레이스를 달리려면 우선 속옷이 있어야 하듯 관대해지기 전에 우선 정의로워야 한다." 인간은 그러므로 사치스런 도덕은 포기하고 우선 건설자의 매서운 윤리를 가질 필요가 있다.

---

[1] 세바스티앵로슈 니콜라 샹포르 Sébastien-Roch Nicolas Chamfort (1741~1794). 프랑스의 모럴리스트. 귀족 사회에서 그 정신적 태도로 칭송을 받으면서도 대혁명을 지지했고, 반면에 공포 정치에는 반대해 여러 차례 투옥되었으며, 결국은 자살했다. 유작으로 《잠언과 사상. 성격 묘사와 일화》를 남겼다. 카뮈가 특히 높이 평가하는 사상가. 샹포르의 《잠언집 서문》(《스웨덴 연설·문학비평》, 8. 53~71, 책세상) 참조.

이제부터 우리는 세계 제국과 보편 법칙을 지향하는 저 발작적인 노력에 대해 논해야 하겠다. 우리는 이제 반항이 모든 예속을 떨쳐버리고 창조된 세계 전체를 제 것으로 차지하려 드는 바로 그 지점에 이르렀다. 이미 우리는 반항이 실패할 적마다 매번 정복자 특유의 정치적 해결책이 제시되는 것을 보았다. 이제부터 반항은 그동안 습득한 것들 중에서 도덕적 허무주의와 더불어 오직 권력 의지만을 기억하여 취하게 될 것이다. 반항하는 인간은 원칙적으로 자신의 고유한 존재를 쟁취하고 신과 맞서서 그 존재를 계속 지탱해가는 것을 원했을 뿐이다. 그러나 그는 반항의 초심을 잊은 채, 정신적 제국주의의 법칙에 따라 무한정 되풀이되는 살인들을 거쳐 세계 제국을 향해 전진하고 있는 것이다. 반항하는 인간은 신을 그의 하늘에서 추방해버렸다. 그러나 그때 형이상학적 반항이 노골적으로 혁명운동에 뛰어들면서 자유의 비이성적 요구는 역설적이게도 이성을 무기로 삼게 된다. 이성이야말로 순수하게 인간적으로 보이는 유일한 정복의 힘이라는 것이다. 신이 죽자 인간들만 남았다. 다시 말해서 이해하고 건설해야 할 역사만이 남은 것이다. 반항의 내부에서 창조의 힘을 침몰시키는 허무주의는, 인간은 모든 수단을 동원하여 역사를 창조할 수 있다고 덧붙일 뿐이다. 인간은 이제부터 오직 자기뿐인 대지 위에서 비이성의 범죄들에 더하여 인간들의 제국을 향해 전진하고 있는 이성의 범죄들을 추가하게 될 것이다. 인간은 '나는 반항한다, 고로 우리는 존재한다'에다가, 반항의 온갖 기막힌 복안들, 나아가서는 반항의 죽음까지 궁리하는 가운데, 이렇게 덧붙인다. '그리고 우리뿐이다.'

역사적 반항

"폭풍우의 전차에 쓰여 있는 그 무시무시한 이름,"[1] 자유는 모든 혁명의 원리다. 자유 없는 정의란 반란자들에게 상상할 수 없는 것으로 보인다. 그러나 정의가 자유의 중지를 요구하는 시대가 온다. 그러면 크든 작든 테러가 등장해 혁명을 마무리한다. 저마다의 반항은 무죄에의 향수이며 존재를 향한 부름이다. 그러나 그 향수가 어느 날 무기를 들고 전적인 유죄, 즉 살인과 폭력을 떠맡는다. 그리하여 노예들의 반항, 왕의 목을 베는 시역弑逆의 혁명, 그리고 20세기의 혁명들은, 점점 더 완전한 해방의 성취를 도모하면 할수록 점점 더 광범위한 유

---

[1] 필로테 오네디Philothée O'Neddy. (원주) '젊은 프랑스Jeunnes-France'의 멤버인 오귀스트마리 동테Auguste-Marie Dondey(1811~1875)의 필명인 필로테 오네디의 '파나티즘'.(《불과 불꽃》, 1833)

죄성을 의식적으로 받아들이게 되었다. 이 모순이 현저해지면서, 우리 시대의 혁명가들은 프랑스 혁명 후 입법 의원들의 얼굴과 연설들에서 광채를 발하던 그 행복과 희망의 표정을 짓지 못한다. 이 모순은 불가피한 것일까? 이 모순은 반항의 가치를 특징짓는 것일까, 아니면 그것을 배반하는 것일까? 이것은 형이상학적 반항에 제기되었듯이 혁명에 대해서도 똑같이 제기되는 질문이다. 사실 혁명이란 형이상학적 반항의 논리적 결과에 지나지 않는 것으로, 우리는 혁명운동의 분석을 통해서, 인간을 부정하는 것에 맞서서 인간을 긍정하기 위해 기울이는 똑같이 절망적이고도 피나는 노력을 추적해보려고 한다. 혁명 정신은 이처럼 인간의 굴복하지 않으려는 바로 그 부분을 옹호한다. 간단히 말해서 혁명 정신은 시간의 세계 속에서 인간에게 지배권을 확보해주려 한다. 혁명 정신은 신을 거부하자 일견 불가피해 보이는 논리에 따라 역사를 선택한다.

이론상으로 혁명이라는 단어는 그것이 천문학에서 쓰일 때와 같은 의미를 지닌다. 그것은 궤도를 완전히 한 바퀴 회전하는 운동이며, 완전한 공전을 거쳐 한 정부에서 다른 한 정부로 옮아가는 운동이다. 정부가 바뀌지 않은 채 재산 소유 제도만 변화하는 것은 혁명이 아니라 개혁이다. 그 방법이 유혈 혁명이든 평화적 혁명이든 간에 대저 경제적 혁명은 동시에 정치적인 모습으로 나타날 수밖에 없다. 이 점에 있어 혁명은 이미 반항 운동과 구별된다. "아니옵니다, 폐하, 반항이 아니라 혁명입니다"라는 그 유명한 말은 이 본질적인 차이를 강조하는 말이다. 그것은 정확히 "신정부의 출현이 확실합니다"라는 의미다. 반항 운동은 원래 별안간 끝나는 것이다. 그것은 수미일관한 데가 없는 증언에 지나지 않는다. 반대로 혁명은 사상을 바탕으로 시작된다. 더 정확히 말해서, 반항이 개인적 경험에서 사상을 향해가는 운동인 반면, 혁명은 사상을 역사적 경험 속에 편입시키는 일이다. 반항 운동의 역사는 비록 그것이 집단적인 것일 때조차 언제나 사실 속에서의 해결책 없는 참여의 역사요, 체계도 논리도 끌어들이지 않는 막연한 항의의 역사인 데 반해, 혁명은 행동을 사상에 맞춰나가려는 기도이며 세계를 어떤 이론의 틀 속에 다듬어 넣으려는 기도다. 그렇기 때문에 반항이 인간을 죽이는 데 비해 혁명은 인간과 동시에 원리를 파괴한다. 그러나 같은 이유로 역사상 아직까지 혁명은 없었다고 말할 수 있다. 오직 하나의 혁명, 즉 결정적인 혁명 외에 다른 혁명이란 있을 수 없는 것이다. 궤도를 완전히 한 번 회전한 것처럼 보이는 운동은 정부가 수립되는 바로 그 순간에 이미 새로운 궤도 회전에 돌입한다. 바를레[2]를 위시한 무정

---

[2] 장프랑수아 바를레Jean-Francois Varlet(1764~1837). 프랑스 대혁명 때의 선전 활동가, 웅변가로 로베스피에르의 적수였다. 최초의 무정부주의 팸플릿 중 하나인 《폭발》의 필자.

부주의자들은 정부와 혁명이 그 직접적인 의미에 있어 양립할 수 없는 것임을 분명히 깨달았다. 프루동[3]은 이렇게 말한다. "정부가 혁명적일 수 있다고 한다면 거기에는 모순이 있다. 그리고 그것은 정부란 어디까지나 정부라는 극히 단순한 이유 때문이다." 경험에 비추어 프루동의 이 말에 한마디 덧붙인다면, 정부는 오직 다른 정부에 대해서만 혁명적일 수 있다고 하겠다. 혁명적 정부는 대부분의 시간 동안 전시戰時 정부일 수밖에 없다. 혁명이 광범위해질수록 그것이 상정하는 전쟁의 판돈은 보다 엄청난 것이 된다. 1789년의 프랑스 대혁명으로부터 태동한 사회는 유럽을 손에 넣기 위해 싸우고자 했다. 1917년의 러시아 혁명으로부터 태동한 사회는 세계의 지배를 위해 싸운다. 우리가 차차 그 이유를 살펴보게 되겠지만, 전반적 혁명은 그리하여 결국 세계 제국을 요구하기에 이른다.

만일 이와 같은 과업이 반드시 이루어져야 하는 것이라면 그것이 완수될 때까지 인간들의 역사는 어떤 의미에서 끊임없이 이어지는 반항들의 총화라고 하겠다. 다시 말해서 공간상에서 분명하게 표현되는 변전 운동도 시간적인 차원에서는 단지 어림짐작한 근사치일 뿐인 것이다. 19세기에 사람들이

---

[3] 피에르 조제프 프루동Pierre Joseph Proudhon(1809~1865). 프랑스의 사회주의 이론가, 《소유란 무엇인가》의 저자.

경건하게 인류의 점진적인 해방이라고 불렀던 것도 밖에서 보면, 스스로를 넘어서서 사상 속에서 스스로의 형태를 모색하려 하지만 아직 하늘과 땅에서 모든 것을 안정시킬 결정적 혁명에는 이르지 못한 일련의 끊임없는 반항의 연속으로 비칠 뿐이다. 현실적 해방이라는 것에 대해 피상적으로 검토해본다면 우리는 그 해방을 인간 자신에 의한 인간의 긍정, 점차 확장되어가고 있지만 여전히 완결되지는 못한 긍정이라고 결론내릴 수도 있으리라. 하기야 혁명이 단 한 번만 일어난다면 더 이상 역사는 존재하지 않으리라. 복된 통일과 만족한 죽음이 있으리라. 그렇기 때문에 모든 혁명가들은 종국적으로 세계의 통일을 목적으로 삼으며, 마치 그들이 역사의 완성이라는 것을 믿고 있는 것처럼 행동하는 것이다. 20세기 혁명의 독창성은 그것이 처음으로 아나카르시스 클로츠[4]의 오랜 꿈인 인류의 통일, 그리고 역사의 결정적인 완성을 실현하겠다고 공공연히 나섰다는 데 있다. 반항의 운동이 '전체냐 무냐'에 이르렀던 것처럼, 또 형이상학적 반항이 세계의 통일성을 원했던 것처럼, 20세기의 혁명운동은 그 논리의 가장 명료한 귀결에 이르자 손에 무기를 들고 역사적 전체성을 요구한다. 반항은 그

---

[4] 장바티스트 클로츠Jean-Baptiste Cloots, 일명 Anacharsis Cloots(1755~1794). 프로이센 출신의 혁명 사상가. 1776년에 파리에 와서 백과전서파에 가담했고 혁명을 지지하며 '인류의 웅변가', '인류의 시민'으로 자처했다.

리하여 혁명적인 것이 될 것을 강하게 요구받는다. 그렇지 않으면 무용하고 시효가 지난 것으로 간주된다는 것이다. 반항하는 인간은 이제 더 이상 슈티르너처럼 스스로를 신격화한다든가, 혹은 태도에 의해서 자기 혼자만을 구제하자는 것이 아니게 되었다. 이제 중요한 것은 니체처럼 종족을 신격화하고 이반 카라마조프가 바라던 대로 만인의 구원을 확보할 수 있도록 초인의 이상을 떠맡는 것이다. 이제 '악령들'이 처음으로 무대 위에 등장하여 이 시대의 비밀들 중 하나를 구체적으로 보여준다. 즉 이성과 권력 의지의 동일성을 보여주는 것이다. 신이 죽었으니 이제 인간의 힘으로 세계를 변화시키고 조직해야 한다. 저주의 힘만으로는 더 이상 충분치 않으니 무기를 가지고 전체성을 정복해야 한다. 혁명, 특히 유물론적이고자 하는 혁명은 다만 과격한 형이상학적 십자군에 불과하다. 그러나 전체성totalité이 곧 통일성unité일까? 그것이야말로 이 시론이 대답해야 할 질문이다. 다만 보다시피 이 책이 시도하는 분석은 이미 수없이 시도된 바 있는 혁명 현상의 서술을 되풀이하려는 것도 아니고, 주요한 대혁명들의 역사적·경제적 원인을 다시 한번 검토하려는 것도 아니다. 이 시론의 목적은 몇몇 혁명적 사실들 속에서 형이상학적 반항의 논리적 귀결, 구체적 예증, 그리고 몇 가지 변함없는 주제들을 살펴보는 데 있다.

   대부분의 혁명은 살인에서 그 형태와 독창성을 얻는다. 모든 혁명, 혹은 거의 모든 혁명은 살인이었다. 게다가 그중 몇몇은 왕의 살해와 신의 살해까지 실천했다. 형이상학적 반항의 역사가 사드와 더불어 시작되었듯이 지금 우리가 다루는 주제는 왕의 시역자들과 더불어 비로소 시작된다. 그들은 아직까지 영원한 원리를 말살해버릴 생각은 감히 하지 못한 채 신의 화신만을 공격하는 사드의 동시대인들이다. 그러나 그 이전에 인간의 역사는 또한 최초의 반항 운동이라고 할 수 있는 노예의 반항을 우리에게 보여주고 있다.

노예가 주인에게 반항한다고 할 때, 그것은 한 인간이 다른 인간에게 대항해 일어나는 것을 말한다. 그것은 여러 원리들이 지배하는 하늘의 세계와는 거리가 먼 잔혹한 지상의 일이다. 그 결과는 단 한 사람의 살인일 뿐이다. 노예 폭동, 농민 반란[5], 거지 전쟁[6], 상민 반란 등은 생명 대 생명이라는 대등의 원리를 앞에 내세웠다. 그 어떤 대담성과 신비성을 내포한 것이라 할지라도 향후 혁명적 정신의 가장 순수한 형태들 속에는 이 대등의 원리가 다시 나타나게 된다. 가령 1905년의 러시아 테러리즘의 경우가 그렇다.

---

5 역사적으로 1358년 프랑스 북부에서 일어난, 귀족들에 대한 농민의 반란을 가리키는데 일반적 의미로는 독단적인 사형 집행을 감행하는 반란을 의미한다.
6 오늘날의 네덜란드가 1567년 독립을 얻기 위해 펠리페 2세에 대항하여 반란을 일으켰을 때 그 반도들을 '거지들gueux'이라고 불렀다.

서력기원이 시작되기 수십 년 전, 고대 세계의 말기에 일어난 스파르타쿠스의 반항은 이 점에 있어 대표적인 예라고 할 수 있다. 우선 그것이 검투사들의 반항임을 주목할 수 있다. 즉 주인들의 구경하는 재미를 위해 상대를 죽이든가 자기가 죽든가 할 수밖에 없는 노예들의 반항인 것이다. 70명으로 시작된 이 반항은 7만 명의 반란군을 거느린 가운데 끝난다. 이들은 로마군 정예 부대들을 격파하고 이탈리아로 북상해 영원한 도시 로마까지 진군했다. 그러나 이 반항은 앙드레 프뤼도모André Prudhommeaux[7]의 지적대로, 로마 사회에 어떠한 새로운 원리도 가져오지 못했다. 스파르타쿠스가 내건 선언은 노예들에게 '동등한 권리'를 약속해주는 데 그친다. 우리가 최초의 반항 움직임에서 분석한 바 있는, 사실로부터 권리로의 이러한 이행은 기실 이 단계의 반항에서 얻을 수 있는 유일한 논리적 수확이다. 불복종자는 예속을 거부하고 주인과의 동등을 주장한다. 그가 이번에는 자기가 주인이 되려고 하는 것이다.

스파르타쿠스의 반항은 시종 이러한 권리 요구의 원리를 보여준다. 노예군은 노예들을 해방시키고 즉시 그들의 옛 주인

---

[7] 《스파르타쿠스의 비극*La Tragédie de Spartacus*》('Cahiers Spartacus'). (원주) 앙드레 프뤼도모(1907~1968). 무정부주의자, 반파시스트 서점 주인. 《스페인은 어디로 가는가?》, 《문학적 노력》 등의 저서를 남겼다. 그는 이 책의 각주에서 언급된 《카이에 스파르타쿠스*Cahiers Spartacus*》의 창간에 가담했다.

들을 노예로 만들어 그들에게 넘겨준다. 불확실한 것이긴 하지만 구전되는 어떤 설에 의하면 노예군이 심지어 수백 명의 로마 시민들 간의 검투 시합을 개최했으며, 관중석에 앉아 있는 노예들은 그것을 보면서 미친듯이 즐거워하고 흥분했다고 한다. 그러나 사람을 죽이는 것은 더 많은 사람들을 죽이는 것으로 귀결될 따름이다. 하나의 원리가 승리하도록 하자면 또 하나의 원리를 타도해야 한다. 스파르타쿠스가 꿈꿨던 태양의 도시는 오로지 영원한 로마와 로마의 신들과 로마의 제도를 파괴한 폐허 위에서만 세워질 수 있었을 것이다. 스파르타쿠스의 군대는 과연 로마를 포위하기 위해 로마로 진군했고 그들이 저지른 죄에 대한 대가를 치를 일에 떨고 있었다. 그러나 그 결정적 순간에 군대는 신성한 성벽을 눈앞에 보면서 마치 원리와 제도와 신들의 도시 앞에서 뒷걸음질 치듯 걸음을 멈추고 후퇴한다. 이 도시를 파괴한다면 무엇으로, 정의를 갈구하는 이 야생적 욕망과 이 불행한 사람들을 그때까지 버티게 했던, 상처받아 광란 상태가 된 이 사랑 이외에 무엇으로 이 도시를 대체한단 말인가?[8] 여하튼 군대는 싸워보지도 않고 퇴각한 후 기이하게도 노예 반항의 발원지로 되돌아갈 것을 결정

---

[8] 실제로 스파르타쿠스의 반항은 앞섰던 노예 반항들의 프로그램을 되풀이한다. 그러나 이 프로그램이란 토지 분배와 노예 제도의 폐지로 요약된다. 그것은 도시의 여러 신들에는 직접적으로 손을 대지 못하고 있다. (원주)

한다. 즉 그들이 걸어왔던 그 먼 승리의 길을 되밟아 시칠리아 섬으로 돌아갈 것을 결정하는 것이다. 공격해야 할 하늘을 앞에 두고 이제 외롭고 무장 해제된 이 불우한 자들은 마치 그들 역사의 가장 순수하고 가장 따뜻한 곳을 향해, 죽는 것이 쉽고도 편안한 최초의 절규의 땅으로 되돌아가기나 하듯이 후퇴를 결정하는 것이다.

그리하여 패배와 순교가 시작된다. 최후의 일전에 앞서 스파르타쿠스는 로마 시민 하나를 십자가에 매달아 자신의 병졸들에게 그들을 기다리고 있는 운명이 어떤 것인지를 암시적으로 보여준다. 전투 중 그는 로마군을 지휘하고 있는 크라수스에게 달려들고자 끊임없이 애를 쓴다. 우리는 그의 이 광란하는 몸짓에서 하나의 상징을 보지 않을 수 없다. 사멸하긴 하되 그러나 그는 그 순간 로마의 모든 주인들의 상징인 크라수스와 인간 대 인간으로 싸우다가 사멸하고 싶은 것이다. 죽는 것은 좋다. 그러나 최고의 평등 속에서 죽고 싶은 것이다. 결국 그는 크라수스에게 다가가지 못한다. 원리는 멀리 떨어진 곳에서 싸우고 있고 로마 장군은 저만큼 따로 떨어져 있다. 스파르타쿠스는 그가 원했던 대로 죽는다. 그러나 그와 다름없는 노예들인 로마 용병들의 손에 죽는다. 그들은 스파르타쿠스의 자유와 함께 그들 자신의 자유도 함께 죽인다. 십자가에 매달린 단 한 사람의 로마 시민에 대한 보복으로 크라수스는 수천 명의 노예들을 처형한다. 그토록 많은 정당한 반항들 이후,

카푸아에서 로마에 이르는 길 위에는 6000개의 십자가가 즐비하게 세워져서 권력의 세계에 대등이란 있을 수 없으며 주인들의 피 값은 엄청나게 비싸게 먹힌다는 사실을 노예들에게 증명해주게 된다.

십자가는 또한 그리스도가 받은 형벌이다. 몇 해가 지난 뒤 그리스도가 노예의 형벌을 택한 것은 오로지 그때부터 굴욕당한 피조물과 '주인'이신 신의 가차 없는 얼굴을 갈라놓는 그 무시무시한 거리를 단축시키기 위해서였다고 상상해볼 수 있다. 그리스도는 중재에 나섰고, 반항으로 인해 세계가 둘로 쪼개져버리지 않도록, 또 자신의 고통이 천상에 닿아 천국이 인간들의 저주에서 벗어날 수 있도록 최악의 불의를 몸소 겪었다. 그 후 혁명 정신이 나타나, 하늘과 땅의 분리를 분명히 해두고자 지상에서 신성을 대표하는 사람들을 말살함으로써 신성의 영혼에서 육신을 분리시키는 일부터 시작했다고 한들 누가 놀라겠는가? 어떤 의미에 있어, 1793년[9]에 반항의 시대는 끝나고 단두대 위에서 혁명의 시대가 시작되는 것이다.[10]

---

9 1793년은 프랑스 대혁명으로 루이 16세가 처형된 해다.
10 이 시론은 기독교 내부의 반항 정신을 다루고 있지 않으므로, 종교 개혁이나 그 이전에 교권에 맞서 일어났던 수많은 반항 운동들은 이 글의 대상에서 제외했다. 그러나 적어도 종교 개혁은 일종의 종교적 자코뱅주의(급진 민주주의)를 마련하고 있으며, 또 어떤 의미로는 1789년의 대혁명이 장차 완성하게 될 것을 이미 예고하고 있다고 할 수 있다. (원주)

왕의 시역자들

1793년 1월 21일 훨씬 이전에, 그리고 19세기 왕의 시역자들 이전에 이미 여러 왕들이 살해된 바 있다. 그러나 라바야크¹와 다미앵², 그리고 그 외 몇몇 암살자들은 개인으로서의 왕을 살해했을 뿐 그 원리를 해치려 한 것은 아니다. 그들은 다른 왕을 원했을 뿐 달리 바라는 것이 없었다. 그들은 왕의 자리가 영원히 빈 채로 남아 있을 수 있다는 것은 상상해보지 못했다. 1789년은 근대로 넘어오는 길목이 된다. 왜냐하면 당시 사람들이 무엇보다 신권설神權說의 원리를 뒤엎고 지난 수

---

1 프랑수아 라바야크François Ravaillac(1578~1610). 프랑스 왕 앙리 4세를 암살한 인물.
2 로베르프랑수아 다미앵Robert-François Damiens(1715~1757). 프랑스 왕 루이 15세를 암살한 인물.

세기 동안 지적 투쟁 속에 형성되어왔던 부정과 반항의 힘을 역사 속에 도입하려 했기 때문이다. 그들은 이렇게 전통적 폭군 시살에 합리적 추론에 의한 신의 시역을 추가하게 된 것이다. 이른바 자유사상, 즉 철학자들과 법학자들의 사상은 이 혁명을 위한 지렛대 역할을 했다.[3] 이러한 기도企圖가 가능한 것이 되고 정당한 것으로 느껴지는 데는 우선 무한 책임의 성 교회가, 종교 재판에서 꽃피고 세속적 권력과의 공모 속에서 영속화된 어떤 추세에 힘입어 주인들 편에 서서 인민들을 괴롭히는 일을 도맡았다는 사실이 중요한 역할을 한다. 혁명적 서사시에는 오직 기독교와 대혁명이라는 두 주인공이 있을 뿐이라고 미슐레[4]는 말했는데 적절한 지적이다. 과연 그가 볼 때 1789년 대혁명은 은총과 정의의 싸움으로 설명된다. 비록 미슐레가 자기 세기의 과도한 경향에서 자유롭지 못해, 거대 개체들에 대한 취미를 그대로 지니고 있긴 하지만, 그는 여기서 혁명적 위기의 깊은 원인들 중 하나를 제대로 짚어냈다고 할 수 있다.

앙시앵 레짐하의 군주 정치는 실제 통치 면에서 언제나 자

---

[3] 그러나 왕들 자신도 여기에 협조한 셈이다. 왜냐하면 그들은 점차 종교적 권력에 정치적 권력을 강요했고 그렇게 함으로써 그들의 정당성의 원리 자체를 서서히 훼손했기 때문이다. (원주)
[4] 쥘 미슐레Jules Michelet(1798~1874). 프랑스의 역사가.

의적이었다고는 할 수 없을지라도 그 원리에 있어서는 이론의 여지 없이 전제적이었고 또 그래야만 했다. 군주 정치는 신권설에 토대를 두고 있는 것이었다. 다시 말해서 그 정당성에 관한 한 궁극적, 절대적인 것이었다. 그렇지만 이 정당성은 곧잘, 특히 최고 법원에 의해 의문시되었다. 그러나 그 정당성을 행사했던 자들은 그것을 자명한 이치로 생각했고 또 남들에게도 자명한 이치로 내세웠다. 널리 알려진 바와 같이 루이 14세는 이 원리에 대해 확고한 믿음을 지니고 있었다.[5] 보쉬에[6]는 여기에 장단 맞춰 역대 왕들을 향해 이렇게 말했다. "폐하들은 신神들이시옵니다." 그 어떤 면에서 보면 왕은 세속의 일에 있어서 신의 사명을 위임받은 자, 따라서 사법권에 있어서 신의 임무를 위임받은 자다. 왕이란 바로 그 신 자신처럼 빈곤과 불의로 고통당하는 자들의 마지막 의뢰처다. 인민은 그들을 압박하는 자들에 대해 원칙적으로 왕에게 호소할 수 있다. '왕께서 아신다면, 차르께서 아신다면…' 이야말로 비참의 시대에 프랑스와 러시아의 인민들이 흔히 입 밖으로 표현하곤 했던 감정이었던 것이다. 적어도 프랑스에 있어서는, 왕권이 민民의

---

[5] 샤를 1세는 신권설을 부정하는 사람들에 대해서는 공정할 필요도, 성실할 필요도 없다고 생각할 정도로 신권설을 신봉하고 있었다. (원주)
[6] 자크베니뉴 보쉬에Jacques-Bénigne Bossuet(1627~1704). 프랑스의 가톨릭 주교. 저명한 문필가, 연설가. 루이 14세의 종교 정책을 지지했다.

사정을 알게 되면 흔히 귀족과 부르주아의 박해로부터 인민들의 공동체를 보호하려고 했던 것이 사실이다. 그러나 그것이 정의의 발로였던가? 아니다. 당시 작가들의 관점인 절대적 관점에서 본다면 그게 아니다. 설사 민이 왕에게 호소할 수 있었다 해도 원리로서의 왕에게 반하는 호소는 할 수 없었던 것이다. 왕은 자신이 원할 경우, 그리고 자신이 원할 때, 원조와 구원을 베푼다. '짐朕의 뜻'은 은총의 한 속성이다. 신정神政 형태하의 왕정은 항시 은총이 결정권을 보유하도록 함으로써 은총을 정의 위에 두고자 하는 정부다. 이와 반대로 사부아의 보좌신부[7]의 주장에 독창성이 있다면 그것은 신을 정의에 굴복시키고 그리하여 당대 특유의 좀 순진한 엄숙함을 드러낸 채로나마 현대 역사의 지평을 열었다는 점에 있을 뿐이다.

사실 자유사상이 신을 문제 삼는 그 순간부터 정의의 문제가 전면에 나타난다. 그런데 다만 그 당시의 정의란 평등과 혼동되는 것이었다. 신이 비틀거리게 되자 정의는 지상에서 신을 대표하는 자를 직접적으로 공격함으로써 신에게 최후의 일격을 가한 다음 평등 속에서 스스로를 확인한다. 신권에 자연법을 대립시키고, 1789년부터 1792년에 이르는 삼 년 동안에 신권으로 하여금 과도한 자연법과 타협하지 않을 수 없도

---

7 장 자크 루소를 가리킨다.

록 한 것부터가 이미 신권 파괴 행위다. 은총은, 최후의 수단으로서라도 타협은 할 수 없었다. 은총은 몇 가지 점에서 양보할 수 있지만 결코 최후를 양보할 수는 없다. 그러나 그것으로도 충분치 않았다. 미슐레에 의하면 루이 16세는 감옥 속에서도 여전히 왕이고자 했다는 것이다. 그러니까 새로운 원리의 프랑스에 있어서도, 이미 패배한 원리가 어디서인가 오직 존재와 믿음의 힘만으로 감옥의 벽 사이에서 존속하고 있었던 것이다. 정의는 전적인 것이 되고자 하며 절대적으로 지배하고자 한다는 점에서, 오직 그 점에 있어서만, 은총과 공통점을 지닌다. 그 둘이 서로 충돌을 일으키는 순간부터 둘은 어느 한쪽이 죽을 때까지 필사적으로 싸우지 않을 수 없게 된다. 당통[8]은 이렇게 말했다. "우리는 법률가와 같은 공평무사한 처사를 하지 못한다고 해서 왕을 단죄하려는 게 아니다. 다만 우리는 왕을 죽이고 싶을 뿐이다." 사실 신을 부정한다면 필시 왕도 죽여야 한다. 루이 16세를 죽게 한 것은 생쥐스트[9]인 것 같다. 그러나 "아마도 피고를 죽게 하는 명분이 될 원리를 결정하는 일, 그것은 바로 피고를 심판하는 사회가 영위되어갈 토대의 원리

---

[8] 조르주 자크 당통 Georges Jacques Danton(1759~1794). 프랑스 국민의회 의원. 프랑스 대혁명의 가장 중요한 인물 중 하나.
[9] 루이 앙투안 드 생쥐스트 Louis Antoine de Saint-Just(1767~1794). 프랑스 대혁명 때의 정치가.

를 결정하는 일이다"라고 그가 외쳤을 때, 이 말은 왕을 죽이게 되는 것은 다름 아닌 철학자들이라는 사실을 여실히 보여준다. 즉 왕은 사회 계약론의 이름으로 죽어야 하는 것이다.[10] 그러나 이 점은 분명한 설명을 요한다.

새로운 복음

《사회 계약론》은 무엇보다 먼저 권력의 정당성에 대한 탐구다. 그러나 당연한 권리를 논하고 있을 뿐 사실에 관한 것이 아닌 이 책은[11] 결코 사회학적 관찰들의 모음집이 아니다. 이 책이 탐구하는 바는 원리와 관련된 것이다. 바로 그 점에서 이미 이 탐구는 이의 제기의 성격을 지닌다. 신에 뿌리를 두고 있다고 간주되는 전통적 정통성은 받아들일 수 없는 것임을 이 책은 전제한다. 이 탐구는 그러므로 다른 정당성, 다른 원리들을 내세운다. 《사회 계약론》역시 하나의 교리 문답서로서 교리

---

10 루소는 물론 이것을 원치 않았으리라. 그의 한계를 분명히 해두기 위해 루소가 다음과 같이 단호하게 선언했다는 사실을 이 분석의 첫머리인 이 자리에서 밝혀두어야 한다. "이 세상의 그 어떤 것도 인간의 피를 대가로 해서 살 만한 가치는 없다." (원주)

11 《인간 불평등 기원론*Discours sur l'inégalité*》참조. "그러므로 모든 사실들은 제쳐 두고 시작하자. 왜냐하면 사실들은 이 문제와 전혀 관련이 없기 때문이다." (원주)

문답의 어조와 교조적 언어를 구사하고 있다. 마치 1789년이 영국과 미국에서 진행된 혁명의 여러 성과들을 완성하듯이 루소는 홉스에게서 찾아볼 수 있는 계약 이론을 논리의 극한까지 밀고 나간다. 《사회 계약론》은 그 새로운 종교를 광범위하게 확장하고 거기에 교조적 해석을 가한다. 그 새로운 종교의 신은 자연과 혼동되는 것으로서의 이성이며 이 땅 위에서 그 신을 대리하는 자는 왕 대신 보편적 의지를 지닌 인민이다.

전통 질서에 대한 공격은 너무나 명백한 것이어서, 1장에서부터 루소는 왕권의 근간이 되는 인민과 왕 사이의 계약보다 인민을 규정하는 시민 상호 간의 계약이 선행한다는 사실을 증명하려고 노력한다. 루소 이전까지는 신이 왕을 만들고 그런 다음에 왕이 인민을 만든다고 했었다. 《사회 계약론》 이후부터는 인민이 그들 스스로를 만들고 그런 다음에 인민이 왕을 만든다는 것이다. 신은 이제 당분간 거론조차 되지 않는다. 우리는 여기서 뉴턴의 혁명에 버금가는 것을 정치 분야에서 목격하게 된다. 권력은 그러므로 전제專制로부터 나오는 것이 아니라 일반적 합의에 기원을 둔다. 바꾸어 말하자면, 권력은 이제 더 이상 있는 것이 아니라 있어야 할 것이다. 루소에 따르면 다행스럽게도 있는 것은 있어야 할 것과 불가분의 관계에 있다. 인민은 "인민 자체가 항상 스스로 되어야 할 당위의 모든 것이라는 바로 그 이유만으로" 주권자다. 이러한 부당不當 전제를 앞에 두고 우리는 그 당시 끈질기게 내세워지곤 했던 이성이 실은 온당한 취급을 받지 못하고 있었음을 지적할 수 있다. 《사회 계약론》에서 우리는 일반의지를 곧 신 자체로 상정하는 하나의 신비론의 태동을 목도하게 된다. 루소는 이렇게 말했다. "우리 각자는 자신의 개별 인격체를 공동의 것으로 삼고 자신의 모든 권능을 일반의지의 지고한 지도하에 맡기며 전체의 분리될 수 없는 부분으로서 공동체의 일원이 됨을 받아들여야 한다."

이러한 정치적 인격은 주권자가 되면 또한 신적인 인격으로 규정된다. 더구나 그것은 신적인 인격의 모든 속성을 두루 갖추고 있다. 과연 그것은 무류성無謬性을 소유한다. 왜냐하면 주권자는 오류를 원할 수 없기 때문이다. "이성의 법칙하에서는 아무것도 이유 없이 행해지지 않는다." 절대적 자유란 자아에 대해서까지도 자유로운 것이라는 게 사실이라면, 정치적 인격체는 전적으로 자유로운 것이다. 루소는 그리하여 주권자 자신이 그 어떤 경우에도 범하지 않을 하나의 법을 주권자 자신에게 부과한다는 것은 정치적 공동체의 본성에 어긋나는 것이라고 선언한다. 이 정치적 인격은 또한 양도할 수도 분할할 수도 없는 것으로, 궁극적으로 그것은 신학의 큰 난제인 신의 전지전능과 신의 무죄성 사이의 모순을 해결하려고까지 한다. 일반의지는 실제로 구속력을 가지고 있고, 그 권능에는 한계가 없다. 그러나 일반의지에 복종하기를 거부하는 자에게 일반의지가 과하는 벌이란 오직 그를 '자유롭도록 강제하는' 한

가지 방식에 불과하다. 루소는 심지어 주권자를 그 근원 자체로부터 분리시킴으로써 일반의지를 만인의 의지와 구별하기에 이르는데 이로써 일반의지라는 정치적 인격의 신격화 작업이 완결된다. 이 점은 루소의 전제들로부터 논리적으로 연역될 수 있는 것이다. 만약 인간이 천성적으로 선한 존재라면, 만약 인간 내부의 본성이 이성과 일치하는 것이라면[12], 그렇다면 인간은 오로지 자유롭게, 그리고 타고난 그대로 자신을 표현하기만 하면 언제나 이성의 탁월함을 표현하게 될 것이다. 인간은 그러므로 이제 더 이상 자신의 결정을 취소할 수 없고, 이후 그 결정은 그의 머리 위에서 떠돌게 된다. 일반의지는 무엇보다 보편적 이성의 표현이고, 보편적 이성은 정언적定言的이다. 새로운 신이 태어난 것이다. 우리가 《사회 계약론》에서 가장 빈번하게 접하게 되는 것이 '절대적', '신성한', '불가침의' 등의 낱말인 이유도 바로 여기에 있다. 이와 같이 정의되는 정치적 공동체는 현세 기독교의 신비적 실체를 대신하는 산물일 뿐이다. 그리하여 이 공동체의 법은 신성한 계율이 된다. 《사회 계약론》은 게다가 하나의 시민 종교의 묘사로 끝맺고 있고 또 거기서 루소는 반대뿐만 아니라 중립까지도 용납하지 않는

---

12 이데올로기는 어느 것이나 다 심리학에 반反하는 방식으로 구성된다. (원주)

현대 사회의 선구자가 된다. 사실 루소는 현대에 있어 시민적 신앙을 선언한 최초의 인물이다. 그리고 루소는 가장 먼저 시민 사회에서의 사형을 정당화하고 주권자의 왕권에 대한 신민의 복종을 정당화한다. "자기가 암살자가 될 경우 죽음을 받아들이는 것은 바로 암살의 희생자가 되지 않기 위해서이다." 기이한 정당화이긴 하지만, 이는 만일 주권자가 명령한다면 죽을 수 있어야 하고 필요하다면 자신의 의사에 반하여 주권자가 옳다고 인정해야 한다는 점을 확고하게 해두는 말이다. 이 신비로운 개념은 생쥐스트가 체포되는 순간부터 단두대에 오르기까지 지킨 침묵을 정당화하는 것이기도 하다. 이 개념을 제대로 전개한다면 스탈린식 재판에 희생된 피고들의 열광 또한 설명이 가능해질 수 있을 것이다. 우리는 여기서 나름대로의 순교자들과 고행자들과 성자들을 거느린 하나의 종교가 태동하는 여명을 목격할 수 있다. 이 복음이 끼치는 영향에 대해서 정확한 판단을 내리기 위해서는 1789년 혁명 선언들의 영감 어린 논조를 생각해볼 필요가 있다. 포세[13]는 바스티유 감옥에서 발견된 해골들을 앞에 두고 이렇게 외친다. "계시의 날이 도래했다…. 해골들도 프랑스의 자유의 함성을 듣고 일어

---

13 클로드 포세Claude Fauchet(1744~1793). 대혁명 시대 지롱드당 소속 국민의회 의원. 노예 반대를 주창했던 온건 혁명파로 진리의 친구들 협회 창립자로 지롱드당 국민의회 의원들과 함께 처형되었다.

났다. 해골들은 압제와 죽음의 세기들에 반대해 증언하고 인간 본성과 국민의 생명의 소생을 예언하고 있다." 그리고 그는 이렇게 고한다. "우리는 시대의 한복판에 이르렀다. 폭군들은 무르익었다." 이 순간이야말로 경이에 넘치는 고귀한 신앙의 순간, 한 경탄할 만한 국민이 베르사유에서 단두대와 차형車形의 형틀을 때려 부숴버리는 순간이었다.¹⁴ 단두대는 종교와 불의不義의 제단이라고 여겨진다. 새로운 신앙은 단두대를 용납하지 못한다. 그러나 그 신앙이 교조적인 것이 되면 그 자체의 제단을 세우고 무조건적인 경배를 요구하는 순간이 온다. 그리하여 단두대는 다시 등장하고, '이성'의 제단과 자유와 '이성'의 서약과 축제들에도 불구하고 새로운 신앙의 미사는 피에 물든 채 집전되지 않을 수 없다. 여하튼 1789년 혁명이 "성스러운 인류"¹⁵와 "우리 주主이신 인류"¹⁶가 집권하는 원년이 되기 위해서는 무엇보다 먼저 실격된 주권자가 사라져야 한다. 사제-왕을 살해함으로써 새로운 시대가 인정받게 된다. 그 새

---

14 1905년 러시아 혁명 때도 이와 유사한 사태가 벌어진다. 상트페테르부르크의 노동회원들은 사형 제도의 폐지를 요구하며 거리를 행진했다. 그리고 1917년의 러시아 혁명 때도 유사한 일이 있었다. (원주)

15 베르니오의 말. (원주) 피에르 빅튀르니앵 베르니오Pierre Victurnien Vernigaud(1755~1793). 지롱드 당원들의 지도자들 중 하나로 간주되어 처형되었다. 다음과 같이 선언한 것으로 전해진다. "혁명은 사투르누스와 같은 것이다. 그것은 그의 자식들을 잡아먹는다."

16 아나카르시스 클로츠의 말. (원주)

로운 시대는 지금껏 변함없이 지속되고 있다.

왕의 처형

루소의 사상을 역사에 도입한 사람은 생쥐스트였다. 왕의 재판에서 그의 논증의 핵심은 왕이 신성불가침이 아니며 왕은 법원이 아니라 국민의회에 의해 심판받아야 한다는 데 있었다. 그의 논거는 루소에게서 빌려온 것이다. 법정은 왕과 주권자인 국민들 사이에서 재판관이 될 수 없다. 일반의지는 통상의 재판관들 앞에 소환될 수 없다. 그것은 그 어떤 것보다 위에 있다. 이리하여 이 일반의지의 불가침성과 초월성이 선언된 것이다. 그런데 그와는 달리 이 재판의 중요한 주제로 떠오른 것은 왕 개인의 불가침권에 관한 것이었음을 우리는 알고 있다. 은총과 정의 사이의 투쟁은 1789년에 가장 도발적인 양상을 드러내는데, 그해에 두 초월 개념이 사생결단으로 맞서게 되는 것이다. 게다가 생쥐스트는 이 내기의 중대성을 완벽하게 깨닫고 있었다. "왕을 심판하는 준거가 되는 정신은 공화국을 수립할 준거가 되는 정신과 동일한 것일 터다."

생쥐스트의 그 유명한 연설은 그리하여 마치 하나의 신학

연구 논문 같은 모습을 띤다. "우리 가운데서의 이방인 루이[17]," 이것이 바로 그 청년 검사의 논제였다. 만약 자연적인 것이든 시민적인 것이든 간에 어떤 계약이 여전히 왕과 인민 사이를 맺어줄 수 있는 것이라면 그 둘 사이에는 상호적인 의무가 있을 것이고, 그리고 인민의 의지는 스스로 절대적 심판을 내릴 수 있는 절대적 심판관으로 자처할 수 없을 것이다. 그러므로 인민과 왕 사이에는 아무런 관계의 끈도 없음을 논증할 필요가 있는 것이다. 인민이 그 자체에 있어 영원한 진리임을 증명하기 위해서는 왕위가 그 자체에 있어 영원한 죄악임을 논증해야 한다. 따라서 생쥐스트는 모름지기 왕이란 반역자이거나 아니면 찬탈자임을 하나의 공리로서 내세운다. 왕은 인민의 절대적 주권을 찬탈했기에 인민에 대한 반역자다. 군주제란 절대로 왕이 아니다. "그것은 범죄다." 어떤 하나의 범죄가 아니라 범죄 자체이며, 생쥐스트의 말처럼 절대적 독성瀆聖이다. 이것은 바로 너무나 광의로 해석되어왔던[18] 생쥐스트의 말, 즉 "그 누구도 결백하게 군림할 수는 없다."의 정확하고도 극단적인 의미다. 모름지기 왕이란 누구나 유죄이며 왕이 되고자

---

17 여기서 루이란 프랑스 왕 루이 16세를 가리킨다.
18 아니 적어도 이 말의 의미가 앞당겨 해석되어왔다. 생쥐스트가 이 말을 입 밖에 내었을 때 그는 아직 이 말이 자기 자신에게도 해당된다는 사실을 모르고 있었다. (원주)

하는 사실 자체부터가 죽을죄인 것이다. 다음으로 생쥐스트는 인민의 주권이 '신성한 것'임을 논증했는데 그것은 정확하게 똑같은 말이다. 시민들은 상호 간에 불가침적이고 신성한 존재들이며, 그들의 공통 의지의 표현인 법에 의해서가 아니면 행동을 제약당할 수 없다. 그런데 루이만이 이 특별한 불가침과 법의 구원이라는 혜택을 받지 못하는데 이는 그가 계약에서 제외되어 있기 때문이다. 그는 결코 일반의지의 한 부분이 아니고, 그와 반대로, 존재하고 있다는 사실 그 자체만으로도 이 전지전능한 의지에 대한 독성이다. 그는 이 젊은 신성에 동참할 수 있는 유일한 자격인 '시민'이 아니다. "한 사람의 프랑스인과 비길 때 왕이란 대체 무엇이란 말인가?" 따라서 그는 심판받아야 한다. 심판받아야 할 뿐이다.

그러나 누가 이 일반의지를 해설하고 누가 판결을 내릴 것인가? 그것은 국민의회다. 국민의회는 그 기원으로 보아 이 일반의지를 대표하고 있으며, 계시받은 공의회[19]로서 이 새로운 신성에 참여하고 있는 것이다. 그렇다면 국민의회의 판결은 뒤이어 인민의 비준을 받아야 할 것인가? 국민의회 내 왕당파의 노력은 결국 이 점을 겨냥하고 있음을 우리는 알고 있다. 왕

---

[19] 가톨릭교에서 교리상의 문제를 해결하기 위해 개최하는 주교들의 회의.

의 생명은 이처럼 부르주아-법관들의 논고에서 벗어나 적어도 인민의 자발적 감정과 동정에 맡겨질 수도 있었다. 그러나 생쥐스트는 여기서도 다시 한번 자신의 논리를 끝까지 밀고 나가서, 루소가 생각해낸 일반의지와 만인의 의지 사이의 대립을 이용한다. 만인이 용서한다 할지라도 일반의지는 용서할 수 없다는 것이다. 인민들도 전제 군주의 범죄는 지워버릴 수 없다는 것이다. 희생자가 법에 따라 자신의 제소를 철회할 수 없단 말인가? 이렇게 되면 이것은 법학이 아니라 신학이다. 왕의 범죄는 동시에 지고한 질서에 반하는 죄가 된다. 보통의 범죄는 일단 저질러지면 용서받거나 처벌받거나 아니면 잊힌다. 그러나 왕권의 범죄는 영원하며, 왕이라는 개인과 왕의 존재라는 사실 그 자체와 연계되어 있다. 그리스도 자신도 범죄자들은 용서할 수 있었지만 가짜 신들은 용서할 수 없었다. 가짜 신들은 사멸해 없어지든가 아니면 승리해야 한다. 인민은, 만약 그들이 오늘 용서해준다 해도 내일이면—설령 죄인이 감옥에서 편히 잠들어 있을지라도—그 범죄가 멀쩡하게 되살아난 것을 다시 보게 된다는 것이다. 그러므로 결론은 오직 한 가지밖에 없다. "인민을 살해한 죄는 왕의 사형으로 복수한다."

생쥐스트의 연설은 단두대로 통하는 출구만 남겨놓고 왕에게 모든 출구를 하나씩 닫아버리는 것만을 목적으로 한다. 《사회 계약론》의 전제들을 받아들인 이상 과연 이러한 본보기는 논리적으로 필연적인 것이었다. 이 본보기를 보여줘야만 비로소 "왕들은 사막으로 달아나고 자연은 권리를 되찾으리라". 국민의회가 보류 투표를 해봤자 소용없는 일이었고, 루이 16세를 재판에 회부할 것인지 아니면 그의 안전에 대한 보장령을 내릴 것인지 아직 예심하지 않았다고 말해봤자 소용 없는 일이었다. 당시 국민의회는 자신의 원칙도 슬며시 외면한 채 기막힐 정도의 위선으로 스스로의 진정한 기도企圖를 은폐하려고 애쓰고 있었던 것이다. 그 진정한 기도란 새로운 절대주의의 확립이다. 적어도 자크 루[20]는 당시의 진실을 통찰했다고 할 수 있다. 그는 루이 16세를 최후의 왕이라고 불렀으며, 그렇게 함으로써 경제적 차원에서 이미 이루어진 진정한 혁명이 철학적인 면에서 바야흐로 완수되고 있다는 사실을, 그리고 그 혁명은 신들의 황혼에 다름 아니라는 것을 지적했던 것이다. 신권 정치는 그 원리에 있어서 1789년에 공격을 받았고 그 육화된 화신은 1793년에 살해당했다. 그런 의미에서 "우리의 혁명의 가장 탄탄한 기념비는 철학이다"라는 브리소의 말[21]은 옳다.

1793년 1월 21일, 사제-왕이 살해됨으로써 의미심장하게도

---

20 Jacques Roux(1752~1794). 성직자 출신의 혁명가(소위 상퀼로트들의 사제). 1794년 사형을 언도받고 감옥에서 자살했다.
21 성직자들이 주동한 방데 전쟁은 브리소의 말을 다시 한번 입증해주고 있다. (원주) 자크 피에르 브리소Jacques Pierre Brissot(1754~1793). 검둥이들의 친구들 협회 공동 창립자로 처형된 지롱드 당원.

루이 16세의 수난이라고 불렸던 사건은 종결된다. 분명 약하고 선량한 한 인간의 공공연한 살해를 프랑스 역사의 위대한 한순간으로 내세웠던 일은 혐오할 만한 추문이다. 그렇다고 이 단두대가 절정을 이루는 것도 아니다. 어림도 없다. 그러나 적어도 왕의 심판이 그 원인과 결과로 보아 프랑스 현대사로 넘어오는 전환점이 되고 있음은 사실이다. 그것은 프랑스 역사의 신성 상실과 강생한 기독교 신의 사멸을 상징한다. 신은 그때까지 왕을 통해 역사에 관여해왔던 것이다. 그러나 신의 역사적 대표자는 살해당했고 이제 더 이상 왕이란 없게 되었다. 그러므로 남은 것은 제諸 원리의 하늘나라로 밀려난 신의 허울뿐이다.[22]

혁명가들은 복음서를 내세울 수 있다. 사실 그들이 기독교에 무서운 타격을 가해 기독교는 아직도 그 타격으로부터 재기하지 못하고 있다. 주지하다시피 숱한 자살과 광란의 경련하는 상황들이 뒤따른 왕의 처형은 가담자들 스스로가 자신들이 무슨 짓을 하고 있는지 명확하게 의식하는 가운데 이루어진 것이 분명하다. 루이 16세는 비록 자신의 신앙을 훼손하는 법률안들을 조직적으로 거부하긴 했지만 때로 자신의 신권에 대해 회의를 가졌던 것 같다. 그러나 자신의 운명을 어렴풋

---

[22] 그것은 장차 칸트와 야코비와 피히테의 신이 된다. (원주)

이 느낀, 혹은 인식한 순간부터, 그 자신의 말이 시사하는 바가 그렇듯이, 자기 신상에 가해지는 위해가 인간의 겁에 질린 육신이 아니라 신의 화신인 그리스도-왕을 겨냥한 것임을 분명히 할 수 있도록 신의 소명과 하나가 되려고 했던 것 같아 보인다. 감옥에서 그가 머리맡에 두고 읽었던 책은 《준주 성범遵主聖範》[23]이었다. 그저 평범한 감수성을 가진 이 인물이 최후의 순간에 보여준 온유함과 완전한 덕성, 외부 세계의 모든 일들에 대한 놀라울 정도의 무관심, 그리고 끝으로 그가 자신의 말을 들려주고 싶어 했던 그 백성들로부터 너무나 멀리 떨어진 채, 자신의 목소리를 뒤덮는 그 무서운 북소리를 앞에 두고 단두대 위에서 보여주었던 약간의 낙망, 이 모든 것은 죽어가는 것이 단순히 카페 왕조의 한 혈손이 아니라 바로 신권을 위탁받은 루이 왕이며, 또한 그와 더불어 어떤 의미에서 현세적 기독교국이 멸망해가고 있음을 상상케 한다. 이 신성한 유대를 한층 굳게 해주려는 듯 그의 고해 신부는 그가 수난당하는 그리스도와 '닮아 있음'을 상기시켜줌으로써 휘청거리는 그를 격려한다. 그러자 루이 16세는 다시 정신을 차리고 그 신이 한

---

23 라틴어로 쓰인 15세기의 신심서Imitation de Jésus-Christ. 저자는 토마스 아 켐피스Thomas à Kempis(1380~1471)로 알려져 있다. 모두 네 편으로 구성되어 있는 이 책은 그리스도교 교인 생활의 기본 원리들을 명백히 밝혀주는 영신 지도서로서 교회 신심에 많은 영향을 주어 일찍부터 세계 각국어로 번역되었다.

말을 되풀이한다. "그 어떤 고난의 잔이라도 달게 마시겠나이다." 그러고 나서 그는 몸을 떨면서 사형집행인의 비천한 손에 몸을 맡긴다.

덕의 종교

그러나 이렇게 옛 주권자를 처형하는 종교는 이제 새 주권자의 권력을 확립해야 한다. 그 종교는 교회를 폐쇄한다. 따라서 다른 하나의 사원을 세우고자 노력해야 한다. 루이 16세라는 사제에게 한순간 끼얹어졌던 신들의 피는 새로운 세례를 예고한다. 조제프 드 메스트르는 대혁명을 일컬어 악마적이라고 했다. 우리는 그 말의 이유와 의미를 안다. 그렇지만 대혁명을 연옥이라고 부른 미슐레의 말이 한층 진실에 가깝다. 한 시대가 새로운 빛을, 새로운 행복을, 진정한 신의 얼굴을 찾아내기 위해 이 연옥의 터널 속으로 맹목적으로 뛰어든다. 그러나 새로운 신이란 어떤 것일까? 다시 한번 생쥐스트에게 물어보자.

1789년 혁명은 아직 인간homme의 신성을 확보하지는 못했지만 인간의 의지가 자연과 이성의 의지와 일치하는 한에 있어서 인민peuple의 신성을 확보했다. 만약 일반의지가 자유롭게 표현된다면 그것은 이성의 보편적 표현일 수밖에 없다. 만약 인민이 자유롭다면 인민은 오류를 범할 리 없다. 왕이 죽고 낡은 전제주의의 사슬이 풀린 이상 인민은 그러므로 언제 어디서든 진리이고 진리였고 진리일 것만을 표현하게 되리라. 인민은 세계의 영원한 질서가 무엇을 요구하는가를 알기 위해 자문을 구해야 할 신탁인 것이다. "인민의 소리는 곧 자연의 소리다Vox populi, vox naturae." 영원한 원리들은 우리의 행동에 명령을 내리는 것이니 그것은 곧 '진리'요 '정의'요 '이성'이다. 이것이 바로 새로운 신이다. '이성'을 경축하는 처녀들이 무리를 지어 찾아와 경배하는 그 지고한 존재는 지난날의 신에 불과한 것으로, 이제는 육체성을 상실하고 갑자기 지상과의 모든 유대가 단절된 채 풍선처럼 대원리들의 텅 빈 하늘로 쫓겨나고 말았다. 철학자들과 변호사들의 신, 대표자도 중개자도 없는 그 신은 다만 논증의 가치를 지닐 따름이다. 사실상 그 신은 몹시 약하다. 그래서 우리는 이제 관용을 설교하던 루소조차 무신론자들을 사형에 처해야 한다고 생각했던 까닭을 이해하게 된다. 하나의 정리定理를 오래도록 찬양하기 위해서는 신앙만으로는 충분치 않다. 거기에 더하여 경찰이 필요하다. 하지만 그러한 사태는 좀 더 나중에 가서야 벌어진다. 1793년, 새로운 신앙은 아직 까딱없는 상태여서 생쥐스트의 말을 빌리면 이성에 따라 통치하는 것으로 족할 것이다. 그에 따르면 통치 기술은 오직 괴물들만을 만들어냈을 뿐이다. 왜냐하면 그에 이르기까지 사람들은 자연에 따라 통치하려고 하지 않았기 때문이다. 괴물들의 시대는 폭력의 시대와 더불어 끝났다. "인간의 심성은 자연으로부터 폭력으로, 폭력으로부터 도덕으로 나아간다." 도덕이란 그러므로 몇 세기 동안의 정신 착란 끝에 비로소 회복된 본성에 지나지 않는다. "본성과 인간의 심성에 따라" 인간에게 법률을 주어보라. 인간은 더 이상 불행해지지 않고 부패하지 않을 것이다. 새로운 법률의 토대인 보통 선거는 반드시 보편적인 도덕을 가져온다. "우리의 목적은 선을 향한 보편적 경향이 확립될 수 있도록 사물의 질서를 창조하는 데 있다."

이성의 종교는 극히 자연스럽게 법률의 공화국을 세우게 된다. 일반의지는 그 대표자들이 편찬한 법률에 의해 표현된다. "인민은 혁명을 만들고, 입법자는 공화국을 만든다." 이번에는 "인간의 무모함에 좌우되지 않고 냉정한 불멸의" 제도가 보편적 합의 속에서 추호의 모순도 없이 만인의 삶을 통치하게 될 것이다. 왜냐하면 만인은 법률에 복종함으로써 오직 자기 자신에게만 복종하기 때문이다. "법률을 벗어나면 모든 것이 허황하며 죽음이다"라고 생쥐스트는 말했다. 이것이야말로 형식적이고 법률지상주의적인 로마식 공화국이다. 생쥐스트와 그의 동시대인들이 로마의 고대에 대해 지니고 있었던 열정을 우리는 안다. 랭스에서, 흰 수액樹液 무늬의 검은 벽포壁布를 바른 방 안에서 덧문을 꽁꽁 닫아건 채 오랜 시간을 보내곤 하던 그 퇴폐적인 청년은 스파르타식 공화국을 꿈꾸고 있었던 것이다. 장황하고도 추잡스러운 시 〈오르강〉을 쓴 그는 그만큼 더 소박함과 덕의 필요성을 느꼈다. 그는 자신이 구상한 제도 속에서 16세 이하의 어린이들에게 육식을 금지하려 했고 혁명적이고 채식주의적인 국가를 꿈꾸었다. "로마인들 이래 세계는 텅 비어 있다"라고 그는 외쳤다. 그러나 이제 영웅의 시대가 예고되었다. 카토[24], 브루투스, 스카이볼라[25]의 재림이 가능해졌다. 로마 모럴리스트들의 수사학이 거듭 꽃피었다. '악덕, 미덕, 부패' 같은 낱말들이 당시의 수사에, 특히 생쥐스트의 연설 속에 끊임없이 등장했다. 그의 연설문의 어조는 그런 말로 인해 점점 더 무거워졌다. 그 이유는 간단하다. 몽테스키외가 지적한 바와 같이 이 멋진 구조물은 덕 없이는 지탱할 수 없었던 것이다. 프랑스 대혁명은 절대 순수의 원리 위에 역사를 건설한다고 자처함으로써 현대와 동시에 형식적 도덕 시대의 문을 연다.

그렇다면 덕이란 과연 무엇인가? 당시 부르주아 철학자가 볼 때 그것은 자연과의 일치이고[26], 정치에 있어서 그것은 일반의지의 표현인 법률과의 일치다. 생쥐스트는 "도덕은 전제

---

[24] 마르쿠스 포르키우스 카토Marcus Porcius Cato(기원전 234~기원전 149). 로마의 장군이자 정치가.

[25] 푸블리우스 무키우스 스카이볼라Publius Mucius Scaevola(?~기원전 115?). 기원전 6세기경 로마의 애국 영웅.

[26] 베르나르댕 드 생피에르의 작품 세계에 드러나는 자연 또한 기성의 덕과의 일치인 것이다. 자연 역시 하나의 추상적인 원리인 것이다. (원주)

군주보다 더 강하다"라고 했다. 과연 그 도덕이 이제 막 루이 16세를 죽였다. 따라서 법 위반은 법의 불완전함—이것은 있을 수 없는 일이다—에 기인하는 것이 아니라, 그 범법 시민에게 덕이 결여된 데 기인한다. 바로 그런 까닭에 생쥐스트가 강조했듯이 공화국은 의회 제도일 뿐 아니라 도덕이다. 모든 도덕적 부패는 동시에 정치적 부패이며 그 역도 옳다. 그리하여 무한한 압제의 원리가 교리 그 자체로부터 생겨나서 자리를 잡는다. 생쥐스트는 확실히 그의 범세계적 목가에 대한 욕망에 충실했다. 그는 진실로 고행자들의 공화국을 꿈꾸었고, 그가 미리 삼색 어깨띠와 흰 깃털로 장식해준 늙은 현자들이 비호하는 가운데 원초적 무구함의 순결한 유희에 몸을 내맡기는 조화로운 인류의 공화국을 꿈꾸었다. 우리는 또한 대혁명의 초기부터 생쥐스트가 로베스피에르와 마찬가지로 사형에 반대한다고 천명했음을 알고 있다. 그는 다만 살인자들에게 일평생 검정색 옷을 입히자고 주장했을 뿐이다. 그는 "피고를 죄인이 아니라 약자로 생각하려고" 애쓰는 정의를 원했는데 그것은 과연 훌륭한 생각이었다. 그는 또한 범죄의 나무가 모진 것이라 할지라도 그 뿌리는 연한 것임을 인정하는 관용의 공화국을 꿈꾸었다. 적어도 그의 외침들 중 하나는 마음에서 우러난 것이고 쉬 잊힐 수 없는 것이다. "인민을 괴롭히는 것은 끔찍한 일이다." 그렇다, 그것은 끔찍한 일이다. 그러나 어떤 마음은 그렇게 느끼면서도 궁극적으로 인민의 고통을 전제로 하는 원리에 복종할 수 있다.

도덕이란 그것이 형식적인 것이 될 때 고통을 주게 된다. 생쥐스트의 주장을 풀어서 말하자면 아무도 죄 없이 덕스러울 수는 없다. 법률이 화합의 지배를 가능하게 하지 못한다면, 그리고 원리들이 이룩해야 마땅한 통일이 깨진다면 그 순간부터 누구에게 죄가 있다고 할 것인가? 죄는 파당들에게 있다. 파당을 짓는 자들은 누구인가? 그것은 불가결한 통일을 자신들의 활동 그 자체에 의하여 부정하는 자들이다. 파당은 주권을 갈라놓는다. 그러므로 그것은 독성적瀆聖的이고 유죄한 것이다. 파당, 오직 파당만은 때려부숴야 한다. 그러나 만약 수많은 파당들이 존재한다면? 그 모두를 가차 없이 때려부숴야 한다. 생쥐스트는 외친다. "덕이 아니면 공포 정치를." 자유는 청동 빛을 띠며 경직되어야 했고, 그리하여 국민의회의 헌법 초안에는 사형 제도가 등재되고 말았다. 절대적 미덕이란 불가능한 것이다. 관용의 공화국은 가차 없는 논리에 의해 단두대의 공화국을 초래한다. 몽테스키외는 이미 이 논리가 사회 타락의 원인들 중 하나라고 고발하면서, 권력 남용은 법률이 그것을 예견하지 못할 경우 더욱 심해진다고 말했다. 생쥐스트의 순수한 법률은 유사 이래의 변함없는 진리, 즉 법은 그 본질에 있어 위반의 가능성을 내포하고 있는 것이라는 진리를 고려하지 못했던 것이다.

테러(공포 정치)

사드와 동시대인이던 생쥐스트는 사드와 다른 원리에서 출발했지만 사드와 마찬가지로 범죄의 정당화에 이른다. 생쥐스트는 물론 사드와 정반대다. 사드의 주장이 '감옥의 문을 열라, 그렇지 않으면 그대의 덕을 증명하라'로 요약될 수 있다면 국민의회 의원의 주장은 '그대의 덕을 증명하라, 그렇지 않으면 감옥에 들어가라'로 요약될 수 있을 것이다. 어쨌든 두 사람 다 테러리즘을 정당화하고 있다. 자유사상가 사드에게 있어서는 개인적 테러리즘이요, 덕의 사제인 생쥐스트에게 있어서는 국가적 테러리즘이다. 절대적 선이든 절대적 악이든 거기에 필요한 논리를 입히면 똑같은 광포함에 이른다. 물론 생쥐스트의 경우에는 애매한 데가 있다. 1792년에 그가 빌랭 도비니[27]에게 보낸 편지 가운데는 상식적으로 수긍할 수 없는 내용이 있다. 이 박해받고 또 박해하는 자의 신념 선언은 다음과 같이 경련하는 고백으로 끝나고 있다. "만약 브루투스가 타인들을 죽이지 않는다면 그는 자기 자신을 죽이게 되리라." 그토록 집요하게 심각하고 그토록 의식적으로 냉정하며 논리적이고 침착한 인물이 온갖 불안정과 온갖 혼란을 다 드러내고 있는 느

---

27 장루이마리 빌랭 도비니Jean-Louis-Marie Villain d'Aubigny(1754~1810). 로베스피에르파의 과격한 사상가이며 사법관으로 프랑스령 기아나로 유형당했다.

낌이다. 생쥐스트가 창안해낸 그런 진지함은 지난 두 세기간의 역사를 너무나도 따분한 흑색 소설로 만들어버린다. 그는 이렇게 말했다. "정부 수반의 자리에 앉아서 농담을 지껄이는 자는 전제 정치로 기울기 쉽다." 이쯤 되면 놀라운 격언이라 아니할 수 없다. 특히 그 당시 전제 정치에 대하여 조금만 비난을 하면 어떤 대가를 치러야 했던가를 생각해보면 더욱 그러하다. 어쨌든 이 격언은 현학적 전제 군주들의 시대를 준비하는 것이었다. 생쥐스트는 바로 그 좋은 예를 보여준다. 그의 어조 자체가 결정적인 것이다. 폭포처럼 쏟아놓는 그 단정적 언사, 그 공리나 격언 같은 어투 등은 실물을 가장 닮은 초상화 이상으로 그를 잘 나타내준다. 그의 입에서 떨어지는 격언조의 말들은 마치 국민의 예지 그 자체인 양 울려 퍼지고 무슨 학설을 이룰 듯한 그의 정의들은 엄격하고 분명한 계율처럼 줄줄이 이어져 나온다. "제반 원리는 온건해야 하고 법률은 잔혹한 것이라야 하고 형벌은 돌이킬 수 없는 것이어야 한다." 이것이야말로 단두대 스타일이다.

논리상의 이 같은 냉혹함은 그러나 깊은 열정을 전제로 한다. 다른 곳에서와 마찬가지로 여기서도 우리는 통일성에 대한 정열을 다시 만난다. 모든 반항은 어떤 통일성을 전제로 한다. 1789년의 반항은 조국의 통일을 요구한다. 생쥐스트는 마침내 법률과 합치되는 풍습이 인간의 무구함을, 인간의 본성과 이성과의 일치를 빛나게 해주는 어떤 이상 국가를 꿈꾼다.

만약 파당들이 이 꿈을 방해하려 들 경우 정열은 스스로의 논리를 과장될 정도로 강화하게 될 것이다. 그렇게 되면, 파당이 존재하는 이상 원리들이 어쩌면 틀린 것일지도 모른다는 상상은 불가능할 것이다. 원리는 손댈 수 없는 것이기에 죄는 파당에게 있게 된다. "이제 모든 사람들이 도덕으로, 귀족 정치는 공포 정치로 돌아가야 할 때나." 그러나 귀족들의 파당만 있는 것은 아니다. 공화파도 고려해야 하고, 그리고 일반적으로 입법 회의와 국민의회의 활동을 비판하는 모든 사람들도 고려해야 한다. 이들 역시 통일을 위협하므로 이들 역시 유죄다. 생쥐스트는 그래서 20세기 전제 정치의 위대한 원리를 선언한다. "애국자란 공화국을 통째로 지지하는 자다. 세부적으로 공화국을 공격하는 자는 누구든 배반자다." 비판하는 자는 배반자이며 공화국을 공공연히 지지하지 않는 자는 요주의 인물이다. 이성도, 자유로운 표현도, 통일을 체계적으로 확립할 수 없을 경우라면 이색분자를 잘라내버릴 결심을 해야 한다. 단두대의 칼날은 이렇게 하여 꼬치꼬치 따지는 역할을 맡게 되며 그 기능은 오로지 반대 의견을 논박하는 데 있다. "법원에서 사형을 언도받은 악당이 단두대에 항거하려고 압제에 항거하고자 하다니!" 생쥐스트가 이렇게 분노하는 것은 잘 이해가 되지 않는다. 왜냐하면 그때까지 단두대는 압제의 가장 명백한 상징들 중 하나였을 뿐이니 말이다. 그러나 이와 같은 논리의 광란 속에서, 이 미덕의 윤리가 끝에 이르면 단두대는 곧 자유인 것이다. 단두대는 합리적 통일을, 국가의 조화를 확보해주는 것이다. 그것은 공화국을 정화—얼마나 적절한 낱말인가—하고 일반의지와 보편적 이성을 거역하는 부정한 자들을 일소해준다는 것이다. 마라[28]는 색다른 어투로 이렇게 외친다. "사람들은 내가 박애주의자라고 불릴 자격이 없다고 한다. 아! 얼마나 부당한 일인가! 내가 다수의 목숨을 구하기 위해 소수의 목을 벤다는 사실을 왜 모른단 말인가?" 소수라면 반대하는 파당 말인가? 아마 그럴 것이다. 모름지기 역사적 행위란 이 정도의 대가는 치르게 마련이니까. 그러나 마라는 그의 마지막 셈을 하면서 27만 3000명의 목숨을 요구했다. 게다가 그는 대량 학살에 임하여 다음과 같이 외침으로써 그 수술 작전의 치유적 성격을 훼손했다. "달군 쇠로 놈들에게 낙인을 찍어라, 놈들의 엄지손가락을 잘라버려라, 그들의 혀를 쪼개버려라." 그 박애주의자는 이처럼 더할 수 없이 단조로운 어휘를 동원하여 창조를 위한 살인의 필요성을 밤낮으로 써내려갔다. 그가 9월의 밤 동안 지하실 구석에 처박혀 촛불을 켜놓고 여전히 이렇게 쓰고 있는 동안, 한편 감옥의 뜰 안에서는 살육의 하수인들이 남자는 오른쪽에 여자는 왼쪽에 관람석을 설치하고 있었는

---

28 장폴 마라Jean-Paul Mara(1743~1793). 대혁명 후 9일 대학살의 선동자 중 한 사람.

데, 그것은 그 남녀 사람들에게 박애주의의 우아한 본보기로 우리네 귀족들의 참수형을 보여주기 위해서였다.

미슐레가 잘 지적했듯, 잠시 동안이라도, 생쥐스트 같은 당당한 인물을 루소의 모방자에 지나지 않는 저 한심한 마라와 혼동하지는 말자. 그러나 생쥐스트의 비극은, 보다 고차원적인 이유와 보다 심오한 요구 때문이긴 하지만, 때때로 마라와 한목소리로 합창을 했다는 데에 있다. 파당은 파당끼리, 소수파는 소수파끼리 연합하게 되자 마침내 단두대가 과연 만인의 뜻을 위해 기능하는 것인지 확신할 수 없게 되었다. 적어도 생쥐스트는 끝까지, 그것이 미덕을 위해 기능하므로 결국 일반의지를 위해 기능하는 셈이라고 잘라 말할 것이다. "우리의 것과 같은 혁명은 재판이 아니라 악인들에게 내리는 일종의 벼락이다." 선이 벼락을 치고, 무죄가 번개를, 정의의 번개를 내린다. 심지어 향락가들도, 아니 특히 그들이 반혁명적이다. 행복의 관념이 유럽에서는 새로운 것이라고 말했던 생쥐스트는 (사실 브루투스 이후 역사를 인정하지 않는 생쥐스트에게는 특히 그랬을 것이다.) 어떤 사람들은 "행복에 대해 어처구니없는 생각을 가지고 있어서 행복을 쾌락과 혼동하고 있다"라는 사실을 깨닫는다. 그런 자들에게도 역시 엄벌을 내려야 한다. 결국에 가서는 다수당이니 소수당이니 하는 것이 더 이상 문제되지 않는다. 보편적 무구함이 동경해 마지않는 잃어버린 낙원은 점점 멀어져간다. 내란과 외전의 절규로 가득 찬 불행의 땅 위에서 생쥐스트는 조국이 위협받을 경우 만인이 다 유죄라고 선언한다. 이는 자신과 자신의 원리에 어긋나는 것이다. 국외의 파당들에 대한 일련의 보고서들, 프랑스 공화력 9월 22일 자로 선포된 법률, 그리고 1794년 4월 15일 자 경찰의 필요성에 관한 연설 등은 모두 그의 이러한 전환의 단계들을 드러내는 것들이다. 이 세상 어딘가에 한 사람의 주인, 한 사람의 노예가 존재하는 한 무기를 내려놓는다는 것은 수치스런 일이라고 그토록 위풍당당하게 말했던 바로 그 사람이 1793년의 헌법을 정지시키고 전제 정치를 시행하는 데 동의하지 않으면 안 되었던 사람과 동일인이었다. 로베스피에르를 변호하기 위해 행한 연설에서 그는 명성도, 생명을 부지하여 살아남는 것도 부정하면서 오직 추상적 섭리에만 의존하고 있다. 그는 동시에 그의 종교라고도 할 수 있는 미덕이란 것도 역사와 현재 외에는 어떠한 보상도 받을 수 없으며 그 미덕은 어떠한 대가를 치르더라도 지배력을 확립해야 한다는 것을 인정하고 있었다. 그리고 그는 "잔인하고 악독한" 권력, "법칙도 없이 억압으로 나아갈 뿐인" 권력을 좋아하지 않는다고 말했다. 그러나 법칙은 미덕이었고 또 그것은 인민으로부터 나온 것이었다. 인민이 힘을 잃어가자 법칙은 불분명해져갔고 억압은 커져갔다. 그러자 죄는 인민에게 있고 마땅히 무죄한 것이어야 하는 원칙을 가진 권력은 죄가 없게 되었다. 이토록 극단적이며 피비린내 나는 모순은 훨씬 더 극단적인 논리에 의존하거나 침묵과 죽음 속에서 원리들을 마지막으로 받아들이지 않는 한 해소될 수 없는 것이었다. 생쥐스트는 적어도 이러한 요구의 수준에서 벗어나지 못하고 있었다. 그는 결국 그가 그토록 감동적으로 말했던 세기들과 하늘에서 자신의 위대성을, 그리고 그 독립된 삶을 찾아야 했다.

이미 오래전부터 그는 사실 자신의 요구가 그의 전적이고도 아낌없는 헌신을 전제로 한다는 사실을 예견했었다. 그는 이 세상에서 혁명을 하는 자들, 즉 '선을 행하는 자들'은 무덤 속에서만 편히 잠들 수 있는 법이라고 말했던 것이다. 자신의 원리가 승리하기 위해서는 그것이 인민의 덕과 행복 속에서 절정에 이르러야 한다는 것을 확신하면서도 자신이 아마도 불가능한 것을 요구하고 있음을 깨달은 그는 자기가 인민에게 절망하게 되는 날에는 칼로 자결해버리겠노라고 공공연히 선언함으로써 미리 배수진을 쳤다. 이제 바야흐로 그는 절망하고 말았다. 그렇지만 그것은 그가 공포 정치를 회의하게 되었기 때문이다. "혁명은 마비되고 원리는 약화되었다. 남은 것은 이제 음모자들이 쓰고 다니는 붉은 모자[29]뿐이다. 독한 술이 미각을 마비시키듯 공포 정치가 범죄에 대한 무감각을 가져왔다." 심지어 미덕조차 "무정부 시대에는 범죄와 결탁한다." 모든 범죄

---

[29] 프랑스 대혁명 때 자유의 상징으로 쓰고 다니던 모자.

는 그중 첫째가는 범죄인 전제 정치에서 태어나며, 그리고 지치 줄 모르게 계속되는 범죄 앞에서는 대혁명 자체도 전제 정치로 치달으며 범죄를 저지르게 된다고 그는 말했다. 그러므로 범죄도 파당도 가증스런 향락 정신도 감소시킬 수가 없다. 인민에게 절망할 수밖에 없으니 인민을 길들여 제압해야 한다. 그러나 죄짓지 않고 통치할 방법은 없다. 그러므로 악의 고통을 당하든가 아니면 악을 섬기든가 해야 한다. 원리가 틀렸음을 인정하든가 아니면 인민과 인간들이 유죄임을 인정하든가 해야 한다. 그러자 생쥐스트가 그 신비스럽고도 아름다운 얼굴을 딴 데로 돌려버린다. "악의 공범자가 되든가 아니면 악을 보고도 모른 체하는 증인이 되든가 둘 중 하나인 삶이라 하더라도 잃은 것은 별로 없다." 만약 타인들을 죽이지 않으면 스스로를 죽여야 한다고 했던 브루투스는 결국 타인들을 죽이는 데서부터 시작한다. 그러나 타인들은 너무나 많아서 그 모두를 다 죽일 수는 없는 노릇이다. 이렇게 되면 자기가 죽을 수밖에 없다. 그리하여 반항이 빗나가게 되면 타인들의 절멸과 자기 파괴 사이에서 갈피를 잡지 못하게 된다는 사실이 다시 한번 입증되는 것이다. 이것은 그리 힘든 일이 아니다. 다시 한번 논리를 끝까지 밀고 가보기만 하면 충분하다. 생쥐스트는 죽기 얼마 전, 로베스피에르를 변호하는 연설에서 자신의 행동의 그 위대한 원리를 재확인하는데 이 원리는 머지않아 그 자신의 처형에 적용된다. "나는 어느 파당에도 속해 있지 않다. 나는 모든 파당을 분쇄할 테다." 그는 이처럼 일반의지의 결정, 다시 말해서 국민의회의 결정을 미리 인정하고 있었던 것이다. 그는 현실을 송두리째 거슬러 자신의 원리에 대한 사랑을 위해 죽음을 향해 나아가기를 수락했다. 왜냐하면 국민의회의 의견이란 오로지 어느 한 파당의 웅변과 열광에 의해 좌우되기 때문이다. 하지만 어찌하랴! 원리가 제구실을 못할 때 사람들에겐 그 원리를 구할, 즉 자기들의 신앙을 구할 단 하나의 방도밖에 없는 법이다. 즉 원리와 신앙을 위해 죽는 도리밖에 없는 것이다. 7월의 파리, 그 숨막히는 더위 속에서 생쥐스트는 보란 듯이 현실과 세계를 거부하고 자신의 목숨을 원리의 결정에 내맡긴다고 공언한다. 이렇게 말하면서 비요바렌[30]과 콜로 데르부아[31]에 대한 완곡한 비난으로 말을 맺고 있는 것을 보면 그도 얼핏 또 하나의 진리를 깨달은 것 같다. "나는 그들이 정당화되기를 바라며 우리가 좀 더 현명해지기를 바란다." 여기서 그의 스타일과 단두대가 잠시 중지된다. 그러나 미덕이란 너무나 오만한 것이어서 예지가 되지 못한다. 도

---

30 자크니콜라 비요바렌Jacques-Nicolas Billaud-Varenne(1756~1819). 혁명 후 산악파 국민의회의 의원으로서 처음에는 로베스피에르를 지지하다 나중에는 그를 끌어내리는 쪽에 가담했다. 공안위원회 멤버로 공포 정치와 관련된 인물.
31 Collot d'Herbois(1750~1796). 혁명 후 산악파 국민의회 의원. 공안위원회 멤버로 공포 정치와 관련된 인물.

덕처럼 아름답고 냉정한 그의 머리 위로 단두대의 칼날이 떨어진다. 국민의회가 그의 처형을 결정하는 순간부터 그가 단두대의 칼날 아래 목을 들이미는 순간까지 그는 시종 침묵을 지킨다. 이 오랜 침묵이야말로 그의 죽음 자체보다 더 중요하다. 그는 역대 왕좌 주위에 침묵이 지배하고 있음을 개탄했었고 그랬기 때문에 그 자신은 그토록 많이, 그토록 멋지게 말하고 싶어 했었다. 그러나 마지막 순간에 이르러 '순수이성'과 합치되지 못하는 인민의 전제와 수수께끼를 다 같이 경멸하면서 그 자신이 침묵으로 돌아가는 것이다. 그의 원리들은 있는 그대로의 현실과 일치될 수 없고 현실은 마땅히 그렇게 되어야 하는 당위의 것이 아닌 것이다. 그러므로 원리는 홀로 남고, 말 없이 고정된다. 그런 원리들에 몸을 내맡긴다는 것, 그것은 사실상 죽는다는 것이다. 그것도 불가능한 사랑으로 죽는다는 것이다. 불가능한 사랑이란 사랑의 반대다. 생쥐스트는 죽는다. 그리하여 그와 더불어 새로운 종교에 대한 희망도 죽는다.

"모든 돌은 자유의 건축물을 위해 다듬어진다. 여러분은 같은 돌을 가지고 자유의 신전을 지을 수도 있고 자유의 무덤을 만들 수도 있다"라고 생쥐스트는 말했다. 그런데 《사회 계약론》의 원리들은 자유의 무덤을 만드는 일을 주관했다. 나중에 나폴레옹 보나파르트가 나타나 그 무덤의 출구를 봉쇄해버리게 된다. 그래도 양식을 잃지 않았던 루소는 《사회 계약론》의 사회가 오직 신들에게만 적합한 것임을 잘 알고 있었다. 그러나 그의 후계자들이 그것을 문자 그대로 받아들여 인간의 신성을 확립하려고 애썼던 것이다. 앙시앵 레짐하에서 계엄령의 상징이었고 따라서 행정부의 상징이었던 적기赤旗는 1792년 8월 10일에는 혁명의 상징이 된다. 이 의미심장한 변화를 조레스[32]는 다음과 같이 설명한다. "우리 인민들이 바로 법이다…. 우리는 반항하는 인간들이 아니다. 반항하는 인간들은 튈르리궁[33]에 있다." 그러나 사람이 그처럼 쉽게 신이 될 수는 없다. 낡은 신들 자체도 단번에 죽지는 않는다. 그래서 19세기의 여러 혁명들은 장차 신의 원리를 완전히 청산해나가지 않으면 안 된다. 이리하여 파리 시민들은 왕으로 하여금 인민의 법에 굴복하게 하기 위해, 왕이 또다시 원리의 권위를 회복하는 사태를 막기 위해 봉기한다. 1830년의 폭도들이 튈르리궁의 이 방 저 방으로 끌고 다니다가 옥좌에 앉혀놓고 조소하던 그 시체 역시 다른 의미가 있는 것이 아니다. 왕은 그 당시에도 아직 존중받는 나랏일의 수임자일 수 있었지만 그 위임권은 이제 국민으로부터 나오고 그가 따라야 할 규칙은 헌장인 것이다. 왕은 이제 더 이상 폐하가 아니다. 그리하여 앙시앵 레짐은 프랑스에서 결정적으로 사라지게 되었고, 1848년

---

[32] 장 조레스Jean Jaurès(1859~1914). 프랑스의 정치인, 철학자, 역사학자. 사회당 당수를 역임했다.
[33] 프랑스의 역대 왕들이 기거했던 궁전.

이후에는 새로운 체제가 확고히 마련되지 않으면 안 되게 된다. 1914년까지의 19세기 역사는 앙시앵 레짐하의 군주 정치에 대한 인민 주권 회복의 역사이며 민족 자결주의의 역사인 것이다. 이 민족 자결주의 원칙은 유럽에서 앙시앵 레짐의 모든 절대주의가 사라지는 1919년에 승리를 거둔다.[34] 도처에서 국민의 주권이 법적으로나 원리적으로나 주권자였던 왕을 대신한다. 이제야 비로소 1789년 혁명의 원리들의 결과가 나타날 수 있게 된 것이다. 살아 있는 우리 현대인들이야말로 그 결과에 대해 분명하게 판단할 수 있는 최초의 사람들이다.

자코뱅당은 영원한 도덕의 원리들을 지금까지 뒷받침하고 있었던 토대를 이제 막 말살해버렸다는 점에서 오히려 그 원리들을 강화한 셈이다. 새로운 복음의 설교자로서 그들은 동지애의 근거를 로마인들의 추상적 법에서 찾고자 했다. 그리고 만인에 의한 인정을 전제로 하는 법률을 신의 계율에 대치시켰다. 왜냐하면 그 법률은 일반의지의 표현이기 때문이라는 것이다. 그 법률은 자연의 미덕 속에서 정당성을 발견하고, 그런 다음에는 자연의 미덕이 역으로 그 법률에 의해서 정당화되는 것이었다. 그러나 오직 자코뱅이라는 하나의 당만이 옳

---

[34] 스페인 왕정만은 예외다. 그러나 빌헬름 2세가 "우리 호엔촐레른 왕가가 신으로부터 왕관을 받았다는 증거이자, 우리는 오직 하늘의 명에 따르기만 하면 된다는 증거"라고 말한 바 있는 독일 제국은 붕괴된다. (원주)

다고 선포되는 순간부터 그 논리는 무너지게 되고 그 덕은 추상적인 것이 되지 않기 위해 정당화를 필요로 하게 된다. 이렇게 되자 18세기의 부르주아 법률가들은 그들의 인민이 쟁취한 정당하고도 살아 있는 수확 원리들을 자신들의 원리들로 짓눌러버림으로써 두 가지의 현대적 허무주의를 준비했다. 개인적 허무주의와 국가적 허무주의가 그것이다.

과연 법은 그것이 '보편적 이성'의 법인 한 지배력을 가질 수 있다.[35] 그러나 법률은 결코 보편적 이성의 법이 될 수 없으며 만약 인간이 천성적으로 선하지 못하다면 법률의 정당성은 상실된다. 언젠가 이데올로기가 심리학과 충돌하는 날이 온다. 그때가 되면 합법적인 권력이란 더 이상 존재하지 않는다. 법률은 그러므로 입법자, 그리고 어떤 새로운 '짐朕의 뜻'과 혼동된다. 그렇다면 어느 쪽을 따를 것인가? 법률은 그야말로 나침반을 잃고 말았다. 법률은 정확성을 잃어버리고 점점 더 부정확한 것이 되어가다 마침내 모든 것을 범죄로 만들어버리기에 이른다. 여전히 법률이 지배하기는 한다지만 이제 더 이상 고정된 한계가 없어졌다. 생쥐스트는 침묵하는 인민의 이름을 빌려 나타나게 될 이러한 전제 정치를 예견했었다. "교묘한 범

---

35 헤겔은 계몽 철학이 인간을 비합리로부터 해방시키고자 했다는 사실을 정확히 통찰한 바 있다. 비합리가 인간들을 갈라놓는다고 한다면 이성은 인간들을 하나로 뭉쳐준다. (원주)

죄는 일종의 종교를 자처하고 악인들은 신성한 방주 속에 들어앉게 되리라." 그야말로 이것은 피할 수 없는 것이다. 만일 큰 원리들에 토대가 없다면, 그리고 만일 법률이 입법자의 일시적 기분 외에는 아무것도 표현하지 못한다면 법률은 이제 자의적으로 사용되기 위해서, 혹은 강요되기 위해서만 만들어지는 셈이다. 사드냐 독재냐, 개인적 테러리즘이냐 국가적 테러리즘이냐, 똑같이 정당성의 결여에 의해서 정당화된 이 두 가지는, 반항이 그 뿌리로부터 단절되고 일체의 구체적 도덕을 상실하게 되는 순간부터, 20세기가 택일해야 하는 대상이 된다.

1789년에 태동한 반역의 운동은 그러나 거기서 멈출 수 없다. 신은 자코뱅당에 있어서도 낭만주의자들에게 있어서도 아주 죽은 것이 아니다. 그들은 아직도 지고한 존재자의 지위를 유지한다. 어떤 면에서는 '이성'이 여전히 중개자다. 이성이란 어떤 기존 질서를 전제로 하는 것이다. 그러나 신은 적어도 육화될 수 있는 구체성을 잃었으므로 어떤 도덕적 원리의 이론적 존재에 불과하다. 부르주아 계급은 19세기 전체에 걸쳐서 오직 이러한 추상적 원리에만 의거해서 지배해왔다. 다만 생쥐스트만큼 의연하지 못한 부르주아 계급은 기회 있을 때마다 그와 반대되는 가치들을 실천하면서 이 원리를 알리바이로 이용했다. 그리하여 부르주아 계급은 그들의 본질인 부패와 개탄스러운 위선 때문에, 스스로 표방했던 원리들의 가치를 결정적으로 실추시키는 데 일익을 담당했다. 이 계급의 유죄성은 그런 의미에서 무한한 것이다. 영원한 원리와 동시에 형식적인 미덕이 의심쩍어지는 순간부터, 그리고 일체의 가치가 믿음을 잃게 되는 순간부터 이성은 작동하기 시작하지만 그것이 기댈 수 있는 것은 오직 자체의 성공뿐이다. 이제 이성은 과거에 있었던 모든 것을 부정함으로써, 그리고 앞으로 있을 모든 것을 긍정함으로써 지배하기를 원한다. 이성은 정복자가 되려는 것이다. 러시아 공산주의는 모든 형식적 도덕에 대한 격렬한 비판을 통해, 일체의 상위 원리를 부정함으로써 20세기의 반항적 과업을 완수한다. 19세기 왕의 시역자들의 뒤를 이어 신의 시역자들이 등장한다. 그들은 반항적 논리를 궁극에까지 밀고 나가서 지상의 세계를 인간이 신으로 군림하게 될 왕국으로 만들고자 한다. 바야흐로 역사의 지배가 시작된다. 인간은 인간 자신만의 역사와 하나가 됨으로써 그의 진정한 반항을 저버린 채 이제부터 20세기의 허무주의적 혁명에 몸 바치게 된다. 이 허무주의적 혁명은 일체의 도덕을 부정하면서 온갖 범죄와 전쟁들을 힘겹게 축적해가며 인류 전체의 통일을 절망적으로 추구한다. 덕이라는 종교의 기틀을 세우고 그것을 통해 통일의 토대를 마련하고자 했던 자코뱅당의 혁명에 뒤이어, 드디어 인간이라는 종교의 토대를 확립하기 위해 세계의 통일을 쟁취하려 드는 파렴치한 혁명들—우익이든 좌익이든 간에—이 나타나게 되는 것이다. 신의 소유였던 모든 것이 이제부터는 카이사르(황제)에게 반환될 차례다.

신의 시역자들

정의와 이성과 진리의 별들은 자코뱅당의 하늘에서 여전히 빛나고 있었다. 이 항성들은 적어도 이정표가 되어 줄 수 있었다. 19세기의 독일 사상, 특히 헤겔은 프랑스 대혁명이 실패한 원인들을 제거함으로써 그 혁명의 과업을 계승하려 했다.[1] 헤겔은 자코뱅당 원리들의 추상화 속에 공포 정치가 이미 내포되어 있었다는 것을 알아차렸다고 믿었다. 그에 따르면, 절대적이고 추상적인 자유란 결국 테러리즘으로 귀결된다는 것이었다. 추상적인 법의 지배는 억압의 지배와 일치하는 것이다.

---

1 헤겔은 그 자신의 말을 빌리건대, "독일인들의 혁명"인 종교 개혁의 과업도 계승하고자 했다. (원주)

가령 아우구스투스 황제[2]로부터 세베루스 알렉산데르[3](235년)에 이르는 기간은 위대한 법학의 시대였지만 동시에 가장 무자비한 전제 정치의 시대였음을 헤겔은 주목한다. 이러한 모순을 극복하기 위해서는, 그러므로 형식적이 아닌 원리에 의해 활기를 띠며 자유가 필연과 화해하는 하나의 구체적인 사회가 바람직했다. 그리하여 독일 사상은 결국 생쥐스트와 루소의 보편적이지만 추상적인 이성을 덜 인위적이긴 하지만 더 애매한 하나의 관념, 즉 구체적 보편으로 대체시키고 말았다. 이성은 이때까지 그것과 관련이 있는 현상들 위에 떠 있었다. 그러나 이제부터 이성이 역사적 사건들의 강물 속에 합류하여, 그 사건들이 이성에 구체적인 몸을 부여하는 동시에 이성은 그 사건들에 빛을 던져주게 된다.

우리는 헤겔이 비합리까지도 합리화했다고 분명히 말할 수 있다. 그러나 동시에 그는 이성에 몰이성적인 떨림을 부여했으며 또 이성에 일종의 도를 넘는 차원을 도입했는데 우리는 지금 그 결과들을 눈앞에 보고 있다. 독일 사상은 당시의 고정된 부동의 사상 속에 갑작스럽게 하나의 억제할 수 없는 운

---

[2] 가이우스 율리우스 카이사르 아우구스투스Gaius Julius Caesar Octavianus Augustus(기원전 63~기원후 14). 로마 황제. 율리우스 카이사르의 종손.
[3] 마르쿠스 아우렐리우스 세베루스 알렉산데르(Marcus Aurelius Severus Alexander, 208~235). 기독교를 용납했던 로마 황제.

동을 도입했다. 진리, 이성, 정의는 갑작스럽게 변화 생성하는 세계 속에 육화되었다. 그러나 독일 이데올로기는 그것들을 항구적인 가속 운동 속에 던져 넣음으로써 그것들의 존재와 그것들의 운동을 혼동했고 또 그 존재의 완성은 역사의 생성 변화의 끝―과연 그런 끝이 있기는 한 것인가?―에서 이루어지는 것으로 못 박아 놓았다. 진리, 이성, 정의라는 이 세 가지 가치는 이제 이정표가 되기를 멈추고 목적이 되어버렸다. 이러한 목적을 달성하기 위한 수단들, 즉 삶과 역사는 어떠한가? 미리부터 존재하는 그 어떤 가치도 삶과 역사를 이끌어갈 수 없었다. 그와 반대로 헤겔의 논증의 대부분은 평범한 의미에 있어서의 도덕의식, 즉 마치 그 가치들이 이 세계의 밖에 존재하는 것인 양 정의와 진리에 복종하는 도덕의식이야말로 이 가치들의 도래를 방해하는 것임을 증명하는 데 바쳐지고 있다. 그러므로 행동의 규칙은 바로 행동 그 자체가 되어버렸고, 그 행동은 최후에 가서 나타나게 될 광명을 기다리면서 당장은 암흑 속에서 진행해야 한다. 이런 낭만주의 속으로 끌려 들어간 이성이란 이제 한갓 불굴의 정열에 지나지 않는다.

목적은 변함없이 그대로이고 야망만 커졌다. 사상은 동적으로 변했고 이성은 변화 생성과 정복으로 변했다. 행동은 이제 더 이상 원리에 따른 계산이 아니라 오직 결과에 따른 계산일 뿐이다. 따라서 행동은 끊임없는 운동이나 다를 바 없다. 이와 마찬가지로 19세기의 모든 학문 분야들은 18세기의 사상의 특징이었던 고정성과 분류 개념에서 등을 돌려버렸다. 다윈이 린네[4]를 대체했듯 끝없는 변증 논리의 철학자들이 조화롭지만 비생산적인 이성의 건설자들을 대체했다. 인간에게 결정적으로 주어진 인간 본성이란 존재하지 않으며, 인간은 완성된 피조물이 아니라 그 자신 부분적으로 그 창조자가 될 수 있는 하나의 모험이라는 생각이 나타난 것은 바로 이때부터다(이 생각은 고대 사상과는 송두리째 반대되는 것이지만 반면에 프랑스 대혁명의 정신 속에서는 오히려 그 고대 사상을 부분적으로나마 찾아볼 수 있다). 나폴레옹과 나폴레옹적 철학자인 헤겔과 더불어 효율성의 시대가 시작된다. 나폴레옹 이전까지 사람들은 우주의 공간을 발견했는데 나폴레옹 이후에는 세계의 시간과 미래를 발견한다. 그로 인해 반항 정신은 머지않아 곧 크게 변모한 스스로를 발견하게 된다.

어쨌든 반항 정신의 이 새로운 단계에서 헤겔의 저작을 발견하게 된다는 것은 기이한 일이다. 과연 어떤 면에서 볼 때 그의 모든 저작에서는 이설異說을 내세우는 것에 대한 혐오가 느껴진다. 즉 그는 화해의 정신이고자 했던 것이다. 그러나 그것은 그 방법론으로 인해 철학적 서술 중에서도 가장 애매한 것인 체계의 여러 국면들 중 하나에 불과하다. 그가 볼 때 현실적

---

[4] 칼 폰 린네 Carl von Linné(1707~1778). 스웨덴의 생물학자.

인 것은 곧 합리적인 것이므로 그는 현실에 대한 관념론자들의 모든 기도들은 정당한 것이라고 본다. 흔히 헤겔의 범汎논리주의라고 불리는 것은 현 상황의 정당화에 다름 아니다. 그러나 그의 범비극주의는 또한 파괴를 위한 파괴를 찬양한다. 사실 변증법에 있어서는 모든 것이 화해되며, 또 하나의 극단을 제시하게 되면 반드시 다른 극단이 나타날 수밖에 없다. 헤겔 철학에는 모든 위대한 사상들에 있어서처럼 헤겔 철학 자체를 수정하는 그 무엇까지 포함되어 있다. 그러나 철학자들의 사상이 지성만으로 읽히는 경우는 드물고 대개 감성과 정열로 읽히는 것인데 그 감성과 정열이란 아무것도 화해시키지 못한다.

어쨌든 20세기의 혁명가들은 헤겔로부터 대량의 무기들을 끌어냈고 그 무기들은 덕의 형식적 원칙들을 결정적으로 파괴해버렸다. 그들은 헤겔에게서 초월성이 배제된 역사관을 받아서 간직했다. 그 역사관은 끊임없는 체제 비판, 그리고 권력 의지들 서로 간의 투쟁으로 요약된다. 우리 시대의 혁명운동은 그 비판적 양상에 있어서, 무엇보다 부르주아 사회를 지배하는 형식적 위선에 대한 격렬한 고발이다. 현대 공산주의에 부분적으로 근거가 있다고 할 수 있는 주장은, 파시즘의 보다 경박한 주장과 마찬가지로, 부르주아식 민주주의와 그 원리와 덕을 부패시키는 기만 술책을 고발하려는 데 있다. 1789년까지는 신의 초월성이 왕의 전제 정치를 정당화하는 데 이용되었다. 프랑스 혁명 이후에는 이성 혹은 정의와 같은 형식 원리의 초월성이 정당하지도 합리적이지도 못한 지배를 정당화하는 데 이용된다. 이 초월성은 그러므로 벗겨버려야 할 가면이다. 신은 죽었다. 그러나 슈티르너가 예언한 대로, 신의 추억이 여전히 남아 있는 제 원리의 도덕마저 말살해버려야 한다. 신성의 타락한 증인이요 불의에 봉사하는 가짜 증인인 형식 미덕에 대한 증오는 현대사를 움직이는 원동력들 중 하나가 되었다. 아무것도 순수하지 않다, 이 외침에 우리의 세계는 경련하고 있다. 불순함, 즉 역사가 규칙이 되려 하고 황량한 대지는 헐벗은 힘에 내맡겨지려 한다. 그 힘이 신성을 좌우할 것이다. 이리하여 사람들은 마치 종교에 귀의할 때처럼 비장한 심정으로 거짓과 폭력에 귀의하게 된다.

그러나 건전한 양심이라는 것에 대한 최초의 근본적인 비판, 고상한 영혼[5]과 비효율적인 태도들에 대한 고발은 바로 헤겔이 없이는 불가능한 것이었다. 헤겔에게 진선미의 이데올

---

5 belle âme. 카뮈는 헤겔의 불어본 번역자였던 장 이폴리트Jean Hyppolite 의 저서 《헤겔의 역사 철학 입문*Introduction à la philosophie de l'histoire de Hegel*》을 참고했다. 그 책은 고상한 영혼을 이렇게 정의한다. "바꾸어 말해서, 고상한 영혼은 여전히 세상사에 자신의 권리를 내세우지만 그 권리를 관철할 능력은 없는 수동적이고 비겁한 영혼이 아니다. 그 영혼은 살아 숨 쉬는 능동적인 영혼이지만 또한 영혼의 내면성이 아닌 다른 곳에서 자신의 권리를 인식하기를 거부한다. 그것은 그러므로 순수와 비순수를 근본적으로 구별하기 위해 세계를 기피한다."

로기는 진선미를 가지지 못한 자들의 종교에 불과하다. 생쥐스트에게서는 파당들의 존재가 의외의 놀라움을 자아내고 그가 긍정하는 이성적 질서에 배치되는 것이었음에 반하여 헤겔은 그것을 의외라고 생각하지 않았을 뿐만 아니라 오히려 파당은 정신의 단초에 존재하는 것이라고 단언한다. 자코뱅당이 볼 때 만인은 유덕하다. 그러나 헤겔로부터 출발하여 오늘날에 와서 승리를 구가하고 있는 운동은 그와 반대로, 아무도 유덕하지 않지만 미래에는 모든 사람이 다 유덕해질 것이라고 가정한다. 생쥐스트는 시초에는 모든 것이 다 목가牧歌라고 하고 헤겔은 모든 것이 다 비극이라고 한다. 그러나 결국 그 둘은 같은 것이다. 목가를 파괴하는 자들을 파괴해야 한다는 것이요, 목가를 창조하기 위해서는 파괴해야 한다는 것이다. 두 경우에 있어서 다 같이 폭력이 모든 것을 뒤덮는다. 헤겔은 공포 정치를 초극하려고 노력하지만 그 노력은 공포 정치의 확대에 이를 뿐이다.

그뿐이 아니다. 오늘날의 세계는 이제 분명 주인들과 노예들의 세계에 지나지 않는 것으로 보인다. 왜냐하면 현대의 이데올로기들, 세계의 얼굴을 바꾸어놓는 그 이데올로기들은 헤겔에게서 역사를 권력 장악과 종속 사이의 변증법에 따라 생각하는 법을 배웠기 때문이다. 만약 세상이 열리는 첫날 아침의 황량한 하늘 아래 존재하는 것이 오직 한 사람의 주인과 한 사람의 노예뿐이라면, 그리고 만약 초월자인 신과 인간 사이에 존재하는 것이 오직 주인과 노예 관계뿐이라면, 이 세상에는 힘의 법칙 이외의 그 어떤 법칙도 존재할 수 없을 것이다. 지금까지는 오직 주인과 노예를 초월하는 곳에 오직 하나의 신, 혹은 하나의 원칙만이 끼어들어 인간의 역사가 다만 인간들의 승리나 패배의 역사로만 요약되지 않도록 할 수 있었다. 헤겔의 노력은, 뒤이어 헤겔학파의 노력은, 그와 반대로 일체의 초월성과 초월성에의 향수를 더욱더 파괴해버리는 데 있었다. 비록 헤겔에게서는 결국 헤겔 자신을 능가한 헤겔 좌파에게서보다 무한히 더 많은 것을 발견할 수 있지만 헤겔이 주인과 노예의 변증법이라는 차원에서 20세기의 권력 정신의 결정적인 정당화를 제공하고 있다. 승리자는 언제나 옳다. 그것이야말로 우리가 19세기의 가장 위대한 독일 철학 체계로부터 이끌어낼 수 있 는 교훈들 중 하나다. 물론 헤겔의 그 거대한 구조물 속에는 이 논거를 부분적으로 부정하는 요소가 있다. 그러나 20세기의 이데올로기는 사람들이 부당하게도 예나의 스승[6]의 이상주의라고 잘못 이름 붙인 것과는 별 관련이 없다. 러시아 공산주의에 다시 나타나는 헤겔의 얼굴은 다비트 슈트라우스, 브루노 바우어, 포이어바흐, 마르크스, 그리고 헤겔 좌파의 학자들을 거치면서 끊임없이 변조된 것이었다. 여기서는

---

6 예나대학교 교수였던 헤겔을 지칭한다.

오직 헤겔만이 우리의 관심사인데 왜냐하면 오직 그만이 우리 시대의 역사에 큰 영향을 미쳤기 때문이다. 설령 니체와 헤겔이 다하우[7]와 카라 간다[8]의 주인들[9]에게 알리바이로 이용된다 할지라도 그것을 가지고 그들의 철학 전체를 단죄할 수는 없다. 그러나 그것은 그들의 사상 혹은 논리의 어떤 면이 그와 같은 무서운 극한적 결과로 인도할 수도 있지 않을까 하는 의혹을 갖게 한다.

니체의 허무주의는 방법적이다. 《정신 현상학》에도 역시 어떤 교육적인 성격이 있다. 19세기에서 20세기로 넘어오는 길목에서 《정신 현상학》은 절대 진리로 나아가는 의식의 교육 과정을 단계적으로 서술하고 있다. 그것은 형이상학적인 《에밀》이다.[10] 각 단계는 하나씩의 오류로서, 게다가 의식에든 그

---

7 제2차 세계대전 때 독일의 강제수용소가 있었던 도시.
8 구소련의 강제수용소가 있었던 곳.
9 그들은 프로이센 제국의 경찰, 나폴레옹 시대의 경찰, 러시아 황제의 경찰, 혹은 남아프리카에 있는 영국의 강제수용소 등에서 철학과 별로 관계가 없는 본보기들을 발견했다. (원주)
10 헤겔과 루소의 유사성을 생각해보는 것은 의미가 없지 않다. 《정신 현상학》은 그 결과들로 보아 《사회 계약론》과 같은 종류의 것이다. 《정신 현상학》은 당대의 정치사상의 기초가 되었다. 게다가 우리는 헤겔 철학 체계에서 루소의 일반의지의 이론을 다시 찾아볼 수 있다. (원주) "끝으로 극히 핵심적이었던 것으로 보이는 한 가지 영향을 주목할 필요가 있으니 그것은 바로 루소의 영향이다. 이것은 얼른 보기에는 역설적이라고 여겨질지도 모

의식이 반영된 문명에든 거의 언제나 치명적인 역사의 심판이 따른다. 헤겔은 이런 고통스러운 단계들의 필연성을 증명하고자 한다. 《정신 현상학》은 어느 일면에서 보면 절망과 죽음에 대한 명상이다. 다만 이 절망은 방법적인 것이 되고자 할 뿐임을 주목해야 한다. 왜냐하면 이 절망은 역사의 종말에 이르면 만족과 절대적 예지로 탈바꿈해야 하기 때문이다. 그러나 이 교육학은 우등생들만을 상대로 하고 있다는 것이 결점이다. 이 교육학은 말을 통해 다만 정신을 예고하려 한 것인데 실제로는 말이 문자 그대로 해석되고 말았다. 지배와 예속에 관한 그 유명한 분석의 경우도 사정은 마찬가지다.[11]

른다. 프랑스에서 우리는 자주 《사회 계약론》을 개인주의적인 작품이라고 해석하는 경향이 있다. 그 책에서 국가를 개인들 간의 계약의 결과물로 간주하고 있기 때문에 그러는 것이다. 그러나 실제로 헤겔이 특별하게 주목한 것은 계약으로서의 사회 계약이 아니라 '일반의지'에 대한 생각이었다. 개인들의 의지들을 뛰어넘는 일반의지의 어떤 초월성 같은 것이 존재한다. 그래서 국가를 의지로 간주한다는 사실은 헤겔이 볼 때 루소의 위대한 발견이라고 여겨진다"(장 이폴리트, 《헤겔의 역사 철학 입문》, 22쪽).

[11] 지금부터 논하는 내용은 주인과 노예의 변증법에 대한 하나의 도식적 설명이다. 여기서 우리가 관심을 가지는 대목은 오직 그 분석에서 도출된 결과들뿐이다. 그렇기 때문에 몇몇 특수한 경향들만을 현저하게 드러낼 수 있을 어떤 새로운 설명이 우리에게는 꼭 필요하다고 생각된 것이다. 그것은 동시에 일체의 비판적 설명을 배제하게 된다. 그렇지만 비록 헤겔의 추론이 몇 가지 기교에 의해 논리를 지탱하고 있지만 그것이 지극히 독단적인 심리학에 근거하고 있다는 점에서 진정으로 하나의 현상학을 구축한다고 주장할 수는 없다는 것을 간파하기란 그리 어렵지 않다. 헤겔에 대한 키르케고르의 비판이 유효적절한 것은 그 비판이 흔히 심리학에 의지하고 있기 때문이다. 그렇다고 해서 헤겔의 몇몇 경탄할 만한 분석의 가치가 조금

헤겔에 따르면 동물은 외부 세계에 대한 직접적인 의식과 자아에 대한 감정을 가지고 있지만 자아에 대한 의식은 가지고 있지 않다. 이 자의식이야말로 인간을 동물과 구별시켜주는 것이다. 인간은 인식 주체로서의 자기 자신을 의식하는 순간에야 비로소 진정으로 태어난다. 인간은 그러므로 본질적으로 자의식이다. 자의식이 확립되기 위해서는 자의식이 아닌 것과 그것이 구별되어야 한다. 인간은, 자기의 차이점과 자기의 존재를 긍정하기 위해 부정하는 피조물이다. 자의식과 자연 세계를 구별시켜주는 것은 단순한 관조—이 관조 속에서 자의식은 자연의 세계와 합일되면서 스스로를 망각하게 된다—가 아니라 자의식이 외부 세계에 대하여 느낄 수 있는 욕망이다. 이 욕망이 자의식을 스스로에게 되돌아오게 하고 그 순간 자의식은 욕망을 통해 외부 세계를 자기와 다른 것으로 느낀다. 자의식의 욕망 속에서 외부 세계는 그 자의식이 갖고 있지 않은 것, 그리고 존재하는 것, 그러나 자의식이 스스로 존재하기 위해 갖고자 하고 그리하여 그것이 더 이상 존재하지 않기를 바라는 것이다. 그러므로 자의식은 필연적으로 욕망이다. 그러나 자의식은 존재하기 위해 만족되어야 한다. 자의식은 자기 욕망의 충족을 통해서만 만족을 얻을 수 있다. 자의식

이라도 손상되는 것은 아니다. (원주)

은 그러므로 욕망충족을 위해 행동하며, 그렇게 함으로써 자의식은 욕망충족의 수단인 대상을 부정하고 말살한다. 자의식은 부정이다. 행동한다는 것, 그것은 의식의 정신적 현실이 태어나게 하기 위해 파괴하는 일이다. 그러나 가령 먹는 행위에 있어서 소고기처럼 의식을 가지지 않은 대상을 파괴하는 것, 그것은 동물도 할 수 있는 행위다. 음식물을 먹고 마시는 것은 아직 의식하는 것이 아니다. 의식의 욕망은 의식을 갖지 않은 자연과는 다른 그 무엇을 대상으로 삼아야 한다. 세계 속에서 이러한 자연과 구별되는 유일한 사물은 바로 자의식이다. 그러므로 욕망은 다른 하나의 욕망을 겨냥해야 하고 자의식은 다른 하나의 자의식에서 욕망충족을 얻어야 한다. 간단히 말하자면 인간은 동물적으로 연명하는 데 그치는 한 인간으로 인정되지 않고 스스로를 인간으로 인정하지도 못한다. 인간은 다른 사람들에 의해 인정되어야 한다. 의식은 원칙적으로 어느 것이나 다른 의식들에 의해 의식으로 인정받고 존중받고자 하는 욕망이다. 우리를 낳는 것은 바로 타인들이다. 오직 사회 속에서만 우리는 동물적 가치보다 우월한 인간적 가치를 얻는다.

동물에게 있어서 최고의 가치는 생명의 보존이므로 의식은 인간적 가치를 얻어가지려면 이 본능보다 더 높이 고양되어야 한다. 의식은 자기의 생명을 걸 각오가 되어 있어야 한다. 다른 의식으로부터 인정받기 위해 인간은 자신의 생명을 무릅쓸 준비가 되어 있어야 하고 죽음의 기회를 받아들일 준비가 되어 있어야 한다. 근본적인 인간관계는 이와 같이 순수한 권위의 관계, 즉 타자에게 인정받기 위해서 죽음의 대가도 치르는 항구적인 투쟁이다.

헤겔은 그의 변증법의 첫 단계에서, 죽음이란 인간과 동물에게 다 같이 흔히 있는 일이기 때문에 인간은 죽음을 받아들임으로써, 나아가서는 죽음을 바라기조차 함으로써 동물과 구별될 수 있는 것이라고 주장한다. 인정받기 위한 그와 같은 원초적 투쟁의 한복판에서 인간은 그리하여 참혹한 죽음과 더불어 정체성을 얻는다. "죽어라, 그리고 되어라." 이 옛 격언이 헤겔에 의해 다시 활용된다. 그러나 "지금 현재대로의 그대가 되어라"가 "아직 그대가 되지 못한 바의 것이 되어라"에 자리를 물려준다. 인정받고자 하는 이 원초적이고 광포한 욕망은 존재하려는 의지와 다를 바 없는 것으로, 오직 모든 사람에게 다 인정받을 때까지 점점 더 많은 인정을 받음으로써만 비로소 충족될 것이다. 또한 각자가 모든 사람들에게 인정받고자 하므로 모든 사람이 다 모든 사람에게 인정받을 때에야 비로소 삶을 위한 투쟁은 멈출 것이고 그것은 곧 역사의 종말이 될 것이다. 헤겔적인 의식이 얻어내고자 하는 존재는 집단적 승인이라는, 고되게 얻어지는 영광 속에서 탄생하는 것이다. 우리 시대의 혁명들에 영감을 불어넣어 주게 될 이 사상에 있어서 그러므로 지고한 선이란 실제로 존재와 일치하는 것이 아니라 절대적 겉보기와 일치한다는 사실은 주목할 만하다. 인간의 전 역사는 아무튼 보편적 권위와 절대적 권력을 획득하기 위해 목숨을 걸고 치르는 기나긴 투쟁에 지나지 않는다. 역사란 그 자체가 제국주의적이다. 우리는 18세기와 《사회 계약론》의 '착한 미개인'과는 거리가 멀다. 수 세기에 걸친 소란과 광란 속에서 개개의 의식은 이제부터 존재하기 위해 다른 의식의 죽음을 원한다. 게다가 이 잔혹한 비극은 부조리한 것이다. 왜냐하면 의식들 중 어느 하나가 소멸될 경우 승리한 의식이 그로 인하여 인정을 받게 되는 것은 아니기 때문이다. 이제 더 이상 존재하지 않게 된 의식에게서 인정을 받을 수는 없으니 말이다. 사실 겉보기의 철학은 여기서 한계를 만나게 된다.

만약 헤겔 철학 체계를 위해서는 다행한 일이라고 볼 수 있는 어떤 조처로 인해 애초부터 두 가지 종류의 의식이 존재하지 않았다면 그 어떤 인간적 현실도 생성되지 않았을 것이다. 이때 그 두 가지 종류의 의식 중 하나는 삶을 포기할 용기가 없어서 타자의 의식을 인정해주면서도 자신은 그 타자의 의식으로부터 인정을 받지 못하는 의식이다. 요컨대 이 의식은 스스로 하나의 사물로 간주되는 것을 용납하는 것이다. 동물적인 생명을 유지하기 위해 독립된 삶을 포기하는 이 의식은 노예의 의식이다. 타자의 의식에 의해 인정받음으로써 독립을 획득하는 의식은 주인의 의식이다. 이 두 가지 의식은 서로 대결하여 한쪽이 다른 쪽에 굴하는 순간 서로 구별된다. 이 단계에서 딜레마는 이제 자유냐 죽음이냐가 아니라 죽이느냐 노예로 만드느냐다. 지금 이 순간에도 부조리는 여전히 줄어들지 않고 있지만 이 딜레마는 향후 역사에서 반향할 것이다.

　분명히 주인의 자유는 우선 노예에 대해 전적인 것이다. 왜냐하면 노예가 주인을 전적으로 인정하기 때문이다. 다음으로 주인의 자유는 자연의 세계에 대해서도 전적인 것이다. 왜냐하면 노예는 자신의 노동을 통해 자연의 세계를 향락의 대상으로 탈바꿈시켜 주인에게 바치고 주인은 항구적인 자기 긍정과 더불어 그것을 소비하기 때문이다. 그렇지만 이러한 자율성은 절대적인 것이 아니다. 불행하게도 주인은 자신이 자율적이라고 인정하지 않는 터인 어떤 의식에 의해 자신의 자율성을 인정받는 것이다. 그러므로 그는 만족할 수가 없으며 그의 자율성이란 것도 부정적인 것에 불과하다. 주인됨은 하나의 막다른 골목이다. 그렇다고 해서 주인됨을 포기하고 노예가 될 수도 없으므로 만족을 얻지 못한 채로 살아가든가 아니면 죽임을 당하든가 하는 것이 주인들의 영원한 운명이다. 주인이 역사 속에서 소용되는 일이란 바로 역사를 창조할 수 있는 유일한 의식인 노예의 의식을 충동하는 일 외에는 아무것도 없다. 과연 노예는 자신의 조건에 얽매이지 않으려 하고 그 조건을 변화시키고 싶어 한다. 그러므로 그는 주인과는 달리 스스로를 계도해나갈 수 있다. 우리가 역사라고 부르는 것은 실제적인 자유를 획득하기 위한 노예의 장구한 노력의 연속에 지나지 않는다. 이미 노동을 통하여, 자연의 세계를 기술 세계로 탈바꿈시킴으로써 노예는 자연으로부터 해방된다. 노예는 죽음을 받아들임으로써 자연의 저 위로 솟아오르지 못했기 때문에 자연은 지금까지 그를 노예로 만드는 원리가 되었던 것이다.[12] 심지어 전 존재의 치욕 속에서 경험하는 죽음의 불안까지도 노예를 인간 전체의 차원으로 끌어올린다. 이제부터 노예는 이러한 전체성이 존재한다는 사실을 알게 된다. 이제 노예에게는 자연과 주인들에 대한 기나긴 투쟁을 통해 그 전체성을 쟁취할 일만 남아 있다. 역사는 그러므로 노동과 반항의 역사와 일치하게 된다. 마르크스-레닌주의가 이 변증법에서 투사-노동자의 현대적 이상을 이끌어낸 것은 그리 놀라운일이 아니다.

우리는 《정신 현상학》에서 그다음으로 찾아볼 수 있는 노예 의식의 여러 태도들(금욕주의, 회의주의, 불행한 의식)에 대한 서술은 논의의 대상에서 제쳐두기로 한다. 그러나 거기서 초래된 결과들, 즉 이 변증법의 다른 일면인, 주인-노예의 관계를 이전의 신과 인간 사이의 관계와 유사한 것으로 보는 대목

---

12 사실 이 점은 매우 애매하다. 왜냐하면 노예로 만드는 자연과 기술 세계로부터 변화되는 자연은 같은 자연이 아니기 때문이다. 기술 세계가 도래했다고 해서 과연 자연 세계 내의 죽음의 공포가 제거되었던가? 바로 여기에 헤겔이 해결하지 못한 진정한 문제가 있다. (원주)

은 그냥 모른 체하고 넘어갈 수 없다. 어느 헤겔 논평가[13]는 만일 주인이 실제적으로 존재한다면 그것은 신일 것이라고 지적한다. 헤겔 자신도 "세계의 주인"을 현실적인 신이라고 부른다. 불행한 의식에 대해 서술하는 가운데 그는 기독교도인 노예가 자신을 억압하는 자를 부정하고자 하면서도 어떻게 피안의 세계로 도피함으로써 결과적으로 신이라는 인격 속에서 새로운 주인을 얻어 가지게 되는가를 보여준다. 또 다른 곳에서 헤겔은 지고한 주인을 절대적 죽음과 동일시하고 있다. 이리하여 노예로서의 인간과 아브라함의 잔인한 신 사이의 보다 높은 차원에서의 투쟁이 새로 시작된다. 보편적인 신과 개별적 인간 사이의 이 새로운 갈등의 해결은 보편과 개별을 자신의 내부에서 화해시키는 그리스도에 의하여 제공될 것이다. 그러나 그리스도 역시 어떤 의미에서는 감각적 세계의 일부를 이룬다. 사람들은 그를 볼 수 있었고 그는 살았고, 그리고 죽었던 것이다. 그러므로 그는 보편으로 가는 여정의 한 단계일 뿐이다. 그 역시 변증법적으로 부정되어야 한다. 다만 고차적인 종합을 얻기 위해 그를 인간-신으로 인정해야 할 따름이다. 단도직입적으로 말해서 이러한 종합은 '교회'와 '이성' 속에 구체

---

[13] 장 이폴리트, 《정신 현상학의 기원과 구조 Genèse et structure de la Phénoménologie de l'esprit》, 168쪽. (원주)

화되고 나서, 투사-노동자들이 건설할 '절대 국가'에 의해 마무리될 것이다. 세계의 정신이 마침내 만인에 의한 만인의 상호 인정 속에, 그리고 태양 아래 존재했던 모든 것이 보편적 화해 속에 반영될 그런 절대 국가 말이다. "정신의 눈이 육체의 눈과 일치하게 될" 그 순간 개개의 의식은 그리하여 이제 하나의 거울, 다른 거울들을 반영하고 또 그 자체는 퍼져 나가는 숱한 영상들 속에 무한히 반영되는 하나의 거울에 지나지 않게 될 것이다. 인간의 도시는 신의 도시와 일치하게 될 것이고 세계의 법정인 세계의 역사는 선과 악이 함께 정당화되는 판결을 내릴 것이다. 국가는 '운명'이 될 것이며 "성체聖體 재림의 신성한 날"에 현실 전체에 대한 동의를 선포할 것이다.

이상은 헤겔의 근본적인 사상의 요약이다. 그 사상은 서술의 극단적 추상화에도 불구하고, 아니 오히려 그것 때문에 분명 상이하게 보이는 여러 방향으로 혁명 정신을 문자 그대로 선동했다. 그러므로 이제 우리 시대의 이데올로기 속에서 그 사상을 다시 찾아내는 일은 바로 우리의 몫이다. 배덕주의와 과학적 유물론과 무신론은 이 이전의 반항하는 인간들이 표방하던 반신론을 결정적으로 대체하면서 헤겔의 역설적인 영향을 받아 어떤 혁명운동과 하나가 되었다. 그런데 이 혁명운동은 헤겔의 출현 이전에는 실질적으로 그 본래의 도덕적, 복음적, 그리고 이상주의적인 뿌리에서 결코 분리되어본 적이 없었던 혁명운동이었다. 그러한 경향들은 비록 엄밀한 의미에서 헤겔에 속한다고 보기는 매우 어려운 것들이지만 헤겔 사상의 애매성 속에서, 초월성에 대한 헤겔의 비판 속에서 그 원천을 찾아낼 수 있었던 것이다. 헤겔은 일체의 수직적 초월성과 특히 원리들의 초월성을 결정적으로 파괴해버린다. 바로 여기에 부정할 수 없는 그의 독창성이 있다. 그가 세계의 생성 변화 속에 정신의 내재성을 복원시켜놓고 있는 것은 사실이다. 그러나 이 내재성은 고정된 것이 아니며 고대의 범신론과 아무런 공통점이 없다. 정신은 세계 속에 존재하기도 하고 또 존재하지 않기도 한다. 정신은 세계 내에서 만들어질 것이고 세계 내에 존재하게 될 것이다. 그러므로 가치는 역사의 끝으로 미루어진다. 그때까지 가치 판단에 근거를 부여할 수 있는 아무런 기준이 없다. 우리는 미래에 맞추어서 행동하고 살아야 한다. 일체의 도덕은 잠정적인 것이다. 19세기와 20세기는 그 가장 본질적인 경향으로 볼 때 초월성과 무관하게 살고자 노력했던 두 세기다.

사실 헤겔 좌파 계열이긴 하지만 바로 이 점에 있어서 정통파적인 어느 논평가[14]는 실제로 모럴리스트들에 대한 헤겔의

---

[14] 알렉상드르 코제브Alexandre Kojève(1902~1968). 1933년부터 1939년까지 파리의 에콜 프라티크 데 조트제튀드에서 헤겔에 대한 강의를 했는데 당대의 유수한 지식층이 이 강의를 들었다. 후일 레몽 크노가 이 강의 내용을 수합하여 《헤겔 읽기 입문: '정신 현상학'에 대한 강의》(갈리마르, 1947)라는 제목으로 출판했다.

적대적 태도에 주목하고 그의 유일한 공리는 자기 민족의 풍속과 관습에 맞추어 살아가는 데 있음을 지적한다. 헤겔은 사회적 순응주의 잠언의 가장 냉소적인 증거를 보여주고 있는 셈이다. 코제브는 그러나 이 순응주의가 다만 그 민족의 풍속이 당대의 시대정신에 부합하는 경우에 한해서만, 다시 말해서 그 풍속이 탄탄하여 혁명적인 비판과 공격에 견딜 수 있는 경우에 한해서만 정당한 것이라고 덧붙인다. 그러나 누가 그 탄탄함을 결정하고 누가 그 정당성을 판단할 것인가? 100년 전부터 서구의 자본주의 체제는 수많은 거친 공격에도 잘 견뎌왔다. 그렇다고 해서 자본주의 제도를 정당한 것이라고 간주해야 할 것인가? 거꾸로, 히틀러의 공격을 받아 바이마르 공화국이 붕괴되었다고 해서, 전에 그 공화국에 충성했던 사람들이 1933년에는 등을 돌려 히틀러에게 충성을 맹세해야 마땅했을까? 스페인 공화국은 프랑코 장군의 체제가 승리하는 바로 그 순간에 배반당해야 옳았을까? 이런 생각은 바로 전통적 반동사상이 스스로의 시각에 따라 정당화했을 법한 결론들이다. 그 결과들로 보아 이루 말할 수 없을 정도로 새로운 점은 혁명 사상이 그런 결론들을 흡수하고 동화했다는 사실이다. 일체의 도덕적 가치와 원리들을 폐지해버리고 잠정적인 왕이지만 또한 현실적인 왕인 사실事實을—그것이 개인의 사실이든 혹은 보다 심각하게, 국가의 사실이든 간에—그 자리에 대체하게 되면, 앞에서 살펴보았듯이, 결국은 정치적 파렴치로 귀결될 뿐이었다. 헤겔에게서 영감을 얻은 정치적 혹은 이데올로기적 운동들은 모두가 공공연하게 덕을 폐기해버렸다는 점에 있어서 한결같이 일치한다.

헤겔은 과연 불의에 의해 이미 찢길 대로 찢긴 유럽에서 방법적이라고는 할 수 없는 고통을 느끼며 헤겔을 읽었던 사람들이 무구함도 없고 원리도 없는 세계 속으로, '정신'으로부터 분리되었기 때문에 그 자체가 죄악이라고 헤겔 자신이 말한 바 있는 그 세계 속으로 내팽개쳐지는 것을 막아주지는 못했다. 역사의 끝에 이르면 물론 헤겔이 이 죄악을 용서해준다. 그렇지만 그때가 되기까지는 모름지기 인간의 활동이란 어느 것이나 다 유죄한 것이 된다. "그러므로 돌의 존재처럼 활동의 부재만이 무죄하다. 심지어 어린아이의 존재조차 무죄하지 못하다." 돌들의 무죄란 그러므로 우리와는 아무 관계가 없는 것이다. 무죄함이 없이는 그 어떤 관계도 이성도 없다. 이성이 없으니, 이성이 언젠가 지배하게 될 때까지, 노골적인 힘이, 주인과 노예가 있을 뿐이다. 주인과 노예 사이에서, 고통은 외롭고 기쁨은 뿌리가 없다. 고통도 기쁨도 터무니없고 엉뚱한 것이다. 역사의 끝에 가서야 비로소 우정이 가능해지는 것이라면 어떻게 살고 어떻게 견딜 것인가? 유일한 탈출구는 손에 무기를 들고 법칙을 만들어내는 것이다. '죽일 것인가, 노예로 만들 것인가?'라는 딜레마를 앞에 두고, 자신들의 무서운 열정만을 가지고 헤겔을 읽은 자들은 그중에서 전자, 즉 죽이는 것만을 택했다. 그들은 스스로를 노예라고 판단하면서, 즉 죽음이라는 고리에 의해 '절대적 주인'에게 매여 있고, 채찍에 의해 지상의 주인들에게 매여 있는 노예일 따름이라고 판단하면서, 헤겔로부터 어떤 경멸과 절망의 철학을 이끌어냈던 것이다. 이런 원한에 찬 의식의 철학은 다만 그들에게 무릇 노예란 동의에 의해서만 노예가 되며 죽음을 각오한 거부에 의해서만 해방된다는 사실을 가르쳐줬을 뿐이다. 도전에 대응하면서 그들 중 가장 자부심이 강했던 자들은 이 거부에 자신의 전부를 일치시켰으며 죽음에 스스로를 바쳤다. 결국 부정 그 자체가 적극적 행위라고 말하는 것은 진작부터 모든 종류의 부정을 정당화하는 것이었으며 바쿠닌[15]과 네차예프[16]의 다음과 같은 외침을 예고했던 셈이다. "우리의 사명은 파괴하는 것이지, 건설하는 것이 아니다." 헤겔이 볼 때 허무주의자란 모순이나 철학적 자살 외에 다른 탈출구를 갖지 못한 회의론자에 지나지 않는다. 그러나 헤겔은 그 자신이 또 다른 종류의 허무주

---

[15] 미하일 알렉산드로비치 바쿠닌Mikhail Aleksandrovich Bakunin(1814~1876). 러시아 혁명가. 파리와 프라하에서 1848년 혁명에 가담했고 제1인터내셔널(1864~1876) 위원으로 마르크스와 대립했다. 아나키즘 이론가이기도 했다.

[16] 세르게이 겐나디예비치 네차예프Sergei Gennadievich Nechaev(1847~1882). 러시아 혁명가. 바쿠닌과 함께 《혁명 요강》(1869)을 집필했으며, 자신이 창설한 비밀 결사의 회원을 살해하게 하여 제1인터내셔널에서 제명되고 종신 징역형을 선고받았다.

의자들을 태어나게 했으니, 그들은 권태를 행동 원리로 삼고 그들의 자살을 형이상학적 살인과 동일시하게 된다.[17] 인간과 역사는 오직 희생과 살인에 의해서만 창조될 수 있기 때문에 존재하기 위해서는 죽이고 또한 죽어야 한다고 결심하는 테러리스트들이 바로 여기서 생겨난다. 생명의 위험이라는 대가를 치르지 않는 일체의 이상주의는 공허한 것이라고 규정하는 이 엄청난 사상을 젊은이들은 극단적인 데까지 밀고 나가게 되는데, 이 젊은이들은 드높은 대학 강단에서 그것을 가르치다가 자기 침대에서 편안히 죽는 것이 아니라 요란한 소리를 내며 폭발하는 폭탄을 통해 가르치고 교수대로 걸어 나가는 것이었다. 그렇게 함으로써 그들은 그들의 오류에서까지 스승의 생각을 수정했고, 스승과 맞서서 스승이 찬미해 마지않는 그 가증스런 성공의 귀족주의보다 더 우월한 또 하나의 귀족주의가 있다는 사실을 보여줬으니 그것은 바로 희생의 귀족주의다.

헤겔을 보다 진지하게 읽게 될 다른 종류의 상속자들은 딜레마의 두 항 중 후자, 즉 노예로 만드는 쪽을 택하고, 노예는 거꾸로 주인을 노예로 만듦으로써만 해방되는 법이라고 선언하게 될 것이다. 포스트 헤겔 이론의 상속자들은 스승 헤겔의

---

17 이 허무주의 또한 겉보기와는 다르게 니체적 의미에서의 허무주의다. 왜냐하면 이 허무주의는 사람들이 믿고자 애쓰는 역사의 피안만을 중시하여 현재의 삶을 우습게 여기고 무시하기 때문이다. (원주)

사상적 경향들 중 신비적인 면을 망각한 채 절대적 무신론과 과학적 유물론에 이르렀다. 그러나 이러한 진화는 초월적 설명 원리의 완전한 소멸 없이는, 그리고 자코뱅적 이상의 완전한 붕괴 없이는 생각할 수 없다. 내재성이란 물론 무신론이 아니다. 그러나 움직임 속의 내재성은 이를테면 잠정적 무신론이다.[18] 헤겔의 사상에서 세계정신 속에 어렴풋하게나마 여전히 비치고 있는 신의 얼굴은 지워버리기 그리 어려운 것은 아닐 것이다. "인간 없는 신은 신 없는 인간 이상의 것이 아니다"라는 헤겔의 애매한 말로부터 헤겔의 후계자들은 결정적인 결론을 이끌어내게 된다. 《예수의 생애》에서 다비트 슈트라우스는 인간-신으로 간주되는 그리스도의 이론을 따로 떼어낸다. 브루노 바우어(《복음사 비판》)는 예수의 인간적 속성을 강조함으로써 유물론적 기독교의 토대를 이룬다. 끝으로 포이어바흐(마르크스가 위대한 정신의 사상가라고 생각했고 스스로 그의 비판적 제자임을 자인하는 터인)는 《기독교의 본질》에서, 모든 신학을 인간과 인류의 종교로 대체시킨다. 이 새로운 종교는 현대 지성의 큰 부분을 개종시켰다. 그의 과업은 인간적인 것과

---

[18] 어쨌든 키르케고르의 비판은 타당하다. 역사 위에 신성의 근거를 둔다는 것은 역설적이게도 근사치의 지식 위에 절대적 가치의 근거를 둔다는 것이다. '영원히 역사적인' 그 무엇이라는 말은 그 자체로 이미 모순된 표현이다. (원주)

신적인 것의 구별은 헛된 것이며 그것은 인류의 본질, 즉 인간의 본성과 개인 사이의 구별과 다를 바 없다는 것을 증명하는 일이 될 것이다. "신의 신비란 인간 자신에 대한 인간의 사랑의 신비에 지나지 않는다." 이때 새롭고도 기이한 어떤 예언의 소리가 울려 퍼진다. "개인성이 신앙의 자리를 차지했고, 이성이 성경의 자리를, 정치가 종교와 교회의 자리를, 대지가 하늘의 자리를, 노동이 기도의 자리를, 가난이 지옥의 자리를, 인간이 그리스도의 자리를 차지했다." 그러므로 이제 있는 것은 오직 지옥뿐인데 그것은 이 세상의 것이다. 싸워야 할 상대는 바로 그것이다. 정치가 종교다. 초월적 기독교, 피안의 기독교는 노예의 체념을 통해 대지의 주인들을 확고부동하게 만들고 하늘 저 속에 하나의 신을 더 생겨나게 한다. 무신론과 혁명 정신이 똑같은 해방 운동의 두 가지 국면에 지나지 않는 까닭이 바로 여기에 있다. 그것은 또한 언제나 제기되는 질문, 즉 혁명운동은 왜 관념론보다는 오히려 유물론에 일치하게 되었던가에 대한 대답이기도 하다. 왜냐하면 신을 노예화한다는 것, 신을 복종시킨다는 것은 결국 지난날의 주인들을 유지시켜주는 초월성을 없애버리는 것, 새 주인들의 상승과 더불어 인간-왕의 시대를 준비하는 것을 의미하기 때문이다. 가난의 경험을 다 거쳤을 때, 역사적 모순들이 해소되었을 때, "진정한 신, 인간적 신은 바로 국가일 것이다", "인간은 인간에 대해 늑대homo homini lupus"라는 말은 그리하여 "인간은 인간에 대해 신homo homini deus"으로 바뀐다. 이 사상은 현대 세계의 기원에 배태되어 있다. 우리는 포이어바흐와 더불어, 허무주의적 절망의 정반대와도 같은, 그리고 오늘날 여전히 작동 중인 무서운 낙관주의의 태동을 목격한다. 그러나 그것은 단지 겉모습일 뿐이다. 이 불같은 사상의 심히 허무주의적인 근원을 인지하기 위해서는 포이어바흐의 《신통계보》 속에 나타나 있는 그의 마지막 결론들을 알아야 한다. 과연 포이어바흐는 헤겔 자신과는 반대로 인간이란 그가 먹는 것에 불과할 따름이라고 잘라 말하며, 자신의 사상과 미래를 이렇게 요약한다. "진정한 철학은 철학의 부정이다. 아무 종교도 없다는 것이 나의 종교요, 아무 철학도 없다는 것이 나의 철학이다."

시니시즘, 역사와 물질의 신격화, 개인적 테러 혹은 국가의 범죄 등과 같은 엄청난 결과들이 이리하여 한결같이 무장을 한 채 하나의 애매한 세계관으로부터 태어나려고 한다. 이 세계관에 따르면 제반 가치와 진리를 창조하는 임무는 오직 역사에 있다. 만일 역사의 끝에 가서 진리가 모습을 드러내기 전에는 아무것도 명료하게 이해될 수 없다면 일체의 행동은 독단적인 것이고 결국 힘이 지배하고 만다. "만일 현실이 상상할 수 없는 것이라면 우리는 상상할 수 없는 개념들을 만들어내야 한다"라고 헤겔은 외쳤다. 사실 상상할 수 없는 개념은 오류가 그렇듯이 다듬어 만들어져야 한다. 그러나 그것은 받아들여지고자 할 때 진리의 범주에 속하는 설득에 기댈 수 없으므로 결국은 강요될 수밖에 없게 된다. 헤겔의 입장은 이렇게 말하는 것이다. "이것이 진리다. 이 진리는 우리에게 오류처럼 보이지만─왜냐하면 그것이 오류일 경우도 있으니까─그러나 그것은 참이다. 그것이 참이라는 증거를 대는 일이라면 내가 아니라 역사의 소관이다. 역사는 완결될 때 그 증거를 대리라." 이런 식의 주장에서 도출될 수 있는 태도는 두 가지밖에 없다. 즉 증거가 제시될 때까지 일체의 긍정적 판단을 중지하거나 아니면 역사 속에서 성공을 약속받은 것처럼 보이는 모든 것을, 무엇보다 먼저 힘을 긍정하는 것이 그것이다. 두 가지 중 어느 것에나 허무주의가 배태되어 있다. 어쨌든 20세기의 혁명 사상이 불행하게도 순응주의 철학 및 기회주의 철학 속에서 영감의 대부분을 길어냈다는 사실을 간과한다면 우리는 그 혁명 사상을 이해하지 못한다. 이 사상의 왜곡으로 인해 참된 반항이 위기를 맞는 것은 아니다. 그런데 헤겔의 이러한 주장을 가능하게 했던 요소들은 헤겔이 지적으로, 그리고 영원히 신뢰를 상실하게 만드는 요인이기도 하다. 헤겔은 나폴레옹과 자기 자신의 출현으로 역사는 1807년에 완성되었으므로 이제 긍정이 가능해졌고 허무주의는 극복되었다고 생각했다. 결과적으로 기껏 과거를 예언한 것이 고작인 성서라고나 할 《정신 현상학》은 시간에 한계를 설정했다. 1807년에 모든 죄악은 용서되었고 세월의 흐름은 종료되었다는 것이다. 그러나 역사는 멈추지 않고 계속되었다. 그 후에도 또 다른 죄악들이 세계의 면전에서 울부짖고 있고 그 독일 철학자에 의해 영원히 용서받았다던 옛 범죄들이 추문을 일으키고 있다. 역사를 성공적으로 안정시켰기 때문에 이후 죄 없고 순수한 인물로 변한 나폴레옹을 신격화한 다음, 헤겔은 자기 자신 또한 신격화했지만 그것은 기껏 7년밖에 가지 못했다. 전적인 긍정은커녕 허무주의가 세계를 뒤덮었다. 심지어 비굴함에 이른 그 철학은 역시 그 나름의 워털루 패전[19]의 쓴맛을 보게 된다.

그러나 그 어떤 것도 인간의 마음속에 있는 신성에의 욕구를 꺾지는 못한다. 워털루 패전의 경험을 까맣게 잊은 채 여전히 역사를 종결시키겠다면서 또 다른 자들이 나타났고 지금도 또 나타나고 있다. 인간의 신성은 여전히 전진하고 있으며 그것은 시간의 끝에 가서야 비로소 추앙받을 만한 것이 될 것이다. 사람들은 이 묵시록을 떠받들어야 하며 신이 없는 이상 적어도 교회를 세우기는 해야 한다. 어쨌든 아직 전진을 멈추지 않은 역사가 엿보게 해주는 전망은 헤겔 철학 체계의 전망이라고 여겨질 수도 있을 것 같다. 그러나 그렇게 여겨지는 것은 그 전망이 헤겔의 정신적 후예들에 의해 인도되지는 못한다 하더라도 일시적으로 끌려가고는 있기 때문이다. 영광의 절정

---

[19] 워털루 전투에서 나폴레옹 1세는 영국의 웰링턴 장군이 지휘하는 영국과 프로이센 연합군에게 크게 패했다.

에 있던 그 예나전戰의 철학자가 콜레라 때문에 저세상으로 가 버렸을 때 과연 모든 정황은 그 후 벌어지게 될 사태를 위해 미리 준비라도 해놓은 것 같은 상태였다. 하늘은 비어 있고 대지는 원리가 없는 권력에 내맡겨져 있다. 죽이기를 택했던 자들과 노예로 만들기를 택했던 자들이 본래의 진리를 외면한 반항의 이름으로 연이어 무대의 전면을 차지하게 된다.

개인적 테러리즘

　러시아 허무주의 이론가인 피사레프는 가장 심한 광신자들은 어린이들과 청년들이라는 사실을 확인한다. 그 점은 국가의 경우에도 마찬가지다. 당시 러시아는 반항하는 인간들의 목을 자기 손으로 직접 벨 정도로 원시적인 차르에 의해 난산 끝에 태어난 지 겨우 한 세기 남짓한 청소년기의 국가였다. 그러한 러시아가 심지어 독일 교수들도 겨우 머릿속에서나 떠올려볼 수 있었던 독일 이데올로기를 희생과 파괴의 극한까지 밀고 나갔다 한들 그리 놀라운 일은 못 된다. 스탕달은 독일 민족이 타민족과 가장 크게 다른 점으로 우선, 그들은 명상을 하면 마음의 평정을 찾게 되는 것이 아니라 오히려 더 열광하게 된다는 사실을 들었다. 과연 옳은 이 말은 러시아인들에 대해서는 더욱 옳다. 철학적 전통이 없는 이 젊은 나라에서[1], 로트레아몽의 비극적 중학 동창생들이라고나 할 몹시 젊은 청년들이 독일 사상에 사로잡힌 나머지 그 결과를 피로써 구현했다. "대학 입학 자격증을 가진 무산 계급"[2]은 그리하여 위대한 인간 해방 운동의 파발마가 되었고, 그 운동에 극도로 발작적인 모습을 부여했다. 19세기 말에 이르기까지 대학 입학 자격증을 소지한 청년층은 수천 명 수준을 넘어본 적이 없었다. 그렇지만 그들은 오직 자신들만의 힘으로 사상 최강의 절대주의 정권에 맞서 4000만에 달하는 러시아 농민들을 해방시키려 했고, 또 실제로 일시적으로나마 그들을 해방시키는 데 기여했다. 그들 중 거의 모든 청년들이 이 자유와 해방을 위해 자살, 처형, 투옥 혹은 미쳐버리는 것으로 대가를 지불했다. 러시아 테러리즘의 전 역사는 억눌려 침묵하는 인민들 앞에서 폭정에 항거한 한 줌도 못 되는 지식인들의 투쟁으로 요약될 수 있다. 지칠 대로 지친 그들의 승리는 결국 배신당하고 말았다. 그러나 그들의 희생을 통해, 그리고 그들의 극단적인 부정否定에 있어서조차, 그들은 하나의 가치 혹은 새로운 미덕에 형태

---

[1] 예의 피사레프는 러시아 문화란 이념적인 면에 있어 언제나 밖에서 수입된 것이었다고 지적한 바 있다. 아르망 코카르Armand Coquart의 《피사레프와 러시아 허무주의의 이념 *Pisarev et l'idéologie du nihilisme russe*》 참조. (원주)
[2] 도스토옙스키. (원주)

를 부여했다. 그 가치와 미덕은 오늘날에도 변함없이 폭정에 맞서고 진정한 해방에 기여한다.

19세기 러시아의 독일화 경향은 예외적 현상이 아니다. 그 당시 독일 이데올로기의 영향력은 단연 지배적이었고 가령 프랑스에서 19세기가 미슐레, 에드가르 키네[3]와 더불어 독일 연구의 세기였다는 사실은 익히 알려진 바이다. 그러나 프랑스에서는 이 독일 이데올로기가 자유주의적 사회주의와 상호 균형을 이루며 투쟁해야 했음에 반하여 러시아에서는 기존의 어떤 사상과 충돌을 일으킬 일이 없었다. 러시아는 독일 이데올로기의 이미 정복된 땅이었다. 1750년 설립된 러시아 최초의 대학인 모스크바대학교는 독일식 대학이었다. 표트르 대제 치하에 독일의 교육자, 관리, 군인들에 의해 서서히 시작된 러시아의 식민화는 니콜라이 1세의 배려에 의해 조직적인 독일화로 탈바꿈한다. 인텔리겐치아는 셸링에 심취하는 동시에 1830년대에는 프랑스인들에게 열광하고, 1840년대에는 헤겔에게, 후반의 반세기 동안에는 헤겔로부터 싹튼 독일 사회주의에 각각 열을 올린다.[4] 그리하여 러시아 젊은이들은 그 추상

---

[3] Edgar Quinet(1803~1875). 프랑스의 역사가. 독일 역사 전공의 콜레 주드 프랑스 교수로 낭만적 자유주의, 반교권주의, 대혁명에 대한 사랑을 강조했다.
[4] 마르크스의 《자본 Das Kapital》이 1872년에 러시아어로 번역된다. (원주)

적인 사상들에 그들 특유의 과도하게 치정적癡情的 정력을 쏟아부으며 이 죽은 사상을 제대로 살아냈다. 독일 박사들에 의해 이미 공식公式을 갖추었지만 인간의 종교는 아직 사도들과 순교자들을 거느리지 못하고 있었다. 그런데 러시아 기독교도들이 그들 본래 사명으로부터 벗어나 이 역할을 맡았다. 그렇다 보니 그들은 초월성도 미덕도 없이 살아가는 것을 마다하지 못했다.

미덕의 포기

1820년대에 러시아 최초의 혁명가들인 데카브리스트[5](12월당원)들에게서는 아직 미덕이 사라지지 않고 존재하고 있다. 자코뱅당의 이상주의는 이 신사들에게 있어서 아직 수정되지 않았다. 심지어 이것은 의식적인 미덕인 것이다. "우리의 조상들은 시바리스 사람들[6]처럼 유약했지만 우리는 카토처럼 엄격하다"라고 그들 중 한 사람인 피에르 비아젬스키는 말했다. 다만 고통에는 소생시키는 힘이 있다는 감정이 여기에 추가된다

---

[5] 1825년 12월 상트페테르부르크에서 농노 해방을 부르짖으며 차르 니콜라이 1세에게 저항하여 조직적인 음모를 꾸몄던 귀족 엘리트들을 가리킨다. 실패하여 시베리아 유형에 처해졌다.

[6] 시바리스는 이탈리아 남부에 있다가 기원전 510년에 멸망한 그리스의 도시다. 시바리스 사람들은 나약하고 나태했던 것으로 널리 알려져 있다.

고 하겠다. 이 감정은 바쿠닌과 1905년의 혁명 사회주의자들에게서도 찾아볼 수 있다. 데카브리스트들은 제3계급과 연합하여 자신들의 특권을 포기했던 저 프랑스 귀족들을 연상시킨다. 이상주의적인 특권 귀족이었던 그들은 8월 4일 밤에 회동하여 인민의 해방을 위해 스스로를 희생할 것을 결의했다. 비록 그들의 우두머리인 페스텔이 모종의 정치·사회 사상을 지니고 있었다고는 하지만 그들의 유산된 음모에 확고한 프로그램이 있었던 것은 아니었다. 심지어 그들 자신 이 성공을 믿고 있었는지조차 의심스럽다. 거사 전날 밤, 그들 중 한 사람은 이렇게 말하고 있다. "그렇다, 우리는 죽으리라. 그러나 그것은 아름다운 죽음일 것이다." 과연 그것은 아름다운 죽음이었다. 1825년 12월, 반란자들의 진지는 상트페테르부르크의 상원上院 앞 광장에서 포격으로 파괴되고 말았다. 생존자들은 유형에 처해졌고 그중 다섯 명은 교수형을 당했는데 형 집행자의 솜씨가 너무나 서툴러서 두 차례나 다시 해야 했다. 보란 듯이 그 비효율적인 면을 드러내고 있는 이 희생자들을 러시아의 모든 혁명가들이 찬양과 외경의 감정으로 숭배했으리라는 것은 충분히 이해할 수 있는 일이다. 그들은 효율적이지는 못했을지라도 모범적이었다. 그들은 이 혁명사의 출발점에서, 헤겔이 냉소적으로 "아름다운 영혼"이라고 일컬었던 것의 권리와 위대함을 뚜렷하게 보여줬던 것이다. 그러나 헤겔이 냉소적으로 무엇이라고 말했든 간에 러시아 혁명 사상은 이 "아름다운 영혼"과 관련해서 정의되어야 한다.

이처럼 열광적인 풍토 속에 등장한 독일 사상은 바야흐로 프랑스의 영향을 물리치고 복수와 정의에의 욕망과 스스로의 무력한 고독의 감정 사이에서 짓찢기는 지식인들에게 위세를 떨치게 된다. 독일 사상은 우선 계시 바로 그것인 양 받아들여졌고 하나의 계시로서 찬양받고 해석되었다. 철학적 광기가 최고의 지식인들의 가슴에 불을 질렀다. 심지어 헤겔의《논리학》을 시로 옮기기까지 했다. 대부분의 러시아 지식인들은 우선 헤겔 철학 체계로부터 사회적 정적주의靜寂主義를 정당화하는 근거를 찾아냈다. 세계의 합리성을 의식한다는 것만으로 족했으며 어느 경우에나 '정신'은 역사의 끝에 가서 실현될 것이었다. 예컨대 스탄케비치[7]와 바쿠닌과 비엘린스키[8]의 최초의 반응이 그런 것이다. 그런데 그 뒤 러시아의 열광은 절대주의와의 사실상의—의도적인 것은 아닐지 모르나—결탁을 목도하자 뒤로 물러나버렸고, 즉시 반대편의 극단을 향해 몸을

---

[7] "세계는 이성의 정신에 의해 통제된다. 그리고 그러한 사실은 여타의 모든 것들에 대해 나를 안심시켜준다." (원주)

[8] 니콜라이 블라디미로비치 스탄케비치Nicolai Vladimirovich Stankevich(1813~1840). 러시아 철학자. 비사리온 그리고리예비치 비엘린 스키 Vissarion Grigoryevich Bielinski 혹은 Belinsky(1811~1848). 러시아 기자, 문학평론가. 혁명 미학의 창시자.《문학적 몽상들》(1834)의 저자. 당시 그의 미학적 판단(리얼리즘)은 그 권위를 인정받았다.

던졌다.

이 점과 관련해서는, 1830년대와 1840년대의 가장 영향력 있고 가장 주목할 만한 지식인들 중 하나인 비엘린스키의 변화보다 더 계시적인 예는 없을 것이다. 극히 막연한 무정부주의적 이상주의에서 출발했던 비엘린스키가 돌연 헤겔을 만난다. 한밤중 자신의 방에서 계시의 충격을 이기지 못한 그는 파스칼처럼 눈물을 쏟았다. 그는 대번에 과거의 허물을 벗어 던졌다. "독단도 없고 우연도 없다, 나는 프랑스인들에게 작별을 고했다." 그와 동시에 그는 보수주의자가 되었고 사회적 정적주의의 지지자가 된 것이다. 그는 지체 없이 그것을 글로 썼으며 자기가 느끼는 것 그대로의 입장을 용기 있게 옹호한다. 그러자 그 너그러운 심성의 소유자는 자기가 이 세상에서 가장 미워하는 것, 즉 불의의 편에 자신이 가담하고 있다는 것을 발견한다. 만약 모든 것이 다 논리적이라면 모든 것이 다 정당화된다. 채찍도, 농노 제도도, 시베리아 유형도 긍정해야 하는 것이다. 세계와 세계의 고통을 받아들인다는 것은 한순간 그에게 위대한 결심인 것처럼 보였었다. 왜냐하면 그는 다만 자신의 고통과 모순을 참아나가기만 하면 되는 것으로 생각했기 때문이다. 그러나 타인들의 고통까지도 긍정해야 한다는 사실을 깨닫게 되자 갑자기 용기가 나지 않는다. 그러자 그는 반대 방향에서부터 재출발한다. 타인의 고통을 용인할 수 없다면 이 세계의 그 무엇인가가 정당화되지 않으며 역사가 적어도 어느 한 점에 있어서 더 이상 이성과 일치하지 않게 된다. 그러나 역사는 송두리째 다 합리적이든가 그렇지 않으면 전혀 합리적이 아니든가 둘 중 하나여야 한다. 모든 것이 정당화될 수 있다는 생각에 의해 한순간 진정되었던 인간의 고독한 항의가 다시 격렬한 어투로 폭발할 참이다. 비엘린스키는 바로 헤겔 자신에게 이렇게 말한다. "당신의 속물적 철학에 적절한 모든 경의를 표하면서 나는 다음과 같은 사실을 알려드리는 것을 영광스럽게 생각합니다. 설령 내가 발전의 가장 높은 단계에 도달하는 기회를 얻게 된다고 할지라도 나는 당신에게 삶과 역사의 그 모든 희생자들에 대한 책임을 물을 것입니다. 만약 피를 나눈 내 모든 형제들에 대한 내 마음이 고요하게 가라앉지 않는다면 나는 설사 무상無償의 것일지라도 행복을 원치 않습니다."[9]

비엘린스키는 자신이 갈구하고 있는 것이 절대적인 이성이 아니라 존재의 충만임을 깨달은 것이었다. 그는 그 둘이 똑같은 것이라고 생각하기를 거부한다. 그는 자신의 살아 있는 개체 속에 구현되는 전全 인간의 불멸을 희구한 것이지 '정신'이 되어버린 인류라는 종種의 추상적 불멸성을 바란 것이 아니었

---

9 헤프너Hepner의 《바쿠닌과 혁명적 범슬라브주의*Bakounine et le panslavisme révolutionnaire*》에서 재인용. (원주)

다. 그는 똑같은 정열을 불태우면서 새로운 적들에 대항해 변론하고 그 위대한 내면적 성찰로부터 결론들을 이끌어낸다. 그 결론들은 헤겔에게 힘입은 것이지만 이제 헤겔에 대항하여 들이대는 결론들이다.

이 결론들은 반항적 개인주의의 결론들이 될 것이다. 개인은 오늘날 진행되고 있는 그대로의 역사를 받아들일 수 없다. 개인은 있는 그대로의 자기를 긍정하기 위해 현실을 파괴해야지 현실과 협력해서는 안 된다. "지난날에 현실이 그러했듯이 부정은 나의 신이다. 나의 영웅들은 해묵은 것의 파괴자들이다. 루터, 볼테르, 백과전서파, 테러리스트들,《카인》을 쓴 바이런 등이 그들이다." 우리는 이리하여 대번에 형이상학적 반항의 모든 주제를 다시 만나게 된다. 개인주의적 사회주의의 프랑스적 전통은 여전히 러시아에 생생하게 남아 있었던 것이 사실이다. 1830년대에 읽혔던 생시몽[10]과 푸리에[11], 1840년대에 수입된 프루동 등은 헤르첸[12]의 위대한 사상과 훨씬 더 뒤의

---

10 클로드 앙리 드 루브루아Claude Henri de Rouvroy Saint-Simon(1760~1825). 프랑스의 철학자. 사회주의의 선구자.
11 프랑수아 마리 샤를 푸리에François Marie Charles Fourier(1772~1837). 프랑스의 철학자. 경제학자. 독립적인 사회적 소단위들에 기초를 둔 사회 조직인 생산소비조합 팔랑스테르를 구상했다.
12 알렉산드르 이바노비치 헤르첸Aleksandr Ivanovich Herzen(1812~1870). 러시아 수필가, 소설가. 특히《누구의 잘못인가?》(1847)라는 소설로 큰 영향을 끼쳤다.

표트르 라브로프[13]의 사상에 영감을 준다. 그러나 윤리적 가치와 깊은 관련을 가지고 있었던 이 사상은 시니컬한 사상들과 격심한 논쟁을 벌인 결과 결국, 적어도 잠정적으로는 빛을 잃고 말았다. 이와 반대로 비엘린스키는 헤겔과 더불어, 그리고 헤겔에 반대해, 그와 같은 사회적 개인주의 경향들을 되밟게 되지만, 초월적 가치들을 거부하면서 부정의 시각에서 그렇게 했다는 점에서 헤겔과 반대된다. 1848년 그가 세상을 떠날 때 그의 사상은 게다가 헤르첸의 사상에 퍽 근접해 있었다. 그러나 헤겔과 대조되는 방향에서 그가 취한 태도는 정확히 허무주의자들이 보여주게 될 그것이며, 적어도 부분적으로는 테러리스트들의 그것이다. 그는 이리하여 1825년의 이상주의적 귀족들과 1860년의 '무無주의적rieniste' 학생들 사이에서 하나의 과도기적 전형을 제공하고 있다.

악령에 홀린 세 사람

과연 헤르첸은 허무주의 운동을 변호하면서—그는 기성 사상들로부터의 한 위대한 해방이라고 본다는 점에서 허무주의

---

13 표트르 라브로비치 라브로프Pyotr Lavrovich Lavrov(1823~1900). 러시아의 사회주의 혁명 이론가. 《파리 코뮌》의 저자.

를 변호한 것이 사실이다—"낡은 것의 폐기는 미래를 생산하는 것이다"라고 쓰고 있는데 이는 곧 비엘린스키가 한 말의 되풀이라고 할 수 있다. 코틀리아렙스키[14]는 급진주의자라고 불리기도 했던 사람들에 대해 언급하면서 그들을 "과거를 완전히 포기하고 전혀 다른 전형에 의거해 인간의 인격을 만들어내야 한다고 생각한" 사도들이라고 규정했다. 일체의 역사를 거부하고 미래를 새로이 만들어내겠다고 각오하는 가운데 슈티르너의 그 요구가 다시 모습을 드러내는 것이다. 그러나 이 요구는 더 이상 역사적 정신과 관련된 것이 아니라 개인이 곧 왕이라는 생각과 관련된 것이다. 그러나 개인-왕은 혼자서 권좌에 오를 수 없다. 그는 다른 사람들을 필요로 하게 되고 그리하여 허무주의적 모순에 빠지게 된다. 피사레프와 바쿠닌 그리고 네차예프 등은 각자 파괴와 부정의 영역을 조금씩 넓혀 감으로써 이 모순을 해결하려 한다. 급기야 테러리즘은 자기희생과 살인을 동시에 행함으로써 모순 그 자체를 없애버린다.

1860년대의 허무주의는 순전히 이기적이지 않은 일체의 행동을 배격함으로써 겉보기에 역사상 가장 급진적인 부정으로

---

[14] Kotliarevski(1863~1915). 러시아의 문학사가.

출발한 것으로 생각된다. 허무주의란 말 자체[15]는 투르게네프의 소설 《아버지와 아들》에서 처음 쓰인 것임을 우리는 알고 있는데, 그 소설의 주인공 바자로프는 허무주의적 인간상의 전형으로 그려져 있다. 피사레프는 이 소설의 서평을 쓰면서 허무주의자들이 바자로프를 그들의 모델로 보고 있다고 밝혔다. 바자로프가 말했다. "우리는 현재 존재하고 있는 것의 불모성을 어느 정도 이해하는 불모의 의식 외에는 아무것도 자랑스럽게 여기지 말아야 한다." 사람들이 그에게 묻는다. "허무주의라고 부르는 것이 바로 그런 것인가요?" "허무주의라는 것이 바로 그런 것입니다." 피사레프는 이 모델을 찬양하는 가운데 좀 더 분명히 하기 위해 그 모델을 이렇게 정의한다. "나는 이미 존재하는 사물들의 질서 속에서 보면 이방인이다. 나

---

[15] 하이데거에 따르면 칸트의 동시대 철학자인 야코비Jacobi가 피히테에게 보낸 편지(1799년에 출판)에서 처음으로 그 말을 사용했다고 한다. 1801년에 이미 L. S. 메르시에는 《신어사전*Néologie ou Vocabulaire des mots nouveaux*》에서 "nihiliste" 혹은 "rieniste"라는 단어를 언급하고 "아무것도 믿지 않고 아무것에도 흥미를 못 느끼는 자"라고 그 의미를 풀이했다. 또 카뮈가 이 책에서 바쿠닌에 관한 책을 쓴 이로 인용하고 있는 헤프너는 〈니힐리즘, 그 단어와 의미〉라는 글에서 이 말의 역사를 정리한다. 그는 니힐리즘의 개념을 처음으로 사용한 이는 성아우구스티누스라고 지적한다. 과연 성아우구스티누스는 《진정한 종교》에서 "nihil"과 "nequitia" 사이에 관계가 있음을 지적하고 "nihili homines", 즉 허무의 인간들, "nequissini homines", nequitia, 즉 비어 있음, 무기력, 부패로 특징지어지는 인간들에 대해 말한다. 이 인간들은 모든 생명이 생명 그 자체인 신에게서 오는 것임을 알지 못하고 죽음을 향해 가는 자들이다.

는 거기에 뒤섞일 필요가 없다." 그러니까 유일한 가치는 합리적 이기주의뿐이다.

  자기만족이 못 되는 것이면 무엇이나 다 부정하면서 피사레프는 철학, 부조리한 것으로 판단되는 예술, 거짓된 도덕, 종교, 심지어 관습과 예절에 대해서까지 선전포고를 한다. 그는 프랑스 초현실주의자들의 그것을 연상케 하는 지적 테러리즘의 이론을 구축한다. 그 도전은 교리로 승격된다. 라스콜니코프는 이 교리의 깊이가 어느 정도인가를 잘 짐작케 해준다. 내친김에 그 충동의 절정에 이른 피사레프는, 사람은 자기 어머니를 때려죽일 수 있는가 하는 물음을 웃지도 않은 채 태연히 던지고 나서 이렇게 대답한다. "내가 원하고 또 유익한 일이라고 생각한다면 왜 못 하겠는가?"

  사정이 이러하고 보면 우리는 허무주의자들이 한 재산 쌓으려고 매달리지도 않고 높은 지위를 얻으려고 애쓰지도 않고 눈앞에 주어지는 모든 것을 파렴치하게 즐기는 데에 정신이 팔려 있지도 않음을 보고 놀라게 된다. 사실 어떤 사회에 있어서도 좋은 자리에 허무주의자들이 빠져본 적이 없다. 그러나 그들은 시니시즘의 이론을 만들지 않으며 기회 있을 때마다 미덕에 경의를 표하기를—대단찮은 경의 표시이긴 하지만— 더 좋아하는 눈치다. 그런데 지금 우리가 문제 삼고 있는 허무주의자들로 말하자면, 그들은 사회에 대해 도전한다는 그 사실로 인해 스스로 자가당착의 모순에 빠져드는 것이었다. 왜냐하면 도전 그 자체가 어떤 가치의 긍정이기 때문이다. 그들은 유물론자로 자처했고 그들의 애독서는 뷔히너[16]의《힘과 물질》이었다. 그러나 그들 중 한 사람은 이렇게 고백한 바 있다. "우리 각자는 교수대로 걸어가서 몰레스호트[17]와 다윈을 위해 목을 들이밀 준비가 되어 있다." 이것은 독트린을 물질보다 훨씬 더 상위에 두는 말이다. 독트린이 이 정도에 이르면 종교나 광신의 모습을 띠게 된다. 피사레프가 볼 때 라마르크[18]는 배신자였다. 다윈이 옳기 때문이었다. 이런 상황에 끼어들어서 영혼의 불멸을 말하는 자가 있다면 누구를 막론하고 파문당했다. 허무주의를 합리적 몽매주의라고 규정한 블라디미르 웨이들레Wladimir Weidlé[19]의 말은 이런 의미에서 옳다. 그들에게 이성이란 기이하게도 신앙의 편견들을 거느리고 있었다. 이 개인주의자들의 간과할 수 없는 모순은 가장 통속적인 과학만능

---

16 루트비히 뷔히너Ludwig Buchner(1824~1899). 독일 희곡 작가 게오르크 뷔히너의 동생. 철학자, 유물론적 자연주의자. 독일 자유사상가 연맹을 창설했다.

17 야코비스 몰레스호트Jacobus Moleschott(1822~1893). 네덜란드의 생리학자, 철학자, 유물론 옹호자로《생명의 순환》의 저자.

18 장 바티스트 피에르 앙투안 드 모네 슈발리에 드 라마르크Jean Baptiste Pierre Antoine de Monet, Chevalier de Lamarck(1744~1829). 프랑스의 박물학자. 변이와 용불용을 중심으로 한 그의 진화론, 세칭 라마르크설은 다윈의 자연 도태설과 대조된다.

19《부재하고 존재하는 러시아 *La Russie absente et présente*》(Gallimard) 참조. (원주)

주의를 이성의 전형으로 택한 데에 있다. 그들은 모든 것을 다 부정하면서 가장 논란의 여지가 큰 가치들, 즉 오메 씨[20]가 신봉해 마지않는 가치들만을 예외로 삼은 것이다.

그렇지만 이 허무주의자들이 그들의 후계자들에게 모범이 되는 것은 그들이 극히 미분화된 이성을 신조로 삼기 때문이다. 그들은 이성과 이해관계 외에는 아무것도 믿지 않았다. 그러나 그들은 회의주의 대신에 사도의 사명을 택하여 사회주의자가 된다. 그들의 모순은 바로 여기에 있다. 모든 설익은 정신들이 그러하듯이, 그들은 회의와 신앙의 필요성을 함께 느꼈다. 그들의 개인적인 해결책은 그들의 부정에 비타협성과 신앙의 열정을 부여하는 데 있다. 하기야 놀랄 것 없지 않은가? 웨이들레는 이러한 모순을 꼬집는 철학자 솔로비요프[21]의 경멸적 표현을 인용한다. "인간은 원숭이로부터 진화했다. 그렇기에 우리는 서로서로를 사랑한다." 하지만 피사레프의 진리는 이 짓찢어진 분열 가운데 있다. 만약 인간이 신의 반영이라면 인간은 인간의 사랑을 잃어도 상관없다. 언젠가는 싫도록 사랑을 포식할 날이 올 것이다. 그러나 만약 인간이 잔혹하

---

20 플로베르의 소설 《마담 보바리》에 등장하는 인물로 희극적인 진지함으로 과학만능주의의 속물근성과 허구성을 실감 나게 보여준다.
21 블라디미르 세르게예비치 솔로비요프 Vladimir Sergeevich Solov'yov (1853~1900). 기독교의 통일성 사상을 전파한 러시아 철학자. 《서양 철학의 위기》의 저자.

고 제한된 조건의 암흑 속에서 방황하는 장님이라면 인간은 그의 동류들, 그리고 그들의 덧없는 사랑을 필요로 하게 된다. 자비가 결국 신 없는 이 세상 말고 어디로 피신할 수 있을 것인가? 저세상에서는 은총이 모든 것에, 심지어 이미 수혜를 받은 자들에게조차 베풀어지는 것이다. 모든 것을 부정하는 사람들은 적어도 부정이 하나의 비참이라는 사실을 이해한다. 그들은 그리하여 타인의 불행에 스스로의 마음을 열 수 있고 마침내 스스로를 부정할 수 있는 것이다. 피사레프는 관념의 차원에서는 어머니 살해라는 가정 앞에서 물러서지 않았다. 그러나 그는 불의를 말하기에 적절한 어조를 찾아냈다. 그는 삶을 이기적으로 향락하고자 했지만 투옥의 고통을 당했고 마침내 미쳐버리고 말았다. 그토록 거창하게 늘어놓는 시니시즘은 결국 그로 하여금 사랑을 인식하게 만들었고, 사랑으로부터 추방되어 자살에 이를 정도로 사랑으로 인한 고통을 맛보게 만들었다. 그 결과 그는 그가 그토록 창조해내려 했던 왕과 같은 개인이 아니라 비참하고 괴로워하는 한 노인이 된 자신을 발견했던 것이다. 그 노인에게 위대함이 있다면 그것은 오직 역사를 조명해준다는 것뿐이다.

바쿠닌도 이와 똑같은 모순들을, 그러나 훨씬 더 거창한 방식으로 구체화하고 있다. 그는 테러리즘의 서사시가 꽃피기 직전에 죽는다.[22] 그는 게다가 진작부터 개인적 테러 행위에 반대했으며 '자기 시대의 브루투스들'을 고발했다. 그러면서도 그는 그들을 존경하고 있어서, 황제 알렉산드르 2세를 저격했다가 실패한 카라코조프[23]의 테러 행위를 공공연히 비판했던 헤르첸을 오히려 비난했다. 이러한 존경심에는 나름대로 이유가 있었다. 비엘린스키나 허무주의자들과 마찬가지로 바쿠닌은 개인적 반항에 있어서 사건들의 뒤에 오는 영향을 중시했다. 그러나 그는 거기에다 무엇인가를 추가하게 되는데, 그것은 향후 네차예프에게 와서 독트린으로 굳어져 혁명운동을 끝까지 밀고 나가게 될 정치적 시니시즘의 싹이 된다.

바쿠닌은 청소년기를 막 벗어날 즈음 마치 엄청난 진동에 충격을 받은 듯 헤겔 철학에 의해 뿌리가 뽑혀버린다. 그는 밤낮으로 "미칠 지경이 되도록" 헤겔 철학에 빠져들었다고 고백한다. "내 눈에는 헤겔의 여러 범주들 외에는 아무것도 보이지 않았다." 입문 과정을 마친 그는 새 신도 특유의 열광에 사로잡혀 있었다. "내 개인적 자아는 영원히 살해되었다. 이제 내 삶은 진정한 삶이 되었다. 내 삶은 이를테면 절대적 삶과 하나가 되었다." 그러나 이 안락한 입장의 위험성을 인지하는 데는

---

22 1876년. (원주)

23 드미트리 카라코조프Dmitry Karakozov(1840~1866)는 1866년 4월 알렉산드르 2세를 저격하려 했지만 허사로 돌아갔다.

별로 많은 시간이 필요치 않았다. 현실을 이해한 사람은 현실에 반항하지 않고 현실을 즐기게 마련이다. 바야흐로 바쿠닌은 순응주의자가 된 것이다. 바쿠닌의 내면에는 그를 이런 문지키는 충견 같은 철학에 이르도록 미리 점지된 것은 아무것도 없다. 또한 독일을 여행하고서 독일인에 대해 가지게 된 불쾌한 견해로 인해 그는 프로이센이 정신의 여러 목적들의 특권적인 담보라는 사실을 노老헤겔처럼 받아들일 마음의 준비를 갖추지 못했을 수도 있다. 보편적인 꿈을 가졌음에도 불구하고 차르 자신보다도 더 러시아적이었던 그는 어쨌든 프로이센의 변호에는 동조할 수 없었다. 그 변호라는 것이 "다른 국민들의 의지는 아무 권리가 없다. 왜냐하면 세계를 지배하는 것은 이 '정신'의 의지를 대표하는 국민이기 때문이다"라고 단언할 정도로 빈약한 논리에 근거해 있었던 것이다. 다른 한편 1840년대에 바쿠닌은 프랑스의 사회주의와 무정부주의를 발견하고 그 몇몇 경향들을 전파했다. 하여튼 바쿠닌은 독일 이데올로기를 보란 듯이 내던져버린다. 그는 절대를 향해 나아갈 때와 마찬가지 열정으로, 그리고 그에게 순수한 상태 그대로 남아 있는 '전체냐 무냐'의 광란에 휘말려 전적인 파괴로 치닫게 될 것이었다.

'절대적 통일'을 부르짖고 난 바쿠닌은 이제 가장 초보적인 마니교[24]에 뛰어든다. 물론 그는 최종적으로 "자유의 보편적이고도 진정으로 민주적인 교회"를 원한다. 그의 종교는 바로 여기에 있다. 과연 그는 19세기의 인물이다. 하지만 이 문제에 대한 그의 신앙이 완전무결한 것이었다고 단언하기는 어렵다. 니콜라이 1세에게 바치는 《고백록》에서, "나의 희망들이 터무니없는 것이라고 내 귀에 속삭이는 내면의 목소리를 억지로 눌러 꺼버리면서 초자연적이고 고통스러운 노력을 다해야" 겨우 최후의 혁명을 믿을 수 있다고 술회할 때 그의 어조는 솔직해 보인다. 그와 반대로 그의 이론적인 배덕주의는 훨씬 더 탄탄한 것이다. 우리는 그가 힘을 주체할 줄 모르는 동물 특유의 여유와 쾌감을 맛보면서 그 배덕주의 속에서 끊임 없이 구정물을 튀기고 있는 것을 본다. 역사는 두 가지 원리, 즉 국가와 사회 혁명, 혁명과 반혁명에 의해 지배되는데 이 두 원리는 서로 화해하는 것이 아니라 목숨을 건 투쟁 상태에 있는 것이다. 국가는 곧 범죄다. "가장 작고 가장 무해한 국가라도 그것이 꿈꾸는 바에 있어서는 여전히 범죄적이다." 혁명은 그러므로 선이다. 정치를 초월하는 이 투쟁은 또한 신의 원리에 대항하는 악마의 원리의 투쟁이다. 바쿠닌은 명백히 낭만주의적 반항

---

[24] 3세기 초엽에 페르시아인 마니가 만든 일종의 자연 종교. 신은 광명, 악은 암흑이라는 흑백 이원론을 위주로 한다.

의 여러 테마들 중 하나를 반항적 행동 속에 다시 도입하고 있다. 프루동은 이미 신이란 '악'이라고 선언하면서 이렇게 외친 바 있다. "소인배들과 왕들로부터 비방당하는 자, 사탄이여, 오라!" 바쿠닌은 또한 정치적인 것으로 보이는 반항이 얼마나 깊은 심연인지를 가늠하게 해준다. "악은 곧 신의 권위에 대한 사탄의 반항이다. 그러나 반대로 우리는 그 속에서 인간 해방의 풍요로운 싹을 본다." 14세기(?) 보헤미아의 프라티첼리인들처럼, 혁명적 사회주의자들은 오늘날 "큰 피해를 입은 이의 이름으로"라는 말로써 서로를 알아보고 인정한다.

창조된 세계에 대항하는 투쟁은 그러므로 무자비하고 무도덕한 것이다. 유일한 구원은 전멸뿐이다. "파괴의 열정은 창조의 열정이다." 1848년의 혁명에 관한 바쿠닌의 불을 뿜는 듯한 문장들[25]은 이 같은 파괴의 희열을 정열적으로 외치고 있다. "시작도 끝도 없는 축제"라고 그는 말한다. 사실 모든 피압박자들에게 있어서와 마찬가지로 그에게 혁명이란 성스러운 의미의 축제다. 우리는 여기서 프랑스 무정부주의자 쾨르드루아[26]가 저서 《만세, 혹은 카자흐 기병들의 혁명》에서 북방 유목

---

[25] 《고백록》, 102쪽 이하 및 리더Rieder 참조. (원주)

[26] 클로드 아르멜Claude Harmel과 알렝 세르장Alain Sergent 공저 《무정부주의 역사 L'Histoire de l'anarchie》 참조. (원주) 에르네스트 쾨르드루아Ernest Coeurdroy(1825~1862). 1848년 2월 혁명 이후 스위스, 벨기에, 영국 등으로 피신해야 했던 무정부주의자.

민 무리들에게 닥치는 대로 모조리 때려 부숴버리라고 호소했던 일을 생각하게 된다. 쾨르드루아 역시 "아버지의 집에 불을 질러버리기"를 원했고 자기는 오직 인간의 홍수와 혼돈 가운데서만 희망을 가질 수 있노라고 외쳤다. 반항은 순수 상태의 이 같은 표현들을 통해서 그 생물학적인 진실을 드러낸다. 이런 이유 때문에 당대인으로서는 오직 한 사람, 바쿠닌만이 예외적일 만큼 깊은 통찰력으로 유식한 자들의 정부를 비판했다고 말할 수 있는 것이다. 모든 추상적 관념에 맞서서 그는 자신의 반항과 완전히 한 몸이 되어 온 인간을 옹호했다. 그가 농민 반란의 우두머리였던 그 불한당을 찬양하는 것은, 그리고 그가 좋아하는 모범적 인물로 스텐카 라친과 푸가초프[27]를 꼽는 것은, 이들이 독트린이나 원리를 내세우지 않고 그냥 순수한 자유의 이상을 위해 싸웠기 때문이다. 바쿠닌은 반항의 적나라한 무원칙을 혁명의 한복판으로 끌어들인다. "폭풍우와 삶, 우리에게 필요한 것은 바로 이런 것이다. 법 없는 세계, 따라서 자유로운 세계."

그러나 법 없는 세계가 정말 자유로운 세계일까? 이것이야

---

[27] 스테판 티모페예비치 라친Stepan Timofeyevich Razin, 일명 Stenka Razine (1630~1671)은 코사크 반란을 지휘한 우두머리로 1671년 차르 군대에 패배했다. 에멜리얀 이바노비치 푸가초프Emelyan Ivanovich Pugachov (1742?~1775)는 스스로를 피에르 3세로 칭하고 농노 해방을 약속했다. 그는 농민 반란을 지휘하지만 실패했다.

말로 모든 반항이 제기하는 질문이다. 만약 바쿠닌에게 답을 물어본다면 그가 뭐라고 대답할지는 짐작하기 어렵지 않을 것 같다. 그는 어떤 상황에서나 극도로 명철한 정신을 유지하면서 권위주의적 사회주의를 반대했음에도 불구하고 그 자신이 미래의 사회를 정의하려 들 때면 스스로의 모순은 아랑곳하지 않은 채 독재로서의 사회 형태를 제시하는 것이다. 그 자신이 기초한 "만국 동포애 규약"(1864~1867)은 이미 혁명운동의 기간 중에는 개인이 중앙위원회에 절대적으로 종속된다고 규정하고 있다. 그런데 혁명 이후에도 사정은 달라지지 않는다. 그는 해방된 러시아를 위해 "하나의 독재적이고 강력한 권력 (…) 당원들에게 둘러싸여 당원들의 조언으로 더욱 분명해지며 당원들의 협조에 의해 공고해지는 권력, 그러나 그 무엇에 의해서도 그 누구에 의해서도 제한되지 않는 권력"을 기대한다. 바쿠닌은 그의 적인 마르크스와 마찬가지로 레닌주의의 독트린에 기여했던 것이다. 더구나 바쿠닌이 차르 앞에서 상기시킨 것 그대로의 혁명적 슬라브 제국의 꿈은 국경 문제의 세부 사항에 있어서까지 스탈린에 의해 실현된 바로 그 꿈이었던 것이다. 제정 러시아의 핵심적 원동력은 공포라고 지적했고 당의 독재를 주장하는 마르크스 이론을 거부했던 사람에게서 나온 이러한 개념들은 모순된 것으로 보일 수 있다. 그러나 이 모순은 권위주의적인 여러 독트린들의 기원이 부분적으로 허무주의적이라는 사실을 말해준다. 피사레프가 바쿠닌을 정당화해주고 있는 것이다. 바쿠닌은 물론 전적인 자유를 원했다. 그러나 그는 그 자유를 전적인 파괴를 통해서 추구했다. 모든 것을 파괴하는 것, 그것은 아무런 토대 없이 건설하는 일에 몸 바친다는 것을 뜻한다. 그리고 나서는 팔을 뻗어 세워진 벽이 넘어지지 않도록 지탱해야 한다. 과거를 버리려고만 할 뿐 그중 혁명에 생기를 부여하는 데 도움이 되는 것마저도 간직하려 하지 않는 자는 오직 미래 속에서만 정당성을 찾으려 하고 그때에 이르기까지 잠정적 상황을 정당화하는 역할을 경찰에게 맡기게 된다. 바쿠닌은 독재를 예고하고 있었다. 그것은 그의 파괴욕과 배치되는 것이 아니라 오히려 합치되는 것이었다. 사실 아무것도 이 길로 달려가는 그를 멈추게 할 수는 없었다. 왜냐하면 전적인 부정의 열화 속에서 윤리적 가치들마저 녹아버렸기 때문이다. 노골적인 아첨 조의 글이지만 그래도 해방을 위해 썼던, 차르에게 부치는 《고백록》을 통해 그는 혁명 정치 속에 이중의 게임을 도입하는데, 과연 그 추이가 볼 만하다. 네차예프와 더불어 스위스에서 작성한 것으로 추정되는 《혁명가의 교리 문답》을 통해 그는 정치적 시니시즘—비록 나중에 그것을 부인하게 되긴 하지만—에 하나의 형태를 부여한다. 그 정치적 시니시즘은 이후 계속 혁명운동에 영향을 미쳤으며 네차예프 자신도 도전적인 방식으로 그 시니시즘을 직접 구현했다.

  바쿠닌보다는 모습이 덜 알려져 있고 훨씬 더 신비적 베일에 가려져 있지만 우리의 주제와 관련해서 보다 더 의미심장한 인물인 네차예프는 허무주의의 논리를 극한까지 밀고 나갔다. 이 인물의 정신은 거의 모순 없이 일관된 것이다. 그는 1866년경 혁명적 인텔리겐치아 사이에 나타났다가 1882년 1월에 세상모르게 죽는다. 이 짧은 기간 동안 그는 끊임없이 주위 사람들을 매혹시켰다. 자기 주위의 학생들, 바쿠닌 자신, 망명 혁명가들, 나중에는 자신이 갇혀 있던 감옥의 간수들에 이르기까지 그는 그들을 열광적인 음모의 공범자로 끌어들이는 데 성공했다. 처음 세인의 눈앞에 등장했을 때 그는 이미 자신이 생각하는 바에 대한 확고한 신념을 갖고 있었다. 바쿠닌은 이 인물에게 너무나 매혹된 나머지 무슨 임무든 다 위임해도 좋겠다고 생각할 정도였다. 그것은 그가 남들에게 이렇게 되라고 권고했던 모범적 인물, 어떤 의미에서는 그 자신 스스로의 감정을 다스릴 수만 있다면 그렇게 되었을지도 모를 그런 인물의 유형을 이 냉혹한 인물 속에서 발견할 수 있었기 때문이다. 네차예프는 "러시아의 유일하고 진정한 혁명적 계층인 불한당들의 야만적 세계"와 하나가 되어야 한다고 말한다거나, 바쿠닌처럼 이제부터 정치는 곧 종교이며 종교는 정치가 될 것이라고 다시 한번 쓰는 정도로 만족하지 않았다. 그는 자신을 절망적인 혁명의 잔인한 수도승으로 만들어놓은 것이다. 그의 가장 분명한 꿈은 자신이 섬기기로 결심한 바 있는 암흑의 신을 널리 퍼뜨려서 마침내 그 신이 승리하도록 만들 살인적 교단을 세우는 것이었다.

그는 세계 전체의 파괴를 설파하는 데 그치지 않았다. 그의 독창성은 혁명에 투신하는 사람들을 위해 "모든 것이 다 허용되어 있다"를 냉정하게 요구하고 그리하여 실제로 스스로에게 모든 것을 허용했다는 데 있다. "혁명가는 사전에 이미 형刑이 언도되어 있는 사람이다. 그는 정열적인 사랑의 관계도 갖지 말아야 하고 좋아하는 물건이나 사람이 있어서도 안 된다. 그는 자신의 이름마저도 벗어버려야 할 것이다. 그에게 있어서 모든 것은 오직 하나의 정열, 즉 혁명에 집중되어야 한다." 만약 실제로 역사가 일체의 원리를 떠나서 오직 혁명과 반혁명 사이의 투쟁만으로 이루어진 것이라면 거기서 죽든가 거기서 소생하든가 하기 위해 이 두 가치 중 어느 하나와 한 몸이 되는 길 외에 다른 방법은 없을 것이다. 네차예프는 이 논리를 끝까지 밀고 나간다. 그와 더불어 혁명은 처음으로 사랑과 우정으로부터 확실하게 갈라져 나가게 된다.

우리는 그에게서 헤겔 사상이 전파한 독단적 심리학이 어떤 결과들에 이르게 되었는지를 보게 된다. 헤겔은 그래도 의식들 상호 간의 인정은 사랑의 마주침 속에서도 이루어질 수 있다는 점을 인정했었다.[28] 그러나 네차예프는 그 자신의 표현처

---

[28] 이러한 인정은 찬미하는 가운데서도 이루어질 수 있다. 이때 상대방을

럼 "부정의 힘도 인내도 고통도 갖추지 못한" 그런 "현상" 따위를 자기가 가하는 분석의 전면에 내세우려 하지 않았다. 그는 바닷가 모래밭에서 앞을 보지 못한 채 더듬거리기만 하다가 마침내 목숨을 걸고 싸움을 벌이게 되는 눈먼 게들의 투쟁에 비유하며 의식들을 설명할 뿐, 또 다른 이미지, 즉 어둠 속에서 힘겹게 서로를 찾아 헤매다 마침내 서로 만나 하나가 되어 더 큰 빛을 만드는 등대들의 이미지—게들의 이미지가 정당하듯 이것 역시 정당한 이미지인 것이다—는 의도적으로 뒷전에 밀어놓았다. 서로 사랑하는 사람들, 친구들, 연인들은 사랑이란 일순간의 섬광일 뿐만 아니라 결정적 인정과 화해를 위해 암흑 속에서 벌이는 길고도 고통스러운 투쟁이기도 하다는 사실을 안다. 결국 역사적 미덕은 그것이 얼마나 큰 인내의 능력을 발휘하는지를 보고 알 수 있는 것이다. 마찬가지로 진정한 사랑 역시 증오 못지않은 인내력을 발휘할 수 있다. 사실 정의에 대한 요청만이 수 세기에 걸친 혁명적 정열을 꺼지지 않게 지탱해주고 정당화하는 것은 아니다. 그 혁명적 정열은, 심지어, 아니 특히, 적대적인 하늘과 맞설 때, 모든 사람에 대한 우정의 고통스러운 요청에도 의지하는 것이다. 어느 시대에나 정

찬미하는 사람에게 '주인'이라는 낱말은 하나의 위대한 의미, 즉 파괴하지 않고 건설하는 자라는 의미를 가지게 된다.

의를 위해 죽은 사람들을 가리켜 '형제들'이라고 불렀다. 그들은 누구나 폭력이란 억압받는 사람들의 공동체에 봉사하기 위해 오직 그들의 적에게 가해지는 것일 뿐이라고 믿는다. 그러나 혁명만이 유일한 가치가 되어버리면 혁명은 모든 것을, 심지어 밀고까지도, 친구의 희생까지도 요구하게 된다. 그리하여 이제부터 폭력은 추상적 관념에 봉사하기 위해 대상을 가리지 않고 무차별적으로 행사될 것이다. 갑자기, 혁명 자체는 그것이 구원하고자 하는 대상에 우선한다고 주장하고, 그리고 지금까지는 패배한 자들의 얼굴까지도 빛을 발하게 했던 우정이 아직은 눈에 보이지 않는 승리의 그날까지 보류된 채 희생을 감내해야 한다고 주장하는 분위기가 형성되자면 악령에 홀린 자들이 지배하는 시대가 도래해야만 했다.

네차예프의 독창성은 이처럼 형제들에게 가해지는 폭력을 정당화했다는 데 있다. 그는 바쿠닌과 더불어 《혁명가의 교리문답》을 완성한다. 그러나 바쿠닌이 일종의 정신 착란 상태에서 머릿속으로 상상해본 것에 불과한 유럽 혁명 연맹의 러시아 대표직을 맡기자 네차예프는 실제로 러시아에 와서 '도끼동맹Société de la Hache'이란 이름의 조직을 만들어 직접 그 규약을 작성한다. 우리는 그 규약에서, 물론 모든 정치적 혹은 군사적 행동에 필요한 것인 비밀 중앙위원회의 존재를 다시 발견하게 되는데, 누구나 다 그 비밀 중앙위원회에 대해 절대적 충성을 서약해야 하는 것으로 되어 있다. 그러나 네차예프는 혁명의 군사화로 그치지 않았다. 지도자들은 부하들을 지휘하기 위해서라면 폭력과 거짓을 동원할 권리를 가진다는 점을 그는 인정하는 것이다. 과연 그는 당장에 거짓말을 시작한다. 아직 만들어지지도 않은 중앙위원회의 대표를 자처한다든가, 결심을 망설이는 이들을 자신이 도모하려는 행동 속으로 끌어들이기 위해 그 중앙위원회는 무제한의 수단을 보유하고 있다고 떠벌리는 것이 그런 경우들이다. 한술 더 떠서, 그는 혁명가들을 몇 가지 범주로 구분하여 그 첫째 범주에 속하는 자들(물론 지도자들 말이다)은 그 아래 범주에 속하는 자들을 "소비해버릴 수 있는 자본"으로 간주할 권리를 갖는다고까지 공언한다. 역사상의 지도자들은 누구나 이와 같이 생각했을지 모르나 그것을 공공연히 입 밖에 내지는 않았던 것이다. 어쨌든 네차예프에 이르기까지, 그 어떤 혁명 지도자도 감히 이 같은 내용을 자기 행동의 원리로 삼을 생각은 하지 못했다. 그때까지 그 어떤 혁명도 인간이 하나의 도구가 될 수 있다는 것을 행동 강령의 첫머리에 올려놓은 적이 없었다. 당원들의 모집은 전통적으로 용기와 희생정신에 호소하는 방식으로 이루어져왔었다. 그러나 네차예프는 주저하는 자들에게는 강요하거나 위협할 수도 있고 믿음을 가진 자들을 속일 수도 있다고 규정한다. 조직적으로 사주해 지극히 위험한 행동을 완수하도록 만들 수만 있다면 가상의 혁명가들을 이용하는 것도 가능하다. 피압박자들로 말하자면, 이번에는 그들을 결정적으로 구원하자는 것이므로 아직은 그들을 좀 더 억압할 수도 있다는 것이다. 지금의 피압박자들이 잃는 것을 미래의 피압박자들이 되찾게 될 것이기 때문이다. 네차예프는 행정부들이 탄압적 수단을 사용하지 않을 수 없도록 밀어붙일 것, 인민에게 가장 미움을 사고 있는 대표자들에게는 절대로 손대지 말 것, 끝으로 비밀 조직은 대중의 고통과 불행을 증가시키는 방향으로 총력을 기울일 것 등을 원리로 내세운다.

이 그럴듯한 사상들이 오늘날 그 모든 의미를 획득하게 되었지만 정작 네차예프는 그의 원리가 승리하는 것을 보지 못했다. 다만 그가 대학생 이바노프를 살해할 때 그 원리들을 적용하려고 한 것은 사실이다. 그 사건은 당대의 상상력에 상당히 큰 충격을 주었다. 가령 도스토옙스키는 그 사건을 《악령》의 테마들 중 하나로 삼을 정도였다. 이바노프의 유일한 잘못은 네차예프가 그 대표라고 자처하는 터인 중앙위원회에 회의를 품게 되었다는 데 있었던 것 같다. 그러니까 이바노프는 중앙위원회와 일심동체나 마찬가지인 네차예프에게 반대한 이상 혁명 자체에 반대한 것이나 다름없는 셈이었다. 따라서 그는 죽어야만 했다. "우리에게 무슨 권리가 있기에 한 인간에게서 생명을 박탈한단 말인가?"라고 네차예프의 동지인 우스펜스키가 묻는다. "이건 권리의 문제가 아니라 의무의 문제다. 우리의 대의에 해가 되는 모든 것을 제거하는 것이 우리의 의무인 것이다"라고 네차예프가 대답한다. 혁명만이 유일한 가치일 때 과연 더 이상 권리는 없고 의무만이 있게 된다. 그러나 그것을 곧바로 뒤집어놓으면 그 의무의 이름으로 모든 권리가 취득된다. 따라서 대의의 이름으로, 그 어떤 폭군의 생명도 해치지 않았던 네차예프가 이바노프를 계획적으로 죽이는 것이다. 그 사건이 있은 후 그는 러시아를 떠나 바쿠닌을 다시 만나러 간다. 바쿠닌은 그에게 등을 돌리고 그 "역겨운 전술"을 비난한다. 바쿠닌은 이렇게 쓰고 있다. "그는 파괴할 수 없는 조직체를 건설하자면 마키아벨리의 정책을 토대로 삼아야 하고 예수회의 체제를 채택해야 한다는 것을, 즉 육체에는 오직 폭력만을, 영혼에는 오직 거짓만을 사용해야 한다는 것을 차츰차츰 믿게 되었다." 정확한 지적이다. 그러나 바쿠닌이 원했던 바와 같이 혁명만이 유일한 선이라면 무슨 명분으로 그 전술을 역겨운 것이라고 단정한단 말인가? 네차예프는 진정으로 혁명에 봉사했다. 그가 섬긴 것은 바쿠닌이 아니라 대의였다. 범인으로 법정에 끌려 나와서도 그는 재판관들에게 조금도 양보하지 않는다. 25년의 징역형을 선고받은 그는 감옥에서도 여전히 군림하여 간수들을 모아 비밀 결사를 조직하고 차르의 암살을 기도하다 다시 한번 재판을 받게 된다. 12년간의 감금 생활 끝에 그는 밀폐된 성채 깊숙한 곳에서 죽는다. 그러나 이 반항하는 인간의 삶은 혁명의 대귀족 계급이라는 건방진 족속들을 낳게 된다.

그 당시 혁명의 한복판에서는 진정 무슨 짓이든 할 수 있었고 살인은 원리가 될 수 있었다. 그렇지만 1870년 포퓰리즘의 부활과 더불어 사람들은 데카브리스트들에게서, 그리고 라브로프와 헤르첸의 사회주의에서 볼 수 있는 종교적, 윤리적 제 경향들로부터 생겨난 이 혁명운동이 네차예프가 여실히 보여준 정치적 시니시즘을 향한 진행을 억제해주리라고 믿었다. 그 운동은 "살아 있는 영혼들"에게 호소하면서, 그 영혼들에게 민중 속으로 들어가서 민중이 스스로의 해방을 향해 나아갈 수 있도록 교육시켜주기를 요구했다. "회개한 귀족들"이 자신들의 가정을 떠나 남루한 옷으로 갈아입고서 이 마을 저 마을을 돌아다니며 농민들을 교육했다. 그러나 농민들은 경계심을 늦추지 않았고 무반응으로 침묵했다. 농민들이 입을 열면 그것은 그 사도들을 헌병에게 고발하기 위한 것이었다. 이 아름다운 영혼들의 실패는 그 운동을 다시금 네차예프식의 시니시즘, 아니면 적어도 폭력 행위 쪽으로 후퇴하게 만들었다. 민중을 자기들 편으로 끌어들일 수 없었던 인텔리겐치아는 또다시 전제 정치 앞에 홀로 내던져져 있는 자신을 느끼게 되었다. 세계는 그들의 눈앞에 다시금 주인과 노예의 두 종족으로 갈라진 모습으로 나타났다. '인민의지당'은 그러므로 곧 개인적 테러리즘을 원리로서 내세우고 혁명사회당과 더불어 1905년까지 계속될 일련의 살해 행위에 착수하게 된다. 이 지점에서 테러리스트들이 탄생한다. 그들은 사랑에 등을 돌린 채 주인들의 유죄에 항거하여 일어나지만, 오직 자신들의 무구함과 생명을 동시에 희생함으로써만 해결될 수 있는 스스로의 모순과 마주한 채 절망을 안고 외롭게 내던져진 것이다.

양심적 살인자들

1878년은 러시아 테러리즘이 탄생한 해다. 193명의 포퓰리스트들이 재판을 받은 그 이튿날인 1월 24일, 너무나 젊은 처녀 베라 자술리치가 상트페테르부르크의 총독 트레포프 장군을 사살한다. 배심원들의 결정에 따라 석방된 그녀는 뒤이어 차르 경찰의 손을 벗어나 탈출한다. 그녀가 쏜 권총 한 발이 폭포처럼 뒤이어지는 탄압과 암살의 시초가 된다. 이후 탄압과 암살은 서로 간에 보복의 되풀이로 이어질 뿐이었으니 오직 이에 지칠 대로 지친 사람들의 권태만이 거기에 종지부를 찍을 수 있으리라는 것은 짐작하기 어렵지 않다.

같은 해에 인민의지당의 당원인 크라브친스키는 《죽음에는 죽음으로》라는 그의 소책자에서 테러 행위를 자신의 원리로 삼는다. 원리가 있으면 거기에는 결과가 뒤따른다. 유럽에서는 독일 황제와 이탈리아 국왕과 스페인 국왕이 암살로 희생된다. 역시 1878년에 알렉산드르 2세는 국가적 테러리즘의 가장 효과적인 무기인 정치 경찰을 창설한다. 이때부터 러시아와 서구의 19세기는 살인으로 점철된다. 1879년에는 스페인 국왕이 또다시 암살되었고 러시아 황제에 대한 암살 미수

사건이 있었다. 1881년에는 인민의지당의 테러리스트들에 의해 러시아 황제가 암살된다. 소피아 페로브스카야와 젤리 야보프, 그리고 그들의 친구들[29]이 교수형에 처해진다. 1883년에는 독일 황제가 암살되었고 그 암살자는 도끼로 처형된다. 1887년에는 시카고의 순교자들이 처형되고 발렌시아에서 회동한 스페인 무정부주의자들이 테러리스트의 경고를 발한다. "사회가 굴복하지 않는다면 악과 악덕이 소멸되어야 하고 더불어 우리도 모두 파멸해야 한다." 1890년대에는 프랑스에서 이른바 사실에 의한 선전宣傳이라는 것이 절정에 달한다. 라바숄, 바양, 그리고 앙리 등의 활약은 카르노 암살[30]을 예고하는 것이었다. 유럽에서는 1892년 한 해 동안에만도 1000여 건의 다이너마이트에 의한 테러가 있었고 아메리카에서는 약 500건의 테러가 일어났다. 1898년에는 오스트리아의 엘리자베트 여왕이 암살된다. 1901년에는 미국 대통령 매킨리가 암

---

29 소피아 르보브나 페로브스카야Sofia Lvovna Perovskaya(1853~1881). 상트페테르부르크군 총독의 딸, 그리고 그녀의 애인 안드레이 이바노비치 젤리야보프Andrei Ivanovich Jhelyabov(1851~1881). 인민의지당의 멤버인 이들은 1881년 알렉산드르 2세를 살해한 거사에 가담했다. 카뮈가 여기서 "친구들"이라고 말하는 인물들, 폴리바노프와 리사코프는 뒤에 언급된다.

30 마리 프랑수아 사디 카르노Marie François Sadi Carnot(1837~1894). 유명한 수학자이며 프랑스 혁명 후 국민회의 의원이었던 라자르 카르노의 손자. 1887년에 공화국 대통령에 선출되었다가 1894년 리옹 박람회 때 무정부주의자 카즈리오에게 암살당했다.

살된다. 러시아에서는 제정의 제2급 대표자들에 대한 테러가 그치지 않고 있었는데 1903년에 혁명사회당의 '전투 조직'이 태동하여 러시아 테러리즘의 가장 비범한 인물들을 규합하게 된다. 1905년 사조노프에 의한 플레베의 암살과 칼리아예프에 의한 세르게이 대공의 암살[31]은 30년에 걸친 그 피로 물든 포교의 정점을 이루는 동시에 혁명이라는 이름의 종교를 위한 순교의 시대를 마감한다.

하나의 좌절된 종교 운동과 긴밀하게 결합된 허무주의는 이리하여 테러리즘으로 낙착된다. 전적인 부정의 세계에서 그 젊은이들은 폭탄과 권총으로, 그리고 교수대에 설 것을 각오한 용기로 모순을 극복하고자 애썼으며 그들에게 결여된 가치들을 창조하려고 노력했다. 그들이 등장하기 전까지 사람들은 자신들이 알고 있는 것, 혹은 알고 있다고 믿는 것의 명분을 위해 죽었다. 그러나 그들이 나타난 이후부터 사람들은 자신들이 전혀 알지 못하는 그 무엇, 바로 그것이 존재할 수 있도록 하기 위해 죽어야 한다는 사실 외에는 아무것도 알지 못하는 그 무엇을 위해 자기를 희생하는 습관을, 과거보다 더 어려운 습관을 가지게 된다. 그 이전까지는 죽음을 앞에 두고 사람들

---

[31] 세르게이 대공의 암살은 카뮈의 희곡 《정의의 사람들》의 주제가 된다. 제정 러시아 내무장관 플레베의 암살은 1904년에 발생했다.

은 인간의 심판을 마다하고 신에게 자신을 맡겼다. 그러나 이 시기 사형수들의 최후 진술을 읽어보노라면 그들 모두가 예외 없이 그들 눈앞에 있는 재판관들을 마다하고 다른 사람들의 심판, 즉 미래에 나타날 사람들의 심판에 자신을 맡기고 있다는 사실에 놀라지 않을 수 없게 된다. 지고의 가치가 존재하지 않는 이때 미래에 올 사람들이 그들의 마지막 상소의 수단이 된다. 미래야말로 신 없는 인간들이 생각할 수 있는 유일한 초월인 것이다. 물론 테러리스트들은 우선 파괴하고자 했고 폭탄을 터뜨려 전제주의를 타파하고자 했다. 그러나 그들은 적어도 자신들의 죽음으로써 정의와 사랑의 공동체를 재건하고 그리하여 교회가 저버렸던 사명을 몸소 짊어지겠다는 목표를 가지고 있었다. 그러나 테러리스트들은 사실상 언젠가 새로운 신이 불쑥 나타나게 될 하나의 교회를 창조하고자 한 것이었다. 그러나 그것이 바라는 전부였을까? 만약 그들이 자진하여 죄를 지어 죽음을 맞은 결과 얻게 된 것이 기껏 아직도 실현되지 않은 어떤 가치의 약속이라고 한다면, 현재의 역사를 살펴볼 때 어쨌든, 지금 당장은 그들의 죽음은 헛된 것이었으며 그들은 여전히 허무주의자임을 면치 못하고 있다고 잘라 말할 수 있다. 더구나 미래의 가치라는 표현은 그 자체가 하나의 모순이다. 왜냐하면 장차 생겨날 미래의 가치란 그것이 형태를 갖추지 못하는 한 어떤 행동을 해명해줄 수도, 어떤 선택의 원리를 제공할 수도 없기 때문이다. 그러나 1905년의 테러리스트들은 가슴을 찢는 듯한 모순들을 안은 채 그들의 부정과 죽음 그 자체를 통해 하나의 가치를 위해 생을 바쳤다. 그들은 다만 자신들이 그 가치의 도래를 예고하는 것일 뿐이라고 믿으면서 머지않아 절대적인 것이 될 그 가치를 밝혀 보이고자 한 것이다. 그들은 우리가 이미 반항의 기원에서 발견한 바 있는 그 고통스러운 지고의 선을 보란 듯이 사형집행인들이나 그들 자신보다 우위에 놓고 받들었다. 우리 역사상 마지막으로 반항의 정신이 연민의 정신과 만나는 이 순간 우리는 이 가치 앞에서 잠시나마 발걸음을 멈추고 생각에 잠겨보기로 하자.

"테러 행위에 직접 가담하지도 않은 채 테러 행위에 대해 말할 수 있을까?"라고 대학생 칼리아예프는 외친다. 1903년부터 혁명사회당의 '전투 조직'에서 처음에는 아제프[32]의 휘하에, 그 다음에는 보리스 사빈코프의 휘하에 규합된 그의 동지들은 하나같이 이 위대한 말의 수준에 걸맞게 행동한다. 그들은 까다로울 정도로 엄격한 인물들이었다. 반항의 역사상 최후의 절

---

32 《정의의 사람들》(책세상) 제2막, 53쪽. "아넨코프 (화를 내며) 에브노가 주장했듯이 경찰에 들어가서 이중 스파이 노릇을 해도 된단 말인가? 자네라면 그런 짓을 하겠어?" 에브노 필리포비치 아제프Evno Filippovich Azef (1869~1918). 1893년부터 비밀경찰로 근무하면서 혁명사회주의 계열 사람들과 관계를 맺는다. 1903년 '전투 조직'의 지휘부에 올라 가장 엉큼하고 미묘한 이중적 활동을 전개한다. 그의 비호 아래 '전투 조직'은 여러 차례 혁혁한 성공을 거두지만 수많은 조직원들이 그의 밀고로 체포된다. 1908년 정체가 탄로나자 독일로 도피한다.

정을 장식하는 그들은 자신들에게 주어진 조건과 드라마의 그 어느 것도 마다하지 않았다. 테러 속에서 살아가면서도, "테러에 대한 굳은 신념을 가지고 있으면서도"(포코틸로프[33]) 그들은 끊임없이 갈등하고 고통스러워했다. 치열하게 투쟁하는 가운데서도 양심의 가책으로 고민하는 광신자의 예는 역사상 찾아보기 어렵다. 1905년의 사람들에게 있어서 적어도 회의가 모자라는 경우는 없었다. 우리가 그들에게 바칠 수 있는 최대의 찬사는, 1950년대인 오늘날 우리가 그들에게 제기할 수 있는 물음들 가운데 그 당시에 그들이 이미 스스로에게 제기하지 않았던 물음은 하나도 없으며, 그들의 삶을 통해, 혹은 그들의 죽음을 통해 그들이 부분적으로 대답을 제시하지 않은 물음은 하나도 없다고 말하는 것이다. 그렇지만 그들은 곧 역사 속으로 사라져버렸다. 가령 1903년 사빈코프와 함께 테러 행위에 가담할 것을 결심했을 때 칼리아예프의 나이는 불과 스물여섯 살이었다. '시인'이라는 별명으로 불렸던 그는 그로부터 2년 후 교수형에 처해진다. 너무나 짧은 활동 기간이다. 그러나 조금이나마 열의를 가지고 이 시기의 역사를 살펴본 사람이라면

---

[33] 알렉세이 포코틸로프Aleksei Pokotilov. 《정의의 사람들》의 여주인공 도라(Dora Vladimirovna Brilliant. 1880년 유대 상인 가정에서 출생, 1902년 혁명사회주의당에 입당, 내무장관 플레베와 세르게이 대공의 암살에 가담, 체포된 뒤 광인이 되어 1907년 요새 감옥에서 사망)와 같은 테러리스트 그룹의 멤버.

칼리아예프야말로 현기증 나는 삶을 통해 테러리즘의 가장 의미심장한 모습을 보여주고 있다는 사실을 알게 된다. 사조노프, 슈바이처[34], 포코틸로프, 보이나로프스키, 그리고 대부분의 다른 사람들도 이처럼 러시아와 세계의 역사 속에 홀연히 등장하여 한순간 떨쳐 일어났다가 더욱더 고통스러운 반항의 섬광처럼 덧없지만 잊을 수 없는 증인이 되어 결국은 산산조각으로 부서져버린 것이다.

그들은 거의 모두가 무신론자들이었다. 두바소프 제독을 향해 폭탄을 안고 몸을 던져 죽은 보이나로프스키는 이렇게 쓰고 있다. "나는 고등학교에 입학하기도 전에 유년 시절의 친구에게 무신론을 역설했던 것을 기억한다. 오직 하나의 의문이 나를 괴롭히고 있었다. 그러나 대체 어디에서 그 의문이 솟아난 것일까? 왜냐하면 나는 영원성에 대해서는 아무런 생각도 해본 적이 없었으니 말이다." 그런데 칼리아예프는 신을 믿는다. 사빈코프가 거리에서 목격한 바에 따르면, 실패로 끝난 암살 기도를 결행하기 몇 분 전 그는 어느 성상聖像 앞에 서서 한 손에는 폭탄을 든 채 다른 한 손으로 성호를 긋고 있었다고 한

---

[34] 슈바이처에 대해서는 《정의의 사람들》(책세상), 20쪽 참조. "아넨코프―우선 도라의 일을 도와줘. 지금까지는 슈바이처가 맡아 했으니 그 일을 대신 맡아줘. 스테판―그가 죽었나? 아넨코프―응." 보리스 보이나로프스키는 테러리스트 학생들 그룹의 또 다른 멤버.

다. 그러나 그는 종교를 버린다. 감옥에서 그는 처형되기 전에 종교의 구원을 거부한다.

지하에서 활동하다 보니 그들은 고독하게 지내야 했다. 그들은 모든 행동인들이 인간 공동체와 널리 접촉함으로써 느끼는 생생한 기쁨을 추상적으로밖에 알지 못한다. 그러나 그들의 경우에는 서로서로를 하나로 묶어주는 유대 의식이 모든 애정, 모든 애착을 대신한다. 사조노프는 이렇게 외치며 주석을 단다. "기사도! 우리의 기사도는 '형제'라는 낱말 정도로는 우리 서로 간의 관계의 본질을 충분히 나타낼 수 없을 정도의 정신으로 사무쳐 있는 것이다." 그는 옥중에서 친구들에게 또 이렇게 써 보내기도 했다. "내게 있어서 행복의 필수적인 조건은 자네들과의 완벽한 유대 의식을 영원히 간직하는 것이라네." 한편 보이나로프스키는 가지 말라고 자신을 붙잡는 사랑하는 여인에게 다음과 같은 말을 했다고 고백한다. "내 동지들과 약속한 시간에 늦기라도 하는 날에는 난 당신을 저주할 거요." 그 자신의 생각에도 이 말은 "좀 희극적"이긴 하지만 동시에 자신의 정신 상태를 잘 나타내주는 말이다.

러시아 군중 속에 파묻혀 있으면서도 한 덩어리로 서로 밀착해 있었던 이 소수의 남녀들은 어디로 보나 그래야 할 운명이 아니었는데 결국은 암살자의 직업을 택한다. 그들은 보편적인 인간 생명에 대한 존중과 자기 자신의 생명에 대한 무심함을—이는 장차 지고한 희생에 대한 향수로까지 발전하지만—마음속에서 서로 묶는 똑같은 역설을 살아간다. 도라 브릴리안트의 경우 미리 짜놓은 계획의 문제는 중요하지 않다. 테러 행위는 우선 테러리스트가 바친 희생에 의해 아름다운 것이 된다. "그러나 테러는 마치 십자가와도 같이 그녀를 짓누르고 있었다."라고 사빈코프는 말한다.[35] 한편 칼리아예프는 어느 때든 자신의 목숨을 희생할 준비가 되어 있었다. "아니, 그 정도가 아니었다. 그는 그 희생을 열정적으로 갈망했다." 플레베의 암살을 준비하는 동안, 그는 말발굽 아래 몸을 던져 그 고위층 인물과 함께 죽겠다는 제안을 하기도 했다. 보이나로프스키의 경우에도 역시 희생의 욕구와 죽음의 유혹이 서로 일치하고 있다. 체포된 후 그는 부모에게 보낸 편지에서 이렇게 말한다. "청소년 시절에 얼마나 여러 번 자살하고 싶다는 생각을 했는지 모른답니다…."

자신들의 생명을 위험 속에, 그것도 돌이킬 수 없도록 내던졌던 이 암살자들은 다른 한편 타인들의 생명에 대해서는 더할 수 없이 세심한 주의로 관심을 기울였다. 세르게이 대공의 암살 계획은 1차 시도에서 실패하고 말았는데, 이는 모든 동지들의 합의하에 폭탄을 던지기로 되어 있었던 칼리아예프가 대

---

[35] 보리스 사빈코프 Boris Savinkov, 《어떤 테러리스트의 추억 Souvenirs d'un terroriste》(Payot, 1931).

공의 마차에 함께 타고 있는 무고한 아이들까지 죽일 수는 없다고 판단하면서 폭탄 투척을 포기했기 때문이다. 또 한 사람의 여성 테러리스트인 라셸 루리에[36]에 대해서 사빈코프는 이렇게 쓰고 있다. "그녀는 테러 행위에 대한 굳은 신념을 가지고 있었다. 그녀는 테러에 가담하는 것은 명예인 동시에 의무라고 생각했다. 그러나 피를 대하자 그녀는 도라 못지않게 마음의 혼란을 느꼈다." 그리고 사빈코프 자신 또한 페테르부르크-모스크바 급행열차 안에서 두바소프 제독을 암살하는 계획에 반대하고 나선다. "자칫 부주의했다가는 폭탄이 열차 안에서 폭발하여 무고한 사람들이 희생될 수도 있을 것이다." 좀 더 나중에, 사빈코프는 열여섯 살 된 소년을 암살 행위에 가담시켰다는 혐의를 받자 '테러리스트의 양심'을 걸고 격분한 어조로 이를 부인한다. 차르의 감옥에서 탈출할 때 그는 만약 장교들이 그의 탈출을 막는다면 그들에게 총을 쏠 것이지만 평범한 병사들을 향해서 총부리를 겨눠야 할 입장이 된다면 차라리 자살해버리겠다고 마음먹는다. 마찬가지로, 수많은 사람을 죽였지만 "야만적인 행위라고 생각되었기에" 결코 한 번도 짐승 사냥을 해본 적이 없노라고 술회하는 보이나로프스키 역시 이

---

[36] Rachel Louriée(1884~1904). 혁명사회주의당 당원이며 테러리스트 여단 맹원. 은퇴해 지내던 외국에서 자살한다.

렇게 잘라 말한다. "만약 두바소프 옆에 그의 아내가 함께 있다면 나는 폭탄을 던지지 않겠다." 타인들의 생명에 대한 깊은 배려와 짝을 이루는 이토록 위대한 자기 망각으로 미루어 보아 이 양심적 살인자들은 지극히 극단적인 자기모순 속에서 반항하는 인간의 숙명을 살아갔다는 것을 짐작할 수 있다. 그들 역시 폭력의 불가피성은 인정하면서도 폭력이 정당화될 수는 없다는 것을 고백했다고 볼 수 있다. 필요한 것인 동시에 용서받을 수 없는 것, 그들의 눈에 비친 살인은 바로 이런 것이었다. 범상한 심성의 소유자라면 이러한 무서운 문제에 부닥쳤을 때 그 두 가지 중 하나를 망각함으로써 마음 편하게 지낼 수도 있다. 그런 사람들은 형식 원리의 이름하에 모든 직접적인 폭력은 용서할 수 없는 것이라고 생각하는 정도로 만족하면서 세계적, 역사적인 차원에서 만연한 폭력은 허용할 것이다. 혹은 그런 사람들은 역사의 이름으로 폭력은 필요한 것이라고 인정함으로써 자위할 것이고, 살인을 거듭한 나머지 역사는 오직 불의에 항거하는 인간 내면의 모든 것에 대한 단 한 번의 장구한 침해에 불과한 것이 되고 말 것이다. 이것이야말로 부르주아적이며 동시에 혁명적인 우리 시대 허무주의의 두 얼굴을 정확하게 규정해 보이는 것이다.

그러나 지금 우리가 거론하고 있는 그 비범한 심성의 소유자들은 그 두 가지 중 어느 한 가지도 잊지 않고 있었다. 이렇게 되자, 폭력이 필요하다고 생각하지만 정작 그것을 정당화할 수는 없었던 그들은 자기 스스로를 정당화의 근거로 삼아 자기들이 제기한 문제에 대해 개인적인 자기희생으로 응답하겠다는 생각을 해냈다. 그들 이전의 모든 반항하는 인간들의 생각이 그러했듯이 그들이 볼 때도 살인은 자살과 일치하는 것이었다. 그리하여 하나의 생명은 다른 하나의 생명을 대가로 요구하게 되었고, 바야흐로 이 두 희생으로부터 어떤 가치의 약속이 태어난다. 칼리아예프와 보이나로프스키, 그리고 그 밖의 여러 동지들도 모든 생명은 똑같은 가치를 가지고 있다고 믿는다. 그러므로 그들은 비록 이념을 위해서 살인을 하지만 그 어떤 이념도 인간의 생명보다 더 귀중하다고는 생각할 수 없다. 정확하게 말해서, 그들은 사상의 높이에 걸맞은 삶을 사는 것이다. 결국 그들은 죽음에 이르기까지 사상을 체현함으로써 마침내 그 사상에 정당성을 부여하는 것이다. 여기서 우리가 다시 한번 대면하게 되는 것은 반항에 대한 어떤 형이상학적인 관념―종교적 관념까지는 못 된다 하더라도―바로 그것이다. 그들 이후에는 그들 못지않게 열광적인 신념에 차 있지만 그들의 방법은 감상적이라고 비판함으로써 어떤 하나의 생명이 다른 하나의 생명과 똑같은 가치를 지니고 있다는 것을 인정하지 않는 다른 사람들이 등장할 것이다. 그리하여 그들은 역사라고 부르는 하나의 추상적 관념을 인간의 생명보다 우위에 놓게 될 것이다. 그 역사에 미리 무릎을 꿇은 그들은 이제 타인들까지도 임의로 그 역사에 복종시키려 할 것이다. 반항의 문제는 이제 더 이상 산술이 아니라 확률론으로 해결해야 한다는 것이다. 장차 이루어질 사상의 실현을 기다리는 동안 인간의 생명은 전부일 수도 있고 무無일 수도 있다. 확률을 계산하는 자가 사상의 실현에 거는 믿음이 크면 클수록 인간 생명의 가치는 더욱더 작아진다. 그 신념이 한계점에 이르면 인간 생명의 가치는 무가 된다. 그 한계점, 즉 철학적 사형집행인과 국가적 테러리즘의 시대에 대해서는 후에 살펴볼 기회가 있을 것이다. 그러나 이도 저도 아닌 경계 지점에 선 1905년의 반항하는 인간들은 요란한 소리를 내며 폭탄이 터지는 가운데서, 반항은 반항이기를 포기하지 않는 한 자기 위안과 안이한 독트린으로 낙착될 수 없다는 것을 우리에게 가르쳐준다. 그들의 유일하고도 명백한 승리는 적어도 고독과 부정의 극복이라고 할 수 있다. 그들이 부정하는 세계, 그리고 그들을 거부하는 세계의 한가운데에서 그들은 모든 위대한 심성을 가진 인물들이 그러했듯 이 한 사람, 또 한 사람, 서로의 뒤를 이어가며 어떤 동지애를 재건하고자 노력했다. 그들 동지들이 서로 나누는 사랑, 감옥이라는 사막에서조차 그들의 행복이 되고, 말 없는 노예가 된 그들의 수많은 형제들에게 퍼져나가는 사랑, 그 사랑이야말로 그들의 고뇌와 희망이 어느 정도인가를 잘 말해준다. 이 사랑에 봉사하기 위해서 그들은 우선 살인을 해야 한다. 무죄함이 지배하는 세상을 만들기 위해서 어느 정도의 유죄를 받아들이지 않으면 안 된다. 그들에게 이 모순은 오직 최후의 순간에 가서야 비로소 해소될 것이다. 고독과 기사 정신, 버림받음과 희망, 이 두 가지 사이의 모순은 오직 스스로 자유의사에 따라 죽음을 받아들임으로써만 초극될 것이다. 1881년에 알렉산드르 2세의 암살을 모의했던 젤리아보프는 암살 성공 48시간 전에 체포되자 실제 암살에 성공한 사람과 함께 자신도 처형해줄 것을 요청했다. 당국에 보내는 편지에서 그는 이렇게 말하고 있다. "교수대를 두 개 세우지 않고 하나만 세운다면 그것은 오직 정부가 비겁하기 때문이다." 교수대는 다섯 개가 세워졌다. 그중 하나는 그가 사랑하는 여인을 위한 것이었다. 젤리아보프는 미소를 띤 채 죽음을 맞은 반면 심문을 받는 동안 견디지 못하고 무너져 버린 리사코프는 공포로 반은 미친 상태가 된 채 교수대로 질질 끌려 올라갔다.

사태가 이렇게 된 것은, 젤리아보프가, 만약 자기가 살인을 하거나 살인을 하도록 시켜놓고 나서 혼자만 살아남게 된다면 자기 역시 리사코프와 마찬가지의 죄를 받아들이는 결과가 된다는 것을 아는 만큼 결코 그 죄를 범하지 않으려고 했기 때문이다. 교수대 밑에서 소피아 페로브스카야는 그녀가 사랑했던 연인과 그의 두 친구에게 마지막으로 입 맞췄다. 그러나 리사코프에게는 등을 돌려버렸다. 리사코프는 그 새로운 종교로부터도 저주받아 외로이 죽었다. 젤리야보프가 생각할 때 그의 형제들 가운데서 죽는 것은 스스로의 정당화를 의미하는 것이었다. 살인을 저지른 자는, 그 자신은 죽지 않고 살아남기를 바라거나, 혹은 살기 위해서 동지들을 배반하는 경우에 한해서 유죄인 것이다. 반대로 죽음을 받아들이게 되면 유죄성과 범죄 그 자체가 소멸된다. 그래서 샤를로트 코르데[37]는 푸키에탱빌[38]에게 다음과 같이 외치게 된다. "오오, 이 괴물이, 나를 살인자로 몰다니!" 이것이야말로 무죄와 유죄, 합리와 몰합리, 역사와 영원 사이의 중간 지점에 존재하는 어떤 인간적 가치가 가슴을 찢을 듯 번뜩 노출되는 순간이다. 이 발견의 순간에, 오직 이 순간에만, 이 절망한 사람들에게 기이한 평화, 결정적 승리의 평화가 찾아든다. 감방에서 폴리바노프는 죽는다는 것이 그에게는 "쉽고도 달콤한 일"이라고 말한다. 보이나로프스키는 죽음의 공포를 극복했노라고 쓰고 있다. "내 얼굴에서 단 한 가닥의 근육도 떨리는 법 없이, 아무 말 없이, 교수대로 올라가리라…. 그리고 그것은 내게 가해지는 폭력이 아니라 내가 살아온 모든 것의 너무나도 자연스러운 귀결일 것이다." 그 일이 있고 훨씬 뒤, 슈미트라는 이름의 중위[39] 역시 총살형을

---

37 Charlotte Corday(1768~1793). 코르네유 후손인 이 여성은 대혁명 시대에 욕탕 속에서 마라를 비수로 찔러 죽이고 처형되었다.
38 앙투안 캉탱 푸키에탱빌Antoine Quentin Fouquier-Tinville(1746~1795). 특히 공포 정치 치하에서 혁명재판소의 독특한 검사로 유명했다.
39 표트르 페트로비치 슈미트Pyotr Petrovich Schmidt(1867~1906). 흑해 선단의 중위로 1905년 전함 포툠킨과 로스티슬라브 반란에 가담했다.

당하기 전에 이렇게 외칠 것이다. "내 죽음은 모든 것을 완성하리라, 그리고 나의 주장은 형벌로 마무리되어 나무랄 데 없는 완벽한 것이 될 것이다." 그리고 또 법정에서 분연히 일어나 불의를 규탄한 후에 교수형을 받은 칼리아예프는 단호히 선언한다. "나는 내 죽음을 눈물과 피로 젖은 세계에 대한 지고의 항의로 간주한다." 칼리아예프는 이어서 이렇게 쓴다. "철창 속에 갇힌 순간부터, 나는 단 한순간도 어떤 방식으로든 살아남고 싶다는 욕망을 가져본 적이 없다." 그의 소망은 이루어진다. 5월 10일 새벽 2시 그는 스스로 인정하는 바의 그 유일한 정당성을 얻기 위해 교수대로 나아간다. 외투를 입지 않고 검은색 양복에 펠트 모자를 쓴 채 그는 교수대로 올라간다. 플로린스키 신부가 그에게 십자가를 내밀자 그는 그리스도를 외면한 채 다만 이렇게 대답할 따름이다. "저는 삶을 정리하고 죽음을 맞을 준비가 되었노라고 이미 신부님께 말씀드렸는데요."

그렇다, 허무주의의 끝에 이르러 오래된 옛날의 가치가 여기 교수대 바로 밑에서 다시 태어나고 있다. 이 가치는 우리가 반항 정신에 대한 분석의 끝에 이르러 발견한 '우리는 존재한다'의 반영, 이번 경우에는 역사적인 반영인 것이다. 이 가치는 박탈인 동시에 계시와도 같은 확신이다. 자기 자신을 위해, 그리고 지칠 줄 모르는 우정을 위해 죽어간 사람을 생각하는 도라 브릴리안트의 착잡하고 혼란스러운 얼굴을 죽음의 광채로써 빛나게 하는 것은 바로 이 가치다. 사조노프로 하여금 그의

"형제들이 존중받도록 하기 위해" 항의의 표시로 자살하게 하는 가치. 동지들을 고발하라고 요구하는 어떤 장군을 네차예프가 댓바람에 따귀를 후려쳐 쓰러뜨리는 순간 네차예프의 죄를 사해주는 것도 다름 아닌 이 가치다. 이 가치를 통해 그 테러리스트들은 인간의 세계를 긍정하는 동시에 스스로 이 세계의 상위에 있게 된다. 그리하여 그들은 역사상 최후의 진정한 반항이란 가치 창조라는 사실을 증명해 보여준다.

 1905년은 그들 덕택에 혁명적 정열의 최고 정점의 표시가 된다. 여기서부터 내리막길이 시작되었다. 순교자들은 교회를 세우지 못한다. 그들은 교회의 시멘트이거나 알리바이다. 뒤이어 사제들과 편협한 신자들이 나타난다. 장차 등장할 혁명가들은 생명과 생명을 맞바꿀 것을 요구하지 않을 것이다. 그들 역시 죽음의 위험을 무릅쓸 것에 동의하지만 혁명과 혁명에의 봉사를 위해 가능한 한 스스로의 목숨을 보존하려 할 것이다. 그러므로 그들은 자신들에 대해 전적인 유죄를 받아들일 것이다. 굴욕을 인정하고 받아들이는 것, 그것이야말로 20세기 혁명가들의 진정한 특성이다. 그들은 혁명과 인간들의 교회를 그들 자신보다 우위에 놓는다. 칼리아예프는 이와 반대로 혁명이 필요한 수단이긴 하지만 충분한 목적은 아니라는 점을 증명해 보였다. 그리하여 그는 인간을 낮추는 것이 아니라 오히려 높였다. 칼리아예프와 그의 러시아 및 독일 동지들이야말로 세계 역사상 진정으로 헤겔과 대립되는 사람들이다.[40] 그들이 볼 때 처음에는 보편적인 인정이 필요하다고 인식되었으나 나중에는 그것만으로는 불충분하다고 인식되었던 것이다. 칼리아예프에게는 겉으로 나타나 보이는 것만으로 충분하지 못한 것이었다. 설령 전 세계가 그를 인정했다 하더라도 칼리아예프의 내면에는 여전히 한 가닥 의혹이 남아 있었던 것 같다. 그에게는 그 자신의 동의가 필요했다. 모든 사람들의 승인이라 할지라도 그 의혹—수많은 사람의 열광적인 환호가 참된 인간의 내면에 이미 불러일으키게 마련인—을 지우기에 충분치 못했으리라. 칼리아예프는 끝까지 의심했다. 그러나 그 의혹에도 불구하고 그는 결국 행동했다. 바로 그 점에서 그는 반항의 가장 순수한 이미지인 것이다. 죽는 것을 받아들이고 하나의 생명의 대가를 생명으로 치르는 자는, 그의 부정否定이 어떤 것이든 간에, 동시에 역사적 개인으로서의 그 자신을 초월하는 하나의 가치를 긍정하는 것이다. 칼리아예프는 죽음에 이르기까지 역사에 헌신한다. 그러나 그는 죽는 순간에 역사 위로 올라선다. 어느 의미에서 그는 역사보다 자기 자신을 더 중요시하는 것이 사실이다. 그러나 그가 서슴지 않고 죽음으로 몰아간 그 자신과 그가 몸으로 구현하고 그리하

---

40 인간에는 두 종류가 있다. 한쪽은 단 한 번 살인을 하고 스스로의 목숨으로 대가를 치른다. 다른 한쪽은 수천의 범죄를 정당화하고도 명예를 그 대가로 받는다. (원주)

여 생명을 부여하는 그 가치, 이 둘 중에서 그는 어느 것을 더 중요시하는가? 대답은 의심할 여지가 없다. 칼리아예프와 그의 동지들은 허무주의를 극복했던 것이다.

시갈료프[41] 사상

그러나 이 승리에는 내일이 없다. 왜냐하면 그것은 곧 죽음이기 때문이다. 허무주의는 그 승리자들이 죽은 후에도 여전히 한동안 살아남는다. 바로 그 혁명사회당 내부에서 정치적 시니시즘은 승리를 향한 행진을 계속한다. 칼리아예프를 죽음의 자리로 내보낸 우두머리 아제프는 양다리를 걸친 게임을 하면서 혁명가들을 정치 경찰에 고발하는 동시에 대신과 대공들의 암살을 지시한다. 이 같은 도발 행위는 '모든 것이 다 허용된다'를 재생시키는 것이며 역사와 절대적 가치를 또다시 동일한 것으로 간주하는 것이다. 이 허무주의는 개인적 사회주의에 영향을 미친 다음, 1880년대에 러시아에 출현한 이른바 과학적 사회주의[42]라는 것을 오염시키게 된다. 네차예프와 마르크스가 결합하여 남긴 유산은 20세기의 전체주의적 혁명을

---

41 《악령》의 등장인물.
42 최초의 사회민주 그룹, 즉 플레하노프 그룹이 1883년에 출현. (원주)

탄생시키게 된다. 개인적 테러리즘이 신권의 마지막 대표자들을 축출하는 것과 때를 같이하여 국가적 테러리즘은 사회의 뿌리에서부터 이 신권을 결정적으로 파괴해버릴 태세를 갖춘다. 최후의 목적 실현을 위한 권력 장악의 기술이 이제부터는 그 목적의 모범적인 확립을 앞지른다.

과연 레닌은 네차예프의 동지이자 정신적 형제인 카체프[43]로부터 권력 장악의 개념을 빌려오게 된다. 레닌은 스스로 "위엄 있는" 것이라고 보는 그 개념을 다음과 같이 요약했다. "확고한 비밀, 치밀한 당원 선발, 직업 혁명가의 양성." 미쳐서 죽은 카체프는 허무주의와 군사적 사회주의 사이의 교량 역할을 담당한다. 그는 러시아의 자코뱅주의를 창조한다고 자처했지만 자코뱅당에서 취한 것은 행동의 기술뿐이었다. 왜냐하면 그 역시 일체의 원리와 일체의 미덕을 부정했으니 말이다. 예술과 도덕의 적인 그는 다만 전술에 있어서만 합리와 비합리를 조화시킨다. 그의 목표는 국가 권력의 장악을 통해서 인간의 평등을 실현하는 것이다. 비밀 조직, 혁명가들의 결속, 지도자들의 독재적 권력 등 이러한 주제들은 이후 그토록 대단하고 그토록 효과적인 평가 과정을 밟게 될 '기구機構'라는 개

---

[43] 피요트르 니키치 카체프Pyotr Nikitch Tkachev(1844~1886). 러시아 포퓰리스트 철학자로 혁명이 임박했음을 선언했다.

념—사실까지는 아닐지라도—의 특징을 구성하는 것이다. 방법 문제로 말하자면, 스물다섯 살 이상의 모든 러시아인들은 새로운 사상을 수용할 능력이 없으므로 모두 다 제거해버리자고 제의한 사람이 바로 카체프라는 사실을 안다면 그 방법이 어떠한 것일지 충분히 이해할 수 있을 것이다. 이는 과연 천재적인 방법이거니와, 이 방법은 공포에 질린 어른들 한가운데에서 어린이들을 상대로 미치광이 같은 교육이 이루어지고 있는 현대의 슈퍼 국가에서 단연 그 우수성이 나타날 것이다. 이 같은 황제 지배적 사회주의는 아마도 개인적 테러리즘이 역사적 이상의 지배와 양립할 수 없는 가치들을 되살려놓는다는 점에서 개인적 테러리즘을 단호히 배격할 것이다. 그러나 독재적 사회주의는 바야흐로 신격화된 인류의 건설을 유일한 정당성으로 내세우면서 국가적 차원에서 테러를 부활시킬 것이다.

여기서 한 바퀴 회전이 완결된다. 반항은 이제 그 진정한 뿌리로부터 단절되어 역사의 노예가 됨으로써 인간을 저버린 채 세계 전체를 노예화할 계획에 열중한다. 그리하여 《악령》에서 치욕에의 권리를 요구하는 허무주의자 베르호벤스키가 찬양해 마지않았던 시갈료프 사상의 시대가 시작된다. 불행하면서도 냉혹하고 집요한 성격의 인물[44]인 그는 권력 의지를 선택하는데, 과연 그 권력 의지야말로 그것 자체 외에는 다른 어떤 의미도 없는 역사를 지배할 수 있는 유일한 힘인 것이다. 박애주의자 시갈료프가 그의 보증인이 되어줄 것이다. 이제부터 인간에 대한 사랑이 인간의 노예화를 정당화하게 될 것이다. 평등에 미친[45] 시갈료프는 오랜 숙고 끝에 오직 하나의 체제만이 가능하다는 절망적 결론을 내린다. 과연 그 체제는 우리를 절망하게 한다. "나는 무제한의 자유에서 출발해 무제한의 전제주의에 도달한다"라는 것이 그것이다. 모든 것의 부정인 전적인 자유는 오직 전 인류와 일체가 되는 새로운 가치들을 창조함으로써만 생명을 가질 수 있고 정당화될 수 있다. 만약 이 가치들의 창조가 늦어지게 되면 인류는 사생결단으로 서로를 찢어발기게 될 것이다. 이 새로운 계명에 이르는 가장 빠른 길은 전적인 독재에 의존하는 길이다. "인류의 10분의 1만이 인격을 가질 권리를 소유함으로써 나머지 10분의 9에 대해 무제한의 권위를 행사하게 된다. 후자는 인격을 상실하고 가축 떼같이 될 것이다. 수동적으로 복종만 하면 되는 그들은 원초의 무

---

[44] "그는 자기식으로 인간을 머릿속에 그려놓고 그다음부터는 기어코 자기 상상이 옳다고 고집한다." (원주)
[45] "극단적인 경우에는 중상과 암살까지도, 그러나 오직 평등을 위하여." (원주)

죄로, 이를테면 태초의 낙원으로 되돌아갈 것이다. 하기야 거기서도 노동을 해야 하겠지만." 이것이 바로 유토피아주의자들이 꿈꾸었던 철인들의 정부다. 다만 이 철인들은 아무것도 믿지 않는 자들일 따름이다. 왕국이 도래했지만 그 왕국이 진정한 반항을 부정한다. 라바숄의 삶과 죽음을 예찬하는 어느 열광적 문학자의 표현을 빌리자면 이것은 오직 "난폭한 그리스도들"의 지배일 따름이다. 베르호벤스키는 쓴 입맛을 다시며 다음과 같이 말한다. "저 위에 교황이 있고 그 주위에 우리가 있으며 우리들 저 아래에 시갈료프 사상이 있다."

20세기의 전체주의적 신권 정치와 국가의 테러는 이렇게 예고된다. 새로운 귀족들과 대심판관들이 오늘날 피압박자들의 반항을 이용해 우리 역사의 일부분을 지배하고 있다. 그들의 지배는 잔인하지만, 그들은 낭만주의자들의 사탄처럼 잔혹성을 발휘한다는 것이 여간 고된 일이 아니라는 이유를 내세워 그 잔인성을 변명한다. "욕망과 고통은 우리가 맡는다. 노예들은 시갈료프 사상을 그들의 것으로 삼으면 된다." 이 순간, 새롭고도 상당히 흉악한 순교자 족속이 태어난다. 그들의 순교란 타인들에게 고통을 주는 것을 받아들이는 데 있다. 그들은 주인이 되지만 동시에 그 주인 노릇의 노예가 되는 것이다. 인간이 신이 되려면 희생자가 사형집행인으로 전락해야 한다. 그렇기 때문에 희생자나 사형집행인이나 똑같이 절망할 수밖에 없다. 예속도 권력도 이제 더 이상 행복과는 관계가 없으니 주인은 음울하고 노예는 침울하리라. 생쥐스트의 말이 옳았다. 인민을 괴롭히는 것은 끔찍한 일이다. 그러나 인민을 신으로 만들 결심을 한 이상 어찌 그들을 괴롭히지 않을 수 있단 말인가? 신이 되기 위해 자살하는 키릴로프가 베르호벤스키의 '음모'에 자신의 자살이 이용되는 것을 용납하듯, 그와 마찬가지로 인간 자신에 의한 인간의 신격화는 반항이 분명히 정해놓은 한계를 부수고 넘어가서 술책과 테러의 진창길로 어쩔 수 없이 접어든다. 역사는 아직도 그 진창길에서 벗어나지 못하고 있다.

국가 테러리즘과 비합리적 테러

　모든 근대 혁명은 국가의 강화에 기여했다. 1789년의 프랑스 대혁명은 나폴레옹을, 1848년의 2월 혁명은 나폴레옹 3세를, 1917년의 러시아 혁명은 스탈린을, 1920년대 이탈리아의 여러 폭동 사건은 무솔리니를, 바이마르 공화국은 히틀러를 등장시켰다. 이 혁명들은 특히 제1차 세계대전이 신권의 잔해마저 완전히 쓸어내고 난 후, 점점 더 대담하게 인간의 왕국과 실제적 자유의 건설을 목표로 삼았다. 더욱더 커가는 국가의 절대 권력은 그때마다 이 야심을 승인했다. 그 같은 역사는 기필코 도래하게 되어 있다고 말한다면 그것은 틀린 말이리라. 그러나 그런 역사가 어떻게 이루어졌는지 살펴볼 수는 있으며 또 거기서 교훈을 얻을 수도 있을 것이다.

　이 시론의 주제와 무관한 몇 가지 설명들과는 별도로, 현대 국가의 그 기이하고도 무시무시한 신장은 도를 넘는 기술적,

철학적 야심들의 논리적 귀결이라고 이해할 수 있다. 이 야심들은 진정한 반항 정신과 무관한 것이지만 그것이 우리 시대의 혁명 정신을 태동하게 만든 것은 사실이다. 마르크스의 예언자적인 꿈과 헤겔 및 니체의 강력한 예견은 마침내 신의 왕국이 무너진 후 합리적 또는 비합리적 국가, 그러나 그 어느 경우든 테러리스트적인 국가의 탄생을 촉발시켰다.

사실상 20세기의 파시스트 혁명들은 혁명이란 이름을 가질 자격이 없다. 그것들의 경우에는 보편에 대한 야심이 결여되어 있었다. 물론 무솔리니와 히틀러도 하나의 제국을 창설하려 했고, 국가 사회주의의 이념가들 역시 세계 제국을 생각했다. 그러나 그들의 혁명과 고전적 혁명운동과의 차이점은, 허무주의의 유산을 이어받은 그들은 이성을 신격화하는 대신에 비합리를, 오직 비합리만을 신격화하는 쪽을 택했다는 데에 있다. 그렇게 함으로써 그들은 보편성을 포기한 것이다. 그러면서도 여전히 무솔리니는 헤겔을 내세우고 히틀러는 니체를 들먹였다. 그들은 독일 관념론의 몇 가지 예언들을 역사 속에서 실현한다. 그런 의미에서 그들은 반항의 역사와 허무주의의 역사에 속한다. 의미 있는 것이란 아무것도 없으며 역사란 힘의 우연성에 지나지 않는다는 생각의 바탕 위에 그들은 최초로 하나의 국가를 건설했다. 그 결과는 지체 없이 나타났다.

1914년부터 무솔리니는 "무정부주의의 성스러운 종교"를 예고했고 자신은 모든 형태의 기독교의 적이라고 선언했다.

히틀러로 말하자면, 스스로 표방한 그의 종교는 주저 없이 구세주 신과 발할라[1]의 영웅을 나란히 붙여놓았다. 그의 신이란 것은 사실상 집회용 설법의 무기였고 연설의 막바지에 토론을 촉발시키는 한 방법이었다. 성공을 거두고 있는 동안 그는 자신이 계시받은 자라고 믿고 싶어 했다. 그러나 패배의 순간 그는 스스로 인민으로부터 배반당했다고 생각했다. 승리와 패배 사이에서 그가 단 한 번이라도 자신이 그 어떤 원리 앞에서 유죄하다고 생각해본 적이 있었음을 말해주는 흔적은 어디에서도 찾아볼 수 없다. 나치즘에 철학의 겉모습을 부여한 단 한 사람의 높은 교양인인 에른스트 윙거가 선택한 표현은 허무주의의 공식 그 자체라고 할 수 있다. "정신이 삶을 배반했을 때 최선의 응답은 정신에 의한 정신의 배반이고, 이 시대의 잔인하고도 크나큰 쾌락들 중 하나는 이 파괴작업에 가담하는 일이다."

행동의 인간들이 아무런 신앙도 갖고 있지 않을 때 그들이 믿는 것은 오직 행동의 운동 그 자체뿐이었다. 히틀러의 터무니없는 역설은 바로 항구적인 운동과 부정 위에 안정된 질서를 세우고자 했다는 데에 있다. 라우슈닝[2]이 그의 《허무주의

---

1 Walhalla, Valhalla. 스칸디나비아의 신화에 나오는 전사자들의 극락세계.
2 헤르만 라우슈닝Hermann Rauschning(1887~1982). 독일 정치가. 1932~

혁명》에서 히틀러의 혁명을 가리켜 순수한 역동성이라고 한 것은 옳은 말이다. 유례없는 전쟁과 패배와 경제적 파탄에 의해 뿌리째 흔들린 당시의 독일에서는 이제 더 이상 어떠한 가치도 지탱될 수 없었다. 괴테가 "만사가 어려워져서 굴복하는 독일의 운명"이라고 불렀던 것을 감안한다 하더라도 양차 대전 사이에 전염병처럼 독일 전체에 번져간 자살 선풍은 당시의 정신적 피폐상을 웅변적으로 말해준다. 모든 것에 절망한 사람들에게 믿음을 줄 수 있는 것은 논리가 아니라 오직 하나 정열뿐이다. 당시 독일의 경우에는 그 절망의 밑바닥에 도사리는 정열, 즉 치욕과 증오와도 같은 정열이다. 만인에게 공통되고 동시에 만인의 머리 위에 있는 가치, 그 이름하에 사람들이 서로서로를 판단할 수 있는 가치가 그들에게는 이제 더 이상 존재하지 않았다. 그래서 1933년의 독일은 오직 몇몇 사람들의 타락한 가치의 채택을 허용했고 그 가치를 한 문명 전체에 강제하고자 노력했다. 괴테의 도덕을 상실한 독일은 이제 폭력배의 도덕을 선택했고 또 그것을 감수해야 했다.

폭력배의 도덕은 끝없이 계속되는 승리와 복수, 패배와 원

1934년에 한때 단치히의 나치 지도자였지만 나치 체제에 비판적이 되었다. 스위스, 프랑스, 미국 등지로 옮겨 다니며 《허무주의 혁명》 등 다양한 저서들을 통해 나치의 니힐리스트적 성격을 비판했다. 특히 저서 《히틀러가 나에게 말했다》(파리, 1939)로 유명하다.

한이다. 무솔리니가 "개인의 기본적인 힘"을 찬양했을 때 그는 피와 본능의 음울한 힘에 대한 예찬과 아울러 지배 본능이 낳는 최악의 것에 대한 생물학적 정당화를 예고한 것이었다. 뉘른베르크 전범 재판에서 프랑크[3]는 히틀러의 마음속에 도사리고 있었던 "형식의 증오"를 강조한 바 있다. 사실 그 인간은 책략과 빈틈없는 전술적 통찰력의 계산에 따라 교정하고 효과를 증대시킨, 하나의 움직이는 힘일 뿐이었다. 볼품없고 평범한 그의 신체적 생김새조차 그에게 제약이 되지 않았고 그것이 오히려 그가 대중 속에 든든하게 자리 잡을 수 있게 해주었다.[4] 오직 행동만이 그를 일으켜 세웠다. 그의 경우, 존재한다는 것은 행동한다는 것이다. 히틀러와 그의 체제는 적이 없으면 지탱될 수 없는 이유가 바로 여기에 있다. 미치광이 같은 댄디[5]였던 그들은 오직 적들과의 관계 속에서만 스스로를 규정할 수 있었고, 적들을 처부숴야 했던 그 악착같은 전투 속에서만 스스로의 모습을 갖출 수 있었다. 유대인들, 프리메이슨 단원들, 재벌들, 앵글로색슨인들, 짐승 같은 슬라브인들…. 이런 적들

---

3 한스 프랑크Hans Frank(1900~1946). 점령지 폴란드 총독으로 뉘른베르크 재판에서 사형 선고를 받았다.
4 막스 피카르Max Picard의 탁월한 저서 《허무의 인간*L'Homme du néant*》 (Cahiers du Rhone). (원주)
5 우리는 괴링이 가끔 네로 황제의 복장을 하고 요란하게 화장을 한 얼굴로 사람들을 접견했다는 사실을 알고 있다. (원주)

이 그들의 선전과 역사 속에 연달아 나타나서는 그때마다 종말을 향해 치닫는 그들의 맹목적 힘을 좀 더 고양시키는 데 이용되었다. 영원한 전투는 영원한 자극을 필요로 했던 것이다.

히틀러는 순수 상태의 역사였다. "그냥 살아가는 것보다 변화 생성하는 것이 더 가치 있는 것이다"라고 윙거는 말했다. 그러므로 그는 일체의 고차원적 현실을 배격하고 가장 낮은 수준에서 삶의 흐름과 완전히 하나가 되라고 가르쳤다. 생물학적 외교 정책을 창안해냈던 그 체제가 더할 나위 없이 명백한 자신의 이익을 거스르는 쪽으로 나아갔다. 그러나 그 체제는 적어도 자체의 독특한 논리에는 복종하고 있었다. 그리하여 로젠베르크는 좀 과장된 표현으로 삶을 이렇게 설명했다. "행진하고 있는 대열의 스타일. 그런데 이 대열이 어떤 목적지를 향해 그리고 어떤 목적을 위해 행진하고 있는가는 별로 중요하지 않다." 그리고 나서 이 대열은 장차 역사를 수많은 폐허들로 가득 채우고 자신의 조국을 초토화하게 될 것이니 그 삶은 적어도 유감없이 살아낸 삶이라고 할 수 있다. 이 역동성의 진정한 논리는 완전한 패배, 아니면 적들을 차례로 만나 정복을 거듭한 끝에 마침내 이룩한 피와 행동의 제국 건설이었다. 적어도 처음부터 히틀러가 이러한 제국을 구상했을 것 같지는 않다. 교양으로 보나, 심지어 책략적 본능, 혹은 지능으로 보나, 그는 자신의 운명의 높이에 미치지 못하는 인물이었다. 독일은 촌뜨기 정치사상으로 무장하고 제국의 전쟁을 일으켰기 때문에 붕괴한 것이다. 그러나 윙거는 이러한 논리를 진작부터 간파하고 그 논리에 공식을 부여했었다. 그는 모종의 "기술적인 세계 제국"과 "반反기독교적 기술 종교"에 대한 비전을 전제로 이 제국의 군인과 이 종교의 신자 역할은 노동자가 맡아야 하는 것이 좋겠다고 생각했다. 왜냐하면(이 점에 있어서 윙거는 마르크스와 일치하게 된다) 그 인간적 구조로 보아 노동자란 보편적이기 때문이다. "어떤 새로운 지휘체계의 법적 자격이 사회 계약의 변화를 보완한다. 노동자는 협상, 연민, 허구의 세계에서 벗어나 행동의 세계로 상승한다. 법적인 책무는 군사적인 책무로 바뀐다." 보다시피 이 제국은 헤겔의 노동자 겸 군인이 노예로서 군림하는 세계 공장인 동시에 세계 병영이다. 히틀러는 이 제국을 향해 나아가는 길에서 비교적 일찍 저지당하고 말았다. 그러나 만약 그가 훨씬 더 멀리까지 나아갔더라면 우리는 억제할 수 없는 역동성이 한층 더 폭넓게 전개되고 그 역동성에 도움이 될 수 있는 유일한 것인 시니컬한 원리들이 더욱더 맹렬하게 강화되는 모습을 목도했을 것이다.

이런 식의 혁명에 대해 언급하면서, 라우슈닝은 그것이 해방도 정의도 정신의 도약도 아니라고 말한다. 그것은 "자유의 죽음이며 폭력의 지배이며 정신의 예속이다." 과연 파시즘, 그것은 모멸이다. 역으로 모든 형태의 모멸은 그것이 정치에 개입하게 되면 파시즘을 준비하거나 혹은 정착시킨다. 덧붙여 말하자면, 파시즘은 스스로를 부정하지 않고서는 다른 무엇이 될 수 없다. 윙거는 그 자신의 원리로부터 부르주아가 되기 보다는 범죄자가 되는 편이 낫다는 결론을 이끌어낸다. 히틀러는 문학적 재능은 그만 못하지만 이 경우 윙거보다 더 논리적이어서, 믿는 것은 오직 성공뿐인 이상 부르주아가 되든 범죄자가 되든 전혀 상관이 없다는 것을 알고 있었다. 그러므로 그는 동시에 둘 다 되기로 했다. "사실이 전부다"라고 무솔리니는 말했다. 그리고 히틀러는 이렇게 말했다. "민족이 박해받을 위험에 직면했을 때 합법성의 문제는 다만 부차적인 것에 지나지 않는다." 더욱이 민족이란 존재하기 위해서는 항상 위협받을 필요가 있기에 합법성은 전혀 존재하지 않는다. "나는 무엇에든 서명하고 무엇이든 다 조인할 용의가 있다. 나로 말하자면, 독일 국민의 미래가 걸린 일이라면 오늘 조인한 조약이라도 내일 기꺼이 냉정하게 그것을 파기할 수 있다." 게다가 전쟁을 시작하기 전에 히틀러 총통은 휘하 장군들에게, 일단 승리자가 되고 나면 훗날 그 누구도 그가 진리를 말했는지 아닌지를 묻지 않는 법이라고 선언했다. 뉘른베르크 전범 재판 때 괴링을 옹호하는 변론의 주된 논조는 그 생각을 반복한다. "승자는 언제나 재판관이 되고 패자는 언제나 피고가 되는 법입니다." 그것은 물론 논란의 여지가 있는 말이다. 그러나 뉘른베르크 재판 시에 로젠베르크가 자신은 나치즘의 신화가 살인으로 이어지리라고는 미처 예측하지 못했노라고 한 말을 우리는 이해할 수 없다. 반대로 《나의 투쟁》으로부터 시작되는 길은 마이다네크의 가스실로 바로 통해 있었다"라고 지적한 영국인 검사의 말은 재판의 진정한 주제를 명확히 보여준다. 그것은 바로 서구 허무주의의 역사적 책임이란 주제인데, 명백한 여러 이유 때문에 뉘른베르크 법정에서는 진정으로 논의되지 못한 유일한 주제가 바로 그것이다. 한 문명이 전반적으로 유죄하다고 선언하면서 재판을 진행할 수는 없는 것이다. 거기서는 그러므로 지구 전체의 면전에서 소리 높여 외치는 그들의 명명백백한 행위들만을 심판했을 뿐이다.

어쨌든 히틀러는 정복이라는 항구적인 운동을 발명해냈다. 그것이 없었다면 그는 아무것도 아니었을 것이다. 그러나 영원한 적이란 곧 영원한 테러를 의미한다. 이 경우에 그것은 국가적 차원에서의 테러다. 국가는 '기계 장치', 즉 정복과 탄압을 위한 메커니즘의 총체 바로 그것이다. 국내를 향한 정복은 선전(프랑크의 말을 빌리면 "지옥으로 내려가는 첫걸음") 혹은 탄압이라고 불린다. 국외를 향한 정복은 군대를 만들어낸다. 모든 문제는 이처럼 힘과 효율성이라는 말로 제기되어 군사화된다. 총사령관은 정책을 결정하고 사실상의 모든 중요한 행정적 문제들을 결정한다. 전략의 면에서 반박의 여지가 없는 이 원리가 시민 생활에까지 일반화된다. 오직 하나뿐인 지도자에 오직 하나뿐인 국민이란 오직 하나뿐인 주인과 수백만의 노예를 의미한다. 모든 사회에서 자유의 보증이 되는 정치적 중개자들은 사라지고 장화를 신은 한 사람의 여호와에게 자리를 내준다. 이 여호와는 침묵하는 군중, 혹은 말을 바꾸어 관제 슬로건을 외쳐대는 군중 위에 군림한다. 지도자와 국민 사이에 조정과 타협을 담당하는 기관이 개입하는 게 아니라 바로 그 기계 장치, 즉 지도자의 상징이자 탄압의 도구인 당黨이 개입한다. 이와 같이 그 저급한 신비 신학의 최초이자 유일한 원리인 '지도자 원리Führerprinzip'가 탄생하는데 이 원리는 허무주의 세계에 우상 숭배와 타락한 신성을 부활시킨다.

무솔리니는 라틴 법학자답게 국시國是로 만족했다. 다만 그는 온갖 수사학을 동원하여 그 국시를 절대적인 것으로 탈바꿈시켰다. "국가 밖에는, 국가 위에는, 국가에 반대해서는 아무것도 없다. 모든 것은 국가에, 국가를 위해, 국가 내에 있다." 히틀러의 독일은 이 거짓된 국시에 그 진정한 표현을 부여했는데 그것은 다름 아닌 어떤 종교의 표현이었다. "우리의 신성한 임무는 각자를 그 뿌리로, '어머니'에게로 되돌려 보내는 일이었다. 사실상 그것은 신의 임무였다"라고 전당대회 기간 중 한 나치 신문은 썼다. 이때 그 뿌리라는 것은 원초의 울부짖음 속에 있는 것이다. 여기서 말하는 신이란 어떤 것인가? 당의 한 공식 성명이 그것을 설명해준다. "이 지상의 우리들 모두는 우리의 총통 아돌프 히틀러를 믿는다. (…) 그리고 (고백하건대) 국가 사회주의는 우리 국민을 구원으로 이끄는 유일한 신앙이다." 판때기와 깃발들로 장식한 또 하나의 시나이산[6] 위, 무수한 조명등의 숲속에 우뚝 선 지도자의 계명은 그리하여 율법이 되고 미덕이 된다. 초인적인 확성기들이 일단 범죄의 명령을 내리기만 하면 그 범죄는 대장으로부터 부대장에게 전해 내려가서 마지막으로는 노예에게까지 내려간다. 그런데 노예는 명령을 받기만 할 뿐 명령을 넘겨줄 상대가 없다. 다하우 정치범수용소의 한 사형집행인이던 자는 그리하여 옥중에서 울면서 이렇게 말한다. "나는 다만 명령을 집행했을 뿐입니다. 총통과 그 밖의 높은 분들이 그 모든 일을 벌여놓고는 떠나버렸습니다. 글루에크스는 칼텐브루너의 명령을 받았고 마지막으로 내가 총살형 집행 명령을 받았습니다. 그들은 내게 그 모든 짐 보따리를 떠넘겼습니다. 내가 하급 총살집행인에 지나지 않았고 그래서 내게는 넘겨받은 그것을 다시 넘겨줄 하급자가 없었기 때문입니다. 그런데 이제 와서 그들은 나더러 학살자라고 하는군요." 괴링은 전범 재판에서 총통에 대한 자신의 충성이 심판대에 올랐을 때 "그 저주받을 삶에 있어서도 여전히 명예의 문제는 존재했습니다"라고 항변했다. 명예는 복종에 있었다는 말인데 그 복종이란 것이 때로는 범죄와 혼동되는 것이었다. 군법은 불복종에 대해 사형을 선고하고 있으

---

[6] 모세가 여호와 신으로부터 십계명을 받은 산.

니 군법의 명예란 굴종이라는 것이다. 세상의 모든 사람이 군인이라면 명령이 살인을 요구할 때 살인하지 않는 것은 범죄가 된다.

불행하게도 명령은 선을 행하기를 요구한 적이 거의 없다. 교조적인 순수 역동성은 선이 아니라 오로지 효율성만을 향해 나아가게 마련이다. 적이 있는 한, 테러가 있을 것이다. 역동성이 존재하는 한, 그리고 그 역동성이 존재하기 위해서는, 적들이 존재할 것이다. "당의 도움을 받아 총통이 국민의 주권을 행사할 때 그 주권을 약화시킬 가능성이 있는 일체의 영향들은 (…) 제거되어야 한다." 적은 이단자들이므로 그들을 설교나 선전에 의해 개종시키든지 아니면 종교 재판이나 게슈타포에 의해 근절시켜야 한다. 그 결과 인간은 이제, 당원일 경우에는 기계 장치의 톱니바퀴로서 총통을 위한 도구에 지나지 않게 되고, 그렇지 않고 총통의 적일 경우에는 기계 장치의 소모품에 지나지 않게 된다. 반항으로부터 생겨난 비합리적 충동이 이제는 기껏 인간이 톱니바퀴가 되지 않도록 하는 힘, 즉 반항 그 자체를 무력화하겠다는 것이다. 독일 혁명의 낭만주의적 개인주의는 드디어 사물의 세계 속에서 만족을 얻는다. 비합리적 테러는 히틀러의 표현을 빌리면 "세상 전체에 흩어진 세균"인 인간들을 사물로 탈바꿈시킨다. 비합리적 테러는 인격뿐만 아니라 인격의 보편적 가능성, 성찰, 연대, 절대적 사랑을 향한 호소마저 파괴하려 든다. 선전과 고문은 파괴의 직접적 수단들이다. 그 외에도 조직적으로 타락시킨다든가 파렴치한 잡범들과 뒤섞어놓는다든가 강제로 음모에 가담시킨다든가 하는 방법 등이 있다. 살인을 하거나 고문을 하는 자는 그의 승리에서 기껏 어떤 그림자를 음미할 따름이다. 왜냐하면 그는 스스로가 무죄하다고 느낄 수 없기 때문이다. 그래서 희생자의 유죄함을 날조해야만 한다. 그래야만 방향을 잃은 세계에서는 누구나 다 유죄하다고 말할 수 있고 따라서 힘의 실천만이 정당해지고 성공만이 신성한 것이 되는 것이다. 무죄한 사람에게 있어서조차 무죄라는 관념이 사라지게 되면 권력의 가치가 절망한 세계를 결정적으로 지배한다. 그런 까닭으로 오직 돌들밖에는 무죄한 것이 없는 이 세계를 파렴치하고도 잔인한 속죄가 지배한다. 유죄 선고를 받은 자들은 어쩔 수 없이 서로를 교수형에 처하지 않을 수 없게 된다. 모성애의 순수한 절규마저 압살된다. 가령 그리스의 한 어머니는 나치 장교로부터 그녀의 세 아들 중 총살당할 아들을 하나만 고르도록 강요당한다. 이렇게 하여 마침내 인간은 자유로워진다. 인간을 죽이고 인간을 더럽히는 권력은 영혼을 허무에서 구해준다. 그리하여 독일의 자유는 죽음의 수용소에서 죄수들의 오케스트라에 맞추어 노랫소리 드높게 울려 퍼진다.

히틀러의 숱한 범죄들, 그중에서도 유대인 학살은 역사상 유례가 없는 것이다. 왜냐하면 역사상 그처럼 완전한 파괴의 이념이 한 문명국가의 통치권을 장악했던 예는 그 어디에서도 찾아볼 수 없기 때문이다. 특히 통치자들이 그들의 막강한 힘을 일체의 도덕에서 벗어난 신비 신학을 확립시키는 데 쏟은 것은 역사상 처음 있는 일이다. 허무 위에 하나의 교회를 세우는 이 최초의 기도는 절멸 그 자체를 대가로 받았다. 리디츠 마을[7]이 파괴된 현장을 보면 히틀러 운동의 체계적이며 과학적인 외양 속에 사실은 어떤 비합리의 추진력이 숨어 있다는 것을 알 수 있다. 이 비합리의 추진력이란 실은 절망과 오만의 추진력에 불과하다. 반역적이라고 간주되는 한 마을을 상대로 그때까지의 정복자가 취할 수 있는 태도는 단 두 가지뿐이다. 즉 계산된 탄압에 이어 인질들을 냉혹하게 처형하든가 아니면 흥분한 군인들을 풀어서 야만적인 방법으로 단시간 내에 모든 것을 휩쓸어버리든가 두 가지뿐인 것이다. 리디츠의 파괴에는 두 가지 방식이 동시에 동원되었다. 리디츠는 역사 속에서 유례를 찾아볼 수 없는 가치인 비합리적 이성이 얼마나 참혹한 피해를 가져올 수 있는지를 극명하게 보여주고 있다. 가옥들이 불타고 174명의 마을 남자들이 총살되었으며 203명의 여자들이 강제수용소로 보내졌고 103명의 아이들이 총통의 종교 교육을 위해 끌려갔을 뿐만 아니라, 특별 작업대가 파견

---

7 체코의 중부 보헤미아 지방 클란도구의 마을로, 제2차 세계대전 중인 1942년 5월 27일 보헤미아 모라비아의 총독을 향한 저격 사건에 대한 보복으로 나치에 의해 완전히 파괴되었다.

되어 수개월에 걸쳐 다이너마이트를 터뜨려 지면을 평평하게 다듬는 작업을 했고 돌들을 걷어냈고 마을의 연못을 메워버렸으며 끝으로 그곳으로 연결된 도로와 강의 방향을 다른 쪽으로 돌려놓았다. 그렇게 해놓고 보니 히틀러 운동의 논리에 의하건대 리디츠는 그야말로 진짜 순수한 미래 바로 그것이 되었다. 한층 더 안전을 기하기 위해, 마을 묘지에서 그곳에 무엇인가가 있었다는 것을 아직 상기시켜주던 시체들마저 제거했다.[8]

히틀러의 종교 속에서 역사적 표현을 얻은 허무주의적 혁명은 이처럼 오직 허무의 엄청난 광란만을 불러일으켰고, 그 광란은 결국 그 혁명 자체와 맞서서 날뛰며 달려들게 되고 말았다. 적어도 이번만큼은 헤겔의 주장과는 달리 부정은 창조적인 것이 아니었다. 히틀러는 아마도 공적이라고는 아무것도 남기지 못한 역사상 유일한 폭군의 예일 것이다. 그 자신에게나 독일 국민에게나 전 세계에나 그는 자살과 살인 이외에는 아무것도 아니었다. 학살된 700만 명의 유대인, 강제수용소로 보내지거나 살해된 700만 명의 유럽인, 그리고 1000만 명

---

[8] 나치의 이러한 만행을 상기시켜줄 만한 잔혹 행위가 유럽 국가들에 의해 식민지에서(인도 1857년, 알제리 1945년 등) 자행되었다는 사실을 발견하게 됨은 실로 놀라운 일이다. 이들 국가들은 사실상 나치와 다름없는 비합리적 편견인 인종적 우월감에 사로잡혀 있었던 것이다. (원주)

의 전쟁 희생자만으로는 아직도 그에 대한 역사적 판단을 내리기에 충분하지 못할지 모르겠다. 역사는 살인자들에게 길이 들었으니 말이다. 그러나 히틀러가 그의 마지막 정당성이라고 할 수 있는 독일 국가마저 파괴했다는 사실 때문에 이후 이 인간은 수년 동안 수많은 사람들의 뇌리를 떠나지 않고 있었던 존재임에도 불구하고 한갓 실체 없는 비참한 망령이 되어 버린 것이다. 뉘른베르크 전범 재판에서 슈페르가 제출한 공술 내용에 따르면 히틀러는 독일이 그처럼 총체적 파탄에 이르기 전에 전쟁을 중단할 수 있었음에도 불구하고 독일 국가의 전반적 자살 및 물질적, 정치적 파괴를 원했다고 한다. 그에게 오직 하나의 가치는 최후의 순간까지 승리였다. 독일은 전쟁에 패했으므로 비겁자, 배신자이며 따라서 독일은 사멸해야 마땅하다는 것이었다. "만약 독일 국민이 승리할 능력이 없다면 독일 국민은 살 자격도 없다." 그러므로 러시아의 대포들이 이미 베를린 궁전의 성벽들을 진동시키고 있을 때 히틀러는 독일을 죽음 속으로 끌어들여놓고 자신은 자살함으로써 화려한 피날레를 장식하기로 결심했던 것이다. 히틀러, 그리고 자신들의 유해가 대리석 관 속에 안치되기를 바랐던 괴링, 힘러, 라이 등은 지하실이나 독방에서 자살한다. 그러나 이 죽음은 아무짝에도 소용없는 죽음이다. 이 죽음은 악몽과도 같고 허공에 흩어지는 연기와도 같다. 효율적인 것도 모범적인 것도 아닌 이 죽음은 허무주의의 피비린내 나는 허영을 신성화하고 있다.

"그들은 스스로가 자유롭다고 생각했다. 그러나 히틀러주의로부터 자유로워지는 법은 없다는 사실을 그들이 몰랐다니!"라고 프랑크는 신경질적으로 외친다. 그들은 정말 그것을 모르고 있었으며 아울러 모든 것의 부정이란 예속이며, 진정한 자유란 역사와 역사의 승리에 맞서서 하나의 가치에 내면적으로 복종하는 것임을 또한 모르고 있었다.

그러나 파시스트적 신비주의는 비록 차츰차츰 세계를 이끌어가려는 목표를 가지고 있긴 했지만 실제로 어떤 세계 제국을 세우겠다고 나선 적은 한 번도 없었다. 기껏해야 히틀러가 스스로의 승리에 자기도 놀라서 그제야 자기가 일으킨 운동의 지방적 기원에서 등을 돌리고 독일인들의 제국이라는 어렴풋한 꿈을 향해 나아갔을 뿐이다. 그러나 그것은 보편적 세계 제국과는 아무 관련이 없는 것이었다.

이와 반대로 러시아 공산주의는 바로 그 기원 자체에 의해서 세계 제국 건설을 공공연히 표방한다. 그것이야말로 러시아 공산주의의 힘이요, 성찰의 끝에 얻어진 깊이요, 러시아 공산주의가 우리 역사에서 차지하는 중요성이다. 겉보기와는 달리 독일 혁명에는 미래가 없었다. 그것은 원시적인 힘에 불과했으며 그 실제적인 야심보다 그 폐해가 더 컸던 것이다. 이와 반대로 러시아 공산주의는 이 시론에서 서술하고자 하는 형이상학적 야심, 즉 신의 죽음 이후 마침내 신격화된 인간의 왕국을 건설하겠다는 야심을 떠맡았다. 러시아 공산주의는 히틀러의 모험이 감히 표방하지 못하는 혁명이라는 명칭을 가질 만한 자격을 얻었고, 이제는 분명 그 이름에 걸맞은 자격을 상실한 것으로 보이긴 하지만, 그래도 언젠가는 그것을 회복하여 영원히 보전할 것이라고 주장한다. 역사상 처음으로, 무장한 제국을 기초로 한 하나의 독트린과 운동이 결정적 혁명과 세계의 종국적 통일을 목적으로 제시하는 것이다. 우리의 남은 할 일은 그러한 주장을 상세히 살펴보는 것이다. 히틀러는 광란이 절정에 이르자 앞으로 천년 동안 역사를 안정시키겠다고 주장했다. 그는 이제 그 안정이 이루어질 참이라고 생각했고 피정복국의 현실주의적 철학자들은 그러한 사실을 의식하기 위한 마음의 준비를 하고 있었다. 바로 그때, 영국과 스탈린그라드의 전투가 그를 죽음으로 몰아넣었고 그리하여 역사를 한 번 더 앞으로 나아가게 했다. 그러나 신이 되고자 하는 인간의 야심은 역사 그 자체만큼이나 지칠 줄을 모르는 것이어서, 보다 진지하고 효율적으로 정비되어 이번에는 합리적 국가라는 모습을 갖추고서 불쑥 다시 나타난다. 지금 러시아에 세워진 것이 바로 그러한 국가다.

국가 테러리즘과 합리적 테러

 마르크스는 19세기의 영국에서 토지 자본으로부터 산업 자본으로 이행하는 과정에서 야기된 온갖 고통과 참혹한 빈곤으로부터 원시 자본주의에 대한 인상적인 분석을 위한 많은 논거들을 얻었다. 사회주의의 경우는 어떠한가? 프랑스의 여러 혁명들로부터 이끌어낼 수 있었던 몇몇 교훈들—사실 그의 독트린과는 모순되는 것들이지만—을 제외하면, 그는 사회주의에 대해서는 미래형으로, 그리고 추상적으로밖에 언급할 수 없었다. 따라서 그가 가장 타당한 비판적 방법과 가장 논박의 여지가 많은 유토피아적 메시아사상을 그의 독트린 속에 뒤섞어놓고 있는 것은 그리 놀랄 일이 아니다. 불행한 것은, 원칙적으로 현실에 적용되어야 마땅한 그 비판적 방법이 그만 예언에 충실하려 하는 바람에 그만큼 사실로부터 점점 유리되고 말았다는 점이다. 진실에 양보한 것을 메시아 사상에서 쉽게 얻어올 수 있다고 마르크스는 생각했던 것인데 그 점부터가 이미 하나의 조짐이다. 이러한 모순은 마르크스가 아직 살아 있을 때부터 탐지되었던 것이다. '공산당 선언'의 독트린은 20년 후 《자본》이 출간되자 더 이상 엄밀하게 정확한 것이 아니게 되었다. 《자본》은 게다가 미완성으로 남아 있었다. 왜냐하면 마르크스는 만년에 사회적, 경제적 사실들의 새롭고도 방대한 집대성에 심혈을 기울이고 있었고 이 사실들에 사상체계를 새로이 적응시켜야 했기 때문이다. 이 사실들은 특히 그 때까지 그가 우습게 생각해왔던 러시아와 관련된 것들이었다. 끝으로 우리는 《마르크스 전집》을 간행하고 있던 모스크바의 마르크스-엥겔스 연구소가 아직 미간행된 30여 권을 버려둔 채 1935년에 그 간행 사업을 중단해버렸다는 사실을 알고 있다. 그 이유는 물론 이 30여 권의 내용이 충분히 '마르크스주의적'이지 못했기 때문이다.

어쨌든 마르크스가 죽은 뒤 소수의 제자들은 여전히 그의 방법에 충실했다. 그러나 역사를 만든 마르크스주의자들은 그 반대로 마르크스의 예언과 그 이론의 묵시록적 측면을 독점적으로 받아들여, 마르크스 자신도 혁명이 일어날 수 없으리라고 예상했던 바로 그 상황 속에서 마르크스 혁명을 실현하고자 했다. 미래에 대한 마르크스의 예측들은 대부분 사실과 어긋난 것이 된 데 비해 그의 예언은 점점 더 증대되는 신앙의 대상이 되었다고 할 수 있다. 그 이유는 간단하다. 예측은 단기간에 대한 것이므로 검증될 수 있는 데 반해 예언은 아주 장기간의 것이므로 종교를 강화시키는 속성, 즉 증명의 불가능성을 내포하고 있는 것이다. 예측은 무너졌지만 예언은 유일한 희망으로 남아 있었다. 그 결과 예언만이 홀로 우리의 역사를 지배하게 된다. 마르크스주의와 그 상속자들에 대해서 우리는 여기서 오직 이와 같은 예언의 측면에서만 검토하고자 한다.

부르주아적 예언

마르크스는 부르주아적 예언자인 동시에 혁명적 예언자다. 후자가 전자보다 더 알려져 있다. 그러나 전자는 후자의 운명 가운데 많은 것을 설명해준다. 역사적인 동시에 과학적인 하나의 메시아사상이 독일 이데올로기와 프랑스의 여러 가지 민중봉기들에서 유래한 그의 혁명적 메시아사상에 영향을 주었다.

고대 세계와 대비시켜볼 때 기독교 세계와 마르크스주의 세계의 동질성은 현저하다. 그 두 세계의 독트린은 다 같이 그리스적 태도와 구별되는 세계관을 공유하고 있다. 야스퍼스는 그 세계관을 매우 잘 정의하고 있다. "인간들의 역사가 엄밀하게 말해서 하나뿐이라고 보는 것은 곧 기독교적 사상이다." 기독교도들은 가장 먼저, 인간의 삶과 사건들의 연속을 하나의 기원으로부터 하나의 종말을 향해 전개되는 하나의 역사이며 그 역사가 흐르는 동안 인간은 구원을 얻든가 아니면 징벌을 받든가 한다고 생각했던 사람들이다. 역사 철학은 기독교적 세계관으로부터 생겨난 것인데 그것은 그리스 정신의 입장에서 보면 놀라운 것이었다. 변화 생성에 대한 그리스인들의 관념은 역사 발전에 대한 우리의 생각과 아무런 공통점이 없다. 둘 사이의 차이는 원과 직선의 차이나 매한가지다. 아주 적절한 예를 들건대, 아리스토텔레스는 자기가 트로이 전쟁 이후의 사람이라고 생각지 않는다고 말했다. 기독교는 지중해 세계로 뻗어나가기 위해 그리스화하지 않을 수 없었고 동시에 그 원리는 유연한 것이 될 수밖에 없었다. 그러나 기독교의 독창성은 그때까지 결코 하나로 묶여본 적이 없는 두 가지 관념, 즉 역사와 징벌이라는 관념을 고대 세계에 도입한 데에 있다. 중개자의 성격을 가졌다는 점에서 보면 기독교는 그리스적이다. 역사성의 관념을 가졌다는 점에서 보면 기독교는 유대적이어서 장차 독일 이데올로기 속에 다시 나타나게 된다.

역사적 관념을 가진 사상들이 자연에 대해 적대적이라는 점을 특별히 주목하면 우리는 이 같은 단절을 보다 잘 깨닫게 된다. 역사적 관념을 가진 사상에 의하면 자연이란 관조의 대상이 아니라 변형의 대상이다. 마르크스주의자들에게 있어서와 마찬가지로 기독교도들에게 있어서도 자연이란 장악해야 하는 것이다. 그리스인들은 자연에 복종하는 것이 더 낫다고 생각한다. 기독교인들은 고대인의 우주에 대한 사랑을 이해할 수 없었다. 사실 그들은 임박한 세계의 종말을 초조하게 기다리고 있었던 것이다. 그 후 헬레니즘은 기독교와 결합하면서 한편으로는 알비 교파[1]를 활짝 꽃피게 하고 다른 한편으로는 성프란체스코를 탄생시킬 것이다. 그러나 종교 재판과 이단 카타리파(정결파)의 섬멸로 인하여 교회는 다시금 세계와 아름다움으로부터 분리되며, 자연에 대한 역사의 우위성을 다시금 내세우게 된다. 다음과 같은 야스퍼스의 말은 여전히 옳다. "세계로부터 실체를 조금씩 조금씩 비워버리는 것이 곧 기독교적 태도이니 (…) 왜냐하면 실체란 상징들의 총체라는 바탕 위에 놓여 있었기 때문이다." 이 상징들은 시간의 흐름 속에서 전개되는 신의 드라마의 상징들이다. 자연은 이제 이 드라마의 무대 장치에 지나지 않는다. 인간적인 것과 자연의 아름다운 균형, 모든 고대 사상을 떠받치며 빛을 발하게 했던, 세계를 향한 인간의 동의는 역사를 떠받들고자 하면서 우선 기독교에 의해 파괴되었다. 세계와 친화하는 전통이 없는 북방 민족들이 이 역사 속으로 들어오게 되자 이 같은 운동은 더욱 가속화되었다. 그리스도의 신성이 부정되고 독일 이데올로기가 개입하면서부터 그리스도는 이제 인간신만을 상징할 뿐, 인간

---

[1] 프랑스 남부의 알비 지방을 중심으로 하여 11~12세기에 퍼진 기독교의 이단이다. 13세기 중엽 십자군에 의해 전멸되었다.

과 자연 사이의 매개라는 관념은 사라지고 유대적 세계가 되살아난다. 군대를 부리는 무자비한 신이 다시 지배하게 되고 일체의 아름다움은 한가한 향락의 원천으로 여겨 멸시의 대상이 되며 자연 그 자체도 노예로 변한다. 마르크스는 이런 관점에서 볼 때 역사라는 신의 예레미야[2]이며 혁명의 성아우구스티누스다. 이러한 사실은 그의 독트린의 순전히 반동적인 면을 잘 설명해준다. 그와 동시대인으로 반동의 총명한 이론가인 조제프 드 메스트르와 간단히 비교해보면 그 점을 잘 느낄 수 있을 것이다.

조제프 드 메스트르는 그가 볼 때 "지난 3세기 동안 사유의 모든 나쁜 것"이 요약된 독트린이라고 할 수 있는 자코뱅주의와 칼뱅주의를 논박한다. 그 논박의 근거는 기독교적 역사 철학이라는 것이었다. 그는 교회의 분열과 이단에 맞서 마침내 가톨릭(보편적)이 된 교회의 "꿰맨 자국 없는 법복"을 다시 만들고자 한다. 프리메이슨 쪽으로 모험을 감행했을 당시의 그를 보면 알 수 있듯이[3] 그의 목적은 세계 기독교 왕국을 건설하는 데 있었다. 메스트르는 서로 다른 여러 영혼들의 공통 원리

---

[2] 기원전 7세기 후반에서 기원전 6세기 초에 걸쳐 활동한 이스라엘 최후의 예언자.

[3] 데르망겜E. Dermemghem의 《신비주의자 조제프 드 메스트르》 참조. (원주)

가 될 파브르 돌리베[4]의 원형질 아담 혹은 보편적 인간을 꿈꾸고 또 카발리스트들이 말하는, 낙원에서 쫓겨나기 전의 아담 카드몬—이제 우리가 재생시켜야 할—을 꿈꾼다. 교회가 이 세상 전체를 뒤덮게 될 때 이 처음이자 마지막인 아담이 몸을 갖추어 태어날 것이다. 우리는 《상트페테르부르크의 저녁》에서 이 점에 대한 숱한 표현들을 찾아볼 수 있는데 그 내용이 헤겔과 마르크스의 메시아적 공식들과 놀라울 정도로 유사하다. 메스트르가 상상하는 바의 지상적인 동시에 천상적인 예루살렘에서는 "똑같은 정신에 젖어 있는 모든 주민들은 서로 상통할 것이며 자신들의 행복을 서로 비추어줄 것이다." 메스트르는 사후死後의 인격을 부정할 정도는 아니다. 그는 다만 다시 쟁취할 신비로운 통일을 꿈꿀 뿐이다. 이 통일 속에서는 "악이 소멸될 것이니 더 이상 정념도 개인적 이해관계도 없을 것이며" 또 "인간은 그의 이중의 법률이 없어지고 두 개의 중심이 하나가 됨으로써 자아와의 합일을 이룰 것이다."

헤겔 역시 정신의 눈이 육신의 눈과 하나가 되는 절대지絶對知의 왕국 속에서 모순들을 화해시켰다. 그러나 메스트르의 관점은 "본질과 실존, 자유와 필연 간의 투쟁의 종식"을 예고했던

---

[4] 앙투안 파브르 돌리베Antoine Fabre d'Olivet(1768~1825). 작가, 음악가, 철학자. 《인간 종족의 철학적 역사》의 저자.

마르크스의 관점과 만난다. 메스트르에게 악이란 통일성의 파괴와 같다. 인류는 지상과 천상에서 그 통일성을 되찾아야 한다. 어떤 방법으로 되찾을 것인가? 구체제의 반동 사상가인 메스트르는 바로 이 점에서 마르크스만큼 명료하지 못하다. 그렇지만 그는 하나의 크나큰 종교 혁명을 기대하고 있었다. 그 혁명에 비하면 1789년 혁명은 한갓 "끔찍한 서곡"일 뿐일 것이다. 그는 우리가 스스로 진리를 만들 것을—이것이 바로 현대 혁명 정신의 과제다—요구한 성요한의 말과 "쳐부숴야 할 최후의 적은 죽음이다"라고 한 성바울의 말을 인용했다. 인류는 범죄와 폭력과 죽음을 거쳐 모든 것을 정당화할 그 완성을 향해 나아가고 있다. 메스트르에게 지상地上이란 "생명을 가진 모든 것이 끝없이, 무한히, 휴식 없이, 사물의 완성에 이르기까지, 악의 소멸에 이르기까지, 죽음의 죽음에 이르기까지 제물로 바쳐져야 하는 거대한 제단"에 불과하다. 그러나 그의 숙명론은 능동적인 것이다. "인간은 무엇이든 다 할 수 있는 것처럼 행동해야 하고 아무것도 할 수 없는 것처럼 체념하고 감수해야 한다." 우리는 마르크스에게서도 같은 유의 창조적 숙명론을 발견한다. 메스트르는 물론 기성 질서를 정당화하고 있다. 그러나 마르크스는 당대에 확립되는 질서를 정당화한다. 자본주의에 대한 가장 웅변적인 예찬이 자본주의의 가장 큰 적의 입에서 나온 것이다. 마르크스는 오직 자본주의의 효력이 상실된다는 한계 내에서만 반자본주의적이다. 그다음에는 다른 질서가 확립될 것이고 그 새 질서는 역사의 이름으로 새로운 순응주의를 요구하게 될 것이다. 수단의 문제에 관한 한 마르크스와 메스트르는 동일하다. 정치적 현실주의, 규율, 권력 등이 그 수단인 것이다. 메스트르는 보쉬에의 그 강력한 생각, 즉 "이단자란 개인적인 사상들을 가진 자", 다시 말해 사회적이든 종교적이든 하나의 전통에 의거하지 않은 사상을 가진 자라는 생각을 자기의 것으로 삼는데 이때 그가 제시하는 것은 순응주의의 가장 낡고도 가장 새로운 공식이다. 사형집행인을 노래하는 염세적 가인歌人이었던 이 차장 검사[5]는 그리하여 우리 시대의 외교적 수완을 겸비한 검사들의 출현을 예고한다.

말할 필요도 없이, 이러한 유사점들이 있다고 해서 메스트르가 마르크스주의자가 되는 것도 아니고 마르크스가 전통적 기독교인이 되는 것도 아니다. 마르크스적 무신론은 절대적인 것이다. 그것은 인간의 차원에서 지고한 존재를 부활시킨다. "종교에 대한 비판은 인간이 인간에 대해서 지고한 존재라는 이론으로 귀결된다." 이와 같은 각도에서 본다면 사회주의는 인간을 신격화하려는 하나의 기도이며 아울러 전통 종교의 몇몇 특성들을 자기 것으로 따왔다고 볼 수 있다.[6] 이러한 유사

---

[5] 조제프 드 메스트르를 가리키는데, 그가 사법관 출신임을 염두에 둔 표현이다.
[6] 마르크스는 생시몽에게서 영향을 받았으며 생시몽 자신은 조제프 드 메

성은, 역사적 메시아사상—그것이 혁명적인 것일 때조차—은 어느 것이나 기독교에 기원을 두고 있다는 사실을 가르쳐준다. 유일한 차이점은 지표指標의 변화다. 마르크스처럼 메스트르에게도 역사의 종말은 비니의 그 위대한 꿈, 즉 늑대와 어린 양이 서로 화해하고 범죄자와 희생자가 같은 제단을 향해 나아가고 지상 낙원이 다시 열리거나 처음 열리는 꿈을 현실로 만들어놓게 된다. 마르크스에게는 역사의 법칙이 물질적 현실을 반영하고 메스트르에게는 그것이 신적인 현실을 반영한다. 그러나 전자에 있어서는 물질이 실체라는 것이며 후자의 경우에는 신의 실체가 현세에서 구현되어 있다는 것이다. 영원성이라는 문제에 있어서 그들은 원칙적으로 갈라지지만 역사성이라는 점으로 볼 때 결국 그들은 현실주의적 결론 속에서 서로 일치하는 것이다.

메스트르는 그리스를 증오했다(태양적인 모든 아름다움과는 담을 쌓고 있었던 마르크스에게는 그리스가 거북한 존재였다). 그는 그리스가 그 특유의 분할 정신을 유산으로 물려줌으로써 유럽을 부패시켰다고 말했다. 그러나 그리스 사상이야말로 통일의 사상이라고 말하는 것이 더욱 타당할 것이다. 왜냐하면 그리스 사상은 중개자 없이는 존재할 수 없었으며 오히려 전체성

스트르와 보날드의 영향을 받았다. (원주)

의 역사적 정신과는 무관한 것이기 때문이다. 전체성의 역사적 정신이란 원래 기독교가 발명해낸 것으로, 오늘날에 와서는 그 종교적 기원에서 분리되어 유럽을 말살시키려 드는 것이다. "도대체 그리스적 이름, 그리스적 상징, 그리스적 가면을 가지지 아니한 우화나 광란이나 악덕이 있는가?" 청교도가 내뱉는 이런 투의 격분은 무시해버리기로 하자. 이 같은 격렬한 혐오는 기실 일체의 고대 세계와 단절된 채, 반대로 권위주의적 사회주의를 내밀하게 계승하고 있는 근대 정신을 표현하는 것이다. 이 권위주의적 사회주의는 곧 기독교에서 신성을 제거하여 정복을 목적으로 하는 어떤 교회 속으로 그 기독교를 끌어들이게 된다.

마르크스의 과학적 메시아사상은 자체가 부르주아적 뿌리를 가지고 있다. 진보, 과학의 미래, 기술과 생산의 숭배 등은 모두 19세기에 독트린으로 확립된 부르주아적 신화들이다. '공산당 선언'이 르낭[7]의 《과학의 미래》와 같은 해에 출간되었다는 사실은 주목할 만하다. 그 책에 담긴 르낭의 신념 선언은, 현대 독자들의 눈에는 어처구니없는 것으로 보이겠지만, 19세기에 산업의 비약적 발전과 과학의 놀라운 진보가 불러일으킨

---

[7] 조제프 에르네스트 르낭 Joseph Ernest Renan(1823~1892). 과학과 합리주의를 숭상한 프랑스 철학자.

거의 신비적이라고 할 만한 희망이 실로 어떠한 것이 었는가를 아주 정확하게 보여주는 것이다. 이 희망이야말로 기술적 진보의 수혜자인 바로 그 부르주아 사회의 희망 그것이었다.

진보의 개념은 계몽주의 및 부르주아 혁명과 동시대의 산물이다. 어쩌면 우리는 17세기로 거슬러 올라가서 이 개념의 뿌리가 된 사람들을 찾아낼 수 있을 것이다. 17세기에 있었던 신구 논쟁은 이미 유럽 정신사에 예술적 진보라는 매우 터무니없는 개념을 도입한다. 좀 더 진지한 차원에서 우리는 데카르트 사상으로부터 날로 신장되어가는 어떤 과학의 관념을 찾아낼 수도 있다. 그러나 1750년, 튀르고[8]가 최초로 그 새로운 신앙에 대해 분명한 정의를 내린다. 인간 정신의 진보에 대한 그의 담론은 따지고 보면 보쉬에의 보편적 역사관을 답습한 것이다. 다만 신의 뜻을 진보의 관념이 대신하고 있을 뿐이다. "전 인류 집단은 평온과 동요, 선과 악을 번갈아 겪으면서 비록 느린 걸음으로나마, 계속하여 보다 큰 완성을 향해 나아가고 있다." 이것이야말로 콩도르세[9]의 미사여구로 가득 찬 여러 고

---

[8] 안 로베르 자크 튀르고Anne Robert Jacques Turgot(1727~1781). 프랑스의 경제학자. 루이 16세 때 재정 총감독관이 되기 훨씬 전에 그는 우선 사제가 되었고 〈인간의 진보의 역사〉라는 제목의 논문을 소르본 대학교에 제출했다.

[9] 마리 장 앙투안 니콜라 드 카리스타 마르키 드 콩도르세Marie Jean Antoine Nicolas de Caritat, Marquis de Condorcet(1743~1794). 프랑스의 수학자. 철학

찰들의 핵심이 되어줄 낙관론이다. 진보의 공식적인 이론가인 그는 진보의 비공식적 희생자이기도 했다. 왜냐하면 진보를 국가의 진보에 연결시켰던 그에게 계몽주의 국가가 음독자살을 강요했으니 말이다. 진보의 철학은 바로 기술적 진보에 힘입은 물질적 번영에 혈안이 된 사회에 적합한 철학이라는 소렐[10]의 말은 전적으로 옳다. 세계의 질서 자체에 있어서 내일이 오늘보다 더 나으리라고 확신할 수 있을 때 사람들은 평화롭게 즐길 수 있을 것이다. 진보는 그리하여 역설적이게도 보수주의를 정당화하는 데 이용될 수 있다. 미래의 믿음이 발행해준 어음인 진보는 이리하여 주인이 양심의 거리낌을 느끼지 않아도 좋게 해준다. 노예들에게, 비참한 현재를 살고 있는 사람들에게, 하늘나라에서의 위안을 갖지 못한 사람들에게 적어도 미래가 그들의 것임을 믿게 해주는 것이다. 미래야말로 주인들이 노예들에게 흔쾌히 양도할 수 있는 유일한 재산이다.

보다시피 진보에 대한 이러한 생각은 지금이라고 해서 달라진 것이 아니다. 그러나 그것은 혁명 정신이 이 모호하고도 안이한 진보의 테마를 되풀이하여 사용했기 때문이다. 물론 똑같은 종류의 진보라고는 할 수 없다. 마르크스는 부르주아의

자, 경제학자, 국민의회 의원. 공포 정치하에서 단두대에 오르지 않기 위해 독약을 먹고 자살했다.
[10] 조르주 소렐Georges Sorel의 《진보의 환상 *Illusion du Progrès*》 참조. (원주)

합리적 낙관론을 아주 비웃기만 한 것은 아니다. 곧 알게 되겠지만 그 이유는 좀 다른 데 있다. 그러나 아무튼 마르크스의 사상은 조화로운 미래를 향한 힘겨운 행진이라는 것으로 정의된다. 헤겔과 마르크스주의는 자코뱅 당원들에게 그 복된 역사의 곧은길을 비춰주던 형식적 가치들을 파괴해버렸다. 그러나 그들은 미래를 향한 전진이라는 관념은 여전히 버리지 않고 간직했다. 그들에게 이 관념은 그저 사회적 진보라는 것과 동일하며 필연적이라고 인정되는 것이었다. 이처럼 그들은 19세기의 부르주아 사상을 계승하고 있었던 것이다. 장차 페쾨르(마르크스에게 영향을 준)[11]가 열광적으로 중계하게 될 토크빌[12]은 과연 다음과 같이 엄숙히 선언한 바 있다. "점진적이며 발전적인 평등의 전개야말로 인간 역사의 과거인 동시에 미래다." 여기서 마르크스주의에 이르기 위해서는 평등이라는 것을 생산의 수준으로 대체해야 하고, 생산의 최종 단계에 이르러 일대 변화가 일어나 조화로운 사회를 실현하게 된다고 상상해야 된다.

---

11 콩스탕탱 페쾨르Constantin Pecqueur(1801~1887). 프랑스의 경제학자. 《자유와의 관계에서 본 물질적 개선*Des améliorations matérielles dans leur rapport avec la liberté*》(Paris, Gosselin, 1840)의 저자.
12 알렉시 샤를 앙리 모리스 클레렐 드 토크빌Alexis Charles Henri Maurice clérel de Tocqueville(1805~1859). 프랑스의 정치가, 사상가, 주저로 《미국의 민주주의》가 있다.

진보의 필연성으로 말하자면, 오귀스트 콩트[13]는 자신이 1822년에 공식화한 삼단계의 법칙을 가지고 그 진보의 가장 체계적인 정의를 내리게 된다. 콩트의 결론들은 기이하게도 과학적 사회주의가 받아들이게 될 결론들과 흡사한 것이다.[14] 실증주의는 19세기의 이데올로기적 혁명의 반향들을 극명하게 드러내 보인다. 마르크스를 대표자로 하는 이 이데올로기적 혁명은 전통적으로 세계의 시초에 존재하는 것으로 되어 있던 '낙원'과 '계시'를 역사의 끝에 두는 것이 특징이었다. 필연적으로 형이상학의 시대와 신학의 시대의 뒤를 잇게 되는 실증주의 시대는 인간을 믿는 종교의 도래를 분명히 하게 된다. 앙리 구이에[15]는 그에게 중요한 것은 신의 흔적을 지니지 않은 인간을 발견하는 일이었다고 했는데 이야말로 콩트가 뜻하는 바를 정확하게 규정하는 말이다. 모든 곳에서 절대를 상대적인 것으로 대치시키려던 콩트의 애초의 목적이 사태의 발전과 더불어 곧 그 상대적인 것 자체를 신격화하고 보편적인 동시에 초월성과 무관한 하나의 종교를 널리 전파하는 쪽으로 바뀌고 말았다. 콩트는 자코뱅당의 '이성 숭배'에서 실증주

---

13 Auguste Comte(1798~1857). 프랑스의 철학자. 실증주의의 창시자.
14 《실증 철학 강의 *Cours de philosophie positive*》의 마지막 권은 포이어바흐의 《기독교의 본질》과 같은 해에 출간된다. (원주)
15 Henri Gouhier(1898~1994). 여러 종의 철학사의 저자. 그는 카뮈 세대 작가들에게 있어서 이 분야에 관한 하나의 대표적 준거가 되고 있었다.

의의 선구적 징후를 발견했고 자신이야말로 당연히 1789년의 혁명가들의 진정한 후예라고 생각했다. 그는 원리들에서 초월성을 제거하고 인류를 신앙의 대상으로 삼는 종교에 체계와 바탕을 마련함으로써 혁명을 계승, 확대했다. "종교의 이름으로 신을 멀리한다"라는 그의 말은 바로 그런 의미인 것이다. 그는 이후 널리 번져나가게 될 하나의 광신을 창시함으로써 그 새로운 종교의 성바울이 되고자 했고, 로마의 가톨릭을 파리의 가톨릭으로 대체하고자 했다. 우리는 그가 새로운 종교의 대성당 속에서 "지난날 신을 모셨던 제단 위에 신격화된 인류의 상像이 모셔진 것"을 보고 싶어 했음을 알고 있다. 그는 1860년 이전에 노트르담 성당 안에서 자신이 실증주의를 설교하게 되리라고 정확하게 계산까지 해두고 있었다. 이러한 계산이 그 당시에는 그렇게 우스꽝스럽지 않았었던 것 같다. 노트르담은 계엄 상황에 돌입해 여전히 잘 버티고 있다. 그러나 인류라는 신을 믿는 종교는 19세기 말경에 실제로 포교되었으며 마르크스는 분명 콩트를 읽지 않았음에도 불구하고 그 예언자들 중 한 사람이 되었다. 다만 마르크스는 초월성과 무관한 종교의 이름이 곧 정치라는 사실을 깨달았다. 요컨대 콩트는 그러한 사실을 알고 있었거나 아니면 적어도 그의 종교가 우선은 하나의 사회 숭배라는 것, 그리고 그것은 정치적 현실주의[16], 개인의 권리의 부정, 그리고 전제주의의 확립 등을 전제로 한다는 것을 이해하고 있었다. 학자들이 사제가 되고, 단 2000명의 은행가와 기술자가 1억 2000만 인구의 유럽을 지배하는 사회, 개인의 생활이 공공의 생활과 절대적으로 일치하며 일체를 지배할 대사제에게 "행동과 생각과 마음"으로 복종하는 사회, 이런 것이 콩트의 유토피아라고 하겠는데 이것은 우리 시대의 수평적 종교라고 할 만한 것을 예고하고 있다. 사실 그것은 말 그대로 유토피아적이다. 왜냐하면 과학의 눈부신 위력을 확신한 나머지 그는 경찰을 예상하는 것을 깜빡 잊었기 때문이다. 바야흐로 다른 유토피아들은 보다 더 실용적인 것이 될 것이다. 그리하여 실제로 인류의 종교가 세워질 것이다. 그러나 그것은 인간의 피와 고통 위에 세워질 것이다.

끝으로, 인류 발전에 있어서의 공업 생산에 대해 마르크스가 품고 있던 독자적 생각이 실은 부르주아 경제학자들에게서 빌려온 것이라는 사실, 또 그의 노동 가치설의 핵심은 부르주아 산업 혁명의 경제학자인 리카도에게서 얻어온 것이라는 사실을 거기에 보태어 지적한다면 우리가 그의 예언을 부르주아

---

[16] "저절로 전개되는 모든 것은 일정한 기간 동안 필연적으로 정당한 것이다."(원주)

적이라고 말하는 것이 수긍될 수 있을 것이다. 우리가 부르주아 경제학자들과 마르크스를 이렇게 접근시키는 것은 우리 시대의 마구잡이 마르크스주의자들이 생각하듯이 마르크스는 곧 모든 것의 시작이자 끝이라는 것[17]을 보여주기 위해서가 아니라 오히려 그와는 반대로 마르크스 역시 인간 본성을 공유하고 있다는 것을 보여주기 위해서다. 즉 그는 선구자이기 이전에 상속자인 것이다. 현실주의적인 것이기를 바랐던 그의 학설은 과연 과학이라는 종교의 시대, 다윈의 진화론과 증기기관과 섬유 공업의 시대에는 현실주의적인 것이었다. 그러나 100년 후 과학은 상대성, 불확실성, 우연성과 맞닥뜨리게 되었고 경제는 전기와 제철 기술과 원자력 생산을 고려해야 했다. 이러한 계속적인 발견들을 자신의 이론 속에 통합하지 못한 마르크스주의의 실패는 또한 같은 시대의 부르주아적 낙관론의 실패이기도 하다. 이러한 실패는 100년이나 지난 낡은 진리들을 여전히 과학적 진리로 굳힌 채 유지하려는 마르크스주의자들의 주장을 가소로운 것으로 만들어버린다. 혁명적이

---

17 주다노프에 따르면 마르크스주의는 "종래의 모든 철학 체계와는 본질적으로 다른 하나의 철학"이다. 이 말은 예컨대 마르크스주의는 데카르트의 철학이 아니라는 뜻으로 해석될 수 있고, 마르크스주의는 본질적으로 데카르트 철학으로부터 아무것도 받아들인 것이 없다는 뜻으로 해석될 수도 있다. 전자의 경우라면 아무도 부정하지 않겠지만 후자의 경우는 터무니없는 말이라고 하겠다. (원주)

든 부르주아적이든 간에 19세기의 메시아사상은, 그 사상이 매번 정도를 달리하면서 신격화했던 그 과학과 그 역사의 계속적인 발전에 더 이상 버텨낼 수가 없었다.

혁명적 예언

마르크스의 예언은 그 원리에 있어서도 역시 혁명적이다. 모든 인간적 현실은 생산관계에서 유래하는 것이니 역사적인 생성 변화는 혁명적이다. 왜냐하면 경제가 혁명적이기 때문이다. 각 생산 단계에서 경제는 여러 대립 관계를 유발한다. 그 대립 관계는 그보다 우위의 생산 단계를 위해 해당 사회를 파괴한다. 자본주의는 이러한 생산 단계들 중 맨 마지막 단계다. 왜냐하면 자본주의는 일체의 대립 관계가 해소되고 더 이상 경제란 것이 존재하지 않는 그런 제반 조건을 만들어내기 때문이다. 그날이 오면 우리의 역사는 선사적先史的인 것이 될 것이다. 또 다른 시각에서 보면 이러한 도식은 바로 헤겔의 도식이다. 변증법이 정신의 시각에서 적용되는 것이 아니라 생산과 노동의 시각에서 적용되고 있는 것이다. 물론 마르크스 자신은 한 번도 변증법적 유물론을 운위한 적이 없다. 그 논리적 괴물을 찬양하는 일은 그의 상속자들을 위해 남겨놓은 것이다. 그러나 그는 현실이 변증법적인 동시에 경제적이라고 말했다. 현실은 여러 대립 관계의 생산적인 충격에 박자를 맞춰 진행되는 항구적 생성 과정이다. 그런데 이 대립 관계들은 매번 어떤 상위의 종합 속에서 해소되고 이 상위의 종합 자체는 그 반대항을 유발함으로써 역사를 새로이 전진하게 한다. 헤겔이 정신을 향해 전진하는 현실에 대해 주장하는 바를 마르크스는 계급 없는 사회를 향해 전진하는 경제에 대해 주장한다. 모름지기 모든 것은 다 그 자체인 동시에 그 반대다. 그리하여 이 모순은 그것으로 하여금 다른 것이 되도록 강요한다. 자본주의는 그것이 부르주아적인 것이기 때문에 혁명적인 것이며 그리하여 공산주의의 요람이 되는 것이다.

마르크스의 독창성은, 역사가 변증법인 동시에 경제라고 주장한 데 있다. 보다 더 자신만만한 헤겔은 역사가 물질인 동시에 정신이라고 주장했다. 게다가 역사는 오직 그것이 정신인 한에 있어서만 물질일 수 있으며, 그 역 또한 옳다. 마르크스는 최후의 실체로서의 정신을 부정하고 역사적 유물론을 주장한다. 우리는 이를 즉시 되받아서 베르자예프와 더불어 변증법과 유물론은 서로 타협할 수 없다는 점을 지적할 수 있다. 변증법은 사유에 대해서만 성립할 수 있다. 그러나 유물론은 그 자체가 애매한 개념이다. 유물론이라는 말 자체가 성립되기 위해서는 우선 세계 속에 물질보다 상위에 그 무엇인가가 있다고 말해둬야 한다. 이러한 비판은 역사적 유물론에 적용될 때 더욱 타당한 것이 되리라. 역사는 그것이 의지와 과학과 열정이라는 수단에 의해 자연을 변형시킨다는 바로 그 점에서 자연과 구별된다. 그러므로 마르크스는 순수한 유물론이나 절대적 유물론이란 있을 수 없다는 그 명백한 이유 때문에 순수한 유물론자가 아닌 것이다. 순수한 유물론자나 절대적 유물론자가 아닌 만큼 그는, 만일 무기가 이론의 승리를 가져올 수 있는 것이라면 이론은 또한 무기를 불러올 수 있다는 것을 인정한다. 마르크스의 입장은 역사적 결정론이라고 부르는 것이 더 적절할 것이다. 그는 사유를 부정하지 않으며 사유란 외부적 현실에 의해 절대적으로 결정되는 것으로 생각한다. "나에게 사유의 운동이란 다만 인간의 두뇌 속으로 운반되어 거기에 옮겨 놓이는 현실적 운동의 반영일 뿐이다." 이 몹시 거친 정의는 아무런 의미가 없다. 외부의 운동이 어떻게 그리고 무엇을 통하여 '두뇌 속으로 운반될' 수 있는가 하는 난점은 뒤이어 이 운동의 '옮겨 놓임'을 정의하는 데 따르는 난점에 비하면 아무 것도 아니다. 그러나 마르크스의 철학은 그의 세기에 한하는 안목 짧은 철학이었다. 그가 말하고자 하는 바는 또 다른 차원들에서 정의될 수 있다.

그에게 인간이란 역사, 특히 생산 수단의 역사에 지나지 않는다. 과연 마르크스는, 인간은 생존 수단을 생산한다는 점에 있어서 동물과 구별된다고 말한다. 인간은 우선 먹지 않고 입지 않고 피신처를 갖지 않는다면 존재하지 못한다. 그 "사는 것이 첫째primum vivere"라는 말이야말로 인간에 대한 첫째가는 규정인 것이다. 이 단계에 있어서 인간이 조금밖에 사고하지 못한다는 사실은 그 같은 없어서는 안 될 필요성들과 직접적 관련이 있다. 뒤이어 마르크스는 이러한 의존 관계가 항구적이며 필연적인 것임을 입증해 보인다. "산업의 역사는 인간의 본질적 자질들을 보여주기 위해 펼쳐놓은 책이다." 이런 주장은 사실 납득이 가는 것이지만 그는 이것을 개인적으로 일반화하여 경제적 의존 관계가 유일하고도 충분한 것이라는 주장을 펴고 있는데 이 점은 증명을 요하는 것이다. 우리는 경제적 결정 요인이 인간의 행동과 사유에 있어 중요한 역할을 한다는 것을 인정할 수 있지만, 그렇다고 해서 마르크스가 그랬던 것처럼, 나폴레옹에 대한 독일인들의 반항을 단지 설탕과 커피의 결핍으로 설명할 수 있다는 식의 결론을 내릴 수는 없다. 더구나 순수한 결정론은 그것 역시 부조리한 것이다. 만약 그것이 부조리하지 않다면 오직 하나의 참된 긍정만으로 충분할 것이며, 그리하여 결론에서 결론으로 나아가 마침내 온전한 진리에 도달하게 될 것이다. 그러나 실제로는 그런 것이 아니므로, 우리는 지금까지 오직 하나만의 참된 긍정도, 심지어 결정론을 내거는 긍정조차도 결코 발언해본 적이 없거나, 아니면 어쩌다가 진실을 말하게 되는 경우에도 결론에 이르지는 못하는 것이다. 그러므로 결정론은 오류다. 그런데도 마르크스가 그토록 자의적인 단순화를 감행한 데는 순수한 논리와는 동떨어진 자기대로의 이유들이 있었던 것이다.

인간의 근저에서는 경제적 요인이 결정적인 역할을 한다

고 보는 것은 인간을 그의 사회적 관계로 단순화해버리는 것이다. 고독한 인간이란 있을 수 없다는 명제야말로 19세기가 이룩한 명백한 발견이다. 이 자의적인 논리는 그리하여 인간이 사회 속에서 고독을 느끼는 것은 오직 사회적인 이유 때문이라는 결론에 이른다. 실제로 고독한 정신이 인간의 밖에 있는 그 무엇인가에 의해 설명되어야 한다면 인간은 초월을 향해 가고 있는 것이다. 그런데 반대로 사회성을 만들어낸 장본인은 인간뿐이다. 거기다가 만약 사회성이 동시에 인간을 창조한 주체라고 단언할 수 있다면 초월을 배제할 수 있는 총체적 설명을 갖추게 되는 셈이다. 이리하여 인간은 마르크스가 원한 바 그대로 "그 자신의 역사의 작자요 연기자"가 되는 것이다. 마르크스의 예언은 혁명적이다. 왜냐하면 그는 계몽 철학에 의해 시작된 부정의 운동을 완성했기 때문이다. 자코뱅 당원들은 인격신의 초월성을 파괴하지만, 그러나 그것을 원리의 초월성으로 대체한다. 마르크스는 원리의 초월성마저 파괴함으로써 현대의 무신론을 확립한다. 1789년에 신앙은 이성에 의해 대체된다. 그러나 이 이성 역시 그 고정성으로 인해 초월적이다. 헤겔보다 더 급진적인 마르크스는 이성의 초월성을 파괴하고 이성을 역사 속으로 몰아넣는다. 그들 이전에는 이성이 조정자의 역할을 맡고 있었는데 이제 바야흐로 정복자의 역할을 맡게 된 것이다. 마르크스는 헤겔보다 한 걸음 더 나아가서, 정신의 지배가 어느 정도 초역사적인 가치를 복원시킨다는 점에서 헤겔을 관념론자(마르크스가 유물론자가 아닌 그만큼 헤겔은 관념론자가 아니다)로 규정하려 든다. 《자본》은 주인의 지배와 노예의 예속의 변증법을 그대로 받아들인다. 그러나 자의식을 경제적 자율성이란 것으로, '절대적 정신'의 종국적 지배를 공산주의의 도래라는 것으로 대체시킨다. "무신론은 종교가 폐기됨으로써 성립되는 휴머니즘이며 공산주의는 사유 재산 제도가 폐기됨으로써 성립되는 휴머니즘이다." 종교적 소외는 경제적 소외와 동일한 기원을 가진다. 인간은 오직 물질적 결정 요인들로부터의 절대적 자유를 실현함으로써만 종교와 손을 끊게 된다. 혁명은 곧 무신론, 그리고 인간의 지배와 동일한 것이다.

마르크스가 경제적 결정 요인 및 사회적 결정 요인을 강조하기에 이른 이유가 바로 여기에 있다. 그의 가장 의미 있는 노력은 당대의 부르주아 계급이 내세우는 형식 가치들 뒤에 숨겨져 있는 현실을 드러내 보이고자 했다는 데 있다. 기만에 대한 그의 이론은 여전히 가치 있는 것이다. 왜냐하면 그것은 사실상 보편적으로 가치 있는 것이고 혁명적 기만에도 적용되는 것이기 때문이다. 티에르[18]가 떠받들었던 자유는 경찰이 확

---

[18] 루이 아돌프 티에르Louis Adolphe Thiers(1797-1877). 프랑스의 정치가, 역사가.

고하게 지켜준 특권의 자유였다. 보수 신문들이 찬양하여 마지않는 가정이란 것은 반쯤 벌거벗다시피 한 남자와 여자들이 같은 밧줄에 묶인 채 광산 갱도 깊숙한 곳으로 내려가는 사회 상황 위에서 유지되고 있었다. 도덕은 노동 계급의 매춘 위에서 번성하고 있었다. 이처럼 무능하고 탐욕스런 사회의 위선이 이기적인 목적을 위해 성실과 지성의 당위성을 독차지했다는 사실, 그것이 바로 그 누구도 따를 수 없는 고발자인 마르크스가 유례없이 힘찬 목소리로 폭로했던 불행한 현실이었다. 이 격노한 고발은 다른 과격한 사태들을 빚어냈고 그것은 또 하나의 고발을 요구하게 된다. 그러나 무엇보다 먼저 마르크스의 그 같은 고발이 어디에서 태어났는가를 알아야 하고 또 말해야 한다. 그것은 1834년 리옹에서 실패한 반란의 피 속에서 태어났고, 1871년 베르사유 쪽 모럴리스트들이 보여준 비열한 잔인함 속에서 태어났다. "아무것도 가진 것이 없는 인간은 오늘날 아무것도 아니다." 이러한 주장은 사실은 잘못된 것이지만 19세기의 낙관론적인 사회에서는 거의 참으로 여겨지고 있었다. 번영의 경제가 가져온 극도의 타락은 마르크스로 하여금 사회적, 경제적 관계에 으뜸가는 지위를 부여하도록 만들었고 인간의 지배라고 하는 그의 예언을 한층 더 소리 높여 외치도록 만들었다.

이리하여 우리는 마르크스가 역사를 순전히 경제적인 시각에서 설명하려고 한 까닭을 더 잘 이해하게 된다. 원리가 거짓된 것이라면 오직 빈곤과 노동의 현실만이 참된 것이다. 그리고 만약 현실이 인간의 과거와 미래를 설명하기에 충분한 것임을 입증할 수 있다면 원리는 그 원리를 이용하는 사회와 함께 영원히 무너지게 될 것이다. 장차 마르크스가 시도하려는 것은 바로 이러한 것이다.

인간은 생산과 더불어, 사회와 더불어 태어났다. 토지의 불평등, 생산 수단의 다소간 급속한 개량, 생존 경쟁 등이 급속히 사회적 불평등을 가져왔고 이 사회적 불평등은 생산과 분배 사이의 대립, 즉 계급 투쟁으로 결정結晶되었다. 이 투쟁과 대립은 역사의 원동력이다. 고대의 노예 제도와 봉건 시대의 농노 제도는 생산자가 곧 생산 수단의 주인이 되는 고전 시대 수공업 제도에 이르는 기나긴 도정의 단계들이었다. 한편 세계적 교통망이 열리고 새로운 판로들이 발견되면서 지방색이 덜한 생산품이 요구된다. 생산 양식과 새로운 분배의 필요성 사이의 모순은 벌써 소규모 농공업 생산 제도의 종말을 예고하게 된다. 산업 혁명, 증기 기관의 발명, 판로 경쟁 등의 필연적 결과로 소지주들의 토지는 대지주들의 토지에 병합되고 대규모 매뉴팩처들이 생겨나기에 이른다. 생산 수단은 그리하여 그것을 매입할 능력을 가진 자들의 손에 집중된다. 진정한 생산자들인 노동자들은 가진 것이라고는 그들의 팔 힘뿐이고 그것을 '돈을 가진 자'에게 팔 수 있을 뿐이다. 부르주아 자본주의는 이와 같이 생산자와 생산 수단의 분리에 의해 정의된다. 이 대립 관계로부터 일련의 필연적인 결과들이 생겨나고 이 결과들을 근거로 마르크스는 여러 사회적 대립 관계들의 종말을 예고할 수 있게 된다.

얼른 보기에 계급 간의 변증법적 투쟁이라는 확고히 설정된 원리가 갑자기 참이 아닌 것으로 변해야 할 까닭은 없어 보인다. 이 점을 주목해두자. 그것은 항상 참이든지 아니면 결코 한 번도 참인 적이 없었어야 옳다. 1789년 대혁명 이후 구체제 때의 신분이 더 이상 존재하지 않게 된 것처럼 프롤레타리아 혁명 후에는 더 이상 계급이 존재하지 않을 것이라고 마르크스는 분명하게 말한다. 그러나 과거의 신분 차이는 사라졌어도 현재의 계급은 없어지지 않았다. 그리고 현재의 계급이 사라진다 해도 그다음에 또 어떤 사회적 대립 관계가 뒤따라 나타나지 않는다고 누구도 장담하지 못한다. 그런데도 마르크스 예언의 핵심은 바로 이 단언 속에 뿌리박고 있는 것이다.

우리는 마르크스주의의 도식을 알고 있다. 마르크스는 애덤 스미스와 리카도에 뒤이어 모든 상품의 가치는 그것을 생산해낸 노동의 양量에 의해 결정된다고 주장한다. 노동자가 자본가에게 파는 노동의 양은 그 자체가 하나의 상품인데 그것의 가치는 그 상품을 생산하는 노동의 양, 즉 노동자의 생존에 필요한 소비재의 가치에 의해 결정된다. 그러므로 이 상품을 사는 자본가는 그것을 파는 노동자가 먹고살 수 있도록 충분한 대가를 지불해야 한다. 대신에 자본가는 가능한 한 오래도록 노동자를 노동시킬 권리를 얻는다. 따라서 자본가는 그가 지불하는 노동자의 생계비 이상으로 노동을 시킬 수도 있게 된다. 12시간의 노동 가운데, 만약 그 반이 노동자의 생존에 필요한 소비재의 가치에 상당하는 가치를 생산해내기에 충분하다면, 나머지 6시간은 지불되지 않는 시간, 즉 잉여 가치이며, 그것은 그대로 자본가의 이익으로 귀속된다. 자본가의 관심은 그러므로 노동 시간을 최대한 늘리거나, 혹은 그렇게 할 수 없다면 노동 능률을 최대한 높이는 데에 있다. 첫 번째 요구는 경찰과 잔인성에 관계되는 문제이고, 두 번째 요구는 노동 조직에 관계되는 문제다. 두 번째 문제는 노동 분업이라는 문제로 우선 귀결되고 그다음에는 기계의 사용이라는 문제에 이르게 되는데, 이 기계의 사용이라는 것이야말로 노동자를 비인간화한다. 다른 한편 국외 시장에 대한 경쟁 및 새로운 공장 설비에 대한 점증하는 투자 필요성 등은 자본 집중과 자본 축적이라는 현상을 낳는다. 우선 소자본가들은 예컨대 적자를 보는 가격으로도 오랫동안 버틸 수 있는 대자본가들에게 흡수된다. 결국 이윤 중 점점 더 많은 부분이 새로운 기계 구입에 투자되어 고정 자본으로 축적된다. 이러한 이중의 운동은 우선 중산 계급의 붕괴를 재촉함으로써 중산 계급을 프롤레타리아 계급으로 추락시키며, 그다음에는 오직 프롤레타리아에 의해서만 생산되는 부富를 더욱더 소수의 자본가들 손에 집중시키게 된다. 이처럼 프롤레타리아 계급의 전락이 심해질수록 그 계급의 구성원 수는 점점 더 늘어난다. 자본은 이제 몇몇 주인들의 손에 집중된다. 그러나 그들의 신장하는 힘은 도둑질에 근거한 것이다. 더구나 연속되는 위기로 동요하고 체제의 여러 모순들에 의해 정신 못 차리는 이 주인들은 이제 더 이상 그들의 노예들의 생계를 보장할 수조차 없게 되는데, 이 노예들은 그리하여 사적 또는 공공 자선에 의존하게 된다. 억압받는 거대한 노예 군단이 얼마 안 되는 무자격 주인들과 마주하게 될 날이 숙명적으로 도래한다. 그날이 바로 혁명의 날이다. "부르주아 계급의 붕괴와 프롤레타리아 계급의 승리는 똑같이 필연적인 것이다."

이후 유명하게 된 이 서술도 여전히 대립 관계의 끝에 대해서는 아무런 설명을 제공하지 못하고 있다. 프롤레타리아 계급의 승리 이후에도 생존 경쟁은 여전히 벌어지고 그로 인해 새로운 대립 관계가 생겨날 수도 있을 것이다. 여기서 두 가지 개념이 개입하게 되는데, 그중 하나는 경제적인 것으로서 생산의 발전과 사회의 발전의 일치라는 것이고, 다른 하나는 순수하게 체제적인 것으로서 프롤레타리아 계급의 사명이라는 것이다. 이 두 가지 개념은 소위 마르크스의 능동적 숙명론이라는 것 속에서 하나로 합쳐진다.

동일한 경제 발전이 사실상 소수의 손에 자본을 집중시킴으로써 대립 관계가 보다 잔인한 것으로 변하고, 나아가 어느 면에서 비현실적인 것이 되어버린다. 생산력의 발전이 최고조에 달하면 프롤레타리아가 손만 한 번 까딱해도 생산 수단을 독차지하기에 충분할 것 같아 보인다. 그때는 이미 생산 수단이 사유 재산의 상태에서 벗어나 거대한 하나의 덩어리로 집중된 채 이제부터는 공유 재산이 되어 있는 것이다. 사유 재산이 오직 한 사람의 소유주의 손에 집중되어 있을 때에는 오직 그 한 사람의 소유주의 존재 때문에 공유 재산이 되지 못하고 있는 셈이다. 그리하여 사적 자본주의의 필연적 귀결은 일종의 국가적 자본주의일 수밖에 없다. 그다음에 그 국가적 자본주의를 공동체의 이익에 봉사하도록만 하면 자본과 노동이 하나가 되어 다 같이 풍요와 정의를 생산해내는 사회가 탄생할 수 있는 것이다. 부르주아 계급이—물론 무의식적으로—떠맡는 혁명적 역할을 마르크스가 언제나 찬양했던 것은 바로 이 같은 복된 결말을 고려했기 때문이다. 그는 진보의 원천이 동시에 빈곤의 원천인 자본주의의 "역사적 권리"에 대해 언급했다. 그가 볼 때 자본의 역사적 사명과 정당성은 보다 고차적인 생산 양식의 조건들을 마련하는 데 있는 것처럼 보였다. 그런데 이 생산 양식 자체가 곧 혁명적인 것은 아니고 다만 혁명의 대미를 장식하는 것일 뿐이다. 부르주아적 생산의 기초, 그것만이 혁명적이다. 인류는 오직 스스로 해결할 수 있는 수수께끼만을 내놓는 것이라고 마르크스가 단언할 때 그는 동시에 혁명적 문제의 해결이 자본주의 자체 속에 이미 배태되어 있음을 보여주고 있는 셈이다. 그는 그러므로 부르주아 사회보다 덜 산업화된 사회로 돌아가기보다는 오히려 부르주아 국가가 주는 고통을 감내하기를, 심지어 부르주아 국가 건설을 돕기를 권장한다. 프롤레타리아들은 "노동자 혁명의 한 조건으로서 부르주아 혁명을 받아들일 수 있고 또 받아들여야 한다."

이리하여 마르크스는 생산의 예언자이며, 또 바로 이 점에 있어서─다른 점에 있어서는 그렇지 않지만─현실보다 사상체계를 앞세웠다고 볼 수 있다. 그는 맨체스터식 자본주의 경제학자인 리카도를 끊임없이 옹호했다. 생산 자체를 위한 생산을 원한다고("그는 절대로 옳다"라고 마르크스는 외쳤다), 게다가 인간은 안중에도 없이 그저 생산만을 원한다고 사람들이 비난했던 그 리카도를 말이다. "그것이야말로 그의 장점이다"라고 헤겔 못지않게 거침없는 말투로 마르크스는 대답한다. 인류 전체의 구원을 위한 희생이라면 몇몇 사람들의 희생이란 것이 뭐 그리 중요한 문제이겠는가! 진보란, "감로주는 오직 살해된 적의 해골에만 담아서 마시겠다고 고집했던 저 무서운 이교의 신"을 닮은 것이다. 적어도 그런 것이 진보라는 것인데, 산업의 묵시록이 끝나서 화해의 날이 도래하면 그것은 비로소 괴롭히기를 그칠 것이다.

그러나 설혹 프롤레타리아 계급이 어쩔 수 없이 그 혁명을 일으키게 되어 마침내 생산 수단을 소유하게 된다 할지라도, 프롤레타리아 계급이 적어도 만인의 행복을 위해 그 생산 수단을 사용할 수 있을 것인가? 프롤레타리아 계급 한가운데에서 계층, 계급, 대립 관계가 생기지 않으리라는 보장이 어디에 있단 말인가? 그 보장은 헤겔에게 있다. 프롤레타리아 계급은 그들의 부$富$를 보편적 행복을 위해 사용하지 않을 수 없게끔 되어 있는 것이다. 프롤레타리아 계급은 이제 프롤레타리아가 아니다. 그것은 특수에 대립하는 보편, 즉 자본주의에 대립하는 보편이다. 자본과 프롤레타리아 계급의 대립 관계는 주인과 노예의 그 역사적 비극을 부추기는 특수와 보편 사이의 투쟁의 마지막 국면이다. 마르크스가 그린 관념적 도식의 끝에 이르면 프롤레타리아 계급이 우선 모든 계급을 통합하게 되며, 그 외에는 "악명 드높은 범죄"의 대표자들인 한 줌의 주인들밖에 남지 않게 되는데, 결국 그들마저 바로 그 혁명이 타도하게 된다. 더구나 자본주의는 프롤레타리아를 그 최후의 전락에까지 밀고 나가서, 다른 사람들로부터 그들을 구별시켜 주던 일체의 결정 요인들로부터 프롤레타리아를 조금씩 조금씩 해방한다. 프롤레타리아는 재산도 도덕도 조국도 아무것도 가지고 있지 않다. 프롤레타리아는 그러므로 이후 자신이 그 명백하고도 에누리 없이 대표하게 될 단 하나의 인류 외에는 아무것에도 애착을 느끼지 않는다. 프롤레타리아는 스스로를 긍정할 때 만물과 만인을 다 긍정하는 셈이다. 프롤레타리아들이 신이어서가 아니라 그들이 가장 비인간적인 조건으로 환원되었기 때문에 그런 것이다. "자기 인격의 그러한 긍정으로부터 전적으로 배제당한 프롤레타리아들, 오직 그들만이 완전한 자아의 긍정을 실현할 수 있는 것이다."

 극단적인 굴욕으로부터 극단적인 존엄성이 솟아나게 하는 것, 그것이야말로 프롤레타리아의 사명이다. 프롤레타리아는 그들의 고통과 그들의 투쟁에 의해 소외라는 집단적 죄를 보속하는 인간 그리스도다. 그들은 우선 전적인 부정을 짊어지고 가는 자들이며 다음으로는 결정적인 긍정의 전령이 된다. "철학은 프롤레타리아가 사라지지 않고는 실현될 수 없고 프롤레타리아는 철학의 실현 없이는 해방될 수 없다." 그리고 또 "프롤레타리아는 오직 세계사의 차원에서만 존재할 수 있다. (…) 공산주의적 행동은 오직 전 세계적 역사 현실로서만 존재할 수 있다." 그러나 이 그리스도는 동시에 복수하는 자이기도 하다. 마르크스에 따르면 이 그리스도는 사유 재산에 내려진 심판을 집행하는 자다. "우리 시대의 모든 집은 신비스러운 적십자 표지를 달고 있다. 심판자는 역사이고 심판의 집행자는 프롤레타리아다." 이처럼 역사의 완성은 필연적이다. 위기에 위기가 거듭될 것이며[19] 프롤레타리아의 전락은 더욱 심해질 것이며 그 수는 세계적 위기로 확대되어갈 것이다. 그 세계적 위기가 오면 교환 경제의 세계는 사라질 것이며 역사는 극

---

[19] 위기의 주기는 10년 내지 11년이라고 마르크스는 예견한다. 그러나 순환의 주기는 "점차적으로 단축될 것이다." (원주)

단적인 폭력을 거친 후 드디어 폭력적이기를 멈출 것이다. 바야흐로 목적의 왕국이 건설될 것이다.

이러한 숙명론이(헤겔 사상의 경우가 그러했던 것처럼) 카우츠키[20] 같은 마르크스주의자들에 의해 일종의 정치적 정적주의로 나아갈 수 있었다는 사실을 우리는 이제 이해할 수 있게 되었다. 카우츠키에게는 부르주아의 힘이 혁명을 막을 수 없듯이 프롤레타리아의 힘도 혁명을 창출하기에는 역부족이라고 생각되었다. 심지어 마르크스 독트린의 행동적 측면을 택하게 될 레닌조차 1905년에 파문을 선고하는 듯한 어조로 이렇게 쓰고 있다. "노동자 계급의 구원을 자본주의의 대대적 발전 이외의 곳에서 찾는 것은 반동적 사상이다." 마르크스에게 경제란 본질적으로 도약을 하는 것이 아니다. 경제가 각 단계를 무시하고 건너뛰어서는 안 된다. 개혁적 사회주의자들이 이 점에 있어 마르크스에게 충실했다고 말한다면 그것은 전적으로 거짓이다. 이와 반대로, 숙명론은 일체의 개혁을 배제하는데, 그 배제의 이유는 개혁이 경제 발전의 파국적 측면을 약화시켜서 그에 따라 필연적 결말의 도래를 늦출 위험이 있다는 데 있다. 이러한 태도의 논리는 노동자의 빈곤을 가중시키는 것

---

[20] 카를 요한 카우츠키 Karl Johann Kautsky(1854~1938). 오스트리아 출신의 마르크스주의자로 독일 독립사회민주당 공동 창립자. 《테러리즘과 공산주의》, 《역사의 유물론적 개념》의 저자.

을 용인하자는 것이 된다. 노동자가 장차 언젠가 모든 것을 다 소유할 수 있도록 하기 위해서는 지금 현재 노동자에게는 아무것도 주지 말아야 한다는 것이다.

그렇지만 마르크스는 이러한 정적주의에 위험을 느끼지 않을 수 없다. 권력은 기다려주지 않는다. 혹은 무한정 기다리고만 있다. 언젠가 권력을 잡아야 하는 날이 온다. 그러나 마르크스의 모든 독자들에게 그날은 언제나 수상한 빛 속에 남아 있다. 이 점에 있어 마르크스는 끊임없이 자신의 말을 부정했다. 사회란 "역사적으로 노동자 독재를 거치지 않을 수 없다"라고 그는 적었다. 이 독재의 성격에 관해서도 그의 정의는 모순된 것이다.[21] 국가의 존재와 노예 제도의 존재는 서로 불가분의 관계에 있다고 말함으로써 그가 국가를 분명하게 규탄한 것은 틀림없는 사실이다. 그러나 그는 잠정적인 독재라는 개념은 우리가 생각하는 인간 본성에 반하는 것이라고 한 바쿠닌의 지적—사실은 타당한 지적이지만—에 대해 항변했다. 사실 마르크스는 진정한 변증법이 심리학적 진리보다 상위에 있다고 생각했던 것이다. 변증법은 무엇을 말했던가? "국가의

---

[21] 미셸 콜리네Michel Collinet는 《마르크스주의의 비극La Tragédie du marxisme》에서 마르크스에게서 프롤레타리아 계급에 의한 권력 획득의 형태로 세 가지를 꼽을 수 있다고 지적한다. 《공산당 선언》 속에서의 자코뱅적 공화정, '10월 혁명' 속에서의 전제적 독재 정치, 그리고 '프랑스 내란' 속에서의 자유주의적 연방 정부가 그것이다. (원주)

폐지는 공산주의자들에게 있어서 오직 계급이 없어지고 난 뒤의 필연적 결과로서만 의미를 가진다. 계급이 없어지면 하나의 계급이 다른 한 계급을 억압하기 위해 조직하는 권력의 필요성도 자동적으로 없어져버리는 것이다"라고 변증법은 말했다. 공인된 바의 공식에 따르면, 인간을 통치하는 정부는 이리하여 물품을 관리하는 기관으로 탈바꿈할 것이라고 한다. 따라서 변증법은 형식적인 것으로, 오직 부르주아 계급이 파괴되어 통합될 기간에 한해서 프롤레타리아 국가에 정당성을 부여했던 것이다. 그러나 마르크스의 예언과 숙명론은 불행하게도 또 다른 해석의 여지를 허용하고 있었다. 왕국이 도래할 것이 확실하다면 세월이 무슨 상관인가? 미래를 믿지 않는 사람에게 고통이란 결코 잠정적인 것이 아니다. 그러나 101년째 되는 해에 결정적인 왕국이 도래한다고 확신하는 사람에게는 100년간의 고통도 순식간의 일이다. 예언의 전망 속에서 보면 그 어떤 것도 대수롭지 않다. 어쨌거나 부르주아 계급이 사라지고 나면 프롤레타리아가 생산 발전의 논리 자체에 따라 생산의 절정에서 보편적 인간의 지배 세계를 확립하게 될 것이다. 그러할진대 그것이 독재와 폭력을 통해 이루어진다고 한들 무슨 상관이 있겠는가? 경이로운 기계들이 윙윙대며 돌아가는 이 예루살렘에서 그 누가 목 잘려 죽은 자의 절규를 여전히 기억하고 있겠는가?

 역사의 저 끝에 가서 도래하게 되어 있다는 황금시대, 그래서 어떤 이중의 매력에 의해 묵시록을 방불케 하는 그 황금시대가 모든 것을 정당화하는 근거가 된다. 그러나 우리는 마르크스주의의 이같이 기막힌 야심에 대해 곰곰이 생각해보고 그 터무니없는 설교의 내용을 세심하게 따져볼 필요가 있다. 그런 다음에야 비로소 우리는 그 같은 희망이 몇 가지 문제들을 간과하도록 강요하고 있으며 그 때문에 그 문제들이 마치 부차적인 것인 양 여겨진다는 사실을 이해할 수 있게 된다. "인간에 의한, 인간을 위한 인간 본질의 현실적 제 것 만들기로서의 공산주의, 그리고 사회적 인간의 자격으로서의 자기, 즉 인간적 인간으로의 복귀, 내적 운동의 온갖 풍요로움을 간직하는 완전하고 의식적인 복귀로서의 공산주의, 이 공산주의는 완료된 자연주의이기에 휴머니즘과 일치한다. 공산주의는 인간과 자연, 인간과 인간… 본질과 실존, 객관화와 자기 긍정, 자유와 필연, 개인과 인류 사이의 투쟁의 진정한 종언이다. 공산주의는 역사의 신비를 해결하며, 또 해결한다는 사실을 알고 있다." 다만 그 언어가 스스로 과학적이고자 할 뿐이다. 그 내용에 있어 "옥토로 변화시킨 사막, 마실 수 있고 오랑캐꽃 향기가 나는 바닷물, 영원한 봄…"을 예고하는 푸리에와 무엇이 다르단 말인가? 인간들의 영원한 봄이 교황 회칙回勅과도 같은 언어로 우리에게 예고되어 있다. 신 없는 인간이 인간의 왕국 말고 또 무엇을 기대하고 바랄 수 있겠는가? 마르크스의 제자들이 왜 최면 걸린 듯 정신을 못 차리는지를 설명해주는 대목이 바로 여기다. "고통 없는 사회에서는 죽음을 모르고 지내기란 쉬운 일이다"라고 그들 중 한 사람이 말한다. 그렇지만—그리고 이 점이야말로 우리가 살고 있는 사회에 대한 올바른 비난이겠는데—죽음의 고통이란 자기 노동만으로도 질식할 지경인 노동자들보다는 오히려 한가한 사람들과 훨씬 더 많이 관련된 일종의 사치다. 그러나 모름지기 사회주의란 유토피아적인 것이며, 또 무엇보다도 우선 과학적인 것이다. 유토피아는 신을 미래로 바꾼다. 유토피아는 그리하여 미래와 도덕이 같은 것이 되게 한다. 유일한 가치는 그 미래에 봉사하는 가치다. 그 가치가 거의 언제나 구속적이고 강압적이었던 이유는 바로 여기에 있다.[22] 유토피아주의자로서의 마르크스는 그의 무서운 선배들과 다를 바 없고 그의 가르침 중 일부는 여전히 그의 후계자들을 정당화하고 있다. 물론 마르크스의 꿈의 깊숙한 곳에 윤리적 요구가 놓여 있다고 주장하는 사람들의 말은 옳다.[23] 마르크스주의의 실패를 살펴보기 이전에 이 윤리적 요구야말

---

22 모렐리Morelly, 바뵈프Babeuf, 고드윈Godwin 등은 실제로 심문이 판치는 사회를 그리고 있다. (원주) 에티엔가브리엘 모렐리Étienne-Gabriel Morelly(1717~1778). 프랑스 철학자. 그의 저서 《자연의 코드, 혹은 소홀히 취급되거나 인정받지 못한 그 법칙들의 진정한 정신》(1775)은 바뵈프에게 영향을 끼친 것으로 판단된다. 윌리엄 고드윈William Godwin(1756~1836). 영국 소설가, 철학자. 공리주의적 경향의 철학적 아나키즘을 주창했다.
23 막시밀리앵 뤼벨Maximilien Rubel의 《사회주의 윤리 선집*Pages choisies pour une éthique socialiste*》 참조. (원주)

로 마르크스의 진정한 위대성의 일면이라는 사실을 정녕 말해 둘 필요가 있다. 마르크스는 노동과 노동의 부당한 실추와 노동의 심오한 존엄성을 그의 고찰의 중심 과제로 삼았다. 그는 노동을 상품으로, 노동자를 사물로 환원시키는 것에 대해 항거하여 일어났다. 그는 특권자들에게 그들의 특권이 신성한 것이 아니며 그들의 소유 또한 영원한 권리가 아니라는 것을 상기시켰다. 그는 편안한 마음으로 재산을 보유할 권리가 없는 자들에게 양심의 가책을 불러일으켰고, 권력을 소유했다는 것보다 그 권력을 진정한 고결함을 갖지 못한 초라한 사회의 목적들을 위해 사용했다는 것이 더 큰 죄가 되는 계급을 비길 데 없이 심오한 논리로 고발했다. 노동이 본래의 고귀함을 잃고 비천한 것으로 전락해버릴 때, 비록 그 노동이 삶 전체의 시간을 다 차지한다 할지라도 그것은 삶이 아니라는 생각을 우리는 그에게서 배웠다. 이 생각이야말로 우리 시대의 절망—그러나 이 경우에는 절망이 그 어떤 희망보다 낫다—을 이루는 것이다. 이 사회가 내세우는 구실이야 여러 가지지만 이 사회가 누리는 비천한 쾌락이 실은 수백만의 죽은 영혼들의 노동에서 나온다는 사실을 알고 나서 과연 그 누가 마음 편히 잠들 수 있겠는가? 노동자에게 진정한 부를, 돈이 아니라 여가나 창조의 부를 주어야 한다고 요구할 때 마르크스가 부르짖는 것은 겉보기와는 달리 인간의 자격인 것이다. 그렇게 함으로써 마르크스는 그의 이름으로 인간에게 가해진 타락을 그 자신이 결코 원치 않았음을 우리는 단호히 말할 수 있다. 이번에야말로 명확하면서도 확고한 다음과 같은 그의 한마디는 그만의 것인 위대함과 인간적인 면을 기세등등한 그의 추종자들이 나눠 갖는 것을 영원히 거부하는 말이다. "부당한 수단을 필요로 하는 목적은 정당한 목적이 아니다."

그러나 니체의 비극은 여기서도 되풀이된다. 야심과 예언이 인심 좋게도 도처에 넘쳐나는 것이다. 독트린은 편협한 것이었고 모든 가치를 오직 역사에만 귀착시키다 보니 가장 극단적인 결론들을 가능하게 만들어버렸다. 역사의 끝은 적어도 도덕적이고 합리적인 것임이 판명될 것이라고 마르크스는 믿었다. 바로 거기에 그의 유토피아가 있는 것이다. 그러나 그 자신도 알고 있었다시피, 유토피아란 운명적으로 그 자신은 원치 않았던 시니시즘을 섬기게 되어 있다. 마르크스는 일체의 초월성을 파괴해놓고 나서 사실로부터 당위로의 이행을 실행한다. 그러나 당위란 오직 사실 속에서만 원리를 얻는 것이다. 정의에 대한 요구는, 그것이 처음부터 정의의 윤리적 정당성에 근거한 것이 아닐 경우 불의로 귀결되고 만다. 이 사실을 잊게 되면 언젠가 범죄마저도 당위가 될 것이다. 선과 악이 시간의 차원 속에 통합되어 사건들과 뒤섞이게 될 때, 선한 것, 악한 것은 더 이상 있을 수 없고 오직 때 이른 것과 때 늦은 것만이 존재할 따름이다. 기회주의자라면 모르되 그 누가, 적절한 기회가 언제인지 결론을 내릴 수 있겠는가? 나중에 보면 안다고 마르크스의 제자들은 말한다. 그러나 희생자들은 이미 죽고 없어서 나중에 판단을 내릴 수가 없다. 희생자들에게는 현재만이 유일한 가치이며 반항만이 유일한 행동이다. 메시아 사상이 성립되자면 희생자들의 뜻을 거스를 수밖에 없다. 마르크스는 물론 그것을 원치 않았을지 모른다. 그러나—이 점이야말로 따져봐야 할 마르크스의 책임인데—그는 모든 형태의 반항을 적으로 삼는, 피비린내 나는 이제부터의 투쟁을 정당화한 것이다.

예언의 실패

헤겔은 오만하게도 1807년이 역사의 끝이라고 하고, 생시몽주의자들은 1830년과 1848년의 혁명적 몸부림을 마지막 혁명으로 간주하고, 콩트는 마침내 미몽에서 깨어난 인류에게 실증주의를 설교하기 위해 강단에 오를 준비를 하던 중 1857년에 죽는다. 그런데 이번에는 마르크스가 여전히 똑같은 맹목적 낭만주의를 청산하지 못한 채 계급 없는 사회와 역사의 신비의 해법을 예언한다. 그렇지만 보다 신중한 그는 그 시기를 못 박아 정해두지 않는다. 불행하게도 그의 예언 역시 역사가 충족의 시간을 향하여 진행하는 것으로 묘사했다. 그리고 사건들의 동향을 예고했다. 그런데 바로 그 사건들과 사실들이 한데 모여 가지런히 정돈되어야 한다는 것을 그만 깜

빡 잊어버린 것이다. 이것만 보아도 벌써 사건들과 사실들을 종합에 이르도록 강제해야 했던 사정을 알 수 있다. 그러나 특히 그 예언은 그것이 수백만 인간들의 살아 있는 희망을 대변하는 것이고 보면, 정해진 기한도 없이 태평하게 기다리고만 있을 수는 없다. 이리하여 언젠가, 실망이 참고 기다리던 희망을 분노로 바꾸고, 그토록 고집스럽게 다짐하고 그보다 더 모질게 요구했던 바로 그 목적이 다른 수단들을 모색하지 않을 수 없도록 강요하는 날이 오고야 만다.

19세기 말과 20세기 초에 혁명운동은 초기 기독교도들처럼 세계의 종말과 프롤레타리아 그리스도의 재림을 기다리며 지냈다. 우리는 초기 기독교 공동체 가운데 이러한 감정이 널리 퍼져 집요하게 남아 있었다는 것을 알고 있다. 4세기 말에도 로마 지방 총독의 지배하에 있던 아프리카의 어느 주교는 이 세상에서 살날이 101년밖에 남지 않았다고 계산해냈다. 이 기간이 지나면 하늘의 왕국이 도래할 것이므로 그 왕국에 들어갈 수 있는 자격을 때맞추어 마련해둬야 한다는 것이었다. 이러한 감정은 1세기경에 널리 퍼져 있었으며[24] 이것은 초기 기독교도들이 순수한 신학적 문제들에 왜 그토록 무관심했는지

---

24 이러한 사태의 임박함에 대해서는, 〈마가복음〉 8장 39절, 13장 30절; 〈마태복음〉 10장 23절, 12장 27, 28절, 24장 34절; 〈누가복음〉 9장 26, 27절, 21장 22절 등을 참조할 것. (원주)

를 설명해준다. 그리스도의 재림이 가까워지고 있다면 저술이나 교리보다는 한층 더 불타는 신앙에 모든 것을 바쳐야 한다. 클레멘트[25]와 테르툴리아누스에 이르기까지 한 세기가 넘도록 기독교 문학은 신학상의 문제에 대해서는 무관심했으며 저술에도 신경을 쓰지 않았다. 그러나 그리스도의 재림이 멀어지면 스스로의 신앙으로 살아가야만 한다. 다시 말해서 타협해야 한다. 이리하여 신자의 의무와 교리 문답이 생긴다. 복음서가 말하던 그리스도 재림은 멀어졌다. 성바울이 나타나 교리를 만든다. 장차 도래할 왕국을 향한 하나의 순수한 긴장에 불과했던 신앙에 교회가 하나의 실체를 부여했다. 그 세기가 가기 전에 모든 것을 조직해야 했다. 심지어 순교자와 설교집까지도 만들어야만 했다. 순교자들에 대한 현세의 증인들이 수도회를 만들게 되고 설교집은 종교 재판관들의 법복 밑에서도 발견될 것이다.

이와 유사한 운동이 혁명적 그리스도 재림의 실패로부터 생겨났다. 이미 인용된 마르크스의 글들은 그 당시 혁명 정신의 불타오르는 희망이 어떠한 것이었는지를 정확하게 이해할 수 있게 해준다. 부분적인 실패에도 불구하고 이 신앙은 끊임 없

---

25 로마 주교(바오로의 세 번째 후계자) 클레멘트 성인을 가리킨다. 교황청 사제들 중 한 사람으로 카뮈가 그의 석사 논문 1장에서 그의 서한문을 짧게 분석한 바 있다.

이 신장된 끝에 1917년에 그 꿈이 거의 실현될 단계에 이르렀다. "우리는 천국의 문을 두드리기 위해 투쟁하고 있다"라고 리프크네히트[26]는 외쳤었다. 1917년, 혁명 세계는 진정 이 문 앞에 당도한 것으로 생각했다. 로자 룩셈부르크의 예언이 실현되고 있었다. "혁명이 내일 요란한 소리와 함께 떨치고 일어나리라. 그리고 그대들이 두려워하는 가운데 혁명은 나팔 소리도 우렁차게 외치리라. 나는 존재했고, 나는 존재하며, 나는 존재하리라." 스파르타쿠스 운동[27]은 스스로 결정적 혁명에 이르렀다고 생각했다. 왜냐하면 마르크스 자신, 그 결정적 혁명은 러시아 혁명을 거쳐 서구 혁명에 의해 완성될 것이라고 말했기 때문이다.[28] 1917년의 혁명 후, 소비에트화한 독일은 과연 천국의 문을 열 수도 있었으리라. 그러나 스파르타쿠스는 분쇄되었고, 1920년의 프랑스 총파업은 실패로 돌아갔으며 이탈리아의 혁명운동은 진압되고 말았다. 그러자 리프크네히트는 혁명이 충분히 무르익지 않았음을 인정한다. "아직

---

26 카를 리프크네히트Karl Liebknecht(1871~1919). 독일 사회민주당 공동 창립자인 빌헬름 리프크네히트Wilhelm Liebknecht의 아들로 사회주의자, 공산주의자 정치가. 1919년 베를린에서 살해당했다.
27 스파르타쿠스 동맹은 1차 세계 대전과 1918~1919년 독일 혁명 초기 독일에서 활약한 극좌 마르크스주의자 혁명운동으로 카를 리프크네히트와 로자 룩셈부르크가 결성을 주도했다.
28 《공산당 선언》의 러시아어판에 부치는 서문. (원주)

때가 되지 않았다." 아울러 우리는 여기서 어떻게 혁명의 실패가 종교적 최면 상태에 이를 정도까지 좌절된 신앙을 자극하고 흥분시킬 수 있었는지를 분명히 알 수 있게 된다. "벌써부터 경제적 붕괴의 굉음이 울려오고 있다. 이 소리에 잠들어 있던 프롤레타리아의 군대가 마치 최후의 심판의 나팔 소리를 들은 것처럼 잠 깨어 일어나리라. 그리고 살해된 투사들의 시체가 몸을 일으켜 저주받은 자들을 문책하리라." 그때가 오기 전에 리프크네히트 자신과 로자 룩셈부르크는 살해된다. 독일은 곧 예속으로 치달을 참이다. 러시아 혁명만이 홀로 살아남았지만, 그 이념 체계와는 반대로 천국의 문은 아직도 멀리 있었다. 그리고 조직해야 할 묵시록이 남아 있었다. 그리스도의 재림은 아직도 요원했다. 신앙은 변함없이 그대로지만 마르크스주의가 미처 예측하지 못했던 숱한 문제들과 발견들의 거대한 덩어리 밑에 깔려 휘청대고 있다. 새로운 교회는 또 다시 갈릴레이와 마주 섰으니 자신의 신앙을 지키기 위해 교회는 다시금 태양을 부정하고 자유로운 인간을 모욕하게 될 것이다.

갈릴레이는 이때 과연 무슨 말을 할 것인가? 역사 자체에 의해 검증된 예언의 오류는 무엇인가? 우리는 현대 세계의 경제 발전 과정이 우선 마르크스의 몇몇 가설들을 부정하고 있다는 것을 알고 있다. 만약 혁명이 평행을 이루는 두 가지 운동, 즉 자본의 무한한 집중과 프롤레타리아 계급의 무한한 확대라는 두 운동이 극한에 이르렀을 때 일어나게 되어 있는 것이라면 혁명은 일어나지 않을 것이며 또 일어나지 않았어야 한다. 자본과 프롤레타리아 계급은 둘 다 마르크스에게 충실하지 못했다. 19세기의 공업 국가인 영국에서 관찰된 경향은 몇몇 경우에 있어서 전도된 모습을 보여줬고 다른 경우들에 있어서는 몹시 복잡한 모습으로 전개되었다. 급속히 진행될 것으로 생각했던 경제적 위기는 반대로 드문드문 나타났다. 자본주의가 계획 경제의 비밀을 터득했고 또 나름대로 이상 국가의 성장에 기여했기 때문이다. 다른 한편 주식을 바탕으로 하는 회사들이 설립되면서 자본이 집중되기는커녕 새로운 부류의 소小 유산 계급이 생겨났는데 이 계층이 가장 바람직하지 않게 생각하는 것은 파업을 조장하는 일이었다. 소기업들은 많은 경우 마르크스가 예언했던 대로 경생에 의해 파산했다. 그러나 생산 양식이 복잡해짐에 따라 대기업체의 주변에 수많은 군소 공장들이 생겨났다. 1938년 포드는 5200개의 독립된 공장들이 그를 위해 일하고 있다고 발표했다. 이러한 경향은 이후 점점 더 현저해졌다. 사태의 추이가 그러한지라 포드는 이러한 군소 기업체들을 그의 산하에 거느리게 되었음은 물론이다. 그러나 여기서 중요한 것은 이 군소 기업가들이 사회의 중간 계층을 형성함으로써 마르크스가 상상했던 도식을 복잡하게 만들었다는 사실이다. 끝으로, 자본 집중의 법칙은 마르크스가 소홀하게 다뤘던 농업 경제에 대해서는 전혀 맞지 않는 것으로 드러났다. 이 결함은 이 경우 매우 중요하다. 금세기에 사회주의의 역사는 어느 면에서 농민 계급과 대결하는 프롤레타리아 운동의 투쟁으로 간주될 수도 있기 때문이다. 이 투쟁은 19세기에 있었던 권위주의적 사회주의와 명백히 농민과 수공업자층에 뿌리박고 있는 자유주의적 사회주의 사이의 이념적 투쟁을 역사적인 차원에서 이어간다. 그러므로 마르크스가 보유한 당대의 이념적 자료 가운데는 농민 문제에 관해 깊이 생각해볼 요소들이 포함되어 있었다. 그러나 체계를 세우겠다는 의욕 때문에 모든 것을 단순화해버리고 말았다. 이 단순화는 러시아 부농들에게 비싼 대가를 치르게 할 것인 바, 이 부농들은 죽거나 유형에 처해짐으로써 역사의 규칙 속에서 500만이 넘는 일종의 역사적 예외자들이 되어버린다.

이 단순화는 민족주의가 풍미하던 19세기에 마르크스가 민족 국가의 현상에 주목하지 못하도록 만들었다. 그는 통상과 교역, 그리고 프롤레타리아화 그 자체에 의해 국경은 허물어질 것이라고 생각했다. 그러나 실제로는 오히려 그 민족 국가들의 국경이 프롤레타리아의 이상을 무너뜨렸다. 역사를 설명하는 데 있어서 민족 간의 투쟁은 적어도 계급 투쟁 못지않게 중요하다는 사실이 드러났다. 국가란 경제에 의해 전적으로 설명될 수는 없는 것이다. 마르크스의 이념 체계는 그 점을 모르고 있었다.

한편 프롤레타리아 자체도 마르크스의 생각대로는 되지 않았다. 마르크스의 우려가 우선 현실로 드러났다. 즉 개량주의와 조합 운동이 생활 수준의 향상과 노동 조건의 개선을 가져온 것이다. 물론 이러한 이점들은 사회 문제의 공평한 해결을 이룩하기에는 아직 많이 부족한 것들이다. 그러나 마르크스 시대의 영국 방직 공장 노동자들의 비참한 생활 조건은 그가 바라던 바와 같이 더욱 보편화되고 악화되기는커녕 그 반대로 점차 개선되었다. 마르크스가 살아 있다면, 오늘날 그의 예언 가운데 다른 하나의 오류에 의해 균형이 이루어졌다는 사실에 대해 불평하지는 않으리라. 우리는 과연 혁명운동이나 가장 효과적인 조합 운동이 언제나 굶주림의 고통을 극복한 노동자 엘리트들의 업적이었음을 확인할 수 있다. 빈곤과 타락은, 관찰된 온갖 사실들에도 불구하고 마르크스로서는 원하지 않았던 모습, 즉 마르크스 이전부터 변함없이 갖고 있었던 모습 그대로였다. 다시 말해서 빈곤과 타락은 예속의 요인이었지 혁명의 요인이 되어본 적이 없는 것이다. 1933년에 독일 노동자의 3분의 1이 실업 상태에 있었다. 그러므로 부르주아 사회는 그 실업자들을 먹여 살려야 했으니 마르크스가 혁명을 위해 필요로 했던 조건이 실현된 셈이었다. 그러나 미래의 혁명가들이 그들의 빵을 국가로부터 얻을 것으로 기대하는 처지에 놓이는 것은 분명 좋은 일이 아니다. 이 불가피한 습관에서 생겨난 또 다른 습관들은 불가피한 것이라기보다 히틀러가 독트린으로 확립해놓은 습관들이다.

    요컨대 프롤레타리아 계급은 무한히 확대되지는 않았다. 저

마다의 마르크스주의자가 장려하는 공업 생산의 조건 자체가 중산 계급을 대폭 증가시켰을 뿐만 아니라[29] 새로운 사회 계층, 즉 기술자 계층을 탄생시켰다. 레닌의 이상이었던 사회, 즉 기술자가 동시에 노동자가 되는 사회는 어쨌든 실제적인 사실들과 충돌했다. 가장 중요한 사실은 학문과 마찬가지로 기술이 너무나 복잡해져서 이제는 한 사람이 그 원리와 응용의 전체를 포괄적으로 이해할 수 없게 되었다는 점이다. 가령 오늘날의 한 물리학자가 자기 시대의 생물학에 대해 완전한 시야를 가진다는 것은 거의 불가능한 일이다. 물리학 자체 내에서만 하더라도, 그는 이 학문의 모든 분야를 골고루 다 통달할 수 있다고 주장할 수 없다. 기술에 대해서도 사정은 마찬가지다. 부르주아들과 마르크스주의자들이 그 자체를 하나의 선善으로 생각하고 있는 생산성이 엄청난 폭으로 증대되자, 마르크스가 피할 수 있는 것으로 생각했던 노동 분업은 피할 수 없는 것이 되어버렸다. 개개의 노동자는 자신의 작업이 속한 전체 기획을 알지 못한 채 자신이 맡는 특수한 작업만 수행하게 되었다. 개개인의 작업을 총괄하는 자들이 그들의 직능 자체에 의해 바야흐로 하나의 사회 계층을 이루게 되었다. 이 계층의 사회

---

29 집약적 생산성의 시기였던 1920년부터 1930년까지, 미국에서는 철강 산업 노동자들의 수는 줄어든 반면 같은 산업에 종사하는 판매 상인들의 수는 거의 배로 늘었다. (원주)

적 중요성은 결정적이다. 이 기술주의자들의 시대는 버넘[30]에 의해 예고된 바 있지만, 시몬 베유[31]가 이미 17년 전에 그 시대를 묘사한 바 있다는 사실[32]을 상기시키는 것은 초보적인 예의에 속한다. 그녀의 서술 형식은 거의 완전하다고 할 만한 것이지만 버넘식의 납득할 수 없는 결론을 끌어내지는 않았다. 인류가 경험해온 억압의 두 가지 전통적인 형태, 즉 무기에 의한 억압과 돈에 의한 억압에 시몬 베유는 제3의 억압, 즉 직능에 의한 압제를 추가한다. "노동을 사는 자와 노동을 파는 자 사이의 대립은 없앨 수 있지만 기계를 부리는 자와 기계가 부리는 자 사이의 대립은 없애지 못할 것이다"라고 그녀는 썼다. 정신적 노동과 육체적 노동 사이의 명예롭지 못한 대립을 해소하려 했던 마르크스주의의 의지는 마르크스가 다른 곳에서 찬양한 바 있는 생산의 필연성이라는 장애물에 부딪혔다. 물론 마르크스는 《자본》에서 자본이 최대한 집중되었을 때 '관리자'가 중요성을 가지게 된다는 사실을 예견했다. 그러나 그는 이 자

---

30 제임스 버넘James Burnham(1905~1987). 미국 경제학자. 《조직자들의 시대》(엘렌 클레로 옮김, 레옹 블룸의 서문, 칼만-레비, 1947)

31 시몬 베유Simone Weil(1909~1943). 프랑스의 가톨릭계 여성 철학자, 작가. 《중력과 은총》, 《초자연적 인식》, 《노동의 조건》, 《억압과 자유》 등 그녀의 많은 저서가 갈리마르 출판사에서 카뮈가 책임 편집을 맡은 '에스푸아' 총서로 출간되었다.

32 〈우리는 프롤레타리아 혁명으로 가고 있는가?〉, 《프롤레타리아 혁명 *Révolution prolétarienne*》(1943년 4월 25일) (원주)

본 집중이 사유 재산이 폐지된 상태에서도 존속하리라고는 생각지 않았다. 노동 분업과 사유 재산은 동일선상의 표현이라고 그는 말했다. 그러나 역사는 그 반대를 증명했다. 그는 공유 재산에 근거하는 이상적 체제는 '정의正義 플러스 전기電氣'라고 정의하려 했다. 그러나 결국 이제 전기만 남고 정의는 빠져버렸다.

프롤레타리아의 사명이라는 관념은 결국 현재까지 역사 속에 구현될 수 없었다. 이것은 마르크스 예언의 실패를 요약한다. 제2인터내셔널의 파탄은 프롤레타리아 계급이 자신의 경제적 조건 이외의 다른 것에 의해 결정될 수도 있으며, 프롤레타리아 계급은 그 유명한 공식에도 불구하고 조국을 가진다는 사실을 입증했다. 대부분의 프롤레타리아 계급은 전쟁을 받아들이거나 혹은 감수했고, 좋든 싫든 간에 민족주의적 광란에 가담했다. 마르크스는 노동 계급이 승리를 거두기 이전에 법적, 정치적 능력을 획득하게 된다고 보았다. 그의 오류는 바로 극도의 빈곤, 특히 산업 사회의 빈곤이 프롤레타리아를 정치적으로 성숙시키게 된다고 믿었던 데에 있었다. 더구나 노동 대중의 혁명적 능력조차 파리 코뮌[33] 기간과 그 이후

---

[33] 프로이센군의 파리 점령이 끝난 뒤 반란을 거쳐 1871년 3월 18일에서 5월 27일 사이 파리에 잠정적으로 수립되었던 혁명 노동자 정권.

의 자유주의적 혁명의 좌절로 인해 그만 주춤하게 되어버렸다는 것은 확실한 사실이다. 어쨌든 마르크스주의는 1872년부터 노동 운동을 용이하게 지배할 수 있었다. 그것은 마르크스주의 자체의 위대함 때문이기도 했지만 또한 마르크스주의에 필적할 수 있는 오직 하나의 사회주의적 전통이 피바다 속에 익사해버렸기 때문이기도 했다. 1871년의 반란자들 가운데 사실상 마르크스주의자들은 찾아볼 수 없었다. 혁명의 이같은 자동적 정화 작용은 경찰국가들의 손을 거쳐 오늘날까지 계속 추진되어왔다. 혁명은 점점 더 한편으로는 혁명의 관리들과 혁명 이론가들의 손에 넘어갔고, 다른 한편으로는 방향을 잃고 약화된 대중의 손에 넘어갔다. 단두대에서 혁명 엘리트들의 목이 잘리는 반면 탈레랑[34]은 목숨을 부지하는 세상에서 누가 감히 보나파르트에게 대적하겠다고 나서겠는가? 그러나 이러한 몇몇 역사적 이유에 경제적 필연성이 추가된다. 노동의 합리화로 인해 노동자들이 어느 정도의 정신적 고갈과 침묵 속의 절망에 이를 수 있는가를 알기 위해서는 공장 노동자의 조건에 관한 시몬 베유의 글을 읽어봐야 한다.[35] 노동자

---

[34] 샤를 모리스 드 탈레랑Charles Maurice de Talleyrand(1754~1838). 프랑스의 외교관. 혁명 후 국민의회 의장직을 맡은 적도 있으나 혁명 전 성직에 있었던 그는 왕정복고 후 왕정에 협력한다. "그는 일생 동안 당적을 수 없이 바꾸었지만 한 번도 자신의 의견을 바꾼 적이 없다."(J. 캉봉)

[35] 《노동의 조건La Condition ouvrière》(Gallimard) 참조. (원주)

들이 처한 조건이, 우선 돈이 없고 다음으로는 인간의 존엄성을 잃는다는 점에서 이중으로 비인간적이라는 시몬 베유의 말은 옳다. 흥미를 느낄 수 있는 일, 창조적인 일은 비록 보수가 낮을망정 삶을 타락시키지는 않는다. 산업적 사회주의는 생산과 노동 조직의 원리 자체에는 손대지 않았을 뿐만 아니라 오히려 그것을 찬양했기 때문에 노동 조건의 개선을 위해서는 하등 본질적인 일을 하지 못했던 셈이다. 산업적 사회주의는 고통 속에 죽어가는 사람에게 천국의 기쁨을 약속하는 것이나 마찬가지인 가치의 역사적 정당화를 노동자에게 제시할 수는 있었다. 그러나 창조하는 자의 즐거움을 돌려준 적은 결코 없었다. 이 단계에서는 이미 사회의 정치 형태가 문제되는 게 아니라 자본주의와 사회주의가 똑같이 의존하고 있는 기술 문명의 신조 자체가 문제된다. 이 문제의 해결을 꾀하지 않는 일체의 사상은 노동자의 불행에 손을 쓸 수 있는 사상이라고 볼 수 없다.

마르크스가 예찬했던 경제적 힘들의 상호 작용에 의해 프롤레타리아는 마르크스가 그들에게 짐 지웠던 역사적 사명을 벗어던졌다. 우리는 마르크스의 오류를 용서한다. 왜냐하면 지배 계급이 타락하는 모습을 보게 되면 모름지기 문명의 미래를 염려하는 사람이라면 누구나 본능적으로 대체 엘리트 계층을 찾게 마련이기 때문이다. 그러나 이러한 요구는 그 자체만으로 창조적인 것은 아니다. 혁명적 부르주아 계급이 1789년에 권력을 획득한 것은 그전부터 그 권력을 갖고 있었기 때문이다. 쥘 모느로가 말했듯이 그 시대에는 권리가 사실보다 늦게 온 것이다. 사실 부르주아 계급은 이미 지배적인 지위와 돈이라는 새로운 힘을 차지하고 있었다. 프롤레타리아 계급의 사정은 달랐다. 그들은 단지 가난과 희망만을 가지고 있었을 뿐이었고 부르주아 계급은 그들을 이 가난 속에 방치했다. 부르주아 계급은 생산과 물질적 힘의 광란으로 인하여 타락했다. 이 광란 조직화 자체가 엘리트들을 태어나게 할 수는 없었다.[36] 그러나 그 반대로 이 조직에 대한 비판과 반항 의식의 발전은 대체 엘리트를 만들어낼 수 있었다. 오직 펠루티에[37]와 소렐을 필두로 한 혁명적 노동조합 운동만이 이 길로 나서서, 비참한 사람들의 세계가 갈구해왔고 지금도 여전히 갈구하고 있는 새로운 간부 요원들을 직업 교육과 교양을 통해 양성해내고자 했다. 그러나 그것은 하루아침에 이루어질 수 없는 문제였으며, 더구나 새로운 주인들이 이미 존재하고 있었으니,

---

[36] 더구나 레닌은 겉으로 보기에 난처해하지도 않은 채 이 진실을 가장 먼저 인정하는 말을 했다. 그의 말은 혁명의 희망을 위해서도 무서운 말이었지만 그 자신을 위해서는 더욱 무서운 말이었다. 과연 그는 노동 대중들이 그의 관료적, 독재적 중앙 집권주의를 보다 쉽게 받아들일 것이라고, 왜냐하면 "프롤레타리아 계급이 바로 이 공장이라는 학교 덕분에 쉽게 규율과 조직에 익숙해져 있기 때문"이라고 감히 말했던 것이다. (원주)

[37] 페르낭 펠루티에Fernand Pelloutier(1867~1901). 조르주 소렐의 친구로 아나키스트 혁명 노동 운동가. 노동조합 국제연맹 서기.

그들은 수많은 사람들의 혹독한 고통을 지체 없이 최대한 덜어주려고 하기보다는 오히려 멀리 있는 행복을 위해 현재의 불행을 당장 이용하는 데 더 큰 관심을 가진 자들이다. 권위적 사회주의자들은 역사가 너무 느리게 진행되고 있으므로 그 진행을 빠르게 하기 위해 프롤레타리아 계급의 사명을 한 줌밖에 안 되는 이론가들에게 맡겨야 한다고 판단했다. 바로 그런 점에 있어 그들은 그 사명을 부정한 최초의 사람들이었다. 하지만 그 사명은 여전히 존재하고 있다. 마르크스가 그 사명에 부여한 배타적인 의미에서가 아니라 노동과 고통으로부터 긍지와 풍요를 이끌어낼 줄 아는 전 인간 집단의 사명으로서 존재하는 것이다. 그러나 그 사명이 밖으로 표출되기 위해서는 위험을 무릅써야 했으며 노동자들의 자유와 자발성에 신뢰를 둬야 했다. 이와는 반대로 권위적 사회주의는 미구에 올 이상적 자유를 위해 현재 살아 있는 자유를 몰수해버렸다. 이렇게 함으로써, 원했든 원치 않았든 간에, 권위적 사회주의는 공장 자본주의에 의해 시작된 노예화의 기도企圖를 강화해나갔다. 두 가지 요인들이 결합된 작용으로 인해, 반항적 혁명의 마지막 은신처였던 파리 코뮌 기간을 제외한 150년 동안 프롤레타리아는 배신만 당했을 뿐 다른 역사적 사명을 가져본 적이 없다. 프롤레타리아는 군사 혁명가들, 그리고 미래에 군사 혁명가가 될 지식인들―이번에는 그들이 프롤레타리아를 노예로 만들었다―에게 권력을 넘겨주기 위해 몸 바쳐 싸우고 죽었다. 그러나 이 투쟁은 그들의 존엄성 바로 그것이었다. 그들의 희망과 불행을 함께 나누기를 선택했던 모든 사람이 인정했던 그 존엄성 말이다. 그러나 그 존엄성은 옛 주인들과 새 주인들 무리에 맞서서 획득한 것이었다. 이 존엄성은 주인들이 그것을 감히 이용하려고 하는 바로 그 순간에 주인들을 부정한다. 어떤 면에서 이 존엄성은 주인들의 황혼을 예고하는 것이다.

마르크스의 경제적 예언은 그러므로 현실에 의해 적어도 재검토의 대상이 되었다. 경제 세계에 대한 그의 견해 가운데 여전히 진리인 것은 사회 구조가 점점 더 생산의 리듬에 의해 규정되어가고 있다는 사실이다. 그러나 이 생각은 당시의 열광적 분위기 속에서 마르크스와 부르주아 이데올로기가 서로 공유하고 있었던 것이다. 권위적 사회주의자들 역시 나눠 가지고 있던, 과학과 기술적 진보에 대한 부르주아적 환상은 기계를 다스리는 자들의 문명을 태동하게 했는데 이 기계를 다스리는 자들은 경쟁과 지배에 의해 여러 적대적 집단으로 분열될 수 있지만 경제적인 면에서는 자본 축적과 끊임없이 증대되는 합리적 생산이라는 동일한 법칙들의 지배를 받는다. 국가의 절대적 권력의 크고 작음에 따라 생기는 정치적 차이는 상당한 것이지만 그것은 경제 발전에 의해 줄어들 수 있는 것이다. 역사적 시니시즘과 그것에 대립하는 형식 미덕이라는 두 입장 사이에 개재하는 도덕적 차이점만이 유일하게 근거 있어 보인다. 그러나 두 세계가 다 생산이라는 절대적 필요에

지배당하고 있으므로 경제의 차원에서 두 세계는 결국 하나의 세계나 마찬가지다.[38]

어쨌든 경제적 명령이 더 이상 부정할 수 없는 것이라 하더라도[39] 그 결과들은 마르크스가 상상했던 것들이 아니다. 경제적으로 볼 때 자본주의는 바로 자본 축적이라는 현상으로 인해 억압적이다. 자본주의는 현재 있는 것에 의해 억압하며, 현재 있는 것을 더욱 증식하기 위해서 축적하고 그만큼 더 착취하고 그만큼 더 축적한다. 마르크스는 이러한 악순환에 종지부를 찍는 것은 오직 혁명뿐이라고 상상했다. 혁명이 성공하면 자본 축적은 사회사업을 보장하기 위해 제한된 한도 내에서만 요구되리라는 것이다. 그러나 이번에는 혁명 그 자체가 산업화되며, 그리하여 축적 현상은 이제 자본이 아니라 기술에 집착하게 되고, 마침내 기계가 기계를 부르게 된다. 투쟁 중에 있는 일체의 집단은 집단의 소득을 분배하는 대신에 축적할 필요를 느끼게 된다. 그러한 집단은 스스로가 크기 위해, 자

---

38 생산성은 다만 그것이 수단—해방하는 기능을 가질 수도 있는—으로서가 아니라 하나의 목적으로서 간주될 때에만 유해한 것이라는 사실을 분명히 해둘 필요가 있다. (원주)

39 마르크스가 경제의 지상 명령을 알아볼 수 있다고 믿었던 18세기까지의 모든 시대에 걸쳐 줄곧 그것은 부정할 수 있는 것이었지만 말이다. 문명 형태들 간의 투쟁이 생산성의 진보로 귀결되지 않았던 역사적 예로는, 미케네 사회의 붕괴, 만족蠻族의 로마 침략, 스페인으로부터의 모르인 추방, 알비인의 괴멸 등을 들 수 있다. (원주)

신의 힘을 키우기 위해 축적한다. 부르주아적 집단이든 사회주의적 집단이든 이러한 집단은 오직 자신의 힘을 위해 정의를 뒤로 미룬다. 그러나 권력이란 또 다른 권력들에 대립하게 마련이다. 권력은 다른 권력들이 장비를 갖추고 무장하기 때문에 자기도 장비를 갖추고 무장한다. 권력은 그것이 세계를 지배하는 오직 하나의 권력이 되는 그날까지 축적하기를 결코 멈추지 않을 것이다. 더구나 그러기 위해서는 전쟁을 해야 한다. 그날이 오기까지 프롤레타리아는 겨우 생존에 필요한 것조차 변변히 얻지 못한다. 혁명은 자신의 체계가 요구했던 산업적, 자본주의적 매체를 수많은 사람들의 희생에 의해 구축하지 않을 수 없게 된다. 연금을 받는 대신 고통을 받는다. 이렇게 하여 노예 제도가 일반화되고 천국의 문은 굳게 닫혀 있다. 이런 것이 바로 생산을 숭배하여 먹고사는 세계의 경제 법칙인데 현실은 그 법칙보다 더 피투성이다. 혁명은 자신의 적인 부르주아들과 자신의 동지인 허무주의자들이 몰아넣은 궁지에서 노예 제도가 된다. 원리와 방법을 바꾸지 않는 한, 혁명에는 피에 젖어 으깨어진 노예적 반항이나 원자폭탄에 의한 자살이라는 흉한 희망 외에 다른 출구가 없다. 권력 의지, 지배와 권력을 위한 허무주의적 투쟁은 마르크스의 유토피아를 쓸어버리고도 남았다. 마르크스의 유토피아 자체도 이제 다른 역사적 사실들처럼 이용될 운명에 놓여 있는 하나의 역사적 사실이 되고 말았다. 역사를 지배하고자 했던 그 유토피아는 역사 속에 함몰하고 말았다. 모든 수단을 손에 넣어 부리고자 했던 유토피아는 그 자신 수단의 위치로 전락했으며 목적 중에서도 가장 피비린내 나는 목적을 위해 이용되었다. 생산의 끊임없는 발전이 혁명을 위해 자본주의 체제를 붕괴시키지는 못했다. 그것은 부르주아 사회와 혁명적 사회를 다 같이 파괴하고 권력이라는 낯짝을 가진 우상을 만들어냈다.

과학적이라고 자처했던 사회주의가 어찌하여 이처럼 사실과 충돌할 수밖에 없었을까? 대답은 간단하다. 사회주의는 과학적이지 않았다. 사회주의 실패의 이유는 오히려 결정론적인 동시에 예언적이고, 변증법적인 동시에 교조적이고자 할 만큼 극히 애매한 방법에 있다. 만약 정신이 사물의 반영에 지나지 않는다면, 정신은 가설에 의한 것이 아니고서는 사물의 걸음을 앞지를 수 없다. 만약 이론이 경제에 의해 결정되는 것이라면 이론은 생산의 과거를 묘사할 수는 있을지언정 단지 개연적일 뿐인 생산의 미래를 묘사할 수는 없다. 역사적 유물론의 과업은 현 사회에 대한 비판을 수립하는 일뿐이다. 역사적 유물론이 과학적 정신을 견지하면서 미래 사회에 대해 할 수 있는 일은 오직 추측뿐일 것이다. 사실 역사적 유물론의 기본 저작이 《혁명론》이 아니라 《자본》이라고 불리는 것은 바로 그 때문이 아닐까? 마르크스와 마르크스주의자들은 그들의 기본 가정들과 과학적 방법을 희생시켜가면서까지 미래와 공산주의를 예언하려 들었다.

이 예언은 반대로 절대적인 의미의 예언을 중지할 때 비로소 과학적일 수 있었다. 마르크스주의는 과학적이 아니다. 그것은 기껏해야 과학주의적일 뿐이다. 마르크스주의야말로 탐구, 사상, 나아가 반항의 보람된 도구인 과학적 이성과, 일체의 원리를 부정하는 가운데 독일 관념론이 만들어낸 역사적 이성 사이의 깊은 단절을 극명히 드러내 보여준다. 역사적 이성은 그 본래의 기능으로 볼 때 세계를 판단하는 이성이 아니다. 그런데도 역사적 이성은 세계를 판단한다고 주장하는 동시에 세계를 이끌어나가고 있는 것이다. 사건 속에 파묻혀 있으면서도 그것은 사건을 주도하고 있다. 역사적 이성은 교육자인 동시에 정복자다. 게다가 이 알쏭달쏭한 묘사들이 가장 간명한 현실을 뒤덮어 숨긴다. 만약 인간이 역사로 환원된다면 인간은 광란하는 역사의 소음과 분노 속으로 침몰하거나 혹은 역사에 인간 이성의 형태를 부여하는 것 외에 다른 선택이 없게 된다. 현대 허무주의의 역사는 그러므로 오직 인간의 힘으로, 아니 그냥 강제로, 더 이상 질서를 가지지 못한 역사에 하나의 질서를 부여하기 위한 기나긴 노력에 불과하다. 이 사이 비이성은 그리하여 결국 이데올로기 제국의 정점에 도달할 때까지는 술책과 계략과 다를 바 없는 것이 되어버린다. 여기에 과학이 끼어들어 무엇을 할 수 있단 말인가? 이성만큼 정복과 무관한 것은 없다. 역사는 과학적 세심함으로 만드는 것이 아니다. 인간이 과학자적 객관성을 가지고 처신하고자 하는 순간부터 인간은 역사 만들기를 스스로 포기하는 셈이다. 이성은 설교하지 않는다. 아니 설교한다면 그것은 이미 이성이 아니다. 그렇기 때문에 역사적 이성은 비합리적이고 낭만적인 이성이다. 그래서 때로는 강박증 환자의 체계화를 연상시키고 또 때로는 말씀의 신비스런 단정적 주장을 연상시킨다.

마르크스주의의 진정 과학적인 유일한 면은 진작부터 신비를 거부하고 가장 노골적인 현재의 이해관계를 밝혀냈다는 데에 있다. 그러나 이 점에 있어서도 마르크스는 라로슈푸코[40] 이상으로 과학적인 것은 아니다. 더구나 이러한 일면조차 그는 예언에 돌입하는 순간 포기해버린다. 따라서 마르크스주의를 과학적인 것으로 만들고, 나아가 이 허구를 과학의 세기에도 유용한 것으로 만들기 위해서는 그 이전에 공포 정치를 통해서 과학을 마르크스주의적인 것으로 만들어야 했다는 사실은 놀라울 것이 없다. 마르크스 이후 과학의 진보는 대체로 마르크스 당대의 결정론과 극히 조잡한 기계론이 잠정적 개연론으로 대체되었다는 데 있다. 마르크스는 엥겔스에게 보낸 편지에서 다윈의 이론이 바로 그들의 이론의 토대를 이루고 있

---

[40] 프랑수아 드 라로슈푸코François de La Rochefoucauld(1613~1680). 《잠언집》단 한 권으로 프랑스 문학사에 길이 남은 이례적인 문필가. 인간의 이기심과 악덕을 날카롭게 꿰뚫은 그의 잠언들은 당대의 과학적 합리주의 사상을 대표한다.

다고 했다. 그러므로 마르크스주의가 빈틈없이 옳은 것으로 계속 인정되기 위해서는 다윈 이후의 생물학상의 발견들을 부정해야 했다. 더프리스[41]에 의해 확증된 돌연변이설 이후의 모든 발견들로 인해 생물학에 결정론과는 딴판인 우연의 개념이 도입되자 리센코[42]로 하여금 염색체까지 변조하게 하여 또다시 초보적인 결정론을 증명하도록 만들어야 했던 것이다. 그것은 우스꽝스러운 일이었다. 그러나 오메 씨에게 경찰을 맡겨도 그것은 더 이상 우스꽝스러운 것이 아닐 것이니 때는 바야흐로 20세기다. 사정이 이렇게 되고 보니 20세기는 또한 물리학에 있어서 불확정성의 원리, 특수 상대성 이론, 양자론[43], 그리고 끝으로 현대 과학의 일반적인 경향 등을 부정해야 할 것이며, 그리고 드디어 현대 과학의 일반적 경향들을 모조리 부정해야 할 판이다. 오늘날에 있어서 마르크스주의가 과학적

---

[41] 휘호 더프리스Hugo de Vries(1848~1935). 네덜란드의 식물학자. 불연속적이고 유전적이고 돌연한 식물의 변종들을 발견해 돌연변이라는 이름을 붙였다.

[42] 1948년 리센코Lysenko가 발표한 이론은 곧 농학회의 범소비에트 세션에서 정설로 승격했다. 이 논문에서 그는 멘델의 고전적 유전 이론(후천적 성격들의 비유전)을 반박했다.

[43] 로제 카유와Roger Callois는 스탈린주의가 양자론에는 반대하면서도 양자론으로부터 나온 원자 과학을 이용하고 있음을 지적한다. 《마르크스주의 비판*Critique du marxisme*》(Gallimard) 참조. (원주)

이 되자면 하이젠베르크[44], 보어[45], 아인슈타인 그리고 현대의 가장 위대한 학자들은 과학적이지 않아야 한다는 조건에서 과학적이게 될 수 있다. 요컨대 과학적 이성을 예언의 하인으로 만드는 것이 고작인 원리가 신비스러울 리 없다. 그 원리는 이미 권위적 원리라는 이름으로 불리고 있다. 교회들이 참된 이성으로 하여금 죽은 신앙을 섬기도록 하고 지성의 자유를 권력 유지에 동원하고자 할 때 그 교회들을 이끄는 것도 다름 아닌 그 원리다.[46]

결국 마르크스의 예언은 경제와 과학이라는 그의 두 가지 원리에 배치되는 것이므로 그것은 아주 먼 후일에 일어날 어떤 사건의 열광적 예고에 지나지 않는다. 마르크스주의자들이 둘러대는 유일한 밑천은 시간이 좀 많이 걸리긴 하지만 그래도 아직은 보이지 않는 그 어느 날, 역사의 끝이 모든 것을 정당화해주기를 기다려야 한다는 것이다. 바꿔 말하자면, 우리는 지금 연옥 속에 있는데, 그 우리에게 지옥이 없는 미래가 약속된다는 것이다. 이렇게 되면 제기되는 문제의 범주가 달라

---

[44] 베르너 카를 하이젠베르크Werner Karl Heisenberg(1901~1976). 독일의 물리학자. 노벨상을 받았다.
[45] 닐스 보어Niels Bohr(1885~1962). 덴마크의 물리학자. 노벨상을 받았다.
[46] 이 모든 점들에 대해서는 15년이 지난 오늘날에도 여전히 현실성을 잃지 않고 있는 장 그르니에Jean Grenier의 《정통 정신에 관한 시론*Essai sur l'esprit d'orthodoxie*》을 참조할 것. (원주)

진다. 만약 마땅히 바람직한 쪽으로 발전하는 경제에 발맞춰 그저 한두 세대 동안 투쟁하여 충분히 계급 없는 사회가 도래할 수 있다면 투사들에게 있어서 희생은 납득할 만한 것이 된다. 그들에게 미래는 어떤 구체적인 얼굴, 예를 들면 손자의 얼굴쯤으로 보일 테니 말이다. 그러나 만약 지난 여러 세대에 걸친 희생으로도 충분치 못해 이제부터 우리가 전 세계에 걸쳐 몇천 배 더 파괴적인 투쟁을 전개해야 하는 끝없는 시기에 접어드는 것이라고 한다면, 그렇다면 신앙에서 우러나온 확신이 있어야 남들을 죽이고 자기 자신도 죽는 것을 받아들일 수가 있는 것이다. 다만 이 새로운 신앙은 옛 신앙들에 비해 순수한 이성에 기반을 두고 있지 않다는 점이 문제다.

그렇다면 실제로 그 역사의 끝을 어떻게 상상할 것인가? 마르크스는 헤겔의 말을 되풀이하지는 않았다. 그는 공산주의란 인류의 미래에 있어 필연적인 하나의 형태일 뿐 그것이 미래의 전체는 아니라고 어지간히 아리송하게 말했다. 그러나 만약 공산주의가 모순과 고통의 역사를 종결짓지 못하는 경우에는 그 많은 노력과 희생을 어떻게 정당화할 것인지 알 수 없게 되고, 공산주의가 그 역사를 종결시킨다면 역사의 연속을 오직 그 완전한 사회를 향한 행진으로밖에 상상할 수 없게 된다. 그렇게 되면 스스로 과학적이고자 하는 하나의 서술 속에 자의적으로 어떤 신비로운 개념이 도입된다. 마르크스와 엥겔스의 단골 주제인 정치적 경제의 종국적 소멸은 모든 고통의 끝을 의미한다. 경제는 과연 역사의 고통과 불행과 일치되고 역사의 고통과 불행은 경제와 더불어 사라진다. 우리는 에덴동산에 와 있다.

여기서 문제는 역사의 끝이 아니라 다른 하나의 역사로의 비약이라고 주장할 수도 있을 것이다. 그러나 그것이 문제의 해결에 도움이 되지는 않는다. 그리고 다른 역사 역시 우리는 지금의 우리 자신의 역사에 의거해서만 상상할 수 있다. 인간에게 그 두 역사는 오직 하나의 역사일 따름이다. 게다가 또 다른 역사 또한 동일한 딜레마를 제기한다. 즉 다른 역사가 모순의 해소는 아니기에 우리는 괴로워하고 죽고 아무것도 아닌 것 때문에 살인을 한다. 그게 아니면, 그 다른 역사는 곧 모순의 해결이기에 실제로 그것이 지금 우리의 역사를 끝맺는다. 결국 둘 중 어느 하나인 것이다. 이 단계에 이르러서도 마르크스주의는 오로지 결정적 왕국에 의해서만 정당화될 수 있다.

이 목적의 왕국은 그렇다면 과연 의미가 있는 것일까? 종교적인 가정假定이 인정된 신성의 세계에서라면 그것은 하나의 의미를 가진다. 세계가 창조된 것이니 종말도 있을 것이다. 아담이 에덴동산을 떠났으니 인류는 이제 거기로 되돌아가야 한다. 그러나 변증법적인 가정이 인정된 역사적 세계에서라면 그러한 왕국은 의미를 갖지 못한다. 변증법은 그것이 제대로 적용된 경우라면 멈춰질 수도 없거니와 멈춰져서도 안 된다.[47] 한 역사적 상황에 있어서 서로 대립하는 항은 서로를 부정할 수 있지만 그다음에는 그 대립이 극복되어 새로운 종합에 이른다. 그러나 이 새로운 종합이 반드시 처음의 조건들보다 우월한 것이어야 할 이유는 없다. 아니, 다만 변증법의 끝을 독단적으로 정해버릴 경우에만, 그리하여 외부로부터 변증법의 내부로 가치 판단을 끌어들일 경우에만 그럴 이유가 있다고 하는 것이 더 정확한 말이겠다. 만약에 역사가 계급 없는 사회로 마감된다면 과연 자본주의 사회는 그것이 계급 없는 사회에 한층 근접해 있다는 점에서 봉건 사회보다 더 우월한 것이다. 그러나 변증법적 가정을 인정하려면 그것을 송두리째 다 인정해야 한다. 구제도하의 신분 사회에 뒤이어 오늘날과 같이 신분은 없지만 계급이 있는 사회가 나타났던 것과 마찬가지로 계급 사회에 뒤이어 계급은 없지만 어떤 대립 관계―아직은 그 대립이 어떤 것일지 알 수 없지만―가 있는 사회가 나타날 것이라고 말하지 않으면 안 된다. 시작을 인정받지 못한 운동은 종말도 가질 수 없다. "만일 사회주의가 영원한 생성 변화라면 그 수단은 그 목적이 된다"라고 어느 자유주의 에세이스트

---

[47] 에르네스탕Ernestan의 《사회주의와 자유 Le Socialisme et la Liberté》 참조. (원주)

가 말한 바 있다.[48] 정확히 말하자면, 그 운동은 목적이 없고 오직 수단만이 있을 뿐인데 그 수단은 만약 그것이 변화 생성 밖에 있는 어떤 가치에 의해 보증되지 않는다면 아무것에 의해서도 보증될 수 없는 그런 유의 것이다. 이런 의미에서 보건대 변증법은 혁명적이지도 혁명적일 수도 없다는 사실을 지적하지 않을 수 없다. 우리의 관점에서 본다면 변증법은 다만 허무주의적인 것, 즉 변증법이 아닌 모든 것을 부정하는 데 목표를 둔 순수한 운동 그 자체일 뿐이다.

그러므로 이 세계에서는 역사의 끝을 상상해야 할 이유를 찾아볼 수가 없다. 그렇지만 마르크스주의의 이름으로 인류에게 요구되었던 수많은 희생을 정당화할 수 있는 것은 오직 역사의 끝이라는 것뿐이다. 그러나 역사의 끝의 합당한 근거라고는 오직 하나의 논점 선취[49]뿐이다. 즉 역사가 유일하고 그 자체로서 충분한 왕국이라고 믿으면서도 그 역사 밖에 있는 어떤 가치를 역사 속으로 끌어들이려고 하는 논점 선취의 오류 위에 그 역사의 끝이라는 개념이 근거하는 것이다. 그런데 이 가치는 또한 도덕과도 무관한 것이기 때문에 엄밀한 의

---

48 《공산주의 사회학 *Sociologie du communisme*》 3부에 나오는 쥘 모느로 Jules Monnerot의 탁월한 논문 참조. (원주)

49 논점 선취 pétition de principe란 논점 선취의 허위라고도 하는데, '논증해야 할 것을 오히려 전제로 삼는' 논리적 오류를 가리킨다.

미에서 인간이 자신의 처신을 위해 표준으로 삼을 수 있는 가치가 될 수도 없다. 그것은 근거가 없는 하나의 도그마일 뿐이다. 그 도그마는 숨 막히는 고독이나 허무주의로 질식 상태에 있는 어떤 사상의 절망적 움직임 가운데서나 제 것으로 삼을 수 있는 것, 아니면 그 도그마로 덕을 보는 자들이 강요하는 바람에 어쩔 수 없이 떠안는 종류의 것이다. 역사의 종말이란 모범과 완전함을 나타내는 가치가 아니다. 그것은 도리어 독단과 공포 정치의 원리다.

마르크스는 자기 이전의 모든 혁명들이 실패했었다는 사실을 인정했다. 그러나 그는 자신이 고하는 혁명은 결정적으로 성공하리라고 주장했다. 지금까지의 노동 운동은 바로 이 주장에 근거하여 명맥을 유지해왔다. 이제 구체적 사실들에 의해 끊임없이 부정되어온 주장의 허위성을 조용히 고발할 때가 되었다. 그리스도의 재림이 요원해져 갈수록 그 이성적 근거가 약해진 종국적 왕국의 주장은 하나의 신조가 되어버렸다. 마르크스주의의 세계를 지배하는 유일한 가치가 이제부터는 마르크스의 뜻을 거슬러 한 이데올로기 제국 전체에 강요될 하나의 도그마 속에 존재하게 된다. 목적의 왕국 역시 영원한 도덕이나 천상의 왕국처럼 사회적 기만의 목적에 이용된다. 엘리 알레비[50]는 사회주의가 보편적 스위스식 공화제에 이를 것인지 유럽식 독재 정치에 이를 것인지 자기로서는 단정적으로 말할 수 없다고 했다. 우리는 그 이후 사정을 더 잘 알게 되었다. 니체의 예언은 적어도 이 점에 관한 한 적중한 셈이다. 마르크스주의는 향후, 그 자체의 이념에 반해, 그리고 필연적 논리에 따라, 우리가 이제부터 기술해야 할 지적 독재 정치 속에서 진면목을 나타내게 되는 것이다. 은총과 맞선 정의의 투쟁의 마지막 대표자인 마르크스주의는 본의 아니게 진리와 맞선 정의의 투쟁을 떠맡게 된다. 은총 없이 어떻게 살 것인가, 그것이 19세기를 지배하는 의문이었다. 절대적 허무주의를 받아들이고 싶지 않았던 모든 사람들은 '정의에 의해서'라고 대답했다. 천상의 왕국에 절망하고 있던 민중에게 그들은 인간의 왕국을 약속했다. 인간의 왕국에 대한 설교는 촉진을 거듭하다 19세기 말에 와서는 그야말로 투시력을 가진 듯한 경지에 이르렀고, 과학의 확신들을 내세워 유토피아를 약속했다. 그러나 왕국은 멀어져만 갔고 엄청난 전쟁들이 가장 오래된 대지마저 휩쓸어버렸으며 반항하는 인간들의 피가 도회의

---

50 Élie Halévy(1870~1937). 사회주의를 연구한 역사학자. 《생시몽과 생시몽주의자들의 경제적 독트린 *La Doctrine économique de Saint-Simon et des saintsimoniens*》(Editions de la Revue du mois, 1908), 《전제정치의 시대, 사회주의와 전쟁에 관한 연구 *L'Ere des tyrannies, études sur le socialisme et La guerre*》(Gallimard, 1938)의 저자.

벽들을 뒤덮었고 완전한 정의는 가까워지지 않았다. 1905년의 테러리스트들의 목숨을 앗아갔고 지금도 우리 시대의 세계를 갈기갈기 찢어놓고 있는 20세기의 문제가 차츰차츰 분명해졌다. '은총 없이, 그리고 정의 없이 어떻게 살 것인가?'라는 것이 그것이다.

이 물음에 오직 허무주의가, 반항이 아니라 허무주의가 대답했다. 지금까지는 오직 허무주의자들만이 낭만주의적 반항인들이 한 말을 되받아서 '광란'이라고 대답했다. 역사적 광란을 사람들은 권력이라고 부른다. 권력에의 의지가 나타나 정의의 의지의 바통을 이어받았다. 처음에는 정의의 의지와 하나인 척하더니 이윽고 그것을 역사의 끝 어딘가로 추방해버렸다. 이 땅 위에 지배할 것이라고는 아무것도 남아 있지 않을 때까지. 이리하여 이데올로기적인 결론이 경제적인 결론을 눌러버렸다. 러시아 공산주의의 역사는 그것 자체의 원리들마저 부정해버린 것이다. 우리는 이 기나긴 도정의 끝에서 형이상학적 반항을 다시 만나게 되는데, 형이상학적 반항은 이번에 온갖 무기들과 슬로건의 떠들썩한 소란 속에서, 그러나 그 진정한 원리를 망각하고 무장한 무리 속에서 고독에 파묻힌 채 그 부정들을 완고한 스콜라 철학으로 뒤덮으며 이제부터 그의 유일한 신으로 삼은 미래를 향해 전진하고 있다. 그러나 그 형이상학은 물리쳐야 할 수많은 국가와 민족들, 지배해야 할 여러 대륙들이 가로막고 있어서 그 미래와 단절되어 있다. 행동을 유일한 원리로, 인간의 지배를 알리바이로 삼고 있는 형이상학적 반항은 벌써 또 다른 방어진들에 맞서 유럽의 동쪽에서 이미 스스로의 방어 진지를 구축하기 시작했다.

목적들의 왕국

마르크스는 이토록 무시무시한 신격화를 상상하지는 못했다. 레닌 역시 마찬가지였다. 그러나 그는 군국주의적 제국을 향해 결정적 한 걸음을 내디딘 인물이었다. 변변찮은 철학자인 반면 탁월한 전략가였던 그는 먼저 권력 획득의 문제를 제기했다. 이 점에 있어, 혹자가 그러듯 레닌의 자코뱅주의를 운위하는 것은 잘못임을 우선 지적해둘 필요가 있다. 다만 선동가들과 혁명가들 패거리에 대한 그의 생각만이 자코뱅적이라고 하겠다. 자코뱅 당원들은 원리를 믿고 미덕을 믿었다. 그들은 그 원리와 미덕을 부정해야 했기 때문에 목숨을 버렸던 것이다. 레닌은 오로지 혁명과 효율성의 미덕만을 믿는다. "조합에 침투할 목적에서라면… 그리고 그 속에서 무슨 일이 있더라도 공산주의적 과업을 수행할 목적에서라면 모든 희생을 할 각오가 되어 있어야 하고, 필요하다면 모든 전략과 술책과 불법적인 방법들을 동원해야 하며, 진리까지도 은폐할 결심을 해야 한다." 헤겔과 마르크스에 의해 개시된 형식 도덕과의 투쟁은, 레닌의 경우, 비효율적인 혁명적 태도들에 가한 비판 가운데 나타난다. 제국은 이 운동의 저 끝에 있다.

레닌이 선동가로서 활동한 생애 초기[51]와 말기[52]에 쓴 두 저작을 살펴보노라면 우리는 감상적 형태의 혁명운동들에 대해 그가 끊임없이 무자비한 공격을 퍼붓고 있음을 보고 놀라게 된다. 그는 혁명으로부터 도덕을 추방하고자 했다. 왜냐하면 그는 혁명적 권력이 십계명을 준수함으로써 확립되는 것은 아니라고—과연 그렇다—생각했기 때문이다. 초기의 경험들을 쌓은 후 그가 장차 그토록 큰 역할을 하게 될 역사의 무대에 등장하여 전前 세기의 이데올로기와 경제가 이루어놓은 바의 세계를 그렇듯 타고난 자유자재의 능력으로 다루는 것을 볼 때 그는 과연 새로운 시대의 최초의 인물인 것 같다는 생각을 금할 수 없다. 그는 불안이나 향수나 도덕 같은 것은 전혀 개의치 않은 채 지휘봉을 잡고 원동력이 될 최선의 제도를 추구하며 이런 미덕은 역사의 지도자에 걸맞고 저런 미덕은 그렇지 않다는 식으로 결정을 내린다. 초기에는 다소 암중모색이 불가피했고, 그리하여 러시아가 우선 자본주의적, 산업적 단계를 거쳐야 할지 결정하는 데 주저한 것도 사실이다. 그러나 주저한다는 것은 곧 러시아에서 혁명이 일어날 수 있을지를 의

---

[51] 《무엇을 할 것인가?》(1902). (원주)
[52] 《국가와 혁명》(1917). (원주)

심한다는 것이나 마찬가지다. 그 자신이 러시아인이며 그의 과업은 러시아 혁명을 일으키는 데 있다. 그는 경제적 숙명론을 내던져버리고 곧장 행동에 착수한다. 1902년 이후 그는 노동자들이 스스로 독자적인 이데올로기를 만들어낼 수 없으리라고 분명히 선언한다. 그는 대중의 자발성을 부정한다. 사회주의적 독트린은 과학적 토대를 전제로 하는데 그 과학적 토대는 오직 지식인들만이 부여할 수 있다. 과학적 토대를 전제로 하는 것이다. 노동자들과 지식인들 사이의 일체의 구별은 지워버려야 한다는 그의 말은, 스스로 프롤레타리아가 아니더라도 프롤레타리아 이상으로 그들의 이익이 무엇인지를 잘 알 수 있다는 의미로 해석되어야 한다. 그는 그러므로 민중의 자발성과 맞서서 끈덕진 투쟁을 전개했던 라살[53]을 칭송한다. "이론은 자발성이 이론에 따르도록 복종시켜야 한다"[54]라고 그는 말한다. 명료히 말하건대, 이 말은 혁명이 지도자들을, 그것도 이론적 지도자들을 필요로 함을 뜻한다.

그는 혁명의 힘을 약화시킨 개량주의와 본보기로의 비효율

---

[53] 페르디난트 라살Ferdinand Lassalle(1825~1864). 독일 사회주의 이론가, 작가, 노동 운동가. 정치가. 마르크스와 가까웠지만 1862년 그와 갈라 서서 독자 노선을 걸으며 독일 노동자 동맹을 결성했다.
[54] 마찬가지로 마르크스도 이렇게 말한다. "어떠어떠한 프롤레타리아, 혹은 심지어 프롤레타리아 계급 전체가 그들의 목적이라고 상상하여 내세우는 바는 중요한 것이 아니다." (원주)

적 태도인 테러리즘[55]을 동시에 공격한다. 혁명은 경제적인 것이거나 감상적인 것이기 이전에 군사적인 것이다. 혁명이 폭발할 그날까지 혁명운동은 곧 전략이다. 전제정치는 적이다. 전제정치의 주된 힘은 정치적 군인의 직업적 집단인 경찰이다. 결론은 간단하다. "정치 경찰에 대한 투쟁은 특수한 자질을 요구한다. 그것은 직업적 혁명가들을 필요로 하는 것이다." 혁명은 자신의 직업적 군대를 갖게 될 것이고 그 옆에는 언젠가 징집의 대상이 될 대중이 있다. 이러한 선동 집단은 대중보다 먼저 조직되어야 한다. 레닌의 표현을 빌리면 그것은 공작대원들의 조직망이다. 레닌은 이렇게 비밀 결사와 혁명의 현실주의적 수도사들이 지배하는 세상을 예고한다. "우리는 예수회적 요소를 덤으로 갖춘 혁명의 젊은 터키인들이다"라고 그는 말했다. 이 순간부터 프롤레타리아에게는 더 이상 아무런 사명이 없게 된다. 그는 혁명적 고행자들의 손에 장악되어 있는 여러 수단들 가운데서도 강력한 하나의 수단에 지나지 않는다.[56]

권력 장악의 문제에는 국가의 문제가 뒤따른다. 이 주제를

---

55 테러리즘을 선택했던 그의 형이 교수형을 당했다는 것은 잘 알려진 사실이다. (원주)
56 하이네는 이미 사회주의자들을 "새로운 청교도들"이라고 부른 바 있다. 청교도주의와 혁명은 역사적으로 볼 때 서로 쌍을 이룬다. (원주)

다루는 《국가와 혁명》(1917)은 비방 중상 문서들 가운데서도 가장 기이하고도 가장 모순에 차 있다. 레닌은 그 책에서 그가 즐겨 사용하는 권위적 방법을 동원한다. 마르크스와 엥겔스를 원용하면서 그는 시작부터 일체의 개량주의를 배격한다. 개량주의는 한 계급의 다른 계급에 대한 지배의 조직인 부르주아 국가를 이용하려 든다는 것이었다. 부르주아 국가는 경찰과 군대에 의존한다. 왜냐하면 그 국가는 우선 억압의 도구이기 때문이다. 부르주아 국가는 계급 간의 화해할 수 없는 적대 관계와 이 적대 관계의 강제적 해소를 동시에 반영한다. 이러한 사실상의 권위는 오직 경멸의 대상이 될 뿐이다. "한 문명국가의 군사 권력을 손에 쥔 통수권자도 몽둥이에 의한 강요가 아닌 자발적 존경을 받는 부족 국가의 족장을 부러워하리라." 더구나 엥겔스는 국가라는 관념과 자유로운 사회라는 관념은 양립할 수 없는 것이라고 단언했다. "계급은 나타났을 때와 마찬가지로 필연적으로 사라질 것이다. 계급의 소멸과 더불어 국가는 필연적으로 사라질 것이다. 생산자들의 자유롭고도 평등한 결합을 바탕으로 생산을 재조직하게 되면 사회는 국가라는 기계를 그에 상응하는 장소, 이를테면 골동품 박물관의 물레나 청동 도끼 옆으로 치워놓을 것이다."

이런 점에 비추어보면 방심한 독자들이 《국가와 혁명》을 레닌의 무정부주의적 경향의 소산으로 보고, 또 군대와 경찰과 몽둥이와 관료주의를 그토록 가혹하게 비판했던 독트린으로부터 그런 기이한 후예들이 생겨난 것을 애석하게 여기는 것은 설명이 된다. 그러나 레닌의 관점을 이해하려면 언제나 그것을 전략과 관련하여 생각해야 한다. 그가 부르주아 국가의 소멸에 대한 엥겔스의 이론을 그렇듯 열렬히 옹호한 것은, 그가 한편으로는 플레하노프[57]나 카우츠키의 순수한 '경제주의'를 저지하고 다른 한편으로는 케렌스키[58]의 정부가 타도해야 할 부르주아 정부임을 입증하고자 했기 때문이다. 한 달 후 과연 그는 그 정부를 타도해버렸다.

그는 혁명 자체도 행정과 탄압의 기구를 필요로 하게 된다고 주장하며 그에게 이의를 제기하는 사람들에게도 대답해야 했다. 여기서 다시 한번 마르크스와 엥겔스가 폭넓게 이용된다. 즉 프롤레타리아 국가는 다른 국가들처럼 조직된 국가가 아니라 원칙적으로 끊임없이 효력이 없어져가는 국가라는 사실을 단정적으로 증명하는 데 이용되는 것이다. "억압받는 사회 계급이 더 이상 존재하지 않게 되는 순간부터… 국가는 필연적인 것이기를 그친다. 프롤레타리아 국가가 실질적으

---

[57] 게오르기 발렌티노비치 플레하노프Georgii Valentinovich Plekhanov (1856~1918). 러시아 사회 민주 노동당 창당에 참여했지만 멘셰비키 분파에 속한다. 《아나키즘과 사회주의》의 저자.
[58] 알렉산드르 표도로비치 케렌스키Aleksandr Fyodorovich Kerenskii (1881~1970). 러시아의 정치인. 1917년 9월부터 11월까지 정부 수반이었는데 그의 정부는 볼셰비키들에 의해 붕괴되었다.

로 전체 사회의 대표로 자리를 굳힐 수 있게 해주는 최초의 행동은—그 사회의 생산 수단을 손에 넣는 행동—동시에 국가의 고유한 마지막 행동이기도 하다. 인간들의 정부에 사물의 관리 기관이 대치된다… 국가는 폐지되는 것이 아니라 효력을 상실한다." 부르주아 국가가 우선 프롤레타리아에 의해 폐지된다. 그런 다음, 오직 그런 다음에야 비로소, 프롤레타리아 국가가 해체된다. 프롤레타리아 계급의 독재는 필연적인 것이다. 첫째, 부르주아 계급의 잔재를 억누르거나 소탕하기 위해서, 둘째, 생산 수단들의 사회화를 실현하기 위해서 그렇다. 이 두 과업이 완수되면 프롤레타리아 독재는 즉시 쇠퇴하기 시작한다.

레닌은 그러므로 생산 수단의 사회화가 실현되고 착취자 계급이 소멸되는 즉시 국가는 사라질 것이라는 명료하고도 확고한 원리로부터 출발하고 있다. 그렇지만 예의 그 책 속에서 그는 생산 수단의 사회화 이후에도 나머지 인민들에 대한 혁명적 파당 독재가 예측 가능한 기한이 없이 계속 유지될 수 있음을 정당화하는 결론에 이르고 있다. 이 팸플릿은 파리 코뮌의 경험을 끊임없이 참고하면서도 파리 코뮌을 낳은 연방주의적, 반권위주의적 사상의 흐름과는 절대적으로 상반된 양상을 보인다. 이 팸플릿은 또 마르크스와 엥겔스의 낙관주의적 서술과도 대립된다. 그 이유는 명백하다. 즉 레닌은 파리 코뮌이 실패했다는 사실을 잊지 않고 있었던 것이다. 그토록 놀라운 논증에 사용된 방법들을 보면 그것들은 더욱 간단하다. 혁명이 새로운 어려움에 봉착할 때마다 마르크스가 묘사했던 국가는 추가적인 권한을 하나씩 더 얻게 된다. 과연 레닌은 10페이지쯤 뒤에 불쑥, 권력이 착취자들의 저항을 분쇄하기 위해 필요한 것인 동시에 "사회주의 경제를 정돈함에 있어서 농민, 소부르주아지, 준프롤레타리아 등 거대한 인민 대중을 지도하기 위해서도" 필요한 것이라고 주장한다. 바로 여기가 전환점인 것이 명백하다. 마르크스와 엥겔스의 임시적 국가는 그리하여 그 국가의 생명을 길게 연장할 위험이 있는 하나의 새로운 사명을 짊어진다. 우리는 벌써 그 공식적 철학과 충돌하는 스탈린 체제의 모순을 목도한다. 만일 이 공산주의 체제가 계급 없는 사회주의적 사회를 실현했다고 한다면 공포의 탄압 기구의 유지는 마르크스주의에 비추어 정당화되지 않는다. 혹은 만일 이 체제가 그런 사회를 실현하지 못했다고 한다면 그때 마르크스주의 이론 자체가 잘못된 것이라는 증거, 특히 생산 수단의 사회화가 계급의 소멸을 의미하지 않는다는 증거가 나난 셈이다. 그것 자체의 공식적 이론을 앞에서 공산주의 정치체제는 둘 중 하나일 수밖에 없다. 이론이 틀렸거나 체제가 이론을 배반한 것이다. 사실 마르크스의 뜻을 거슬러 레닌이 러시아에서 승리를 거두게 만든 것은 네차예프, 트카체프와 더불어 국가 사회주의의 창시자인 라살이다. 이 순간부터, 레닌에서 스탈린에 이르는 당내 분쟁의 역사는 노동자 민주주의와 군국주의적, 관료주의적 독재 사이의 투쟁, 결국 정의와 효율성 사이의 투쟁으로 요약된다.

레닌이 파리 코뮌에 의해 취해진 조처들, 예컨대 선거에 의해 선출되고 해임될 수 있으며 노동자들처럼 보수를 받는 관료 제도, 공업 관료제를 노동자들의 직접 관리로 대체하는 것 등을 찬양하는 것을 보면서 우리는 그가 일종의 타협점을 찾으려 하는 것이 아닌가 하는 의심을 한순간 갖게 된다. 심지어 코뮌 제도와 코뮌 대표제를 찬양하는 연방주의자 레닌의 모습까지도 엿보인다. 그러나 레닌이 연방주의를 찬양하는 것은 그것이 의회 제도의 폐지를 의미하는 한에 있어서뿐이라는 것을 우리는 곧 이해하게 된다. 레닌은 일체의 역사적 사실과 달리 연방주의를 중앙 집권주의로 규정하며, 이어 곧 국가에 관한 문제에 있어서의 무정부주의자들의 비타협적인 태도를 비난함과 동시에 프롤레타리아 독재의 관념을 강조한다. 여기서 엥겔스에 근거한 하나의 새로운 주장이 개입한다. 그것은 바로 사회주의화가 완수되어 부르주아 계급이 소멸하고 마침내 대중이 지도력을 획득한 연후까지도 프롤레타리아 독재의 존속을 정당화하는 주장이다. 독재의 유지는 이제 생산 조건 자체에 의해 정해지는 한계들을 갖게 될 것이다. 예를 들면 국가의 완전한 쇠퇴는 모든 사람에게 주택이 무상으로 주어질 수 있을 때와 일치할 것이다. "각자에게 필요에 따라 분배한다." 이것이야말로 공산주의의 최고 단계다. 그때까지는 국가가 소멸되지 않고 존재할 것이다.

각자가 필요에 따라 분배받게 된다는 이와 같은 공산주의 최고 단계를 향한 발전의 속도는 어느 정도일까? "우리는 그것을 알지 못하며 또한 알 수도 없다…. 우리는 이 의문에 확실하게 대답할 수 있는 근거를 가지고 있지 않다." 좀 더 분명히 하기 위해 레닌은 여전히 독단적으로, "공산주의의 최고 단계의 도래를 약속한다는 것은 어떠한 사회주의자도 생각할 수 없는 일이다"라고 단언했다. 이쯤에 이르러 자유는 결정적으로 사멸하는 셈이라고 말할 수 있다. 우선 대중의 지배와 프롤레타리아 혁명이라는 것이 직업적인 대행자들이 수행하고 이끄는 혁명이라는 개념으로 변해버린다. 그다음에는 국가에 대한 혹독한 비판이 필연적이면서도 일시적인 프롤레타리아 계급 독재와 타협한다. 바로 프롤레타리아의 지도자들 속에서 말이다. 마지막으로 이러한 일시적인 국가가 언제 끝나게 될지는 예견할 수 없으며 게다가 아무도 언젠가 끝이 있게 된다고 약속할 생각을 해본 적이 없다는 말이 나온다. 사정이 이러하고 보면 소비에트 노농위원회의 자치권이 무너져버리고 마크노[59]

---

[59] 네스토르 마크노Nestor Makhno(1889~1935). 우크라이나의 아나키스트 공산주의자. 처음에는 적군赤軍과 연합했다가 1920~1921년에 적군에게 분쇄된 농민 노동자 게릴라를 조직했다.

가 배반당하며 크론시타트[60]의 해병들이 당에 의해 분쇄당하는 사태는 논리적으로 당연한 일이다.

물론 정의의 열정적 연인이었던 레닌의 수많은 주장들은 여전히 스탈린 체제에 반대되는 것일 수 있다. 특히 국가 쇠퇴라는 개념이 그렇다. 프롤레타리아 국가가 단시일 내에 사라질 수 없다는 사실을 인정한다 하더라도, 독트린에 따라 그것이 프롤레타리아 국가라고 일컬어질 수 있기 위해서는 적어도 국가가 소멸의 경향을 보이고 또 그것의 구속력이 점점 작아져야 마땅하다. 레닌은 이러한 소멸의 경향이 필연적인 것이라고 생각하고 있었고 바로 이 점에 있어 그는 분명 사실에 의해 추월당했다고 할 수 있다. 30년이 넘도록 프롤레타리아 국가는 점진적인 빈혈 증세를 보인 적이 전혀 없다. 그렇기는커녕 더욱 번성하고 있다는 사실을 우리는 주목할 수 있을 것이다. 결국 2년 후 스베르들로프 대학교에서 가진 한 강연에서, 국내외의 여러 사건들과 현실의 압력에 떠밀린 레닌은 프롤레타리아 초국가의 무한한 존속을 예견하는 발언을 한다. "이 기계 혹은 이 몽둥이(국가)로 우리는 일체의 착취를 분쇄할 것이다. 그리고 이 땅 위에 착취의 가능성이 더 이상 없게 되고 토지와 공장을 소유한 자들이 더 이상 없게 되고 굶주린 사람들의 코앞

---

[60] 러시아 네바강 하구의 군항.

에서 포식하는 자들이 더 이상 없게 될 때, 그때, 오직 그때 우리는 이 기계를 폐기할 것이다. 그때는 국가도 착취도 더 이상 존재하지 않을 것이다." 그러므로 일정한 사회가 아니라 이 땅 위 전체에서 단 한 사람의 피압박자나 단 한 사람의 유산자라도 남아 있는 한 국가는 존속할 것이다. 또 그 국가는 불의와 불의의 정부들과 한사코 부르주아적인 나라들과 그리고 스스로의 사욕에 눈먼 국민들 하나하나를 남김없이 정복하기 위해 끊임없이 커나가지 않을 수 없을 것이다. 마침내 적들이 소탕되고 정복된 대지 위에서 최후의 부정不正이 정의의 사람들과 불의의 사람들의 피바다 속에서 익사하게 되었을 때, 그때 모든 권력의 정상에 이르러 전 세계를 뒤덮는 괴물 같은 우상이 된 국가는 말 없는 정의의 왕국 속으로 얌전히 흡수될 것이다.

사실 적대적 제국주의의 압력은 불가피한 것인데 그 압력으로부터 사실상 레닌과 더불어 정의의 제국주의가 태어나게 된다. 그러나 정의의 제국주의라 할지라도 제국주의는 패망하든가 아니면 세계 제국이 되든가 하는 것 외에 다른 결말을 가질 수 없다. 그때에 이르기까지 그것이 가질 수 있는 수단은 불의뿐이다. 이때부터 독트린은 결정적으로 예언과 일치하게 된다. 먼 훗날의 정의를 위해 그 독트린은 역사가 지속하는 동안 줄곧 불의를 정당화하게 되고 레닌이 이 세상의 무엇보다도 싫어했던 기만으로 변한다. 독트린은 미래의 기적을 약속하는 대신 불의와 범죄와 거짓을 받아들이도록 만든다. 한층 더 많은 생산, 한층 더 큰 권력, 끊임없는 노동, 그칠 줄 모르는 고통, 항구적인 전쟁, 그 모든 것들을 두루 다 거친 후 바야흐로 전 제국에 보편화되어 있던 노예 형태가 놀랍게도 그 반대의 것, 즉 세계 공화국에서의 자유로운 여가로 뒤바뀌게 되는 순간이 온다는 것이다. 거짓 혁명의 기만은 이제 스스로의 공식을 갖게 된다. 즉 제국을 건설하기 위해서는 일체의 자유를 말살해야 한다. 그러면 언젠가 제국 자체가 자유가 될 것이다. 통일의 길은 그리하여 전체성을 거쳐 가야 한다.

전체성과 심판

사실 전체성이란 신자들과 반항하는 인간들에게 공통된 통일에의 해묵은 꿈, 신을 상실한 대지 위에 수평적으로 투영되어 있는 꿈 외에 아무것도 아니다. 그러할진대 일체의 가치를 포기한다는 것은 반항을 포기하고 제국과 노예 상태를 받아들인다는 것이나 마찬가지다. 형식적 가치들에 대한 비판이 자유의 관념만을 예외로 빼놓을 수는 없었다. 낭만주의자들이 꿈꿨던 자유로운 개인을 반항의 힘만으로 태어나게 할 수는 없다는 사실이 일단 인정되자 자유 그 자체가 역사의 운동에 편입되었다. 자유는 투쟁 중인 자유, 존재하기 위해서 스스로를 만들어가야 하는 자유로 변했다. 역사를 움직이는 역동성 그 자체가 되어버린 자유는 오직 역사가 정지하게 될 때에야 비로소 세계적 왕국 속에서 스스로를 즐길 수 있을 것이다. 그때까지 자유는 승리를 거둘 때마다 반발에 부딪치게 되고 그 반발은 그 승리를 헛된 것으로 만들 것이다. 독일 국민은 동맹 관계에 있던 자신의 압제자들에게서 해방되었지만 그것은 독일인 개개인의 자유를 대가로 치른 해방이었다. 전체주의 체제하의 개인들은 설령 그들이 속한 인간 집단이 해방된다 할지라도 자유롭지 못하다. 역사의 끝에 이르러 공산주의 제국이 전 인류를 해방시킬 그때에 자유는 노예들의 무리 위에 군림하게 될 것이다. 그때, 노예들의 무리는 적어도 신에 대해서, 그리고 일반적으로 말하여 일체의 초월성에 대해서 자유로워질 것이다. 양에서 질로의 변모라는 변증법의 기적은 여기서 분명해진다. 즉 전면적인 예속을 자유라고 부르기로 하는 것이다. 게다가 헤겔과 마르크스가 인용한 모든 예들에 있어서와 마찬가지로, 여기서도 객관적인 변화라고는 전혀 없고 다만 주관적인 명칭의 변화만이 있을 뿐이다. 기적이란 없다. 만약 허무주의의 유일한 희망이 수많은 노예들이 언젠가 영원히 해방된 인류를 형성하는 데 있다고 한다면 역사는 단지 절망적인 꿈일 뿐이다. 역사적 사고는 인간을 신에의 종속으로부터 해방시켰다. 그러나 이 해방은 인간에게 생성 변화에 대한 절대적 복종을 강요한다. 인간은 그리하여 지난날 신의 제단 앞에 몸을 던졌던 것처럼 이제 영원한 당을 향해 달려간다. 감히 가장 반항적이라고 자부하는 한 시대가 오직 순응주의만을 택하는 까닭이 바로 여기에 있다. 20세기의 진정한 정열, 그것은 예속이다.

그러나 전체적 자유 또한 개인적 자유와 마찬가지로 획득하기 쉬운 것은 아니다. 세계에 대한 인간의 지배를 확보하기 위해서는 공산주의 제국을 벗어나는 모든 것, 양量의 지배에 속하지 않는 모든 것을 세계와 인간으로부터 잘라내버려야 한다. 이러한 기도는 끝이 없는 것이다. 이 기도는 역사의 세 차원을 이루는 공간과 시간과 인간으로 확대되어야 한다. 공산주의 제국은 동시에 전쟁이요 몽매주의요 전제주의다. 그러면서도 스스로 우애, 진리, 자유가 되겠노라고 절망적으로 주장하는 것이다. 자체가 지닌 가정의 논리에 의하여 그렇게 주장하지 않을 수 없는 것이다. 확실히 오늘날의 러시아에는 심지어 러시아 공산주의 내에도 스탈린의 이데올로기를 부정하는 진리가 있다. 그러나 스탈린의 이데올로기는 자체의 논리를 갖고 있거니와, 만약 혁명 정신이 궁극적으로 결정적인 타락을 모면하기를 바란다면 그 논리를 분명히 밝혀서 전면에 내놓아야 한다.

소비에트 혁명에 대한 서유럽 군대의 파렴치한 개입은 러시아 혁명가들에게 무엇보다도 전쟁과 민족주의도 계급 투쟁 못지않게 인정해야 할 현실임을 보여주었다. 프롤레타리아들의 국제적 유대 관계가 자동적으로 작용하는 것이 아니므로 어떤 국제적 조직이 결성되지 않는 한 어떠한 국내적 혁명도 오래

간다고 장담할 수 없게 되었다. 이때부터 세계적 왕국은 오직 두 가지 조건에서만 구축될 수 있으리라는 것을 인정해야 했다. 즉 모든 강대국 내에서 거의 동시에 혁명이 일어나든가, 아니면 전쟁을 통해 부르주아 국가들을 청산해버리든가 하지 않으면 안 된다. 영속적 혁명 아니면 영속적 전쟁인 것이다. 전자의 선택이 승리할 뻔했다는 것을 우리는 알고 있다. 독일과 이탈리아 및 프랑스의 혁명운동은 혁명적 희망의 최고점을 보여줬다. 그러나 이 혁명들의 좌절과 그에 따른 자본주의 체제의 강화는 전쟁을 혁명의 현실로 만들었다. 계몽주의 철학은 그리하여 등화관제의 유럽으로 귀결된다. 굴욕당한 자들의 자발적 봉기에 의해 실현되었어야 했을 세계 왕국은 역사와 공산주의 독트린의 논리에 의해 권력의 여러 수단들이 만들어내는 제국으로 차츰 뒤덮여갔다. 엥겔스는 마르크스의 동의를 얻어 이러한 전망을 냉정하게 받아들였다. 그는 바쿠닌의 《슬라브 민족에게 고함》에 답하여 이렇게 썼다. "다음번 세계 대전은 지구 표면으로부터 반동 계급과 반동 왕조들뿐만 아니라 모든 반동 국민들까지도 사라지게 할 것이다. 그것 또한 진보의 일부를 이루는 것이다." 엥겔스의 머릿속에서 그 진보는 차르의 러시아를 제거하는 것이었다. 오늘날 러시아는 발전의 방향을 역전시켰다. 냉전이건 미지근한 전쟁이건 전쟁은 세계 제국에 봉사하는 것이다. 혁명은 제국주의화되면서 궁지에 몰린다. 만일 이 혁명이 그 거짓된 원리를 포기하고 반항의 기원으로 돌아가지 않는다면 그것은 다만 자본주의가 자발적으로 해체될 때까지 여러 세대에 걸쳐 계속될 수억의 인간들에 대해 전적인 독재를 유지한다는 것을 의미할 뿐이다. 혹은 만일 이 혁명이 인간 왕국을 하루빨리 앞당기고자 한다면 스스로도 원치 않는 핵전쟁이 일어날 것이며, 이 전쟁 이후에는 결국 어떤 왕국이라 할지라도 결정적인 폐허 위에서만 빛나는 왕국이 될 것이다. 세계 혁명은 그 혁명이 경솔하게도 신격화한 역사의 법칙 그 자체에 의해서 경찰 아니면 폭탄의 세계를 만들어 낼 수밖에 없다. 동시에 혁명은 하나의 추가적인 모순에 처하게 된다. 도덕과 미덕을 희생하고, 지향하는 목적에 의해 줄기차게 정당화해온 모든 수단을 용인한다는 것은 엄밀히 말해서 오직 어느 정도 실현될 확률이 있는 목적과 관련해서만 가능한 것이다. 그런데 무장된 평화는 독재를 무한정으로 유지함으로써 이 목적을 무한정으로 부정한다는 것을 의미한다. 게다가 전쟁의 위험성이 이 목적의 실현 가능성을 더욱 희박하게 만들어놓는다. 제국이 세계 공간으로 확산되는 것은 20세기 혁명에 있어 불가피한 필연이다. 그러나 이 필연은 혁명을 마지막 딜레마로 몰아넣는다. 즉 새로운 원리를 만들어내든가 아니면 정의와 평화—혁명은 정의와 평화의 결정적 지배가 이뤄지기를 염원했다—를 포기하든가 해야 한다.

공간을 지배하는 날이 오기를 기다리는 동안 제국은 시간 또한 지배하지 않을 수 없게 된다. 일체의 고정된 진리를 부정하는 제국은 진리의 가장 낮은 형태, 즉 역사의 진리를 부정하기에 이른다. 제국은 세계의 차원에서는 아직 불가능한 혁명을 제국 스스로가 애써 부정하는 과거 속으로 옮겨놓았다. 그것 역시 논리적 귀결이다. 인간의 과거로부터 미래에 이르기까지 논리적 일관성은 반드시 경제적인 것만은 아니어서 어떤 불변의 항수恒數를 상정하는데, 그 항수가 이번에는 인간 본성을 연상하게 한다. 교양인이었던 마르크스가 여러 문명들 사이에서 계속적으로 확인했던 심오한 일관성은 그의 이론적 주장의 테두리를 일탈하여 경제적인 것보다 더욱 광범위한 어떤 본연적인 계속성의 존재를 드러나게 할 위험성이 있었다. 러시아 공산주의는 점차 다리들을 차단하고 미래 속으로 어떤 불연속성을 끌어들이기에 이르렀다. 이단적 천재의 부정(천재란 대개 이단적이게 마련이다), 문명이 가져다준 공헌의 부정, 예술이 역사를 벗어나는 한 예술의 부정, 살아 있는 전통의 포기 등은 현대 마르크스주의를 점점 더 좁아지는 한계 안으로 몰아넣었다. 마르크스주의는 세계 역사 중에서 자체의 독트린에 동화될 수 없는 것들을 부정하거나 묵살하고 또 현대 과학의 성과를 거부하는 것만으로는 성에 차지 않았다. 한 걸음 더 나아가 가장 잘 알려져 있는 가장 최근의 역사, 예를 들면 당과 혁명의 역사까지도 다시 만들어내야 했다. 해마다, 때로는 달마다 《프라우다》가 스스로 보도했던 기사를 뜯어고치고, 공적으로 발표되는 역사의 정정판이 잇달아 나오고, 레닌이 검열

당하고, 마르크스가 간행금지된다. 이쯤 되면 종교적 몽매주의와 비교하는 것조차 부당한 것이 된다. 성 교회는 신의 계시가 두 사람한테서, 그다음에는 네 사람 혹은 세 사람한테서, 또 그다음에는 다시 두 사람한테서 이루어졌다는 식으로 끊임없이 번복을 거듭하며, 결정에 이른 적이 결코 없었다. 우리 시대 특유의 가속화 현상 또한 진리의 조작을 한몫 거들었지만 이런 리듬으로 나간다면 진리는 순수한 환영幻影으로 변해버리고 만다. 옛날 어느 왕국에서 모든 베 짜는 사람들이 임금님의 옷을 만들기 위해 실도 없는 빈 베틀에서 베를 짰다는 옛이야기처럼, 오늘날 그 이상한 일을 직업으로 하는 수많은 사람이 매일같이 헛된 역사를 다시 만들었다가 그날 저녁이면 부숴버리고 있다. 그러다가 마침내 어느 날 한 어린아이가 문득 조용한 목소리로 임금님은 벌거벗고 있다고 선언하게 될 것이다. 이 조그만 반항의 목소리가 그때 모든 사람들이 이미 눈으로 보아 알고 있는 사실을 말하게 될 것이다. 즉 명맥을 유지하기 위해 스스로의 세계적 사명을 부정하든가, 혹은 세계적인 것이 되기 위해 스스로를 포기하든가 하지 않으면 안 될 운명에 처해 있는 혁명은 거짓된 원리들에 근거해 살아가고 있다는 사실을 말이다.

그런 가운데서도 이 원리들은 여전히 수백만의 사람들 머리 위에서 계속 작동한다. 시공간적 현실에 의해 저지된 제국의 꿈은 인간들을 통해 향수를 달랜다. 인간들은 다만 개인의 자격으로서는 제국에 적대할 수 없다. 그 정도는 전통적 공포만으로도 족할 것이기 때문이다. 인간들이 제국에 적대할 수 있었던 것은, 지금까지 인간 본성이 역사만 가지고는 살 수 없었고 그 어느 쪽으로든 늘 역사에서 벗어나 있었다는 점에서 그러했다. 제국은 하나의 확신과 하나의 부정을 전제로 한다. 즉 인간의 무한한 순응성(조형 가능성)에 대한 확신과 인간 본성의 부정을 전제로 하는 것이다. 선전의 기술은 이 순응성을 측정하는 데 쓰이며 또 반성과 조건 반사를 일치시키려고 노력한다. 선전의 기술은 여러 해 동안 불구대천의 적으로 여겨왔던 자와 조약을 체결하게 해준다. 그뿐 아니라 선전의 기술은 이런 식으로 얻어진 심리적 효과를 뒤엎고 전 인민이 바로 그 적에 대항해 다시 한번 더 일어서도록 해준다. 이 실험은 아직 종결되지 않았으나, 그 원리는 논리적이다. 만일 인간 본성이라는 것이 존재하지 않는다면 인간의 순응성은 과연 무한하리라. 정치적 현실주의는 이쯤 되면 고삐 풀린 낭만주의, 효율성의 낭만주의에 지나지 않는다.

이리하여, 러시아 마르크스주의는 비합리의 세계를 이용하고 있음에도 불구하고 전체적으로는 비합리를 거부한다는 사실이 설명될 수 있다. 비합리는 공산 제국을 섬길 수도 있지만 제국을 반박할 수도 있다. 비합리는 계산을 벗어난다. 그런데 제국 안에서는 오직 계산만이 지배한다. 인간이란 힘들의 유희에 불과하다. 그 힘들의 유희에 합리적으로 힘을 가할 수 있다. 가령 무분별한 마르크스주의자들은 그들의 독트린과 프로이트의 이론을 접목시킬 수 있으리라고 생각했다. 사람들은 그들에게 그럴듯하게, 그리고 재빨리, 그렇게 해보였다. 프로이트는 이단적 사상가이자 '소부르주아'다. 왜냐하면 그는 무의식을 해명했고 그 무의식에 적어도 초자아나 사회적 자아에 못지않은 현실성을 부여했기 때문이다. 이 무의식은 그리하여 역사적 자아에 대립하는 인간 본성의 고유성을 규정할 수 있다. 반대로 인간은 계산의 대상인 사회적, 합리적 자아로 요약되어야 한다. 그러므로 각자의 삶을 복종시켜야 했을 뿐만 아니라, 그 기대가 일생을 따라다니는 가장 비합리적이고 가장 고독한 사건인 죽음까지도 복종시켜야 했다. 공산 제국은 결정적 왕국을 향한 그 경련하는 노력 가운데서 죽음마저 통합시키려고 하는 것이다.

살아 있는 인간을 복종시켜서 사물의 역사적 상태로 환원시킬 수는 있다. 그러나 만약 인간이 복종을 거부하고 죽는다면 그는 인간 본성을 재확인하는 것이고 그 인간 본성은 사물의 질서를 거부한다. 그렇기 때문에 오직 인간은 자신의 죽음이 타당한 것이라고 인정하면서 사물의 제국에 순응할 때에만 비로소 피고가 되어 세계의 면전에서 죽임을 당할 수 있는 것이다. 치욕적으로 죽든가 아니면 삶 속에서도 죽음 속에서도 더 이상 존재하지 않아야 한다. 후자의 경우, 인간은 죽는 것이 아니라 없어지는 것이다. 마찬가지로 형을 언도받은 자가 형벌을 받게 되면 그의 형벌은 조용한 항의이며, 동시에 전체성 속에 어떤 균열이 생기게 한다. 그러나 형을 언도받은 자가 형벌을 받지 않는다면 그는 전체성 속에 다시 편입되며 제국이라는 기계의 한 부품이 된다. 그는 생산의 톱니바퀴로 변한다. 사실 너무도 필수적인 그 톱니바퀴는 유죄이기 때문에 결국 생산에는 이용되지 않을 것이다. 그러나 그 톱니바퀴는 생산이 그를 필요로 하기 때문에 유죄 판결을 받은 것이다. 러시아의 강제수용소 제도는 과연 인간들의 통치로부터 사물의 관리로의 변증법적 이행을 실현했다. 그러나 그 실현은 인간과 사물을 혼동함으로써 가능해진 것이었다.

심지어 적까지도 공동의 과업에 협력해야 한다. 제국을 벗어나면 구원은 없다. 이 제국은 지금 우정의 제국이거나 아니면 장차 우정의 제국이 될 것이다. 그러나 이 우정은 사물들 간의 우정이다. 왜냐하면 제국보다 친구를 더 선호할 수는 없기 때문이다. 인간들의 우정이란—그 밖에 다른 정의란 있을 수 없다—우정의 지배가 아닌 모든 것에 죽을 때까지 대항하는 특수한 연대성이다. 사물들의 우정은 일반적 의미의 우정, 만인과의 우정인 바, 그것은 스스로를 지키기 위해서라면 누구든지 고발할 수 있음을 전제로 하는 우정이다. 여자 친구든 남자 친구든 친구를 사랑하는 사람은 현재의 그를 사랑하는 법인데, 혁명은 아직 이 지상에 존재하지 않는 사람만을 사랑하고자 한다. 사랑한다는 것은 어느 면에서, 혁명에 의해 탄생하게 되어 있는 완성된 인간을 죽이는 것이다. 이 미래의 인간은 언젠가는 살게 될 사람이기 때문에 당장 오늘 무엇보다 우선하는 선호의 대상이 되어야 한다. 인간들의 왕국에서 인간들은 서로 사랑으로 맺어져 있다. 사물의 제국에서 인간들은 밀고의 위협으로 서로 맺어져 있다. 우애가 넘치는 곳이 되고자 했던 그 왕국이 고독한 인간들의 개미집이 되어버린 것이다.

또 다른 차원에서 보면, 인간들의 동의를 얻기 위해서는 그들을 잔인하게 고문해야 한다는 상상은 오직 야수 같은 비합리적 광란만이 할 수 있다. 이렇게 되면 그것은 오직 개체 간의 비열한 야합에 의해 다른 한 인간을 지배하는 인간일 뿐이다. 합리적 전체성의 대표자는 이와 반대로 인간의 내면에서 사물이 인간을 앞지르게 방치하는 것으로 만족한다. 우선 경찰의 다양한 고문 기술에 의해 가장 드높은 정신이 가장 밑바닥 정신의 위치로 전락한다. 그런 다음 닷새, 열흘, 스무날 밤 동안 잠을 재우지 않으면 덧없는 신념이 한계에 달하고 새로운 죽은 영혼이 생겨난다. 이러한 관점에서 볼 때, 프로이트 이후 우리 시대가 겪은 단 하나의 심리학적 혁명은 소련 내무성에 의해, 아니 보다 일반적으로 말해서 정치 경찰에 의해 이루어졌다고 할 수 있다. 결정론적인 가설에 따라 인간 영혼의 약점과 순응의 정도를 계산해냄으로써 이 새로운 기술들은 다시 한번 인간의 한계를 넘어서, 그 어떤 개인적 심리도 고유한 것은 아니며 인간 성격의 공통적인 척도는 사물이라는 것을 증명하려고 했다. 이 기술들은 문자 그대로 영혼 물리학을 창조해냈다.

이로부터 전통적인 인간관계는 변형되었다. 이 점진적 변형은 합리적 공포 정치의 세계를 특징짓는 것이다. 나라마다 정도의 차이는 있지만 전 유럽이 이 공포 정치 속에서 살고 있다. 인간들 사이의 관계인 대화는 두 가지 종류의 독백인 선전과 논쟁으로 대치되었다. 힘과 계산이 지배하는 세계 특유의 추상화 현상이 피와 살과 비합리의 영역에 속하는 참된 정열들을 대신했다. 빵이 전표로 대치되고, 사랑과 우정이 독트린에 예속되며, 운명이 계획에 의해 결정되고, 형벌이 규범이라고 불리며, 살아 있는 창조가 생산으로 대치되는 등 이런 일들이야말로 승리자든 노예든 권력의 유령들로 가득 찬 오늘날의 헐벗은 유럽을 너무나도 잘 보여주고 있다. "사형집행인보다 더 나은 방어 수단이라고는 알지 못하는 이 사회는 얼마나 비참한 사회인가!"라고 마르크스는 외쳤었다. 그러나 그 사형집행인은 아직 철학하는 사형집행인은 아니었으며, 적어도 보편적 인류애를 부르짖지도 않았다.

역사가 경험한 가장 큰 혁명의 궁극적 모순은 결국 일련의 끊임없는 불의와 폭력을 통해 정의를 수립하려는 데 있는 것이 아니다. 굴종이건 기만이건 이러한 불행은 모든 시대에 공통된 것이다. 이 혁명의 비극은 허무주의의 비극이며, 보편적인 것을 지향한다면서도 인간에게 상처 내는 행동을 계속하는 현대 지성의 드라마 바로 그것이다. 전체성은 통일이 아니다.

계엄령은 그것이 세계의 구석구석까지 확산된다 해도 화해는 아니다. 세계적 왕국을 건설하겠다는 부르짖음은 오직 이 세계의 3분의 2와 수 세기에 걸친 막대한 유산을 거부함으로써만, 역사를 위해 자연과 미를 거부함으로써만, 그리고 인간으로부터 정열과 회의懷疑와 행복과 창의력, 한마디로 인간의 위대함을 절단함으로써만 이 혁명 가운데 유지될 수 있다. 인간이 스스로 만들어 갖는 원리들이 마침내 인간의 가장 고결한 의도보다 우선하게 된 것이다. 끊일 새 없는 비판과 투쟁, 논쟁과 파문, 그리고 가하고 당하는 박해로 인해 자유롭고 우애로운 인간들의 세계 왕국은 조금씩 표류하고 있고, 역사와 효율성만이 실질적인 최고 심판관으로 군림하는 유일한 세계, 즉 심판의 세계에 자리를 물려주고 있다.

모든 종교는 유죄와 무죄의 관념 주위를 맴돈다. 최초의 반항하는 인간인 프로메테우스는 그렇지만 처벌의 권리를 부정했다. 제우스 자신, 아니 특히 제우스는 이 권리를 가질 수 있을 만큼 충분히 무죄하지는 못하다. 그러므로 그 최초의 움직임에 있어 반항은 처벌에 정당성을 부여하기를 거부했던 것이다. 그러나 그 고단한 여로의 끝에 이르러 그 최후의 모습을 갖춤에 있어서 반항은 처벌이라는 종교적 관념을 재탕해 그것을 세계의 중심에 놓게 된다. 최고 심판관은 이제 천상에 있는 것이 아니라 바로 역사 그 자체다. 역사는 가차 없는 신이 되어 형을 언도한다. 역사는 그 나름대로 하나의 기나긴 징벌에 지나지 않는다. 왜냐하면 그 진정한 보상은 다만 역사의 종말에 이르러서만 맛볼 수 있는 것이기 때문이다. 우리는 지금, 분명히 헤겔과 마르크스주의로부터 멀어져 있으며 최초의 반항하는 인간들에게서는 더욱더 멀리 떨어져 있다. 그렇지만 순전히 역사적인 사상은 바로 이러한 심연들 위에서 열린다. 마르크스가 계급 없는 사회는 필연적으로 이루어지게 되어 있다고 예고한 이상, 그리하여 역사에 내재된 선량한 의지를 분명히 한 이상, 해방을 향한 행진이 늦어지는 일이 있다면, 그것은 어느 것이나 인간의 잘못된 의지 때문이라고 해야 마땅하다. 마르크스는 기독교로부터 벗어난 세계 속에 죄와 벌의 개념을 다시 도입했다. 그러나 이번에는 신 앞에서가 아니라 역사 앞에서의 죄와 벌인 것이다. 마르크스주의는 어느 일면에 있어서 인간의 유죄성과 역사의 무죄성을 주장하는 독트린이다. 마르크스주의의 역사적 해석은 권력과 거리가 멀 때는 혁명적 폭력이었다. 그러나 권력의 정상에 이르면 그것은 합법적 폭력, 다시 말해서 공포 정치와 심판이 될 위험이 있었다.

사실 종교의 세계에 있어서 진정한 심판은 후일로 미루어진다. 지체 없이 죄에 대한 벌을 받고 무죄가 축성되어야 하는 것은 아니다. 그 반대로 이 새로운 세계에서는 역사에 의해 선고된 판결은 즉각적으로 집행되어야 한다. 왜냐하면 유죄란 실패, 징벌과 일치하는 것이기 때문이다. 역사는 부하린[61]을 심판했다. 왜냐하면 역사가 그를 죽게 했으니까. 역사는 스탈린의 무죄를 선언한다. 스탈린이 권력의 정상에 있는 것이다. 티토는 트로츠키[62]가 그랬던 것처럼 소송당하고 있다. 그런데 트로츠키의 유죄성은 암살자들의 망치가 그의 머리를 내리쳤을 때에야 비로소 역사적 범죄의 철학자들에 의해 명백한 것이 되었던 것이다. 마찬가지로 티토는 유죄인지 무죄인지 알 수 없다고 한다. 그는 소송당하고 있긴 하지만 아직 처형당하지 않은 것이다. 그가 땅바닥에 쓰러지게 되면 그의 유죄성은 확실한 것이 될 것이다. 더군다나 트로츠키와 티토의 잠정적인 무죄성은 대체로 지리적 사정에 연유한 것이었다. 그들은 재판 관할권으로부터 멀리 떨어져 있었다. 그렇기 때문에 이 관할권이 닿는 곳에 있는 자들은 지체 없이 심판해야 한다. 역사의 최종적 심판은 그날까지 앞으로 언도될 무한히 많은 판결들에 달려 있다. 그 무한한 판결들은 최종적 심판의 날이 오면 확정되기도 하고 파기되기도 할 것이다. 이처럼 세계의 법정이 세계 그 자체와 더불어 세워지게 되는 날 많은 신비

---

[61] 니콜라이 이바노비치 부하린Nikolai Ivanovich Bukharin(1888~1938). 소비에트 정치가. 1938년 모스크바 재판의 희생자.
[62] 레온 트로츠키Leon Trotskii(1879~1940). 러시아 공산주의 혁명가. 레닌의 협조자로서 적군을 창설했지만 스탈린과의 권력 투쟁으로 추방되었다가 암살당했다.

스러운 복권復權들이 이루어지리라고 이 새로운 세계는 약속하고 있다. 경멸해야 할 배반자로 선고받았던 어떤 이는 인간들의 판테온 신전에 모셔질 것이다. 또 어떤 이는 역사의 지옥에 그대로 남을 것이다. 그러나 그때 심판하는 사람은 과연 누구일 것인가? 그때 새로운 신으로 등극한, 마침내 완성된 인간 자신이 심판할 것이다. 그때가 오기 전에는 예언을 착상했던 사람들, 역사 속에서 그 의미—그 전에 자신들이 역사 속에 담아놓았던—를 판독해낼 능력이 있는 유일한 사람들이 선고를 내릴 것이다. 죄인들에게는 치명적인 형을, 심판관에 대해서는 잠정적인 형을 언도할 것이다. 그러나 러이크[63]처럼 심판하는 자들이 거꾸로 심판받는 경우가 생긴다. 그렇다면 그가 더 이상 역사를 정확히 읽어내지 못한다고 생각해야 할 것인가? 실제로 그의 패배와 그의 죽음은 그렇게 생각해야 한다는 것을 증명한다. 그렇다면 오늘의 심판관들이 내일에는 배반자가 되어, 법정의 높은 자리로부터 역사의 저주를 받은 자들이 죽어가는 시멘트 지하실로 굴러떨어지지 않으리라고 누가 보장하겠는가? 그 보장은 그들의 그르침 없는 통찰력에 있다. 누가 그 통찰력을 증명할 것인가? 그들의 영속적인 성공이 증명한

---

[63] 러이크 라슬로László Rajk(1909~1949). 스페인 전쟁에 참가했던 헝가리 정치인. 제2차 세계대전 후 나기 정부의 내무장관이었던 그는 1948년 이후 티토가 채택한 공산주의 이념을 추종한다는 죄목으로 처형되었다.

다. 심판의 세계는 성공과 무지가 서로를 확증하는 하나의 순환적인 세계, 모든 거울이 똑같은 기만을 반영하는 하나의 순환적인 세계다.

이렇게 하여 역사의 은총이라는 것이 생겨날 수도 있다.[64] 그 은총의 힘만이 역사의 속뜻을 꿰뚫어 보고서 제국의 신민을 우대하거나 파문할 수 있다. 그 은총의 변덕에 대처하기 위해서 제국의 신민은 적어도 성이그나티우스[65]가 《영혼의 단련》에서 정의한 신앙을 지녀야 한다. "길을 잃고 헤매지 않기 위해, 우리는 늘, 만약 계급적 교회가 그렇게 규정한 것이라면, 우리 눈에 희게 보이는 것도 검다고 믿을 준비가 되어 있어야 한다." 진리의 대표자들의 이러한 적극적인 신앙만이 역사의 영문을 알 수 없는 파괴로부터 제국의 신민을 구할 수 있다. 그래도 신민은 여전히 심판의 세계로부터 벗어나지 못하고 있다. 벗어나기는커녕 공포라는 역사적 감정에 의해 그 세계에 얽매여 있는 것이다. 그러나 이 신앙이라도 없다면 신민은 언제나, 최고의 선의를 품은 채, 원치 않았음에도 불구하고 객관적 죄인이 될 위험이 있다.

---

64 역사적 세계에서는 '이성의 계략'이 악의 문제를 잠재워 덮어버린다. (원주)

65 이그나티우스 로욜라Ignatius Loyola(1491~1556). 스페인의 유명한 가톨릭 신부. 예수회 교단을 창설했으며 1662년 성자로 인정되었다. 축일은 7월 31일.

이러한 관념 속에서 심판의 세계는 마침내 절정에 이른다. 이 관념과 더불어 궤도의 일회전이 다시 완결된다. 인간은 무죄하다는 대의를 내세우며 일어났던 그 기나긴 반역의 도정이 끝날 즈음, 그 무슨 근원적인 도착 때문인지 보편적 유죄라는 주장이 불쑥 나타난다. 인간이란 누구나 스스로 의식하지 못하는 죄인이다. 객관적 죄인은 바로 스스로 무죄라고 생각하고 있었던 자라는 것이다. 그는 자신의 행동이 주관적으로 무해한 것이라고, 아니 심지어 정의의 미래에 유익하다고까지 판단하고 있었다. 그러나 사람들은 그에게 그의 행동이 객관적으로 볼 때 정의의 미래에 유해한 것이었다는 것을 증명해 보인다. 여기서 말하는 객관성은 과학적 객관성인가? 아니다, 역사적 객관성이다. 그렇다면 가령 현재의 정의에 대한 무분별한 고발이 정의의 미래를 훼손하는 것인지 아닌지를 어떻게 알 수 있단 말인가? 진정한 객관성이란, 과학적으로 관찰된 결과들에 의거해 사실들과 사실들의 경향에 대한 판단을 내리는 것이어야 한다. 그러나 객관적 유죄성이라는 개념은, 이 기이한 객관성이 적어도 서기 2000년의 과학[66]으로나 알 수 있을 결과들과 사실들에 토대를 두고 있음을 증명한다. 그때에

---

66 《반항하는 인간》은 1951년에 발표되었으므로 2000년은 그 당시 기준으로 50년 뒤의 시간이다. 그 사이에 여기서 말하는 '세계 제국'은 붕괴되었고 소련은 러시아로 복원되었다.

이르기까지 이 객관성은 끝없는 주관성 속에서 요약되며 그리고 바로 그 주관성이 타인들에게 객관성으로 강요된다. 이것이 곧 공포 정치의 철학적 정의다. 이 객관성은 정의 가능한 어떤 의미를 가지고 있지 않지만, 그러나 권력은 그 권력이 동의하지 않는 것을 유죄라고 선언함으로써 이 객관성에 하나의 내용을 부여하게 될 것이다. 객관적 죄인이 스스로 알지도 못하면서 그렇게 했던 것처럼, 권력은 그것이 역사에 대해 위험 부담을 진다는 것을 스스로 말하거나, 아니면 공산 제국의 밖에 사는 철학자들로 하여금 말하도록 내버려두겠다는 것이다. 그에 대한 심판은 훗날에 내려질 것이고, 그때는 희생자와 사형집행인이 사라지고 없을 것이다. 그러나 이 같은 위안은 그 위안을 별로 필요로 하지 않는 사형집행인에게만 의미가 있는 것이다. 그때가 오기를 기다리는 동안 신자들은 회개하는 마음으로 가득 찬 희생자들이 세심하게 준비한 의식에 따라 역사의 신에게 제물로 바쳐지는 기이한 축제에 정기적으로 초대된다.

이러한 개념의 직접적 유용성은 신앙상의 무관심을 금지하는 데 있다. 그것은 강요에 의한 복음 전파다. 용의자를 뒤쫓는 기능을 수행해야 할 법률이 용의자를 날조해내고 있는 것이다. 법은 용의자를 날조해놓고 그들을 개종시킨다. 예를 들어서, 부르주아 사회에서는 모든 시민이 법을 승인하는 것으로 간주된다. 객관적인 사회에서는 모든 시민이 법률을 승인하지 않는 것으로 간주될 것이다. 아니면 적어도 시민은 언제나 자신이 법률에 반대하지 않는다는 것을 증명할 준비가 되어 있어야 할 것이다. 이제 유죄성은 더 이상 사실 속에 존재하는 것이 아니라 단순한 신앙의 결여를 의미한다. 이것은 객관적 체제의 명백한 모순을 말해준다. 자본주의 체제의 경우, 중립을 자처하는 사람은 객관적으로 볼 때 체제에 동조하는 사람으로 여겨진다. 제국주의 체제의 경우 중립적인 사람은 객관적으로 볼 때 체제에 적대적인 사람으로 여겨진다. 이것은 전혀 놀라운 것이 못 된다. 제국의 신민이 제국을 믿지 않는다면 그는 스스로의 선택에 따라, 역사적으로 볼 때 아무것도 아닌 것이 되는 셈이다. 따라서 그는 역사를 거스르는 선택을 한 셈이며 그러므로 그는 독신자瀆神者다. 입으로만 고백한 신앙으로는 충분치 않다. 신앙을 살아야 하며 신앙을 섬기는 행동을 해야 하고 독트린이 변하면 그 변화에 동의할 수 있도록 언제나 방심하지 않고 주의를 기울이고 있어야 한다. 자칫 잘못했다가는 잠재적 유죄성이 이번에는 객관적인 것이 되어버리고 만다. 스스로의 역사를 나름대로 완성한 혁명은 일체의 반항을 말살하는 것으로 그치지 않는다. 혁명은 태양 아래 반항이 존재했고 또 아직도 존재하고 있음에 대해 모든 사람들에게, 심지어 가장 비천한 자들에게까지도, 한사코 책임을 지우겠다는 것이다. 마침내 쟁취되고 완성된 심판의 세계에서 유죄의 인민들이, 대심판관들의 매서운 시선을 받으면서 저 불가능한 무죄를 향해 쉼 없이 행진할 것이다. 20세기에 있어 권력이란 슬픈 것이다.

여기서 프로메테우스의 놀라운 여정이 끝난다. 신들에 대한 증오와 인간에 대한 사랑을 외치면서 그는 경멸하듯 제우스에게 등을 돌리고 필멸의 인간들 편으로 돌아와 그들을 이끌고 하늘을 공격한다. 그러나 인간들은 유약하거나, 아니면 비겁하다. 그들을 조직하지 않으면 안 된다. 그들은 당장의 쾌락과 행복을 사랑한다. 그들을 위대하게 만들기 위해 그들에게 나날의 꿀을 거부하라고 가르쳐야 한다. 이렇게 하여 이번에는 프로메테우스가 주인이 된다. 그 주인은 처음에는 가르치고, 그다음에는 명령을 내린다. 투쟁이 더 연장되어 진력나는 것으로 변한다. 인간들은 태양의 왕국에 과연 도달하게 될 것인지를, 그 왕국이 존재하기나 하는지를 의심하게 된다. 그들을 그들 자신으로부터 구원해야 한다. 그래서 영웅은 그들에게 말한다. '나는 왕국을 알고 있다. 나는 왕국을 알고 있는 유일한 자다'라고. 그 말을 의심하는 자들은 사막에 내던져지고, 바위에 못 박히며, 사나운 새들의 먹이로 바쳐질 것이다. 다른 사람들은 이후 생각에 잠긴 고독한 주인의 뒤를 따라 암흑 속을 걸어갈 것이다. 프로메테우스 혼자 신이 되어 인간들의 고독 위에 군림하고 있다. 그러나 제우스로부터 그가 쟁취한 것은 오직 고독과 잔인함뿐이다. 그는 이제 더 이상 프로메테우스가 아니다. 그는 황제다. 진정한 프로메테우스, 영원한 프로메테우스는 이제 그의 희생자들 중 어느 하나의 얼굴을 갖게 되었다. 기나긴 세월의 밑바닥으로부터 솟아오른 바로 그 절규가 스키타이의 사막[67] 저 깊숙한 곳에서 여전히 울려퍼지고 있다.

---

[67] 흑해 북쪽의 스텝에 위치했던 스키타이의 나라. 프로메테우스는 신들에게서 불을 훔쳐 인간들에게 가져다준 죄로 캅카스산 꼭대기 바위에 비끄러매인 채 독수리에게 심장이 파먹히는 벌을 받았다. 캅카스 산악 지역은 구소련의 영토였다.

반항과 혁명

　원리들의 혁명은 신의 대리자를 죽임으로써 신을 죽인다. 20세기의 혁명은 그 원리들 자체에 남아 있던 신의 잔영마저 죽여서 역사적 허무주의를 신성화한다. 이 허무주의가 거쳐 간 길이 어떠한 것이든 간에 허무주의는 이 세기 동안 일체의 도덕적 규범을 벗어나 창조하고자 하는 그 순간부터, 그것은 카이사르의 사원을 구축한다. 역사를, 오직 역사만을 택한다는 것은 곧 반항 자체의 가르침을 거슬러 허무주의를 택한다는 뜻이다. 역사는 아무런 의미가 없다고 외치면서 비합리의 이름으로 역사에 뛰어드는 자들은 예속과 공포 정치를 만나게 되고 강제수용소의 세계에 이른다. 역사의 절대적 합리성을 설교하면서 역사에 몸을 던진 자들 또한 예속과 공포 정치를 만나게 되며 강제수용소의 세계에 이른다. 파시즘은 니체의 초인의 도래를 실현하고자 한다. 만약 신이 존재한다면 신은 아마도 이런 것일 수도 저런 것일 수도 있겠지만 무엇보다 먼저 죽음의 주인일 것이라는 사실을 파시즘은 곧 발견한다. 인간이 스스로 신이 되기를 원하니, 그는 타인들을 죽이고 살리는 권리를 가로챈다. 수많은 시체들과 하등 인간들의 제조자인 그는 그 자신이 하등 인간이고, 신이 아니라 죽음의 더러운 하수인이다. 한편 합리적 혁명은 마르크스의 전체적 인간을 구현하고자 한다. 역사의 논리는, 그것이 전적으로 받아들여지는 순간, 혁명의 가장 드높은 정열을 배반하고 점점 더 인간을 훼손하는 쪽으로 혁명을 이끌어가서 혁명 그 자체를 객관적 범죄로 탈바꿈시킨다. 파시즘의 목적과 러시아 공산주의의 목적을 동일시하는 것은 옳지 않다. 전자는 사형집행인 자신을 통해서 사형집행인에 대한 열광을 구체적으로 보여준다. 후자는 좀 더 연극적이어서, 희생자들을 통해서 사형집행인에 대한 열광을 보여준다. 전자는 모든 인간을 해방시키는 것은 결코 꿈꿔본 적이 없고, 다만 그중 몇몇을 해방시키고 그 나머지는 모두 정복하고자 했다. 후자는 그 가장 심오한 원리에 있어 모든 인간을 잠정적으로 노예화시켰다가 나중에 그들 모두를 해방시킬 것을 목표로 한다. 그 의도가 위대하다는 것을 인정하지 않을 수 없다. 반면에, 전자와 후자는 둘 다 도덕적 허무주의라는 같은 샘에서 정치적 시니시즘을 길어 올렸다는 점에서 수단상의 동일성을 인정하는 것이 옳다. 이는 슈티르너와 네차예프의 후예들이 칼리아예프와 프루동의 후예들을 이용한 것이나 마찬가지다. 허무주의자들은 오늘날 왕좌에 올라앉아 있다. 혁명의 이름으로 우리의 세계를 영도하려고 했던 사상들은 실제에 있어 반항의 이데올로기가 아니라 동의의 이데올로기가 되었다. 우리 시대가 사적, 공적인 파괴 절멸 기술의 시대인 까닭이 바로 여기에 있다.

혁명은 허무주의에 복종함으로써 사실 그 반항적 초심에 등을 돌린 셈이다. 죽음과 죽음의 신을 증오했으며 개인으로서 영원히 살아남을 수 없음에 절망한 인간은 인류 전체의 불멸 속에서 해방을 얻고자 했다. 그러나 집단이 세계를 지배하지 못하는 한, 인간이라는 종種이 세계 속에서 군림하지 못하는 한, 여전히 죽음의 숙명은 피할 수 없다. 이리하여 시간은 촉박해지는데, 설득에는 시간적 여유가 필요하며 우정은 끝없이 쌓아가는 노력을 요구한다. 이리하여 불멸성에 이르는 가장 빠른 길로 남은 것이 공포 정치다. 그러나 이러한 극단적 변태들은 동시에 반항의 원초적 가치에 대한 향수를 소리 높여 말하는 것이다. 일체의 가치를 부정한다는 현대의 혁명은 그 자체가 이미 하나의 가치 판단이다. 인간은 혁명을 통해 군림하고자 한다. 그러나 의미 있는 것이 아무것도 없다면 무엇 하러 군림하려 하는 것일까? 삶의 얼굴이 끔찍한 것이라면 무엇 하러 불멸을 원하는 것일까? 절대적인 유물론이 존재하지 않는 것과 마찬가지로, 혹시 자살 속에서라면 몰라도, 절대적으로 허무주의적인 사상도 존재하지 않는다. 인간을 파괴하는 것 또한 인간을 긍정하는 행위다. 공포 정치와 강제수용소는 고독으로부터 탈출하기 위해 인간이 이용하는 극단적 수단들이다. 통일성에의 갈망은 공동묘지 속에서까지 실현되어야 한다. 그들이 사람을 죽이는 것은 필멸이라는 인간 조건을 거부하고 만인을 위한 불멸성을 원하기 때문이다. 그들은 그렇게 함으로써 어느 면에서 스스로를 죽이는 것이다. 그러나 동시에 그들은 인간 없이는 살 수 없다는 것을 증명하고 있다. 그들은 우정에 대한 무서운 굶주림을 채우고 있는 것이다. "인간은 즐거움을 가져야 한다. 인간이 즐거움을 가지고 있지 못할 때 그에게는 다른 인간이 필요하다." 존재의 고통과 죽음의 고통을 거부하는 자들은 그리하여 지배하기를 원한다. "고독은 권력이다"라고 사드는 말한다. 오늘날 수많은 고독한 자들에게 있어서 권력이란, 그것이 타인의 고통을 의미하는 것이기 때문에 타인의 필요성을 고백하는 것이다. 공포 정치란 바로 증오에 찬 고독자들이 마침내 인간의 우애에 바치는 경의인 것이다.

그러나 허무주의는 그것이 존재하지 않으면 존재하려고 애쓰니, 그것만으로도 세계를 저버리기에 충분하다. 이러한 광란은 우리 시대에 그 혐오스러운 얼굴을 부여했다. 휴머니즘의 땅이 오늘의 유럽, 즉 비인간적인 땅이 되었다. 그러나 이 시대는 우리의 시대이니 어찌 이 시대를 부인하겠는가? 설령 우리의 역사가 우리의 지옥이라 해도 우리는 그것을 외면할 수 없으리라. 이 공포는 피할 수 있는 대상이 아니라 떠맡아 초극해야 할 대상이다. 그것은 이 공포를 야기해놓고 자기들에게 심판할 권리가 있다고 주장하는 바로 그자들이 아니라 명철한 정신으로 그 공포를 살아온 사람들에 의해서 초극되어야 한다. 이런 종류의 식물은 기실 쌓이고 쌓인 타락의 두꺼운 부식토 위에서만 솟아오를 수 있는 것이다. 세기의 광란으로 인해 인간들이 서로 구별 없이 뒤섞여 돌아가는 필사적 투쟁이 극에 달하자 적은 적인 동시에 형제가 된다. 잘못이 천하에 밝혀져 고발당하지만 그는 경멸당할 수도 미움받을 수도 없는 존재다. 불행은 오늘날 공통된 조국이며 약속에 응답했던 유일한 지상 왕국이기 때문이다.

휴식과 평화에 대한 향수 그 자체는 배격되어야 한다. 그것은 부정의 승인이나 마찬가지다. 역사 속에서 만나는 행복한 사회들이 아쉬워 눈물 흘리는 자들은 자기들이 원하는 것이 무엇인지를 고백한다. 그들이 바라는 것은 빈곤의 경감이 아니라 빈곤의 침묵인 것이다. 그러나 이와 반대로 배부른 자들의 수면을 빈곤이 절규하며 방해하는 이 시대야말로 찬양받아야 하리! 메스트르는 이미 "혁명이 왕들에게 들려준 무서운 설교"에 대해 말한 바 있다. 시대는 수치를 당한 이 시대의 엘리트들에게 그 무서운 설교를 들려준다. 그것도 더욱 절박한 목소리로. 이 설교를 들어야 한다. 어떤 말, 어떤 행동에든—그것이 비록 범죄적인 것일지라도—거기에는 어떤 가치에 대한 약속이 담겨 있다. 우리는 그 가치를 찾고 밝혀내야 한다. 미래는 예견할 수 없는 것이며 재생은 불가능한 것일 수 있다. 비록 역사적 유물론이 그릇되고 범죄적인 것이라 하더라도 결국 세계는 그릇된 사상에 따라 범죄 속에서 실현될 수 있다. 다만 이 시론은 이런 종류의 체념을 거부한다. 소생 쪽에 내기를 걸어야 한다.

게다가 이제 우리에게 남은 것은 소생하든가 아니면 죽든가 둘 중 하나뿐이다. 만약 반항이 스스로를 부정하며 그 가장 극단적인 모순에 이른 순간이 지금 우리가 처한 순간이라면, 반항은 어쩔 수 없이 그것이 초래한 이 세계와 더불어 멸망하든가 아니면 성실성과 새로운 비약의 가능성을 찾든가 할 수밖에 없다. 논의를 더 진행시키기 전에 이 모순을 분명히 해둘 필요가 있다. 가령 우리의 실존주의자들처럼(그들 역시 지금은 역사주의와 역사주의의 모순에 복종하고 있다[1]) 반항에서 혁명으로 나아가는 것은 발전이고 반항하는 자는 혁명가가 아니라고 말한다면 이 모순은 제대로 규명된 것이라고 할 수 없다. 이 모순은 실제에 있어 보다 심각하다. 혁명가는 동시에 반항하는 인

---

[1] 무신론적 실존주의는 적어도, 어떤 도덕을 창조하려는 의지를 갖고 있다. 그 도덕을 기대해봐야 한다. 그러나 진정한 어려움은 실존에 역사와 무관한 어떤 가치를 다시 끌어들이지 않으면서 그 도덕을 창조해내는 데 있을 것 같다. (원주)

간이다. 그렇지 않다면 그는 더 이상 혁명가가 아니라 반항에 등을 돌리는 경찰이나 관리다. 그러나 그가 반항하는 인간이라면 그는 결국 혁명과 맞서서 일어나게 된다. 따라서 이 태도에서 저 태도로 발전이 이루어지는 것이 아니라 두 태도가 동시에 병존하면서 서로 간에 모순이 점점 더 커갈 뿐이다. 모든 혁명가는 압제자 아니면 이단자로 끝난다. 반항과 혁명이 선택한 순전히 역사적인 세계에서 그 두 가지는 똑같은 딜레마, 즉 경찰이냐 광란이냐의 딜레마에 이르게 된다. 이 단계에 있어서는 그러므로 역사만으로는 어떠한 풍요도 제공하지 못한다. 역사는 가치를 낳는 샘이 아니라 여전히 허무주의를 낳는 샘이다. 영원한 성찰의 차원에서만이라도 적어도 역사에 반하는 가치를 창조하는 것이 가능할 것인가? 이렇게 묻는 것은 결국 역사적 불의와 인간들의 비참을 승인하는 결과가 된다. 이 세계를 비방하는 것은 니체가 정의한 바 있는 허무주의로 되돌아오게 한다. 오직 역사만으로 이루어지는 사상은 역사를 외면하는 사상과 마찬가지로 인간에게서 삶의 수단과 삶의 이유를 앗아가버린다. 전자는 인간을 '왜 사는가?'라는 극단적 추락으로, 후자는 '어떻게 살 것인가?'라는 질문으로 몰아넣는다. 역사는 필요한 것이기는 하나 충분한 것은 아니다. 그러므로 역사는 하나의 우발적 원인에 지나지 않는다. 역사는 가치의 부재가 아니고, 그렇다고 가치 그 자체도 아니며, 심지어 가치의 재료조차 아니다. 역사란 여러 다른 기회들 중 한 가지 기회일 뿐이다. 그 기회 속에서 인간은 자신이 역사를 판단하는 데 도움이 되는 어떤 가치의 아직은 막연한 존재를 느낄 수 있다. 반항 그 자체는 우리에게 그 가치를 약속해준다.

절대적 혁명은 사실 인간 본성의 절대적 유연성과 인간 본성을 역사적 힘의 상태로 환원할 가능성을 전제로 하는 것이었다. 그러나 반항은 인간 내부에 있는, 사물로 취급되고 단순한 역사로 환원되는 것의 거부다. 반항은 모든 인간에게 공통된 어떤 본성의 긍정이다. 그 본성은 권력의 세계를 벗어난다. 역사란 물론 인간의 한계 중 하나다. 그런 의미에서 혁명가는 옳다. 그러나 인간은 자신의 반항 속에서 나름대로 역사에 어떤 한계를 설정한다. 이 한계에서 가치에 대한 약속이 태어난다. 오늘날 독재적 혁명이 무자비하게 공격하는 것이 바로 이 가치의 탄생이다. 왜냐하면 이 가치의 탄생이 독재적 혁명의 패배를, 그리고 그 혁명의 원리들을 포기해야 함을 보여주기 때문이다. 1950년 현재로 보아 당분간 세계의 운명이 부르주아적 생산과 혁명적 생산 간의 투쟁 속에서 결정될 것으로는 보이지 않는다. 양자의 목적은 같은 것이 될 것이다. 투쟁은 반항의 세력들과 제왕적 혁명 세력 사이에서 벌어지고 있다. 승리를 거듭하는 혁명은 경찰과 심판과 파문 등을 통해서 인간의 본성이란 존재하지 않음을 증명해야 한다. 굴욕을 당하고 있는 반항은 그것의 모순과 고통과 거듭된 패배, 그리고 그 불굴의 긍지를 통해 그 본성에 고뇌와 희망의 알맹이를 부여해야 한다.

"나는 반항한다, 고로 우리는 존재한다"라고 노예는 말했다. 그러자 형이상학적 반항이 거기에 이렇게 덧붙였다. "그리고 우리는 외롭다." 그리고 우리는 오늘날 여전히 이 외로움의 비극을 안고 산다. 그러나 만약 텅 빈 하늘 아래 우리만 외로이 존재하는 것이라면, 그리하여 만약 영영 죽고 말아야 하는 것이라면, 우리가 어떻게 실제로 존재할 수 있단 말인가? 그래서 형이상학적 반항은 겉모양을 가지고 존재를 만들려고 했다. 그러고 나자 순전히 역사적인 사상들이 나타나서, 존재한다는 것, 그것은 곧 행동하는 것이라고 말했다. 우리는 그냥 존재하는 것이 아니라 온갖 수단을 다해 존재하려고 애써야 한다는 것이었다. 우리 시대의 혁명은 일체의 도덕적 법칙 밖에서, 행동을 통해 새로운 존재를 획득하려는 하나의 시도다. 그렇기 때문에 혁명은 오직 역사를 위해서, 그리고 공포 정치 속에서 살 수밖에 없는 운명이다. 이 혁명에 따르건대, 만약 인간이 자의든 타의든 역사 속에서 만장일치의 동의를 이룩하지 못한다면 인간은 아무것도 아니다. 바로 이 대목에서 한계를 넘은 것이다. 반항은 우선 배반당했고 그다음에는 논리적으로 살해당했다. 반항이 그 가장 순수한 운동에 있어 변함없이 강조했던 것이 바로 그 한계의 존재, 그리고 우리 자신인 이 분열된 존재라는 사실이었으니 말이다. 반항은 본래 모든 존재의 전적인 부정이 아니다. 반대로 반항은 동시에 '위'라고, '농'이라고 말한다. 반항은 그것이 찬양하는 존재의 다른 부분의 이름으로, 존재의 한 부분을 거부한다. 그 찬양이 절실할수록 거부 또한 더욱 가차 없다. 그다음에 현기증과 광란 속에서 반항이 '전체 아니면 무'로, 그리고 모든 존재, 모든 인간 본성의 부정으로 넘어가면 이 지점에서 그것은 자기 부정에 이른다. 오직 전체적 부정만이 스스로 획득하고자 하는 어떤 전체성의 기획을 정당화한다. 그러나 인간들이 공유하는 한계, 존엄성, 미의 긍정은 이 가치를 모든 사람과 사물에까지 확장할 필요성을, 출발점들을 부정하지 않은 채 통일성을 향해 나아갈 필요성을 촉발시킬 따름이다. 이런 의미에서 반항은, 그 최초의 진정성으로 볼 때, 순전히 역사적인 그 어떤 사상도 옹호할 수가 없다. 반항이 요구하는 것은 통일성이고, 역사적 혁명이 요구하는 것은 전체성이다. 전자는 '위'를 바탕으로 하는 '농'에서 출발하고, 후자는 절대적 부정에서 출발하여, 역사의 저 끝으로 던져놓은 어떤 긍정을 만들어내기 위해 모든 굴종을 정당화할 수밖에 없게 된다. 한쪽은 창조적이고 다른 한쪽은 허무주의적이다. 전자는 더욱더 많이 존재하기 위해 창조할 수밖에 없고, 후자는 더욱더 효과적으로 부정하기 위해 생산을 강요당한다. 역사적 혁명은 끊임없이 속으면서도 언젠가 존재하게 되리라는 희망 속에서 항상 행동하지 않을 수 없다. 심지어 만인의 동의조차 존재의 창조에 충분하지 못할 것이다. "복종하라"라고 프리드리히 대왕은 그의 신민들에게 말했다. 그러나 죽음에 임하자 그는 이렇게 말했다. "짐은 노예들 위에 군림하기에 지쳤노라." 이 같은 부조리한 운명에 처하지 않으려면 혁명은 자체의 원리와 허무주의, 그리고 순전히 역사적인 가치를 포기하고 반항의 창조적 원천으로 되돌아가야 할 것이다. 혁명이 창조적인 것이 되기 위해서는 역사의 광란을 바로잡아줄 수 있는 도덕적 혹은 형이상학적 규범을 도외시하지 말아야 한다. 물론 부르주아 사회에서 찾아볼 수 있는 형식적이고 기만적인 도덕에 대해 혁명은 오직 경멸을 느낄 뿐일 것이다. 그 경멸은 정당하다. 그러나 일체의 도덕적 요구로까지 이 경멸을 연장시켰다는 데서 혁명의 광적인 면이 드러난다. 그런데 바로 혁명의 기원 그 자체에, 혁명의 충동 저 깊숙한 곳에 어떤 규범이 잠재해 있는 것이니 그것은 형식적인 것이 아닌, 혁명의 길잡이 구실을 할 수 있는 규범이다. 반항은 과연 혁명을 향하여 점점 더 소리 높여 말하고 있고 또 앞으로 말할 것이다. 동의밖에 달리 할 것이 없는 한 세계의 눈앞에서 어느 날엔가 존재할 수 있게 되기 위해 행동할 것이 아니라, 반역 운동 그 자체 속에서 이미 그 모습이 드러나고 있는 저 미지의 존재를 염두에 두고 행동하려고 해야 한다고 말이다. 이 규범은 형식적인 것도 역사에 종속된 것도 아니다. 그것은 이제 우리가 예술적 창조 행위 속에서 그 순수한 상태 그대로의 모습으로 찾아냄으로써 그것이 어떤 것인지를 정확히 밝혀낼 수 있을 것이다. 다만 그 이전에 다음과 같은 것을, 즉 바야흐로 역사와 씨름하고 있는 반항은, '나는 반항한다, 고로 우리는 존재한다'와 형이상학적 반항의 '그리고 우리는 외롭다'에 추가해, 우리 자신이 아닌 존재를 생산하기 위해 죽이고 죽을 것이 아니라 현재 있는 그대로의 우리 자신을 창조하기 위해 나도 살고 다른 사람들도 살게 해야 한다고 덧붙여 말해야 한다는 사실을 기억해둘 필요가 있다.

반항과 예술

예술 역시 찬양하는 동시에 부정하는 그 운동이다. "그 어떤 예술가도 현실을 용납하지 못한다"라고 니체는 말한다. 맞는 말이다. 그러나 어떠한 예술가도 현실 없이 일할 수는 없다. 창조는 통일의 요구이며 세계의 거부다. 그러나 창조는 세계에 결여되어 있는 그 무엇 때문에, 또 때로는 있는 그대로의 세계의 이름으로, 세계를 거부한다. 우리는 여기서 역사를 벗어난 순수한 상태 그대로, 그 복잡하게 뒤엉킨 원초적 형태로 반항을 관찰할 수 있다. 예술은 그러므로 반항의 내용에 대한 최종적 조망을 우리에게 제공할 수 있을 것이다.

그렇지만 우리는 모든 혁명적 개혁자들이 예술에 대해 드러냈던 적대감을 주목하게 될 것이다. 플라톤만 해도 아직 온건한 편이다. 그는 다만 언어의 거짓된 기능을 문제 삼고 있을 뿐이고 오직 시인들만을 그의 공화국으로부터 추방한다. 더구나 그는 미를 세계보다 상위에 놓았다. 그러나 현대의 혁명 운동은 예술에 대한 심판과 다를 바 없으며 그 심판은 아직도 끝나지 않고 있다. 종교 개혁은 도덕을 택하고 미를 추방한다. 루소는 예술에는 사회가 자연에 가한 훼손이라는 일면이 있음을 고발한다. 생쥐스트는 공연 예술을 공격하면서, "이성의 축제"를 위해 자신이 마련한 멋진 프로그램 속에서는 이성이 "아름답다기보다는 도덕적인" 인물로 의인화되기를 원한다. 프랑스 대혁명은 예술가를 한 사람도 낳지 못한 채 다만 데물랭이라는 한 위대한 언론인과 사드라는 한 숨은 작가를 탄생시켰을 뿐이다. 대혁명은 당대의 유일한 시인[1]을 단두대로 보내 처형한다. 유일한 대산문가[2]는 런던으로 추방되어 기독교와 정통 왕조를 변호한다. 그 얼마 뒤 생시몽주의자들은 "사회적으로 유용한" 예술을 요구하게 된다. "진보를 위한 예술"은 19세기 전체를 풍미한 공통된 사상이었는데, 위고가 그것을 되풀이해보지만 설득력을 부여하는 데는 실패한다. 오직 발레스[3]만이 예술에 대한 저주에 주술적인 어조를 도입하는데 이것이 오히려 예술에 진정성을 부여한다.

---

1 대혁명에 가담했다가 공포 정치의 과도함에 항의한 죄로 처형당한 시인 앙드레 드 셰니에André de Chénier(1762~1794)를 가리킨다.
2 《기독교의 정수》를 쓴 샤토브리앙을 가리킨다.
3 쥘 발레스Jules Vallès(1832~1885). 프랑스의 작가 겸 기자. 참여적 기자로 파리 코뮌에 가담했다.

이 어조는 또한 러시아 허무주의자들의 어조이기도 하다. 피사레프는 실용적인 가치를 옹호하기 위해 미학적인 가치의 실추를 선언한다. "나는 러시아의 라파엘로가 되기보다는 차라리 러시아의 한 제화공이 되고 싶다." 그에게는 한 켤레의 장화가 셰익스피어보다 유용한 것이다. 고뇌에 찬 대시인인 허무주의자 네크라소프는 그 자신이 시인이면서도 푸시킨의 전 작품보다도 한 조각의 치즈를 택하겠노라고 잘라 말한다. 마지막으로 우리는 톨스토이가 예술의 파문破門을 선고한 사실을 알고 있다. 표트르 대제가 상트페테르부르크에 있는 자신의 여름 정원에 가져다 놓게 했던, 아직 이탈리아 태양의 황금빛이 채 가시지도 않은 것 같은 비너스와 아폴론의 대리석상을 혁명 러시아는 끝내 외면해버린다. 빈곤은 때때로 행복한 이미지들을 보면 고통스러워 고개를 돌려버리는 법이다.

독일 관념론 역시 예술에 대한 비난에 있어 못지않게 준엄하다. 《정신 현상학》의 혁명적 해석자들에 따르면, 화해에 도달한 사회에는 예술이 존재하지 않을 것이라고 한다. 미는 상상의 대상이 아니라 생활의 대상일 것이다. 현실이란 그것이 전적으로 합리적인 것일 때 그 자체만으로 모든 갈증을 만족시켜줄 것이다. 형식적 의식과 도피적 가치의 비판은 자연스럽게 예술에까지 확대된다. 예술이란 모든 시대에 두루 속하는 것이 아니다. 반대로 그것은 그 시대에 의해 규정되는 것이니 마르크스의 말대로 그것은 지배 계급의 특권적 가치들을 표현한다. 그러므로 오직 하나의 혁명적 예술이 존재할 뿐이다. 그것은 바로 혁명에 봉사하는 예술이다. 더구나 역사의 밖에서 미를 창조하는 예술은 단 하나뿐인 합리적 노력, 즉 역사 자체를 절대적 미로 변화시키려는 노력에 방해가 된다. 러시아의 제화공은 그가 자신의 혁명적 역할을 의식하는 순간부터 결정적 미의 진정한 창조자가 된다. 라파엘로도 새로운 인간에게는 이해되지 않는 일시적 미를 창조했을 뿐이다.

사실 마르크스는 어떻게 그리스의 미가 우리에게 여전히 아름다울 수 있는가 하고 자문한다. 그는 이 의문에 대해, 그리스의 미는 세계의 순진한 유년 시대를 표현하고 있으며 우리는 어른들끼리의 투쟁 한가운데서 이 유년 시대에 대한 향수를 느끼는 것이라고 답한다. 하지만 그렇다면 어떻게 이탈리아 르네상스 시대의 걸작들과 렘브란트와 중국의 예술이 우리에게 여전히 아름다울 수 있단 말인가? 아무러면 어떠랴! 예술의 재판은 이미 결정적으로 시작되었으며 오늘날에도 여전히 계속되고 있다. 자신들의 예술과 자신들의 지성을 중상 비방하기에 여념이 없는 예술가들과 지식인들은 그 재판의 곤혹스런 공모자들이다. 우리는 과연, 셰익스피어와 제화공 사이의 이 투쟁에 있어 셰익스피어를 저주하는 자는 제화공이 아니라 그 반대로 셰익스피어를 계속 읽으면서도 장화 만들기를 택하지 않는 자들—하기야 그들은 결코 장화를 만들지 못하겠지만—이라는 사실을 주목하게 된다. 우리 시대의 예술가들은 19세기 러시아의 뉘우치는 귀족들과 비슷하다. 그들의 양심의 가책이 그들의 변명이 되어준다. 하기야 예술가가 그의 예술 앞에서 느낄 수 있는 최후의 것이 뉘우침이다. 그러나 미 또한 역사의 저 끝으로 미루어놓고, 그날이 올 때까지, 자기 자신은 잘도 즐겼던 그 보충적인 빵, 다시 말해서 미를 모든 사람과 제화공에게서 박탈하는 것은 단순하고 필요한 겸양의 도를 넘는 것이다.

그렇지만 이런 광적인 금욕에는 우리가 관심을 가질 만한 나름대로의 이유들이 있다. 그 이유들은 앞에서 서술한 바 있는 혁명과 반항 간의 투쟁을 미학적 차원에서 설명해준다. 모든 반항에는 통일에 대한 형이상학적 요구, 통일성 파악의 불가능성, 그리고 통일성을 대체할 어떤 세계의 건설이 내포되어 있다. 이러한 관점에서 볼 때, 반항은 세계의 건설이기도 하다. 이것이 또한 예술의 정의다. 반항의 요구는 사실상 부분적으로는 어떤 미학적 요구다. 앞에서 이미 살펴보았듯이, 모든 반항적 사상들은 모종의 수사학 또는 닫힌 세계 속에서 구현된다. 루크레티우스에게 있어서의 성채城砦의 수사학, 사드의 빗장 질러 잠근 성과 수도원들, 낭만주의자들의 섬 혹은 바위, 니체의 고독한 산정, 로트레아몽의 원시 그대로의 대양大洋, 랭보의 흉벽胸壁, 초현실주의자들에게서 볼 수 있는, 꽃들의 폭풍에 부서졌다가 부활하는 무시무시한 성채들, 감옥, 출입이 금지된 국가, 강제수용소, 자유로운 노예들의 제국 등은 모두 나름대로 일관성과 통일의 요구를 나타내고 있다. 이러한 밀폐된 세계 위에 인간은 군림할 수도 있고 또 마침내 깨달음에 이를 수도 있는 것이다.

이 운동은 또한 모든 예술의 운동이다. 예술가는 자기 생각에 맞춰 세계를 재창조한다. 자연의 교향곡들은 늘임표를 알지 못한다. 세계는 결코 침묵하는 법이 없다. 세계의 침묵조차 우리가 인지할 수 없는 진동으로 똑같은 음정들을 영원히 되풀이하고 있다. 우리가 인지할 수 있는 진동들로 말하자면, 그것들은 우리에게 소리를 전달하기는 하지만 그 소리가 화음이 되는 경우란 거의 없고, 멜로디인 경우란 결코 없다. 그렇지만 음악이라는 것이 존재하지 않는가. 음악 속에서는 교향곡이 완성되고, 그 자체로는 형태를 갖추지 못한 소리들에 멜로디가 형태를 부여하며, 특별한 방식으로 배열된 음정들이 자연의 무질서로부터 정신과 심성을 만족시키는 하나의 통일을 이끌어내는 것이다.

"나는 점점 더 이 세상을 보고 신을 판단하면 안 된다는 생각이 든다. 그건 신에 대한 잘못된 연구다"라고 반 고흐는 쓴 바 있다. 그런데 예술가는 누구나 그 연구를 다시 해보려고 애쓰고 그 연구에 결여된 스타일을 부여하고자 노력한다. 모든 예술들 중에서 가장 위대하고 가장 야심 찬 예술인 조각은 인간의 덧없는 형상을 삼차원 속에 고정시키고 동작의 무질서를 위대한 스타일의 통일로 환원시키고자 부심한다. 조각은 현실과의 닮음을 마다하지 않는다. 오히려 그것을 필요로 한다. 그러나 조각이 처음부터 닮음을 추구하는 것은 아니다. 위대한 조각의 시대들에 있어서 조각이 추구하는 것은 이 세계의 모든 동작과 시선들을 요약하게 될 동작, 형상, 혹은 텅 빈 시선이다. 조각의 목표는 모방하는 데 있는 것이 아니라 양식화하는 데 있다. 그리고 육체의 일시적 열광이나 태도들의 무한한 변화를 하나의 의미 있는 표현 속에 가두어놓으려는 데 있다. 그리하여 다만, 조각은 인간의 그칠 줄 모르는 열기를 한순간이나마 진정시킬 모형과 전형과 부동의 완성을 떠들썩한 도시의 정면에다가 우뚝 세워놓는다. 실연한 연인은 그리스 여인상들의 주위를 돌면서 여인의 육체와 얼굴 속에서 시간의 풍화 작용을 극복하고 살아남은 그 무엇인가를 발견할 수도 있으리라.

회화의 원리 또한 선택에 있다. "천재 그 자체는 일반화하고 선택하는 재능에 지나지 않는다"라고 들라크루아는 자신의 예술에 대해 성찰하면서 쓰고 있다. 화가는 자신의 주제를 따로 떼어 낸다. 그것이 주제를 통일시키는 최초의 방식이다. 풍경들은 스쳐 지나가고 기억에서 사라져버리거나 아니면 풍경들 서로가 서로를 지워 버린다. 그렇기 때문에 풍경화가나 정물화가는, 통상적으로 빛에 따라 변화하거나 무한한 조망 속으로 함몰되거나 혹은 다른 미적 가치들의 충격으로 인해 사라져버리는 그 무엇을 시간과 공간 속에 따로 떼어 고립시킨다.

풍경 화가의 최초 작업은 풍경을 틀 속에 넣는 일이다. 그는 대상으로부터 선택하는 그만큼 배제한다. 마찬가지로, 인물화는 통상 다른 하나의 행위 속으로 사라져가는 하나의 행위를 시간과 공간 속에 고립시킨다. 화가는 그리하여 대상의 고정화를 실행한다. 위대한 창조자들은 피에로 델라 프란체스카처럼 영사기가 이제 막 멈춘 것처럼 대상의 고정화가 막 이뤄졌다는 인상을 주는 사람들이다. 그들의 그림 속의 모든 인물들은 그리하여 예술이라는 기적에 의해 사멸하기를 멈추고 계속 살아 있는 듯한 인상을 주는 것이다. 렘브란트가 그린 철학자는 사후에도 오래도록 변함없이 화폭 위의 빛과 그림자 사이에서 여전히 똑같은 문제에 대해 명상하고 있다.

"헛된 것이 곧 그림이라, 우리에게 즐거움을 줄 수 없는 대상들과의 닮음을 통해서 우리에게 즐거움을 주는구나." 들라크루아가 파스칼의 이 유명한 말을 인용하면서 '헛된'이라는 형용사를 '기이한'으로 바꾸어 쓴 것은 적절하다. 이러한 대상들은 우리에게 즐거움을 주지 못한다. 왜냐하면 그것들은 우리 눈에 들어오지 않기 때문이다. 이러한 대상들은 영원한 생성 변화 속에 파묻혀서 부정되고 있는 것이다. 누가 채찍질하는 형리의 손과 수난의 십자가와 길가의 감람나무들을 눈여겨보았겠는가? 그러나 그것들이 바야흐로 '수난'의 그칠 줄 모르는 움직임으로부터 유괴되듯이 벗어나 여기에 표현되어 있다. 그리하여 그리스도의 고통은 이 폭력과 아름다움의 이미지 속에 갇힌 채 미술관의 차디찬 전시실들 가운데에서 날마다 새로이 절규하고 있다. 한 화가의 스타일은 자연과 역사의 이러한 결합 속에 있고, 항상 생성 변화를 그치지 않는 것에 부과된 이 현존 속에 있는 것이다. 예술은, 애써 노력하는 것을 겉으로 드러내지 않으면서, 헤겔이 꿈꾸었던 바 특수와 보편의 조화를 실현시킨다. 아마도 이것이야말로 우리 시대와 같이 통일을 미친 듯이 갈구하는 시대가 가장 강렬한 양식화와 보다 도전적인 통일성을 갖춘 원시 예술 쪽으로 경도되는 이유가 아닐까? 가장 강력한 양식화는 언제나 예술적 시대들의 초기와 말기에 발견된다. 존재와 통일을 향한 무질서한 충동 속에서 모름지기 현대 회화를 떠받치고 있는 부정과 전치轉置의 힘은 바로 그러한 양식화에 의해 설명된다. 반 고흐의 다음과 같은 찬탄할 만한 말은 모든 예술가들의 오만하고도 절망적인 절규의 표현이다. "나는 삶에 있어서나 그림에 있어서나 신은 없어도 잘해나갈 수 있다. 그러나 고통스러워하는 나는 나보다 더 위대한 어떤 것, 내 삶 자체인 어떤 것, 즉 창조의 힘 없이는 살 수 없다."

그러나 현실에 대한 예술가의 반항, 거기에는 압제에 신음하는 자의 자연 발생적인 반항과 똑같은 긍정이 내포되어 있다. 그래서 그 반항은 전체주의적 혁명의 눈에는 수상쩍은 것이 된다. 전적인 부정에서 태어난 혁명 정신은 예술 속에도 역시 거부 이외에 동의가 내재되어 있다는 것을 본능적으로 느겼다. 그리고 관조는 행동과 균형을 이루고, 미는 불의와 균형을 이룰 가능성이 있다는 것, 어떤 경우 미는 그 자체에 있어 어찌해볼 도리가 없는 불의라는 것을 본능적으로 느꼈다. 그러므로 어떠한 예술도 전적인 부정을 바탕으로 존속할 수 없다. 모든 사상은, 우선 무의미의 사상부터, 무엇인가를 의미하듯이, 마찬가지로, 무의미의 예술이란 존재할 수가 없다. 인간은 세계의 전적인 불의를 고발할 수 있고 그리하여 인간만이 창조할 수 있는 전적인 정의를 요구할 수 있다. 그러나 인간은 세계가 전적으로 추하다고 단정할 수도 없다. 미를 창조하자면 인간은 현실을 거부하는 동시에 현실의 제 양상들 중 어떤 것들을 찬양해야 한다. 예술은 현실에 이의를 제기하지만 그러나 현실을 벗어날 수는 없다. 니체는 일체의 도덕적 혹은 신적인 초월성이 이 세계와 이 삶에 대한 중상 비방을 조장하는 것이라 하여 그러한 일체의 초월성을 거부했다. 그러나 미가 약속해주는 하나의 살아 있는 초월성이 존재하는데, 그것은 누구나 언젠가 반드시 죽어야 하는 운명을 타고난 이 한정된 세계를 다른 그 무엇보다도 사랑할 수 있게 해주는 초월성이다. 예술은 그것이 영원한 생성 변화 속으로 사라지고 마는 하나의 가치, 그러나 예술가가 미리 느끼고서 역사로부터 빼앗아 오려고 하는 하나의 가치에 스스로의 형태를 부여하려고 기도한다는 점에서 우리를 반항의 기원으로 회귀시킨다. 생성 변화의 세계 속으로 들어가서 거기에 결여되어 있는 스타일을 부여하고자 하는 예술, 즉 소설을 고찰해본다면 우리는 이러한 사실을 더 잘 납득할 수 있을 것이다.

소설과 반항

대체로 우리는 고대 및 고전주의 시대와 일치하는 동의同意의 문학과 근대와 더불어 시작되는 이의異意의 문학을 구분해볼 수 있다. 이렇게 볼 때, 우리는 전자의 문학 가운데 소설이 거의 없다는 사실에 주목하게 된다. 설사 소설이 존재한다 하더라도 그것은 거의 예외 없이 이야기가 아니라 공상물이다 (《테아젠과 샤리클레》 혹은 《아스트레》 등) 이것들은 콩트이지 소설이 아니다. 이와 반대로 후자의 문학과 더불어 소설 장르는 진정으로 발전하며, 비평적, 혁명적 운동과 함께 풍요로워져서 오늘날에 이르게 된다. 소설은 반항 정신과 동시에 태어난 것이고 그것과 동일한 야망을 미학적 차원으로 옮겨 표현한다.

"산문으로 쓴, 꾸민 이야기"라고 리트레[4]는 소설을 정의한

---

4 막시밀리앙 폴 에밀 리트레Maximilien Paul Émile Littré(1801~1881). 프랑스 언어학자, 사전학자. 오귀스트 콩트의 제자로 실증주의자였으며 기념비적인 《프랑스어 사전Dictionnaire de la langue française》(전 4권, 보유 1권. 흔히 "리트레 사전"이라고 부른다.)의 저자.

다. 겨우 그것뿐일까? 하지만 어느 가톨릭 비평가[5]는 이렇게 썼다. "예술은 그 목적이 어떤 것이든 간에 언제나 신을 상대로 죄가 되는 경쟁을 하는 것이다." 과연 소설에 관한 한 호적부와 경쟁한다기보다는 신과 경쟁한다고 말하는 것이 더욱 타당하다.[6] 티보데[7] 역시 이와 비슷한 생각을 나타낸 적이 있다. 그는 발자크에 대해 이렇게 말했다. "《인간 희극》, 그것은 바로 신의 《준주성범》이다." 위대한 문학의 노력은 닫힌 세계와 완성된 전형들을 창조하는 데 있는 것 같아 보인다. 위대한 창조의 면에서 볼 때 서구 문학은 일상생활을 묘사하는 데 그치지 않고 서구 사람들을 사로잡는 위대한 이미지들을 끊임없이 제시해 보이고 그런 이미지들을 찾아내려고 혼신의 힘을 바친다.

어쨌든 소설을 쓰거나 읽는다는 것은 엉뚱한 행위다. 실제 사실들을 새롭게 짜맞춰 이야기를 만들어내는 것은 꼭 해야 하는 일이나 필연적인 일은 결코 아니다. 소설이란 창조자와 독자의 즐거움을 위해 존재한다는 통속적 설명이 옳다고 하더

---

[5] 스타니슬라스 퓌메Stanislas Fumet.
[6] 발자크는 19세기 프랑스 사회 전체를 구성하는 모든 유형의 인물들을 그의 방대한 구조의 《인간 희극》 속에 담으려는 야심을 표현하기 위해 '호적부와 경쟁한다'라고 말했다.
[7] 알베르 티보데Albert Thibaudet(1874~1936). 프랑스의 문학 비평가. 유명한 《프랑스 문학사》와 발자크, 플로베르 등에 대한 탁월한 연구서들을 남겼다.

라도, 그렇다면 대체 무슨 필연성이 있기에 꾸며낸 이야기에 대다수의 사람들이 그토록 즐거움과 흥미를 가지게 되는가 하는 의문이 생기지 않을 수 없다. 혁명적 비평은 순수 소설을 한가한 상상력의 도피 행위라고 비난한다. 일상적으로 쓰는 말 역시 서투른 저널리스트의 날조된 이야기를 두고 '소설 같다'라고 한다. 10여 년 전에는 터무니없게도 처녀들이란 '로마네스크(소설적, romanesque)하다'고 여기는 관습이 있었다. 그 말은 공상하기 좋아하는 그들이 생활의 현실을 도외시하는 경향이 있다는 뜻이었다. 일반적으로 사람들은 언제나 '로마네스크한 것'은 현실의 삶과 유리된 것이며, 삶을 미화하는 동시에 배반하는 것이라고 생각했다. 소설로 표현된 것을 대하는 가장 단순하고도 가장 공통적인 태도는 소설을 현실 도피 행위로 치부하는 것이다. 그리하여 상식은 혁명적 비평과 뜻을 같이하게 된다.

그렇다면 사람들은 소설을 통해 무엇으로부터 도피하는 것인가? 너무 힘든 현실로부터? 그러나 행복한 사람들 역시 소설을 읽는다. 그리고 극도로 고통스러울 때는 독서 취미를 잃게 된다는 것은 변함없는 사실이다. 다른 한편, 피와 살로 된 인간 존재들이 끊임없이 우리를 둘러싸는 이 세계에 비해 소설의 세계는 영향도 더 적고 실재감도 더 적다. 그런데 아돌프[8]가 뱅자맹 콩스탕보다, 그리고 모스카 백작[9]이 저 직업적 도덕가들보다 우리에게 훨씬 더 친근한 인물로 보이는 것은 어떤 신비 때문일까? 발자크는 어느 날 정치와 세계의 운명에 대해 긴 대화를 주고받던 끝에 자신의 소설에 관한 이야기로 말머리를 돌리면서, "그럼 이제 진지한 이야기로 돌아갑시다"라고 말했다. 소설적 세계의 논란의 여지가 없는 진지함, 소설적 천재가 두 세기 동안 우리에게 제시해온 수많은 신화들을 진정으로 믿으려 드는 우리의 집착 등은 그저 현실로부터 도피하고 싶어 하는 경향만으로는 잘 설명이 되지 않는다. 확실히 소설적 행위는 일종의 현실 거부를 전제로 한다. 그러나 이 거부는 단순한 도피가 아니다. 우리는 거기서 착한 마음을 가진 사람이 보이는 은둔적 반응을 읽어내야 하는 것이 아닐까? 헤겔에 따르건대 착한 마음을 가진 사람은 실망을 맛보게 되면 오직 도덕만이 지배하는 인공의 세계를 스스로 창조해내 그 속에 살고자 한다. 그렇지만 교훈적 소설은 위대한 문학과는 상당히 거리가 멀다. 연애 소설의 백미인 《폴과 비르지니》[10]는 그야말로 가슴을 에는 작품이지만 아무런 마음의 위안이 되지 못한

---

8 프랑스 소설가 뱅자맹 콩스탕의 소설 《아돌프》의 주인공.
9 스탕달의 소설 《파르마의 수도원》에 등장하는 인물.
10 18세기 프랑스 소설가 베르나르댕 드생피에르의 소설.

다.

  모순은 이런 것이다. 즉 인간은 있는 그대로의 세계를 거부하면서도 그 세계를 벗어나려고 하지 않는다. 실제로 인간들은 세계에 집착하며, 거의 대부분이 세계를 떠나고 싶어 하지 않는다. 세계를 아주 망각하기를 바라기는커녕 그들은 오히려 세계를 충분히 소유하지 못하고 있어서 괴로워한다. 자기 자신의 조국 안에서 귀양살이를 하는 세계의 별난 시민들인 것이다. 번개처럼 지나가는 충만의 순간을 제외하고 모든 현실은 하나같이 인간들에게 있어 완성되지 못한 것으로 느껴진다. 그들의 행위는 그들의 손아귀를 빠져나가서 또 다른 행위들 속으로 사라져버리고, 의외의 모습으로 다시 나타나서 그들을 심판하며, 탄탈로스[11]의 강물처럼 알 수 없는 하구河口를 향해 흘러가는 것이다. 강물이 흘러드는 하구를 알고 강의 흐름을 지배하는 것, 요컨대 삶을 운명으로 파악하는 것, 바로 이것이 자신의 조국의 가장 캄캄한 곳에서 그들이 느끼는 향수다. 적어도 인식의 영역 속에서만이라도 마침내 인간들로 하

---

[11] 제우스와 티탄 신족인 플루토 사이에서 태어난 아들로, 신들을 분노케 하여 타르타로스에서 영겁의 벌을 받게 되었다. 그는 목까지 물에 잠겨 있었고 머리 위에 과일이 주렁주렁 달린 나무가 있는데도 항상 목이 마르고 굶주려야만 했다. 물을 마시려 하면 물은 입 밖으로 흘러 나가버리고 과일을 따려고 하면 나뭇가지는 곧 위로 올라가버렸다. 그가 받은 벌은 이루어질 것 같으면서도 이루어지지 않아 애타는 욕망에 비유된다.

여금 그들 자신과 화해하게 해줄 이 환영幻影은 그러나—만약 그것이 나타난다면—오직 죽음이라는 섬광 같은 찰나에만 나타날 수 있다. 모든 것이 거기서 완성되는 것이다. 단 한 번 이 세계에서 완전하게 존재하기 위해서는 영원히 더 이상 존재하지 말아야 한다.

여기서 그토록 많은 인간들이 타인들의 삶에 대해 가지는 그 불행한 선망이 태어난다. 외부에서 타인들의 삶을 들여다볼 때, 사람들은 그 안에 그 삶이 실제로는 지닐 수 없는 일관성과 통일성이 있다고 간주한다. 외부에서 보는 관찰자에게는 그것이 분명히 있는 것으로 보이기 때문이다. 관찰자는 다만 타인들의 삶의 능선만을 볼 뿐 그 삶을 좀먹는 디테일들을 인식하지 못한다. 그리하여 우리는 이 타인들의 삶에 근거해 예술을 만든다. 초보적인 방식으로 우리는 그 삶을 소설화하는 것이다. 이러한 의미에서 볼 때, 우리 각자는 자신의 삶을 예술 작품으로 만들려고 애쓰는 셈이다. 우리는 사랑이 지속되기를 갈망하지만, 사랑이 지속되지 못한다는 것을 알고 있다. 설사 기적에 의해 사랑이 일생 동안 지속된다 할지라도 그것은 여전히 미완성일 것이다. 만약 우리가 지상의 고통이 영원한 것이라는 사실을 알 수 있다면 우리는 아마도 이 지속에 대한 만족할 길 없는 필요를 통해서 지상의 고통을 더 잘 이해할 수 있을 것이다. 위대한 영혼들은 때때로 고통 자체보다는 고통이 지속되지 못한다는 사실을 더 두려워하는 것 같아 보인다. 끝없는 행복이 존재하지 못한다 하더라도 하다못해 기나긴 고통이라도 있으면 그것이 운명이 되어줄 것이다. 그러나 그럴 수는 없다. 최악의 고통도 언젠가는 끝나게 마련이다. 어느 날 아침 크나큰 절망이 지나간 후 억누를 길 없는 삶에의 욕망이 우리에게 이제 모든 것이 끝났다는 것을, 이제는 고통도 행복과 마찬가지로 더 이상 의미가 없다는 것을 알려줄 것이다.

소유욕이란 지속하고자 하는 욕망의 다른 한 형태에 지나지 않는다. 사랑의 무력한 광란을 일으키는 것은 바로 그 소유욕이다. 우리는 어떠한 존재도, 심지어 우리가 가장 사랑하며 우리를 가장 사랑해주는 사람조차 결코 소유할 수 없다. 서로 사랑하는 사람들이 때로는 서로 떨어져서 죽고, 갈라져서 태어나는 이 잔인한 대지 위에서, 어떤 한 존재의 완전한 소유나 평생 동안의 절대적 결합 같은 것은 불가능한 요구다. 소유욕이란 사랑이 끝난 뒤에도 계속될 정도로 만족을 모르는 것이다. 사랑한다는 것, 그것은 그러므로 사랑받는 사람을 메마르게 하는 것이다. 실연한 사람의 치욕적인 고통은 더 이상 사랑받지 못한다는 사실에 있다기보다는 자기를 버린 연인이 다시 다른 사람과 사랑할 수 있고 또 사랑해야 한다는 사실을 알고 있다는 데 있다. 극한에 이르면, 지속하고 소유하고자 하는 열띤 욕망에 사로잡힌 사람은 누구나 그가 사랑했던 사람들의 황폐함과 죽음을 바란다. 이것이야말로 진정한 반항이다. 적어도 어느 날 한 번쯤 인간과 세계의 절대적 순결성을 요구해본 적이 없는 사람들, 그 불가능성 앞에서 향수와 무력감으로 전율해본 적이 없는 사람들, 그리하여 끊임없이 절대에의 향수에 다시 빠져들면서도 그저 정도껏 사랑하려고 애쓰면서 스스로를 망가뜨려본 적이 없는 사람들, 그런 사람들은 반항의 현실과 그 파괴적 광란을 이해하지 못한다. 타인은 언제나 우리에게서 벗어나고 우리 역시 그에게서 벗어난다. 그들은 뚜렷한 윤곽이 없는 것이다. 이런 관점에서 볼 때의 삶이란 양식樣式을 가지고 있지 않은 것이다. 삶이란 스스로의 형태를 찾아 달려가지만 결코 그것을 찾아내지는 못하는 하나의 운동에 지나지 않는다. 인간은 이와 같이 찢어진 채, 그에게 경계들을 정해줄 수 있는 형태를 헛되이 찾고 있다. 만약 그 경계들이 존재하기만 한다면 그 경계들의 사이에서 그가 왕과 같은 존재가 될 수 있을 것이다. 이 세상에서 단 하나의 살아 있는 그 무엇인가가 제 형태를 가지게만 된다면, 그러면 그는 마음의 평화를 얻으리라.

요컨대 의식의 기초적 수준에서부터, 자신의 삶에 결여된 통일성을 그 삶에 부여할 수 있을 공식이나 태도들을 찾아내고자 고심하지 않는 인간이란 없다. 겉으로 보이기 위해서든 행동하기 위해서든, 댄디든 혁명가든 누구나 다 존재하기 위해서, 이 세계 속에 존재하기 위해서 통일성이 요구된다. 한 쌍의 연인들 중 한쪽이 자신의 사랑을 적절한 어조로 표현하여 하나의 완결된 이야기로 만들어줄 말, 몸짓, 혹은 상황을 찾아낼 때를 기다리고 있기 때문에, 헤어지고 나서도 여전히 끝나지 않고 이어지는 저 비장하고도 비참한 관계들에서처럼 인간은 저마다 최후의 낱말을 스스로 지어내거나 스스로 제안해본다. 그냥 사는 것만으로는 충분치 않다. 죽음이 올 때까지 기다리지 말고 하나의 숙명을 획득해야 한다. 그러므로 인간이 지금의 세계보다 더 나은 어떤 세계에 대한 생각을 가지고 있다고 말하는 것은 옳다. 그러나 더 나은 세계란 다른 세계를 의미하는 것이 아니라 통일된 세계를 의미한다. 우리가 살고 있는 세계는 산만하게 흩어진 세계다. 우리는 그 흩어진 세계에서 벗어날 수가 없다. 그럼에도 그 세계 저 위로 우리의 심장을 쳐들어 올리는 이 열병은 바로 통일을 요구하는 열병이다. 이 열병은 보잘것없는 도피로 귀착하는 것이 아니라, 더 할 수 없이 집요한 요구로 이어진다. 종교든 범죄든 간에, 인간의 모든 노력은 어느 것이나 결국 이 가당찮은 욕망에 복종하는 것으로, 삶이 갖추고 있지 못한 형태를 삶에 부여하겠다는 것이다. 하늘나라의 숭배로 이끌 수도 있고 인간의 파괴로 이끌 수도 있는 이 똑같은 운동이 소설의 창조로 인도하기도 한다. 이 경우 소설의 창조는 거기서 그 진지한 내용을 얻게 된다.

사실 소설은 행동이 그 형태를 찾아내고, 최후의 낱말들이 입 밖으로 나오고, 존재들이 다른 존재들에게 내맡겨지는 세계, 그리하여 삶이 송두리째 운명의 모습을 갖추는 그런 세계가 아니라면 대체 무엇이겠는가?[12] 소설의 세계란 인간의 깊은 욕망에 따라 수행되는 이 세계의 수정과 다를 바 없다. 왜냐하면 두 세계는 같은 세계이기 때문이다. 고통도 같고 거짓도, 사랑도 같다. 주인공들은 우리와 같은 언어를 사용하고 우리와 같은 약점, 같은 힘을 지닌다. 그들의 세계가 우리의 세계보다 더 아름다운 것도 더 교훈적인 것도 아니다. 그러나 그들은 적어도 그들의 운명의 끝까지 달려나간다. 그리고 자기들의 정열의 극단에까지 간 주인공들, 예컨대 키릴로프, 스타브로긴, 그라슬랭 부인, 쥘리앵 소렐, 혹은 클레브 공작은 우리의 마음을 더할 수 없을 만큼 뒤흔들어놓는다. 바로 이 대목에서 우리는 그들의 크기를 측정할 수 없게 된다. 왜냐하면 그들은 우리가 결코 완성시키지 못하는 것을 끝내기 때문이다.

라파예트 공작 부인은 자신의 가장 가슴 떨리는 경험으로부터 소설 《클레브 공작 부인》을 이끌어냈다. 그녀는 분명히 클레브 공작 부인이다. 그러나 그녀는 클레브 공작 부인이 아니다. 차이점은 어디에 있는가? 라파예트 부인은 수녀원에 들어가지 않았으며 그녀 주위의 그 누구도 절망으로 죽지 않았다는 사실에 차이점이 있다. 하지만 적어도 그녀가 그런 비

---

[12] 소설이 단지 향수와 절망과 미완성만을 얘기할 때조차 소설은 여전히 형태와 구원을 창조한다. 절망을 명명한다는 것, 그것은 곧 절망을 극복한다는 것이다. 절망의 문학이란 그 말 자체가 하나의 모순이다. (원주)

길 데 없이 고통스러운 사랑의 가슴 찢는 순간들을 경험했다는 점에 대해서는 의심의 여지가 없다. 그러나 그 사랑은 종결점을 가지지 못했고 그녀는 사랑이 끝난 뒤에도 살아남았으며 그녀는 사랑을 살기를 그침으로써 사랑을 연장했다. 만약 그녀가 흠잡을 데 없는 언어로 그 사랑에 군더더기 없이 뚜렷한 윤곽을 부여하지 않았더라면 결국 아무도, 심지어 그녀 자신도, 그 사랑의 형태를 알지 못했을 것이다. 고비노[13]의 《플레이아드》에 나오는 소피 통스카와 카지미르의 이야기보다 더 아름답고 로마네스크한 이야기도 없을 것이다. "나를 행복하게 해줄 수 있는 사람은 위대한 성격을 가진 여인들뿐이다"라는 스탕달의 고백을 이해하게끔 해줄 만한, 감수성이 예민하고 아름다운 여인인 소피는 카지미르로 하여금 어쩔 수 없이 자신에게 사랑을 고백하게 만든다. 남성들로부터 사랑받는 데 익숙해져 있었던 그녀는 매일 그녀를 만나면서도 화가 날 정도로 침착성을 잃지 않는 카지미르 앞에서는 초조해지는 것이다. 카지미르는 과연 자신의 사랑을 고백하지만 그러나 그 어조는 검사의 논고를 방불케 하는 것이다. 그는 그녀를 연구

---

13 조제프 아르튀르 드 고비노Joseph Arthur de Gobineau(1816~1882). 프랑스의 외교관, 작가. 대표작 《플레이아드*Les Pléiades*》는 1874년에 발표되었다. 그러나 특히 《인종의 불평등에 관한 시론*Essai sur l'inégalité des races humaines*》(1853~1855)을 써서 독일 인종 차별주의 이론에 영향을 끼친 것으로 유명하다.

한 끝에 자기 자신만큼 그녀를 알게 되었고 소피와의 사랑 없이는 살 수 없지만 그 사랑에는 미래가 없음을 확신하게 되었다. 그러므로 그는 그녀에게 이 사랑과 동시에 이 사랑의 헛됨을 말하기로 하고, 그녀가 그에게 근소한 액수의 연금을 지불하는 조건으로 그녀에게 자신의 재산을 물려주기로—그녀는 부자이므로 이러한 행동은 별 의미가 없다—결심한다. 그리고 이 근소한 연금으로 그는 발길 닿는 대로 어느 한 도시(그것은 빌나가 될 것이다)의 교외에 정착하고 거기서 가난한 가운데 죽음을 기다리기로 한다. 사실 카지미르는 소피에게서 살아가는 데 필요한 돈을 받는다는 것은 자신의 인간적 유약함을 드러내는 일임을 알고 있다. 이것은 아주 가끔씩 소피의 이름을 적은 봉투 속에 아무것도 쓰지 않은 백지를 넣어 보내는 일과 더불어 그가 자신에게 용인하는 유일한 유약함이다. 처음에는 격분하여 날뛰다가 뒤이어 마음이 흔들리고 그런 다음 우울해진 소피는 그러한 결심을 받아들인다. 모든 것은 카지미르가 예정한 대로 진행된다. 그는 빌나에서 자신의 슬픈 사랑 때문에 죽는다. 소설의 세계는 이처럼 스스로의 논리를 가지고 있다. 하나의 아름다운 이야기는 반드시 어떤 정연한 연속성을 갖추고 있다. 그 연속성은 실생활에서 겪은 상황들 속에서는 결코 존재하지 않는 것으로, 현실을 출발점으로 하여 이뤄진 몽상의 흐름 가운데서나 발견되는 것이다. 만약 고비노가 빌나에 갔었다면 그는 거기서 권태를 느끼고 돌아와버렸거나 아니면 거기서 안일을 추구했으리라. 그러나 카지미르에게는 변화의 욕망도 없고 고통이 치유되는 아침들도 없다. 그는 히스클리프처럼 궁극에까지 나아간다. 죽음도 초월하여 지옥에까지 이르기를 갈망했던 히스클리프처럼.

바로 이런 것이 이 현실 세계의 수정에 의해 창조되는 상상의 세계다. 이 상상의 세계에서는 고통은 원한다면 죽음에 이르기까지 지속될 수 있으며 정열은 결코 식지 않으며 인간들은 고정 관념에 사로잡힌 채 서로 마주 보고 있다. 인간은 그곳에서 그의 인간 조건 속에서는 찾으려야 찾을 수 없었던 진정제인 형태와 한계를 마침내 자신에게 부여할 수 있게 된다. 소설은 자신의 치수에 맞는 맞춤 운명을 만들어낸다. 이렇게 소설은 신의 창조와 경쟁하고 일시적으로나마 죽음에 승리한다. 가장 유명한 소설들을 정밀하게 분석해보면 작품마다 매번 다른 전망 속에서 예술가가 자신의 경험에 대해 언제나 같은 방향으로 가하는 이 끝없는 수정修正에 소설의 본질이 있다는 사실을 알 수 있을 것이다. 이 같은 수정은 도덕적이거나 순전히 형식적인 것이 아니라 우선 통일을 겨냥하고 그렇게 함으로써 형이상학적인 욕망을 표현하는 것이다. 이러한 차원에서 볼 때 소설은 무엇보다 향수에 사무친, 혹은 반항적인 감수성에 봉사하기 위해 지성이 수행하는 작업이다. 우리는 프랑스의 심리 분석 소설, 멜빌, 발자크, 도스토옙스키, 혹은 톨스토이의 소설 세계에서 이러한 통일성의 추구를 살펴볼 수 있으리라.

그러나 소설 세계의 양극단에 있는 두 가지 시도, 즉 프루스트의 작품들과 근년의 미국 소설을 간단하게 비교해보는 것으로도 우리의 목적은 충분히 달성될 수 있을 것이다.

미국 소설[14]은 인간을 초보적인 것, 혹은 그의 외적 반응 및 행동으로 환원시킴으로써 통일성을 발견하고자 한다. 미국 소설은 프랑스의 고전주의 소설의 경우처럼 어떤 감정이나 정념을 선택해 거기에 특권적인 이미지를 부여하는 것이 아니다. 미국 소설은 인물의 행동을 설명하고 요약해줄 기본적인 심리적 동기의 분석이나 탐구를 거부한다. 그런 까닭에 미국 소설의 통일성은 조명照明의 통일성에 지나지 않게 된다. 미국 소설의 기교는 인간의 가장 무심한 동작에 이르기까지 인간을 밖에서 바라보며 묘사하고 담화를 단순한 반복도 마다하지 않을 만큼 주석 없이 있는 그대로 옮겨놓는[15] 데 있다. 결국 인간이 전적으로 자신의 일상적 자동성에 의해 규정되는 것처럼 표현하고자 하는 것이다. 이러한 기계적 묘사에 이르면 사실 인간들은 서로 비슷한 모습이 되어 구별이 잘 되지 않는다. 모든 등장인물들이 그들의 육체적 특징에 있어서조차 상호 치환

---

[14] 여기서 말하는 것은 물론 1930년대와 1940년대의 '비정한hardboiled' 소설들이지 19세기의 경탄할 만한 그 미국 개화기 소설이 아니다. (원주)
[15] 이 세대의 위대한 작가인 포크너에게 있어서조차 내적 독백은 오직 생각의 외피만을 그대로 옮겨놓고 있다.

될 수 있을 것처럼 보이는 기이한 세계는 이렇게 설명될 수 있다. 이 기교가 사실적寫實的이라고 불리는 것은 오해에 지나지 않는다. 나중에 알게 되겠지만, 예술에 있어서의 사실주의란 이해할 수 없는 개념이다. 게다가 이러한 미국 소설 세계가 현실의 단순한 재현만을 목표하고 있는 것이 아니라 나름대로의 가장 자의적인 양식화를 겨냥하고 있음은 명백한 사실이다. 미국 소설의 세계는 어떤 절단에서 생겨난다. 현실에 가하는 고의적인 절단 말이다. 이런 식으로 얻어지는 통일성은 타락한 통일성이며 존재와 세계의 평준화다. 이러한 부류의 소설가들은 인간의 행동에서 통일성을 박탈해버리고 존재들을 서로 갈라지게 하는 것이 바로 내면적 삶이라고 생각하는 것 같다. 이러한 의혹은 부분적으로 타당하다. 그러나 이 예술의 근원에 있는 반항은 오직 그 내적 현실을 바탕으로 하여 통일을 이룩함으로써만 만족을 얻을 수 있는 것이므로 그 내적 현실을 부정해서는 안 된다. 그것을 전적으로 부정한다는 것, 그것은 가공의 인간을 표준으로 삼는다는 것을 의미한다. 범죄 소설 역시 일종의 연애 소설로 형식적 허영을 지니고 있다. 범죄 소설도 그 나름대로 교훈적이다.[16] 그 자체만으로 제한된 육체

---

[16] 베르나르댕 드생피에르와 사드 후작은, 각기 다른 특징들을 가진 것이긴 하지만 프로파간다 소설을 쓴 작가들이다.

의 삶은 역설적이게도 어떤 추상적 무상無償의 세계를 만들어 내는데, 그 세계가 이번에는 또 현실에 의해 끊임없이 부정된다. 내적인 삶을 말끔히 제거하고 마치 유리창 너머로 관찰하듯이 사람들을 묘사하는 이 소설은 평균적이라고 간주되는 인간을 유일한 주제로 삼는데 그 논리적 결과로 결국은 병리학적인 현상을 무대에 올려놓게 되고 만다. 이러한 세계 속에 매우 많은 '순진한 사람들'이 활용되고 있는 이유를 우리는 이렇게 설명할 수 있다. 이러한 시도에 순진한 인물이 이상적인 주제가 되는 것은 그가 전적으로 자신의 행동에 의해서만 규정되는 인물이기 때문이다. 그는 불행한 자동인형들이 가장 기계적인 일관성 속에서 살아가는 저 절망적 세계의 상징이다. 미국 소설가들은 하나의 비장하지만 무용한 항의의 표시로서 이 절망적 세계를 현대 세계의 면전에 높이 쳐들어 보인 것이다.

프루스트로 말하자면, 그의 노력은 집요하게 관찰한 현실에서 출발하여 하나의 닫힌 세계를 창조하는 데 있었다. 그 무엇으로도 대체할 수 없고 오직 그만의 것인 그 세계는 사물의 소멸과 죽음에 대한 자신의 승리를 나타내는 것이었다. 그러나 그의 방법은 미국 소설과는 반대되는 것이다. 그 방법은 무엇보다 먼저 소설가가 자신의 과거의 가장 비밀스러운 부분으로부터 선택한 많은 유별난 순간들을 세심하게 수집하는 일이다. 수많은 거대한 공간들이 사멸하여 그처럼 삶으로부터 제외되어 있는 것이다. 왜냐하면 그러한 공간들은 추억 속에 아무것도 남겨놓지 못했기 때문이다. 미국 소설 세계가 기억 없는 인간들의 세계라고 한다면 프루스트의 세계는 그 자체가 하나의 기억 바로 그것이다. 다만 이 경우에는 기억 중에서도 가장 까다롭고 요구가 많은 기억, 있는 그대로의 세계의 분산된 양상을 거부하고 어떤 되찾은 향기로부터 새롭고도 해묵은 세계의 비밀을 이끌어내는 기억이다. 프루스트는 현실 속에서 잊히고 마는 것, 즉 기계적인 것이나 맹목의 세계와 맞서서 내적인 삶을, 내적인 삶 그 자체보다도 더 내적인 것을 선택한다. 그러나 그는 현실의 거부로부터 현실의 부정을 이끌어내지는 않는다. 그는 미국 소설의 과오와 대칭되는 과오, 즉 기계적 세계를 말살해버리는 과오를 범하지는 않는다. 반대로 그는 잃어버린 추억과 현재의 감각, 헛디뎌서 발이 뒤틀리는 감각과 과거의 행복했던 날들을 고차적 통일 속에 결합시킨다. 행복과 젊음의 장소로 되돌아간다는 것은 어려운 일이다. 꽃핀 처녀들은 영원히 해변에서 깔깔대고 웃으며 재잘거리고 있지만 그녀들을 바라보는 사람은 그녀들을 사랑할 권리를 점점 잃어가고 있고 그가 사랑했던 여자들 또한 사랑받을 능력을 잃어가고 있다. 이러한 우울은 곧 프루스트의 우울이다. 그의 내부에 자리 잡은 이 우울은 너무도 강했기 때문에 전소 존재에 대한 거부를 분출시킬 정도였다. 그러나 그와 동시에 그는 사람의 얼굴들과 빛에 대한 애착 때문에 이 세계에 매달리는 것이다. 그는 행복했던 바캉스가 영원히 사라져버렸다는 사실을 인정할 수가 없었다. 그는 그 바캉스를 재창조하여 과거란 시간이 흘러가버린 저 끝에 이르러 불멸의 현재 속에 원래의 상태보다 더 참되고 더 풍요롭게 존재한다는 사실을 죽음과 맞서서 보여주겠다고 결심했다. 그러므로 《잃어버린 시간》[17] 속의 심리 분석은 하나의 강력한 수단에 지나지 않는다. 프루스트의 진정한 위대함은 《되찾은 시간》[18]을 썼다는 데에 있다. 《되찾은 시간》은 산만하게 흩어진 세계를 한데 모아서 그 분열된 차원 그 자체의 세계에 하나의 의미를 부여하고 있다. 죽음을 목전에 두고 이룩한 프루스트의 그 지난한 승리는 오직 기억과 지성이라는 길을 통하여 끊임없이 사라져버리는 형태들로부터 인간적 통일의 생생하게 살아나 전율하는 상징들을 추출해냈다는 데에 있다. 이런 종류의 작품이 신의 창조에 대해 보여줄 수 있는 가장 확실한 도전은 그 작품 스스로를 하나의 전체, 하나의 닫히고 통일된 세계로 제시하는 데 있다. 이것이야말로 후회 없는 진정한 예술 작품을 정의해주는 특징이다.

  어떤 사람은 프루스트의 세계를 신 없는 세계라고 했다. 그

---

[17] 프루스트의 소설 《잃어버린 시간을 찾아서》를 줄여서 표현한 것.
[18] 《잃어버린 시간을 찾아서》의 마지막 권(7편), 즉 소설의 결말에 해당하는 부분의 제목.

말이 옳은 것이라면 그것은 그의 세계에서 결코 신에 대해 언급하는 일이 없기 때문이 아니라 그의 세계가 하나의 닫힌 완전함이 되고자 하는 야망을, 그리고 인간의 모습에 영원성을 부여하고자 하는 야망을 가지고 있기 때문이다. 《되찾은 시간》은 그것이 지닌 야망에 있어서는 적어도 신 없는 영원 바로 그것이다. 이런 점에서 프루스트의 작품은 필멸의 인간 조건에 항거하는 인간의 가장 의미심장하고도 가장 엄청난 기도의 하나라는 것을 알 수 있다. 프루스트는 소설 예술이란 신의 천지 창조 그 자체를, 우리에게 강요되고 있고 또 우리가 거부하는 바 그대로의 신의 창조를 다시 고쳐 실행하는 것임을 입증했다. 적어도 어느 한 면으로 볼 때 이 예술은 창조주에 대항해 피조물 쪽의 편을 드는 데 본령이 있다. 그러나 한층 더 깊은 의미에서 이 예술은 죽음과 망각의 힘에 대항해 이 세계와 존재들의 아름다움과 동맹하고 있다. 바로 이런 의미에서 그의 반항은 창조적인 것이다.

반항과 스타일

예술가는 현실을 처리, 가공하는 방식에 의해 그의 거부하는 힘을 분명히 보여준다. 그가 창조하는 세계 속에 남겨 간직하는 현실의 몫은, 그가 생성 변화의 어둠으로부터 끌어내어 창조의 빛 속으로 가져오는 현실의 한 부분에는 적어도 동의

하고 있다는 것을 말해준다. 극단에 이르러 거부가 전적인 것이 되어버리면 현실은 모조리 추방된다. 그 결과 얻게 되는 것은 순전히 형식적인 작품들이다. 그와 반대로, 예술가가 흔히 예술 외적인 이유로 있는 그대로의 현실을 찬양하는 쪽을 택하게 되면, 그 결과로 얻게 되는 것이 사실주의다. 전자의 경우에는 반항과 동의, 긍정과 부정을 긴밀하게 결합하는 창조의 원초적 운동이 훼손됨으로써 오직 거부만 남게 된다. 그 결과 생겨나는 현상이 형식 속으로의 도피다. 우리 시대가 그 숱한 예를 제공한 바 있고 우리가 이미 그 허무주의적 기원을 알고 있는 터인 형식 위주의 도피 말이다. 후자의 경우, 예술가는 세계로부터 그만이 가진 특유의 관점을 제거함으로써 세계에 통일성을 부여하려 한다. 이런 의미에서 예술가는 비록 타락한 것일망정 통일에의 욕망을 고백하고 있다고 할 수 있다. 그러나 그 역시 예술적 창조에 요구되는 원초적 조건을 포기하는 것이다. 창조하는 의식이 상대적으로나마 누리게 되는 자유를 최대한 부정하기 위해 그는 당장 눈앞에 보이는 세계의 전체성을 긍정한다. 이러한 두 경향의 작품들에 있어서는 다 같이 창조 행위 그 자체가 부정되어버린다. 원래 창조 행위는 현실의 일면을 긍정하는 동시에 현실의 다른 일면을 거부하는 것이었다. 그런데 거기서 한 걸음 더 나아가 창조 행위가 현실 전체를 다 거부해버리든가 혹은 오직 현실만을 긍정하기에 이른다면 절대적 부정 혹은 절대적 긍정 속에서 매번 창조 행위 자체가 부정되고 만다. 보다시피 미학적 차원에서의 이러한 분석은 우리가 역사적 차원에서 시도했던 분석과 일치한다.

그러나 결국 어떤 가치를 전제로 하지 않는 허무주의가 없고, 자기 생각에 빠져서 자기모순에 이르지 않는 유물론이 없듯, 형식 위주의 예술과 사실주의적 예술은 조리에 맞지 않는 개념들이다. 어떤 예술도 전적으로 현실을 거부할 수는 없다. 고르곤[19]은 물론 순전히 상상의 피조물이다. 그러나 그 괴물의 얼굴과 그것의 머리에 붙어 있는 뱀들은 실제로 자연 속에 있는 것들이다. 형식주의는 현실의 내용을 점점 더 많이 비워낼 수 있지만, 그러나 거기에는 반드시 한계가 있다. 심지어 때때로 추상화抽象畵에서 보게 되는 기하학적 형태들조차 여전히 그 색채와 원근법은 외부 세계에서 얻어온다. 진정한 형식주의란 침묵이다. 마찬가지로, 사실주의도 최소한의 해석과 독단 없이는 이루어질 수 없다. 실물과 가장 닮은 사진도 이미 현실의 배반이다. 그것은 어떤 선택의 산물로 원래 한계가 없는 것에 한계를 부여한다. 사실주의적 예술가와 형식 위주의 예술가는 둘 다 생생한 현실 속에서건 일체의 현실을 추방한다고 여기는 상상만의 창조 속에서건 간에, 원래 통일이 없는 곳에서 통일을 찾으려 한다. 그런데 사실은 그와 반대여서, 예술

---

19 그리스 신화에 나오는 괴물로 흔히 메두사라고 불린다.

에 있어서의 통일이란 예술가가 현실에 가하는 변형 행위가 완료될 때 불쑥 이루어진다. 통일은 현실이 없어도 안 되고 변형이 없어도 안 된다. 예술가가 자신의 언어에 의해서, 그리고 현실에서 길어낸 여러 요소들의 재배치를 통해서 실행하는 이러한 수정[20]을 스타일(양식)이라고 부른다. 그러한 수정은 재창조된 세계에 통일성과 한계를 부여한다. 모든 반항하는 인간들에게 이러한 수정 행위는 세계에 수정 행위 그 자체의 법칙을 부여하는 데 목적을 두고 있는데 몇몇 천재들은 이 목표를 달성한다. "시인들은 세계의 비공인 입법자들이다"라고 셸리는 말한다.

소설 예술은 그 기원으로 보아 이러한 사명을 구체적으로 실현할 수밖에 없다. 소설 예술은 현실에 전적으로 동의할 수도 없고 현실로부터 절대적으로 유리될 수도 없다. 순수한 상상의 세계란 존재하지 않는다. 설사 어떤 순수한 관념 소설 속에 그런 것이 존재한다 하더라도 그것은 아무런 예술적 의미를 갖지 못할 것이다. 왜냐하면 통일을 모색하는 정신의 가장 으뜸가는 요청은 그 통일성이 전달 가능한 것이라야 하기 때문이다. 다른 한편, 순수한 추론에 의해 얻어진 통일성은 현실

---

20 들라크루아는 "(실제에 있어서) '너무나 정확한 나머지' 오히려 대상의 모습을 왜곡하는 이 완강한 원근법"을 수정할 필요가 있다고 지적한다. 그리고 이 지적은 그 이상의 의미를 가진다. (원주)

에 토대를 두고 있지 않은 까닭에 거짓된 통일성이다. 연애 소설(혹은 범죄 소설)이나 교훈 소설은 이러한 법칙을 따르는 정도에 따라 예술로부터 유리되는 정도가 결정된다. 진정한 소설 창조는 이와 반대로 현실을, 오직 현실만을, 그 현실의 열기와 피, 정념 혹은 절규를 이용한다. 다만 창조는 현실에 현실을 변형시키는 그 무엇인가를 보탤 뿐이다.

마찬가지로, 사람들이 일반적으로 사실주의 소설이라고 부르는 것은 직접적인 현실의 재생산이 되고자 한다. 현실의 제 요소를 아무런 취사선택 없이 다 재현한다는 것—만약 이러한 시도가 상상 가능한 것이라면—은 신의 창조를 무익하게 되풀이하는 것에 지나지 않을 것이다. 사실주의는 단지 종교적 천재의 표현 수단에 불과하거나—이 점은 스페인 예술을 살펴보면 충분히 예감할 수 있다—아니면 또 다른 극단의 경우, 있는 그대로의 현실에 만족하고서 그 현실을 모방하는 원숭이의 예술이 될 것이다. 실제로 예술이란 결코 사실적인 것이 될 수 없다. 예술은 가끔 사실적이고자 하는 유혹을 느낄 따름이다. 진정으로 사실적이게 되려면 묘사가 끝없이 계속되어야 한다. 스탕달은 뤼시앵 뢰벤[21]이 살롱으로 들어오는 모습을 단 한 문장으로 묘사한다. 그러나 사실주의적 예술가라면 그 논리상

---

21 스탕달이 쓴 동명 소설의 주인공. 이 소설은 결국 미완성으로 남았다.

당연히 인물들과 배경을 묘사하는 데 여러 권에 달하는 긴 서술이 필요할 터이고 그러고도 세부를 완전히 다 묘사하지는 못할 것이다. 사실주의는 한없이 계속되는 열거다. 바로 이 점으로 보더라도 사실주의의 진정한 야심은 통일성을 획득하는 것이 아니라 현실 세계의 전체성을 획득하는 데 있다는 사실이 드러난다. 이제야 우리는 사실주의가 전체주의 혁명의 공식적 미학이라는 사실을 이해하게 된다. 그러나 이 미학은 이미 그 불가능성을 증명했다. 사실주의 소설들은 본의 아니게 현실에서 취사선택을 하게 된다. 왜냐하면 현실의 선택과 초월은 사유와 표현의 조건 그 자체이기 때문이다.[22] 글을 쓴다는 것, 그것은 이미 선택한다는 것이다. 그러므로 형식주의에서 관념의 자의성이라는 것이 존재하듯 사실주의에서 현실의 자의성이라는 것이 존재한다. 이 현실의 자의성 때문에 사실주의 소설은 암암리에 테제 소설이 되어버리는 것이다. 소설 세계의 통일성이 곧 현실의 전체성이라고 생각하는 것은 오직 독트린에 맞지 않는 것을 현실로부터 배제시키려는 선험적 판단을 위해서만 있을 수 있는 일이다. 그래서 소위 사회주의적 리얼리즘이라고 하는 것은 그 허무주의적 논리에 의해 교훈

---

[22] 들라크루아는 이 점을 의미심장하게 설명해준다. "사실주의가 무의미한 낱말이 되지 않기 위해서는, 모든 사람들이 똑같은 정신, 사물을 이해하는 똑같은 방식을 가져야 할 것이다." (원주)

소설과 프로파간다 문학의 이점들을 활용하려고 부심하게 된다.

사건이 창조자를 노예로 삼거나 혹은 창조자가 사건을 전적으로 부정하려 든다면 창조는 허무주의적 예술의 타락한 형태로 전락하게 된다. 창조는 문명과 마찬가지로 형태와 소재, 변화 생성과 정신, 역사와 가치 사이의 줄기찬 긴장을 전제로 한다. 만약 이 긴장과 균형이 깨어지면 독재 아니면 무정부 상태, 선전 아니면 형식의 헛소리가 되어버린다. 두 가지 중 어느 경우에든 이성적 추론과 자유가 일치되어 이루어지는 창조는 불가능하다. 현대 예술은 현기증 나는 추상과 형식적 난해성에 빠져버리거나, 가장 노골적이고 가장 소박한 리얼리즘의 채찍을 휘두르거나 간에 거의 대부분이 창조자의 예술이 아니라 폭군과 노예의 예술이 되어버렸다. 내용이 형식의 테두리를 벗어난 작품, 형식이 내용을 침몰시킨 작품은 실망하고 실망을 주는 통일성밖에 말해주지 않는다. 다른 분야와 마찬가지로 이 분야에 있어서도 스타일, 즉 양식樣式을 갖추지 못한 통일은 한 부분이 훼손된 통일이다. 예술가가 택한 관점이 어떤 것이든 간에 모든 창조자들에게 공통된 하나의 원칙이 있으니 그것은 바로 현실과 동시에 현실에 형식을 부여하는 정신을 전제로 하는 양식화다. 창조적 노력은 바로 이 양식화에 의해서 세계를 다시 만든다. 이 다시 만들기의 과정에는 언제나 가벼운 뒤틀림이 생기게 마련인데 이것이야말로 예술의 징표요 항의의 표시인 것이다. 프루스트가 인간의 경험을 현미경처럼 확대해 보여주는 경우든, 아니면 그 반대로 미국 소설이 그 인물들을 거의 부조리하다 싶을 정도로 왜소하게 만들어놓는 경우든 작품 속에 나타난 현실은 어느 정도 억지로 변형시킨 현실이다. 반항이 보여주는 창조성과 풍요로움은 이 뒤틀림에 있다. 그것은 한 작품의 양식과 톤의 구체적인 모습인 것이다. 예술은 형식화라는 불가능의 요구다. 가장 비통한 절규가 가장 확실한 언어를 찾아낼 때 반항은 스스로의 진정한 요구를 만족시키게 되며 스스로에 대한 이 충실성으로부터 창조의 힘을 이끌어내게 된다. 예술에 있어서의 가장 위대한 스타일은 당대의 편견과 충돌하지만, 그것은 지고한 반항의 표현이 된다. 진정한 고전주의는 순치된 낭만주의일 뿐이듯이[23] 천재는 그것의 고유한 척도를 창조해낸 반항이다. 그런 까닭에, 오늘날 사람들이 가르치는 것과는 달리, 부정否定과 순전한 절망 속에 천재는 없다.

동시에 이것은 위대한 스타일이란 단순한 형식적 미덕이 아니라는 말이기도 하다. 스타일이 현실을 희생시키고 양식 그 자체만을 위해 추구될 때 그것은 형식의 미덕이 된다. 그것은

---

23 앙드레 지드가 고전주의, 그리고 고전주의와 낭만주의의 관계에 대해 내린 유명한 정의

위대한 스타일이 될 수 없다. 이러한 양식은 더 이상 창조하지 못하고—모든 아카데미즘이 그렇듯—모방할 따름이다. 반면에 진정한 창조란 나름대로 혁명적이다. 양식화란 인간의 개입과 예술가가 현실을 재현할 때 쏟아붓는 창안과 수정의 의지를 요약하는 것이므로 그 양식화 작업을 최고의 경지에까지 밀고 가야 하겠지만, 그것은 눈에 드러나지 않는 상태여야 마땅하다. 그래야만 예술을 태어나게 하는 요구가 그 극도의 긴장 속에 표출될 수 있기 때문이다. 위대한 스타일이란 눈에 보이지 않는 양식화의 산물이다. 다시 말해서 구체적인 것 속에 녹아 있는 스타일인 것이다. "예술에 있어 과장됨을 두려워할 필요는 없다"라고 플로베르는 말한 바 있다. 그러나 그는 과장은 "그것 자체에 이어지고 그것 자체에 상응하는" 것이어야 한다고 덧붙인다. 양식화가 과장되어 눈에 드러나 보이게 되면 작품은 순전한 향수일 뿐이다. 이때 작품이 획득하고자 하는 통일성은 구체적인 것과 무관한 것이다. 이와 반대로 현실이 있는 그대로의 상태로 가감 없이 드러나서 양식화가 무의미해지면 구체 그 자체가 통일성 없이 그냥 제공된다. 위대한 예술, 스타일, 반항의 진정한 모습은 이 두 가지 이단 사이에 존재한다.[24]

---

24 수정 행위는 주제에 따라 달라진다. 작가 고유의 언어(그의 어조)는 언

창조와 혁명

예술에 있어 반항은 비판이나 해설에서가 아니라 참된 창조 속에서 완성되고 영속되는 것이다. 한편 혁명은 공포 정치나 폭정 속에서가 아니라 문명 속에서 확고해지는 것이다. 궁지에 몰린 한 사회를 향해 우리 시대가 이제부터 제기하는 두 가지 질문, 즉 '창조는 가능한가'와 '혁명은 가능한가'는 결국 어떤 문명의 새로운 탄생과 관련된 동일한 질문에 지나지 않는다.

20세기의 혁명과 예술은 동일한 허무주의에 종속되어 있으며 같은 모순 속에서 영위되고 있다. 양자는 그들의 운동 자체로 보면 긍정하고 있는 것을 부정하고, 둘 다 테러를 통해서, 어떤 불가능한 해결책을 모색하고 있다. 현대의 혁명은 그것이 어떤 새로운 세계를 출범시킨다고 여기지만 그것은 옛 세계의 모순된 귀결일 뿐이다. 결국 자본주의 사회와 혁명적 사회는 둘 다 산업 생산이라는 똑같은 수단, 똑같은 약속에 얽매여 있다는 점에서 하나의 똑같은 사회에 지나지 않는다. 그러나 전자는 구현시킬 능력도 없고 현재 사용하고 있는 수단이 부정하는 형식 원리의 이름으로 그런 약속을 하고 있다. 후자는 오직 현실만의 이름으로 그의 예언의 정당성을 주장하지만

제나 스타일의 차이를 뚜렷하게 드러내는 근거이므로 언급한 미학에 충실한 작품에서도 양식은 주제와 더불어 변할 것이다. (원주)

결국에는 현실을 훼손하고 만다. 생산의 사회는 오직 생산적일 뿐 창조적인 것은 아니다.

현대 예술은 허무주의적이기 때문에 형식주의와 사실주의 사이에서 몸부림치고 있다. 더구나 사실주의는 사회주의적인 동시에 그에 못지않게 부르주아적이고—이때 사실주의는 어둠침침해진다—그리하여 교훈적이게 된다. 형식주의는 미래를 표방하는 사회에 속하는 동시에, 그것이 무상의 추상화가 되면서, 과거의 사회에 속한다. 그때 그것은 프로파간다가 무엇인지를 명확히 규정한다. 비합리적 부정에 의해 파괴된 언어는 언어의 착란 속으로 빠져든다. 결정론적 이데올로기에 복종하는 언어는 슬로건으로 요약된다. 예술은 그 양자 사이에 있다. 만약 반항하는 인간이 허무의 광란과 전체성에의 동의를 동시에 거부해야 한다면 예술가는 형식주의적 광란과 전체주의적 현실 미학을 동시에 벗어나야 한다. 오늘날 세계는 사실상 하나다. 그렇지만 그 세계의 통일성은 허무주의의 통일성이다. 형식 원리의 허무주의와 원리 없는 허무주의를 포기 함으로써 이 세계가 창조적 종합의 길을 되찾을 때에야 비로소 문명은 가능할 것이다. 마찬가지로 예술에 있어서도 끝없는 해설과 르포르타주의 시대가 사라져야 비로소 창조자들의 시대가 열릴 것이다.

그러나 그러기 위해서는 예술과 사회, 창조와 혁명은 거부와 동의, 특수와 보편, 개인과 역사가 가장 팽팽한 긴장 가운데 균형을 이루는 반항의 원천으로 되돌아가야 한다. 반항은 그 자체로서는 문명의 구성 요소가 아니다. 그러나 반항은 일체의 문명에 선행한다. 우리가 처해 있는 막다른 골목에서 오직 반항만이 우리로 하여금 니체가 꿈꾸던 미래, 즉 "심판자와 압제자 대신에 창조자"를 기대하게 해준다. 니체의 이 말은 예술가들이 지도하는 무슨 왕국 따위의 우스꽝스러운 환상을 가리키는 것이 아니다. 그것은 다만 송두리째 생산에만 복종함으로써 노동이 창조적이기를 그쳐버린 우리 시대의 드라마를 설명하고 있을 따름인 것이다. 산업 사회는 오로지 노동자에게 창조자로서의 존엄성을 되돌려줌으로써만, 즉 노동의 생산품 못지않게 노동 자체에 대해서도 관심을 기울이고 깊이 성찰함으로써만 문명의 길을 열 수 있을 것이다. 이제부터 필요한 문명은 개인에 있어서나 계급에 있어서나 노동자와 창조자를 분리시키지 않는 것이어야 할 것이다. 마찬가지로 예술 창조 역시 형식과 내용, 정신과 역사를 분리시킬 생각을 하지 말아야 한다. 그렇게 함으로써 문명은 반항을 통해 확고해진 존엄성을 모든 사람에게 골고루 다 인정하게 되리라. 셰익스피어가 구두 만드는 장인들의 사회를 지도한다면 그것은 부당할뿐더러 유토피아적일 터이다. 그러나 구두 만드는 장인들의 사회가 셰익스피어 따위는 없어도 좋다고 주장한다면 그것 또한 참담한 일일 것이다. 구두 만드는 사람 없는 셰익스피어는 전제 정치의 알리바이로 이용될 것이다. 셰익스피어 없는 구두 만드는 사람은 전제 정치에 먹혀버리거나 전제 정치의 확산에만 기여할 것이다. 창조는 어느 것이나 그 자체에 있어서 주인과 노예의 세계를 부정한다. 우리가 겨우 연명하고 있는 이 추악한 폭군들과 노예들의 사회는 오직 창조의 차원에서만 비로소 죽어서 탈바꿈할 기회를 얻게 될 것이다.

그러나 창조가 필요하다고 해서 그것이 곧 창조로 이어지는 것은 아니다. 예술에 있어서의 창조적 시기는 시대의 무질서에 가해진 스타일의 질서에 의해 규정된다. 창조적 시기는 그 동시대인들의 열정을 형태화하고 양식화한다. 그러므로 우리의 침울한 귀족들에게 이제 더 이상 사랑을 할 여유가 없게 된 이 시대에, 창조자가 라파예트 부인식의 이야기를 되풀이 하는 것으로는 충분치 못하다. 집단적 정념들이 개인적 정열들을 압도해버린 오늘날, 예술을 통해서 사랑의 광란을 다스리는 것은 여전히 가능하다. 그러나 또한 어쩔 수 없이 제기되는 문제는 집단적 정열과 역사적 투쟁을 다스리는 일이다. 모방꾼들은 애석해하겠지만, 이제 예술의 대상은 심리학에서 인간 조건으로 확대되었다. 시대의 정념이 전 세계를 위험으로 몰아넣을 때 창조는 전 인류의 운명을 다스리고자 한다. 그러나 그와 동시에 창조는 전체성을 상대로 통일성의 긍정을 지탱한다. 다만 창조는 이때 우선 창조 그 자체에 의해서, 그다음에는 전체성 정신에 의해서 위험에 처한다. 오늘날 창조한다는 것은 곧 위험 속에서 창조한다는 것이다. 사실 집단적 정념들을 다스리기 위해서는 어느 정도라도 그 정념들을 살아보고 체험하지 않으면 안 된다. 예술가는 그 정열을 체험하는 동시에 그 정열의 먹잇감이 된다. 그 결과 우리의 시대는 예술 작품의 시대라기보다는 오히려 르포르타주의 시대다. 우리 시대는 올바른 시간표가 결여되어 있다. 이러한 정념들을 직접 몸으로 살아가다 보면 결국 사랑과 야망의 시대 때보다 더 큰 죽음의 위험 속에 놓이게 된다. 왜냐하면 집단적 정념을 진정으로 사는 유일한 방식은 그 정념을 위해, 또 그 정념에 의해 죽는 것을 각오하는 것이기 때문이다. 예술에 있어서 오늘날 가장 큰 진정성眞情性의 기회는 가장 큰 실패의 기회인 것이다. 만약 전쟁과 혁명 소용돌이 속에서는 창조가 불가능하다면 우리는 창조자들을 기대하지 못할 것이다. 왜냐하면 전쟁과 혁명이 우리의 몫이기 때문이다. 마치 구름이 뇌우를 품고 있듯, 무제한적 생산의 신화는 그 자체 내에 전쟁을 품고 있다. 전쟁은 그리하여 서구를 휩쓸며 페기[25]를 죽음으로 내몬다. 그리고 전쟁의 폐허에서 일어서자마자 부르주아 사회는 혁명의 조직이 눈앞으로 다가오는 것을 목도한다. 페기에게는 다시 소생할 시간조차 없었다. 언제 발발할지 알 수 없는 전쟁은 페기 같은 시인

---

25 샤를 페기Charles Péguy(1873~914). 프랑스의 이상주의적인 가톨릭계 시인으로 제1차 세계대전 전장에서 전사했다.

이 될 수도 있었을 사람들을 모조리 죽일 것이다. 그런데도 어떤 창조적 고전주의가 가능해 보인다면 설령 그것이 오직 한 사람의 이름을 달고 나타났다 할지라도 우리는 그것을 한 세대 전체의 작품으로 인식해야 할 것이다. 파괴의 세기에는 수많은 실패의 기회들을 보상해줄 수 있는 것은 오직 수數의 기회, 다시 말해 10명의 진정한 예술가들 중에서 적어도 단 한 명은 살아남아서 죽은 형제들의 최초의 말들을 이어받아, 자신의 삶 속에서 정념의 시간과 창조의 시간을 동시에 찾아낼 수 있는 기회뿐이다. 예술가는 원하든 원치 않든 이제 더 이상 고독한 혼자일 수 없다. 그가 고독한 혼자가 된다면 그것은 오직 자신의 모든 형제들 덕분에 얻은 그 우울한 승리 속에서의 고독한 혼자일 터이다. 반항적 예술 역시 결국은 '우리는 존재한다'라는 것을, 그리고 그와 더불어 어떤 치열한 겸허함의 길을 드러내 보여준다.

그때가 되기까지 지금 당장은 그 허무주의의 미망 속에서 위세를 떨치는 혁명이 그에 맞서 전체성 속에서도 통일성을 지탱하려 하는 이들을 위협한다. 오늘의 역사, 그리고 더더욱 내일의 역사가 나아가는 방향들 중 하나는 예술가들과 새로운 정복자들 사이의 투쟁, 창조적 혁명의 증인들과 허무주의적 혁명의 설계자들 사이의 투쟁이다. 투쟁의 결과에 대해서 우리는 다만 분별 있는 환상들을 가져볼 수 있을 따름이다. 적어도 우리는 이제 이 투쟁이 수행될 수밖에 없다는 것을 알고 있다. 현대의 정복자들은 살인은 할 줄 알지만, 창조할 줄은 모르는 것 같다. 예술가들은 창조할 줄은 알지만 실제로 살인은 하지 못한다. 예외적인 경우를 제외하고 예술가들 가운데서 살인자는 찾아볼 수 없다. 길게 보면, 우리의 혁명적 사회들에서 예술은 그러므로 사멸하게 되어 있다. 그러나 그때는 혁명도 명맥을 다한 뒤일 것이다. 한 인간에게서 예술가가 될 수 있었을지도 모를 한 존재를 죽일 때마다 혁명은 조금씩 더 쇠진해 간다. 정복자들이 끝내 세계를 그들의 법 앞에 무릎 꿇게 만든다 할지라도 그들이 증명하는 것은 양量이 제일이라는 사실이 아니라 이 세계가 지옥이라는 사실일 것이다. 그 지옥 속에서도 예술의 자리는 절망의 나날들의 저 밑바닥, 맹목의 텅 빈 희망, 즉 패배한 반항의 자리, 바로 거기일 것이다. 에른스트 드빙거는 그의 《시베리아 일기》에서 추위와 굶주림이 지배하는 강제수용소에 수년 전부터 포로로 갇혀 있던 어느 독일군 중위가 나무 건반들이 달린 소리 안 나는 피아노를 다듬어 만들었다는 이야기를 전하고 있다. 거기, 켜켜이 쌓인 비참 속, 누더기를 걸친 무리의 가운데서 그는 자기 혼자만이 들을 수 있는 기이한 음악을 작곡하고 있었던 것이다. 이리하여 지옥 속에 던져진, 신비스러운 멜로디와 사라진 아름다움의 잔혹한 영상들이 범죄와 광기 속에서, 수 세기에 걸쳐 인간의 위대함을 위해 증언하는 저 조화로운 반란의 메아리를 언제까지나 변함없이 전해줄 것이다. 그러나 지옥도 한때뿐, 어느 날엔가는 삶이 다시 시작된다. 역사에도 아마 끝이 있을 것이다. 그러나 우리의 할 일은 역사를 끝맺는 것이 아니라, 이제 우리도 알고 있는 진실의 이미지를 본떠서, 역사를 창조하는 것이다. 적어도 예술은 우리에게 인간이 단순히 역사로 요약되지는 않는다는 것을, 인간은 자연의 질서 속에서도 존재 이유를 발견한다는 사실을 가르쳐준다. 인간이 볼 때 위대한 판 신神[26]은 죽지 않았다. 인간의 가장 본능적인 반항은 만인에게 공통되는 가치와 존엄성을 긍정함과 동시에 통일성에 대한 그의 갈망을 만족시키기 위해 미라고 불리는 현실의 손상되지 않은 부분을 집요하게 요구한다. 우리는 전 역사를 거부하고서도 별들과 바다의 세계와 합일될 수 있다. 자연과 미를 무시하려 드는 반항인들은 그들이 이룩하고자 하는 역사에서 노동과 존재의 존엄성을 추방하지 않을 수 없게 된다. 모든 위대한 개혁자들은 셰익스피어, 세르반테스, 몰리에르, 톨스토이가 창조했던 세계, 즉 저마다의 마음속에 존재하는 자유와 존엄성의 갈망을 언제나 충족시킬 수 있는 세계를 역사 속에 건설하려고 노력했다. 아마도 미는 혁명들을 만들어내지 못할 것이다.

---

26 그리스 신화에 나오는 신. 목동, 풍요, 우주적 삶을 상징하는 신이자 님프들의 춤을 주재하는 신으로 숫염소의 꼬리, 인간의 상체, 수염, 뿔 달린 머리의 형상을 하고 있다. 여기서는 대자연의 생명력을 상징한다. 흔히 목신牧神의 동의어로 본다.

그러나 언젠가 혁명이 미를 필요로 하게 되는 날이 온다. 현실에 이의를 제기하면서 동시에 현실에 통일성을 부여하는 미의 규칙은 또한 반항의 규칙이기도 하다. 인간은 인간 본성과 세계의 아름다움에 대한 경의를 멈추지 않으면서도 영원토록 불의를 거부할 수 있을까? 우리의 대답은 '그렇다'이다. 불복종인 동시에 충직함인 이 도덕은 어쨌든 진정으로 현실주의적인 혁명의 길을 밝혀줄 수 있는 유일한 도덕이다. 미를 지탱 간직함으로써 우리는 재생의 그날을 준비한다. 그날이 오면 문명은 형식적 원리들과 역사의 타락한 가치 대신에, 세계와 인간의 공통된 존엄성의 바탕이 되는 살아 있는 미덕을 그 성찰의 중심으로 삼을 것이다. 그 미덕을 모욕하는 한 세계와 맞서서 우리는 이제 그 살아 있는 미덕이 어떤 것이어야 할 것인지 규정해야 한다.

정오의 사상

반항과 살인

 어쨌든 지금 유럽과 혁명은 그 생명의 원천에서 멀어지며 처절하게 경련하는 가운데 소진되어가고 있다. 지난 세기에 인간은 종교적인 속박을 타파했다. 하지만 거기서 벗어나자 인간은 견딜 수 없는 새로운 속박을 스스로 지어낸다. 미덕은 죽지만 한층 사나운 모습으로 다시 태어난다. 이 미덕은 누구든 만나기만 하면 요란한 자비를, 그리고 우리 시대의 휴머니즘을 웃음거리로 만드는 먼 미래에 대한 사랑을 외쳐댄다. 이 정도로 요지부동이면 그 미덕은 다만 참화를 불러올 뿐이다. 그 미덕이 변질되는 날이 오면 그것은 마침내 경찰이 되어 인간을 구원한다면서 끔찍한 화형대를 세울 것이다. 우리 시대의 비극이 절정에 이르면 우리는 그때 일상화된 범죄의 세계로 들어간다. 생명과 창조의 샘이 말라버린 것 같다. 유령과 기계로 가득 찬 유럽을 공포가 마비시킨다. 두 번에 걸친 대살육 사이에, 다수의 처형대가 땅 밑 깊숙한 곳에 세워진다. 휴머니스트 고문자들이 침묵 속에서 그들의 새로운 예배를 올린다. 그 무슨 외침이 그들을 방해하겠는가? 시인들까지도 그들의 형제가 살해되는 것을 목도하면서 자기들의 손은 깨끗하다고 당당히 선언한다. 이제부터 세계 전체가 무심히 이 범죄를 외면한다. 희생자들은 이제 막 더 이상 밀려날 곳이 없는 불운의 극한으로 접어들었다. 그들은 성가신 존재들인 것이다. 옛적에는 살인의 피가 최소한 성스러운 공포라도 불러일으켰다. 그리하여 그것은 생명의 가치를 신성화했다. 이 시대의 진정한 처벌은 그와 반대로 이 정도로는 피비린내가 충분치 않다고 여기게 만든다. 이제 더 이상 피가 눈에 보이지 않는다. 피는 우리 시대의 바리새인들의 얼굴에까지 높이 튀지 않는다. 바야흐로 허무주의가 극한에 이르렀으니, 맹목의 광란하는 살인이 오아시스가 되고 우리 시대의 아주 똑똑한 사형집행인들에 비긴다면 어리석은 범죄자는 상쾌한 청량제 같다.

유럽의 정신은 인류 전체와 합세하여 신과 투쟁할 수 있을 것으로 오랫동안 믿고 있었는데 이제는 자기가 죽지 않으려면 도리어 인간들과 맞서 싸워야 한다는 것을 깨닫는다. 죽음과 대적하여 떨쳐 일어나 인류에게 도도한 불멸의 탑을 세워주려던 반항인들이 오히려 그들 자신이 살인을 하지 않을 수 없음에 치를 떤다. 그러나 만일 물러선다면 그들은 죽음을 받아들여야 한다. 만일 전진한다면 그들은 죽일 각오를 해야 한다.

반항은 그 기원에서 이탈하여 파렴치한 변태가 되었고, 모든 차원에서 희생과 살인 중 어느 쪽을 택해야 할지 몰라 흔들리고 있다. 고루 나눠 주는 것이기를 바랐던 그의 정의가 피상적이게 되고 말았다. 은총의 왕국을 정복하고 났더니 정의의 왕국이 마저 붕괴된다. 유럽은 이처럼 실망한 나머지 죽어가고 있다. 유럽의 반항은 인간의 무죄를 변호했는데 이제는 그 자신의 유죄를 부인하며 온통 경직되어 있다. 전체성을 향해 뛰어들자마자 반항의 몫으로 돌아온 것은 가장 절망적인 고독뿐이다. 반항은 전 인류의 공동체 속으로 들어가고자 했는데 이제 반항의 몫으로 남은 것은 오직 통일성을 향해 나아가는 고독한 자들을 오랜 세월에 걸쳐 한 사람 한 사람 모아간다는 희망뿐이다.

그렇다면, 일체의 반항을 포기하고, 명맥을 유지한 사회를 그 불의들과 함께 받아들이든가 아니면 파렴치하게 인간과 맞서서 역사의 광포한 행진에 봉사하기로 결심해야 할 것인가? 결국 우리의 성찰의 논리가 도달한 결론이 비겁한 순응주의여야 한다면, 때때로 어떤 가족들이 피치 못할 불명예를 받아들이듯, 우리도 그것을 받아들여야 할 것이다. 만일 우리의 성찰의 논리가 인간에게 자행되는 온갖 종류의 테러 행위, 심지어 조직적 파괴 행위까지도 정당화해야 한다면 우리는 그러한 자살 행위에 동의해야 할 것이다. 결국 정의의 감정은 거기서 얻는 소득이 있을 것이니 그것은 바로 상인들과 경찰들의 세계의 소멸이다.

    그러나 우리는 여전히 반항의 세계 안에 있는 것일까? 반대로, 반항은 새로운 폭군들의 알리바이가 되어버린 것은 아닐까? 반항의 운동에 포함되어 있는 '우리는 존재한다'라는 명제가 추문도 기만도 없이 살인과 타협할 수 있는 것일까? 만인에게 공통되는 존엄성의 출발점이 곧 압제의 한계점이라는 것을 명시함으로써 반항은 최초의 가치를 설정한 바 있다. 반항은 인간들 간의 명백한 공모 관계, 공동의 조직, 연쇄적인 연대성, 인간들을 서로 닮게 하고 결합시키는 상호적 교류 등을 제일의 준거로 삼고 있었다. 반항은 이렇게 부조리한 세계와 부둥켜안고 싸우는 정신으로 하여금 첫걸음을 내딛게 했다. 이러한 진보로 인해 반항은 이제 살인과 맞서서 해결해야 할 문제를 한층 더 걱정스러운 것으로 만들었다. 사실 부조리의 단계에서는 살인은 다만 논리적 모순들을 야기하는 정도였다. 그러나 반항의 단계에 오면 살인은 가슴 찢는 고통이다. 왜냐하면 우리가 이제 막 우리 자신과 닮았다는 것을 알아차리고 동일성을 인정한 사람을—그가 누구든 간에—죽이는 것이 가능한지 아닌지를 결정하는 것의 문제이니 말이다. 이제 겨우 고독을 극복하고 난 참인데 모든 것을 박탈하는 행위를 정당화함으로써 돌이킬 수 없는 고독 속으로 되돌아가야 한단 말인가? 자신이 혼자가 아님을 이제 막 깨닫게 된 사람에게 고독을 강요하는 것, 그것이야말로 인간에 반하는 결정적 범죄가 아닐까?

 논리적으로 볼 때 살인과 반항은 서로 모순되는 것이라고 대답해야 한다. 실제로 단 한 사람의 주인이라도 살해당하는 일이 생긴다면 어느 의미에서 반항하는 인간은 더 이상 인간 공동체를—그의 정당성은 바로 그 공동체에서 온다—말할 자격이 없게 된다. 만일 이 세계가 이 세계 이상의 의미를 갖고 있지 않다면, 만일 인간의 보증인으로는 인간밖에 없다면, 한 인간이 살아 있는 자들의 사회로부터 단 하나의 존재를 제거하기만 해도 그 자신 또한 사회로부터 배제될 이유가 충분히 된다. 카인은 아벨을 죽이고 사막으로 달아난다. 그런데 만약 살인자들이 다수의 무리라면 그 무리는 사막에, 혼잡이라 불리는 또 다른 종류의 고독 속에 산다.

 반항하는 인간이 살인을 하면 그 즉시 그는 세계를 둘로 나눈다. 반항하는 인간은 인간과 인간의 동일성을 부르짖으며 일어섰었는데 그는 지금 동일성을 희생시키고 피를 흘리며 차이를 기정사실화한다. 비참과 억압의 한복판에서 반항하는 인간의 유일한 존재 가치는 바로 동일성에 있었다. 인간 존재의 긍정을 목표로 삼았던 바로 그 운동이 인간이 존재하기를 그치게 만든다. 반항하는 인간은 몇몇 사람들이, 혹은 심지어 거의 모든 사람이 자기와 함께라고 주장할 수 있다. 그러나 그 무엇과도 바꿀 수 없는 우정의 세계에서 단 한 사람이라도 없어지게 되면 그 세계는 그만 사람이 살지 않는 세계가 된다. 우리가 존재하지 않는다면 나는 존재하지 않는다. 칼리아예프의 무한한 슬픔과 생쥐스트의 침묵은 이렇게 설명된다. 반항하는 인간들은 폭력과 살인을 거쳐가기로 결심하는 순간, 존재하려는 희망을 간직하기 위해, 현재형의 '우리는 존재한다'를 미래형의 '우리는 존재할 것이다'로 바꿔본들 아무 소용이 없다. 살인자와 희생자가 사라지고 나면, 공동체는 그들 없이 또다시 만들어질 것이다. 예외가 다 끝나고 나면 규칙이 다시 가능해질 것이다. 개인적 삶에 있어서와 마찬가지로 역사의 차원에 있어서 살인은 이처럼 하나의 절망적 예외에 불과하다. 그렇지 않다면 그것은 아무것도 아닐 것이다. 살인이 사물의 질서에 가하는 침해에는 내일이 없다. 살인은 엉뚱한 것이니 순전히 역사적인 태도가 바라듯이 무엇에 이용될 수 있는 것도, 체계적인 것도 아니다. 그것은 우리가 오직 한 번밖에 도달할 수 없는 한계다. 그 한계를 넘어서면 죽어야 한다. 반항하는 인간이 살인을 했을 때 그 살인 행위와 스스로를 화해시킬 수 있는 방법은 단 한 가지밖에 없다. 그것은 자기 스스로의 죽음과 희생을 받아들이는 것이다. 그는 살인을 하고 그리고 살인은 불가능한 것임을 분명히 하기 위해 죽는다. 그렇게 함으로써 그는 사실상 '우리는 존재할 것이다'보다 '우리는 존재한다'를 선호함을 입증한다. 감옥에 갇힌 칼리아예프의 조용한 행복과 단두대를 향해 나아가는 생쥐스트의 평온은 이렇게 하여 설명된다. 이 극단의 경계를 넘어서면 모순과 허무주의가 시작된다.

허무주의적 살인

비합리적 범죄와 합리적 범죄는 사실 둘 다 마찬가지로 반항의 운동이 표방하는 가치를 배반한다. 우선 전자가 그렇다. 모든 것을 다 부정하고 스스로에게 살인을 허용하는 자, 사드, 살인적 댄디, 무자비한 유일자, 카라마조프, 미쳐 날뛰는 악당의 열혈 지지자들, 군중에게 총을 난사하는 초현실주의자, 이들은 요컨대 전적인 자유를, 인간적 오만의 무제한적 전개를 요구한다. 허무주의는 창조자와 피조물들을 똑같이 뒤섞어 광란 속으로 몰아넣는다. 그것은 모든 희망의 원리를 말살하고, 일체의 한계를 거부하며, 이젠 이유조차 알 수 없는 맹목적 분노 속에서, 이미 죽음의 운명에 처한 존재라면 죽여도 상관없다고 판단하기에 이른다.

그러나 공동 운명의 상호 인정과 인간들 간의 소통이라는 반항의 이유들은 여전히 살아 있다. 반항은 그 이유들을 선언했고 그것들에 봉사할 것을 약속했다. 동시에, 반항은 허무주의와 맞서서 하나의 행동 규칙을 정했다. 역사의 끝을 기다리지 않아도 어떻게 행동해야 할지를 밝혀줄, 그러나 형식적인 것은 아닌 행동 규칙을 말이다. 반항은 자코뱅식 도덕과는 달리 규칙과 법에서 벗어나는 부분을 고려에 넣었다. 반항은 새로운 도덕의 길들을 열었는데 그 도덕은 추상적 원리들을 따르는 것이 아니라 끊임없는 비판적 운동 속에서 저항의 열기로 그 길들을 찾아냈다. 이 원리들이 항구적으로 존재해왔다고 말할 수 있는 근거는 전혀 없다. 그리고 이 원리들이 앞으로 존재하리라고 단정할 근거는 전혀 없다. 그러나 이 원리들은 우리가 존재하는 바로 이 순간에 존재한다. 그것들은 우리들과 더불어, 역사를 통틀어 줄곧, 예속과 거짓과 공포 정치를 부정한다.

사실 주인과 노예 사이에 공통되는 것은 아무것도 없다. 우리는 예속된 존재와는 말할 수도 소통할 수도 없다. 우리는 저 이심전심의 대화를 통해서 우리가 서로 닮았음을 인정하고 우리의 운명을 확인하는데, 예속은 대화가 아니라 가장 끔찍한 침묵이 지배하게 만든다. 반항하는 인간이 볼 때 불의가 나쁜 것은, 어디쯤에 위치하는 것인지도 알 수 없는 정의라는 영원한 개념을 불의가 부정하기 때문이 아니라 그것이 압제자와 피압제자 사이를 갈라놓는 소리 없는 적의를 영속시키기 때문이다. 불의는 인간 상호 간의 암묵적 공감에 의해 세상에 생겨날 수 있는 그 얼마 되지 않는 것마저 말살해버린다. 마찬가지로, 거짓말하는 사람은 다른 사람들에게 마음의 문을 닫아 버리므로, 거짓은, 그리고 좀 더 낮은 단계에서, 결정적 침묵을 강요하는 살인과 폭력은 추방의 대상이다. 반항에 의해 발견된 암묵적 공감과 소통은 오직 자유로운 대화 속에서만 생명을 유지할 수 있다. 모든 애매함과 오해는 죽음을 유발한다. 분명한 언어와 단순한 낱말만이 그 죽음에서 구해줄 수 있다.[1] 모든 비극들의 절정은 주인공들이 귀가 먹어 듣지 못할 때다. 플라톤이 옳고 모세와 니체가 틀렸다. 인간적 높이의 대화는 고독한 산정의 독백을 받아쓴 전체주의적 종교들의 복음보다 비용이 적게 든다. 현실의 삶에나 연극 무대 위에서나 독백 다음에 죽음이 따른다. 그러므로 반항인은 오직 압제자에 맞서서 떨쳐 일어나는 운동을 통해서 삶을 변호하고, 예속, 거짓 그리고 테러리즘에 대항해 투쟁한다. 그리고 반항인은 섬광 같은 한순간, 그 세 가지 재앙이 인간들 사이에 침묵만이 지배하게 만들고, 인간들이 서로를 알아보지 못하고 오해하게 만들며, 인간들이 그들을 허무주의에서 구해줄 수 있는 유일한 가치를 통해서, 다시 말해 운명을 부둥켜안고 씨름하는 인간들 상호 간의 저 오랜 공모 관계를 통해서 서로 만나는 기회를 박탈한다는 사실을 확인한다.

섬광 같은 한순간. 그러나 궁극의 자유, 즉 살인의 자유는 반항의 이유들과 양립할 수 없다는 사실을 말하기 위해서는 우선 그 섬광 같은 한순간만으로도 충분하다. 반항은 결코 전

---

[1] 전체주의적 독트린들의 고유한 언어가 언제나 형식적이고 행정적인 언어라는 사실은 주목해볼 만하다. (원주)

적인 자유의 요구가 아니다. 반대로 반항은 전적인 자유를 고발한다. 무제한의 권력은 윗사람에게 금지된 경계선을 넘어서도 좋다고 허용한다. 반항은 바로 그 무제한의 권력에 이의를 제기한다. 반항하는 인간은 일반적인 독립성을 요구하는 것이 아니라 인간이 있는 곳이면 어디든 자유에는 한계가 있다는 것이 인정되기를 바란다. 이 한계야말로 바로 그 존재가 가진 반항의 힘이기 때문이다. 반항의 비타협적 속성의 깊은 이유가 바로 여기에 있다. 반항이 정당한 한계의 요청을 깊이 의식하면 할수록 반항은 더욱더 결연한 것이 된다. 반항하는 인간은 아마도 자기 자신을 위해서 어느 정도의 자유를 요구할 것이다. 그러나 그 어떤 경우에도, 자기모순에 빠지지 않는 한 그는 존재를 파괴하고 타인의 자유를 파괴할 권리를 요구하지는 않는다. 반항하는 인간은 그 누구도 욕되게 하지 않는다. 그가 요구하는 자유, 그것은 누구에게나 다 요구되는 자유다. 그가 거부하는 자유, 그것은 누구에게나 다 거부되어야 하는 자유다. 그는 주인에게 대항하는 노예일 뿐만 아니라, 주인과 노예의 세계에 대항하는 인간이기도 하다. 따라서 반항 덕분에 역사 속에는 지배와 예속의 관계 이상의 어떤 것이 있게 된다. 무한한 권력만이 역사를 지배하는 유일한 법은 아니다. 반항하는 인간이 전적인 자유의 불가능성을 주장함과 동시에 상대적 자유—그 불가능성을 인정하는 데 필요한—를 그 자신을 위해 요구할 때, 그것은 권력이 아닌 다른 어떤 가치의 이름으로 그렇게 하는 것이다. 모든 인간의 자유는 그 가장 깊은 뿌리에 있어서 이처럼 상대적인 것이다. 절대적 자유, 즉 살인할 수 있는 자유는 자유와 동시에 자유를 제한하고 말소하는 장치를 요구하지 않는 유일한 자유다. 절대적 자유는 그리하여 그 뿌리로부터 잘려져 나와 추상적이고 해로운 망령이 되어 무작정 방황하다 마침내 이데올로기 속에서 제 몸을 찾았다고 여기게 되는 것이다.

그러므로 반항은 그것이 파괴로 귀결될 때 비논리적이라고 할 수 있다. 인간 조건의 통일성을 요구하는 반항은 삶의 힘이지 죽음의 힘이 아니다. 반항의 심오한 논리는 파괴의 논리가 아니다. 그것은 창조의 논리다. 반항 운동은, 그것이 변함없이 진정한 것이 되려면, 그것을 지탱해주고 있는 모순의 어느 항도 버리지 말아야 한다. 반항 운동은 그것이 내포하고 있는 '위'와 허무주의적 해석들이 반항 속에 고립시키는 '농'에 동시에 충실해야 한다. 반항하는 인간의 논리는 인간 조건의 불의에 또 다른 불의를 보태지 않도록 정의에 봉사하고, 세상에 가득한 거짓을 심화시키지 않도록 명료한 언어를 사용하고, 인간의 고통에 맞서서 행복을 위해 투쟁하는 데 있다. 허무주의적 정열은, 불의와 거짓에 또 다른 불의와 거짓을 보태고, 광란을 이기지 못하여 옛날에 스스로 요구하던 바를 파괴하며, 그리하여 자신의 반항의 가장 명료한 이유를 잃어버린다. 허무주의적 정열은, 이 세계가 죽음에 내맡겨져 있다고 느끼자 광기에 사로잡혀 살인을 한다. 그와 반대로 반항이 도달한 귀결은 살인의 정당성을 거부한다. 왜냐하면 반항은 그 원리에 있어 죽음에 대한 항의이기 때문이다.

그러나 만일 인간이 자기 혼자 힘으로 세계에 통일을 끌어들일 수 있다면, 만일 인간이 자신의 의지만으로 성실과 무죄와 정의가 세계를 지배하게 할 수 있다면, 그는 바로 신 그 자체일 것이다. 또한 그렇게 된다면 이후 반항은 그 이유를 상실하게 될 것이다. 반항이 존재하는 것은 거짓과 불의와 폭력이 부분적으로 반항하는 인간의 조건을 이루고 있기 때문이다. 반항하는 인간은 그러므로 자신의 반항을 포기하지 않는 한, 절대로 살인하지도 거짓말하지도 않는다고 주장할 수 없고, 살인과 악을 결정적으로 받아들일 수도 없다. 그러나 반항하는 인간은 살인하고 거짓말하는 것에 동의할 수도 없다. 왜냐하면 살인과 폭력을 정당화하게 될 그 반대의 운동 역시 그의 반역할 이유를 파괴해버릴 것이기 때문이다. 반항하는 인간에게는 그러므로 휴식이 있을 수 없다. 그는 선을 알고 있지만 본의 아니게 악을 행한다. 그를 지탱하는 가치는 결코 그에게 단번에 결정적으로 주어지는 것이 아니다. 그는 이 가치를 끊임없이 지탱해나가야 한다. 그가 획득하는 존재는 반항이 그것을 새로이 붙잡아주지 않으면 무너져버린다. 어쨌든, 비록 그가 직접적으로든 간접적으로든 살인을 하지 않을 수는 없을지라도 그는 자신의 주위에 있는 살인의 기회를 감소시키는 데

열성을 다할 수는 있다. 그의 유일한 미덕은 암흑 속에 빠져 있어도 암흑의 어지러운 현기증에 굴복하지 않고 버티는 데 있고 악의 사슬에 묶여 있어도 집요하게 선을 향하여 힘겹게 나아가는 데 있다. 만약 그 자신이 결국 살인을 하게 된다면 그는 죽음을 받아들여야 할 것이다. 자신의 기원에 충실한 반항인은 그의 진정한 자유가 살인에 대한 자유가 아니라 자기 자신의 죽음에 대한 자유라는 것을 희생 속에서 증명한다. 그는 동시에 형이상학적 명예를 발견한다. 그리하여 칼리아예프는 교수대 밑에 서서, 인간들의 명예가 어디서 시작되고 어디서 끝나는지 그 정확한 한계를 그의 모든 동지들에게 분명하게 손가락질해주는 것이다.

역사적 살인

반항은 모범적 선택들뿐만 아니라 효율적 태도들을 아울러 요청하는 역사 속에서 전개되기도 한다. 합리적 살인은 역사에 의해 정당화될 우려가 있다. 이때 반항의 모순은 얼른 보기에 해결이 불가능할 것 같은 대립 관계 속에 투영된다. 이 대립 관계의 두 가지 모형은 정치에 있어서 한편으로는 폭력과 비폭력의 대립이며, 다른 한편으로는 정의와 자유의 대립이다. 두 모형을 그 역설 속에서 정의해보자.

반항의 최초의 운동 가운데 내포되어 있는 적극적 가치는 원리로서의 폭력의 포기를 전제로 한다. 이 가치는 결과적으로 혁명의 정착 불가능성을 초래한다. 반항은 끊임없이 이 모순을 그 안에 안고 있다. 역사의 차원에 있어 이 모순은 한층 더 굳어진다. 만약 내가 인간의 정체성을 존중케 하기를 포기한다면 나는 압제자 앞에 굴복하는 셈이며 반항을 포기하고 허무주의적 동의로 되돌아가는 것이 된다. 허무주의는 그리하여 보수적인 것이 된다. 만약 내가 이 정체성의 존재가 인정되기를 요구한다면, 나는 이 일의 성공을 위해, 폭력의 시니시즘을 전제로 하는 하나의 행동, 정체성과 반항 자체를 부정하는 하나의 행동으로 돌입하게 된다. 모순을 가일층 확대해볼 때, 만약 세계의 통일성이 저 높은 곳으로부터 인간에게 도래하는 것이 아니라면, 인간은 역사 속에서 인간의 수준에 맞는 통일성을 만들어야 한다. 역사란, 그것을 변모시키는 가치가 없이는, 효율성의 법칙에 지배된다. 역사적 유물론, 결정론, 폭력, 효율 지향이 아닌 일체의 자유를 부정하는 태도, 그리고 용기와 침묵의 세계는 모두 어떤 순수 역사 철학의 가장 정당한 귀결들이다. 오늘날의 세계에서는 오직 영원성의 철학만이 비폭력을 정당화할 수 있다. 이 철학은 절대적 역사성에 역사의 창조를 대립시키고 역사적 상황에 대해 그 기원을 요구할 것이다. 그리하여 그것은 결국 불의를 인정하면서 정의의 문제를 신에게 맡겨버리게 된다. 그리고 또 이 철학의 대답들 역시 이번에는 자기 쪽에서 신앙을 요구할 것이다. 우리는 이 철학에 대해 악과 하나의 역설, 즉 전능하면서도 악의에 찬, 혹은 선의에 차 있으면서도 무능한 신의 역설을 들어 반대할 것이다. 은총과 역사 사이에서 선택의 문은 열려 있다. 신이냐 검劍이냐인 것이다.

그렇다면 여기에서 반항하는 인간의 태도는 어떤 것일 수 있을까? 반항하는 인간은 자신의 반항의 원리 자체를 부정하지 않고서는 세계와 역사로부터 등을 돌릴 수 없으며 어떤 의미에서 악을 감수하지 않고서는 영원한 삶을 선택할 수 없다. 가령 기독교 신자가 아니라면 그는 끝까지 가보는 수밖에 없다. 그러나 끝까지 간다는 것은 절대적으로 역사를 선택한다는 것을 의미하며, 그리고 만약 역사에 살인이 필요하다면 역사와 함께 살인을 선택한다는 것을 의미한다. 그런데 살인의 정당화를 받아들이는 것은 곧 반항의 기원을 부정하는 것이다. 만일 반항하는 인간이 선택하지 않는다면 그는 침묵과 타인의 노예화를 선택하는 셈이다. 만일 그가 절망한 나머지 신과 역사에 동시에 맞서서 선택하겠다고 선언한다면 그는 순수한 자유의 증인, 즉 무의 증인이 되는 셈이다. 우리가 처한 이 역사적 단계에서, 우리는 악속에서 그 한계를 발견할 만한 어떤 상위의 이유를 내세울 수 없는 만큼, 반항인의 분명한 딜레마는 침묵이냐 살인이냐라는 것이다. 그런데 두 경우 다 책임회피다. 정의와 자유에 대해서도 사정은 매한가지다. 이 두 요구는 이미 반항 운동의 원리 속에 포함되어 있고 혁명적 충동 속에서도 다시 찾아볼 수 있다. 그렇지만 혁명의 역사를 살펴보면 이 양자는 마치 그 각각의 요구가 서로 양립할 수 없는 것인 양 거의 언제나 상충되고 있음을 알 수 있다. 절대적 자유란 곧 가장 강한 자가 지닌 지배의 권리다. 그것은 그러므로 불의 쪽에 유리한 갈등을 유지시킨다. 절대적 정의는 일체의 모순을 제거함으로써 이루어진다. 그것은 그러므로 자유를 파괴한다.[2] 자유에 의한, 정의를 위한 혁명은 결국 양자를 서로 적대 관계로 만들어놓게 된다. 이처럼 무슨 혁명이든 일단 그때까지의 지배 계급이 청산되고 나면, 혁명 스스로가 이제 혁명의 한계를 지적하고 혁명 실패의 가능성을 예고하는 하나의 반항 운동을 유발시키는 단계가 온다. 혁명은 처음에는 그 자체를 낳아준 반항 정신을 만족시키고자 한다. 그다음에 혁명은 자신을 보다 공고히 하기 위해 반항 정신을 부정하지 않을 수 없

---

2 장 그르니에는 《자유의 선용에 대한 대담 *Entretiens sur le bon usage de la liberté*》에서 다음과 같이 요약될 수 있는 하나의 논증을 보여 준다. 절대적 자유는 일체의 가치의 파괴이고, 절대적 가치는 일체의 자유의 말살이다. 마찬가지로 팔랑트 Palante는 이렇게 말한다. "만약 오직 하나뿐인 보편적 진리가 존재한다면 자유는 존재 이유가 없다." (원주) 조르주 팔랑트 Georges Palante(1862~1925). 프랑스의 철학자, 생브리외 대학교 교수. 그는 카뮈가 좋아하는 작가이며 조르주 팔랑트의 제자인 루이 기유 Louis Guilloux의 소설 《검은 피》에 등장하는 인물 크리퀴르의 모델로 추정된다. 마찬가지로 생브리외에서 그와 알고 지냈던 장 그르니에는 1955년 자신의 소설 《모래톱 *Les Grèves*》에서 조르주 살랑이라는 인물을 통해서 이 철학자의 모습을 환기시킨다. 팔랑트는 〈반항하는 인간의 마음가짐〉(1902)이라는 글에서 반항하는 인간과 만족한 인간, 반동적 반항인과 능동적 반항인을 대립시킨다.

게 된다. 반항 운동과 혁명의 성과 사이에는 돌이킬 수 없는 대립이 있는 것 같다.

그러나 이러한 이율배반들은 오직 절대 속에만 존재한다. 이 이율배반은 중재 없는 세계와 중재 없는 사상을 전제로 한다. 과연 역사로부터 전적으로 분리된 신과 일체의 초월성을 제거해버린 역사 사이에 가능한 화해란 있을 수 없다. 이 양자의 지상의 대표자들은 실제로 요기yogi와 경찰이다. 그러나 이 두 유형의 인간들 사이의 차이는 흔히 말하듯 헛된 순수성과 효율성 사이의 차이가 아니다. 전자는 다만 기권의 비효율성만을 택하고 후자는 다만 파괴의 비효율성만을 택한다. 양자는 모두 반항이 보여주는 중간적 가치를 거부하므로 둘 다 똑같이 현실에서 멀리 떨어진 채 두 종류의 무능, 즉 선의 무능과 악의 무능을 제시할 뿐이다.

과연 역사를 무시하는 것은 결국 현실을 부정하는 것이나 마찬가지라고 할 수 있겠지만 역사를 그 자체로 충분한 하나의 전체로 생각하는 것도 역시 현실로부터 스스로 유리되는 것이라고 할 수 있다. 20세기의 혁명은 신을 역사로 대체시킴으로써 허무주의를 피하고 참된 반항에 충실하다고 여긴다. 그러나 실제에 있어 그 혁명은 신을 더욱 공고히 하고 역사를 배반한다. 역사란 그 순수한 운동을 통해서 그 자체로서는 아무런 가치를 제공하지 못한다. 그러므로 그때그때의 즉각적인 효율성에 따라 살아야 하고, 침묵하든가 아니면 거짓말하든가 해야 한다. 조직적 폭력이나 강요된 침묵, 계산이나 계획적 거짓 같은 것이 불가피한 규칙들이 된다. 순전히 역사적인 사상은 그러므로 허무주의적이다. 즉 그것은 역사의 악을 전적으로 받아들이니 그런 점에서 반항과 대립된다. 이 사상이 보상으로서 역사의 절대적 합리성을 내세워본들 소용없는 일이다. 이 역사적 이성은 역사 끝에 가서야 비로소 완성되어 완전한 의미를 가질 것이고 그때서야 비로소 절대적인 이성, 그리고 가치가 될 것이다. 그때가 올 때까지 기다리는 동안 우리는 행동해야 한다. 언젠가 결정적 규칙이 생겨날 수 있도록, 그러나 당장은 아무런 도덕적 규칙도 없이 행동해야 한다. 정치적 태도로서의 시니시즘은 오직 절대주의적 사상, 즉 한편으로는 절대적 허무주의로서만, 다른 한편으로는 절대적 합리주의로서만 논리적이다.[3] 결과만 놓고 말하자면 이 두 태도 사이에 차이점이란 없다. 이 태도들이 받아들여지는 순간부터 대지는 사막이 된다.

사실상 순전히 역사적인 절대란 상상할 수조차 없는 것이다. 예컨대 야스퍼스의 사상은 그 본질적 내용에 있어 인간이

---

[3] 우리는 또한 절대적 합리주의는 합리주의가 아니라는 것을 알고 있다. 이 점은 특히 강조할 필요가 있다. 그 두 가지 사이의 차이는 시니시즘과 리얼리즘 사이의 차이와 마찬가지다. 전자는, 후자에게 의미와 정당성을 부여하는 한계 밖으로 후자를 밀어낸다. 좀 더 거칠게 말하면, 절대적 합리주의는 결국 덜 효율적이다. 그것은 힘 앞에서의 폭력이다. (원주)

전체성을 파악할 수 없음을 강조하고 있다. 왜냐하면 인간은 전체성의 내부에 존재하기 때문이다. 하나의 전체로서의 역사란 오직 역사와 세계의 외부에 있는 관찰자의 눈에만 존재할 수 있을 터이다. 극단적으로 말해서 역사란 결국 신의 눈에나 존재하는 것이다. 그러므로 세계 역사의 전체를 포괄하는 청사진에 따라 행동한다는 것은 불가능한 일이다. 일체의 역사적 기도는 그러므로 다소간 이치에 맞거나 다소간 근거가 있는 하나의 모험에 지나지 않는다. 그것은 우선 하나의 위험이다. 위험으로서의 그것은 어떠한 과도함도, 어떠한 준엄하고 절대적인 입장도 정당화할 수 없다.

만일 반항이 어떤 철학을 정립할 수 있다고 한다면 그것은 오히려 어떤 한계의 철학, 정확하게 계산해본 다음 어느 정도의 무지를 인정하는 철학, 위험을 부담하는 철학일 것이다. 모든 것을 다 알 수 없는 사람은 모든 것을 다 죽이지도 못한다. 반항하는 인간은 역사를 하나의 절대로 만들어버리는 것이 아니라 그 자신의 본성에 대해 가지고 있는 생각의 이름으로 역사를 거부하고 역사에 이의를 제기한다. 그는 자신의 조건을 거부하는데 그의 조건은 대부분 역사적인 것이다. 불의와 덧없음과 죽음은 역사 속에서 그 모습을 드러내는 것이다. 이것들을 거부한다면 그것은 곧 역사 자체를 거부하는 것이다. 물론 반항하는 인간은 그를 둘러싸고 있는 역사를 부정하지 않는다. 그는 바로 그 역사 속에서 스스로를 긍정하는 것이다.

그러나 그는 예술가가 현실 앞에 서듯 역사 앞에 선다. 그는 역사에서 빠져나가버리지 않은 채 역사를 거부한다. 그는 단 한 순간도 역사를 절대적인 것으로 만들지 않는다. 그가 사정에 의해 어쩔 수 없이 역사의 범죄에 가담할 수는 있다. 그러나 그는 그 범죄를 정당화할 수는 없다. 합리적 범죄란 반항의 차원에서 용인될 수 없는 것일뿐더러 한 걸음 더 나아가 반항의 죽음을 의미하는 것이다. 이 명백한 사실을 더욱 분명히 하려는 듯 합리적 범죄는 우선 반항하는 인간들에게 가해진다. 반항하는 인간들은 이후 신격화되는 어떤 역사에 항거해 떨쳐 일어나기 때문이다.

오늘날 혁명적이라고 자처하는 사람들 특유의 속임수는 부르주아의 속임수를 그대로 이어받아 그것을 더욱 심화시키고 있다. 그들은 절대적 정의를 약속하면서 영구적인 불의와 한없는 타협과 비열함을 슬그머니 정당화한다. 반면에 반항은 오직 상대적인 것만을 목표로 하며 상대적 정의와 어울리는 확실한 존엄성만을 약속할 수 있다. 반항은 어떤 한계를 지지한다. 인간 공동체가 성립될 수 있는 그 한계 말이다. 반항의 세계는 상대성의 세계다. 반항은 헤겔과 마르크스처럼 전체가 필연적인 것이라고 말하는 것이 아니라 다만 전체란 가능적인 것이고 또 어떤 한계에 이르면 그 가능적인 것이 자기희생을 요구하기도 한다는 것을 거듭 말할 따름이다. 신과 역사 사이에서, 요기와 경찰 사이에서 반항은 하나의 어려운 길을 연다.

모순이 살아갈 수 있고 초극될 수 있는 그런 길을 말이다. 그러면 이제 예로서 제시했던 두 가지 이율배반을 고찰해보기로 하자.

본래의 기원과 어긋남이 없고자 하는 혁명적 행동이란 상대성에 대한 적극적 동의로 요약되어야 마땅할 것이다. 그러한 행동은 바로 인간 조건에 충실할 것이다. 그 행동은 무슨 수단을 사용할 것인가에 있어서는 타협을 모르지만 혁명의 목적 설정에 있어서는 근사치를 용납할 것이며, 또 그 근사치가 점점 더 명확하게 규정될 수 있도록 언론에 자유를 부여할 것이다. 이와 같이 그것은 스스로의 반역을 정당화하는 그 공통의 존재를 유지할 것이다. 그것은 특히 의사 표현의 항구적 가능성을 권리로서 간직할 것이다. 이러한 사실이야말로 정의와 자유에 대한 태도를 규정하는 것이다. 정의의 근거가 되는 자연법이나 민법상의 권리 없이는 정의란 존재하지 못한다. 이 권리가 표명되지 않고는 권리란 존재하지 못한다. 지체 없이 권리가 표명되면 조만간 그 권리에 근거를 둔 정의가 세계에 도래할 개연성이 생긴다. 존재를 획득하려면 우리가 우리 내부에서 발견하게 되는 그 얼마 안 되는 존재로부터 출발해야지 그것을 우선 부정부터 해서는 안 된다. 정의가 확립될 때까지 권리의 입을 봉하는 것, 그것은 곧 권리의 입을 영원히 봉하는 것이다. 왜냐하면 만약 정의의 지배가 결정적으로 이루어졌다면 권리는 더 이상 입을 열 필요가 없을 것이기 때문이다.

그러므로 다시금 정의는 유일하게 발언권을 가진 자들, 즉 강자들에게 맡겨버린다. 수 세기 전부터, 강자들에 의해 분배되어온 정의와 존재는 '짐의 뜻대로'라는 표현과 관련된 것이 되었다. 정의를 군림시키기 위해 자유를 죽인다는 것은, 신의 중개 없이 은총의 개념을 복권시키고 어이없는 반동에 의해 가장 비속한 종류의 신비로운 존재를 복원시키는 결과가 된다. 그런데 비록 정의가 실현되지 못했을 때라 하더라도 자유는 항의의 힘을 그대로 보존하고 인간들 간의 상호 소통을 확보한다. 침묵하는 세계에 있어서의 정의, 노예화된 벙어리의 정의는 인간들 간의 공모 관계를 파괴하고 결국은 더 이상 정의일 수가 없게 된다. 20세기의 혁명은 정복이라는 과도한 목적을 위해, 결코 분리할 수 없는 두 관념을 자의적으로 분리해놓았다. 절대적 자유는 정의를 비웃는다. 절대적 정의는 자유를 부정한다. 이 두 관념이 생산적이게 되기 위해서는 서로 상대방 속에서 자신의 한계를 발견해야 한다. 그 어떤 인간도 자신의 조건이 동시에 정의로운 것이 아니면 그 조건을 자유로운 것이라고 생각지 않고, 자신의 조건이 동시에 자유로운 것이 아니면 그 조건을 정의로운 것이라고 생각지 않는다. 자유란 분명, 정의와 불의를 확실히 구분할 수 있고 죽기를 거부하는 존재의 한 작은 부분의 이름으로 전 존재를 요구할 수 있는 힘이 없이는 상상될 수 없다. 마지막으로, 무척 다른 것이기는 하지만, 하나의 정의를 생각해볼 수 있다. 그것은 역사의 하나밖에 없는 불멸의 가치인 자유를 복원시키는 것을 사명으로 하는 정의다. 인간들은 오직 자유를 위해서 죽을 때 비로소 훌륭하게 죽을 수 있었다. 그들은 그때 완전히 죽는다고 생각하지는 않았다.

똑같은 추론이 폭력에 대해서도 적용된다. 절대적 비폭력은 예속과 그에 따른 폭력들의 소극적인 근거가 된다. 조직적 폭력은 살아 있는 인간 공동체 및 우리가 그 공동체로부터 얻는 존재를 적극적으로 파괴한다. 이 두 관념 역시 생산적이게 되기 위해서는 각자의 한계를 발견해야 한다. 역사가 어떤 절대로 간주될 때 폭력은 정당한 것으로 인정된다. 하나의 상대적 위험으로서의 폭력은 인간 상호 간의 소통을 파괴한다. 그러므로 반항하는 인간에게 있어서 폭력은 불법 침입과도 같은 일시적 성격을 간직해야 하며, 만약 그것이 피할 수 없는 것일 때에는 언제나 개인적 책임과 직접적 위험과 결부되어 있어야 한다. 조직의 폭력은 당연한 것의 범위 속에 자리 잡는다. 그것은 어느 면에서 마음 편한 것이다. 폭력에 근거를 제공하는 질서가 '지도자 원리'이든 이른바 '역사적 이성'이라는 것이든, 폭력은 인간들의 세계가 아니라 사물의 세계 위에 군림하는 것이다. 반항하는 인간이 어쩔 수 없이 살인하게 될 때 그는 그 살인을, 자기 자신의 죽음에 의해 인정해야 하는 극한적 한계라고 생각한다. 그와 마찬가지로 폭력 역시 다른 하나의 폭력에 대항하는 하나의 극단적 한계일 따름이다. 예를 들어서 반란의 경우가 그렇다. 가령 불의가 너무 심해서 반란이 피할 수 없는 것이 될 때조차 반항하는 인간은 어떤 독트린이나 국시를 지키기 위해 폭력을 앞세우는 것은 거부한다. 예컨대 역사적 위기는 어느 것이나 결국 제도의 탄생을 가져오고 만다. 우리는 순수한 위험일 뿐인 위기 자체에는 손을 쓸 수 없을지라도 제도에 대해서는 손을 쓸 수 있다. 왜냐하면 우리 자신이 제도를 규정할 수 있고, 우리의 투쟁 목표로서의 제도를 선택할 수 있으며, 그리하여 우리의 투쟁을 그 제도 쪽으로 유도할 수도 있기 때문이다. 진정한 반항적 행동은 오직 폭력을 제한하는 제도를 위해서만 무기를 드는 데 동의할 뿐 폭력을 법제화하는 제도를 위해서는 무장하는 데 동의하지 않을 것이다. 혁명이란, 그것이 지체 없이 사형 제도의 폐지를 보장하는 경우에 한해서 비로소 우리가 목숨을 걸 만한 가치가 있는 것이 되고, 그것이 애초부터 무기형 제도를 거부하는 경우에 한해 비로소 우리가 투옥을 감수할 만한 가치가 있는 것이 된다. 만일 반란적 폭력이 이 같은 제도들의 방향으로 나간다면, 그리하여 가능한 한 자주 그 제도의 출현을 예고한다면, 그것이야말로 폭력이 진정으로 일시적인 것이 될 수 있는 유일한 방식일 것이다. 목적이 절대적인 것일 때, 즉 역사적인 시각에서 목적이 틀림없는 것이라고 여겨질 때, 사람들은 타인들을 희생시키는 것까지도 마다하지 않을 수 있다. 목적이 절대적인 것이 아닐 때, 사람들은 인간 공통의 존엄성을 위한 투쟁이라는 도박에서 오직 자기 자신을 희생시킬 수 있을 뿐이다. 목적이 수단을 정당화할 수 있는가? 그럴 수 있다. 그러나 그렇다면 누가 목적을 정당화할 것인가? 역사적 사상이 대답하지 못하고 있는 이 물음에 반항은 이렇게 대답한다. 수단이 정당화한다.

이와 같은 태도는 정치적 측면에서 무엇을 의미하는가? 그리고 우선, 그것은 효율적인가? 그것은 오늘날 효과적인 유일한 태도라고 서슴지 말고 대답해야 한다. 효율성에는 두 종류가 있으니 즉 태풍의 효율성과 수액의 효율성이다. 역사적 절대주의는 효율성이 아니다. 그것은 결과 지향적일 뿐이다. 그것은 권력을 장악했고 권력을 지켜왔다. 일단 권력을 손에 넣게 되자 그것은 유일한 창조적 현실을 파괴한다. 한편 반항으로부터 태어나는 비타협적이며 한계가 있는 행동은 그 현실을 유지하며 또 그 현실을 점점 더 확대시키려고 노력한다. 이 행동은 정복할 능력이 없는 것이라고 할 수는 없다. 오히려 정복하지 않는 위험, 그리하여 죽게 될 위험을 무릅쓰고 있다고 해야 한다. 그러나 혁명은 이 위험을 각오하든가 아니면 전과 다름없이 경멸을 받아야 할, 주인만 바뀐 기도企圖에 불과하다는 사실을 고백해야 하리라. 명예와 무관한 혁명은 그것 본래의 명예로운 세계를 배반하는 셈이 된다. 어쨌든 혁명의 선택은 물질적 효율성으로, 그리고 허무로 제한되거나, 아니면 위험 부담, 그리하여 창조로 제한된다. 옛적의 혁명가들은 가장 시급한 일부터 먼저 했다. 그들의 낙관주의는 전적인 것이었다. 그러나 오늘날 혁명 정신은 의식에 있어서나 통찰력에 있어서나 더욱 성장했다. 오늘날 그의 뒤에는 반성의 창고가 될 수 있는 150년간의 경험이 쌓여 있다. 게다가 혁명은 축제로서의 위력을 상실했다. 오늘날의 혁명은 그 자체가 전 세계로 확산되어나가는 하나의 놀라운 계산이다. 이 혁명은 비록 그러한 사실을 여전히 스스로 고백하고 있지는 않지만, 스스로 세계 전체의 것이 되든가 그러지 못하면 전혀 존재하지 않게 되든가 하리라는 것을 알고 있다. 이 혁명의 승리의 기회는 세계 전쟁의 위험과 균형을 이루고 있는데, 전쟁은 이 혁명이 승리할 경우에조차 혁명에 폐허의 제국만을 남겨줄 것이다. 이 혁명은 그리하여 여전히 그것의 허무주의의 노예가 되어 대량 학살의 시체 더미 속에서 역사의 궁극적 이유를 구현할 수 있게 될 것이다. 그때가 되면 모든 것을 다 포기해야 하리라. 그러면 오직 침묵의 음악만이 남아 지상의 지옥을 아주 딴판으로 바꿔놓으리라. 그러나 유럽에서 그 혁명 정신은 또한 처음이자 마지막으로 스스로의 원리를 반성해볼 수도 있을 것이다. 그리하여 대체 어느 지점에서 제 길을 벗어났기에 공포 정치와 전쟁 속에서 길을 잃고 방황하게 되었는가를 곰곰이 생각해보고 스스로의 반항의 이유와 더불어 자신의 일편단심을 회복할 수도 있는 것이다.

절도와 과도

혁명의 일탈은 우선, 인간 본성과 뗄 수 없는 한계, 그리고 다름 아닌 반항이 드러내는 그 한계를 몰랐거나 조직적으로 무시했기 때문에 초래된 것이라고 설명할 수 있다. 허무주의적 사상들은 이 경계선을 무시하기 때문에 하나같이 가속적인 운동 속으로 빠져들어가버린다. 이 사상들이 자체의 결론에 이르면 더 이상 그 무엇으로도 막지 못한다. 그리하여 이들은 전적인 파괴와 무한정의 정복을 정당화한다. 우리는 이제 반항과 허무주의에 대한 이 기나긴 탐구의 끝에 이르러, 역사적 효율성 이외에는 다른 그 어떤 한계도 알지 못하는 혁명은 끝없는 예속을 의미한다는 것을 알게 되었다. 혁명 정신이 이런 운명에서 벗어나 살아남기를 바란다면, 그것은 반항의 원천에 다시 몸을 담그고, 그리하여 그 기원에 충실한 오직 하나의 사상, 즉 한계의 사상을 본받아야 한다. 만일 반항에 의해 발견된 한계가 모든 것을 바꿔놓는다고 한다면, 그리고 만일 사상과 행동이 어떤 지점을 넘어서버릴 경우 그것은 곧 스스로의 부정이라고 한다면, 과연 세상에는 사물들과 인간의 척도가 존재하는 셈이다. 심리학에 있어서와 마찬가지로 역사에 있어서도 반항은 스스로의 그 심오한 리듬을 찾기 위해 광란하는 진폭으로 양극을 오가며 흔들리는 불규칙한 진자와 같은 것이다. 그러나 이 불규칙한 운동은 도를 넘지는 않는다. 그것은 어디까지나 어떤 축을 중심으로 그 주위에서 이루어진다. 반항은 인간들에게 공통된 어떤 본성을 암시함과 동시에, 이 본성의 원리에 속하는 절도와 한계를 명시한다.

허무주의적인 것이든 실증적인 것이든 간에 오늘날의 모든 성찰은 때때로 부지불식간에 이러한 사물의 절도節度의 존재를 드러내고 또 과학 자체가 이 절도를 확인해준다. 양자론과 지금까지의 상대성 이론, 불확실성의 관계들은 중간적 크기들의 척도에서만—이것이 바로 우리의 척도다[1]—규정 가능한 현실성이 있는 하나의 세계를 정의하고 있다. 우리의 세계를 선도하는 이데올로기들은 과학이 절대적 위세를 떨치는 시대에 생겨났다. 이와 반대로 우리의 실제적 지식은 오직 상대적

---

[1] 이 점에 대해서는 라자르 비켈Lazare Bickel의 탁월하고도 흥미로운 논문 〈물리학은 철학을 확증한다La physique confirme la philosophie〉를 참조할 것. (원주)

크기들에 대한 생각만을 허용한다. "지성이란 우리가 여전히 현실을 믿을 수 있도록, 우리가 생각하는 바를 극단까지 밀고 나가지 않도록 해주는 우리의 자질이다"라고 라자르 비켈은 말한다. 개략적 사고만이 유일하게 현실 생성 능력이 있다.[2]

물질적 힘들의 경우에도, 그 맹목적인 작동 중에 문득 그것 자체의 절도가 생겨날 수 있다. 그런 까닭에 기술을 뒤로 물리려고 하는 것은 부질없는 일이다. 지금은 이미 도르래의 시대가 아니므로 수공업적 문명을 꿈꾸는 것은 헛된 일이다. 기계가 나쁜 것이 아니라 오직 오늘날 기계를 사용하는 방법이 나쁜 것일 뿐이다. 기계의 폐해는 거부할지라도 기계의 이점은 받아들여야 한다. 운전기사가 밤낮으로 운전하고 다니는 트럭은 그 트럭을 훤히 알고 있고 또 애정을 가지고 효율적으로 그것을 이용하는 운전기사를 욕보이지 않는다. 진정으로 비인간적인 과도함은 노동 분업에 있다. 그러나 이 과도함이 거듭되다 보면, 언젠가 아주 다양한 기능을 가진 기계를 단 한 사람이 혼자 운전해 오직 한 가지 물건만을 만들어내는 날이 올 것이다. 이렇게 되면 이 사람은 그가 가졌던 수공업적 장인의 창조

---

[2] 오늘날의 과학은 국가 테러리즘과 권력 의지에 봉사함으로써, 그 자체의 기원을 배반하고 그것 자체의 성과를 부정한다. 과학의 벌과 타락은 추상적 세계 속에서 파괴와 예속의 수단들밖에 생산하지 않는다는 데 있다. 그러나 한계점에 이르게 되면 과학은 아마도 개인적 반항에 봉사하게 될 것이다. 이 무서운 필연성이야말로 결정적 전환점이 될 것이다. (원주)

력을 좀 다른 차원에서 부분적으로 되찾게 될 터이다. 이 경우 이 익명의 생산자는 창조자에 가까워진다. 물론 산업적인 과도함이 당장에 이런 길로 접어들게 될지는 아직 미지수다. 그러나 이미 이 과도함은 그 작동 과정을 통해서 절도의 필요성을 증명해주고, 또 이 절도를 어떻게 조직하면 좋을지에 대한 적절한 반성을 일깨운다. 어쨌든 이러한 한계의 가치가 쓸모 있는 것이 되거나 아니면 이 시대의 과도함이 오직 세계 전체의 파괴에 이르고 나서야 비로소 그 규칙과 평화를 찾게 되느냐 둘 중 하나가 될 것이다.

이 절도의 법칙은 또한 반항적 사상의 모든 이율배반에까지 확대 적용된다. 현실이 전적으로 합리적인 것은 아니고 합리적인 것이 온통 다 현실적인 것도 아니다. 우리가 초현실주의를 살피면서 확인했듯이, 통일성의 욕망은 단지 모든 것이 합리적일 것만 요구하는 것이 아니다. 그것은 또한 비합리가 제외되지 않기를 원한다. 우리는 세상에 의미 있는 것은 아무것도 없다고 말할 수 없다. 왜냐하면 이 말은, 어떤 판단에 의해 인정된 어떤 한 가지 가치를 긍정하고 있기 때문이다. 우리는 세상의 모든 것이 의미 있다고 말할 수 없다. 왜냐하면 이 '모든 것'이라는 말이 우리에게는 의미 없기 때문이다. 비합리는 합리를 제한하고, 합리는 또 비합리에 척도를 제공한다. 결국 그 어떤 것이 의미를 지닌다면 그 의미는 우리가 무의미로부터 쟁취해야 할 의미 바로 그것이다. 마찬가지로 존재가 본질의 차원에만 있다고 말할 수는 없다. 실존과 생성 변화의 차원이 아니라면 어디에서 본질을 파악할 것인가? 그러나 존재란 실존일 뿐이라고 말할 수도 없다. 항상 생성 변화 중에 있는 것은 존재할 수 없는 것이다. 어떤 시작이 필요하다. 존재는 오직 생성 변화 속에서만 체험될 수 있다. 그리고 생성 변화란 존재 없이는 아무것도 아니다. 세계는 순수한 고정성 속에 있는 것이 아니다. 그러나 세계는 단지 운동만인 것도 아니다. 세계는 운동이자 고정성이다. 예를 들어 역사적 변증법은 어떤 미지의 가치를 향해 끝없이 달려가고 있는 것이 아니다. 그것은 최초의 가치인 한계의 주위를 돈다. 그러나 생성 변화를 처음 발견한 헤라클레이토스가 이 영원한 흐름에 한계를 부여했다. 이 한계는 도를 넘은 자들에게 치명타를 가하는 절도의 여신 네메시스[3]로 상징되었다. 반항의 현대적 모순들을 참작하고자 하는 성찰이라면 반드시 이 여신에게서 영감을 얻어야 하리라.

도덕적 이율배반들 역시 이 중재적 가치의 빛을 받음으로써 해결되기 시작한다. 미덕이란 현실과 분리되면 반드시 악

---

[3] 그리스 신화에 나오는 여신으로 과도함, 악한 행동, 무정한 애인을 벌하는, 복수와 분노의 상징이다. 카뮈는 여기서 그가 중요시하는 '한계'를 넘어서는 인간을 벌하는 척도와 절도의 상징으로 제시한다. 《작가수첩 2》(책세상), 245쪽. "네메시스—절도의 여신. 절도를 벗어난 모든 자들은 가차 없이 멸할 것이다."

의 원리가 된다. 그리고 미덕은 현실과 절대적으로 일치하게 되면 반드시 스스로를 부정하게 된다. 반항에 의해 태어난 도덕적 가치는 역사와 삶보다 우위에 있는 것이 아니다. 거꾸로, 역사와 삶 역시 이 가치보다 우위에 있지 않다. 정녕 이 가치가 역사 속에서 현실성을 얻게 되는 것은 한 인간이 이 가치를 위해 목숨을 버리든가 스스로의 삶을 바칠 때에 한에서다. 자코뱅당과 부르주아적인 문명은 가치가 역사 위에 있다고 가정한다. 그리하여 그 형식 미덕은 혐오스러운 속임수의 근거가 된다. 20세기의 혁명은 가치들이 역사의 운동 속에 뒤섞여 있다고 선언하며, 그리하여 그 역사적 이성이 새로운 하나의 속임수를 정당화한다. 이러한 불규칙에 직면하여 절도는, 모든 도덕에는 일정한 몫의 현실주의가 필요하며—왜냐하면 온통 순수하기만 한 미덕은 살인에 이르기 때문에—모든 현실주의에는 일정한 몫의 도덕이 필요하다는 것—시니시즘은 살인에 이르기 때문에—을 우리에게 가르쳐준다. 그런 까닭으로 인도주의적 객설은 시니컬한 도발만큼이나 근거가 박약한 것이다. 인간은 결국 전적으로 유죄하지는 않다. 왜냐하면 인간이 역사를 시작한 것은 아니기 때문이다. 그러나 인간은 완전히 무죄하지도 않다. 왜냐하면 인간이 역사를 지속시켜나가기 때문이다. 이 한계를 넘어 전적인 무죄를 주장하는 자들은 결정적 유죄의 광란 속에서 끝장난다. 반항은 이와 반대로 우리를 계산된 유죄의 길 위에 세워놓는다. 반항의 유일한, 그러나 억제할 수 없는 희망은 한계점에 이르면, 무죄한 살인자들의 모습으로 구체화된다.

이 한계선에서 '우리는 존재한다'는 역설적이게도 어떤 새로운 개인주의를 규정한다. 역사 앞에서 '우리는 존재한다.' 그리고 역사는 이 '우리는 존재한다'를 고려해야 하고, 한편 이 '우리는 존재한다'는 이것대로 역사 속에서 지탱되어야 한다. 나는 타인들을 필요로 하며, 타인들은 나를 필요로 하고 각자는 각자를 필요로 한다. 각각의 집단적 행동, 각각의 사회는 하나의 규율을 전제로 하고 개인은 이 규율이 없다면 적대적 집단의 압력에 굴하는 이방인에 지나지 않게 된다. 그러나 사회와 규율은 만약 그것들이 '우리는 존재한다'를 부정한다면 방향을 잃게 된다. 어떤 의미에 있어서, 나는 나 자신 안에서든 타인들에게 있어서든 짓밟히도록 보고만 있을 수는 없는 인간 공통의 존엄성을 오직 나 혼자만의 힘으로 짊어지고 있는 것이다. 이 개인주의는 쾌락이 아니다. 그것은 언제나 투쟁이며, 때로는 자랑스러운 연민의 절정에서 맛보는 비길 데 없는 환희다.

정오의 사상

이 같은 태도가 우리 시대의 세계에서 정치적 표현으로 나타나는 경우가 있는지 묻고자 할 경우, 쉽게 생각나는 것은, 비록 하나의 예에 불과하지만, 전통적으로 혁명적 생디칼리슴

(노동조합 운동)이라고 부르는 그것이다. 이 생디칼리슴은 효과적인 것인가? 대답은 간단하다. 한 세기 만에 일당 16시간으로부터 주당 40시간으로까지 노동 조건을 놀랍게 향상시켜놓은 것이 다름 아닌 생디칼리슴이다. 그런데 이데올로기의 제국이 생디칼리슴을 후퇴시켰고 그 대부분의 성과들을 파괴해버렸다. 왜냐하면 제왕적 혁명은 독트린으로부터 출발하여 현실을 강제로 독트린 속에 가두려고 하는 데 반해 생디칼리슴은 직업이라는 구체적 토대에서 출발했기 때문이다. 직업은 정치적 질서의 차원에서 코뮌[4]의 역할을 경제적 차원에서 수행하며, 조직이 구성될 때 그 기반이 되는 살아 있는 세포에 해당된다. 생디칼리슴은 코뮌과 마찬가지로, 구체적 현실 위주이므로, 관료적, 추상적 중앙 집권주의를 부정한다.[5] 20세기의 혁명은

---

[4] 프랑스의 행정 단위, 즉 시읍면 당국municipalité이 관장하는 영토적 행정 구역을 가리킨다. 역사적으로 코뮌은 앙시앵 레짐의 '교구敎區'를 이어받은 것이다. 오늘날 코뮌은 그 크기가 다양한 인적 공간들에 해당하므로 그 공간적 면적과 거주 인구에 있어 매우 큰 차이를 드러낸다. 인구 200만 명이 넘는 파리처럼 거대한 코뮌이 있는가 하면 로슈 푸르샤처럼 인구가 단 한 명뿐인 작은 코뮌들이 있다. 전체 코뮌의 85퍼센트에 해당하는 3만 98개 코뮌은 거주자가 2000명 미만으로 프랑스 전체 인구의 23퍼센트에 해당한다.

[5] 훗날 파리 코뮌 당원이 될 톨랭은 "인간은 오직 자연스러운 집단에 속함으로써만 비로소 해방된다"라고 말했다. (원주) 앙리루이 톨랭Henri Louis Tolain(1828~1897). 상호부조주의, 반집산주의 노동자로 베르사유에서 대의원을 지냈으며 프루동 지향의 반코뮌파(카뮈의 주장과는 반대로)이며 1971년 제1차 인터내셔널에서 제명되었다.

이와 반대로 경제에 토대를 두고 있다고 자처하지만 우선 정치이고 이데올로기다. 그것은 그 기능으로 보아 테러를, 그리고 현실에 가해지는 폭력을 피할 수 없다. 자체의 주장에도 불구하고 그것은 절대에서 출발하여 현실을 거기에 억지로 두드려 맞춘다. 반대로 반항은 현실을 기반으로 부단한 투쟁 속에서 진실을 향해 나아간다. 전자는 위로부터 밑으로 완성되고자 하며 후자는 밑으로부터 위로 완성되고자 한다. 반항은 낭만주의가 아니라 그 반대로 진정한 현실주의의 편에 선다. 만일 반항이 혁명을 원한다면, 그것은 삶을 위해 원하는 것이지 삶에 반해 원하는 것은 아니다. 그렇기 때문에 반항은 무엇보다 가장 구체적인 현실, 즉 사물들과 인간들의 살아 있는 심성과 존재가 투명하게 드러나 보이는 직업이나 마을 등에 기반을 둔다. 반항에 있어서 정치란 이러한 진리에 복종하는 것이라야 한다. 결국 반항은 역사를 전진시키고 인간들의 고통을 덜어주고자 할 때, 그 폭력 없이라고는 아니라 해도 테러를 동원하는 일은 없이, 그리고 가장 다양한 정치적 조건들 속에서 그 일을 수행한다.[6]

---

[6] 한 가지 예만 들어보자면, 오늘날 스칸디나비아의 여러 나라 사회는 순전히 정치적인 적대 관계들 속에 존재하는 인공적이고 살인적인 요소를 손가락질해 보여준다. 거기에서는 가장 바람직한 성과를 거두고 있는 생디칼리슴이 입헌 군주제와 사이좋게 공존하는 가운데 정의 사회의 근사치를 실현하고 있다. 그런데 역사적, 합리적 국가가 가장 먼저 관심을 보인 것은 이

그러나 이 예는 겉보기보다 문제가 더 심각하다. 제왕적 혁명이 생디칼리스트의 자유주의적인 정신을 누르고 승리를 거둔 바로 그날 혁명 사상은 평형추를 잃고 말았다. 타락을 피하려면 반드시 갖춰야 하는 이 평형추, 삶에 절도를 부여하는 이 정신이야말로 태양의 사상이라 불러도 좋을 그 무엇인가의 장구한 전통을 살아 숨 쉬게 하는 바로 그 정신이다. 그 안에서는 고대 그리스 이래 자연이 언제나 생성 변화와 균형 상태를 이루어왔다. 제1차 인터내셔널의 역사는 독일 사회주의와 프랑스, 스페인, 이탈리아의 자유주의적 사상 사이의 끊임없는 투쟁의 역사로, 이는 곧 독일 이데올로기와 지중해적 정신 사이의 투쟁의 역사라고 할 수 있다.[7] 국가 대 코뮌, 절대주의 사회 대 구체적 사회, 합리적 폭정 대 반성적 자유, 끝으로 대중의 식민화 대 이타적 개인주의 등은 고대 세계 이래 서양의 역사에 동력을 제공해온 절도와 과도 사이의 장구한 대립을 다시 한번 나타내 보여주는 갈등들이다. 금세기의 심오한 갈등은 아마도 독일의 역사 이데올로기와 기독교 정치 사이의 — 이 둘

와 반대로 직업의 세포 조직 및 코뮌의 자율성을 영원히 분쇄하는 일이었다. (원주)
[7] 참조: 엥겔스에게 부치는 편지(1870년 7월 20일)에서 마르크스는 프로이센이 프랑스에 대해 승리를 거두기를 바라고 있다. "프랑스 프롤레타리아 계급에 대한 독일 프롤레타리아 계급의 우월성은 동시에 프루동의 이론에 대한 우리의 이론의 우월성을 의미한다고 볼 수 있다." (원주)

은 어떤 의미에서 서로 공모 관계라 할 수 있다—갈등이라기보다는 오히려 독일적 꿈과 지중해적 전통, 영원한 청소년기의 폭력성과 성숙한 사나이의 힘, 지식과 서책들을 통해 고조된 향수와 삶의 흐름 속에서 건강하게 계발된 용기, 요컨대 역사와 자연 사이의 갈등이라고 할 수 있다. 그러나 독일 이데올로기는 이런 점에서 상속자라고 할 수 있다. 거기서 처음에는 역사적 신의 이름으로, 다음으로는 신격화된 역사의 이름으로, 2000년 동안 자연을 상대로 벌여온 헛된 투쟁이 완성된다. 기독교는 분명 그리스 사상으로부터 흡수할 수 있는 것을 흡수함으로써만 가톨릭적 성격(보편성)을 가질 수 있었다. 그러나 교회는 그 지중해적 유산을 지워버림으로써 자연을 희생시키고 역사를 강조하게 되었으며, 로마적인 양식을 버리고 고딕 양식을 선호하게 되었고, 그리고 자체 내부의 어떤 한계를 파괴함으로써 점점 더 세속적 권력과 역사적 역동성을 요구하게 되었다. 자연은 관조와 경탄의 대상이기를 그치자 나중에는 자연을 변화시키는 데만 관심을 두는 행동의 재료에 불과해진다. 기독교의 진정한 힘일 수 있었을 중재적 관념들이 아니라 이러한 경향들이 현대에 와서, 그것도 기독교 자체를 거스르며, 당연한 귀결이라는 듯, 득세한다. 실제로 이러한 역사적 세계에서 신이 추방되자, 행동이 더 이상 완성의 과정이 아니라 순전한 정복, 다시 말해서 절대 권력으로 변한 곳에서 독일 이데올로기가 탄생한다.

그러나 역사적 절대주의는 그 자체의 승리에도 불구하고 인간 본성이 부르짖는 저 억누를 수 없는 요구와 끊임없이 충돌하지 않을 수 없었다. 지성과 강렬한 햇빛과 혈연관계처럼 맺어져 있는 지중해는 바로 그 인간 본성의 요구의 요체가 무엇인지를 짐작하게 해준다. 파리 코뮌의 사상이나 혁명적 생디칼리슴의 사상 같은 반항적 사상들은 부르주아적 허무주의나 독재적 사회주의의 면전에 대고 그 요구를 소리 높여 외치기를 그치지 않았다. 권위주의적 사상은 세 번의 전쟁을 기화로 반항하는 인간들의 엘리트 계층을 물리적으로 파괴한 덕분에 그 자유주의적 전통을 침몰시켜버렸다. 그러나 이 초라한 승리는 일시적인 것일 뿐 투쟁은 여전히 계속되고 있다. 유럽은 결코 정오와 심야의 투쟁을 벗어난 적이 없다. 유럽은 오직 그 투쟁을 저버리거나 낮을 밤의 암흑으로 지워버릴 때 진정한 제 모습을 잃고 타락했을 따름이다. 그 균형의 파괴는 오늘날 너무나도 기막힌 결과들을 보여준다. 중재의 능력들을 상실하고 자연의 아름다움으로부터 추방된 채 우리는 또다시 구약의 세계 속에서 잔혹한 파라오들과 무자비한 하늘[8] 사이에 끼여

---

8 카뮈는 철학자 마르틴 부버Martin Buber에게 《반항하는 인간》 한 부를 보냈고 부버는 1952년 2월 3일 그에게 뜨거운 감사의 편지로 답하면서 이렇게 덧붙였다. "이 책에 부당한 표현은 딱 한 문장뿐이지만 그것이 제겐 여간 마음에 걸리는 것이 아닙니다. 그것은 바로 선생께서 구약성서의 '무자비한 하늘'에 대해 언급하는 대목입니다. 그것은 대단히 부정확합니다. 하

꼼짝달싹할 수 없는 신세가 되었다. 이렇게 되자 다 함께 겪는 이 비참 속에서 지난날의 그 해묵은 요구가 되살아난다. 자연이 다시금 역사의 면전에서 몸을 일으킨다. 물론 그 어떤 것이건 경멸하려는 것도 아니고 어떤 문명을 비하하고 다른 한 문명을 찬양하려는 것도 아니다. 다만 오늘날의 세계가 더 이상 잊고 지내서는 안 될 하나의 사상이 있다는 사실을 말하려는 것이다. 확실히 러시아 민족에게는 유럽에 희생적 힘을 부여할 그 무엇이 있고, 미국에는 건설에 필요한 힘이 있다. 그러나 세계의 젊은이들은 여전히 같은 바닷가 기슭에서 서로 만난다. 빈사 상태의 끔찍한 유럽 속에 내던져진 채, 아름다움도 우정도 박탈당한 채 우리는, 가장 드높은 긍지를 가진 종족인 우리 지중해인들은, 언제나 변함없는 빛을 자양으로 삼아 살고 있다. 유럽의 캄캄한 어둠 속에서 태양의 사상이, 이중의 얼굴을 지닌 문명이 그의 새벽을 기다리고 있다. 그러나 그것은 벌

나님의 말씀: '나는 높고 거룩한 곳에 산다. 그러나 나는 또한 마음이 슬프고 겸손한 사람들과 함께 산다'(이사야 57장 15절)라는 표현은 한갓 예외가 아닙니다." 이에 대해 카뮈는 2월 22일 자 답장에서 이렇게 말한다. "저는 당신의 마음에 걸린다는 그 문장이 여러 뉘앙스로 읽힐 수 있다는 것을 기꺼이 인정하며 그 문장을 수정하는 데 반대하지 않습니다. 그것은 바로 요약할 수 없는 것을 요약하려고 하는 저의 시도가 내포한 난점입니다. 그러나 저는 디테일에 있어서 불분명하고 부당한 부분들이 있을 것을 각오하고 중심적인 논증에 가장 많은 노력을 쏟아부었습니다. 그렇기에 부당한 대목을 지적하여 제가 그것을 수정할 수 있게 해주시는 모든 비판을 저는 감사하는 마음으로 받아들이는 바입니다."

써 그 진정한 제어력의 길들을 밝게 비추고 있다.

진정한 제어력은 이 시대의 편견들, 그중에서도 우선 가장 뿌리 깊고도 가장 불행한 편견, 즉 과도함으로부터 벗어나고 나면 인간은 초라한 분별 속에 갇혀버린다고 생각하는 편견을 올바르게 심판하는 힘을 말한다. 과도함은 그것이 니체의 광란을 대가로 요구하는 것일 때 하나의 성스러움일 수 있다. 그러나 우리 시대 문화의 무대 위에 보란 듯 전시되고 있는 영혼의 술주정 같은 상태, 그것은 여전히 현기증 나는 과도함이요, 단 한 번이라도 그 속에 빠진 사람이라면 결코 그 화상火傷을 지워버릴 수 없는 불가능에의 광란인 것인가? 프로메테우스가 이 같은 노예의 얼굴 혹은 검찰관의 얼굴을 가져본 적이 있었던가? 아니다, 우리 시대의 문명은 비겁하고 증오에 찬 영혼의 안이한 만족 속에서, 지레 늙은 청소년들의 허영에 들뜬 소망 속에서, 목숨을 부지하고 있다. 사탄 역시 신과 더불어 죽었지만, 그의 유골 속에서 자신이 어디로 몸을 던지고 있는지도 알지 못하는 한 비열한 악마가 불쑥 솟아났다. 1950년 현재, 과도함은 여전히 안락이며 때로는 직업이다. 절도는 이와 반대로 순수한 긴장이다. 절도가 미소를 짓고 있는데, 고난의 묵시록에 골몰하고 있는 우리 시대의 광신자들은 오히려 미소를 짓는다고 해서 절도를 경멸한다. 그러나 이 미소는 끝없는 노력의 정상에서 빛을 발한다. 그것은 넘쳐나는 힘의 표시인 것이다. 인색한 얼굴의 이 왜소한 유럽인들은 더 이상 미소 지을 힘마저 없으면서 어찌하여 자신들의 절망적 경련을 우월성의 본보기로 내세우려 드는 것일까?

진정 광란 상태에 이르면 과도함은 소멸하든가 아니면 그것 자체의 절도를 만들어내든가 하는 법이다. 그러한 광란은 스스로의 알리바이를 만들기 위해서 타자를 죽게 하지는 않는다. 가슴을 찢는 극도의 고통 속에서 그것은 스스로의 한계를 발견한다. 광기는 그 한계 위에서 필요할 경우엔 칼리아예프처럼 스스로를 희생시키기도 한다. 절도는 반항의 반대가 아니다. 반항이 곧 절도다. 절도를 주문하고 옹호하고 역사와 그 역사의 혼돈을 통해 한계를 재창조하는 것이 반항이다. 이 가치의 기원 자체가 우리에게 이 가치는 가슴 찢는 고통으로만 존재하는 것임을 확실히 보여준다. 반항으로부터 태어나는 절도는 오직 반항에 의해서만 존속할 수 있다. 절도는 지성에 의해 끊임없이 유발되고 통제되는 하나의 항구적 갈등이다. 절도는 불가능을, 심연을 정복하려 하지 않는다. 절도는 그것들과 균형을 이룬다. 우리가 무엇을 하든 간에 인간의 가슴속, 고독이 있는 곳 거기에 과도함이 항상 그 자리를 차지하고 있을 것이다. 우리는 모두 우리의 내부에 우리의 감옥, 우리의 범죄, 우리의 피폐를 안고 있다. 그러나 우리의 과업은 세계 여기저기에 그것들을 사납게 쏟아내는 것이 아니다. 우리의 과업은 우리 자신의 속에, 다른 사람들 속에 있는 그것들을 물리치는 일이다. 바레스가 말하는, 당하고만 있지 않겠다는 해묵은 의지인 반항은 오늘날에도 여전히 이 투쟁의 원리 그 자체다. 형태들의 어머니요 진정한 생명의 원천인 반항은 역사의 그 형태 없는 광란의 운동 속에서 쓰러지지 않고 꿋꿋이 서 있도록 우리를 지탱해준다.

허무주의를 넘어서

그러니까 인간에게는 인간 고유의 중간적 수준에서 가능한 행동과 사상이 있는 것이다. 이보다 더 야심적인 기도는 어느 것이나 다 모순임을 알 수 있다. 절대는 역사를 통해서 도달할 수 있는 것이 아니고 특히 역사를 통해서 창조될 수 있는 것이 아니다. 정치는 종교가 아니다. 그렇지 않다면 정치는 종교 재판이 될 수밖에 없다. 어떻게 사회가 절대를 규정할 수 있단 말인가? 아마도 인간 각자는 만인을 위해 그 절대를 탐구하고 있을 것이다. 그러나 사회와 정치는 다만 각자가 이 공통된 탐구의 여가와 자유를 가질 수 있도록 만인의 일들을 조정하는 책무를 지고 있을 뿐이다. 그래서 역사는 더 이상 숭배의 대상으로 내세울 것이 못 된다. 역사는 다만 주의 깊은 반항에 의해 보람되게 만들어야 할 하나의 기회일 뿐이다.

"수확의 강박과 역사에 대한 무관심이 내가 당기는 활의 양쪽 끝이다"라고 르네 샤르는 절묘하게 쓴다. 만약 역사의 시간이 수확의 시간으로 이루어지지 않는다면 역사는 사실상 인간이 더 이상 끼어들 여지가 없는 하나의 잔인하고도 덧없는 그림자에 불과하다. 그 역사에 몸을 바치는 자는 아무것도 아닌 것에 몸을 바치는 셈이며 그 자신조차 아무것도 아닌 것이다. 그러나 스스로의 삶의 시간에 몸 바치는 사람, 그가 지키는 집과 살아 있는 인간들의 존엄에 몸 바치는 사람은 대지에 몸 바치는 사람이니 그는 대지로부터 수확을 얻어 그 수확으로 다시 씨를 뿌리고 양식을 얻는다. 결국 적절한 때에 역사에 반항할 줄 아는 사람들이야말로 역사를 앞으로 나아가게 한다. 그것은 끝없는 긴장, 그리고 르네 샤르가 말하는 저 긴장된 의연함을 전제로 한다. 그러나 참된 삶이란 이 가슴 찢는 고통 한가운데에 있다. 참된 삶은 이 가슴 찢는 고통 그 자체이며, 빛의 화산 위를 비행하는 정신이며 형평에의 열광이며 절도를 지향하는 불굴의 집념이다. 이 기나긴 반항적 모험의 끝에서 우리를 위해 메아리치는 것, 그것은 극도의 불행 속에서는 무용지물일 뿐인 상투적 낙관의 경구들이 아니라 바다 가까운 곳에서는 미덕일 수도 있는 용기와 지성의 언어다.

오늘날 어떤 예지도 이보다 더 많은 것을 준다고 자처할 수는 없다. 반항은 끊임없이 악과 맞닥뜨리고 또 이 악을 딛고서 새롭게 비약할 수밖에 없다. 인간은 통제되어야 할 모든 것을 자신의 내부에서 통제할 수 있다. 그는 수정되어야 할 모든 것을 창조 속에서 수정해야 한다. 그런 다음에도 어린애들이, 완전한 사회에서조차, 여전히 부당하게 죽어갈 것이다. 인간은 최대한으로 노력함으로써 세계의 고통을 산술적으로 감소시키기를 꾀할 수 있을 따름이다. 불의와 고통은 여전히 없어지지 않고 남을 것이고 아무리 제한된 것이라 할지라도 그것들은 여전히 추문임에 변함이 없을 것이다. 드미트리 카라마조프의 "왜?"라는 의문은 계속 메아리칠 것이다. 예술과 반항은 오직 최후의 한 사람이 사라질 때에야 비로소 그와 함께 사라질 것이다.

통일에 대한 뜨거운 갈망 속에서도 인간들이 쌓아놓는 어떤 악이 아마도 없지는 않을 것이다. 그러나 이 무질서한 운동의 출발점에 어떤 다른 악이 있다. 이 악을, 즉 죽음을 대면하면서 인간은 그의 가장 깊은 내면에서 정의를 부르짖는다. 역사적 기독교는 악에 대한 이 같은 항의에 오직 미구에 도래할 왕국, 그다음으로 신앙을 필요로 하는 영생의 예언으로 응답했을 뿐이다. 그러나 고통은 희망과 신앙을 닳아 없어지게 만든다. 그리하여 고통만 홀로 남을 뿐 왜 고통을 당해야 하는지 설명은 없다. 노동하는 대중은 고통과 죽음에 지칠 대로 지친 신 없는 대중이다. 이제부터 우리의 자리는 유식한 옛 박사님들과 새 박사님들과는 거리가 먼, 그들의 곁이다. 역사적 기독교는 역사 안에서 겪는 고통인 악과 살인의 치유를 역사의 저 너머로 미룬다. 현대의 유물론 역시 모든 문제들에 답을 내놓고 있다고 믿는다. 그러나 역사를 섬기는 현대의 유물론은 역사적 살인의 영역을 확장하면서 그와 동시에 그 살인을 정당화하지 못한 채로 방치한다. 그 역시 신앙을 필요로 하는 미래에라면 정당화될지 모르지만. 두 가지 경우 다, 기다려야 하는데, 그렇게 기다리는 동안 죄 없는 사람들이 끊임없이 죽는다. 지난 2000년 동안 이 세계에서 악의 총합이 줄어든 적이 없다. 신의 것이건 혁명의 것이건 그 어떤 재림[1]도 실현된 적이 없다. 모든 고통에 불의가 달라붙어 있다. 인간들의 눈에 가장 가치 있어 보이는 고통에까지도 불의가 달라붙어 있다. 프로메테우스는 그를 짓누르는 힘들에 고통하며 긴 침묵 속에서 여전히 절규한다. 그러나 프로메테우스는 그동안 인간들이 그에게 등을 돌리고 조롱하는 것도 보았다. 인간의 고통과 운명, 테러와 독선 사이에 끼인 그에게, 독신의 오만에 빠지지 않고 살인으로부터 아직 구할 수 있는 것을 구해내기 위해서 남은 것은 오직 반항의 힘뿐이다.

이때 반항은 어떤 기이한 사랑 없이는 존재할 수 없다는 것

---

[1] parousie: '예수의 재림'을 가리키는 표현으로 신학에서 시간의 종말에 그리스도가 재림하여 최후의 심판을 실현하는 것을 의미하지만 여기서는 신학상의 재림뿐만 아니라 정치적인 면에서 주인과 노예의 투쟁을 종식시킬 계급 없는 사회의 도래에 대한 믿음(신앙)의 암시를 포함한다. 유물론이나 기독교나 다 같이 미래로 미루어진 약속과 그에 따르는 믿음의 요구라는 점에서 공통점을 가지는 동시에 카뮈에게는 비판의 대상이 되고 있다.

을 우리는 깨닫게 된다. 신에게서도 역사에서도 안식을 얻지 못하는 사람들은, 자신들처럼 도저히 살아갈 수 없는 자들을 위해, 즉 굴욕당하는 사람들을 위해 살 수밖에 없는 것이다. 반항의 가장 순수한 충동은 이리하여, '만일 인간들 모두가 구원되지 못한다면 단 한 사람의 구원이 무슨 소용이 있겠는가!'라는 카라마조프의 비통한 외침으로 귀결된다. 오늘날 스페인 감옥에서 가톨릭 죄수들은 영성체를 거부하고 있다. 왜냐하면 어용 사제들이 몇몇 감옥에서 그것을 의무화해놓았기 때문이다. 십자가에 못 박힌 무죄의 유일한 증인들인 이 사람들 역시 불의와 압제의 대가로 얻어야 하는 것이라면 구원을 거부한다. 이러한 극단적인 너그러움은 곧 반항의 너그러움이다. 그것은 지체 없이 사랑의 힘을 주고 뒤로 미루지 않고 당장에 불의를 거부한다. 그것의 명예로움은 아무것도 계산하지 않는다는 것, 현재의 삶과 현재 살아 있는 형제들에게 모든 것을 나눠 주는 것이다. 이렇게 함으로써 그것은 앞으로 올 미래의 인간들에게 아낌없이 주는 것이다. 미래에 대한 진정한 너그러움은 현재에 모든 것을 주는 데 있다.

이로써 반항은 그것이 바로 생의 운동이라는 것을, 살기를 포기하지 않고서는 반항을 부정할 수 없다는 사실을 입증한다. 반항의 가장 순수한 부르짖음은 그때마다 한 존재를 일으켜 세운다. 반항은 그러므로 사랑이요 풍요다. 그렇지 않다면 그것은 아무것도 아니다. 육체로 빚어진 인간보다 추상적 인간을 선호하고 필요할 때면 언제고 인간 존재를 부정하는 명예 없는 혁명, 계산하는 혁명은 바로 사랑을 둬야 할 자리에 원한을 둔다. 반항이 그 너그러운 기원을 망각하고 원한에 오염되면 그 즉시 삶을 부정하고 파괴로 치달아, 조무래기 반역자들의 냉소적 무리를 낳는다. 노예들의 종자인 그 무리들은 결국 오늘날 유럽의 모든 시장들에서 그 무슨 노예의 일이든 몸 바치겠다고 나선다. 그것은 더 이상 반항도 혁명도 아닌 원한이요 폭정이다. 그리하여 혁명이 권력과 역사의 이름으로 저 과도한 살인 기계로 변할 때 어떤 새로운 반항이 절도와 삶의 이름으로 성스러운 존재감을 드러낸다. 우리는 지금 그 극단에 와 있다. 이 암흑이 끝에 이르렀으니 그래도 하나의 빛이 나타날 수밖에 없다. 우리는 이미 그 빛의 조짐을 느끼고 있으므로 그 빛의 도래를 위해 투쟁해야 할 뿐이다. 허무주의를 넘어 우리 모두 폐허 가운데서 재생을 준비하고 있다. 그러나 그걸 알고 있는 사람은 거의 없다.

그리고 이미, 실제로, 반항은 모든 것을 다 해결한다고 나서지는 못하지만, 적어도 감당할 수는 있다. 이 순간부터 정오의 빛이 그 역사의 운동 바로 위로 쏟아져 내린다. 태워버릴 듯 달려드는 그 불덩어리의 주위에서 서로 싸우는 그림자들이 한동안 엎치락뒤치락하다가 사라지자 장님들이 눈꺼풀을 비비며 이것이 역사라고 외친다. 유럽의 인간들은 어둠 속에 던져진 채 빛을 발하는 그 고정점에서 눈을 돌려버렸다. 그들은 미래를 위해 현재를 망각하고, 연기처럼 허망한 권력을 위해 희생자가 된 존재들을 망각하고, 그 무슨 찬란한 도시를 위해 변두리의 비참을 망각하고, 헛된 약속의 땅을 위해 일상의 정의를 망각한다. 그들은 개인들의 자유에 절망하고 인류의 기이한 자유를 꿈꾼다. 그들은 고독한 죽음을 거부하고 놀라운 집단적 임종의 고통을 영생이라고 부른다. 그들은 더 이상 있는 그대로의 것을, 세계를, 살아 있는 인간을 믿지 않는다. 유럽의 비밀은 더 이상 삶을 사랑하지 않는다는 것이다. 이 장님들은 유치하게도 단 하루의 삶을 사랑하는 것이 곧 수 세기간의 압제를 정당화하는 것이라고 믿었다. 그래서 그들은 세계의 칠판에서 기쁨을 지우고 그것을 훗날로 미루려 했다. 한계를 인정하지 못하는 초조감, 자신들의 이중적 존재의 부인, 인간됨의 절망이 그들을 비인간적 과도함 속으로 던져넣었다. 알맞은 크기의 삶을 거부하고 그들은 그들 자신의 우수성에 내기를 걸어야 했다. 더 나은 방도가 없기에 스스로를 신격화했으니 거기서 그들의 불행이 시작되었다. 이 신들은 눈이 먼 것이다. 칼리아예프와 전 세계의 그의 형제들은 이와 반대로 신성을 거부한다. 그들은 죽음을 가하는 무한의 권력을 거부하기 때문이다. 그들은 오늘날 독창적인 오직 하나의 규칙을 선정해 우리에게 본보기로 제시한다. 즉 사는 법과 죽는 법을 배울 것, 그리고 인간이 되기 위해 신이 되기를 거부할 것.

사상의 정오에서, 반항하는 인간은 이처럼 인간 공동의 투쟁과 운명을 함께 나누기 위해 신성을 거부한다. 우리는 일편단심의 땅 이타카[2]를, 대담하고 검박한 사상, 명철한 행동, 그리고 지자知者의 너그러움을 택할 것이다. 눈부신 빛 속에서 세계는 여전히 우리의 최초이자 최후의 사랑이다. 우리의 형제들은 우리와 같은 하늘 아래에서 숨 쉬고 있으며 정의는 살아 있다. 이때 기이한 기쁨이 태어나니 그것은 살아가는 것에 도움이 되고 죽는 것에 도움이 된다. 이제부터 우리는 이 기쁨을 뒷날로 미루지 않을 것이다. 고통스러운 대지 위에서 이 기이한 기쁨은 지칠 줄 모르는 가라지요, 쓰디쓴 양식이요, 바다로부터 불어오는 모진 바람이요, 오래되고도 새로운 새벽빛이다. 이 기쁨과 더불어, 수많은 투쟁들을 거치는 동안 우리는 이 시대의 영혼을, 그 어느 것 하나 배제하지 않는 유럽을 새로이 만들리라. 그 유럽은 붕괴 후 12년 동안 그의 가장 드높은 양심과 그의 허무주의의 벼락 맞은 이미지인 양 찾아가보곤 했

---

[2] 그리스 서해안 이오니아 제도의 한 섬으로 지금은 이타키 혹은 이곳 주민들은 티아키라고 부른다. 《일리아스》와 《오디세이아》에 의하면 영웅 오디세우스는 이 섬을 다스리다가 트로이 전쟁에 나간다. 트로이를 함락하고 귀향길에 오른 그는 무수한 모험과 고난을 겪느라 무려 10년이나 항해를 계속한 끝이 비로소 아내가 기다리는 이타카로 돌아오게 된다. 카뮈는 이 아름다운 상징에 매혹되어 20대에 가난한 청년의 몸으로 오디세우스처럼 그리스를 여행할 것을 계획하지만 그때 바로 제2차 세계대전 발발로 꿈을 실현하지 못했다. 그에게 이타카는 항상 그리스 사상 및 감수성의 원천으로 돌아가는 귀향길의 상징이다.

던, 저 유령 같은 존재 니체도, 착오로 인해 하이게이트 공동묘지[3]의 무신앙자 구역에 묻혀 있는 저 비정한 정의의 예언자[4]도, 신격화되어 유리관棺에 누워 있는 저 행동가의 미라[5]도, 유럽의 지성과 에너지가 비참한 한 시대의 오만에 끊임없이 제공했던 것들 중 그 어느 것도 배제하지 않으리라. 모든 사람이 과연 1905년의 희생자들 곁에서 재생할 수 있다. 그러나 만인이 서로서로를 교정해주고, 햇빛 속에서 그 어떤 한계가 그들 모두를 멈춰 세운다는 것을 이해한다는 조건에서만 재생할 수 있는 것이다. 각자는 타자에게 당신은 신이 아니라고 말해준다. 여기서 낭만주의는 끝난다. 우리들 저마다 다시금 스스로의 진가를 발휘하기 위해, 역사 속에서 그리고 역사와 맞서서, 자신이 이미 소유하고 있는 것을, 즉 자신의 밭에서 얻는 빈약한 수확과 저 대지에 대한 짧은 사랑을 획득하기 위해 팽팽하게 활을 당겨야 하는 이 시간, 마침내 한 인간이 탄생하는 이 시간, 시대와 시대의 열광을 청춘의 모습 그대로 남겨둬야 한다. 활이 휘고 활등이 운다. 최고조의 긴장이 절정에 이르러 곧은 화살이 더 없이 단단하고 더없이 자유롭게 퉁겨져 날아갈 것이다.

---

[3] 런던 북부에 있는 공동묘지.
[4] 마르크스.
[5] 레닌.

해설

알베르 카뮈와 반항과 테러에 대한 성찰

냉전 시대와 테러의 시대

알베르 카뮈가 사망(1960)한 지 60여 년이 지났다. 그는 반항과 테러리즘에 관한 성찰의 글들을 많이 남겼다. 그 글들을 쓴 시기는 주로 제2차 세계대전 발발 직후부터 알제리 전쟁까지 약 15년(1943~1958)에 해당한다. 소설 《페스트》, 희곡 《계엄령》과 《정의의 사람들》, 철학적 에세이 《반항하는 인간》, 《단두대에 대한 성찰》, 《시사평론》(〈피해자도 가해자도 아닌〉, 〈에마뉘엘 다스티에 드 라 비주리에게 답한다〉, 《콩바》의 사설과 기사들, 〈해외 영토 수형자들을 해방하라〉, 〈테러리즘과 탄압〉, 〈알제리 투사에게 보내는 편지〉, 〈알제리 시민 휴전을 위한 호소〉) 등이다. 특히 그의 역저 《반항하는 인간》이 발표된 것은 1951년이었고, 뒤이은 카뮈와 사르트르의 논쟁은 향후 프랑스의 지성계, 문화계를 둘로 갈라놓았다.

이 책이 쓰인 시기, 즉 제2차 세계대전 후는 이른바 냉전 시대로, 한국 전쟁으로 시작된 동서의 충돌은 제3차 세계대전의 위협과 핵무기의 공포를 안겨줬고, 스탈린 체제의 등장·확대와 더불어 양대 진영은 자본주의/공산주의, 자유세계/철의 장막, 의회 민주주의/인민 민주주의, 마셜 플랜/5개년 계획, 나토/바르샤바 조약 기구, 매카시 선풍/자모프의 회오리, 마녀 사냥/티티스트와 시오니스트 모의, 프라하 사건/세티프와 마다가스카르 봉기와 탄압 등 아직도 우리 귀에 씁쓸한 구호와 여운이 남아 있는 대립들을 보였으며, 문학상에 있어서는 사회주의 리얼리즘/추상화라는 대립이 격화되었다. 또한 프랑스의 경우 이 시기는, 독일 점령에서 해방된 정국 속에서 숙청 재판으로 제기된 양심의 문제, 카뮈와 모리아크의 논쟁(정의와 자비), 역사주의의 참여 지식인들, 테러, 모스크바 재판, 스탈린 수용소에 대한 설명, 정당화 등으로 지성계가 연일 들끓던 때였다.

그러나 카뮈의 반항, 테러에 관한 글들이 쓰인 이래 70여 년 동안 역사의 모습은 많이 달라졌고 테러리즘의 문제는 이제 상당히 다른 각도에서 제기되고 있다. 특히 오늘날에 와서는 제국주의, 전체주의의 문제가 예기치 않았던 종교 전쟁으로 옮겨간 듯한 양상을 보인다. 이스라엘과 팔레스타인, 미국과 아랍 제국 사이의 갈등이 그러한 모습을 비극적으로 드러내고 있다.

1960년에 사망한 카뮈는 알제리의 독립도, 소련과 그 블록의 붕괴도, 오늘날의 종교적 광신으로 초래된 범세계적 테러리즘의 현상도 알지 못했다. 그러나 그가 쓴 글들, 즉 신문의 사설이나 기고, 철학적 저술, 그리고 소설과 희곡 들은 마치 오늘의 우리를 위해 쓴 것이기라도 한 듯 오늘날 알제리, 중동, 파키스탄, 이라크 등지에서 벌어지는 일련의 사태 혹은 2001년 9월 11일 뉴욕에서 벌어진 사건을 보다 더 잘 이해하는 데 분명 도움을 줄 수도 있을 것이다.

아름다움과 역사, 개인과 집단—양극의 팽팽한 긴장

실제로 카뮈의 글들은 윤리적, 철학적, 정치적 성찰에 바탕을 두고 있으면서도 역사적 현실을 결코 추상화하지 않고 구체적으로 직시하고 관찰한다. 그러나 이러한 글들 중에서 가장 중요한 위치를 차지하는 방대한 저서 《반항하는 인간》은 시론時論이 아니다. 카뮈가 1942년(전쟁의 결말을 예측할 수 없었던 시기)부터 이 책을 구상하기 시작했다는 사실이 이를 말해준다. 부조리에서 시작된 성찰을 개인적인 차원을 넘어 집단의 차원으로까지 끌고 가는 이 책은, 형이상학적 반항과 역사적 반항의 실제 예들을 조직적으로 점검하여 반항이란 무엇이며 그 반항 속에 내포된 원초적 정신으로부터 초래되는 결과가 무엇인가를 반성한다. 요컨대 카뮈는 반항에 대한 성찰을 통해 '역사가 지배하는 시대에 어떻게 행동하고 선택할 것인가'라는 윤리적 질문을 던지고 이에 대해 나름대로 해답을 제시하고자 한다.

그때그때의 시사적인 문제와 결부해 의견을 표명하든 이론적인 성찰에 치중하든 간에 카뮈의 반항과 테러에 대한 생각은 언제나 일관된 것이었다. 카뮈는 살인을 정당화하는 것에 대한 거부를 힘주어 말하고 목적으로 수단을 정당화하기를 거부한다.

카뮈는 이념서나 정치 철학에 관한 글을 쓴 적이 없다. 철학자로 자처한 적도 없다. 그는 늘 자신을 예술가로 생각했고 창조적인 작품들을 중시했다. 그러나 그의 작품들에는 어떤 '윤리적인 요구'가 관통하고 있다. 흔히 20세기의 지성 중에서 카뮈가 가장 대표적인 모럴리스트로 손꼽히는 까닭이 여기에 있다. 그는 항상 지식인과 작가로서 자신의 시대 역사를 멀리 해서는 안 된다는 책임감을 통렬하게 느끼고 있었다. 1957년 12월 스톡홀름에서 노벨문학상 수상 연설을 통해 그는, 작가란 자기 직업의 위대함을 이루는 두 가지 책무, 즉 진실과 자유를 위해 봉사해야 한다는 책무를 받아들임으로써 비로소 자기의 정당성을 발견할 수 있다고 말했다. 문학 작품은 비록 창조자의 고독한 명상 속에서 태어나 어떤 도덕적 배려와 내면적 불안에서 자양을 얻긴 하지만 동시에 우리 전체가 살고 있는 공동체와 분리될 수 없는 것이다. 작가는 그 공동체와 유대를 가지고 있으면서 그 역사를 함께 사는 것이다. 그렇지만 작가는 "역사를 만드는 사람"들에게 봉사하는 것이 아니라 "역사를 겪는 사람"들에게 봉사하는 것이 라고 카뮈는 말했다.[1] 다시 말해서 그는 결코 역사를 신으로 섬기지 않았다는 것을 의미한다. 그는 결코 사르트르처럼[2] 인간이 어떻게 "역사 속에서 역사에 의해 역사를 위해 만들어지는지"를 천착하지 않았다. 그가 생각하기에 인간은 역사를 "위해" 만들어진 것이 아니었다.

그러나 역사는 인간에게 결코 벗어날 수 없는 책무들을 지워놓는 것이 사실이다. 카뮈의 입장을 가장 종합적, 상징적으로 표현한 말은 1958년에 쓴 《안과 겉》의 서문이라고 할 수 있다. 그는 가난이라는 사회적 조건과 햇빛이라는 자연적 조건을 양극에 세워놓고 그 중간에 존재하는 자신은 두 가지 중 어느 하나도 소홀히 하지 않겠다고 말한다. "우선, 가난이 나에게 불행이었던 적은 한 번도 없다. 빛이 그 부富를 그 위에 뿌려주는 것이었다. 심지어 나의 반항까지도 그 빛으로써 밝아졌었다. 나의 반항은 언제나 모든 사람을 위한, 모든 사람의 삶이 빛 속에서 향상되도록 하기 위한 반항이었다는 것을 나는 거

---

[1] 알베르 카뮈, 《스웨덴 연설·문학비평》, 책세상, 2007, 11쪽.
[2] Jean Paul Sartre, 《Qu'est-ce que La Littérature》, Gallmard Folio, p. 223.

짓 없이 말할 수 있다. 그러나 나의 마음이 자연스럽게 그러한 종류의 사랑에 기울어져 있었는지는 확실하지 않다. 주위 환경이 나를 도왔다. 나의 타고난 무관심을 고칠 수 있도록 나는 빈곤과 태양의 중간에 놓인 것이다. 빈곤은 나로 하여금 태양 아래서라면, 그리고 역사 속에서라면 모든 것이 다 좋다고 믿지 못하도록 만들었다. 태양은 나에게 역사가 전부는 아니라는 것을 가르쳤다. 삶을 변화시키는 것은 좋다. 그러나 내게는 신과도 같은 세계를 변화시키는 것은 안 된다."[3] 여기서 우리는, 다 같이 제2차 세계대전 전후의 절망적인 시대 상황과 분위기를 반영하면서도 《벽》, 《구토》, 《알토나의 유폐자들》, 《폐문》 등이 보여주는 사르트르의 어둡고 폐쇄된 세계와 햇빛 찬란한 바닷가의 살인 사건인 《이방인》이 보여주는 카뮈의 '탁트인' 세계가 얼마나 판이한 것인가를 생각해볼 수 있다.

카뮈의 삶, 사상 그리고 작품은 우리가 결코 벗어날 수도 없고 벗어나서도 안 되는 역사의 필요성—비록 그는 역사와는 멀리 떨어져서 오로지 창조에만 몰두하고 싶은 유혹을 끊임없이 느꼈지만—과 행복의 욕구, 살고 사랑하고자 하는 열정, 그리고 태양, 바다, 우정, 연민의 힘 사이의 팽팽한 긴장 속에 존재한다. 그는 이 중요한 양극의 존재를 이렇게 표현했다. "아

---

[3] 알베르 카뮈, 《안과 겉》, 책세상, 1998, 17쪽.

름다움이 존재하는가 하면 모멸당하는 사람들도 있는 것이다. 해내기가 아무리 어렵다 할지라도 나는 절대로 그 어느 한쪽에도 불충실하고 싶지는 않다."[4] 이렇게 서로 상반된 양극을 동시에 붙잡고 있는 사람의 가슴이 찢어지지 않을 리 없고 그의 마음이 평탄할 리 없고 그의 삶이 고요할 리 없다. 그러나 그 양극의 한중간은 뜨겁게 달아오르고 때로는 꽃처럼 환하게 피어나기도 한다.

역사 속에서 반항한 젊은이 — 정치에 윤리를

《이방인》, 《결혼》 혹은 《칼리굴라》의 저자는 동시에 식민지의 폭력에 항거하여, 또 알제리에 정의로운 체제가 자리 잡도록 투쟁한 젊은이이기도 했다. 그는 1935~1936년(22~23세)부터 젊은 '운동권'이었고, 1938~1940년(25~27세)에는 알제에서 인민 전선을 지지하기 위해 창간된 일간지 《알제 레퓌블리캥》의 기자로서 수많은 문학 기사뿐만 아니라 유명한 〈카빌리의 비참〉이라는 르포 기사를 썼다. 제2차 세계대전이 발발하자 그는 프랑스 본토로 건너와서 비밀리에 프랑스 레지스탕스에 가담해 활동했다. 파리가 해방되던 해부터 1947년까지는

---

[4] 알베르 카뮈, 《결혼·여름》, 책세상, 1998, 167쪽.

일간지《콩바》의 편집국장과 발행인으로 활약했다. 그의 나이 서른네 살 때였다. 그리고 다른 한편으로는 세계에 널리 알려진 작가로서, 지식인으로서 그 격동하는 시기의 가장 중요한 국내·국외 문제들에 대해 뜨거운 목소리로 논평하면서 정치에 윤리를 도입해야 한다는 것을 역설했다. 1955년에는《엑스프레스》를 통하여 언론에 복귀해 프랑코에 대항하는 스페인 공화국을 위해, 부다페스트에 밀고 들어온 소련의 탱크에 항의하여 수많은 글을 썼고 강연을 했다. 알제리 전쟁이 일어나자 그는 1956년 알제로 달려가서 그 자신이 "테러리즘과 탄압의 피 묻은 결혼"이라고 부른 그 살육을 중지하라고 호소하면서, "시민 휴전"을 호소하면서 그 갈등의 중심에 뛰어들었지만 이는 도로로 끝나고 말았다. 역사는 그를 추월했다. 그러나 공적으로 침묵하는 동안에도 그는 정치적으로 형을 당한 사람들을 위해, 끊임없이 국가 고위 당국자들에게 개입하여 사면을 호소했다.

카뮈의 아버지는 1914년 전쟁에서 전사했고, 따라서 가난한 집안의 아들인 그는 일찍부터 고단한 삶을 배우는 동시에 역사의 폭력을 직접 체험했다. 그는 직접 전쟁에 참가한 적은 없다. 그는 말로처럼 스페인 내란에 참가하지도 않았고 많은 동시대 젊은이들처럼 1939~1940년 전쟁에 참가하지도 않았다. 17살에 발병한 폐 질환 때문이었다. 그는 그 질환에서 영원히 치유되지 못했다. "나는 내 또래의 모든 사람들과 함께 제

1차 세계대전의 북소리를 들으며 자랐고, 우리의 역사는 그때 이후 끊임없이 살인, 부정, 혹은 폭력의 연속이었다."[5] 이상은 카뮈 자신의 삶을 형성하는 환경인 눈앞의 역사에 대한 그의 감성과 관심을 간단히 돌아본 것에 불과하다. 그가 자신의 논설, 기고, 강연 등의 원고들을 모아 세 권으로 출판한 저서 《시사평론》은 그의 현실에 대한 치열한 관심을 직접적으로 말해주고 있다.

냉전의 시대였던 1951년, 소련의 전체주의적 양상이 조금씩 세상에 드러나던 시기에 발표된 《반항하는 인간》의 서론에서 그는 자신의 저서가 그 시대와 어떻게 직결된 것인지에 대해 이렇게 말한다. "이 시론試論의 의도는 논리적 범죄라는 시대의 현실을 다시 한번 인정하고, 그것을 정당화하는 갖가지 양상들을 면밀히 검토해보자는 데 있다. 이것은 나의 시대를 이해하기 위한 하나의 노력이다."

여기서 말하는 '시대'는 여전히 '우리의' 시대일까? 우리의 시대는 제2차 세계대전의 참혹상이나 대전 직후 해방기의 희망이나 환상과는 무관하다. 국제 질서 속에서 냉전의 기류는 멀리 사라진 추억에 불과하고 세계 질서는 판이한 모습으로 재편되어 역사는 몰라보게 달라졌다. 그럼에도 불구하고 카뮈의

---

5 위의 책, 152쪽.

작품들과 그의 시사적인 글들은 이상하게도 케케묵은 과거의 먼지에 덮여 있는 것 같지 않다. 아마도 그의 글쓰기의 모방할 수 없는 힘과 독창성이 이유일 것이다. 그러나 무엇보다도 역사를 고려하면서도 동시에 "인간이 지닌 것 중에서 역사에 속하지 않는 어떤 몫을 옹호하기 위해 역사 속에서 투쟁하고자"[6] 노력하는 그의 분석, 과도함을 거부하고 결코 윤리적인 요청을 망각하지 않은 채 그 요청을 모든 행동의 원칙으로 삼는 그의 사상이 여전히 그 가치와 힘과 시사성을 잃지 않고 있기 때문일 것이다.

특히 테러리즘의 문제를 직접적 혹은 간접적으로 다루고 있는 글들이 그러한 경우에 속할 것이다. 오늘날에는 우리를 에워싼 세계사의 뉴스 속에서 어느 하루도 테러리즘의 이야기가 빠지지 않을 정도가 되었다. 알제리 국내의 종교 및 정치의 공포 분위기, 팔레스타인과 이스라엘의 분쟁, 그리고 2001년 9월 11일의 뉴욕, 그리고 오늘의 이라크가 그 좋은 예라고 하겠다.

---

[6] 〈피해자도 가해자도 아닌〉, 《시사평론》, 183쪽.

'테러리즘'—이론적 성찰과 행동

이제는 일상 용어가 되어버린 '테러리즘'이라는 낱말의 정확한 뜻은 무엇일까? 이 말은 프랑스 대혁명 직후인 1793~1794년, 즉 지롱드당의 붕괴로부터 로베스피에르의 실각까지의 공포 정치를 가리키기 위해 1794년에 처음으로 사전에 등장했다. 프랑스 사전을 찾아보면 이 말은 "권력의 탈취, 장악, 유지, 집행 등 정치적 목적을 달성하기 위해 예외적이고 폭력적인 조치를 조직적으로 동원하는 행위를 말하는 것으로 어떤 정부나 정치적 집단, 혹은 조직이 주민을 위협하고 불안한 분위기를 조성하여 저항을 무력화시키기 위해 실행하는 개인적, 집단적 살상, 파괴 행위의 총체를 가리킨다"라고 설명되어 있다. 오늘날 우리가 목도하는 현실에 비춰볼 때 이 고전적인 정의에 나타난 '정치적 목적' 혹은 '정치적 집단'이 한 걸음 더 나아가 '종교적 기초'를 스스로 만들어 가진다는 사실을 또한 여기에 덧붙여 지적해둘 수 있다. 정치는 가끔 형이상학적 차원을 내포하고 또한 그것을 내세우기 때문이다.

그러나 여기서 말하는 형이상학은 카뮈가 《반항하는 인간》에서 말하는 형이상학적 반항, 즉 신에 대한 반항이 아니라 현재 군림하는 신을 테러에 의해 강요하려는 욕구와 관련된 것이다. 따라서 우리는 현재 카뮈가 예견하지 못했던 종교적인 파나티시즘(광신)의 새로운 출현을 목격하고 있다. 카뮈가 이 상황을 예견하지 못한 것은 당연한 일이지만 그래도 그는 이 새로운 국면을 명철한 정신으로 바라보는 데 도움을 줄 수 있다.

모든 문제에 대해 다 그렇다고 할 수 있겠지만 테러리즘에 대해서도 카뮈의 관심은 이중의 경로를 따라간다. 그 하나는 '이론적인 성찰'이다. 그는 이 문제에 관한 수많은 책을 읽었고 다른 사람들의 의견과 토론에 집요한 관심을 쏟았다. 그리하여 그는 엄밀한 지성적 과정을 추적하는 동시에 그 속에서 자신의 입장을 찾아내고자 노력한다. 그와 동시에 다른 한편으로, 그는 자신의 시대와 동시대 사람들과의 직접적, 즉각적인 '연대 의식'을 버리지 않았고, 구체적인 개인들의 모멸과 가난과 명예에 본능적으로 민감하여 이러저러한 구체적 사실과 사건에 대해 자신의 입장을 정리했고, 밝혔고, 직접 '행동'했다. 다시 말해서 그의 경우 '성찰'과 '참여'는 항상 서로 연결되어 있었다. 성찰은 행동을 뒷받침했고 동시에 행동은 성찰에 영향을 미쳤다.

카뮈가 자신의 신념에 충실했다고는 하지만 테러리즘에 대한 그의 생각, 그와 관련한 그의 행동 방식은 단순하고 고정되지 않았다. 테러리즘의 문제는 반항, 정의, 자유, 인간의 존엄성 등의 복잡한 상호 관계 속에서 지적, 윤리적 의식의 차원으로 제기되는 것이기 때문이다.

그렇다고 해서 그가 순결주의자였던 것은 아니다. 그는 사르트르가 공격했듯이 "고귀한 영혼의 공화국"의 대표자는 결코 아니었다. 물론 그는 전쟁과 폭력을 증오했고 평화를 역설했다. 그리하여 알제에서 그가 잠시 편집국장직을 맡으면서 펴냈던 단명한 신문 《수아르 레퓌블리캥》은 그 제호 밑에 "진정한 평화에 봉사하기 위해"라는 구호를 내걸고 있었다. 그러나 검열 당국은 곧 이 신문을 폐간시켜버렸다. 그러나 그의 평화주의는 무력하고 수동적인 평화주의가 아니었고 더군다나 도피의 구실은 결코 아니었다. 반대로 그것은 투쟁의 한 형식이었다.

그가 레지스탕스에 투신했을 때 그것은 독일 점령군과 탄압에 대한 단순한 반항만은 아니었다. 그것은 깊은 성찰의 결과로서의 참여였다. 〈독일 친구에게 보내는 편지〉는 그 목적과 깊이를 잘 말해준다. 1943년 7월, 지하에서 처음 발행된 첫 번째 편지는 다음과 같은 분석을 통해서 행동의 정당성을 말한다.[7] "우리는 희생과 신비주의를, 정력과 폭력을, 힘과 잔혹함을 구별 짓는 그 미묘한 뉘앙스를 위해, 그리고 진실과 거짓을 구별 짓고 우리가 기대하는 인간과 당신들이 섬기는 신을 구별 짓는 가장 미묘한 뉘앙스를 위해 투쟁합니다."[8] 여기서 말

---

[7] 처음에 《La Revue Libre》에 발표되었다가 1945년에 책으로 묶여 출판되었다.
[8] 〈독일 친구에게 보내는 첫 번째 편지〉, 《단두대에 대한 성찰·독일 친구에게 보내는 편지》, 2004. 책세상, 97쪽.

하는 '신비주의', '폭력', '잔혹함'은 바로 테러리즘의 동의어들이다. 카뮈가 《반항하는 인간》에서 말하는 '국가 테러리즘'이건 '개인적 테러리즘'이건 간에 '신비주의'란 이성의 상실 혹은 포기를 말하고, '폭력'은 타락한 에너지, 탈선한 힘을 말하며, '잔혹함'은 타인에게 가하는 해악에 반드시 따르게 마련인 공격성을 말한다. 1944년 7월에 발표한 네 번째 〈독일 친구에게 보내는 편지〉에서 카뮈는 이렇게 못 박아 말한다. "나는 이 지상의 삶에 충실하기 위해 정의를 선택했다." 이것은 가장 드높은 의미에서 휴머니즘의 감동적 절규라고 할 수 있다. "인간을 살려낸다는 게 대체 뭐죠? 하고 말입니다. 나는 온 마음으로 당신에게 소리 높여 대답합니다. 그것은 인간을 훼손하지 않는 것이며 인간만이 품을 수 있는 정의로움에 기회를 주는 것입니다."[9]

육체적으로든 도덕적으로든 인간의 무엇인가를 절단, 훼손한다는 것, 즉 신비주의, 폭력, 잔혹함은 행동하는 사람에게는 그만큼의 훼손이 되는 것이다. 왜냐하면 그것은 인간을 '가해자'나 '피해자'로 만들어서 정의와 자유를 누리지 못하는 장애자로 만들기 때문이다.

그 네 번째 편지에서 그는 정의와 자유를 옹호하는 사람은

---

9 〈네 번째 편지〉, 위의 책, 122쪽.

자신도 모르게 역사 속에 발을 들여놓은 것이라고 강조하여 말한다. 그들은 폭력에 폭력으로 대응할 수밖에 없었다. 그러나 그 폭력에 맛을 들이지는 못했다. 말로의 표현을 빌리건대 그들은 "좋아하지도 못하면서 전쟁을 한 것이다."

"우리가 어렵지만 잘한 것이 있다면 그것은 당신들을 따라 전쟁에 뛰어들었으면서도 결코 행복을 잊지 않았다는 점입니다. 고함과 폭력 속에서도 우리는 행복했던 바다와 결코 잊어본 적이 없는 언덕의 추억을, 소중한 얼굴의 미소를 한사코 가슴속에 간직하려고 했습니다. 또한 그것은 우리가 가진 최고의 무기였습니다. 우리는 그 무기를 결코 내려놓지 않을 것입니다. 그것을 잃는 날 우리는 당신들과 마찬가지로 죽은 것과 다름없을 것이기 때문입니다. 다만 행복이라는 무기를 다듬어 단련하는 데는 많은 시간과 너무도 많은 피가 요구된다는 것을 우리는 이제 알게 되었습니다."[10]

정당성의 부재, 한계, 그리고 예외

결론부터 미리 말해본다면 폭력과 반항과 관련하여 그의 일관된 주장의 핵심은 첫째, '폭력은 불가피한 것인 동시에 정당

---

[10] 위의 책, 123쪽.

화할 수 없는 것'이라는 확신, 둘째, 정의와 자유와 인간의 존엄성을 지키기 위해서는 '한계'가 불가피하다는 것, 셋째, 폭력적인 행동이 가져야 할 '예외'로서의 성격을 줄기차게, 그리고 명백히 밝히는 것이다. 그리하여 그는 우리에게 환상 없는 메시지를 전하는 동시에 기이하게도 우리의 세계에 대해 절망하지 않을 이유를 제공한다.

희생은 가끔 일종의 신비주의, 다시 말해서 어떤 파나티시즘으로 치달을 위험이 있다. 에너지와 힘이 폭력과 잔혹함으로 타락할 위험이 있는 순간들이 있는 것이다. 정의와 자유를 위협하고 공격하는 사람들에 대항하여 그것을 지키기 위해서는 폭력적인 행동이 불가피한 상황들이 있다. 그때는 폭력이 생존의 조건이 될 수 있다. 그러나 그 폭력에는 '절도'와 '한계'가 있어야 한다. 폭력은 결코 자연스럽고 정당한 것으로 받아들여져서는 안 되며 인간의 삶의 지평을 그것만으로 가득 채워서는 안 된다. 카뮈는 장차 이 점을 더욱 분명히 하게 되며 이때부터 폭력을 그 자체의 목적으로 삼기를 거부한다. 폭력은 그것을 초월하는 어떤 대의를 위한 '잠정적'인 수단에 불과하다. 그러므로 폭력은 어디까지나 '예외'에 불과한 것이다. "우리는 죽지 않기 위해서 당신들의 흉내를 내지 않을 수 없었습니다. 그러나 우리는 그때, 당신들에 비하여 우리가 우월한 것은 방향이 있다는 데 있음을 알았습니다. 결국 모든 것이 끝나려는 지금 우리는 그동안 우리가 무엇을 배웠는지 말할 수 있습니다. 그것은, 영웅주의란 별게 아니며 행복이야말로 얻기가 더 어려운 것이라는 사실입니다."[11]

카뮈는 장차《페스트》에서 이 문제에 다시 접근하면서 영웅주의는 행복 다음에 오는 것이라고 말한다. 우선 지금은 〈독일 친구에게 보내는 편지〉들 그 자체가 곧 저항의 행위라는 사실을 잊어서는 안 된다. 그 시기에 지하에서 발행된 대다수의 인쇄물들과 이 편지들을 비교해보면 그 인쇄물들이 한결같이 '효율성'과 '필연성'의 이름으로 폭력적인 행동을 할 것을 호소한다는 사실을 확인할 수 있다. 이해할 수 있는 일이다. 그러나 폭력을 행사하되 거기에 '한계'와 '예외'로서의 성격을 부여한다는 생각은 당시로서 매우 고독한 소수 의견이었다. 많은 사람들에게 그런 생각은 '한가한' 주장으로만 여겨졌을 것이다. 그러나 무엇을 위해 투쟁하고 반항한단 말인가? 인간에게는 부정할 대상만이 아니라 긍정하고 지켜내야 할 가치와 권리도 있는 것이다.

해방이 되고 나서 카뮈는《콩바》의 편집국장이 된다. 파리 시민들이 거리로 쏟아져 나온 1944년 8월 21일, 그리고 해방 초기 얼마 동안의 열광이란 이루 말할 수 없는 것이었다. 그러나 그는 곧 언론과 정치에 실망했다. 곧 과거 청산이라는 근본

---

[11] 위의 책, 124쪽.

적인 문제가 대두되었다. 카뮈는 '신속한 정의', '예외적인 법'을 요구하면서 그 '예외'라는 말에 강한 힘을 싣는다. 다시 말해서 과거 청산의 기간과 원칙의 엄격한 적용에 있어서 '한정된' 것이어야 한다는 점을 강조한 것이다. 그러나 그는 과거 청산이 실패했음을 확인한다. 사람들이 진정한 책임이 있는 정치가와 실업계 인사들을 단죄하는 대신 주로 신문 기자들과 지식인들을 표적으로 삼았기 때문이다. 과거 청산은 핵심을 비껴간 구호 쪽으로 기울어진 것이다.

1945년 8월 히로시마에 원자 폭탄이 투하되자 그는 이를 "인간이 수 세기 이래 증거를 보인 것 중에서 가장 기막힌 파괴의 광란", 그리고 "조직된 살인"이라고 규정했다.[12] 일본인의 희생자였던 우리로서는 의외의 반응이라는 느낌도 없지 않을 것이다. 그러나 오늘날 우리가 핵을 반대하자면 그 과거의 역사로 거슬러 올라가 우리의 입장을 정리할 필요가 있다. 카뮈는 이때 이미 이 새로운 형태의 폭력, "기계적, 과학적 힘의 테러리즘"에 깊은 충격을 받았다. 여기서도 1945년 8월 8일 《콩바》에 게재된 그의 사설과 이 폭탄의 위력을 감동적으로 찬양한 다른 신문들의 기사들을 비교해보면 근본적으로 윤리에 입

---

[12] Albert Gamus à 《*Combat*》(Cahiers Albert Camus 8), Callimard, 2002, 569쪽(이 글은 1945년 8월 8일 자 《콩바》 사설임).

각한 카뮈의 입장이 매우 고독한 소수 의견이었음을 알 수 있다. 그는 그 끔찍한 결과와 테러를 고발한다. "기술 문명은 이제 그 야만성의 극에 이르렀다. 가까운 장래에 인류는 집단 자살이냐 아니면 과학적 성과의 슬기로운 사용이냐의 택일에 직면하게 될 것이다."[13]

강력한 수단을 가진 권력이 파괴적 힘을 사용하는 것은 국가 테러리즘의 한 형태인데 이에 대해서는 오직 여러 나라 국민의 국제적 평화에 대한 강력한 요구만이 맞설 수 있다. 미국과 이라크가 대립했던 상황을 보며 우리는 어쩌면 한발 물러나서 다시 한번 생각해볼 필요가 있는지도 모른다. 사건에 대한 즉각적인 반응으로 발표된 카뮈의 이 기사는 또한 그 뒤에 계속되는 성찰의 한 징후이기도 하다. 여기서 말하는 "야만성의 극단"이란 사람들이 아무런 '한계'도 지키지 않았다는 것을 말한다.

1948년 11월, 〈피해자도 가해자도 아닌〉이 《콩바》에 발표되었는데 이는 앞의 사설의 연속이라고 할 수 있다. 그 첫 번째 글은 '두려움의 세기'라는 제목을 달고 있는데 카뮈는 여기서 전 세계가 몸담고 살기 시작한 테러가 무엇인지를 정의한다.

"17세기는 수학의 세기였다. 18세기는 물리학의 세기였고

---

[13] 위의 책, 569쪽.

19세기는 생물학의 세기였다. 그런데 우리의 20세기는 테러의 세기가 되고 말았다. 우리가 이제 막 통과한 몇 년 동안의 전율할 광경에 의하여 우리 속의 무엇인가가 파괴되었다. 그 무엇이라는 것은 바로 인간에 대한 영원한 신뢰라는 것이다. 그 신뢰 덕분에 우리는 인간의 언어로 이야기하는 가운데 다른 인간들한테서 인간적인 반응을 이끌어낼 수 있었다. 우리는 사람들이 거짓말을 하고 더럽히고 죽이고 포로수용소로 끌고 가고 고문하는 것을 보았다. 그때마다 그렇게 하지 말라고 설득하는 것이 불가능했다. 그들은 확신하고 있었던 것이다. 추상을 설득하는 것은 불가능하기 때문이다. 다시 말해서 어떤 이데올로기의 대변자는 설득이 불가능하기 때문이다."[14]

카뮈는 이 세계의 참담한 상태를 확인하는 것으로 그치지 않는다. 그는 역사의 논리 이외의 다른 설명을 찾아본다. 그는 전쟁의 세월이 끼친 피해, 그리고 계속하여 인간관계를 휩쓰는 피해에 대해 생각해본다. 그의 성찰의 윤리적 차원은 최후적 방어선으로서의 가치 정립으로 인도된다. 즉 인간들 사이의 대화와 신뢰라는 것이 그것이다. 그러나 이제 세계의 중심에 있는 것은 육체적 현실로서의 인간, 언어로서의 인간이 아니라 추상적이고 살인적인 이데올로기다.

---

[14] 〈두려움의 세기—《콩바》〉, 《시사평론》, 149쪽.

"우리가 테러 속에서 살고 있는 것은 설득이 불가능하기 때문이고, 인간이 송두리째 역사에 쏠려 있기 때문이고, 인간이 더 이상 자기 자신의 몫 가운데서 역사적인 것 못지않게 진실한 것, 즉 이 세계의 아름다움과 인간의 얼굴 앞에서 발견하는 그 몫을 바라볼 줄 모르게 되었기 때문이다. 우리는 추상의 세계 속에서, 사무실과 기계의 세계 속에서, 절대적인 사상과 뉘앙스를 고려하지 않는 거친 메시아주의 속에서 살고 있는 것이다. 우리는 기계든 사상이든 절대적으로 옳다고 확신하는 사람들 속에서 숨이 막힌다. 오직 대화와 인간들 사이의 우정으로만 살 수 있는 모든 사람들에게 이 침묵은 세상의 끝이다.

이 테러에서 벗어나기 위해서는 깊이 성찰해야 하고 그 성찰에 따라 행동해야 한다. 그러나 바로 테러라는 것은 성찰에 유리한 풍토가 아닌 것이다."[15]

과연 테러의 세기는 20세기에 끝난 것일까? 20세기만이 테러의 세기였을까? 그 점을 즉각적으로 부정하려는 듯이 사상 초유의 테러가 2001년에 텔레비전이 생중계하는 가운데 일어났다. 그렇다. 지금도 여전히 테러는 성찰에 유리한 풍토가 아닌 것 같다.

1946년에 쓴 이 텍스트는 여전히 시의성을 가지고 있다. 끊

---

[15] 위의 글, 151~152쪽.

임없이 반복되기만 해서 이제는 어느 정도 의미를 잃어버린 넋두리가 되고만 대화의 '호소' 때문에 시의성이 있다는 것이 아니라 "뉘앙스를 고려하지 않는 거친 메시아주의"—이는 첫 번째 〈독일 친구에게 보내는 편지〉의 주제가 된다—'추상화'와 옳다는 '확신 속에 담겨 있는 위험'을 특히 강조하기 때문에 그러한 것이다. 거친 메시아주의, 추상화, 이념적·종교적 확신의 위험, 이 모든 것들은 신비주의의 바탕이요, 인간 소외의 갈림길이다. 이데올로기의 뒤에 숨어 있던 종교적 신념, 즉 신비주의가 역사의 전면에 얼굴을 드러내는 시대에 우리는 살고 있다. 이 글은 테러리즘 문제에 접근하는 데 있어서 극히 중요하다. 왜냐하면 이제 우리는 '공포'와의 문제를 해결해야 하기 때문이다. 그러기 위해서는 공포가 무엇을 의미하는 것인지, 그 두려움이 무엇을 거부하고 있는 것인지를 알아야 한다. 공포는 동일한 사실을 의미하고 거부한다.[16]

근본적인 말이 발설되었다. 즉 '정당화된 살인'이 그것이다. 이 점에 있어서 카뮈는 "살인이 정당화되는 세계", "인간적인 것이 무의미한 것으로 간주되는 세계"에 대한 지적, 도덕적, 체질적, 다시 말해서 전반적인 거부 태도를 줄기차게 반복했다.

---

[16] 즉 공포는 "살인이 정당화되는 세계"를 가리켜 보이고 그 세계를 정당화한다. 위의 글, 153쪽.

테러와 테러리즘에 직면하여 중요한 것은 단순히 그것을 거부하고 고발하는 것이 아니라 명철한 정신으로 그것이 대체 무엇인지, 그것이 끼치는 효과가 무엇인지, 거기에 저항하는 방식이 어떠해야 하는 것인지를 알아보는 일이다. 이는 추상적으로 보이기 쉬운 한 문제를 구체적 현실로 변화시키는 일이다.

테러와 테러리즘은 두 가지 근본적인 문제를 제기한다. "직접적이든 간접적이든 당신은 죽임을 당하거나 폭행을 당하기를 원하는가 아닌가? 직접적이든 간접적이든 당신은 죽이거나 폭행하기를 원하는가? 이 두 질문에 '아니요'라고 대답하는 사람들은 모두 자동적으로 일련의 결론들에 귀착하게 되고 그리하여 그 결론들에 따라 자신들의 문제 제기 방식을 수정하지 않을 수 없다."[17]

카뮈는 여기서 그 귀결들을 분명히 하려고 노력한다. 다시 한번 그는 정의와 자유와 한계를 말한다. "나 같은 사람들이 바라는 것은 더 이상 서로를 죽이지 않는 세상이 아니라(우리는 그 정도까지 가지는 않았다!) 살인이 합법으로 인정되지 않는 세상이다. 과연 우리는 이 점에서 유토피아를 꿈꾸고 있고 결국 모순에 빠져 있는 셈이다. 왜냐하면 우리는 바로 살인이 합법

---

[17] 위의 글, 153쪽.

적이게 된 세상에서 살고 있으니 말이다. 그러므로 우리가 그런 세상을 원하지 않는다면 그 세상을 변화시켜야 한다. 그러나 살인을 저지를 위험을 각오하지 않고는 그 세상을 변화시킬 수 없을 것 같아 보인다. 그러므로 살인은 또 다른 살인으로 우리를 내몰고 있으니, 체념하고 살인을 인정하건, 그 공포를 또 다른 공포로 대체하는 수단들을 통해서 그 공포를 제거하고자 하건, 우리는 계속 공포 속에서 살아가게 될 것이다."[18]

톱니바퀴처럼 맞물린 살인의 메커니즘을 이보다 더 명철하게 분해, 증명한 예는 많지 않다. 테러리즘과 테러에 대항하여 싸우기 위해 그 수단이 적의 그것을 닮아가는 것이다. 유일한 해결책은 '한계'를 긋는 것이고 이런 행동에 '예외'라는 성격을 부여하는 것이다.

《페스트》

〈피해자도 가해자도 아닌〉의 이 글들이―《콩바》의 수많은 사설들과 더불어―논리적 성찰의 형태로 표현하고 있는 바는 소설 속 한 인물에 의해 구체적으로 그려진다. 《페스트》의 타루가 바로 그 인물이다. 그는 내레이터인 의사 리유에게

---

[18] 위의 글, 155쪽.

자신의 속내를 털어놓으면서 자신은 사회에 저항하고 사회를 배격해왔다고 설명한다. 왜냐하면 사회는 '사형 선고'에 바탕을 두고 있기 때문이라는 것이다. 타루는 자신의 아버지가 판사였는데 그 아버지가 사형 선고를 내리는 장면을 목격했다고 말한다. 그때부터 그의 삶은 변해버린 것이었다. 그는 정치적 행동에 뛰어들었다. 그의 참여는, 사람이 사람을 죽이는 일이 없는 세계를 건설하기 위해 행동 속에 뛰어들고 그리하여 사형 선고를 받아들이는 데까지 이르렀다. 이것은 정확하게 〈피해자도 가해자도 아닌〉에서 볼 수 있는 문제를 소설 속에 구체적으로 그린 것이다. 타루가 공산주의자인지 테러리스트인지는 분명하지 않다. 그러나 처형의 현실 앞에서 그는 다시는 페스트에 걸린 사람이 되지 않겠다고, 즉 테러리즘이라는 페스트를 퍼뜨리지 않겠다고 결심한 것이다.[19] 결국 그는 페스트가 물러나는 시점에 페스트에 걸려 죽는다.

그 인물의 창조자인 카뮈와 마찬가지로 그는 아주 구체적인 방식으로 살인의 정당화를 거부한다. 그리고 이렇게 결론을 내린다. "그러다 보니 나는 내가 이 세상에 대해서 아무 쓸모가 없다는 것, 죽이는 것을 단념한 그 순간부터 나는 결정적인 추

---

[19] 그리고 그는 "직접적이건 간접적이건 좋은 이유에서건 나쁜 이유에서건 사람을 죽게 만들거나 죽게 하는 것을 정당화시키는 모든 것을 거부하기로" 결심했다. (《페스트》, 민음사, 2011, 329쪽)

방을 선고받은 인물이 되었다는 것을 알게 되었습니다. 역사를 만드는 것은 다른 사람들입니다."[20]

그는 이제 역사에 적극적으로 참가하지 않을 것이다. 그러나 그렇다고 해서 그가 역사와 멀어지는 것은 아니다. 왜냐하면 그는 리유가 조직한 보건대에서 최선을 다해 투쟁할 것이기 때문이다. 그는 거기서 목숨을 버릴 것이다. 이것은 아마도 그 이름이 생기기 전에 생겨난 비정부 인도적 기구NGO의 멤버에 해당되는 것이라고 할 수 있다. 그 단체는 국가의 정치와 역사를 초월하여 최선을 다해 악을 물리치려고 노력하는 새로운 형식의 운동인 것이다.

모럴리스트 카뮈를 에워싸고 '세속 성자'라는 신화가 다소 조소적인 의미로 생겨난 것은, 또 카뮈가 순결주의자로 지칭되는 것은 《페스트》의 발표와 무관하지 않고, 특히 '신 없는 성자'가 되고자 한, 그리고 그것이 인간이 되는 것—리유가 원하는 바—보다 더 쉽다고 말한 타루(그 이름도 과연 '카뮈'와 유사한 모음을 사용하고 있다) 때문일 가능성이 높다. 그러나 이는 작중인물과 작자의 혼동에서 온 것이기도 하다. 카뮈는 이런 신화를 믿게 하는 데 일조한 인물인 공산주의자 에마뉘엘 다스티에 드 라 비주리에게, 자신의 신념을 다시 한번 확인하며 이렇

---

[20] 《페스트》, 민음사, 2011, 330쪽.

게 대답했다. 즉 비폭력은 바람직한 것이지만 완전히 비현실적인 것이다. 폭력을 저지하지 못한다면 적어도 그 폭력의 '추문'으로서의 성격을 은폐할 수 없도록 만들어야 한다. "나는 단지 어떤 폭력이든 폭력을 정당화하는 것은 거부해야 한다고, 그 정당화는 절대 국가의 국시國是로부터, 혹은 전체주의 철학으로부터 폭력에 주어지는 것이라고 말합니다. 폭력은 피할 수도 없지만 동시에 정당화될 수도 없는 것입니다. 나는 폭력이 그것 특유의 예외적 성격을 그대로 지니고 있도록 해야 하며, 폭력을 최대한 한정된 범위 안에 제한해놓아야 한다고 생각합니다."[21]

카뮈가 <독일 친구에게 보내는 편지>에서 이미 말했던 것도 한계와 예외라는 이 두 가지 개념이다. 그의 사상과 행동은 이 불가피성과 정당화 불가능성 사이의 긴장 속에 있다. 그러나 테러리즘, 살인, 폭력의 정당성을 합리화할 수 있는 것은 아무것도 없다. 이 같은 선언은 그것을 알제리 전쟁이나 오늘날 중동 사태에 적용해볼 때 여전히 유효하다. 카뮈는 정당화된 폭력의 예로 국가 기관의 일부였던 독일의 집단 수용소와 소련의 수용소를 들었다. 1947~1948년에 벌써 그는 이렇게 단언했다. "내가 볼 때 그 수용소들은 어떤 반란의 일시적 폭력이

---

[21] 《시사평론》, 190쪽.

제시할 수 있는 그 어떤 구실도 갖고 있지 않은 것 같습니다. 역사적이든 아니든, 진보적이든 보수적이든, 이 세상에서 나로 하여금 수용소의 사실을 받아들이게 할 수 있는 근거는 없습니다."[22] 이는 벌써 《반항하는 인간》에서 발전시키게 될 내용의 전조와도 같은 발언이다.

테러리즘 문제에 대한 대답과 관련하여 1945년 세티프 폭동을 잊을 수 없을 것이다. 며칠 뒤 카뮈는 '알제리를 증오에서 구원해줄 수 있는 것은 정의다'라는 제목의 《콩바》 사설에서 이렇게 썼다. "불행하고 죄 없는 프랑스 피해자들이 이제 막 쓰러졌다. 그 범죄는 그 자체로서는 변명의 여지가 있다. 그러나 우리는 돌이킬 수 없는 미래를 피하기 위해 살인에 대해서는 오직 정의로만 대응하게 되기를 바란다."[23]

그는 그 봉기에 대한 과도한 탄압에 항의했다. 2년 뒤 마다가스카르의 봉기와 관련해서도 마찬가지였다. 우리는 카뮈의 입장을 잘 이해할 수 있다. 뭐든지 다 받아들이거나 테러리즘이 만연하는 것을 보고도 아무 응답 없이 지내자는 것은 말도 되지 않는다. 그러나 유일하게 가능한 대응은 적의 '이유들'을 탐색하는 일이다. 테러리즘과 탄압의 살인적인 상호 대응의

---

[22] 위의 책, 198쪽.
[23] Albert Camus à 《Combat》, 531쪽.

맞물림에서 벗어날 수 있는 유일한 길이 정의의 회복이라는 주장은 그의 일생 동안 한 번도 변한 적이 없다. 그는 《페스트》 집필에 몰두하는 동시에 《콩바》의 편집을 책임졌고, 희곡 《칼리굴라》와 《오해》를 썼으며, 그 작품들을 무대에 올렸고(여기서 상기할 것은 그 《칼리굴라》의 인물이 1945년에 벌써 테러를 퍼뜨리는 한 폭군이라는 사실이다.), 또한 장차 《반항하는 인간》으로 완성될 책을 준비하기 시작했다. 이 기나긴 성숙의 기간이 특히 1948년의 《계엄령》과 1949년의 《정의의 사람들》의 문학적 창조에 영향을 미친다. 이는 두 가지 형태의 테러리즘을 다룬 작품들인 바 장차 《반항하는 인간》은 그 주제를 더욱 이론적으로 깊이 분석하게 될 것이다.

《계엄령》에 등장하는 페스트는 같은 이름의 소설 《페스트》에서와 같은 '질병'이 아니라 직접 무대에 등장하는 '인물'의 이름이다. 그는 장교의 제복을 입고 등장하여 행복하고 거리낌 없는 도시, 태양과 바다를 향해 열린 도시였던 카디스에 테러와 죽음을 퍼뜨린다. 흔히들 오해하는 것과는 반대로 《계엄령》은 《페스트》의 각색이 아니라 완전히 새로운 작품이다. 주제는 비슷하지만 전혀 다른 방식으로 다루어진 것이다. 페스트는 도시 안에 질서가, 그러나 지극히 자의적이고 절대적인 질서, 정당성과는 전혀 무관한 질서가 지배하게 한다. 그것은 거친 점령자의 상징이며 그의 연설은 독재자의 그것이다. "이제 내가 지배자다. 이건 엄연한 사실이며, 따라서 당연한 권리다."[24]

이 '사실'로부터 '권리'로의 이행에 대해서는 긴 분석이 필요하다. 왜냐하면 "이것은 이론의 여지가 없는 권리이므로 제군들은 오로지 복종할 뿐"이니 말이다. 계엄령이 선포되었고 페스트는 질서의 지배를 선포한다. 이제부터 죽음 그 자체가 질서가 될 것이다. 그러므로 이제 지배자는 곧 죽음이요 살인의 동의어다. 페스트는 자유를 폐지하고 당연히 모든 삶, 사랑, 행복을 폐지한다. 그러나 단 한 사람(디에고)이 반항함으로써 모든 주민이 그 자의적이고 살인적인 법에서 해방된다. 관료주의적이고 부조리하고 참을 수 없는 것이면서 오직 카디스 주민들의 순종에서 그 힘을 얻어내는 이 '국가 테러리즘'을 무대에 올려 그려 보이는《계엄령》은 동시에 반항의 호소이기도 하다. 물론 폭력에 대한 폭력적 대응으로서의 반항이 아니라 인간의 존엄성을 비웃는 부당한 명령에 굽히기를 '거부'하는 반항이다. 다시 말해서 자유와 정의를 위한 호소인 것이다.

《정의의 사람들》—섬세한 살인자들

《정의의 사람들》에서 카뮈는 1905년 러시아 황제의 폭정

---

[24] 《정의의 사람들·계엄령》, 책세상, 2000, 186쪽.

에 맞서 싸우는 테러리스트들을 무대 위에 그린다. 카뮈는 이 주제를 머릿속에서 지어낸 것도, 주요 인물들과 그들의 태도를 상상해낸 것도 아니다. 그 인물들 중에서 특히 작가의 입장을 대변하는 인상을 주는 칼리아예프는 실존 인물이다. 지하 혁명 조직의 맹원인 그는 모스크바 거리를 지나는 세르게이 대공의 마차에 폭탄을 던지게 되어 있다. 그러나 그는 그렇게도 열광적으로 결심했던 그의 사명을 완수하지 못한다. 같은 마차에 대공 이외에 아이들이 함께 타고 있었기 때문에 폭탄을 던지지 못한 것이다. 독재와 폭정의 상징인 그 인물을 살해하고 자신도 스스로 목숨을 버리기로 결심했던 그가 무죄함의 상징인 아이들을 살해할 수가 없었던 것이다. 카뮈와 마찬가지로 그도 테러 행위에는 어떤 '한계'가 있다고 판단했던 것이다. 칼리아예프의 예는 카뮈가 테러리즘에 대해 품고 있던 개념을 더욱 확고하게 보여준다. 연극의 형식을 빌려 그는 두 가지 입장 사이의 갈등과 대결을 보여준다. 시인 칼리아예프의 입장과 직업 테러리스트 스테판의 입장이 그것이다. 조직이 대공의 살해를 명령했으므로 상황이 어떠하든 간에 주어진 사명을 완수해야 한다고 주장하는 스테판의 입장은 그러므로 혁명의 도래를 앞당기기 위해 행동이 결정된 이상 그 어떤 장애가 있더라도 결행해야 한다고 보는 절대적이고 교조적인 비전을 대표한다. "그런 애들 문제 따위를 잊어버리기로 굳게 마음먹을 때, 바로 그날부터 우리가 세상의 주인이 되고 혁명이 승리를 거두게 되는 거야."[25]

그리고 다른 하나의 입장은 바로 칼리아예프와 그의 사랑하는 여인이자 동지인 도라의 입장이다. 도라는 칼리아예프의 망설이는 태도를 이해한다. 그녀 역시 그와 마찬가지로 필요한 살인에 또 다른 살인을 보태는 것은 정당화할 수 없는 폭력으로 보는 것이다. 도라는 말한다. "파괴 행위에도 어떤 질서가 있고 한계가 있는 법이야." 그러나 스테판은 대꾸한다. "한계 따위는 없어. 사실상 너희는 혁명이라는 것을 믿지 않는 거야."[26]

인민의 뜻을 거슬러서라도 인민에게 행복을 얻어줘야 한다고 주장하는 이론가들처럼, 그가 준비하는 혁명이 혹시나 인류 전체의 증오의 대상이 되는 그런 혁명은 아닐까 하고 걱정하는 도라에게 스테판은 대답한다. "인류를 사랑하는 나머지 그들에게 혁명을 받아들이게 하고 그들을 현재의 노예 상태에서 구출해내려고 하는 건데 그런 것쯤 무슨 문제야."[27] 도라나 칼리아예프와 마찬가지로 카뮈 역시 장차 찾아올, 1) 추상적이고 2) 머나먼 미래로 미루어진 '정의'의 이름으로 그보다 더 거센 '불의'를 행하는 것을 거부한다. 칼리아예프가 작가의 정확

---

[25] 위의 책, 52쪽.
[26] 위의 책, 54쪽.
[27] 위의 책, 52쪽.

한 대변자가 되는 것은 그가 스테판과 마주 서서 이렇게 소리칠 때다. "나도 전제 정치를 타도하기 위해서 사람을 죽이는 것을 용납하기로 마음먹었어. 그러나 자네가 하는 말에서는 어딘가 전제 정치의 폭군적인 기미가 느껴져. 그것이 언젠가 표면화되는 날엔 나는 한낱 살인자가 되고 말거야. 나는 의로운 심판자가 되려고 애쓰는 중인데 말이야."[28] 스테판이 볼 때 목적은 수단을 정당화하는 것이다. 칼리아에프는 《반항하는 인간》에서 카뮈가 제시한 논리를 자기의 것으로 삼는다. "목적이 절대적인 것일 때, 즉 역사적인 시각에서 목적이 틀림없는 것이라고 여겨질 때, 사람들은 타인들을 희생시키는 것까지도 마다하지 않을 수 있다. 목적이 절대적인 것이 아닐 때, 사람들은 인간 공통의 존엄성을 위한 투쟁이라는 도박에서 오직 자기 자신을 희생시킬 수 있을 뿐이다. 목적이 수단을 정당화할 수 있는가? 그럴 수 있다. 그러나 그렇다면 누가 목적을 정당화할 것인가? 역사적 사상이 대답하지 못하고 있는 이 물음에 반항은 이렇게 대답한다. 수단이 정당화한다."[29]

스테판은 이렇게 잘라 말한다. "테러는 너무 예민한 사람에게는 맞지 않는 거야. 우리는 모두 살인자야, 우리는 그 길을

---

[28] 위의 책, 55쪽.
[29] 《반항하는 인간》, 505쪽.

선택한 거야." 이 말에 칼리아예프가 항변한다. "천만에! 나는 살인이 승리하면 안 되겠기에 죽기를 선택한 거야. 나는 순수를 선택한 거란 말이야."[30]

사실 카뮈는 《반항하는 인간》에서 그가 '양심적 살인자들'이라고 부르는 사람들에 대해 길게 다루고 있다. 거기서 그는 칼리아예프와 그의 동지들의 이야기를 직접적으로 소개하고 설명한다. 결국 칼리아예프는 며칠 뒤 두 번째 거사에서 폭탄을 던지는 데 성공한다. 그는 사면 요청을 거부한다. 그리고 교수형을 당한다. 그리하여 그는 대공에게서 빼앗은 목숨의 대가로 자신의 목숨을 바친 것이다. "그는 살인을 하고 그리고 살인은 불가능한 것임을 분명히 하기 위해 죽는다."[31] 이것은 가미카제의 그것처럼 자살적인 살육 행위, 즉 자살 테러가 아니다. 가미카제는 '신비주의'(여기서 신비주의는 허무주의의 동의어다)의 이름으로 최대한 많은 사람을 죽임으로써 순교를 하려는 것이다. 9·11 테러나 수많은 자살 테러(케냐와 탄자니아의 미국 대사관 폭파, 이스라엘과 팔레스타인 지역의 수많은 예)는 바로 가미카제의 일종인 허무주의의 소산이다.

반대로 1905년의 테러리스트들은 오직 폭군을 저격할 뿐이

---

30 《정의의 사람들·계엄령》, 58쪽.
31 《반항하는 인간》, 488쪽.

며, 테러리스트 자신의 목숨으로 그 대가를 치러야 한다고 믿는다. 여기서 우리는 이 살인적 행동이 '예외'에 속하며 '한계'를 존중한다는 사실을 알 수 있다.

《반항하는 인간》— 부조리와 반항

《반항하는 인간》은 반항과 폭력에 관한 진정한 연구다. 서론에서 카뮈는 메를로퐁티가 그의 저서 《의미와 무의미》에 대한 텍스트에 제사로 붙인 마르크스의 한마디에 대답을 제공하는 듯한 인상이다. 마르크스는 말한다. "래디컬하다는 것은 사물을 그 근본에서 본다는 것을 뜻한다. 그런데 인간에게 근본은 인간 자신이다." 카뮈 자신의 말은 보다 더 겸손하다. "중요한 것은 사물의 근본에까지 거슬러 올라가 천착하는 일이 아니라, 그보다는 눈앞의 세계가 곧 현실이기에, 먼저 이 세계 속에서 어떻게 처신해야 하는가를 아는 일이다."[32] 중요한 것은 어떻게 행동할 것인가, 즉 윤리의 문제다.

형이상학적, 역사적, 창조적 반항에 대한 기나긴 성찰은 모럴의 탐색 과정이다. 즉 어떤 행동 윤리의 탐구인 것이다. 중요한 것은 세계에 대해 어떻게 생각할 것인가에 있는 것이 아

---

[32] 《반항하는 인간》, 15쪽.

니라 어떻게 행동할 것인가에 있다. 이 책에는 참으로 놀랍고 깊이 있는 독서에서 자양분을 얻은 심오한 이론적 성찰들이 담겨 있다.[33] 그러나 이 성찰은 물질적, 육체적, 윤리적, 지성적인 현실에 깊이 뿌리박은 것이다. 그래서 이 반항에 관한 명상의 제목이 '반항론'이 아니라 '반항하는 인간'인 것을 주목할 필요가 있다. 즉 추상적 개념이기 이전에 살아 있는 '인간'과 구체적인 '삶'에 관한 성찰이다. 이 책은 그러므로 추상적인 반항 그 자체만이 아니라 반항이 구체적 인간들의 행동과 생각 속에서 어떻게 구현되었는가를 살피는 것이다. 이 성찰은 《시지프 신화》의 계속이다. 그래서 카뮈는 분명하게 말하는 것이다. "이 시론에서 우리는, 앞서 자살과 부조리의 개념을 중심으로 시작했던 하나의 성찰을, 살인과 반항의 문제를 앞에 놓고, 이어 가보고자 하는 것이다."[34]

카뮈에게 있어서 부조리와 반항은 동시적이다. 그가 삶의 의미에 대해 질문하는 순간 부조리의 감정은 태어난다. 그러나 동시에 삶의 무의미에 항의하는 반항도 태어난다. 17살의 나이에 병으로 쓰러진 그는 자신이 '죽을 운명'인 것을 발견한

---

[33] 로제 키요는 카뮈가 이 책을 집필하기 위해 참조한 서적과 문헌들을 열거하고 설명했다. Camus, Essais(Pléiade 전집), Gallimard, 1965, pp. 1624~1626.

[34] 《반항하는 인간》, 16쪽.

다. 그러나 그는 그가 지닌 삶의 능력을 다하여 그 위협에 '반항'한다. 병이 나아서 일어나겠다는 것이다. 그러나 사람이란 과연 낫는 것일까? 삶이라는 병은 과연 낫게 되는 것일까? 카뮈의 삶 전체는 삶의 힘/죽음의 힘, 피로와 절망/창조하려는 의지, 불꽃/회색 재 사이의 기나긴 투쟁일 뿐이다. 무엇 때문에 사는가? 《안과 겉》에서 《시지프 신화》에 이르기까지 언제나 같은 질문이 그의 작품 속에서 메아리친다. 이 헐벗음과 몰이해, 고독 속에서 왜 사는가? 그러나 대답은 질문 자체 속에 담겨 있다. 실제로 카뮈는 '나는 계속 살아야 하는가?' 혹은 '이런 세상에서 자살해야 마땅한가?'라고 묻는 것이 아니라 오히려 '왜 계속 살아야 하는가?' 하고 묻는다. 그는 사실상 살고 있고, 모든 것에도 불구하고 삶을 사랑한다. 그것도 열정적으로. 그가 해결해야 할 것은 바로 이 신비다. 동시에 그는 '계속' 살아가야 하는 '이유'를 스스로에게 부여해야 한다. 어떤 의미에서 부조리의 감정은 삶의 어려움 전체를 요약하는 개념과 '감수성'이고, 반항은 그 어려움의 범주에 항의하는 '의지와 행동'이다.

카뮈의 젊은 시절은 이리하여 반항으로 점철된다. 공산당 가입. 교사직 거부. 글쓰기와 창조. 프랑스 북아프리카 노동자들이 감수하는 불의와 카빌리 원주민들의 비참한 생활상에 대한 고발과 항의. 검열, 전쟁의 용납에 대한 비판. 이 모두가 여러 차원에서의 반항이었다. 죽음에 대한 칼리굴라의 항의는 바로 반항의 형이상학적 차원의 구상화다. 마침내 시인인 케레아가 칼을 들고 칼리굴라, 즉 전제 군주의 모습으로 구체화된 반항을 살해한다. 《칼리굴라》는 반항이 반항을 배반하는 이야기다.

《시지프 신화》는 하나의 건축 전체를 이룬다. 그는 미래의 건축을 위해 조직적으로, 정열적으로 정지整地 작업을 한다. 이때 그는 허무에 대한 자신의 매혹을 궁극에까지, 더 이상 나갈 수 없는 벼랑까지 밀고 나간다. 카뮈의 사상이 그 논리 이상으로 독특한 것은 이처럼 논리를 궁극에까지 밀고 가는 엄격성과 치열함 때문이다. 그 궁극은 이론적으로는 적어도 죽든가 삶에 이유를 부여하든가, 둘 중 하나밖에 길이 없는 벼랑이다. 거기서 그는 삶의 바다로 뛰어든다. '언제나 난바다에서 위협받는 그 당당한 파도 위에서의 행복'[35]을 위해서다. 자살을 거부하는 카뮈의 논리는 겉으로만 논리일 뿐이다. 그것은 어떤 현실과 열정에 대한 사후 정당화와도 같다. 자살을 권유하는 치명적 논리에 대해 그는 오직 집요한 열정, 채울 길 없는 호기심, 그리고 치유할 길 없는 모험심을 대립시킬 수 있을 뿐이다. 이 점에서 카뮈가 왜 《시지프 신화》를 자신이 추구하는 성찰의 "한갓 '머리말'일 뿐이다", "영도零度다"라고 주장하는지

---

35 《결혼·여름》, 책세상, 1987, 186쪽.

를 이해할 필요가 있다. 그는 자신이 어디로 가고 있는지 알고 있다. 머리말에는 이미 결론이 포함되어 있다. 영도를 설정한다는 것은 벌써 가치의 척도를 설정한다는 것이다. 부조리의 분석은 그 자체가 이미 부조리의 거부다. 분석은 이미 부조리에 어떤 형태를 부여하는 것이고 어둠 속에 빛을 던지는 것이고 윤곽이 없는 경험을 체계화하는 것이다. 표현한다는 것은 이미 부조리에 대한 투쟁이다. 왜냐하면 표현은 침묵과 몰이해의 파괴이기 때문이다(퐁주, 브리스 파랭). 《시지프 신화》나 《이방인》은 그것의 존재, 문제를 제기하는 방식 그 자체를 통해서 이미 반항 지향의 작품이다. 왜냐하면 그 저작들은 타자들에게 어떤 진실을 전하고자 하기 때문이다. 그런 의미에서 반항은 부조리의 당연한 연속이다. 달라진 것이 있다면 개인에서 집단으로, '나는 반항한다, 고로 우리는 존재한다'로의 변화일 뿐이다.

카뮈는 일찍부터 자신의 작품의 커다란 윤곽을 이렇게 설정하고 있었다.

1. 거부: 이방인, 칼리굴라, 오해, 시지프 신화—방법론적 회의.
2. 긍정: 페스트, 정의의 사람들, 계엄령, 반항하는 인간.
3. 사랑: 지금 계획 중, 집필 중.

《반항하는 인간》의 성찰은 또한 제2차 세계대전 직후 수년간의 토론과 역사적 사건들, 그리고 지성계의 사건들에서도 자료와 대상을 얻고 있다. 카뮈와 메를로 퐁티는 사르트르, 쾨스틀러, 그리고 몇몇 다른 사람들과 같은 그룹에 속해 있었다. 어떤 의미에서《반항하는 인간》은 1947년에 폭력의 문제를 다루었던 메를로 퐁티의《휴머니즘과 테러》에 대한 하나의 응답으로 보일 수도 있다. 메를로퐁티는 정당화될 수 있는 진보적 폭력과 정당화될 수 없는 퇴행적 폭력을 구별했다. "마르크스주의는 몰이성의 이성을 불쑥 솟아나게 했다. 그것이 정당화하는 폭력은 그것을 퇴행적 폭력과 구별해주는 어떤 신호를 담고 있는 것이다." 그러니까 그가 볼 때 세계를 전진하게 하는 정당한 폭력이 있다는 것이다. 카뮈는 이런 구별을 부정한다. 진보적이든 퇴행적이든 폭력에는 '한계'가 있어야 한다. 집단 수용소에 대해 말하면서 카뮈가 자신은 "진보적 이유든 반동적 이유든" 그 어떤 이유도 용납할 수 없다고 못 박아 말했을 때 그는 이미 이러한 구분에 대해 대답한 셈이다.

반항 속에 폭력이 존재하는 것은 분명하다. 그러나 반항은 형이상학적 시각에서나 역사 속에서의 기능에 있어서나 폭력에 안주할 수는 없는 것이다. 반항이 본래의 순수함을 잃게 되어 온통 폭력에 쏠려버릴 경우, 특히 그 폭력이 정당하다고 보게 될 경우 그 반항은 허무주의와 살인에 이른다. "있는 그대로의 것에 대한 전적인 거부, 즉 절대적 '농'을 신격화할 때마다 반항은 살인을 한다. 있는 그대로의 것을 맹목적으로 받아들일 때, 즉 절대적 '위'를 외칠 때마다 반항은 살인을 한다. 창조자에 대한 증오는 창조된 세계에 대한 증오로 변할 수도 있고 혹은 있는 그대로의 것에 대한 배타적이고도 도발적인 사랑으로 변할 수도 있다. 어쨌든 그 어느 경우에 있어서든 반항은 살인에 이르게 되어 반항이라 불릴 권리를 잃고 만다. 인간이 허무주의자가 될 수 있는 방법은 두 가지인데 어느 경우든 절대에 경도된 무절제가 원인이 된다. 겉으로 보기에는 죽기를 원하는 반항인들이 있고 죽이기를 원하는 반항인들이 있다. 그러나 그들은, 참된 삶에 대한 욕망에 불타지만 존재에 실망하자 훼손된 정의보다는 차라리 보편화된 불의를 택했다는 점에서 똑같은 자들이다. 분노가 이 정도에 이르면 이성은 광란으로 변한다. 인간의 마음속 본능적 반항이 수 세기에 걸쳐 점차 그 가장 뚜렷한 의식 쪽으로 나아가고 있는 것이 사실이지만, 반면 우리가 살펴본 바와 같이 그 반항은 자라나서 보편화된 살인에 형이상학적 살인으로 대응하겠다고 나설 정도의 과격한 순간에 이르기까지 맹목적 대담성을 보인다."[36]

반항은 폭력을 행사할 수밖에 없다고 역설할 때, 그리고 특히 폭력을 어떤 '절대'로 간주할 때 타락한다.

---

[36] 《반항하는 인간》, 182~183쪽.

"반항하는 인간은 원칙적으로 자신의 고유한 존재를 쟁취하고 신과 맞서서 그 존재를 계속 지탱해가는 것을 원했을 뿐이다. 그러나 그는 반항의 초심을 잊은 채, 정신적 제국주의의 법칙에 따라 무한정 되풀이되는 살인을 거쳐 세계제국을 향해 전진하고 있는 것이다. (…) 반항의 내부에서 창조의 힘을 침몰시키는 허무주의는, 인간은 모든 수단을 동원해 역사를 창조할 수 있다고 덧붙일 뿐이다. 인간은 이제부터 오직 자기뿐인 대지 위에서 비이성의 범죄들에 더하여 인간들의 제국을 향해 전진하고 있는 이성의 범죄들을 추가하게 될 것이다. 인간은 '나는 반항한다, 고로 우리는 존재한다'에다가, 반항의 온갖 기막힌 복안들, 나아가서는 반항의 죽음까지 궁리하는 가운데, 이렇게 덧붙인다. '그리고 우리뿐이다.'"[37]

이것은 마르크스주의뿐만 아니라 모든 전체주의 체제에 대한 비판이다. 형이상학적인 허무주의는 이리하여 어떤 끔찍하고 살인적인 절대의 형태에 이르게 된다. 〈정오의 사상〉에서 문제가 되고 있는 허무주의적 살인은 결국 반항과 정반대되는 것으로 변질된다.

《반항하는 인간》은 반항에 대한 찬미이지만 여기서 찬미되고 있는 반항은 '그 기원의 기억'을 간직하고 있는 반항, 그 본

---

[37] 위의 책, 185~186쪽.

래의 무죄함, 순수성을 간직하고 있는 반항, 반항 그 자체를 신격화하지 않는 반항, 그 안에 어떤 공통된 가치를 긍정하는 반항이다. 이때 비로소 반항은 자유와 정의에 봉사하는 반항이 될 수 있다.

"반항하는 인간의 논리는 인간 조건의 불의에 또 다른 불의를 보태지 않도록 정의에 봉사"[38]하는 데 있다. 세상의 불행에 또 다른 불행을 추가하지 않는다는 것은 카뮈 윤리와 철학의 가장 근본적인 생각 중 하나다. 중요한 것은 여전히, 그리고 언제나, 어떤 한계를 존중하는 일이다. 《반항하는 인간》의 결미를 이루는 저 유명한 '정오의 사상'은 정중앙의 균형이 아니다. '정오의 사상'은 긍정과 부정 사이의 정중앙, 혹은 온건한 중용이 아니다. 그것은 다만 그 어떤 극단에 서지 말고 카뮈가 즐겨 인용하는 파스칼의 말처럼 "양쪽에 동시에 닿는" 것을 명령한다. 다시 말해서 그 모순을 팽팽하게 지탱하라는 것이다.[39] '정오의 사상'이 못 박아 말하는 것은 '절도'다. 그것은 권리와 정의의 개념이다. 그것은 동시에 목적이 수단을 정당화한다는 것을 거부하는 일이다. 카뮈는 《정의의 사람들》에서 테러리즘

---

38 위의 책, 492쪽.
39 《독일 친구에게 보내는 편지》의 제사로 붙인 파스칼의 말 참조. "사람은 어느 한 극단으로 쏠림으로써가 아니라 양극단에 동시에 닿음으로써 자신의 위대함을 보여준다." 《단두대에 대한 성찰·독일 친구에게 보내는 편지》, 85쪽.

에 관한 것은 이미 모두 다 말했다고 할 수 있다. 그러나 알제리의 사태는 테러리즘에 대한 성찰을 소련이나 다른 국외 지역뿐만이 아니라 프랑스 안의 직접적 현실이라는 시험대 위에 올려놓게 된다. 폭력의 정당화를 거부하는 카뮈의 일관된 생각은 이 시험에도 잘 견딘다.

알제리 전쟁

1954년 7월—알제리 전쟁은 그해 11월에 시작된다—카뮈는 프랑스 본토 이외 지역의 수형자(유죄 선고를 받은 사람)들의 사면을 강력하게 호소했다. 이 테러리스트들을 사면하지 않으면 끝 모를 악순환의 고리 속으로 말려들 위험이 있다는 것이었다. 이 사면 대상은 1945년 세티프 폭동 이후 형을 언도받은 모든 사람들이었다.

"테러리즘은 고독 속에서, 호소할 곳이 없다는 생각에서, 창문도 없는 네 개의 벽이 너무 두껍다는 생각에서 생겨난다. 그런 점에서 우리 자유인들은 책임이 있다. 두 민족이 상호 이해 속에서 살 수 있게 하는 정책 이외의 모든 정책은 프랑스인과 아랍인들의 무용한 죽음을 가져올 뿐만 아니라 아랍인들의 고독과 프랑스인의 고독, 그리고 두 민족의 불행을 더하게 할 것이다."⁴⁰ 이보다 더 명철하게 생각하고 말하기란 쉽지 않다. 알제리에 관한 모든 텍스트들—《시사평론 3: 알제리 연대기》라는 제목으로 한데 묶여 1958년에 발표됐지만 파리의 인텔리겐치아와 언론은 이를 보기 좋게 무시했다—에서 카뮈는 상대를 악마에게 넘겨주지 말 것을, 그들의 행동 '이유'를 이해하려고 노력할 것을 주장한다. 그들을 지지하기 위해서가 아니라 그 상대가 저지른 행동 못지않은 과도한 탄압으로 대응하지 않기 위해서였고, 상대방의 반항에 있어서 정당하다고 여겨지는 부분을 옳다고 인정함으로써 폭력에의 호소를 그치게 하기 위해서였다. 그는 자신이 알제리라는 드라마를 고통스럽게 살아내고 있을 때도, 살육과 탄압이 "참을 수 없는 정도"에 이르렀을 때도 끊임없이 대화를 호소했다. 그는 무고한 사람들의 살육과 그에 따른 과도한 탄압의 악순환을 막기 위해서 곧장 알제로 달려가, 아무런 환상을 갖지 않은 채 〈알제리 시민 휴전을 위한 호소〉를 소리 높여 외친다. 두 공동체가 자유로운 인간들로 "함께 살 수" 있게 하자는 희망으로, 다시 말해서 테러를 가하지도 당하지도 않는 "피해자도 가해자도 아닌" 입장에서 살게 하자는 희망으로 매듭지어지는 그 비장한 호소문이 당시의 극한적인 상황에서 양쪽 모두에게서 얼마나 몰이

---

40 Albert Camus, 《*Essais*》, pp. 1864~1865. 〈테러와 사면〉.

해의 대상이 되었는지는 새삼스레 지적할 필요가 없을 것이다. 그의 내면적, 육체적 갈등과 모순과 고통으로부터 사람들은 기껏 스톡홀름 강연에서 그가 내뱉은 그 유명한 말 한마디만을 기억할 뿐이다. "나는 정의를 믿는다. 그러나 그 정의에 맞서서 나의 어머니를 보호하겠다." 이 말은 흔히 왜곡되곤 한다. 카뮈의 어머니—그 어머니 개인인 동시에 그 어머니가 상징하는 모든 인간적 가치—같은 존재와 대립될 정도의 정의라는 것이 무엇을 의미하는지 사람들은 정말 진지하게 자문해보았을까? 이때의 정의란 하나의 패러디에 지나지 않는 것이라고 볼 수도 있다. 그 어떤 '대의'라는 것도 "무고한 사람의 죽음을 정당화"할 수는 없다는 것이 카뮈의 일관된 생각이었다. 고통과 모순 속에서 쓴 《알제리 연대기》의 서문 역시 바로 그런 주장을 되풀이하고 있다.

〈정오의 사상〉

오늘의 중동 사태는 지금도 잊지 못할 이미지들을 상기시킨다. 알제리 또한 아직까지 평화를 찾지 못하고 있다. 카뮈의 이정은 1960년 1월 4일에서 정지되었다. 그는 독립된 알제리를 보지 못했다. 그는 현재의 상황을, 그리고 현재의 세계를 어떻게 생각하고 있을까? 물론 우리가 그를 대신해 대답할 수는 없다. 그러나 그의 사상과 생각은 테러리즘에 대한 성찰에 도움을 준다. 그의 말이 마침내 사람들을 진정시켜서 폭력을 가하고 또 폭력을 당하는 악순환의 고리가 끊어지는 날을 환상처럼 그려볼 날은 언제일까? 어쨌든 이 감당할 수 없는 테러리즘의 악순환 속에서도 카뮈의 몇 가지 윤리를 마음속에 새기고 사태를 바라보는 것은 분명 현실의 판단에 도움이 될 것이다. 첫째, 폭력은 불가피한 것일지라도 정당화될 수 없다. 둘째, 반항과 폭력에는 반드시 '한계'가 있어야 한다. 그것이 없다면 '정의'는 없고 다만 허무주의가 있을 뿐이다. 셋째, 폭력과 테러는 어디까지나 '예외'일 뿐이다. 테러가 법칙인 세계는 지옥이기 때문이다. 진정한 반항은 폭력에 대한 부정이요 동시에 가치에 대한 긍정이다. 이 두 가지 극을 끊어질 듯 팽팽하게 당기는 활줄의 중심에서 우리의 정오의 사상은 행복의 화살이 되어 멀리, 그리고 높이 솟아오를 수 있다.

작가 연보

1913년
- 11월 7일, 알제에서 동쪽으로 195킬로미터 떨어진 몽도비에서 포도원 관리로 일하는 아버지 뤼시앵 카뮈와 그의 아내 카트린 사이에서 출생한다.

1914년
- 독일이 프랑스에 선전 포고(제1차 세계대전)를 하고 아버지 카뮈는 알제리 원주민 보병으로 징집당해 프랑스 본토에 투입된다. 어머니는 남편이 입대하자 두 아들과 함께 알제의 동쪽 연병장 거리에 있는 리옹가 17번지 친정으로 이주한다. 카뮈 부인은 친정 어머니 생테스 부인 밑에서 동생 에티엔 및 조제프와 함께 가난한 생활을 한다.
- 10월 마른 전투에서 부상당한 아버지 뤼시앵 카뮈가 사망한

다. 문맹인 어머니는 빈약한 종신 연금을 받으며 가정부로 일해 집안 살림을 꾸려나간다.

1921년

-카트린 카뮈와 그의 가족은 리옹가 17번지에서 93번지로 이사한다(시내에서 떨어져 있어 집세가 저렴하기 때문이다). 권위적이면서 희극적인 외할머니가 생테스가 회초리를 들고 집안의 질서를 잡는다. 그녀의 딸이자 카뮈의 어머니인 카트린은 말수가 적고 사고 능력이 온전치 못하다. 카뮈는 산문집 《안과 겉》에서 오직 말 없는 눈길로 애정을 표시할 뿐인 어머니의 침묵을 감동적으로 증언한다.

1923년

-동네 공립학교에서 카뮈는 2학년 담임인 교사 루이 제르맹의 눈에 들어 무료 개인 교습을 받으며 중고등부 장학생 시험을 준비한다. 그는 일생 동안 이 스승에 대한 감사의 마음을 잊지 않았고, 1957년 12월 노벨문학상 수상 기념 연설인 〈스웨덴 연설〉을 스승에게 헌정했다.

1924년

-카뮈의 첫 영성체. 장학생으로 선발된 그는 알제의 그랑 리세에 입학한다.

1925년~1928년

- 고등학교 친구들과 어울리면서 그는 자기 집의 가난을 더욱 뚜렷하게 의식한다. 훗날 그는 이 점을 수치스럽게 생각했다고 고백한다. 학생 대부분이 백인으로 아랍인은 드물었다. 그러나 축구 덕분에 아랍인 친구들과 어울리면서 같은 팀의 우정을 맛 볼 기회를 얻었다. 여름이면 그는 알제 중심가 철물점의 점원, 해변 대로변 선박회사의 사원으로 일하며 생활비를 보탠다.

1929년

- 알제의 번화가인 미슐레 거리 근처에 사는 이모부 귀스타브 아코(앙투아네트 이모의 남편)는 놀라울 정도로 훌륭한 책들을 소장한 서재를 갖고 있었다. 카뮈는 그의 서재에서 처음으로 앙드레 지드를 발견한다.

1930년

- 바칼로레아 시험 제1부에 합격하여 가을 학기에 철학반으로 진급한다. 철학 교사 장 그르니에가 그에게 결정적인 영향을 끼치게 된다.

1932년

- 3월에 《쉬드》에 〈새로운 베를렌〉을, 5월에 〈제앙 릭튀스—

가난의 시인〉을, 6월에 〈세기의 철학〉(베르그송론)과 〈음악에 대한 시론〉을 발표한다. 바칼로레아 제2부에 합격한다. 장 그르니에의 권유로 앙드레 드 리쇼의 소설 《고통》을 읽는다. 《일기》를 읽고 지드를 더 잘 이해하게 된 그는 그 어떤 작가보다 지드를 높이 평가한다. 장 그르니에 덕분에 프루스트를 발견하고 프루스트는 그에게 '예술가'의 표상이 된다.
- 10월, 그랑제콜 입시 준비반에 들어간다.

1933년
- 독일에서 히틀러가 권력을 장악하자 카뮈는 반파시스트 운동 조직인 암스테르담-플레옐에서 활동을 시작한다.
- 4월, 《안과 겉》에 수록될 산문 〈아이러니〉의 초고인 〈용기〉를 쓴다.
- 5월, 장 그르니에가 짧은 에세이집 《섬》을 출판한다. 카뮈는 1959년 이 책의 신판에 서문을 쓴다.
- 10월, 〈지중해〉와 〈사랑하는 존재의 상실〉을 쓴다. 〈죽은 여자 앞에서(보라! 그 여자는 죽었다…)〉, 〈신과 그의 영혼의 대화〉, 〈모순들(삶을 받아들이고…)〉, 〈가난한 동네의 병원(무스타파 병원에 입원했던 때의 기억)〉 등의 글도 이 무렵에 쓴 것으로 추정된다. 건강상의 이유로 고등사범학교 입시 준비, 즉 대학교수가 되는 꿈을 접고 알제 문과대학에서 수학하며 장 그르니에와 르네 푸아리에 교수의 강의를 수강한다.

1934년
- 1~5월, 여러 미술 전시회 평을 《알제 에튀디앙》에 발표한다. 다시 폐가 감염된다.
- 6월 16일, 스무 살의 매력적이고 바람기 있는 모르핀 중독자 시몬 이에와 결혼한다.

1935년
- 《안과 겉》을 집필하면서 철학 학사 과정을 마친다.
- 5월, 《작가수첩》을 쓰기 시작한다.
- 6월, 철학 학사 학위를 취득한다.
- 8월, 화물선을 타고 튀니지까지 가려고 했으나 건강 문제로 여행을 중단하고 돌아온 뒤 알제 서쪽으로 68킬로미터 떨어진 로마 유적지 티파자에서 사나흘을 보낸다. 이 장소를 기리는 글이 《결혼》의 첫 번째 산문 〈티파자에서의 결혼〉이다.
- 8월 혹은 9월, 프레맹빌과 장 그르니에의 설득에 따라 공산당에 입당하여 이슬람교도 계층을 파고드는 선무 공작을 담당한다. 가을에는 친구들과 '노동극단'을 창단한다.

1936년
- 5월, 논문 〈기독교적 형이상학과 신플라톤 철학: 플로티노스와 성아우구스티누스〉로 철학 고등 디플롬을 받는다.
- 7월 17일, 스페인 내전 시작. 아내와 친구 이브 부르주아와

더불어 중부 유럽으로 여행을 떠나 인스브루크, 잘츠부르크에 이른다. 그곳에 우체국 유치 우편으로 도착한 편지를 열어보면서 아내 시몬에게 마약을 공급해주는 의사가 그녀의 정부라는 사실을 알게 된 카뮈는 그녀와 헤어지기로 결심한다. 여름 동안은 교직이나 언론계에서 새 일자리를 구할 계획을 세운다. 시몬과 헤어지는 것은 기정사실화되었으나 법적인 이혼은 1940년 2월에야 확정된다.
- 11월, 라디오 알제 극단의 배우로 발탁된다.

1937년
- 1월, 《작가수첩》에 '칼리굴라 혹은 죽음의 의미, 4막극'이라고 적는다.
- 2월 8일, 카뮈가 주동하여 세운 알제 문화원에서 〈원주민 문화, 새로운 지중해 문화〉를 강연한다. '노동극단'이 3월에 아이스킬로스의 〈사슬에 묶인 프로메테우스〉와 벤 존슨의 〈에피코이네〉, 푸슈킨의 〈돈 후안〉을, 4월에 쿠르틀린의 〈아치 330〉을 무대에 올린다.
- 4월, 군중집회에서 카뮈는 일정한 수의 알제리 이슬람교도들에게 프랑스 시민권을 부여하는 것을 골자로 하는 블룸-비올레트 법안을 지지한다.
- 5월 10일, 《안과 겉》을 출간한다.
- 8월, 《행복한 죽음》을 위한 구상 계획을 세운다.

- 8~9월, 재발한 폐결핵 치료와 요양을 위해 알제를 떠난다. 파리, 마르세유를 거쳐 사부아, 오트잘프 지방, 뒤랑스강을 굽어보는 고산지대인 앙브렁에 체류한다. 그 후 이탈리아의 피사, 피렌체, 제노바, 피에솔레 등을 여행하고 알제리로 돌아와 《행복한 죽음》 집필을 계속한다.
- 10월, 오랑현에서 교사직을 제안받았으나 거절한다. 한편 공산당이 국제적 전략상 반식민주의 운동을 우선순위에서 제외하기 시작하자 카뮈는 공산당에서 탈당한다. 가을에 오랑 출신의 여성 프랑신 포르를 처음 만난다. '노동극단'을 해체하고 '에키프극단'을 조직한다.

1938년
- 산문집 《결혼》을 완성하고 희곡 〈칼리굴라〉를 위한 메모를 하는 한편 《행복한 죽음》을 포기하지 않은 채 장차 《이방인》에 활용될 단편적인 텍스트들을 작가수첩에 메모한다. 철학적 에세이를 집필할 계획으로 니체, 키르케고르, 멜빌의 작품들을 읽는다.
- 5월, '에키프극단'이 도스토옙스키의 《카라마조프가의 형제들》을 각색 상연하고 카뮈는 이반 카라마조프 역을 맡는다. 《작가수첩》에 메모해둔 한 대목("양로원에서 노파가 죽다")이 훗날의 《이방인》을 예고한다.
- 10월, 폐결핵 후유증으로 인한 공직 부적격이라는 신체 검사

결과로 철학 교수 자격 시험에 응시하려던 계획이 좌절된다. 새로운 일간지《알제 레퓌블리캥》의 편집기자로 활동하는 동시에 '독서살롱' 난에 문학 작품에 대한 일련의 서평들을 싣는다.

1939년
- 3월, 알제를 방문한 앙드레 말로와 첫 만남을 갖는다.
- 4월, 오랑을 여행하고, 1938년에 소량 한정판으로 출판한《결혼》을 5월 알제 샤를로 출판사에서 정식 출간한다.
- 7월 25일, 크리스티안 갈랭도에게 이제 막 〈칼리굴라〉를 탈고했고《이방인》집필을 시작할 것이라는 내용의 편지를 보낸다.
- 9월 3일, 당국의 검열로 인해《알제 레퓌블리캥》발행을 중지하고 15일 자로《수아르 레퓌블리캥》으로 제명을 바꾼다. 카뮈는 이 신문에 알제리의 정의와 스페인 공화파를 옹호하는 글들을 싣는다.

1940년
- 1월,《수아르 레퓌블리캥》이 발행 금지 처분을 받자 카뮈는 다시 오랑에 체류하며 철학 가정 교사로 생활한다.
- 3월 14일, 알제리를 떠나 파리로 가서 파스칼 피아의 추천으로《파리 수아르》편집부에서 일한다.

- 4월 5일, 〈모리스 바레스와 '후계자들'의 다툼〉을 《라 뤼미에르》에 발표한다.
- 5월 1일, "이제 막 내 소설을 끝냈소…. 아마도 내 일은 다 끝난 것 같지 않소."(프랑신 포르에게 보낸 4월 30일 자 편지)는 아마도 《이방인》을 두고 한 말인 듯하다.
- 6월 초, 독일군의 파리 점령이 임박하자 카뮈는 《파리 수아르》 편집부 사람들과 함께 클레르몽페랑으로, 보르도로, 다시 클레르몽페랑으로 피난을 간다. 12월 3일, 리옹에서 프랑신과 결혼, 《파리 수아르》의 감원에 따라 카뮈는 해고당한다.

1941년
- 카뮈 부부는 오랑의 아르제브가에 있는, 포르 집안에서 빌려준 아파트에서 생활하며 물질적 어려움에 직면한다.
- 2월 21일, 《시지프 신화》를 탈고 후 다음과 같이 메모한다. "세 가지 '부조리'를 끝내다."(《작가수첩》) 《이방인》의 원고를 읽은 장 그르니에가 그에게 미온적인 칭찬의 말을 전한다. 카뮈는 건강상의 이유로 기차 여행이 어려워 주저하지만 결국 알제로 간다. 파스칼 피아와 앙드레 말로는 《이방인》의 원고를 읽고 열광적인 반응을 보인다. 그들과 나중에는 장 폴랑 덕분에, 이 소설과 《시지프 신화》가 갈리마르 출판사 편집위원회의 손으로 넘어간다.
- 7월, 전염병 장티푸스가 알제리, 특히 오랑 지역에 창궐하여

소설 《페스트》의 창작에 부분적인 영향을 끼친다.
- 11월 15일, 말로에게 《이방인》을 읽어준 것에 대한 감사의 편지를 보낸다.
- 11월, 갈리마르 출판사 편집위원회가 드디어 《이방인》의 출판을 결정한다.

1942년
- 《페스트》를 염두에 두고 멜빌의 《모비 딕》을 다시 읽는다.
- 1~2월, 《작가수첩》에 "반항에 대한 에세이"를 쓰려는 계획이 등장하나, 2월에 폐결핵이 재발된다.
- 5월 19일, 《이방인》이 갈리마르 출판사에서 출간된다(인쇄는 4월 21일). 당시에는 '수인들' 혹은 '추방당한 사람들'이라는 제목이었던 소설 《페스트》를 위해 메모를 한다.
- 9~10월, 《작가수첩》에 '가난한 어린 시절'에 대한 메모가 등장하는데 이는 《최초의 인간》의 몇몇 주제들을 예고한다.
- 10월, 《시지프 신화》가 갈리마르 출판사에서 출간된다(인쇄는 9월 22일). 검열을 염려하여 카뮈는 카프카와 관련된 장을 삭제하는데 이 부분은 1943년 여름 리옹에서 비밀로 출간된 잡지 《아르발레트》에 별도로 발표되었다가 1945년판 《시지프 신화》에 '보유'편으로 편입되었다.

1943년

- 6월, 〈파리 떼〉 리허설 때 장폴 사르트르와 시몬 드 보부아르를 만난다.
- 7월, 〈칼리굴라〉를 개작한다.
- 10월, 갈리마르 출판사에 〈오해〉와 〈칼리굴라〉 원고를 보낸다. 비밀 지하 조직 '콩바combat'와 접촉한다.
- 11월, 갈리마르 출판사의 출판편집위원에 임명된다. 카뮈는 전국 레지스탕스 위원회 책임자 클로드 부르데를 만나 비밀 지하 신문 《콩바》의 활동에 가담하게 되고 이듬해 초 신문 편집국의 주된 책임을 담당한다.

1945년

- 9월 5일, 알베르와 프랑신 카뮈 사이에서 쌍둥이 남매인 딸 카트린과 아들 장이 태어난다.

1946년

- 8월, 방데 지방에 가서 미셸 갈리마르의 어머니 집에 머물며 소설 《페스트》를 탈고한다.
- 12월 1일, 부조리와 반항의 관계에 대한 성찰을 글로 쓴다. 이것은 《반항하는 인간》의 1장 초안이 된다. 카뮈 부부와 자녀들은 마침내 파리 제6구 세기에가 18번지 아파트의 세입자가 된다. 그러나 카뮈의 건강 때문에 1947년 초까지 가족은

이탈리아 국경 지방의 브리앙송에 체류한다.

1947년
- 3월 17일, 파스칼 피아가 《콩바》에서 사임하면서 카뮈가 신문의 운영을 맡는다.
- 6월 10일, 갈리마르 출판사에서 《페스트》를 출간한다(인쇄는 5월 24일). 이 책은 카뮈의 저서들 중 상업적으로 성공한 최초의 작품(7월에서 9월까지 9만 6000부 판매)으로 비평가상을 수상했다.

1948년
- 2월 28일, 다비드 루세와 알트만이 주도해 민주혁명연합RDR을 창설한다.
- 3월 초, 알제리 오랑에 머무는 가족과 합류한다.

1949년
- 1월, 사르트르와 마찬가지로 카뮈 역시 RDR과 거리를 둔다.
- 6월 30일, 마르세유에서 남아메리카로 출발하는 여객선에 승선하여 여러날 동안 순회 강연을 하게 된다. 남아메리카에서 체류하는 내내 카뮈는 신체적으로 고통스러운 나날을 보냈다. 그는 그것이 감기라고 여겼으나 프랑스에 돌아오자 자신의 폐가 심각하게 손상된 것을 확인하고 두 달 동안의 휴식과

치료를 강요받는다. 이 여행 동안 《정의의 사람들》을 마지막으로 수정한다.

1950년
- 1월, 고산 요양을 위하여 알프마리팀 지방의 그라스 근처 카브리에 체류 후 서서히 건강이 호전된다.
- 2월, 갈리마르 출판사에서 《정의의 사람들》이 출간된다.

1951년
- 10월 18일, 갈리마르 출판사에서 《반항하는 인간》이 출간된다.

1952년
- 5월, 가스통 라발이 《반항하는 인간》에 대해 쓴 글에 대한 회답을 《리베르테》에 발표한다. 사르트르로부터 카뮈의 《반항하는 인간》에 대한 서평을 의뢰받은 프랑시스 장송이 《레탕모데른》에 격렬하고 모욕적인 글을 발표한다.
- 8월, 이에 카뮈는 《레탕모데른》에 프랑시스 장송이 아니라 이 잡지의 '발행인' 장폴 사르트르 앞으로 보내는 6월 30일 자 카뮈의 반론 편지를 발표한다. 사르트르가 그 편지에 회답함으로써 두 사람의 우정은 깨진다.

1953년
- 갈리마르 출판사에서 《시사평론 2, 1948~1953년 연대기》를 출간한다. 이 해에 그는 도스토옙스키에 대한 메모를 계속하며 《악령》의 각색을 계획한다.

1955년
- 1월 11일, 《페스트》를 분석한 글에 대해 롤랑 바르트에게 답하는 편지를 쓴다. 카뮈의 서문을 붙인 로제 마르탱 뒤 가르의 전집이 갈리마르 출판사의 플레이아드판으로 출간된다.

1956년
- 5월, 갈리마르 출판사에서 《전락》이 출간된다.

1957년
- 10월 16일, "오늘날 우리 인간 의식에 제기되는 여러 문제를 조명하는 중요한 문학 작품"이라는 선정 이유와 함께 노벨문학상 수상 소식을 접한다. 프랑스 작가로는 아홉 번째이며 최연소(마흔네 살)였다.
- 12월, 연말과 그 이듬해 초에 걸쳐 심각한 불안 증세를 보인다.

1958년

- 1월, 1957년 12월 10일의 연설과 14일의 강연을 한데 모은 《스웨덴 연설》(갈리마르)이 출간된다. '프랑스령 알제리'를 고수하는 사람들과 알제리 독립을 주장하는 사람들을 다 같이 멀리하면서 카뮈는 이제부터 일체의 공식적 입장 표명을 자제하고 알제리를 구성하는 두 공동체의 권리를 다 함께 보호하는 연방국가적 해결책의 희망에 매달린다.

1959년

- 1월 30일, 도스토옙스키 원작, 카뮈 각색의 〈악령〉이 앙투안 극장에서 상연된다.
- 11월 15일, 카뮈는 다시 루르마랭에 체류하며 《최초의 인간》의 집필에 열중한다.

1960년

- 1월 3일, 미셸 갈리마르가 운전하는 자동차에 편승하여 루르마랭의 시골 집에서 파리로 출발. 미셸의 아내 자닌과 그녀의 딸 안이 동승했다. 프랑신 카뮈는 그 전날 기차를 타고 파리로 돌아갔다. 도중에 1박을 하고 1월 4일, 욘 지방 몽트로 근처 빌블르뱅에서 자동차 사고로 카뮈는 즉사하고 미셸 갈리마르는 닷새 뒤 사망한다.
- 9월, 어머니 카트린 카뮈가 알제의 벨쿠르에 있는 자택에서

사망한다. 알베르 카뮈는 남프랑스 루르마랭 마을의 공동 묘지에 묻혔다. 후일 아내 프랑신 카뮈 역시 같은 묘지에 묻혔다.

옮긴이의 말

2025년 개역판에 붙여

　1987년 9월, 카뮈의 아름다운 산문집 《결혼·여름》에 유별나게 매료되어 우리말 첫 번역을 책으로 낼 때 나는 이 작업이 그 이후 나의 삶을 이토록 줄기차게 따라다닐 줄은 전혀 예상하지 못했다. 당시 출판계의 열악한 상황과 우연들, 그리고 역자와 출판사 측의 즉흥적인 의욕과 열정이 연쇄반응을 일으켜 애초에는 전혀 계획에 없었던 〈알베르 카뮈 전집〉의 번역 출판 계획으로 이어지고 그 대장정이 시작되었던 것이다. 그 후 23년 만인 2009년 12월 《시사평론》을 끝으로 전집 총 20권이 완간되었다. 이것은 한 사람의 역자가 〈카뮈 전집〉을 연구 번역 출판한 유일한 사례로 남았고 그 뒤에도 전집의 개역과 판형의 변화, 재구성 작업은 계속되었다.

그중 《반항하는 인간》은 2003년 12월 30일에 그 초판 1쇄가 서점에 나왔다. 이 책은 그사이에 일차 개역판을 거쳐 이번에 초판이 나온 지 15년 만에 두 번째 개역을 거치게 되었다. 오자 탈자는 거의 눈에 띄지 않았다. 다만 몇몇 단어들을 오늘의 독자들에게 더 쉽게 이해될 어휘들로 교체하거나 의미가 불확실한 부분을 고치고 무엇보다 불어의 과도하게 복잡한 구문 때문에 가독성이 떨어지는 문장들을 가능한 한 단순하게 고쳐보려고 노력했다.

*

《반항하는 인간》은 카뮈가 각별한 애정을 가졌던 저작이다. 그는 1952년 시인 르네 샤르에게 보낸 편지에서 이렇게 썼다. "이 책은 커다란 반향을 불러일으켰지만 나에게 친구보다는 더 많은 적을 만들어주었어요(적어도 친구들보다는 적들의 목소리가 더 컸지요). 나도 다른 사람들과 마찬가지로 적을 만드는 것을 좋아하지 않아요. 그러나 만약 내가 이 책을 다시 써야 한다 해도 지금 이 책과 다름없는 그대로 쓸 것입니다. 이것은 나의 책들 중에서도 내가 가장 애착을 가지고 있는 책입니다." 그는 또 다른 친구에게도 같은 말을 했다. "나는《반항하는 인간》이 아주 대단한 책이라고 생각하지는 않지만 내게는 나의 가장 중요한 책이랍니다."

카뮈는 2차 세계대전이 계속 중이던 어두운 시절, 1942년 말에 이 작품을 구상하기 시작하여 1951년에 완성했다. 그는 특히 프랑스가 나치 독일로부터 해방되었으나 세계가 다시 '냉전 시대'로 접어든 1950년대 유럽의 정치적 상황을 깊이 염두에 두고 이 책을 집필했다. 그는 말했다. "아무리 혐오스러워도 이것은 우리의 시대다. 어떻게 그 사실을 부정하겠는가? 우리의 역사가 우리의 지옥이라 한들 어찌 그 역사를 외면하겠는가?" '1, 2차 세계대전이라는 대재난의 경험에서 어떤 교훈을 이끌어낼 것인가?'라는 질문에서 시작한 그는 루크레티우스에서 레닌까지, 사드, 생쥐스트, 로트레아몽, 랭보, 초현실주의자들, 슈티르너, 바쿠닌, 도스토예프스키, 니체, 1905년 러시아의 젊은 테러리스트 칼리아예프에 걸친 형이상학적, 역사적 반항의 긴 여정을 검토 분석하는 과정에서 어떤 윤리적 결론을 이끌어내고자 한다.

책이 출판되던 1951년은 이른바 '냉전 시대'의 시작이었다. 한국전쟁이 1년째 계속되면서 일촉즉발의 핵 위협 아래 놓인 세계는 자본주의 대 공산주의, 자유세계 대 철의장막 뒤의 국가들, 의회 민주주의 대 인민 민주주의, 나토 대 바르샤바 동맹국들 사이의 대립, 극단으로 치달은 양대 진영의 대결로 깊은 어둠에 빠져 있었다.

그러나 《반항하는 인간》은 특정 시대의 분위기를 반영한 시사적인 작품이 아니다. 카뮈는 동시대의 이 같은 양극화 현상에서 한발 물러나 시야와 조망을 확대하여 보다 근원적 문제를 천착해보고 다시 현실의 역사로 돌아오고자 했다. 카뮈가 이 책에서 〈정오의 사상〉이라는 빛을 던져주고자 한 것은 그가 살고 있는 시대가 캄캄한 한밤중이었기 때문이다. 그래서 그는 자신을 에워싼, 혹은 자신의 내면에 가득한 어둠의 시간을 깊이 해독하여 그 성격을 확인하고 나아가 거기서 한 문명이 낳은 무서운 역사의 깊은 동인을 찾아내려고 노력했다. 그리고 그는 신이 죽자 '인간들만이, 다시 말해서 인간이 이해하고 건설해야 할 역사만이 남은 세계 속에서 어떻게 행동할 것인가?'라는 질문에 답해야 했다.

20세기는 인간이 '역사 속의 존재'라는 의식에서 출발했다. 시대의 양대 조류인 마르크시즘이나 실존주의는 둘 다 그 바탕이 역사적 인간관이다. 즉 인간은 일정한 공간과 시간 속에, 상황, 종족, 문화, 사회적 환경 등이 결합된 조직망 속에 존재하므로 그 속에서 인격이 형성된다는 관점이 그것이다. 마르크스주의자들의 입장은 자연법칙에 의하여 움직이는 역사의 방향은 미리부터 규정되어 있다고 본다. 이때 인간은 밖에서 바라본 객체다. 반면에 실존주의자들의 입장에서 보면 인간은 스스로를 주체로 인식한다. 그런데 그는 우연이 지배하는 세계, 존재의 이유가 드러나 보이지 않는 세계, 합리성을 요구하는 인간 이성과 실제 현상들의 비합리성이 서로 모순을 일으키는 세계, 모든 것이 부조리하고 애매하고 비극적인 세계 속에 자유롭게 존재하는 자신을 발견한다.

1차 세계대전 후의 휴머니스트들은 전쟁을 진보, 이성, 문화의 길을 아예 단절해버린 일종의 사고라고 여겼다. 그러나 2차 세계대전 전후 세대에게 전쟁은 더 이상 예외적 사고가 아니다. 인간들의 역사에 벌레들의 역사 이상의 이성이 있는 것도 아니고 세계를 파괴하는 폭력과 대재난들에 어떤 의미가 있는 것도 아니다. 모든 것이 방향도 책임자도 알 수 없는 보편적인 붕괴 속으로 빨려 들어갔다. 실존주의자들에게는 역사의 머리 위 하늘에도, 인간의 역사 속에도 더 이상 어떤 위안을 줄 절대가 존재하지 않았다. 그래서 믿을 신도, 우상도, 법도 없는 세상에서 인간이 자신의 상황에 응답할 스스로의 자유를 느낄 때, 그 진실을 확신할 때 비로소 인간의 예지는 시작된다. 사르트르가 신을 상대로 제기한 소송, 그리고 카뮈가 인간에 대한 믿음 이외에는 그 어떤 종교도 다 거부하는 태도는 바로 이런 조망 속에 위치시켜야 한다.

《반항하는 인간》의 저자가 발견한 진실은 두려운 것이었다. 절대적 존재를 추방한 20세기는 의외로 새로운 재난의 길로 들어섰다. 카뮈는 역사 자체를 '절대'로 삼으려는 시도, 우연과 자유의 공간 속으로 절대를 끌어들이는 시대의 오류를 〈역사주의〉라는 이름으로 고발한다. 《반항하는 인간》은 다름 아닌 이 고발의 논리다.

실존에 지고의 가치를 옮겨놓은 인간은 그의 척도에 맞추어 생각하고 행동할 수 있다. 이리하여 헤겔은 역사라는 이름의 새로운 신을 끌어들인다. 이제 인간이 이성을 인도하는 것이 아니라 인간이 그 역사적 이성에 실려 간다. 그가 자유롭게 행동한다고 여기는 것이 실은 사태의 필연적인 흐름 속으로 흡수된다. 이 흐름 속에서 패자는 틀렸고 승자는 옳다. 카뮈는 말한다. 헤겔에게서 영감을 얻은 정치적 혹은 이데올로기적 운동들은 모두가 공공연하게 '덕'을 폐기해버렸다는 점에 있어서 동일하다. 이리하여 가치들의 유일한 준거로서의 역사는 "하늘을 텅 비우고 땅을 원칙 없는 어떤 권력에게 넘겼다." 그리하여 살인의 시대에 길이 열렸다.

사람들은 카뮈가 헤겔의 사상을 단순화하고 도식화했다고 비난한다. 그러나 우리는 그를 철학사가로서가 아니라 그의 시대의 증인으로 이해한다. 현대문명의 단절은 형이상학과 신학이 처음에 신 속에 담았던 진리의 초월성, 최종적 목적들의 결정을 역사철학이 인수하겠다고 나서면서다. 부조리한 세계 속에서 우리가 찾고자 하는 통일성은 자유의지의 조화로운 결합을 전제로 하는데 역사철학은 필연적으로 전제적일 수밖에 없는 (왜냐하면 국가에는 성공, 즉 시간 속에서의 발전 이외의 윤리란 없으므로) 국가 속에서 제도화되려는 경향을 보이므로 자유는 죽는다. 역사주의는 조화를 바탕으로 하는 통일성이 아니라 전체성 혹은 '전체'가 '하나'를 압도하는 쪽으로 향한다. 전체성은 통일이 아니다. 〈반항〉과 〈혁명〉을 대립시켜놓고 바라보는 카뮈의 시각은 바로 역사적인 것의 초월성을 거부하는 조망 속에서 이해가 가능하다.

가장 순수한 반항의 표현은 1905년 러시아 테러리스트들이다. 카뮈가 그의 연극《정의의 사람들》에서 그려 보이는 이 '양심적인 살인자들'은 증오심 없이 살인한다. 그러나 그들은 살인을 할 때도 어린아이들처럼 죄 없는 존재들은 피한다. 테러 행위를 형제애로 뭉쳐진 공동체의 원칙으로 삼는다. 그리고 자신이 저지른 살인 행위와 균형이 이루어지도록 자신의 생명을 기꺼이 바친다.

노예는 지금까지 자신이 참고 견뎌왔던 상황(억압, 악, 고통, 전체주의적 폭력)을 부정하며 돌연 "아니다"라고 말한다. 이것이 그의 "반항"이다. 그러나 그는 동시에 "그렇다"라고 말하며 자신 속의 어떤 가치를 긍정한다. 그가 자신의 전체와 동일시하는 이 진실, 혹은 가치는 다름 아닌 그의 존엄과 그의 자유다. 이 가치는 그에게 너무나도 근원적이고 핵심적이기 때문에 그는 그것을 지키기 위해서라면 목숨까지도 바칠 각오가 되어 있다. 여기서 카뮈의 유명한 "전체 아니면 무"의 문제가 생겨난다. 즉 그는 자신의 존엄과 자유라는 가치 전체를 존중받거나 아니면 무, 즉 죽음을 택한다. 그런데 이 자유와 존엄이라는 가치는 그의 개인적인 운명의 한계를 넘쳐난다. 왜냐하면 타인들도 이 가치를 공유하고 공유해야 하기 때문이다. 즉 이 근원적인 가치는 인간 모두에게 공통된 가치이므로 이것은 곧 인간의 본성에 속한다. 결론적으로 반항하는 인간은 인간들 상호 간의 연대성과 그들 모두의 존엄을 긍정한다. 반항은 그러므로 억압과 구속과 악에 대한 부정인 동시에 인간 공통의 가치에 대한 긍정이라는 양면을 지닌다. 카뮈는 말한다. 나는 반항한다. 그러므로 우리는 존재한다. 긍정은 인간 상호 간의 연대의식이므로 자연히 사랑이라는 이타적 가치로 이어진다.

카뮈는 1957년 12월 노벨문학상을 수상할 때 스톡홀름에서 자신의 작품 세계의 설계도를 청중들에게 설명했다. "내가 작품을 쓰기 시작했을 때 내게는 분명한 계획이 있었다. 나는 우선 부정을 표현하고 싶었다. 세 가지 형식, 즉 소설로 《이방인》, 극으로 《칼리굴라》, 《오해》, 이념서로 《시지프 신화》가 그것이었다. 내가 부정을 실제 몸으로 살지 않았다면 그것을 논하지 못했을 것이다. 내겐 아무런 상상력이 없다. 그러나 그 부정은 이를테면 데카르트의 방법론적 회의 같은 것이다. 나는 사람이 부정 속에서 살 수는 없다는 것을 잘 알고 있었고 그 점을 《시지프 신화》의 서문에서 예고했다. ("부조리는 하나의 출발점일 뿐이고 나의 해석에는 잠정적인 일면이 있다") 이때 나는 긍정적인 것을 예견하고 있었다. 이번에도 세 가지 형식으로. 소설로《페스트》, 극으로《계엄령》과《정의의 사람들》, 이념서로《반항하는 인간》이 그것이었다. 나는 벌써부터 세 번째 층을 엿보고 있었다. 그것은 사랑의 주제를 중심으로 한 것이다. 그것이 지금 내가 진행하고 있는 프로젝트다."

《시지프 신화》에서 부조리가 드러내는〈부정〉에서 시작된 성찰을 인간적 가치의〈긍정〉으로 한 차원 높여, 마침내 작가가 사망하기 직전 프로젝트로 진행 중이었던〈사랑〉에가 닿게 하는, 그의 작품 세계에서도 중심적 위치를 차지하는 작품이 바로《반항하는 인간》이기 때문에 카뮈는 이 저작을 "자신의 가장 중요한 책"이라고 말했을 것이다.

2025년 6월

김화영

반항하는 인간

초판 1쇄 발행 2003년 12월 30일
개정1판 1쇄 발행 2022년 4월 15일
개정2판 2쇄 발행 2025년 7월 9일

지은이 알베르 카뮈
옮긴이 김화영

펴낸이 김준성
펴낸곳 책세상

디자인 THISCOVER

등록 1975년 5월 21일 제2017-000226호
주소 서울시 마포구 월드컵로23길 38 2층 (04011)
전화 02-704-1251 팩스 02-719-1258
이메일 editor@chaeksesang.com 홈페이지 chaeksesang.com
광고·제휴 문의 creator@chaeksesang.com
페이스북 /chaeksesang 트위터 @chaeksesang
인스타그램 @chaeksesang 네이버포스트 bkworldpub

ISBN 979-11-7131-165-1 04860
     979-11-5931-936-5 (**세트**)

. 잘못되거나 파손된 책은 구입하신 서점에서 교환해드립니다.
. 책값은 뒤표지에 있습니다.